第四卷
赵宪章 顾华明 主编
图像与文学
江蘇鳳凰教育出版社
Phoenix Education Publishing, Ltd

图书在版编目(CIP)数据

文学与图像. 第四卷 / 赵宪章主编. —南京:江苏凤凰教育出版社,2015.11
ISBN 978-7-5499-0607-9

Ⅰ.① 文… Ⅱ.①赵… Ⅲ.①世界文学-文学史研究 Ⅳ.①I109

中国版本图书馆 CIP 数据核字(2015)第 275316 号

南宋刘松年《瑶池献寿图》

元张渥《瑶池仙乐图》

元华祖立《玄门十子图卷·老子》

元赵孟頫《老子像》

清焦秉贞《孔子圣迹图》

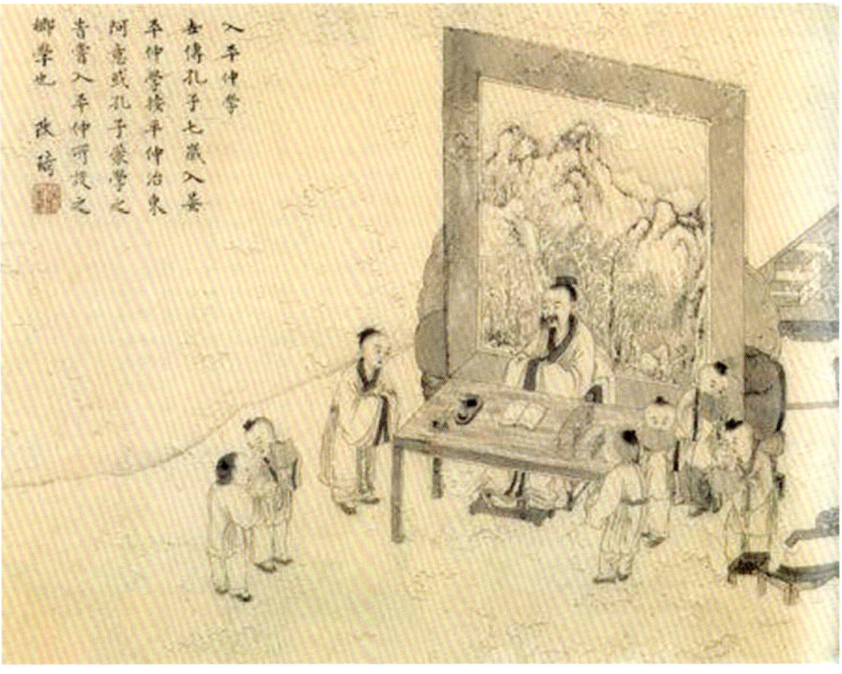

清改琦《入平仲学》

明陆治《梦蝶图》

元刘贯道《梦蝶图》

传顾恺之《洛神赋图》（局部）“泛舟”、“夜坐”场景

传顾恺之《洛神赋图》（局部）“惊艳”场景

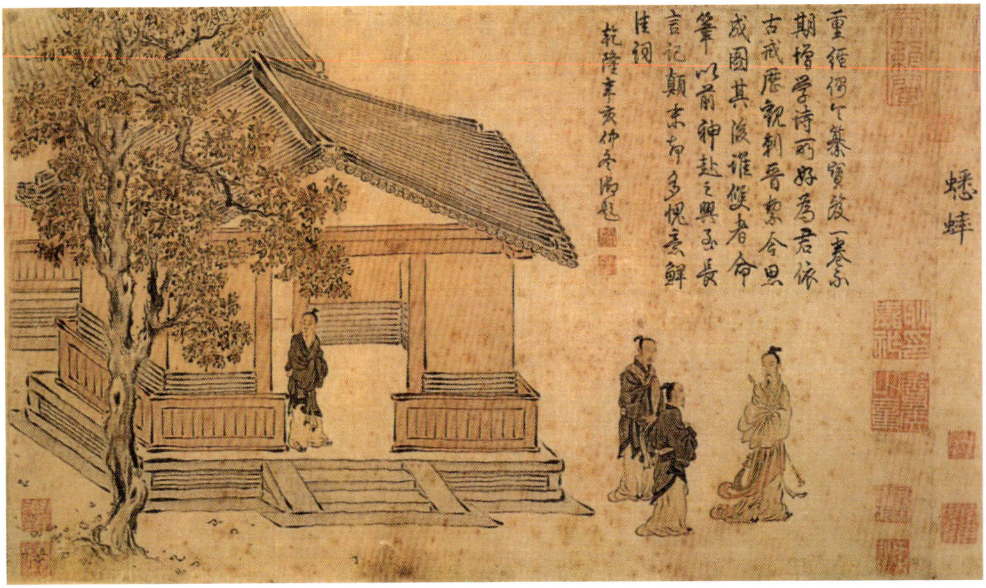

南宋马和之《唐风·蟋蟀》诗意图

清焦秉贞《麟趾贻休图》

炎樱《传奇》封面

炎樱《传奇》封面

蒙德里安《纽约市》

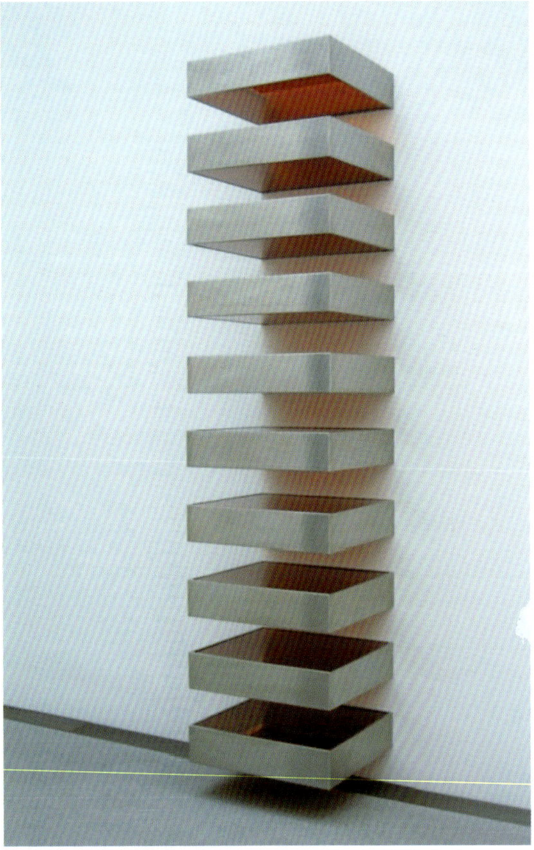

唐纳德 · 贾德《无题》

目　录

理论研究

历史研究

域外传真

学术纵横

贡布里希论语言与图像

穆宝清

摘　要：文字和图像之间存在着必要的互动作用。某些激进的艺术家试图让图像免于语言的侵入，追求纯粹性的视觉描述，其作品中新奇怪诞的时尚元素和混乱的标题必然使艺术陷入失控的迷惑状态，导致艺术走向神秘化。艺术在很大程度上取决于一个社会所期待它应发挥的作用，理解或阐释艺术作品应该依据原典，关注社会惯例和艺术家的原初创作意图，避免过度追寻视觉符号的神秘意义。

关键词：贡布里希　视觉图像　概念图式　文字标题　原典文献

图像是一个仅仅对我们的想象力提供简化的或不完整的视觉信息的惯例符号，在本质上是不确定或不完整的。一个图像或许集合了众多的冲突元素，所以图像的信息对观者来说不是自明的。艺术作品就像任何语言中的词汇一样，大都具有多重意义。画面中的每一个细部，一个线条，一个色点都可能是一个有多重意义的复杂图形，都会引发出不同的解释。

一、图像的多义性与不同的功能

贡布里希认为，我们的视觉器官不像一面镜子，只是被动地反射和复制外部世界的刺激物。视觉过程不是客观世界的简单映像，而是主动的认识过程，涉及对客体的假设、推理和理解。图像不是对自然的真实摹仿，从史前时期到古埃及、古希腊艺术，一直到现代艺术的发展历程都是人们制作图像的故事，所有错觉主义的作品都是艺术家将传统的概念图式作为创作的基本语汇，依据制作与匹配的原则而完成的。任何图像都不是一种自我描述，图像是被“读解”(read)的，艺术作品需要观看者的合作才能发挥效果，正是艺术家依靠传统的手段与图式来再现自然，观看者所要做的首要事情就是研究每个时期艺术家所具有的图式，并根据此图式对艺术品作出合理的解释。因此，对绘画的理解与阐释所涉及的不只是“眼之所见”，也不能仅仅

理论研究

·　文　·　学　·　与　·　图　·　像　·

把艺术家的形式与某种想象的意义相联系,“艺术要调动观赏者的投射活动,来补偿艺术手法的种种局限”。而艺术家应该“懂得如何调动和发挥我们反应的这种丰富性和深刻性”,这样就会使观者在艺术作品中“寻找非语言交流中实际发生动作的真实记录”,从而“超越艺术媒介的局限,从这些图解的研究中获得更多的收益”①。因此,贡布里希反对艺术作品解释可以全凭主观的观点。在他看来,图像是视觉符号,是相当开放的,正如一个戏剧性的动作可以表现出更丰富的思想,“我们在看作品时往往会投射一些作品实际上没有的外加意义,实际上我们必须这样做才能使作品活起来。模糊之影,即象征的‘开放性’,是任何真正艺术品的重要组成部分。”②虽说“一个画面胜过千言万语”已是陈词滥调,所揭示的却是真理。

人们总是不可避免地要“读解”图像,而且也不可能将其意义限定到一个明确的言语陈述的范围内。亚里士多德早就说过:“人们乐于观看艺术形象,因为通过对作品的观察,他们可以学到东西,并可就每个具体形象进行推论……”③同样,伽达默尔也认为图像是被读解释的:“人们‘读’一幅画,正如人们常说的,像读一篇文章,人们着手‘辨析’一幅画就像诠释一篇文本……”④图像诱使我们试图作出阐释,正是图像意义的不确定性和“意义的难以捉摸”,所以会产生不同的理解与阐释。况且,当经典作品的内容都是象征性的,而意义又被“隐藏”时,更是如此。艺术作品作为某物的视觉意象,观看者如果想得到一个正确的理解,只有借助于投射和调整他的推测性读解。然而,一幅绘画作品中的任何符号不会告诉我们它意欲表达多少象征意义,而且在艺术作品的阐释中我们也无法达到公认的逻辑性和精确性。正如斯坦纳所言:“每种可能的解读,每种‘解码’和诠释都只是暂时的。不论是音乐、文学或艺术,正是这种琐碎枝节、消纵即逝的鲜明属性,才可以一次又一次地被分类和理解。从完全合理且实际的意义而言,严肃的表意行为——借由语言、图像、音调——是永无止境的诠释累积,不可能以一言以

① [英]贡布里希:《图像与眼睛——图像再现心理学的再研究》,范景中等译,南宁:广西美术出版社,2013年版,第94页。

② [英]贡布里希:《象征的图像:贡布里希图像学文集》,杨思梁、范景中编选,上海:上海书画出版社,1990年版,第35页。

③ [古希腊]亚里士多德:《诗学》,陈中梅译,北京:商务印书馆,1996年版,第47页。

④ [德]伽达默尔:《美的现实性——作为游戏、象征、节日的艺术》,张志扬等译,北京:三联书店,1991年版,第43、44页。

蔽之的手法定于一尊。每一次每一种解读（就其最饱满的意义来看），每一种诠释批评的展现都是短暂的、不完整的，而且可能是错误的。关于语言，没有字典是绝对的。”[①]在贡布里希看来，虽然图像学研究为探索艺术问题、寻求艺术作品的原初意义开辟了新的领域，潘诺夫斯基在阐释艺术作品的意义时，展现了非凡的知识，但是他却表现出了一种不负责任的主观主义，陷入了为意义而寻求意义的魔咒，成为了象征符号传统的俘虏。潘诺夫斯基在解释早期尼德兰艺术时，过于强调作品中“隐藏的象征”（disguised symbolism）的重要性，对凡·戴克作品中的狗、燃烧的蜡烛、窗台上的水果以及丢在地上的鞋子都寄予了寓意的解释。贡布里希指出，这是典型的过度解释，“这种奇怪的艺术阐释学的主要方法是一种幻想的词源学，这种词源学过分扩展词语和名称的声音或意义，让它们产生假设它们所具有的奥秘。这些‘解释’虽然在现代人看来怪诞不经，但不可否认的是，它们至少满足了一场成功解释的一个基本要素：通过这种方法，一片神话中毫无联系的成分能简化为一个公分母，甚至非常矛盾的故事也可以变成一种‘隐藏的真谛’的不同象征和显示。”[②]实际上，有些绘画中并非有那么多的象征意义，这一时期的画作大都表现日常生活的场景，如做家务、读书、游戏、交谈等，画面中的事物并不一定隐含深层的象征意义，它们也许就是一个果盘、一个装饰品等。艺术形象不等于作品的主题思想。

贡布里希强调，图像具有不同的功能，人们对图像的态度是复杂的，与其世界观、教育程度和所处的社会环境有着不可分割的联系。他写道：“里帕很明确地说，他用作概念属像的象征符号只不过是图解的隐喻。但隐喻却不可反过来用。我们可以在某些上下文中利用野兔和麻雀与孤寂的联系，但是它们还有其他特性，比如，野兔还可以与胆怯联系起来。里帕心里十分明白。这种方法只有在语言的帮助下才能起作用。除非我们知道了图像的名称，否则不可能深入到图像的意义之中，只有那些由于常用而已经为大家所熟悉的通俗形象除外。”[③]如果在艺术象征符号的研究中完全凭空臆想，专注作品的内容，相信画中的每件事物、每种姿势都有一个固定的意义，

---

① ［美］乔治·斯坦纳：《斯坦纳回忆录：审视后的革命》，李根芳译，杭州：浙江大学出版社，2012 年版，第 25 页。

②《象征的图像：贡布里希图像学文集》，第 211 页。

③ 同②，第 13 页。

这就会使人想入非非,出现过火想象,而忽视了作品表现形式的和谐与美感。贡布里希指出,图像具有再现、象征和表现三种功能,一幅画作既可以再现现实中的物体,也可以用来象征某种理念,通过这个象征,艺术家也可以表现个人的意识或无意识。图像的这三种一般的功能可以同时表现在一幅具体的图像中:“博施(Hieronymus Bosch)画中的一个母题也许再现(represent)了一只破容器,象征(symbolize)了暴饮之罪,表现(express)了画家身上一种无意识的性狂想。”再者,艺术作品往往具有模糊意义或多重含义,艺术作品中的某些符号所唤起的潜在力与某些图形的潜意识意义是难以确定的,象征是一种代码,只起一个隐喻功能,象征符号与意义之间也不是一对一的关系,只能被部分地探明。他提醒说:“瓦尔堡用了‘思维空间缺损’一词来表示人类心灵中那种将符号与以符号所示之物混为一谈,将名称与其载体,将字面意义与隐喻意义,将图像与其原型混为一谈的倾向。我们随时都有可能‘回归’(regress)到较原始的状态,体验到图像和它的模特儿,名称和它的载体之间的这种混淆事实上,人类语言喜欢字面意义和隐喻意义之间的这一朦胧区域。谁能每次都说出字面意义和隐喻意义之间的区别?”[①]要探索原始知识和智慧,我们需要找到相关的可见标志作为证据,要阐释艺术作品的意义,仅靠隐喻之源的普通知识是远远不够的,还要探索研究语言与图像在信息交流中的地位和它们的互动作用。

二、语言与图像的互动作用

图像、语言在信息交流中处于什么地位?它们之间的相通和不同之处体现在哪些方面?这些都始终是语言哲学和视觉研究中的核心问题。柏拉图曾在《智者篇》中借来客之口强调语言的重要性:“因为语言对我们来说是一个实在的‘种’。因为语言是我们最大的事,剥夺了语言也就剥夺了哲学。此外我们必须在这里取得一致的看法,肯定语言是什么东西。我们要想完全排除语言的话,语言就该什么都不是,我们也就根本不能说话了。如果我们认为任何东西与任何东西都没有联系,那我们就把语言排除了。”[②]然而,某些现代艺术家声称,在信息时代图像将取代文字的传统地位,在艺术创作

---

① 《象征的图像:贡布里希图像学文集》,第215、216页。

② [古希腊]柏拉图:《柏拉图对话录》,王太庆译,北京:商务印书馆,2004年版,第583页。

中文字是一种可有可无的东西，只有作品本身才是最为重要的。在贡布里希看来，语言不同于图像，“图像的唤起能力优于语言，但它在用于表现目的时则很成问题。而且，如果不依靠别的附加手段，它简直不可能与语言的陈述功能相匹敌”。虽然图像在感性上具有生动和丰富的表现力，但是在信息交流中，“图像得与其他成分合作才能传达明确的、能被转译成文字信息。不过，图像的真正价值在于它能够传达无法用其他代码表示的信息”[①]。显然，语言与图像作为人类的交流媒介具有不同的功能，语言可以特指具体的事物，而图像则不能。语言可以表达抽象的概念，因而可以形成命题或陈述，而图像则不能对应某段言语陈述（statements），画家的笔触也不能说成是陈述，语言陈述不能被翻译成图像。文字和绘画作品之间存在着必要的相互作用，图像离不开文字，文字离不开图像。“在视觉再现中，符号代表可见世界中的客体，想把这些东西作为客体‘给出’，那是办不到的。就其本性而言，视觉印象具有唤起各种情感的力量，任何一幅图画总是要求助于视觉想象的；它必须得到补充才能为人理解。”[②]再者，由于图像空间排除了文字，图像的可能性读解的范围是极大的，补偿语言缺乏最明智的方法就是在作品上标注指示性或描述性的标题。面对一幅没有标题的作品，人们肯定会想到各种不同的解释，只有探索文字媒介和图像媒介的共存和互动关系，我们才能对其做出合理的解释。

贡布里希在《20 世纪艺术中的图像和语言》（Image and Word in Twentieth-Century Art）[③]一文中，着重探讨了标题在现代艺术作品中的作用，以及对理解和阐释艺术作品的重要性，同时剖析了现代艺术流派抛弃传统，追求视觉图像纯粹性的症候。他指出，自古以来，无论是古埃及、古希腊，还是中世纪艺术都没有排斥文字，图像与文字和睦相处，相互支持。正如父母为子女，儿童为自己的玩具或宠物，生厂商为自己的产品起名一样，艺术家也必须为自己的作品命名。对于与作品有关的艺术家、收藏家和公众中的任何一方来说，标题并不是多余的，而是始终与图像为一体。而对以

① 《图像与眼睛——图像再现心理学的再研究》，第 133 页。

② ［英］贡布里希：《艺术与错觉：图画再现的心理学研究》，林夕等译，长沙：湖南科学技术出版社，2000 年版，第 177 页。

③ Gombrich, *Topics of Our Time: Twentieth-Century Issues in Learning and in Art*. London: Phaidon Press, 1991, pp. 162 - 187.

往的艺术家尤为重要的是,标题具有双重功能:一是在将自己的作品送出展览,或卖给收藏家时作为标记;二是标题文字和它所传达的观念有助于确定作品的情感内容或基调,从而影响观看者的心理定向(mental set)。以惠斯勒(Whistler)为母亲画的肖像为例,他把这幅画作命名为《灰色和黑色的编配:画家母亲的肖像》(Arrangement in gray and black: Portrait of the painter's mother),巧妙地将观者的注意力引向色彩和构图的视觉特征,而不是仅仅关注画中的人物形象。由此一来,画家借助于图像与文字的相互作用,将视觉形象与他旨在传达的观念有机地结合起来,使作品达到了更高的艺术表现力,而观者在欣赏过程中也获得了更多的审美满足感。贡布里希解释说:"知觉与人们和客观世界总是处于一种交易关系之中(transaction),认为人们不必借助源自于先验知识和经验的预想或预期就能够或应该理解一个视觉图像,无疑等于要求人们不必接通负极线路就能让电流从正极发出。图像是一极,标题往往就是另一极。如果两极相接,就会出现新的东西,它既非图像,也非语言,而是它们互动的产物。"[①]这就是说,理解艺术作品离不开投射和视觉预期,一旦视觉形式与标题观念之间相通,两者就形成一个互动的表现效果。艺术创作就能达到完美的境界,作品也能被观者所理解和欣赏。

然而到了20世纪,一些激进的现代主义艺术流派开始否定传统的艺术准则,以新奇怪诞的时尚元素改变着人们对艺术的理解。当代思想家齐格蒙特·鲍曼指出:"现代艺术从一开始就使继承的传统与象征陷入混乱,它傲慢地放弃了所有的传统权威,质疑了遗留的表现手法,残酷地寻求新代码与新技术,挑战了传统的/习惯了的观看世界的方式——并且,伪造了物体与其图像间全部新的联系。"[②]前卫艺术热衷于对传统艺术的解构,极力追求艺术表现的暂时性、偶然性和脆弱性,不断地冲击着人们的视觉经验。立体主义者声称,绘画是一种平面表现模式,所有绘画风格都是符号和象形文字系统,它们与我们观看世界的方式无关,立体主义绘画已不再是叙事性的,甚至不再是直接给人审美的愉悦,只利用符号传达情感经验,唯独从这些符

① Gombrich, *Topics of Our Time: Twentieth-Century Issues in Learning and in Art*, pp. 169 - 170.

② [英]齐格蒙特·鲍曼:《后现代性及其缺憾》,郇建立等译,上海:学林出版社,2002年版,第125页。

号中我们才获得视觉,只有解读它们才能理解作品,人们总有一天都会以立体派的方式看待这个世界。在贡布里希看来,一些立体主义画作完全背离了传统的形式构形和塑造,彻底放弃了忠实的再现,通过变形、压缩、拼凑等手段扭曲了物体或人物的具体形象,其视觉之谜就是以这些象形符号或者抽象的色块吸引我们进入一种"魔法圈子",引诱我们去解释这些抽象而混乱的视觉图形。然而,一旦我们加入到这种视觉游戏,便陷入了一种无谓徒劳的循环解释。因此,我们对这些图像的每一次解读都可能被另一种与此相反的阐释所否定,使得观看者无法解释作品的主题与意义,艺术作品成了一种无人理解的天外之物。

随着概念艺术、立体主义、抽象主义等艺术流派的滥觞,现代艺术中图像和语词的关系,即艺术作品与其说明或标题之间的关系也成为了某些艺术家的试验目标。一些艺术家宣称文字标题仅仅是作品的标签,作品的标题是无足轻重的,与图像有关的语词是多余的。概念艺术流派代表人物梅尔·拉姆斯登(Mel Ramsden)就为其作品《秘密绘画》(Secret Painting)加上了这样的文字说明:"这幅画的内容是不可见的,内容的性状和维度将永远保密,只有艺术家才知道。"而康定斯基拒绝为作品做出具体的标题,依靠所谓的"代码名字"(code names)代替"风景"和"静物",试图让图像免于语词的侵犯或污染,追求纯粹性的视觉描述。贡布里希分析指出,康定斯基可能为作品编错了号码,把两幅作品都标称为"即兴28号"。可见,他意在表明作品并不需要其他任何信息,从而将标题的实用功能置于危险的境地。[①] 如果画家的艺术语言和创作手法完全背离了传统,追求奇特怪异,哗众取宠,只会刺激观画者的感官,并没有美学价值和艺术感染力。贡布里希提醒说:"神秘主义者的符号常常是怪异、反常、不和谐的,也许甚至是令人反感的,因为它要表明的不可言喻的神秘是在符号之外,而不是在符号之内。"[②]无论交流还是表现都不能凭空进行,画家自身对于感情语言的作用和创作手法必须有所限制。某些象征主义或立体派荒诞怪异的标题起到了一种"情绪调节器"(mood setter)的作用,它必然引向基于人类生物本能反应的"回归状态"

---

① Gombrich, *Topics of Our Time: Twentieth-Century Issues in Learning and in Art*, pp. 162-165.

②《象征的图像:贡布里希图像学文集》,第407页。

(a regressive state)。一旦人类退回到原始的性欲和动物性恐惧的状态,理性语言就丧失它对理智的掌控。在马塞尔·杜尚的《从处女到新娘的经过》(The Passage from Virgin to Bride)和《新娘甚至被光棍们剥光了衣服(大玻璃)》(The bride stripped bare by her bachelors, even [The Large Glass])两幅作品中,淫秽的标题与凌乱的构图所暗示的性隐喻使得性欲与暴力相结合,产生了"回归状态"的效果,艺术创作走向了迷惑与神秘之路。象征主义艺术家奥迪隆·勒东(Odilon Redon)就宣称:"标题,只有在它是模糊的,不确定的,甚至倾向于创造混乱和多义性时,才是适用的。"①在贡布里希看来,现代艺术中图像和标题的关系越混乱,就可能会产生失控的迷惑状态,从而诱发荒诞或非理性的事物,艺术必然陷入神秘化。卡西尔在分析康德所提出的"审美普遍性"时也指出,在我们的审美判断中,"美的宾语不是局限于对某一特殊个人的范围而是扩展到全部作评判的人们的范围。如果艺术品只是某一个别艺术家的异想天开的激情冲动,那它就不具有这种普遍的可传达性。艺术家的想象并不是任意地捏造事物的形式。他以它们的真实形态来向我们展示这些形式,并使这些形式成为可见的和可认识的。"②诚然,艺术家可以让作品自身说话,人类也有其共同的生理反应和审美取向的一致性。然而,由于人们的知识程度、文化背景、社会经历各不相同,对艺术作品的接受力和理解力也有所不同。如果作品成了艺术家的自言自语或者是无意识中的幻觉,艺术就成了一种神秘的事业。

尽管贡布里希对现代艺术中非理性的成分持批判的态度,但是他也发现一些当代艺术作品的标题仍然起到了指示或描述的作用。虽然康定斯基相信唯灵论观念,宣称艺术的宗旨就是借助于线条和色彩表现艺术中的精神,反映超自然的力量,但是其作品《地球中心》(Earth center)也吸引观者关注画中之外的标题,有助于推测出画家的创作意图。而他的一幅蓝骑士运动(Blaue Reiter movement)中的作品,其指示性的标题依然是传达信息所不可或缺的。事实上,许多超现实主义作品虽采用了新的标题方式,如萨尔瓦多·达利的《一只绕着古榴树飞的蜜蜂所引起的梦,醒前一秒钟》(Dream

① Gombrich, *Topics of Our Time: Twentieth-Century Issues in Learning and in Art*, pp. 181-182.

② [德]恩斯特·卡西尔:《人论》,甘阳译,上海:上海译文出版社,1985年版,第185页。

caused by the flight of a bee around a pomegranate, one second before a wakening),米罗(Jean Miro)的《照片:这是我的梦的色彩》(Photo: This is the colour of my dream),但是他们还是通过视觉图像与文字标题的结合来表现作品主题。而马克·罗思科(Mark Rothko)的《褐色上的黑色,14 号》(Dark on Brown, No. 14),与惠斯勒和康定斯基一样,采用具有色彩感和视觉感的标题,使作品产生心理定向的作用,引导观者产生沉思冥想的心境,尝试与画家的创作意图达成一致。事实上,从更大的范围来看,无论是抽象艺术,还是波普艺术都没有完全排斥语言在视觉图像中的作用,艺术家们不断尝试新的表达方式。其中,贡布里希最为欣赏的是索尔·斯坦伯格(Saul Steiberg),其作品如《现在!》(Now!),就把语言本身与图像构形巧妙地结合为一体,体现出了他的独特艺术创造力和智慧。

三、文字对图像:原典在艺术阐释中的作用

对贡布里希而言,所谓的"研究"就是寻求证据和答案,必须依靠以传统为基础的各种预测的支持。艺术史家的任务在传统上就是去寻求艺术作品的唯一真实的意义,寻求符合图像的原始场景,并纠正自己的假设或读解,以接近历史事实。"假如艺术作品结构十分丰富多彩,它即使被误解了也仍不失其感染力,但是,如果我们真正打算接受它的'信息',那就不能全盘舍弃历史学家所能挖掘出的辅助性背景。"[①]因此,在对绘画作品的理解与阐释上,贡布里希强调所有文化都依赖的共同的知识库的重要性。因为我们缺乏证据,历史上有很多问题我们无法知道真相,"历史就像瑞士奶酪有很多空隙,史学家的技巧正是在于找出那些他认为可能得到回答的问题。在作研究之前他得决定问什么问题,学者的技巧即他的机智就在于感觉到哪一条探索线路有结果可寻,能够使他有所发现"。最好的解答方法就是去档案馆查找文献,"一幅画的主题,其答案可能在某篇原典里,这时你就得知道去看那篇原典并把它和画联系起来"[②]。如果缺少有关文化背景和上下文的线索,人们就会读解出许多不同的意义,导致相对主义的过度阐释。贡布里希

---

① [英]贡布里希:《木马沉思录:艺术理论文集》,徐一维译,北京:北京大学出版社,1991 年版,第 136 页。

② [英]贡布里希:《艺术与科学:贡布里希谈话录和回忆录》,杨思梁等译,杭州:浙江摄影出版社,1998 年版,第 121、122 页。

极为赞赏德国艺术史家阿比·瓦尔堡的图像学研究方法:"文字对图像"(the word to image),即把图像和原典出处联系在一起的方法,"你要研究波提切利的画作就必须把诗人波利齐亚诺(Poliziano)的文本放在身边,就要了解赞助人的生活方式"[①]。瓦尔堡的方法为探讨艺术问题开拓出了新领域,研究图像学的学者们希望通过查找原典搜寻上下文,发现艺术作品的原初意义。一幅绘画的意义产生于艺术家的创作意图和作品的社会或个人用途,一旦艺术作品所属的传统和惯例得以确定,解释就不会出大错。如果把视觉形象孤立起来,切断它所处的前后关系,它们就不可能得到正确的解释。通过有关原典的帮助,我们可以更清楚地说明艺术家的意图和画作的原初意义,"探索中世纪和文艺复兴时期有关象征体系原典的人,看到原典作者以如此的学识和智慧把解释圣经的技巧运用于解释范围广泛的原典、图像和事件,无不感到惊讶和沮丧。对图像学家来说,极力模仿这种技巧并将它运用于解释过去的艺术品,实在是一种不可抗拒的诱惑"[②]。因此,贡布里希仿照瓦尔堡的研究方法,从原典史料中寻求答案,他之所以相信他对罗尼穆斯·博施的《地上乐园》和波蒂切利的《春》的解释是正确的,就在于他从原典中发现线索,考察社会惯例,缩小误差范围,找出一幅特定的图画所图解的原典,从而做出合理的解释。

然而,贡布里希也提醒说,图画和原典之间的对应不能强行建立,仅凭绘画和原典之间的某些模糊的相似之处去解释绘画的意义,是靠不住的。我们的理解必须以文化习惯或者知识储备作为先决条件。"一个真正的学者,其标志是,当他阅读一部原典或者观看一幅图像时,他不得不意识到自己无知的程度,不得不意识到发现更多东西的需要。有时,这种探索会把他带进一座图书馆,偶尔也会带进一个档案馆;他或许在寻找一个答案时决定花数年时光艰难地看完某些记录,或者只把问题藏于心中,希望有朝一日答案会不期而至。总之,往昔的学者们就是用这种方法进行我们现在的所谓'研究'"。[③] 人文学者应该是原典的守护者,艺术史家要具有文化传统观念、

---

① Gombrich, *Tributes: Interpreters of Our Cultural Tradition*. Oxford: Phaidon Press, 1984, p. 123.

②《象征的图像:贡布里希图像学文集》,第31页。

③ [英]贡布里希:《理想与偶像——价值在历史和艺术中的地位》,范景中等译,南宁:广西美术出版社,2013年版,第107页。

历史典籍、经典准则、社会习俗等方面的知识储备。要对绘画做出正确的解释，我们必须通过原典寻找意义的起源和原作者的意图。任何一种理论或方法都不是解开绘画之谜的万能钥匙，图像阐释决不能简化为一个易于确定的定律，同一种方法不能用于解释每一件绘画作品，每一幅绘画的意义需要运用不同的方法去探索和解释。同时，贡布里希主张，艺术阐释中的每一个陈述都必须有意义，既反对用抽象的理论概括或套用现成的范式，也反对在绘画阐释中使用诸如"精细的绘制，呆板的明暗生硬的轮廓"，或者"敏感性、清晰性、柔韧性、流畅性、确实性、自发性和暗示性"之类的直觉的或印象式的语汇。这些漂亮的词汇不会对深刻理解和阐释作品带来任何实际效果，"事实上，每一位批评家都不得不用这类意味深长的措辞表达他对艺术质量的印象，但是如果他认为印象是来自这些见解，那就是欺骗自己了。描述常常不过是反应的合理化而已"。这类描述只是传达了某种感受的总体印象，它们既没有实际的意义也不能具体解释作品的意义，反而具有一定的危害性，"更危险的是这样华丽虚饰的语言有可能用于贬低一件伟大的作品。"①如果我们脱离准则的观念，没有检验我们判断的标准，完全凭借主观反应或者移情想象去确定和解释艺术作品的意义，也会导致无边的幻想或过度阐释。

贡布里希的雄心就是以再现为中心，一边是象征主义，一边是装饰去解释艺术中的实际问题。在他看来，艺术作品的意义不是一个简单的主观心理学观念，而是与社会情境和文化机制密切相联的综合体。艺术史家和艺术批评家面对如此繁多的知识关联和问题时，应有自己的选择和目标，"至于决定要问哪个问题往往取决于我们。一方面，我们受到研究这些问题的传统引导，另一方面被发现某种新东西的机遇所决定。在这些问题上，历史学家所需要的是某种机智和鉴别力，即所谓的'看问题的眼光'(an eye for a problem)"②。也许最为重要的是："我们想欣赏那些作品，就必须具有一颗赤子之心，敏于捕捉每一个暗示，感受每一种内在的和谐，特别是要排除冗长的浮华辞令和现成套语的干扰。"③乔治·斯坦纳在其回忆录中写道："无

① 《理想与偶像——价值在历史和艺术中的地位》，第168、169页。
② Gombrich, *Topics of Our Time: Twentieth-Century Issues in Learning and in Art*, p. 67.
③ [英]贡布里希：《艺术的故事》，范景中译，北京：三联书店，1999年版，导论。

论多么模糊暧昧,都要去探索文字与世界的关系;无论多么难解都要去探索文本、艺术作品的意图,寻求认同。"[①]对贡布里希而言,艺术史必须理性化,艺术史家应该以严谨而科学的态度对待这门学科。艺术研究、艺术批评科学而理性的方法就是:从个体出发,关注个体的或特殊的事件,强调具体细节的意识,大胆提出问题,探索艺术的意义与价值。这是他从维也纳艺术史学派继承来的遗产,也是他所说的艺术史的途径。

作者简介

穆宝清,男。1963 年生,山东省济南市人。文学博士。英国伦敦国王学院(King's College, London)访问学者。现为山东大学外国语学院副教授。研究方向:西方文艺理论。

① 《斯坦纳回忆录:审视后的革命》,第 27 页。

抽象与相似性之图像符号逆转*

——视觉隐喻生成手段美学分析

郭　伟

摘　要：一件视觉艺术品的生成是“感性意象”从大脑到表现媒介的物化过程，即抽象与相似性之图像符号逆转的过程。抽象就是视知觉发挥相似性融合功能、视觉思维实现相似性突显功能，通过生成感性意象或意象图式以呈现视觉隐喻的能力，它不仅是思维的属性，也是艺术创造活动、艺术操作的基本特征。相似性之图像符号逆转不是在单一的、个别的感性意象上起作用的，而是将各个关联的感性意象协调为整体或诉诸某种纯粹形式，并转而输出或实现为视觉隐喻，它在具体表现媒介上呈现出图像的各构成要素与感性意象或意象图式在视觉上(如外观等)或“非视觉的、主题性质上”的一致性。而作为抽象形式感性显现再经由图像符号逆转这一艺术实践的结果——视觉隐喻的物化形态，即视觉艺术作品的抽象性就必然有着程度的差异，其抽象程度则与视觉隐喻本体、喻体之间相似性或创造相似性的形式关联及其自身的可理解度皆成反比。

关键词：视觉隐喻　抽象　相似性与创造相似性　图像符号逆转

所谓视觉隐喻(visual metaphor)①，通俗地说就是运用图像符号“打比

---

* 基金项目：2012 年教育部重大社科基金项目(编号：12JJD750002)

① 本文所说的视觉隐喻仅指视觉艺术中使用图像符号进行意义转换的一种修辞方法，是罗兰·巴特所谓“图像修辞”(《图像修辞学》(1964)，方尔平译，王东亮校，载《语言学研究》第六集，2008)的一种。也是诺埃尔·卡罗尔在 1994 年出版的著作中明确界定的“视觉隐喻”(visual metaphor)概念之所指：“如果某物通过视觉手段——特别是通过把按照自然法则不能共存的要素放在同一空间中——支持来源领域(本体)到目标领域(喻体)的映射的话，那么它就是一个视觉隐喻。”([美]诺埃尔·卡罗尔：《超越美学》(1994)，李媛媛、高建平译，北京：商务印书馆，2006 年版，第 575 页。)它不同于思想史范畴的视觉隐喻(二者的区别与联系再专门做文章进行探讨)，思想史范畴的视觉隐喻是一种关于人类认知过程中注重视觉、以视觉时间为参照系(或曰视觉中心主义)的语言学范畴的修辞方法，指的是心灵之眼所指向的“作为一种现代存在的人通达集真善美为一体的理念的唯一、也是最完美的途径”，即一种侧重于“用眼睛知道所有涉及本质、真实、真理及其类似物成为各个文化领域的共同做法”。见高燕：《视觉隐喻与空间转向——思想史视野中的当代视觉文化》，上海：复旦大学出版社，2009 年版，第 73 页。

方”。英语中“metaphor”一词是从希腊语“metaphora”演变而来的。希腊语“metaphora”是由词根“meta”和后缀“pherein”构成的,其中前者的意思是“跨越”,后者的意思是“传送”。从词源学的角度看,“隐喻”在希腊文中的字面义为“将某物传送过去”。作为语言学的一个初始范畴,其基本义则是将某物视为另一物,即“意义的转换”:赋予一个词它本不具有的涵义,或者用一个词表达它本来表达不了的意义。视觉隐喻的基本内涵也是将某物视为另一物和意义的转换,只不过这一转换的完成是以图像为物质载体的。但是,随着视觉隐喻在艺术史中所呈现出的表现形态不断发生演变和更迭,其内涵和外延也有着相应的变化。

本文所说的视觉隐喻属于广义的艺术学、美学范畴,是指视觉艺术中所使用的以相似性或创造相似性为基础构造某种特定艺术形式的修辞手法。我们可以对视觉隐喻作出一个描述性界定:即以感性意象(sensuous image)①为单位,按照某种特定的意图,以融合或聚合的方式生成的具有合成性的空间结构。这与亚里士多德、莱考夫(Lakoff)和约翰逊(Johnson)、保罗·德曼等所持有的广义的隐喻观相一致。例如,亚里士多德将一切修辞现象均视为隐喻性语言;而除了通常所说的隐喻之外,莱考夫和约翰逊把转喻、提喻(synecdoche)和反讽(irony)等都当做了隐喻,②保罗·德曼甚至认为讽喻和象征也是两种隐喻方式。视觉隐喻主要包含三种基本的存在形态:第一,由静态图像即图画(picture)生成的图像隐喻(metaphor presented in pictures)③,如绘画、平面设计、平面广告等;第二,由动态图像即影像(figure)生成的镜像或电影隐喻,如电影、戏剧、舞蹈、多维数字合成的视觉结构等;第三,由景观(spectacle)所生成的视觉隐喻,如建筑、雕塑、园林等。

① 就是康德所说的“想象力重新建造出来的感性想象”,或莱辛所说的“诗在读者身上产生出来的一种意识到的形象”。一如赵毅衡所分析的:“人的感觉摄取事物显露的诸形相,这个由感觉(而不是回忆中的‘感觉残留’)组成的 image 当然也是意象”。他认为,意象这一术语在韦勒克那里是“指过去的感性或知觉经验(不一定是视觉)在意识中再造或回忆。瑞恰兹则称之为‘感觉的残留’。这里,‘意象’这个译名中的‘意’字,是指意识,即意识中再现的‘象’。”(赵毅衡:《重访新批评》,天津:百花文艺出版社,2009 年版,第 115、116 页)

② 束定芳:《隐喻学研究》,上海:上海外语教育出版社,2000 年版,第 11 页。

③ 本文特别把以静态图像的方式构成的视觉隐喻称为图像隐喻,因此采用 Edward F. McQuarrie and Barbara J. Phillips 在他们的文章“Indirect Persuasion in Advertising: How Consumers Process Metaphors Presented in Pictures and Word”(*Journal of Advertising*, No. 2,2005)中关于“图像隐喻”一词的表达方法以示与动态图像或景观图像所构成的视觉隐喻的区分。

视觉隐喻的“合成性的空间结构”是指使用多种艺术手段使图像呈现出不同于日常事物所具有的常态空间存在形式，以生成具有无穷暗示力的不确定性指向，从而使观者的想象力得到最大程度的激发。

如果说大脑中“感性意象”的形成是一个观察、兴发[①]过程的话，那么，使用具体的图像符号实现视觉隐喻的修辞表达就是一个艺术创造的运思、物化阶段。视知觉的想象力和视觉思维的抽象能力在观察、兴发过程中发挥着至关重要的作用，表现在以积极的态势去发现、融合、创造、强化或突显相似性；而涉及运思与物化，就意味着必须考虑相似性的呈现问题，即对图像符号的处理。

一、抽象

阿恩海姆认为，“在知觉活动中包含的思维成分和思维活动中包含的感性成分之间是互补的。正因为此，才使人类的认识活动成为一个统一或一致的过程——这是一个从最基本的感性信息的‘捕捉’到获得最普遍的理性概念的连续统一的过程。这一统一过程的最本质的特征，是在它的每一个阶段(或水平)上，都要涉及着‘抽象’”[②]。也就是说，对于视觉思维起着决定性作用的艺术创作而言，最终涵蕴在艺术品中的撼人心魂的“感性魔力”[③]，诞生于感性与理性的连续统一过程中，并且，这一过程既始于，又贯穿着，并终结于“抽象”这一思维活动，尽管感知的形成或者直觉判断的执行“发生在千分之一秒内”[④]。

因为，那“不代表任何事物的艺术作品如楼房、图案、织锦等，怎么能叫做意象呢？当它呈现出纯粹诉诸人的视觉即作为纯粹的视觉形式而与实物没有实际的或局部的关联时，它就变成了意象。如果我们将其完全看做直

---

① 郑板桥所说画竹四阶段包括：“馆中竹”、“眼中竹”、“胸中竹”和“手中竹”。对应于艺术创作过程而言，“馆中竹”是观察阶段，主要是感知相似性；“眼中竹”是兴发阶段，旨在发现并惊异于某种相似性；“胸中竹”是运思阶段，目标是突显相似性；“手中竹”是物化阶段，体现为相似性之符号逆转。

② [美]鲁道夫·阿恩海姆：《视觉思维》，腾守尧译，成都：四川人民出版社，1998年版，第202页。

③ “那是一种感性魔力，是任何艺术所不可缺少的，而在这类题材中则全靠它才引人入胜。另一方面，在表现较高的意趣时，艺术家走到理想方面，就很难同时显出应有的感性魔力，因而不免枯燥乏味。”([德]歌德：《歌德谈话录》，朱光潜译，北京：人民文学出版社，1997年版，第180页)

④ [美]大卫·波德维尔：《电影诗学》，张锦译，桂林：广西师范大学出版社，2010年版，第59页。

观物,那么就从它的物质存在抽取了它的表象。以这种方式所观察到的东西,也即成了纯粹的直观物——一种形式,一种意象。它离开了它的实际背景,而得到了不同的背景。这种意义上的意象,即从实际的、因果的秩序中抽取出来、仅为感知而存在的东西,是艺术家的创造”①。也就是说,感性意象是艺术家全身心感知世界所生成的抽象形式的感性显现。比如,点、线、面就是人使用视觉构绘事物,并试图抽离其实际的背景来重新感知事物形态的抽象形式。但具体语境中点、线、面组合形式则是一种感性与理性包容体以共同作用的结果,就像亨利·摩尔对自己创作过程的记录:“尽管雕塑家或画家头脑中非逻辑的、直觉的、潜意识的成分在他的作品中要起作用,但他同样也有一个活泼而清晰的头脑,艺术家全身心地投入他的艺术创作,其中,意识那一份担任解决冲突、组织记忆的工作,并防止它企图同时涉足两个方向。”②如果说完成解决冲突、组织记忆的工作就是视知觉的抽象能力,这里面渗透着艺术家的理性的、意识层面的思维活动,那么,“在创作雕塑作品时,我并非事先拟好一个计划,或蓄意表达某一个明确的意念,而是在工作时,凭着直觉去做,直至令自己满意。这完全是一个感性的过程”③。由此可见,感性意象的再现或物化本身就是一个充满着感性魔力的过程。

从这个角度看,主动地或者有意识地屏蔽纯粹的视觉形式与实物之间的实际或局部关联这一思维活动,同时也是二者之间某种相似与创造相似性的形式关联得以建立的契机,更是抽象得以实现的感知条件。以此为基础,抽象也就成为了视知觉发挥相似性融合功能、视觉思维实现相似性突显功能并生成感性意象或意象图式的能力。由于它源于“一种在对必然和永恒的关照中根本地摆脱人类存在的偶然性”④的冲动,因此,抽象不仅是思维的属性,也是艺术创造活动、艺术操作的基本特征。它以相似性为链接点使艺术家赋予所见之“眼中竹”以不可见的视觉形式——“胸中竹”。接下来,艺术家将如何完成从“胸中竹”到“手中竹”的转换与艺术操作过程,以使一个完整的视觉隐喻(如郑板桥的各种“竹”画)得以实现呢?

---

① [美]苏珊·朗格:《情感与形式》,刘夫基等译,北京:中国社会科学出版社,1986年版,第58页。

② 张恒编译:《亨利·摩尔艺术全集》,北京:金城出版社,2011年版,第23页。

③ 同②,第49页。

④ [德]沃林格:《抽象与移情》,王才勇译,北京:金城出版社,2010年版,第19页。

二、相似性之图像符号逆转

米歇尔·福柯指出："记号体系逆转了可见物与不可见物之间的关系。相似性是那个在世界深处使得事物成为可见的东西的不可见形式；但是，为了使形式有可能处于光的沐浴之下，就必须有一个可见的形象，把它从其深刻的不可见性中牵拉出来。"[①]按照本文的分析，当视知觉的想象力将相似性加以融合，"可见的东西"的"不可见形式"得以显现在大脑之中时，就生成了"感性意象"或意象图式。换言之，"感性意象"或意象图式就是体现相似性那"深刻的不可见性"的"可见的形象"。然而，人类的记号（符号）体系再一次"逆转了可见物与不可见物之间的关系"，这意味着通过符号把形成于大脑中的"感性意象"或意象图式即"不可见物"，转换成了存在于各种具体表现媒介之上的可见的形象，即艺术创造实现从"胸中竹"到"手中竹"的运思和物化过程。

依据具体表现符号的不同，这一形式相似性的符号逆转（或者说是"运思与物化"的过程）呈现出两种可能：其一，逆转为具体图像，即视觉艺术品中的视觉隐喻；其二，逆转为形象化语言或语象（verbal image），即文学文本中的诗性隐喻（关于诗性隐喻这一问题，本文暂不做具体论述）。

换一个角度观察，"在我们考察关系亲疏不同的各种自然物的同时，我们也就超越了所有这些自然体，把它们的各种特征看成是一个理想的图像。如果我们紧紧地抓住这个理想的图像，我们就会发现，在观察对象时我们的注意力有一个特定的方向，通过比较更容易获得和牢记各种各样的知识。最后我们还发现，只有当我们至少懂得一点自然是如何创造它的作品的方式，我们在创造艺术时才能与自然相匹敌"[②]。这意味着，运用具体的图像符号构造视觉隐喻需要懂得自然"创造它的作品的方式"，紧紧抓住"理想的图像"——相当于柏拉图所说之"理式"、康德所说之图式等的包括人在内的自然的存在性，也就是"那不可见的相似性"。也就是说，艺术创造的符号逆转并非简单的符号转换行为，而是凝结着想象力和视觉思维能力的再创造过程。它必然涉及重新调动艺术家发挥其视知觉的相似性融合功能与视觉思

① [法]米歇尔·福柯：《词与物》，莫伟民译，上海：三联书店，2002年版，第37页。
② [德]歌德：《论文学艺术》，范大灿等译，上海：上海人民出版社，2005年版，第51页。

维的相似性突显功能，驱动在大脑内部完成的从本体到喻体(或从来源域到目标域)的映射行为，在具体艺术操作中再一次发生，从而借助感性意象或意象图式，呈现不可见的相似性或作为本体的相似性。

艺术哲学家赫伯特·里德(Herbert Read)曾经讨论过艺术符号转换并起作用的方式与艺术本质之间的关系，他强调："艺术，从我已经界说过的根本的革命意义上来说，总是包含着一种原始的创造行为，即发明原先所不存在的客观事实。由无意识投射一个象征或意象，并不是那种意义上的创造行为：它只不过是一个现存物体由一个领域到另一个领域的转换——例如由心理领域转移到语言领域或造型领域。艺术的主要功能是把意象(无论是无意识的还是观念的意象都无关紧要)协调成有效的图式。艺术存在于图式中，这是一个艺术家的个人直觉。艺术不存在于意象中。"[①]也就是说，所谓图像符号对相似性的逆转，不是在单一的、个别的感性意象上起作用的，而是将各个关联的感性意象协调为整体——意象图式，或者是诉诸某种纯粹形式——像亨利·摩尔所提醒的那样，"一个敏感的雕塑观察者还必须学会把形式单纯地理解为形式，千万不要理解为描述或引起联想的相似物"[②]，并转而输出或实现为具体表现媒介上的视觉隐喻。因此，艺术创造就是视觉隐喻的重建，艺术的本质或艺术的艺术性体现为视觉隐喻在图像符号和表现媒介上的最终完成。

三、视觉隐喻的符号呈现方式

无论是分离的意象还是整体性的视觉隐喻，都依赖于有特定涵义的符号或符号体系的支撑，由此而生成具体的视觉艺术作品。而艺术符号可以定义为一种广义的语言，是我们的感知、思维和情感的图像化语言。从艺术家使用图像语言进行表达的角度看，一个视觉隐喻藉由视觉艺术使用其构成元素而实现自身的具体表现手段，就是艺术创作的编码(encoding)过程，如图表1之示意：

参照语言学范畴言辞隐喻的构成，把呈现于视觉艺术品中的视觉隐喻

---

① [英]赫伯特·里德：《现代艺术哲学》，朱伯雄、曹剑译，天津：百花文艺出版社，1999年版，第42页。

②《亨利·摩尔艺术全集》，第24页。

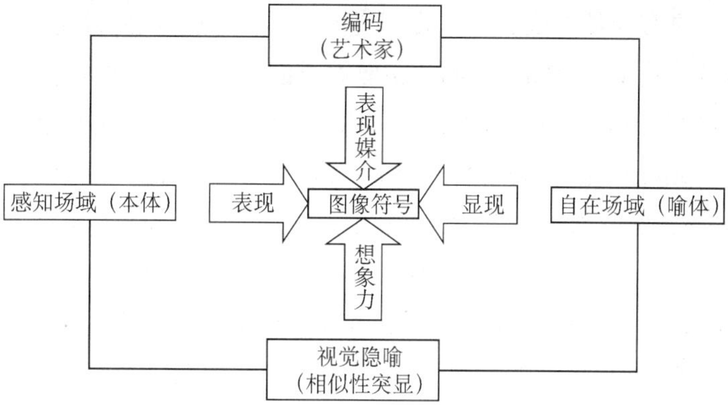

图表 1　视觉隐喻编码过程

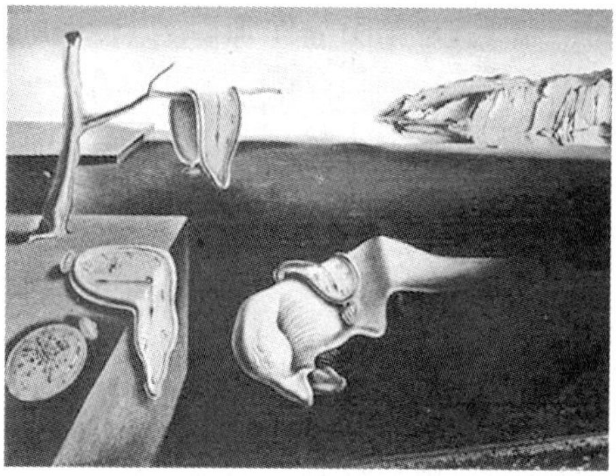

图 1　记忆的永恒

看做是本体(目标域)到喻体(来源域)之间相互映射的结果,我们可以以具体的艺术表达(编码)过程为例来分析视觉隐喻生成的视觉手段。如达利在 1931 年创作其《记忆的永恒》(如图 1)时,就"运用了许多来自童年记忆和心理分析作品中复杂纷乱的符号,他还探索了运用形态类比的方法用一种事物的特别形态来唤起或表达另一种完全不同事物的形态(这种方法是一种自由结合的心理分析技术在视觉上的类比)"①。这一创作过程说明,在描绘、构建自己对于世界的感知、体验和认识,探寻或表征目标域与来源域双重视野之间的相似性时,艺术家可资运用的图像符号、技术手段和方法是多样的,而视觉隐喻最终能够实现的基本方法则是视觉上的类比性再现。或者说,通过抽象形式的感性显现与相似性之图像符号逆转而生成的视觉隐喻,在具体表现媒介上呈现出图像的各构成要素(视觉隐喻的本体)与大脑中的感性意象或意象图式(视觉隐喻的喻体)在视觉上(如外观等)或"非视觉的、主题性质上"②具有一致性。

---

① [英]保罗·克劳瑟:《20 世纪艺术的语言和观念史》,刘一平等译,长春:吉林人民出版社,2007 年版,第 84 页。

② [美]诺埃尔·卡罗尔:《超越美学》,李媛媛、高建平译,北京:商务印书馆,2006 年版,第 566 页。

首先，具有视觉上或非视觉的、主题性质上一致性的图像符号的自我确认，是视觉隐喻本体与喻体之间的相似性或创造相似性在视觉艺术中的“错觉”呈现，即图像的各要素由于空间结构的“合成性”(融合或聚合)和时间的同一性或相继性而在主题上作一致性识解。也就是说，视觉隐喻的构成要素按照自然法则具有不可共存性，因此构建时涉及扯断事物之间的习常联系。同时，由于视觉艺术符号具有意义的偏离、转移抑或游弋的特征，可能体现出不可阐释性或多义性，因而艺术家的意图就是构成视觉隐喻的内在指向，在编码过程中，艺术家往往根据特定意图强化某种相似性，而这些也会隐性地显现为艺术家所处时代背景及其美学观念等在艺术品中渍染的文化印痕。

当然，视觉隐喻图像符号自我确认的相似性又有着外在与内在之分。比如约翰·罗斯金(John Ruskin)在其《现代画家》一书中谈道：“有一些事实极易得到，并和自然有着类似，这种类似带有欺骗性。而其他的事实，经过困难的努力才能得到，且不产生欺骗，但是却给予内部和深层次的类似。这两种事实不能够同时得到，必须对它们作出选择。拙劣的画家给出的是廉价的欺骗性的类似，而优秀的画家给出的是珍贵的非欺骗性的类似。康斯坦布尔感知到在风景画中草地潮湿、牧场平坦，大树树荫浓郁。我想，这也就是说，一般来说聪明的小鹿和云雀都能够理解。”[①]罗斯金所说的“欺骗性的”类(相)似是指图像与事物之间的轮廓性的、写实性的相似，这种真实从根本上说是不存在的。这是因为：一方面，按照柏拉图的说法，只有理式才是真正的真实，而此类艺术描绘的是理式的自然衍生物或人工制成品，与真实隔着两层，因此外在的相似无法通达真实；另一方面，如果说视觉隐喻是艺术本质的表征，那么艺术关注更多的是与人的感知世界相对应的内在相似性的探索。从视觉隐喻的生成过程来看，视知觉中呈现出来的感性意象或意象图式本身已经是对自然场域的视网膜形象进行相似性融合的产物，再经过视觉思维的相似性突显，以及物化时的图像符号之逆转，这样所得到的艺术品就距离事物的表象愈来愈远。在此意义上，违背这一原则的作品所模拟的相似性自然是廉价的、欺骗性的。因此，康斯坦布尔的风景画表面

---

① [英]约翰·罗斯金：《现代画家》，第三卷，张鹏译，桂林：广西师范大学出版社，2005年版，第122页。

上看可能连最基本的、习常经验中的物理轮廓相似都被取消了，但是它之所以是宝贵的、豪无欺骗性的，是因为它突出了艺术家综合感知系统体验到的相似性，即内在的、深刻的生命感应的相似性。正是这一向度上的相似构成了艺术的内核，同时也是一个包孕着感性魔力的“有意味的形式”——视觉隐喻。

需要注意的是，从逆向视觉隐喻生成过程来看，由它所表征的相似性则是一个历史范畴：如果说古典艺术重在表达某种触觉相似①的话，那么现代艺术体现的是面对自然物的视觉（直观或感官印象）相似性，而当代大众艺术启动的则是综合感知系统中的经验相似。不过，虽然任何视觉隐喻中所呈现出来的相似性或创造相似性在本质上都是一种错觉，但在主题或艺术家意图的介入和控制下，仍能够对视觉隐喻及整幅作品进行整体识解。

其次，视觉隐喻图像符号的呈现方式具有“同时性”或“叠合性”等美学特质，并因静态、动态和景观等图像类型而有所不同。

静态图像在视觉呈现方式上具有图像符号铺展的“同时性”特征，由此而形成的两个或多个合成性的空间结构能够相互映射或相互激发，使人同时想起不同的概念或范畴。以达利的《记忆的永恒》（图 1）为例可以看到，整幅作品就是一幅静态合成图像，“正常的各种规则几何形体状的钟表”组成部件重组为一个变形的、融化状的钟表，钟表部件与钟表整体并置在一个画面中。这一视觉隐喻能够使人同时关注钟表的部分和整体所指向的时间意义。例如，钟表的常见形象表达的是什么样的时间，融化形状的钟表表达的又是什么样的时间，这样就可能意会出既不完全是接受者既有的，又不完全符合艺术家意图的钟表形象和时间观念。换言之，这一新合成的视觉形象激发了观者内心对时间等问题的感知、体验和思考：时间就是钟表上的刻度和滴答滴答的响声吗？人生是否由那声响里的一分一秒的时间组成的呢？正在融化的时间是人在生命旅程中感受到的绵延不断的黑洞式体验吗？

动态图像在视觉呈现方式上具备图像符号组构的“叠合性”（重合性、叠

---

① 艺术史家沃尔夫林认为，“涂绘风格表现于这样的情况中：光已获得了其自身的生命力，而这种生命力取消了塑形形体的直接可触知性。关于贝尔尼尼作的胸像的讨论在这儿也许可以作为参考。在一种不同于古典艺术的意义上，雕像被表现为适合于眼睛的外貌。虽然有形的形体没有失去其真实性，但是它传递给触觉器官的刺激不再是主要的因素。然而在各种表面的处理上，这一事实并不能阻止石块获得比从前多得多的肌理错觉。而这种肌理，这种软和硬的区别等等，是一种只需用眼睛就能看出来的错觉，而且这种错觉立刻会使触觉无所适从。”（[瑞士]沃尔夫林：《美术史的基本概念》，潘昌耀译，北京：中国人民大学出版社，2004 年版，第 94 页）

加性、同一性),是指两个或多个在视觉上具有一致性的图像叠加在一起,结果不但仍可辨认彼此,而且与两个或多个图像有关联的概念或范畴之间尚能相互映射或相互激发。如 1926 年弗里兹·朗的无声电影《大都市》中一个视觉(或曰电影、镜像)隐喻就是机器与摩洛(《旧约》里的一个伪神,他的宗教仪式以小孩儿为祭品)两个视觉形象的叠合效果:“机器变成了怪物。楼梯变成了摩洛的舌头,楼梯顶部的洞穴变成了摩洛的咽喉。突然,前面提到的涡轮变换成了摩洛的脚。但是后来的镜头中,我们看到的涡轮作为涡轮,以现代主义的巨大献祭用的蜡烛形式出现……使我们把握了这个图像的意旨:机器是摩洛,或者更广泛地说,这种现代机器是吃人的怪物。”①可以说,这一视觉隐喻就是言辞隐喻“现代机器是吃人的怪物”的图像化显现。

景观图像则兼有图像符号组构的“同时性”和“叠合性”特征,这两种视觉呈现方式共同协作塑造出一个链接着绝对经验的视觉隐喻。如亨利·摩尔的雕塑《绵羊片段》(如图 2)所呈现出来的合成性的空间结构——“大形体连着小形体,护着它,或者小形体完全依附大形体。我尝试表达小羊精力充沛、用力吸吮母乳的真实感。绵羊有《圣经》的精神。在《圣经》中,我们对马和牛不会有这样的感觉,但我们知道羊和牧羊人”。② 一种抽象的绵羊母子的形体结构共存于特定的时空中,它至少映射出三种指向可能:绵羊母子情意绵绵的哺乳与吸吮母乳的情境(如图 3);温暖的情感世界的意象图式,甚至是某种情感世界的原型意象;以及圣经文化传统的精神形态。这三种指向共同显现并交互作用于感知世界的相似性关联惯性。

图 2 亨利·摩尔与其雕塑《绵羊片段》(1972)

图 3 绵羊素描

① [美]诺埃尔·卡罗尔:《超越美学》,第 564、565 页。
② 《亨利·摩尔艺术全集》,第 64 页。

四、抽象性、相似性与视觉隐喻的关系

至此，从上文对于艺术创造的物化形态——具体视觉艺术作品分析来看，作为图像符号自我确认和表征的形式，视觉隐喻中本体与喻体双重视野之间的相似性有程度高低、大小的差异，相似度影响甚至决定着艺术创造的成败得失。由于双重视野之间的相似度可以从本体与喻体之间的距离来观察，距离的设置和调整就决定了视觉隐喻的构造面貌，这也是艺术家创造力的体现之所在。

视觉隐喻本体和喻体双重视野之间的距离不外乎“远距离式”、“近距离式”和“零距离式”三种。一般认为，双重视野之间的间距越大隐喻越有独创性。实际上，当双重视野之间的距离过远时，艺术作品可能会流于晦涩、艰深。当双重视野之间的距离过近时，艺术作品不免直白、浅露。而当本体和喻体双重视野之间的距离为零时，则有两种可能性：其一，双重视野重叠或消失，隐喻失去生命力，或者成了“死隐喻”，逐渐蜕变为仅有写实意义的惰性图像；或者成为概念化视觉隐喻，作为完全传达观念的艺术形式（如观念艺术等）；或者成了只具有自指功能、关于隐喻的隐喻，即视觉元隐喻、元图像。其二，如果将视觉艺术的表现媒介（各种图像符号）也看作是一种视野的话，视觉隐喻的本体、喻体与表现媒介这三重视野的重合或同一，就形成了媒介化隐喻，如装置艺术、大地艺术等视觉艺术作品。

若反向考察具体的视觉艺术作品，便会发现，由于视觉隐喻本体与喻体双重视野之间的相似或创造相似性之形式关联有着无限的存在样态，作为抽象形式感性显现再经由图像符号之逆转这一艺术实践的结果——视觉隐喻的物化形态，视觉艺术品的抽象性必然有着程度的差异，而抽象程度的高低则与相似或创造相似性的形式关联及其自身的可理解度皆成反比。

当把包括人在内的自然和物理属性当做双重视野间相似性突显之链接点的时候，作为视觉隐喻物化形态的视觉艺术作品的抽象性就比较弱，具象性则较强，比如追求逼真写实效果的古典艺术作品等。而艺术品的可理解性则较强。

当视觉隐喻把人与自然相互感应、相互影响而生成的感知结构当做相似性突显的链接点之时，视觉艺术的抽象性较强，可能会产生出一些具有概

念性结构的艺术品,例如现代艺术的表现主义、超现实主义、立体主义、抽象表现主义等。以蒙德里安作品《纽约市》为例(见彩页),作品中呈现的便是艺术家面对纽约市所感受到的某种神秘结构。为了便于理解,这种作品中往往会有附加的解释性线索:“对于一个高度抽象的构图来说,假如它与自己所标示的东西之间很少或根本没有相似之处,其符号作用就非常有限,而且要附加某些解释性的前后联系或背景,才能使人明白。”①因为作品中突显于本体与喻体之间的相似性是一种根本脱离自然的外在形式,以此来表现抽象精神或者追求人与神统一的绝对境界的“纯粹抽象”。也就是通过艺术作品把纯粹实在和普遍的世界本相谜一般的相通性揭示出来,从而表现艺术家在人类世界和宇宙里所感知到的高度神秘。

图4 艺术家的粪便

当视觉隐喻把艺术自身及围绕于艺术现象周围的相关因素作为相似性突显的连接点之时,视觉艺术作品中的抽象性接近于理性或观念本身。如观念艺术中对艺术自身、艺术界以及艺术体制等的质疑。我们以皮耶罗·曼佐尼(Piero Manzoni)的特定艺术品系列为例进行分析。1961年曼佐尼展出的作品《艺术家的粪便》(Artist's shit)是一个装有他自己排泄物的罐头盒子,以黄金的市价称重出售(图4)。这是对由艺术家、艺术评论、赞助商或者画廊等组成的艺术体制进行质疑的一个视觉隐喻。通过装着“非艺术品”物质的盒子,展示了一个本来毫无价值的东西,一旦被艺术家制作出来、交由艺术评论家的批评,经过赞助商的金钱过滤,最后被画廊展出或者美术馆收藏之后,就成了所谓的“艺术品”的过程。曼佐尼的特定艺术品系列把原来对艺术本质的质问“什么是艺术”转换成了“是什么构成了艺术”这一语言学意义上的解构性追问。当然,在营造“是什么构成了艺术”这一问题答案的过程中,也呈现出观念艺术向行为艺术、装置艺术等过程性艺术过渡的趋向。如果说“什么是艺术”这一特定疑问句呈现出的是一种对艺术未曾预设答案的语义结构,强调静态的罗列,那么“是什么构成了艺术”这一疑问句呈现的则是一种对艺术有所预设的语义结构,彰显的是动

① 《视觉思维》,第214页。

态的过程。比如,对第一个问题的回答是“艺术是美的”或者“艺术是丑中呈现出的另一种美”,而对第二个问题的回答则是“艺术是由艺术家的制作、艺术家的评论等艺术体制生产出来的”。如此一来,艺术作品几乎成了艺术哲学的图像展示。

当视觉隐喻把包括人在内的世界本体存在作为相似性突显的连接点之时,视觉艺术作品中的抽象性达到最高值,甚至使视觉艺术成为某种形而上内容的直接表现载体,比如极小主义家唐纳德·贾德的《无题》(见彩页):似乎是要通过纯粹的物质材料按照统一的规格和分隔距离展示出来,以“无题”命名的形式,按照图像自身展示自身的情状,即以一种“物自体”的本体相似性来“无言地”言说自己。

综上,艺术作品中呈现出来的视觉隐喻,作为对视知觉生成的感性意象或视觉思维包孕的意象图式进行符号逆转的结果,既不是深刻的不可见形式,也不是具体的可见物;既不完全依凭艺术创造意图,也不一味顺从接受者的感知。它是一种既具体又抽象、既清晰又模糊、既完整又不完整的形象,是一种自相矛盾的视觉现象。或者说,它纯粹是虚幻的对象。它的意义在于:“我们并不用它作为我们索求某种有形的、实际的东西的向导,而是当作仅有直观属性与关联的统一整体。”[①]而“在某种合宜的想象性状态中从个别事物中直接获取的”,经过抽象处理的视觉隐喻一旦形成,“便被强加到其他的事实上面。这就是说,从此之后,在任何合适的场合,它们都会被作为一种‘解释性’的形象使用着,渐渐地,由于会受到其他一些解释性形象的影响,它们便相互融合,由之而变形、变态。或者突然被抛弃,继而由一个更加可信或更加诱人的新的完形所代替”[②]。不仅如此,某种经过抽象处理的视觉隐喻在特定时期具有稳定性,而在历时中则会发生嬗变:经历渐变、突变或被替换的过程。比如绘画中的图式,如《芥子园画谱》、达芬奇人物画谱等都只是艺术家在特定时空对人、自然和世界认知的产物。

由此可见,一个视觉隐喻的生成是“感性意象”从大脑到表现媒介上的物化过程,不仅包含着视觉思维所具有的抽象与图像符号之相似性逆转,而且必然经历一个藉由表现符号进行自我确认和编码的过程。在具体表现媒

---

① 《情感与形式》,第 58 页。

② [美]苏珊·朗格:《艺术中的抽象》,转自《视觉思维》,第 214 页。

介上则要求图像的各构成要素在主题上作一致性识解,从而使视觉隐喻的表现符号在呈现方式上具有“同时性”或“叠合性”等美学特质。藉此而得以实现的视觉隐喻,其表现符号的自我确认与表征的双重视野间的相似性程度,深刻地影响着甚至决定着艺术创造的成败得失。

作者简介

郭伟,1974年生。女。河南尉氏人,中国社会科学院外文所博士后,河南大学文学院副教授,北京师范大学文艺学研究中心兼职研究员。主要从事形式美学与文艺学研究。

历史研究

·文·学·与·图·像·

《山海经》西王母母题的图绘流变及其文图关系*

周恬逸

摘　要：西王母神话是古代神话系统中极其重要的一部分。由《山海经》等典籍的文字记载，到因民间传说而被记入传记、史书，再到后世文学作品的润色，西王母的形象经历着不断的变异，成为民间信仰中地位非常高的神仙，逐渐形成丰富的神话系统。同时，其图像也在数千年间源源不断涌现，图像系统、图绘流变的多样性、复杂性令人叹为观止。本文意在梳理西王母神话在主流文化与民间文化中的文、图变迁，探究其文图内涵、特征与文图关系。

关键词：《山海经》　西王母神话　文字记载　图绘流变　文图关系

西王母神话是古代神话系统中极其重要的一部分。

有关西王母的来历，自古众说纷纭。对西王母有文字记载的早期文献有《庄子》、《山海经》、《穆天子传》、《淮南子》、《易林》、《史记》、《汉武帝内传》等。

早在殷商卜辞中就出现了"西母"二字，西周青铜器上也有"王母"二字，但由于资料匮乏，难以证明与西王母有直接关系。

战国时期《庄子・大宗师》有"夫道，有情有信，无为无形……西王母得之，坐乎少广，莫知其始，莫知其终"的记载，此处是一位得道不死的仙家。

《山海经》记录西王母的文字有三处：

西海之南，流沙之滨，赤水之后，黑水之前，有大山名曰昆仑之丘。有神——人面虎身，[有]文[有]尾，皆白——处之。其下有弱水之渊环之；其外有炎火之山，投物辄然。有人戴胜，虎齿，[有]豹尾，穴处，名曰

* 本文是江苏省社科基金项目"先秦两汉文图关系研究"(13ZWB003)阶段性成果之一。

西王母。此山万物尽有。(《大荒西经》)

玉山,是西王母所居也。西王母其状如人,豹尾虎齿而善啸,蓬发戴胜,是司天之厉及五残。(《西次山经》)

海内西北陬以东者。蛇巫之山,上有人操柸而东向立。一曰龟山。西王母梯几而戴胜[杖]。其南有三青鸟,为西王母取食。(郭璞注:又有三足乌主给使)在昆仑虚北。(《海内北经》)

三段文字中的西王母形象并不相同,按照袁珂先生认定的成书年代顺序来看:《大荒西经》描写的西王母是人面、虎身、虎齿、豹尾、戴胜的形象,且是穴处。此处经文曰"有人",与上文的"有神"对比可知此处文字记载的西王母是人,并没有归为神,基本是原始野蛮人的形象。接着《西次山经》所记西王母住在玉山,虎齿豹尾,擅长长啸,整体样子像人类,蓬发上戴着玉胜,是掌管瘟疫刑杀的天神。由"有人"变成了"其状如人",且神职被写出,袁珂称之为"从野蛮人到怪神的西王母的形象便终于完成了。这是《山海经》内部进行的一次西王母形象的演化"。《海内北经》的西王母,倚靠在一几案旁,头戴玉胜,手持一杖,三青鸟为西王母取食。"几是古时候对有才德的老者表示尊重的专门设施之物,也是古代文明的重要表征之一。"[①]此处的西王母俨然是有王者之气的女性形象。

在《山海经》中,西王母的形象经历了多次变异,可见《山海经》经文并非一人一时所作,经历着不断的增删与变异,其带有的信息也比较零散,后人只是据此形成了对西王母形象的大概感知。这是西王母形象的第一次演变。

袁珂在《中国神话史》中写道,"西王母"本应是国名或者族名,"西"表示西边这个方位,"王母"是外来语言的译名。但"王母"这两个字的译称在汉字的"作用"下成了"王母"一词,从古至今人们多将西王母理解与想象成西方的王母这一形象。周穆王拜见西王母的民间传说故事被写进了《穆天子传》,继而又有人将其写进了编年体通史《竹书纪年》,自此西王母"女性人王"的形象基本确定。这是西王母形象的第二次演变。

到西汉《淮南子·览冥训》"羿请不死之药于西王母,姮娥窃以奔月"、司马相如《大人赋》"低徊阴山翔以纡曲兮,吾乃今日睹西王母。暠然白首戴胜

① 袁珂:《中国神话史》,上海:上海文艺出版社,1988年版,第47页。

而穴处兮，亦幸有三足乌为之使。必长生若此而不死兮，虽济万世不足以喜”、《史记·赵世家》“缪王使造父御，西巡狩，见西王母，乐之忘归”[①]的文字，到之后《汉武帝内传》“以玉盘盛仙桃七颗，大如鸭卵，形圆青色，以呈王母”的描写，西王母褪去严酷外形与神性，演变成有不死之药的仙人。

东汉中期，与女性主仙西王母相对应的男性主仙东王公被创造出现，至此西王母神话基本稳定。

从先秦到东汉，西王母的神话形象有三重变异，由远古人兽面貌合一的怪神，到女性人王，再到掌握不死之药的仙人，西王母传说也先后有“主刑杀”、“掌管不死之药”、“庇佑吉祥”、“昆仑仙境”等主题，这正体现了“由野而文，是一个不可抗阻的演化公例”[②]。东汉中后期，“西王母”由于“长生不死”主题被纳入道教神仙体系。六朝时期，其成为道教重要仙真。之后受道教思想与民间传说的影响，西王母形象逐渐女性化、温和化，成了住在昆仑山瑶池的慈祥的“瑶池金母”，当然她是以多重形象出现在人们视野中。到《西游记》第五回“乱蟠桃大圣偷丹，反天宫诸神捉怪”，瑶池举行蟠桃大会，此时的她已是慈祥年老的王母娘娘。

西王母这一神话形象并非单独出现，她的神话系统是逐渐形成的。西王母的随侍动物，最基本的“配置”是三青鸟、三足乌、玉兔、蟾蜍和九尾狐。

《山海经》对三青鸟的文字记载有三处，《西山经》记载了三青鸟的栖息地——广员百里的三危之山，《大荒西经》记载了三青鸟的外貌，《海内北经》则记录了其神职是为西王母取食。郭璞《图赞》曰：“山名三危，青鸟所解。往来昆仑，王母是隶。穆王西征，旋轸斯地。”陶潜《读山海经》第五篇：“翩翩三青鸟，毛色奇可怜。朝为王母使，暮归三危山。我欲因此鸟，具向王母言。在世无所须，惟酒与长年。”郭璞在注文中加入了经文中并未出现的三足乌（“又有三足乌主给使”），并认为它也是供西王母差遣的神鸟。玉兔在文献中或者与月亮有关（如张衡《灵宪》“月者，阴精而成兽，象兔蛤焉”），或者与长寿有关（如葛洪《抱朴子》“兔寿千岁，五百岁其色白”），或者与捣药有关（如《太平御览》引汉乐府诗“采取神药山之端，白兔捣成虾蟆丸”）。蟾蜍在文献中除与玉兔一样是月精外，还与不死药有关（如葛洪《抱朴子》“肉芝者，

① 司马迁：《史记·赵世家》，北京：中华书局，1959年版，第1 779页。
②《中国神话史》，第50页。

谓万岁蟾蜍……此二物得而阴干末服之,令人寿四万岁")。这两者自然与西王母产生联系。在《山海经》中出现三次的畏兽九尾狐后来逐渐演变成子孙兴旺、吉祥的象征,也成了西王母神话中的一员。

汉代,它们一起成为了西王母图像的基本组成部分。

一、汉代的西王母图绘流变及其文图关系

西王母形象的演变几乎贯穿了整个中华文明,其身份的多重性使其同时拥有历史形象、道教形象、民间形象与文学形象。并且,西王母神话系统的复杂性不仅体现在其源头、形象本身的复杂,上层和民间信仰变异的复杂,还体现在其图像系统、图绘流变的多样与复杂。

近半个多世纪来,我国河南、山东、江苏、四川、陕西、山西等地出土了众多与西王母相关的汉代文物,有画像石、画像砖、壁画、祠堂、玉器、铜镜等,尤其是东汉中期之后,西王母图像出现频率特别高,这为我们打开了西王母神话研究的新途径。

研究西王母在汉画像石中的形象的代表学者有鲁惟一(Michael Loewe)、巫鸿、李凇、信立祥、汪小洋等。鲁惟一研究了山东画像石中的线刻图像等,巫鸿则略去作者、年代、真实性存疑的《山海经》《穆天子传》等资料,以"西王母作为阴的象征"、"西王母与昆仑"、"从超自然的存在到宗教偶像"、"西王母和长生王国"等多个方面,从艺术史的角度解读西王母图像。李凇在《论汉代艺术中的西王母图像》中归纳:"西王母的图像形式衍变大致可划分为两个阶段:1. 西汉后期至东汉初期,西王母为四分之三侧面角度,为'情节式'构图;2. 东汉初期至中期,西王母为正面角度,左右有对称的侍从,为'偶像式'构图;东汉中期以后,普遍出现有翼像。"[①]信立祥在《汉代画像石综合研究》中大致归纳出三个发展阶段:汉哀帝建平四年之前,西王母被普遍认为是昆仑山的刑法凶神,因此画像石上有象征长生不老的仙山昆仑山,却没有西王母(如汉武帝时期山东临沂金雀山 9 号汉墓出土的帛画图像);汉哀帝建平四年至东汉中期,西王母褪去了可怕外形和神性,成为仙人世界的主人公,在画像砖、铜镜纹饰等器物上大量出现,且有九尾狐、玉兔、三足乌等神兽环绕周围;东汉中期至东汉晚期,"作为与西王母相对应的男

---

① 李凇:《论汉代艺术中的西王母图像》,长沙:湖南教育出版社,2000 年版,第 312 页。

性仙人，东王父(亦称东王公)终于在群众性造仙运动中被人们创造出来，并在祠堂东侧壁最上层的仙人图中得到表现”①。汪小洋则以东王公的出现为标志，将西王母图像系统的演变划分为两个阶段：“第一阶段，东汉中期以前，西王母和以她为中心的神仙世界出现，这是西王母中心的形成阶段。第二阶段，东汉中期至东汉晚期，东王公进入西王母神仙世界，这是西王母至上神的努力阶段。”②以上学者的相关研究很好地为西王母图像研究拓展了视野。

笔者在西王母神话图绘流变这一部分选取的例图主要是为某一方面的特点及演变情况提供实证，大致分为民间的画像石、画像砖、铜镜及大传统中的一些绘画作品。其中就汉画像石中的西王母形象，笔者作了较为详细的解读，因为其数量之多、样式之多、内涵之丰富一直受到学界关注，既是西王母神话图绘的源头，也是西王母神话文图关系研究的重点。

笔者通过研读《中国美术分类全集·中国画像石全集》③及相关图像资料，从以下几个方面大致概括了西王母汉画像石的特点及演变情况：

1. 画像石上的西王母

关于西王母图像形式的衍变，笔者同意李淞的看法，即由西汉后期至东汉初期的四分之三侧面角度，到东汉初期至中期的正面角度，再到中后期的有翼像。对此笔者要补充的是，东汉后期陕西、山西部分画像石上的西王母是左向或右向的，这是一个特殊的现象。

西王母在图像中的形象、位置是笔者考察的重点。

西王母在画像石中多为正面相，位于顶层，坐于所在层组的正中，左右两侧有仙人羽人、持物侍者、蟾蜍、捣药的玉兔、三足乌、三青鸟、九尾狐等形象，并有其他神兽围绕。

画像石中西王母的形象及图像主题也在逐渐变化。

西汉后期至东汉初期，西王母多为凭几而坐，正面端坐，图像内容主要是有人向西王母朝拜或持仙草跪献，有细微的“情节”；东汉中期，西王母除了凭几而坐，有时会坐于神山仙树上，图像内容多为侍者跪奉；东汉后期，西王母所坐之处有榻上、云上、交龙之上、树下、华盖笼罩下的天柱悬圃之上、

① 信立祥：《汉代画像石综合研究》，北京：文物出版社，2000年版，第156页。
② 汪小洋：《汉画像石中西王母中心的形成与宗教意义》，载《南方文物》2004年第3期。
③ 中国画像石全集编辑委员会编：《中国美术分类全集·中国画像石全集》，八卷，济南：山东美术出版社，2000年版。

云形华盖下、山字形山峰顶的瓶状高座上,某些图像中的西王母戴华胜,头梳高髻,或肩生双翼,或手举不死草,或拱手,显示出极高的威仪,又有羽人执三珠果侍奉,或持曲柄伞盖罩在西王母头上,或有仙人献玉浆、朱草,或有求不死之药者。绥德墓门楣画像(东汉,1955 年 5 月陕西省绥德征集,拓本见《中国画像石全集·陕西、山西汉画像石》图版 153)上更是出现了端坐于由三只仙鹤牵引的车上的周穆公。此外,四川画像石上的西王母多坐于龙虎座上,带有鲜明的地域特点。此时的西王母画像石无论背景、外形、动作还是"情节",可谓达到了"错综复杂"的顶点。

西王母画像石主要是长生主题,有些于仙境中也融合了人间世界的刻画,如车骑、宴饮、游戏、历史故事等,仙界与现实世界相连。

2. 画像石上的东王公

东王公这一男性仙人的由来在文献中找不到明确的记载,其发展演变轨迹可追溯至远古神话与先秦信仰。东王公进入西王母图像世界的时间,信立祥和汪小洋在相关专著与论文中都提到过,大致是在东汉中期。进入的主要原因是汉人阴阳平衡的观念:"为西王母配上东王公,表现出统治阶级对西王母图像系统的接受和改造的痕迹,现实社会的结构对画像石的构图产生了影响,这也是汉画像石与现实生活密切联系的一个标志。"①东王公出现之前,与"阴"的象征西王母相对应的是风伯,主要原因是他能兴风带人升天。

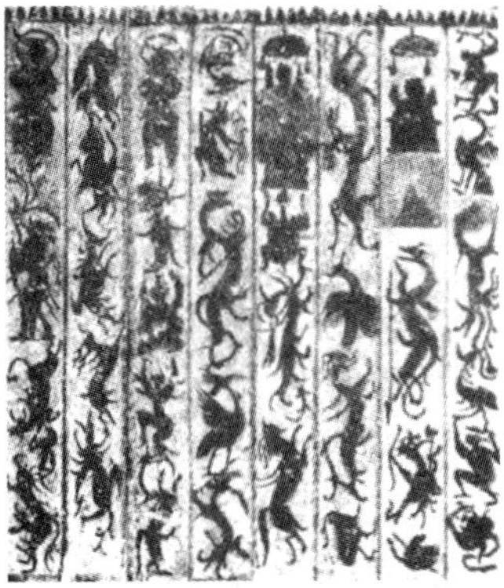

图 1　沂南汉墓中室八角立柱画像②

西汉晚期,西王母画像石中已经有东王公的身影。东汉中后期,东王公与西王母经常被对称刻画于墓门立柱、墓室墙壁、祠堂两侧的最高位置,且两者经常坐于神仙树上,蟾蜍、捣药的玉兔、九尾狐、神鹿及各类侍者、仙人围绕周围。例如图 1 中刻西王母、东王公两神坐于山顶的瓶状高座上,东王公抱琴状物,西王母拱手,均头悬华盖,周围有众多童子、奇禽、异兽、神怪。

① 汪小洋:《汉画像石中西王母中心的形成与宗教意义》。

② 图 1 采自《中国画像石全集 1·山东汉画像石》,图版 221。

3. 画像石上西王母神话系统的图像元素

随着西王母形象在民间的流传，有关她的传说故事也得到不断的润色、增添，西王母世界逐渐丰富，相应的其"图像系统"也增加了许多元素。

据笔者粗略统计，西汉西王母画像石上已有玉兔、凤鸟、仙人等形象。东汉西王母画像石的图像元素，初期有神人、三足鸟、九尾狐、神兽、持便面侍者、持仙草笏板人物、朱雀、持规女娲、贯胸人等；中期有执彗门吏、羽人、仙人、九尾狐、鹿、翼龙、翼虎、持便面侍者、龙、虎、玄武、怪兽、持仙草侍者、蟾蜍、鸟首人身侍者、玉兔、伏羲、女娲、朱雀、博山炉等；后期有羽人、玉兔、翼龙、人首鸟身侍者、执三珠果羽人、蟾蜍、众多远古神话人物、献御浆仙人、献朱草仙人、肩生双翼仙人、马身龙、凤鸟、伏羲、女娲、华盖、青鸟、侍女、门吏、狐狸、人面兽、龙、四头鸟、鸡头人、仙鹤、羊等，还有马驾、云雾、祥云、山丘、植被、卷云纹、双菱纹、连弧纹等。

可以看到，西王母图像系统在两汉是逐渐丰富起来的，图像元素与日俱增。其最基本的图像元素乃《山海经》等典籍文字记载的三足鸟、三青鸟、羽人、九尾狐、玉兔、蟾蜍等，继而进入图像系统的诸多神人、灵兽、侍者，并没有明确的文字为证，应该是随着不断变异、增益的民间传说被绘入的。这里有三个值得注意的现象，其一是西王母身边侍者的面貌逐渐多样，世间人物也参与进来；其二是东汉后期图像中加入了昆仑山的环境刻画如云雾、山峦、植被等以及人间情景的刻画，使仙界和人间混为一体；其三，画面中的纹路也逐渐多样化，使图像更为丰富美观。

图 2　武梁祠西壁画像①

图 2 武梁祠西壁画像是含有众多图像元素的代表，卷云纹、双菱纹、连弧纹等多种花纹将画面自上而下分为五层，西王母端坐于顶层锐顶部分的正中，左右有玉兔、蟾蜍、羽人。第二层自右至左依次刻画交尾的伏羲女娲、祝融、神农、黄帝、颛顼等，其左皆有榜题。第三层画四组孝子故事，第四层画几则历史故事，第五层画

① 图 2 采自《中国画像石全集 1・山东汉画像石》，图版 49。

一辆车骑左向行。

4. 画像石画面分层情况

汉代西王母画像石的画面基本都分层,各层容纳不同图像元素。

画面分层的整体演变趋势是由简及繁,形式逐渐丰富。西汉末及东汉早期分层较简单,画面自上而下或自左至右分为三组、五组,东汉中后期分层变复杂,尤其是后期,画面自上而下可能分为两层、三层、四层、五层甚至八层,更有一幅画面中同时左右分层、上下分层。

与此同时,西王母与东王公在图层中的位置也在不断变化。西汉后期至东汉中期,西王母与东王公基本被刻于画像石画面的第一层、上部,而东汉后期,其位置不断浮动,除了第一层,还可能处于第二层、二三两层、一二两层、左侧第二层等位置。这说明,图层偶有浮动现象,但西王母在图像中的中心地位已经确定。

汉代西王母画像石主要存在于石阙、墓葬、墓门立柱、石祠堂、石棺等之上,尤其是东汉中晚期,出土文物尤为丰富,东汉中期集中于墓门左右立柱,东汉晚期则集中于石祠堂之壁。

目前发现的西王母汉画像石分布于我国十六个省市自治区,主要在山东、苏北、河南、四川、陕西、山西等地,且各地都有一两块分布集中区,总体而言与东汉道教策源地相吻合。其中,山东南部、江苏北部、河南的西王母图像的年代自西汉末年至东汉末年,陕西、山西、四川地区的西王母图像的年代则是从相对较晚的东汉中后期开始。

除画像石外,铜镜也是西王母、东王公图像的重要载体,在此简略说明。

西王母形象出现在铜镜中,最早是新莽时期,其在铜镜图像中的中心地位自西汉末至东汉逐渐确立,初始时期对应的男神主要是吴王,后来与东王公成对配置。西王母图像主要出现在画像镜和神兽镜两类铜镜上,前者多为浅浮雕,主题单一(例如图 3),后者多为高浮雕,多神集于一镜(例如图 4)。铜镜中的图像元素与画像石类似,有羽人、玉兔、车马、龙虎、神人等。铜镜中的西王母、东王公形象经历了从无到有、由简及繁的过程,后期所占画面比例逐渐变小,直至消失。

汉代铜镜上有铭文,其中也有"西王母"字样,如:"河南南阳市博物馆藏东汉灵帝建宁元年镜铭文:'建宁元年九月九日丙午,造作尚方明镜,幽湅三商，上有东王公、西王母，生如山石，长宜子孙，八千万里，富且昌，乐未央，宜侯王，师命长，买者大吉羊(祥)，宜古市，君宜高官，位至三公，长乐央。'”①这段吉语铭文清楚表明东汉民众会通过西王母来表达长寿、升官、多子孙、多福的祈望。

图 3　神人车马龙虎画像镜②

图 4　重列式神兽镜③

其实，墓葬中的铜镜主要是日常用品，而非明器，这为研究民间信仰及日常审美提供了一定实物资源。

在汉壁画墓中，目前只有洛阳偃师辛村新莽壁画墓和洛阳卜千秋壁画墓中有西王母图像出现，且其不处于中心地位，与画像石有很大差别。

此外，众所周知，汉代中期之后佛教传入中国，相关题材的图像在一定程度上影响到西王母图像。如果将汉代早期佛教图像与西王母图像相比较，可以发现两者之间有密切关联，“汉代早期佛教图像与西王母图像相似，均多出于丧葬情境，结合前述时空分布规律推测，早期佛教图像很可能是沿着西王母图像的既有仪轨进入这些特定的丧葬情境。两类图像的相对位置存在相对、置换和并列三种较密切的关联……图像志方面，存在标志性特征互相借用、共享相似的图像结构等情况。其中，早期佛教图像实践基本保持了自身的图像志特点，而在其实践较多、力度较大的四川地区，在一定范围和程度上影响并刺激了主流西王母图像的变化与发展”④。

西王母这一神话形象在汉代的文图关系呈现出以下突出的特点：

---

① 王子今、周苏平:《汉代民间的西王母崇拜》，载《世界宗教研究》1999 年第 2 期。

② 采自迟文杰:《西王母文化研究集成 · 图像资料卷》，桂林：广西师范大学出版社，2009 年版，图 74。

③ 采自《西王母文化研究集成 · 图像资料卷》，图 87。

④ 王苏琦:《汉代早期佛教图像与西王母图像之比较》，载《考古与文物》2007 年第 4 期。

与“据文绘图”的明清《山海经》图不同，汉代的“文”与“图”之间有西王母信仰这条不断变动的纽带，即图像的刻画并非直接作用于文字，而是基于上层统治者与民间对西王母的信仰与认识从而产生。无论是《山海经》对西王母作为原始冷酷怪神的三段简略的记载，《穆天子传》等带有虚构色彩的传记、史书对其女性人王形象的稍带情感的记录，还是《汉武帝内传》、《大人赋》等作品对掌握不死之药的仙人西王母的华丽描述，每段文字都是简略的，只反映了作品写作之时的西王母神话。而在汉画像石上，可能在西王母周围刻画了三足乌、三青鸟等文字记载中确与其有关的神灵，还有捣药的玉兔、九尾狐、贯胸国人、伏羲、女娲、凤鸟、羽人等《山海经》等典籍中有文献记载却未直接表明与西王母具体关系的神灵神人，甚至还有神鹿、朱雀、玄武、龙等民间信仰中的吉祥神灵，这些图像元素随意组合出现，内容大大超过文字。所以大致而言汉代西王母神话文图关系的典型特征就是西王母神话的广泛流传使上层与民间形成了对其零散的、综合的印象，继而刻绘的图像反映了多段文字、传说的结合。

其次，图像的分层、图像元素、画面内容整体呈由简及繁的状态，西王母的新形象与旧形象交织共存，共同演变发展，加之东王公的加入，使得文图关系日益复杂。以 1970 年河南郑州新通桥发掘的汉墓中的《西王母与玉兔》《九尾狐与三足乌》两块画像砖与 1786 年山东省嘉祥县武宅山村北出土的画像石相比为例(见图 5 至图 7)：

图 5 西王母与玉兔

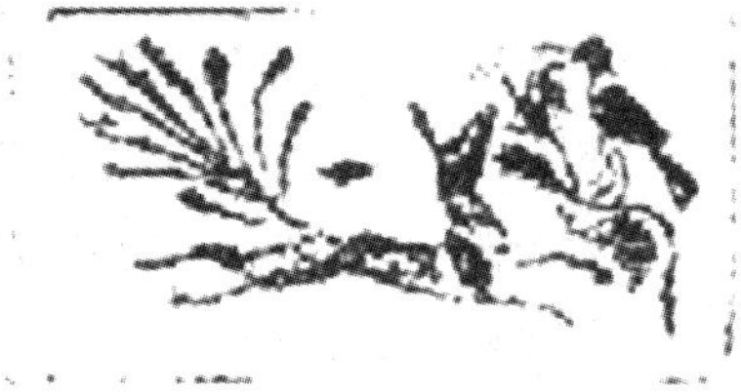

图 6 九尾狐与三足乌①

图 7 武氏祠左石室屋顶前坡东段画像②

① 图 5、图 6 采自汪小洋:《汉画像石中西王母中心的形成与宗教意义》。

② 采自《中国画像石全集 1・山东汉画像石》,图版 87。

《西王母与玉兔》与《九尾狐与三足乌》是西汉末至东汉早期的作品，武氏祠左石室屋顶前坡东段画像则是东汉中晚期的作品。就画面大小来说，前者仅有 8 cm×9 cm，后者有 140 cm×167.5 cm。就刻画工艺来说，前者粗糙简略，后者精细复杂。就画面内容来说，前者很简单，西王母侧身，身边只有一只捣药的玉兔，另一块上有九尾狐和三足乌，综合而言只有神话系统中的基本要素；后者则分上下两层，下层的右上部分刻西王母、东王公端坐于云上，周围有男女侍者，中部有卷云及众多羽人，此外还有马车、人物等，由于刻画内容太多，甚至难以看清与分辨。于是，西王母画像石规模、工艺、内容等方面由简及繁的变化可见一斑。伴随着图像的这种变化趋势，文图关系也渐变复杂，例如前期的图像可从文字记载中找到对应形象，一一对应，而后期某些图像元素难以理清与明确的文字的对应关系，可能更多是因民间信仰习俗而与西王母“长生不死”、“祈福祈寿”主题相关联，加之新老形象的混合，文图关系愈发多样化。

文字记载中的西王母神话、传说都有一定情节，尤其是西汉“仙化”后的西王母，而汉画像石中“偶像式”的刻画占多数，内容基本是对西王母、东王公的朝拜、跪献、侍奉，很少出现类似“羿请不死之药于西王母，姮娥窃以奔月”(《淮南子·览冥训》)、“王母以四颗与帝，三颗自食”(《汉武帝内传》)的生动情节。虽然西王母在汉代已经女性化、温和化，但画像石却着重刻画其威严，这与其在汉代崇高的地位有关，也与画像石的性质有关——画像石被配置在祠堂、墓葬中，不仅有装饰作用，主要还是为了表达让祠主、墓主死后升仙到昆仑山的愿望。

基于西王母传说在各个地域的变异，不同地域刻绘的西王母图像呈现出各自特点，添加了一些元素，与“文字”有轻微游离。例如各地图像上侍者的进献物、执用物各不相同，三珠果、酒浆、芝草集中于嘉祥地区，便面集中于滕州地区；四川地区画像石上的西王母多坐于龙虎座上，陕西、山西地区画像石上的西王母、东王公则是坐于灵芝状的悬圃之上，东王公还头戴三梁冠，手举仙实，东汉后期陕西、山西部分画像石上的西王母与众不同地呈现左向或右向。

汉代可谓西王母信仰崇拜的高峰，信仰者遍及上层统治者至下层民众，人们在其身上寄托了长寿健康、平安吉祥、子孙满堂的祈望，加之厚葬风俗的普遍，使得汉代成为西王母图像极其多的一个时期。

二、魏晋至唐宋的西王母图绘流变及其文图关系

汉之后,受道教思想与民间传说的影响,西王母形象逐渐变温和、慈祥,成了住在昆仑山瑶池的“瑶池金母”,深受民间尊重与喜爱。这一阶段,西王母的图像也发生了一些变化,其穿着、容貌更接近人,图像内容与世俗生活更加贴近,吉祥赐福色彩愈发浓烈。

甘肃酒泉西北部戈壁滩上分布着魏晋、十六国大面积墓葬群,以酒泉丁家闸五号墓为例(见图 8、图 9),墓室前室的顶和壁连通,满绘壁画,顶部绘复瓣莲花,其下几层分栏作画,顶部以下的第一层绘天上,东顶绘东王公,南顶绘白鹿、羽人,西顶绘西王母,北顶绘神马。第二、三层绘人世,有燕居行乐、车运出游、耕作劳动等生产生活场景。第四层绘承载大地的四只巨鼋。壁画内容可谓丰富多彩,是神话故事与人世生活的完美结合,有很高的历史、艺术价值。图 10 是敦煌莫高窟第 249 窟窟顶北坡的西王母部分的图像,也是异彩纷呈。

图 8 东顶所绘东王公

图 9 西顶所绘西王母

图 10 西王母敦煌壁画

由于西王母神话的“仙化”,西王母信仰逐渐与道家思想融合,西王母成为地位很高的道教女神。

北宋《云笈七签》中的《王母授汉武帝真形图》一文提到了《五岳真形图》的传授,此图相传是西王母由三天太上之处所得,后来传给汉武帝的秘宝。“西王母在与《人鸟山真形图》相关的道教书写传统中,也扮演了一位与人鸟山之原始天王共同刻铭天书的道教女神。《玄览人鸟山经图》一文中描述西王母到人鸟山拜诣元始天王:‘西王母初学道,诣元始天王。三千年道成德就,应还昆仑之山。临去,辞元始天王,共刻铭人鸟山上,虚空之中,制作文

字，字方一丈，悬在无中，以接后学，于今存焉。’”①

上层社会向往长寿、不死，文人墨客、画家也希望生命永恒，于是，不仅在民间、下层，在大传统、上层社会中，象征着长寿、升仙、永生的西王母也逐渐稳定成较为主流的形象，主流文化中有关西王母的文字记载和图像描绘也开始多起来。比如，传说中农历三月初三为西王母诞辰，这一日群仙皆来为其庆寿，王母会在其居住的瑶池设蟠桃宴酬谢众仙。蟠桃与西王母相关的记载，最早出现在晋张华的《博物志》："母笑曰：'此桃三千年一生实。'"②所以仙气弥漫的瑶池、贯通天地的昆仑山、象征着长生的蟠桃、西王母的寿辰都关联起来，经常被绘入图中。从底层百姓到文人阶层到官员、帝王，人人都企盼在西王母的庇佑下长寿安康，于是蟠桃图、瑶池图、祝寿图、仙乐图这些与长寿相关的绘图逐渐成为大传统中西王母图的主体，且这些创作主题经久不衰，文图关系也在继承中演变。

唐宋之后一变以往对西王母"偶像式"的描绘，转向对瑶池、昆仑山总体环境及献寿场景的刻画，大传统中西王母形象的基调由此显现。《山海经》经文中那个"戴胜，虎齿，[有]豹尾，穴处"、"豹尾虎齿而善啸，蓬发戴胜"、"梯几而戴胜[杖]"的兽、神结合的西王母形象早已褪去，慈祥、仙力无边的女性神形象跃然纸上。画家多依据人世间的盛会，想象而描绘出仙界的蟠桃盛会。此时画家所绘之图与汉代《淮南子》、《大人赋》、《史记·赵世家》、《汉武帝内传》等文献记载的西王母仙人事迹紧密相关，与《山海经》经文中原始的西王母形象相去甚远。

图 11　瑶池献寿图

"南宋四大家"之一的刘松年所绘《瑶池献寿图》③（见图 11），描绘了西王母仙乐世界的献寿场景，场面辽阔饱满，山石与松树刚劲有力，人物流畅细致，人与景完美融合，可谓笔精墨妙、清丽典雅。至于画中主要人物，美国学者斯

① 黄士珊：《写真山之形：从"山水图"、"山水画"谈道教山水观之视觉型塑》，载《故宫学术季刊》第三十一卷第四期。

② 张华原著、祝鸿杰译注：《博物志全译》，贵阳：贵州人民出版社，1992 年版，第 205 页。

③ 瑶池献寿图，宋刘松年，立轴绢本设色，纵 198.7 cm，横 109.1 cm，台北故宫博物院藏。

蒂文·列特(Stephen Little)认定其为周穆王和西王母:“这幅画描绘了周穆王见西王母的故事,这个故事最终是关于自我认知和超凡的。图画中,周穆王和西王母面对面坐在阶地上,周围有侍女。画面背景是群山起伏的地形,代表着昆仑山仙境。前景中,在一个有顶的场地中,周穆王的马车和随从在巨石和树林中等待着他。”①

宋方椿年《瑶池献寿图》②(见图 12)绘西王母所居瑶池,群仙腾云、驾浪、乘鸾鸟前来贺寿,热闹吉祥。画面整体艳丽精细,典雅纯熟。

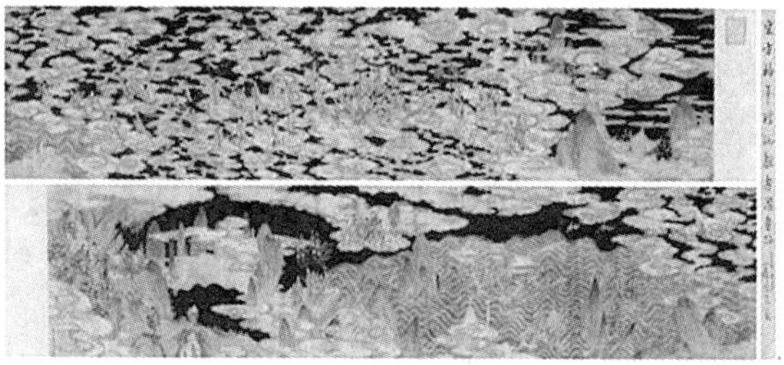

图 12 瑶池献寿图

三、元代至清代的西王母图绘流变及其文图关系

图 13 瑶池仙乐图

元代开始,蟠桃图、王母祝寿图非常多。

图 13 为元代画家张渥所绘《瑶池仙乐图》③,画家以白描手法,淡加敷色,描绘了一幅瑶池仙境。画中四位年老寿星正恭迎西王母,西王母乘祥云而来,身旁侍女手捧盛有仙桃的盘子。画中瑶池、陡崖、古树交相辉映,山水与人物完美融合,有吉祥、和谐之感。

斯蒂文·列特(Stephen Little)认为,至少从元代开始,凤凰成为西王母一个关键性的象征物。《山海经·南山经》描写凤凰曰:“首文曰德,翼文曰义,背文曰礼,膺文曰信。是鸟也,饮食自然,自歌自舞,见则天下安宁”。凤凰在中国文化传统中是四灵之一,是百鸟

① Stephen Little, Shawn Eichman. *Taoism and the arts of China*. Chicago: The Art Institute of Chicago, 2000:157.

② 宋方椿年,1229 年作,绢本设色,约 23.2 平方尺,旧为清宫所藏,著录于《石渠宝笈·初编》。

③ 元张渥,纸本设色,纵 116.1 cm,横 56.3 cm,台北故宫博物院藏。

之王，代表了仁瑞，此时与西王母相结合，使西王母更添吉祥色彩。例如图 14 中，元《祈求长生图》①中，西王母身着华袍，站姿庄重，面向右边，双手合起作拜见状，应该是面向更高的道教尊神。侍女手捧象征长寿与吉祥的蟠桃。可以看到，西王母头上所戴金冠的中心有一只凤凰。图 15 中，西王母乘五彩凤凰，飞于祥云之上，雍容自在，旁有侍女，精美的彩色刺绣工艺使得这幅作品更显华贵。西王母与凤凰的关联，未见于《山海经》及其他典籍的文字记载，应该是后人认为凤凰寓意吉祥，将两者合绘的。

图 14　祈求长生图

图 15　西池王母②

《西游记》第五回“乱蟠桃大圣偷丹，反天宫诸神捉怪”关于王母娘娘以及蟠桃会的描写，使其形象更深入人心，此时画家绘西王母的纯熟技艺也可谓到达了高峰。

图 16 是明刊本《月旦堂仙佛奇踪》中的西王母图，其服饰与面容完全与凡人无异，慈祥端庄，两侍者一持便面一捧仙桃，三人乘祥云而来。明代唐寅所绘《王母赠寿图》(见图 17)是其代表作之一，西王母手持仙草，与身边的仙鹤对望，并配有题画诗“蓬莱弱水三千里，王母蟠桃一万年。凤鸟自歌鸾自舞，直教衔到寿尊前”，长寿吉祥的寓意非常浓郁。图 18 的《蟠桃长寿仙会图》绘仙山祥云、亭台楼阁、松柏桃林、众仙齐聚，场面宏阔，端庄神圣。

---

① 图 14 采自 Stephen Little, Shawn Eichman. *Taoism and the arts of China*. Chicago: The Art Institute of Chicago, 2000:276. 原图为明代作品，立轴绢本设色，纵 91 cm，横 45.3 cm，台北故宫博物院藏。

② 西池王母，明代刺绣作品，台北故宫博物院藏。

图16　明代西王母图①

图17　王母赠寿图

图18　蟠桃长寿仙会图②

到了清代,这类祝寿图、蟠桃图、仙乐图无论在数量上还是质量上都有了明显提升,画面更恢弘大气、明丽多彩,图像元素也更多样、复杂,由单景的人物描绘走向全景式的盛筵描绘。

“海上画派”代表画家任伯年的代表作《群仙祝寿图》③(见图19)描绘了各路神仙齐赴王母娘娘蟠桃盛会的景象。整幅图构图精妙,规模宏大,46个人物分布于左右连贯的十二幅屏上,活泼逍遥,既独立成画,又浑然相连。整幅画色彩鲜明,很好地呈现了西王母神话的仙乐主题,同时在人物造型上凸显了民间特色。图20《王母庆寿图》中绘出了几十位神仙,西王母端坐高处观看表演,众多仙人演奏乐器共同庆祝,寿宴可谓恢弘盛大至极。王文亭

图19　群仙祝寿图

① 采自袁珂:《中国神话传说词典》,上海:上海辞书出版社,1985年版,第154页。

② 图18采自 Stephen Little, Shawn Eichman. *Taoism and the arts of China*. Chicago: The Art Institute of Chicago, 2000:158. 原图为明代作品,手轴绢本设色,纵52 cm,横476 cm,美国纳尔逊艺术博物馆藏。

③ 清任伯年,设色,十二幅通景屏,纵206.8 cm,横714 cm,上海美术家协会藏。

所绘《王母庆寿图》[①](见图 21)中，各路神仙齐聚盛会，画面金碧辉煌。

图 20　王母庆寿图

图 21　王母庆寿图(部分)[②]

到了明清《山海经》诸图本，西王母慈祥的面容褪去，仙气缭绕、吉祥和谐的图像又回归了古朴(见图 22 至图 25)：

图 22　西王母　明蒋本《西山经》图

图 23　西王母　清汪本《西山经》图[③]

---

① 采自 Stephen Little, Shawn Eichman. *Taoism and the arts of China*. Chicago: The Art Institute of Chicago, 2000:36. 原图为立轴绢本。

② 清王文亭，金笺纸本设色，通景屏，纵 218 cm，横 40 cm，美国圣路易斯美术馆藏。

③ 图 22、图 23 采自《古本山海经图说 · 增订珍藏本》，桂林：广西师范大学出版社，2007 年版，第 209 页、第 210 页。

图 24 西王母 明蒋本《海内北经》

图 25 西王母 清成或因本《海内北经》图①

明清《山海经》诸图本中的西王母,文图关系高度吻合。《西山经》记载的西王母是带有兽形特征的天神,配合文字,蒋本绘出了其戴胜、虎齿、豹尾、人形的特征,且用云雾体现其天神的身份;汪本的西王母不见虎齿、豹尾,更具人形,头戴的胜刻画独特,面部表情慈祥。《海内北经》记载的西王母戴胜、持杖,三青鸟为其取食。配合其文字,蒋本图中的西王母豹尾虎齿,头戴玉胜,持杖,右有青鸟,素服,坐姿,接近人类的样态。成或因本的构图与蒋本类似,背景刻画原始气息减弱,而西王母在他笔下完全是人类的样貌,且有趣的是她坐在席子上。相对而言,蒋本较好保留了西王母最原始的形象。此外,蒋本和汪本专门描绘了三青鸟和三足鸟,这在明清诸图本中是难得的,可见这两个版本刻绘者的用心。

由原始《山海经》等典籍的文字记载,到因民间传说而被记入传记、史书,再到后世文学作品的润色,在文明中得到数千年的积淀,西王母成为民间信仰中地位非常高的神仙。其图像也在数千年间源源不断地涌现,图像的风格往往因各时期增添了一些主观色彩而呈现出不同样貌,总体趋势是西王母形象由严肃、有威仪的女性主神逐渐变成温和、慈祥的仙女,在道教系统乃至整个文化传统中含有吉祥、长寿的象征意义。

与相对传统规范的文字记载相比,图像创作者可以在当时思维观念影响下主观构建人、神、仙共存的境界,同时增添一些民间元素与文化想象,文图互文空间由此得到扩充。图像在一定程度上又是对传承而来的文本的凝缩,通过组合配置、分层刻画等形式再现或重构了西王母神话。

① 图 24、图 25 采自《古本山海经图说·增订珍藏本》,第 903、904 页。

在西王母神话的文图关系中，我们发现，文图中西王母新形象的出现，并不意味着旧形象的消失，两者共存共发展，迎合不同信仰群体，所以其文图关系逐渐呈现纷繁复杂的特点。汪小洋认为："汉代存在着两个西王母，一个是体现着主流社会长生思想仙化的西王母，一个是主流社会之外长生思想的神化西王母。这两个西王母虽然有着相互重叠的内容，但是，汉代不同社会阶层的宗教需要决定了两个西王母还是存在有不同的宗教价值取向。因此，两个西王母就提出了不同的终极关怀以及形成了不同的传播特征。"①即西王母画像系统在汉代演化为两种，一是民间图像系统，一是上层社会图像系统，具体而言，汉画像石表现的是民间社会仙界图像，汉墓壁画表现的是主流社会天界图像，这说明上层信仰与民间信仰会形成不同的文图传承之链。同时，各个时代思想观念及审美需求在不断转变，凝结成一套模式、一条纽带，由于西王母图像并非直接作用于文字，而是以这条纽带发生主要作用，导致"图像与文字之间复杂的关系造成了某种张力。一方面存在着图像对文字的有效阐发，另一方面又存在着图像对文字的曲解和转义"②，所以图文轻度游离、图像信息多于或少于文字信息都是普遍的现象。加之每份图像只选取一个时间点，前后传承之链若不清楚，会导致读图困难。

西王母的文字记载比较零散，也经历着不断的变异，图像的绘制由汉代涵盖这一神话系统方方面面的"全景式"描绘，到汉代之后抽取其中的精华部分进行"精简式"描摹（蟠桃、侍者、仙境），与文字和西王母信仰吻合度较高。正如"现存的文献告诉我们她是怎样被构思的，现存的图像显示给我们她是怎样被理解的"③，两者共筑一个丰富多彩的西王母神话系统。

作者简介

周恬逸，1990 年生。女。江苏常州人。南京大学文学院 2012 级文艺学硕士。

---

① 汪小洋：《汉墓绘画中两个图像系统的讨论——主流社会天界图像与民间社会仙界图像的比较》，载《文学与图像》第二卷，2013 年版。

② 周宪：《"读图时代"的图文"战争"》，载《文学评论》2005 年第 6 期。

③ [美]简·詹姆斯：《汉代西王母的图像志研究》，载《美术研究》1997 年第 2 期。

先秦老子形象与历代老子图像关系

苗学瑶

摘　要:先秦老子形象来自于《道德经》及其他典籍中对老子的描述。汉代画像石出现了最早的老子图像,画像石中的老子以孔子师的身份,作为贤人智者行世。汉末兴起的道教将老子奉为始祖,并借鉴佛教作法,供奉老子造像,老子形象随着道教的发展而逐渐被神化,由人间的隐君子化为道家的太上老君。老子作为仙人的形象也受到历代画家的青睐,老子肖像和事迹图代有继作。民间对老子图像的创作持久不衰,各种工艺品表现关于老子主题。不同时期和形式的老子图像与先秦老子形象乖合不一,先秦老子形象在后世的演变与社会思潮及时代画风的变化有关,其演化过程也是图像不断丰富过程。

关键词:老子　图像　演化

作为先秦时期道家学派的代表人物和后世道教的始祖,老子的形象与事迹在历代受到广泛关注。现在流传下来的先秦典籍中对老子形象的描述甚少,有关其事迹的介绍也语焉不详,这位被孔子称为"犹龙"的智者因此而面貌"恍兮惚兮",充满神秘,以此为后世对老子形象的塑造留下了巨大的空间。从汉代的画像石开始,老子像及"孔子见老子"、"老子出关"、"老子授经"等主题的图像以各种形式出现。汉末兴起的道教为了与佛教抗衡,逐步将老子神化,作为"道"的化身的老子一气化三清(元始天尊、灵宝天尊、道德天尊),包括太上老君在内的三清塑像大量出现在各地的庙观中。同时,随着道教思想的深入人心,在民间也产生了很多以老子为主题的木雕、竹雕、版画、年画、瓷器等作品。由于年代和作者的差异,这些有关老子的图像不尽相同,也与先秦时期老子形象存在一定程度的差别。

一、先秦时期老子形象

先秦典籍对老子形象本身的描述很少,我们只能从《老子》一书和散见于各类经典中有关老子的记述而推测老子的形象。《老子》为语录体，在全书八十一章、共五千余字中，作者主要阐述了其独特的哲学思想，很少刻画形容，如第五章“天地不仁，以万物为刍狗；圣人不仁，以百姓为刍狗”[①]，第八章“上善若水，水善利万物而不争，处众人之所恶，故几于道”[②]，以论断的方式，不容置疑地提出其观点，绝少商量的口吻，而作者也有意将自身隐藏在文字后面，仿佛讳莫如深。[③] 书中有几处提到“吾”“我”的地方，如第四章的“吾不知谁之子，象帝之先”，第五章的“吾所以有大患者，为吾有身”，第十六章的“万物并作，吾以观复”，第十七章的“功成事遂，百姓皆谓我自然”，第三十七章的“吾将镇之以无名之朴”等，这些仅是为了论述的方便，其基本的叙述角度仍是客观化的。由此可以推测出作为作者的老子应是沉静内敛的智者面貌。在第二十章中，作者用对比手法描绘了得道之人与世俗之人的差异，其本人的形象也在文字背后隐约可见：“绝学无忧。唯之与阿，相去几何？善之与恶，相去若何？人之所畏，不可不畏。荒兮，其未央哉！众人熙熙，如享太牢，如春登台。我独泊兮，其未兆……众人皆有以，而我独顽以鄙。我独异于人，而贵食母”，在这样诗化的语言里可见老子对道的向往追求及其真挚、浓烈的诗人情怀。同样，在第十五章里，宏深的哲理和形象的表达融为一体：“古之善为士者，微妙玄通，深不可识。夫唯深不可识，故强为之容：豫兮若冬涉川，犹兮若畏四邻，俨兮其若容，涣兮若冰之将释，敦兮其若朴，旷兮其若谷，混兮其若浊”。这些文字背后体现的老子是感情丰富的诗人形象。按照文如其人的说法，作《道德经》的老子应是沉静而饱含情感、内敛而睿智的哲人与诗人。当然，这样的推测是基于文如其人的假设，只是印象化的描述。而正是由于典籍中对老子的形象没有确切的描述，后世在将老子神化的过程中才有了更多想象的空间。老子的神化过程与汉末道教的兴起密切相关。道教创立之初，并不崇奉有形之物，汉末《老子想尔注》中载：“道至尊，微而隐，无状无像也；但可以从其诫，不可见知也。”[④]道不可见，作为道的化身的老子自然也宜保持神秘色彩，不得形象外露。这一时期对于老子的崇奉不设偶像崇拜，唐释法琳《辩正论》卷六自注云“考梁、陈、

① 黄元吉：《道德经注释》，北京：中华书局，2012 年版，第 23 页。
② 同①，第 33 页。
③ 止庵：《老子演义》，北京：中华书局，2007 年版，第 43 页。
④ 饶宗颐：《老子想尔注校笺》，上海：上海古籍出版社，1991 年版，第 17 页。

齐、魏之前,唯以葫芦盛经,本无天尊形像”。《陶隐居内传》载:“在茅山中立佛道二堂,隔日朝礼,佛堂有像,道堂无像。”不过,虽然不见图像描绘,关于老子形象的描述仍有相关文字的记载,葛洪在《抱朴子内篇》说:“老君真形者……身长九尺,黄色,鸟喙,隆鼻,修眉长五寸,耳长七寸,额有三理上下彻,足有八卦”①,将老子描述成充满异相的神灵,按照神仙面貌的标准塑造老子,开始了对老子的神化过程,也因此逐步改变了先秦老子的形象。

此外,先秦典籍中,提到老子的地方很多,除了引述《老子》中的文字(如《荀子·天论》、《荀子·不苟》、《战国策·魏策》、《韩非子·解老》、《韩非子·喻老》),有关老子事迹的描述集中于“孔子问礼于老子”的情节,在《庄子·天运》、《庄子·田子方》、《礼记·曾子问》以及汉代司马迁的《史记·孔子世家》和《史记·老子韩非列传》中都有相类似记载,可见这一故事在先秦到秦汉时十分流行,它也同《史记》中所载“老子出关”、“老子授经”成为后世部分老子故事图的来源。成书于战国末期的《吕氏春秋》在《孟春纪·贵公篇》中也有关于老子的内容:“荆人有遗弓者,而不肯索,曰:‘荆人遗之,荆人得之,又何索焉?’孔子闻之曰:‘去其荆而可矣。’老聃闻之曰:‘去其人而可矣。’故老聃则至公矣。”②此处虽有故事而情节简单,老子只是作为道家思想的代表,表达一种“至公”的理念而已。此外,旧题刘向所撰的《列仙传·卷上》有涉及老子部分,与《史记》所载相似,只是多了“乘牛车”的情节:“后周德衰,乃乘青牛车去,入大秦,过西关”。与之相关的同书《关令尹》一节也有文:“老子西游,喜先见其气,知有真人当过,物色而遮之,果得老子。老子亦知其奇,为著书授之。后与老子俱游,流沙化明,服苣胜实,莫知所终。”《列仙传》记录神仙事迹,宣传道家信仰,此处老子已由《史记》中的“隐君子”而升为列仙,更多了一层神秘色彩,而“乘青牛车”与“先见其气”、“流沙化明(原文是“明”,当为“胡”)”说法显系后世传说中加入的成分,与先秦老子无涉。历代以“老子骑牛”,“紫气东来”为题的画作与此微有出入,其所本当为《史记·老子韩非列传》中司马贞索隐所引汉刘向《列仙传》的“老子西游,关令尹喜望见有紫气浮关,而老子果乘青牛而过也”,坐实了“骑牛”与“紫气”,也为后世相关题材的创作提供了文献来源。

---

① 葛洪:《抱朴子内篇·杂应》,北京:中华书局,2011年版,第493页。

②《吕氏春秋》,中华书局,2011年版,第22页。

综上，先秦时期有关老子事迹的描述集中在“孔子见老子”、“老子出关”、“老子授经”等几个主题，而“老子骑牛”、“紫气东来”、“老子化胡”属后世衍化，不在这一时期范围内。

二、历代老子图像

1. 老子肖像

今存老子像绘画较著名的有南宋法常《老子图》，元赵孟頫《老子像》，元华祖立《玄门十子图》，明文徵明《老子像》，清任熊《老子像》，清傅雯《老子像》等。

法常的《老子图》（图1）今藏日本冈山县立美术馆，在上述诸图中特点十分鲜明。其所绘老子鼻毛外露，招风耳，秃头，容貌十分丑陋，与先秦老子形象差异甚大，也与此前后的老子图像有异，从外形上看，倒与同时期梁楷的《布袋和尚》相像。事实上，法常在笔墨上正是继承了梁楷的减笔画法，即草草逸笔，线条简练疏放，遗貌取神。史载法常俗姓李，号牧溪，曾在杭州长庆寺出家为僧，他性情豪爽，嗜酒，其画风线墨朴拙，意思简当，不费装饰，这一方面是本人才性使然，另一方面也与时代画风（减笔画）有关。此时由梁楷所创的减笔画在思想上受到当时盛行的禅宗的影响，其遗形取神、以丑为美、丑中见美的风格与禅宗“直指人心，见性成佛”的悟道方式有着相同的精神内蕴。而梁楷与法常所绘也多为六祖、李白、布袋和尚、达摩、老子、罗汉等与佛道有关的人物，可以说，在绘画内容与形式上都有禅的迹象。两人由于其作品在日本的巨大影响，也被视为日本禅画的近祖。[①] 这幅《老子图》中朴野放纵、面貌奇绝、迥异常人的老子形象即为禅画风格的一个代表。

图1 老子图 宋法常 立轴纸本水墨 纵88.9 cm 横35.5 cm 日本冈山县立美术馆藏

① 黄永健：《苏曼殊诗画论》，北京：中国社会科学出版社，2001年版，第83页。

元代赵孟頫的《老子图》(见彩页)今藏北京故宫博物院,此图中的老子白发长须,身着长袍,拱手而立,与先秦老子形象基本相符,只是多了些恭谨之态。笔法多用白描,形象和技法上都有古意,与法常的《老子图》大异其趣。这与赵孟頫本人"复古"的画学主张相符。作为元代画坛的大家,赵孟頫取法唐和北宋的传统,反对南宋院体的风格,风格古朴高雅,法度严谨。相比于院体画,格调疏淡俊逸,而对比同是院体画革新的法常的画作,则又少了些许生气。

今藏上海博物馆的元代华祖立的《玄门十子图》,系据赵孟頫《十子图》木刻本与石刻本摹写而成。玄门十子为包括庄周、列御寇在内的十位道家重要人物,加老子实为十一人,各有画像。这一组图中的老子(见彩页)发疏毛稀,着道袍坐于石上,一手自然放于衣上,一手上伸掌心向前,相比于赵孟頫《老子图》中的形象,更多了仙风道骨,也符合其玄门始祖的身份。清代顾文斌在其所著《过云楼书画记》中曾提及此作:"图为唐卿摹松雪翁本,意态闲逸,装束古雅,钩趯衣褶,细于丝发,劲如金铁。论画当入能品。"[①]

此外今藏于广东博物馆的明文徵明的《老子像》与赵之《老子图》风格相似,衣纹刻画也用白描手法,简洁流畅,人物风神超绝。

清代傅雯的《老子像》同属这一传统,其画中的老子身着道袍坐于蒲团之上,头戴冠,双手置于袖内,双目微闭,身旁放着脱下的草履,画面同样古拙而又有清雅之趣,这也说明元之后文人画家对老子形象的想象大致相同,或者有的直接模仿前人作品,风格上不免陈陈相因之病。而这些画作与先秦时期老子形象大致相符,不过表现多为冲虚恬淡甚至中庸的得道之人,少深刻睿智的智者面貌,这一方面与宋之后人物画的衰落,一味摹古而少变化有关系,在深层上则受到这一时期儒家思想独尊的影响,画像作者多为传统文人,受染于中庸、贵和的理念,一味强调老子形象中柔的成分,因之所呈现的老子偏于淡泊宁静。

与之稍异的是清任熊的《老子像》,此画今藏于广州博物馆,画中老子造型夸张,长眉,须发覆盖面部,着博带广服,张口举指,姿态大方,颇有雄强之态。此图中的老子突出地体现了作者观念中老而健的神仙的特点,与先秦时期尚未成仙的老子形象也有一定程度的差别。任熊生活在清朝晚期,其画风与晚明时陈洪绶夸张、奇崛的风格一脉相承,技法上朴茂高古,笔力雄

---

① 顾文斌、顾麟士:《过云楼书画记·续记》,南京:江苏古籍出版社,1999年版,第74页。

健；另一方面，作为“海派”画家前期的代表人物，他的画作个性强烈，突破传统的窠臼，吸收民间绘画特点与西洋技法，也因此而被正统派贬斥，不过在创造性上大大超越了前人，这一幅深邃静穆而笔力强健的《老子像》即为明显的例子。

此外，明清两代也有老子像的版画作品，明弘治十一年(1491)所刊《历代古人像赞》收《老子像》一幅(图 2)，此图中老子长眉多髯，双手相握，躬身，面目安详，形象塑造受到民间道教信仰与传统文人画中老子画像的影响。清代任熊《列仙酒牌》中老子像与上述藏于广东博物馆的《老子像》相同，前作应为《列仙酒牌》所本。而在他的另一版画作品《高士传》中也有一老子像，却与前作完全不同，此老子面清癯而苍老，并手蹲踞，若沉思状，右上写有“老子李耳陈人”，此图应是作者有意表现老子“高士”的形象，只以侧面示人，但面部、衣纹刻画简洁有力，形神兼备，整体上更符合先秦老子形象特征。

图 2　老子像　明《历代古人像赞》所收版画　弘治十一年刊行

苏州玄妙观现藏有唐代老子像碑(图 3)，像为吴道子所画，上有颜真卿手书唐玄宗题御赞，宋代张允迪摹刻。碑像上老子两颊丰满，童颜鹤发，银须飘拂，极具仙风道骨，其面部与体态的偏肥与吴道子人物画形态整体倾向一致。在唐代，老子被封为太上玄元皇帝，对他的崇奉极盛，此像为当时所制各类老子图像的其中之一，体现了唐人对于这位道家初祖的想象，融合了唐人的审美风尚与道家的思想观念，已不同于先秦老子沉静、睿智而尚在人间的哲人形象。

图3　老子像碑　唐吴道子　造像碑石　高 1.8m　宽 0.91m　苏州玄妙观藏

此外，道教将老子神化后所塑造的“太上老君”像以及相关的“三清塑像”也属老子肖像的范围,不过这些图像中的老子已经化身为道教的始祖和天尊,同先秦老子形象有了很大的差异。

魏晋时期,老君形象的绘制开始出现,这一时期恰逢佛教传播的兴盛期,现实中很多老君图像参考和借鉴了佛家造像的模式。在法琳的《辩正论》中有注文引王淳的《三教论》云:"近代道士取活无方,欲人归信,乃学佛家,假号天尊及左右二真人置之道堂,以凭衣食,梁陆修静亦为此形。"具体地说,很多老君造像使用圆拱龛莲花座,身后用舟形的背光和头光,设计飞天装饰,两侧有捧笏真人,这些都借鉴了佛教造像的特点,而老君所着道袍道冠、所执麈尾以及头上发髻与胡须则是道家造像形制,如北魏姚伯多造皇老君文石像碑,北齐姜纂造道教老君像石,北周马洛子造玉老君像石,日本东京艺术大学藏北周老君坐像石,隋范匡谨造老君像石等。这些造像中的老子已化身为老君,融合了道士的面貌、衣着与佛祖的器用、装饰,迥异于先秦老子的形象。

此外还有一些大型的石刻老君造像,如四川大足石篆山老君造像,福建泉州北清源山老君造像(图 4),山西太原龙山道教石窟太上老君石雕等。其中四川石篆山的造像还雕有青牛(已残),为老君造像中不多见的一例。泉州的老君像系用天然岩石雕刻而成,手法阔大,较突出的是对其耳朵的塑

图4 老君岩造像 宋造像石 高 5.1m 厚 7.2m 宽 7.3m
福建泉州北清源山

造,此像中老君耳朵卷曲硕大,几乎及肩。这一设计想法的来源当是《史记·老子韩非列传》载:“老子者……姓李氏,名耳,字聃”,聃为耳朵下垂且长大之意,老子的名及字应与耳朵的异相有关系,不过据《太平广记》所引葛洪《神仙传》“老子惊怪,故吐舌聃然,遂有老聃之号”①,此处聃为吐舌状,与耳朵无涉,又属传闻异辞了。而此像中老子大耳的设计还可能参考了耳大者长寿的民间旧说,因为此时仙人老子的形象已深入人心,仙人与长寿又总是紧密联系的。相比于同类的老君造像,泉州的老君像没有明显的道教塑像痕迹,也不见佛教造像影响,更接近于先秦老子形象。

其他形式的老君像还有陕西博物馆藏唐石雕老子坐像,山西平遥博物馆藏元老君木雕,湖北博物馆藏清白瓷老子像,四川原道博物馆藏清太上老君八卦香炉,以及各种民间传世木板印太上老君像、老子天尊等。“老子”在这些图像中是作为道家仙人来表现的,大都面貌相似,有些作品(如老君八卦香炉,木板印)中“老子”甚或仅仅是一种概念化的符号存在,其形象本身已经不作为重点表现的对象。

与“太上老君”像相关的还有数量众多的三清塑像,也是随着道教的发展而产生的。早期的道教中老君仅仅作为“道”的化身,有神而无形,后来老子一气化三身,变为玉清元始天尊,上清灵宝天尊(太上道君),太清道德天尊(太上老君)。受佛教二身论的影响,元始天尊为法身,作为道德天尊的太上老君为应身,两者加上“道”所化另一太上道君成为道教神仙谱系中的三清,此后伴随道教的进一步壮大,三清塑像及与三清相关的各种形式的图像大量出现。今存者如四川安岳玄妙观第 61 号龛唐三清塑像,四川仁寿县牛角寨坛神岩唐三清窟,四川大足南山第 4 号宋三清古洞,苏州玄妙观宋三清塑像,北京白云观元三清殿塑像,四川大足舒成岩第 4 号龛宋三清造像。这些三清塑像的形制基本相似,玉清元始天尊坐于中间,太上道君与太上老君分列左右,皆是道服道冠,手上或执如意,或握扇,或持瓶,底座为莲花座,身后有雕为花状的背光或顶光,与早期老君造像相似,都有佛道融合的特点。事实上,三清塑像的形制正是由老君造像发展而来,原来在中央位置的老君变为元始天尊,而两侧的侍者地位上升,化为与元始天尊同属三清尊神的灵宝天尊与道德天尊。

---

① 宋李昉编,张国风会校:《太平广记会校》,北京:北京燕山出版社,2009 年版,第 2 页。

除了三清塑像外,用其他形式表现三清尊神的图像作品还有如明嘉靖年间刊行的《三教源流搜神大全》,今藏四川原道博物馆的清代《道正宗师图》以及武当博物馆藏明代铜鎏金三清坐像等。其中《道正宗师图》为手绘纸本挂图神谱,中央有八十三位仙真,按格位分为八阶。三清与四御,二后共处第一阶,三清在中央位置。三清形象与同类作品相近,不过将其置于道教神仙谱系的背景中,更明确地表现了三清尊神的中心地位。

由于三清中的元始天尊与太上老君同为老子所代表的"道"所化(一为法身,一为应身),表现元始天尊的图像也可归于老子图像的范围,这一类的作品有元永乐宫三清殿《朝元图》壁画(图 5),明道藏卷首扉页《众神朝拜天尊图》,清彩色套印《三教大会万仙阵图》等。这些图像都是道家神仙的群像展示,《朝元图》以八个帝、后的主像为中心,向两列延伸,包含近三百个神灵;道藏扉页插图众神围绕居中的天尊行礼;《三教大会万仙阵图》描述了《封神演义》中元始天尊率众神大战通天教主的故事。可以说在这些图像中元始天尊处于至高无上的地位,众星捧月的场景与人间帝王的规格相似,将元始天尊看作老子形象的衍生,"老子"在道家始祖之上又多了道教神仙之首的身份。

图 5　朝元图(局部)　元壁画　高 4.26m　长 94.68m　山西永济县永乐宫三清殿藏

2. 老子故事场景图

先秦时期所记载而又为后世经常表现的老子故事场景集中在"孔子见老子"与"老子出关"两个主题。"孔子见老子"最早出现在汉代画像石上,内容与《史记·老子韩非列传》中所载相同:“孔子适周,将问礼于老子。老子曰:‘子所言者,其人与骨皆已朽矣,独其言在耳。且君子得其时则驾,不得其时则蓬累而行……’孔子去,谓弟子曰:‘……吾今日见老子,其犹龙邪!’”①在山东嘉祥、兖州等地出土的很多画像石上,人物造型、画面布局基本相似,以出土于嘉祥县武宅山村武氏祠的孔子与老子画像石为例(图 6),画面中两人均戴斜顶高冠,躬身相向而立,身后各题“孔子也”,“老子也”,孔子身后有轩车,上题“孔子车”,老子身后有一辎车,无题。其他同类画像石有些在孔子与老子之间绘有童子“项橐”的形象,取材于“孔子师项橐”的传说(《战国策·秦策五》甘罗曰:“夫项橐生七岁而为孔子师……”)。② “孔子见老子”与“孔子师项橐”没有直接关系,此处夹在一起表现,盖以同为孔子师的缘故。这些画像石造型古拙,只有人物大致的形体,不见神情刻画,图中的老子形象与孔子也没有太大区别,老子作为曾为孔子师的贤者来表现,更接近于先秦时期老子的形象。另外,陕西考古研究所藏靖边县孔子见老子墓室壁画与上述画像石内容一致,稍异者壁画为彩色,老子着紫色长袍,左手持一弯曲树枝,孔子与弟子作拜谒状,更见恭敬之态。

图 6　孔子见老子像(局部)　汉画像石　高 37 cm　宽 169 cm　山东嘉祥县武氏祠出土　山东济宁市博物藏

① 司马迁:《史记》,北京:中华书局,2008 年版,第 1 304 页。

②《战国策》,济南:齐鲁书社,2005 年版,第 83 页。

在绘画作品中,表现"孔子见老子"情节的有明代无款《孔子见老子图》和清巫琎的《孔子见老子图》。明代的作品今藏于南京大学,画作以野外山林为背景,孔子与老子相向坐于树下大石上,身旁各立侍者(或为弟子)数人,姿态各异。二人作交谈状,左右有古树幽兰,气氛安谧闲静。此图中孔子与老子如好友闲谈,没有问道的谦恭与神秘,将背景设置在山林之中,多了明人的雅趣。巫琎的《孔子见老子图》为湖北博物馆藏品,画面中的老子毛发尽白,长须及腰,大耳阔额,一手撑地,一手置于腿上,斜坐于地,而孔子则拱手跪于地上,作谦恭问道状。此巫琎实为明末画僧髡残,与石涛、八大山人、弘仁为清初四画僧,属山水画的革新派,画风雄浑沉着。此图中老子飘逸洒脱,孔子恭敬谦卑,恰如其分地表现了人物的性格特征。

"老子出关"见于《史记・老子韩非列传》的记载,相应的还有为关令尹著书即"老子授经"场景:"老子修道德,其学以自隐无名为务。居周久之,见周之衰,乃遂去。至关,关令尹喜曰:'子将隐矣,强为我著书。'于是老子乃著书上下篇,言道德之意五千余言而去,莫知其所终。"作为联系紧密的事件,"孔子见老子"与"老子出关"可归于一类,至于后世经常表现的"老子骑牛"、"紫气东来"故事,因出于汉代的传说,不作为先秦老子故事的本事。

图7　老子授经图　清任颐　立轴　纸本设色　纵142.7 cm　横34.4 cm　南京博物院藏

绘画作品中表现"老子出关"和"老子授经"的,有元代吴睿《老子授经图卷》,清任颐的《老子授经图轴》(图7),清巫琎的《老子出函谷关图》,清徐林《尹喜见老子图》,清姚匡《老子出关图》等。其中吴睿的《老子授经图卷》不涉出关内容,图中老子皓首白眉,坐于高床之上,床下跪立一人,貌甚虔敬,名为授经图,却与孔子见老子情景相似,没有《史记》所载出关的迹象,此图场景应是出于作者的想象。其他诸图所绘皆与典籍记载相符,人物形象大同小异,较为突出的是任颐的作品,其图中的老子须发皆白,道冠长袍,面部刻画用笔细劲,以赭石细细晕染,凹凸分明,极富立体感,青牛身上的绒毛用细笔绘出,质感十足,与同类题材的作品相比,细腻而有韵致。任颐是任熊侄子,亦为"海派"名家,其画风同样受到民间技巧与西洋画法的影响，此图中人物的形象在传统模式基础上增加了装饰性与真实感，更具近代性。

明代天顺年间所刊《道德经》插图也有“老子出关”的图像，此图中老子长髯突顶，坐于牛上，一仆后从，关令尹朝服执笏，当路亲迎，其后为函谷关城门。从人物衣着看，也是以今度古的作品，与先秦时期实际情形相差甚大。另有永乐年间内府刊行的《神仙传》中老子出关图，与《道德经》插图相似，不过此图中老子未骑牛，只是执杖步行，更接近于历史的真实。

3. 非本事图

这一类的图像最多，无论在种类还是数量上，其中，汉以后道教的兴起和逐步繁盛是此类图像日益丰富的最大原因，不过，在道教发展过程中，为了与佛教抗衡，老子被逐步神化，经历了由人间隐者到太上老君的转化，与先秦时期形象日渐疏离。

此类图像大致有“老子骑牛”、“老子化图”、“三教人物”三个主题。

表现“老子骑牛”的画作有传北宋晁无咎的《老子骑牛图》，明代陈洪绶的《老子骑牛图册页》，明张路《老子骑牛图》(图 8)，明龚贤《老子骑牛图轴》，清任颐《老子骑牛图》，清任颐《紫气东来图》。画家偏爱“老子骑牛”主题，因为此时老子作为仙人的形象已经确立，骑牛虽然不见于正史记载，却与仙人的特征相符，因此大部分出关图的老子都坐于牛背之上，而骑牛图中老子的形象与本事图类“老子出关”里的也大致相似，有些还出于同一人之手，但其相互之间在构图、形象塑造、背景设置上都有各自的特点。晁无咎的《老子骑牛图》里老子头顶凹凸无发，面露微笑，坐于牛上，牛则奋蹄瞠目，状甚强健。陈洪绶作品中的老子双眉紧锁，目光凝重，青

图 8　老子骑牛图　明张路　立轴　纸本浅设色　纵 101.5 cm　横 55.3 cm　台北故宫博物院藏

牛脚下是绿草如茵,溪流潺潺。张路的老子皓首,手持《道德经》卷,目光注视一旁飞动的蝙蝠,青牛动势展开,回首后视。龚贤所作老子神色安闲,牛毛用多遍皴擦,富有质感。任颐的两幅作品都加入童子的形象,《紫气东来图》还附有两个仙鹤,并以人物头上的紫色作祥云的象征。这些细节在典籍中并没有相应的记载,作者如此处理是受到已经成型的神仙传说模式的影响,同时也与其本人的艺术化想象有关。

明代版画作品《列仙全传》、《列仙图赞》、《仙佛奇踪》都收有"老子骑牛"像,画面设置相似,唯《列仙图赞》中老子所乘为牛车,而其余两作皆为骑牛,老子乘青牛车的说法见于上文所引今传刘向《列仙传》中,而"骑牛"则见于《史记》司马贞索隐所引《列仙传》,同事而有异文,当为不同的传说。不过,历代相关图像中大部分选择"骑牛"而非"乘牛车",因为老子骑牛的形象更符合仙人老子飘逸高世的特征,而"乘牛车"由于接近史实,缺少玄化色彩反为画者不取。

故宫博物院藏有一件清代木雕老子骑牛像,老子长髯,左持灵芝,右执书卷,悠然坐于牛背上。此像表现了民间工艺作品中对老子形象的想象,《道德经》的老子与成仙的老子已融为一体,这也是先秦老子形象在后代演变过程中所发生的事实的变化。

"老子"的不断神化受到了道教的影响,除了形象本身之外,道家还通过虚构事迹来神化老子。东晋葛洪的《神仙传》曾描述老子历代的不同化身:"上三皇时为玄中法师,下三皇时为金阙帝君,伏羲时为郁华子,神农时为九灵老子,祝融时为广寿子,黄帝时为广成子……夏禹时为真行子,商汤时为锡则子,文王时为文邑先生。"[①]宋代还出现了详尽讲述老子事迹的《犹龙传》,对于老子降至历代为帝王师的描述与《神仙传》中内容大致相同。受其影响,南宋王利用创作了《写神老君别号事实图》,以卷轴画的形式,绘制了老子在不同时期所化的形象。画中的老子或躬身而立,或回首后视,或执扇,或荷杖,虽然形象各异,整体偏于清秀,与唐人像中丰腴的"老子"不同。随着时间的发展,关于老子事迹的虚构逐步深入和系统,出现了"老子八十一化"说,历述其从出生前开始的诸种神迹,如"起无始"、"运自然"、"现真身"、"秉教法"等。这些事迹都有图像描绘,元宪宗时所镌《老子化胡成佛

① 《太平广记会校》,第1页。

经》中有“八十一化图”，明代也刊有《八十一化图》，此外在山西高平清梦观三清殿，甘肃平良庄浪紫禁山老君庙，甘肃兰州金天观，陕西佳县白云观三清殿（图 9），甘肃崆峒山老君楼壁画上所绘皆为老子八十一化的内容。这些图像中既有老子等神灵形象，也有俗人形象，人物衣着大半为当时形制，通过一个个生活化的场景展现八十一化的内容，故事本身虚无飘渺，表现上却有现实感，可谓虚实结合。

图 9　老子八十一化图（局部）　明壁画　纵 56 cm　横 63 cm
陕西佳县白云观三清殿藏

“八十一化”说源于“老子化胡”说，同样是受到了佛教影响。最早由于《史记・老子韩非列传》中对于老子的记载过于简略，且有“莫知其所终”的说法，为后世虚构老子事迹留下了想象空间，随着佛教的传入，在佛、道抗争过程中，道教虚构了“老子化胡”说，即老子教化西域胡人，以显示道教高于佛教，这也与老子西出函谷关、莫知所终的说法不相违悖。不过也有论者指出，“老子化胡”的说法早在《老子化胡经》（西晋王浮作）产生之前的东汉就已存在，有可能是早期的佛教徒为了传教的方便而自我比附的，如《后汉书・襄楷传》所载：“延熹九年，楷自家诣阙上疏曰：……闻宫中立黄老浮屠之祠……或言老子入夷狄为浮屠”。[1]

① 范晔：《后汉书・卷第三十下》，北京：中华书局，2007 年版，第 320 页。

无论怎样,"老子化胡"与佛教的传播密不可分,由此而发展出的"老子八十一化"图将老子塑造为变化莫测、无所不能的神灵,为道教吸引了更多的信众,这也是先秦老子形象的又一衍化。

唐代儒释道三教并盛,宋元以后,三教合一的思想逐渐盛行,包含老子在内的"三教人物"图像也大量出现。绘画类的图像有明陈洪绶的《三教图》,明丁云鹏的《三教图》,清陈字的《三教图》,版画作品有明顾炳《顾氏画谱》中所录《三教图》。另外,还有明代嵩山少林寺《三教合一碑》。三幅《三教图》画作以及版画作品布局相似,释迦牟尼在中央偏后,居于画面主体位置,老子在其左下,孔子处右下方,三个人物大小相同,没有明显的主次之分。《三教合一碑》中部的线刻画描绘了一个三体合一的人物,正面为释迦牟尼头像,右侧为孔子形象,左侧则是头戴发髻老子像,三个头像合在一起,合肩合身,手捧九流混元图。从空间设置上看,《三教合一碑》是《三教图》的进一步发展,将三教代表融为一体,形象地展现了当时三教融合的思想。早在南北朝时期三教合一的思想已经产生,经历了南北朝到宋元长时间的激烈斗争,明清时期的三教融合是在相对平和的环境中展开的,在民间也自发出现了很多三教题材的图像。明代曹安曾指出"世之人,多以儒道释为图,或塑像于寺观"。明代中晚期兴起了很多三教堂,清柴萼《梵天庐丛录·卷二九》载"所谓三教堂者,据《文庙祀典》考,明英宗朝,民间绘老、孔、佛三像,名三教祠,永川训导某上疏言其非,下敕礼部禁革。是三教堂明代已行,绝无疑义……俞氏《印雪轩随笔》记万全县有三教堂,内供塑像三,释迦居中,孔子居左,老子居右,其义谓三教殊途,皆以行善为本。自明迄今,相沿成俗"。上述《三教图》也是在这种背景下产生,其所绘与三教堂塑像相似,为当时流行观念的反映。这些图像中的老子作为道教的代表人物,与孔子、释迦牟尼处于平等地位,已无始祖与天尊的神秘感。

综上,先秦时期老子模糊而神秘的形象在后世经历了一个不断演化的过程,从先秦典籍中所体现的哲人面貌到汉画像石中的智者形象到历代道教造像和画作中的仙人老子,老子形象的衍化与社会思潮及时代画风有着复杂的联系,其中尤以道教对老子的崇奉影响最大。正是随着道教的发展,老子形象不断演化,关于他的图像也日益丰富和完善。

作者简介

苗学瑶,1989 年生。男。山东泰安人,南京大学文学院 2012 级艺术硕士。

先秦孔子形象与历代孔子图关系研究*

包兆会

摘　要：孔子作为儒家学派的代表，在先秦文献中被广泛记载和塑造。汉代以后，为了表达对儒家和孔子的尊重，也是为了推广和宣传儒家思想，历代的官方和民间开始塑造诉诸视觉的孔子形象，或刻之于石，或图之于壁，或画之于纸帛，或镌之于木。由于汉代以后孔子在中国文化中所具有的特殊地位，这使汉代以来的孔子造像一开始就具有美化孔子的特点，在视觉造型上出现了对孔子圣化和神化的倾向，孔子的视觉形象越来越固定为被官方和民间膜拜的模式。随着历代官方和民间所塑造的孔子图像在后世的广传，视觉中的孔子图像在解释孔子形象方面日益占据重要地位，于是，先秦文献中有关否定和贬化孔子的记载在后世孔子形象构成版图中渐渐走向边缘乃至被遗忘。

关键词：孔子形象　孔子图　官方　图像演变

孔子是中国儒家文化的创始人，他对中国文化、政治、伦理影响巨大。汉代以后，随着民间和官方对孔子思想的尊重，尤其官方把儒家思想定尊为国家意识形态，孔子造像运动在历代愈演愈烈，视觉中的孔子图像在解释孔子形象方面日益占据着重要地位，本文就是对历代孔子图以及历代孔子图与先秦文献中的孔子形象的关系进行研究，希望这方面的研究有助于了解孔子形象如何被先秦文献记载、被后世诉诸视觉造型，并在此基础上比较先秦孔子形象与历代孔子图在孔子形象塑造上存在的差异，以及这差异背后的时代原因。

一、《论语》中的孔子形象

《论语》所记孔子言行历来被认为是有关孔子的最可信的资料。呈现在《论语》中的孔子形象有两面性。一是孔子的圣化形象。孔子弟子

* 本文是江苏省社科基金项目“先秦两汉文图关系研究”(13ZWB003)阶段性成果之一。

子贡首次把孔子的形象定位成天赋“圣人”，称赞孔子是“天纵之圣”[①]。子贡在另一处还说：“仲尼不可毁也。他人之贤者，丘陵也，犹可逾也；仲尼，日月也，无得而逾焉。”[②]肯定孔子的才德别人无法超越。孔子最得意的弟子颜回评价孔子“仰之弥高，钻之弥坚；瞻之在前，忽焉在后”[③]，他对老师的学问和道德佩服得五体投地，抬头仰望他的道德，越望越觉得孔子道德高深，努力钻研老师的学问，越钻研越不可穷尽。《论语》也通过孔子弟子转述时人如卫国仪邑封疆官的话，认为孔子是“天之木铎”[④]，即上天把孔子当作木铎传道于天下。先秦其他诸子文献对孔子圣人形象也给予高度肯定。首先是孟子对孔子作了高度评价，孟子在与公孙丑对话中指出：“自有生民以来，未有孔子也。”[⑤]意思是说自有人类以来，没有比孔子更伟大的，认为“行一不义，杀一不辜，而得天下”，孔子“皆不为也”[⑥]。在另一处，孟子直接认为孔子是“圣之时者也”[⑦]，即圣人中识时务的人。孟子之后的荀子在《荀子・非十二》中也认为孔子是一个圣人，但不得势——“是圣人之不得势者也，仲尼、子弓是也。”孔子还是个大儒[⑧]。相传成书于先秦的《孔子家语》，对孔子也是积极肯定的。《孔子家语》中的孔子给人的感觉是一个殚见洽闻、博学宏才，内在修养与外在事功兼顾的通儒形象，在处世方式和道德学问上都是学生的楷模。

《论语》也展示了孔子形象的另一面，即一些群体对孔子的否定和贬化。否定和贬化来自两方面，一是隐者们认为孔子是一个迂腐、顽固、不识时务的人。如楚国隐士“接舆”唱着歌经过孔子车前，讥讽孔子在一个道德政治败坏时代用这种方式推广他的道德政治思想是不会有效果的，将会空忙一场。[⑨] 在与孔子弟子子路的对话中隐士“荷蓧丈人”，讽刺孔子“四体不勤，五

---

① “太宰问于子贡曰：‘夫子圣者与？何其多能也？’子贡曰：‘固天纵之将圣，又多能也。’子闻之，曰：‘太宰知我乎？吾少也贱，故多能鄙事。君子多乎哉，不多也。’”(《论语・子罕》)

②《论语・子张》。

③《论语・子罕》。

④ “仪封人请见。曰：‘君子之至于斯也，吾未尝不得见也。’从者见之。出曰：‘二三子，何患于丧乎？天下之无道也久矣，天将以夫子为木铎。’”(《论语・八佾第三》)

⑤⑥《孟子・公孙丑上》。

⑦《孟子・万章下》。

⑧ “非大儒莫之能立，仲尼、子弓是也。”(《荀子・儒效》)

⑨ “楚狂接舆歌而过孔子曰：‘凤兮凤兮，何德之衰！往者不可谏，来者犹可追。已而，已而！今之从政者殆而！’孔子下，欲与之言。趋而避之，不得与之言。”(《论语・微子》)

谷不分”[①]，认为孔子是一个不懂实际生活的人。二是在当时国君大臣看来，力图恢复周礼的孔子是一个不合时宜的空谈者形象。例如孔子初到齐国，齐景公问政于孔子，孔子说：“君君，臣臣，父父，子子。”[②]又说：“政在节财。”[③]孔子得到齐景公赏识。景公欲封以尼溪之田，晏婴不可。晏子解释说：“夫儒者滑稽而不可轨法；今孔子盛容饰，繁登降之礼，趋详之节，累世不能殚其学，当年不能究其礼。君欲用之以移齐俗，非所以先细民也。”[④]意思是说，孔子礼的思想中过于讲究繁文缛节，几代人也学不完，毕生也弄不清楚，不适合齐国的风俗，不是引导百姓的好办法。景公认同了这个看法，“后景公敬见孔子，不问其礼。”[⑤]在先秦文献中，对孔子形象持否定和贬化倾向的还有《庄子》、《墨子》等。《庄子》中的孔子形象比较复杂，总体上孔子地位不高。孔子要么是作为隐士和道家学派的陪衬人物出现，如《德充符》篇虽是“叔山无趾”向孔子求教并进而论道，但最终是孔子在他面前甘拜下风，自惭形秽，《天地》篇孔子向老聃求教，《渔父》篇孔子与渔父对话，渔父直批孔子“八疵”、“四患”行为，为孔子指点人生道路；要么是作为被批判、否定的对象出现，如《天地》篇中“为圃者”指责孔子沽名钓誉：“博学以拟圣，於于以盖众，独弦哀歌以卖名声于天下者乎？”《天运》篇师金批评孔子所推行的周代礼制没有应时而变：“今而夫子亦取先王已陈刍狗，聚弟子游居寝卧其下。”《天道》篇老子对孔子所推广的仁政的理念、手段和方式提出质疑，“又何偈偈乎揭仁义，若击鼓而求亡子焉？意，夫子乱人之性也。”认为孔子推行的仁政是人为之礼，狭隘之仁，推广方式上也不是顺其人性自然，而是急切标榜自己。在《庄子》中孔子也有作为正面形象的，但是以道家学派的代言人角色出现，庄子思想的一些重要观点和概念通过孔子或孔子与他的弟子对话而展现出来，如《人间世》片中提到的“心斋”，《大宗师》篇提到的“坐忘”。道家学派中老子对孔子也是不屑一顾的。《史记·申韩列传》中提到孔子向老子问礼，老子诫之曰：“去子之骄气与多欲，态色与淫志，是皆无益于子之身。”[⑥]明确指出孔子身上有两大不足：骄与过多欲望。《墨子·非儒》篇认为孔子“污邪诈伪”，“心术不正”，“其道不可以期世，其学不可以导

---

① 《论语·微子》。

② “齐景公问政于孔子。孔子对曰：‘君君、臣臣、父父、子子。’”（《论语·颜渊》）

③④⑤ 《史记·孔子世家》。

⑥ 《史记·老庄申韩列传》。

众”。

如果说孔子弟子对孔子进行圣化,儒家学派的主要对手墨家和道家对孔子进行贬低和矮化,那么孔子对自我是怎样定位的呢?在《论语》中,孔子这样描述自己:“吾十有五而志于学,三十而立,四十而不惑,五十而知天命,六十而耳顺,七十而从心所欲,不逾矩。”显示了一个对人生充满豁达、自强不息的奋斗者形象。另外,孔子“不可为而为之”[①]的精神,以及“入太庙,每事问”[②]的不断学习态度,也反映了孔子是一个不断进修德业、刚毅自信而富有强烈使命感的人。

汉代以后,孔子形象在先秦圣化基础上主要朝正统化、偶像化甚至神化方向发展。首先是民间对孔子的进一步圣化。韩婴在《韩诗外传》中提及孔子作为理想的君子人格形象在治国安邦之道、修身、治学各方面的展现。司马迁把孔子列入世家,专门写有《史记·孔子世家》,突出孔子的博学、好礼、热心救世、终不违道而随世、拒绝避世,另有《仲尼弟子列传》及《儒林列传》与之相表里,认为孔子是“为天下制仪法”的“至圣”[③]。东汉王充则称孔子为“素王”[④],意谓孔子是具有帝王之德而未居帝王之位者。

与汉代民间圣化孔子相呼应的是,汉代官方进一步把孔子形象正统化、偶像化甚至神化。先是汉武帝采纳董仲舒的对策,“推明孔氏,抑黜百家”[⑤],正式确立了孔子及其学说在中国思想界的统治地位。以后,历代统治者进一步采取神化孔子、提倡儒学等措施,以巩固孔子的至尊地位。西汉末,刘向在《说苑·建本》中指出:“有国家者,不可以不学《春秋》……《春秋》,国之鉴也。”进一步肯定《春秋》是治理天下的一面镜子,孔子本人是王者之师。东汉章帝建初四年(79年),皇帝亲自主持和召集当时著名的博士、儒生在白虎观讨论五经之同异。后由班固等人整理编撰成

---

① 《论语·宪问》。

② 《论语·八佾》。

③ “太史公曰:‘《诗》有之:‘高山仰止,景行行止。’虽不能至,然心向往之。……天下君王至于贤人众矣,当时则荣,没则已焉。孔子布衣,传十余世,学者宗之。自天子王侯,中国言六艺者折中于夫子,可谓至圣矣。”(《史记·孔子世家》)

④ “孔子作《春秋》以示王意,然则孔子之《春秋》,素王之业也;诸子之传书,素相之事也。”(《论衡·超奇》)

⑤ 《汉书·董仲舒传》。

《白虎通义》一书。《白虎通义》在董仲舒改造了的孔子学说的基础上进一步附加谶纬迷信成分，把儒学改造为神学，把孔子改造为学者与教主双重身份。

从汉代起，官方给孔子各种封号，皇帝亲临曲阜礼拜孔子，这进一步强化和偶像化了孔子在道德、学问和政治领域中的地位。西汉末年，汉平帝刘衎追谥孔子为褒成宣尼公。三国时魏文帝曹丕下诏称孔子为"万世师表"[①]。玄宗封孔子为"文宣王"，宋真宗封孔子为"至圣文宣王"。元代孔子官方的称号是"大成至圣文宣王"。明代嘉靖时孔子去了王号，称为"至圣先师孔子"。清代又重新加了王号，称"大成至圣文宣王先师孔子"。从西汉高祖到清乾隆皇帝的1700年间，先后有12位皇帝20次亲临曲阜礼拜孔子（见图1，图2）。孔子的家族也世世代代受到封赏，祭孔的文庙从唐代开始由皇帝诏州县建立[②]，遍布全国，并与府学合并在一起。

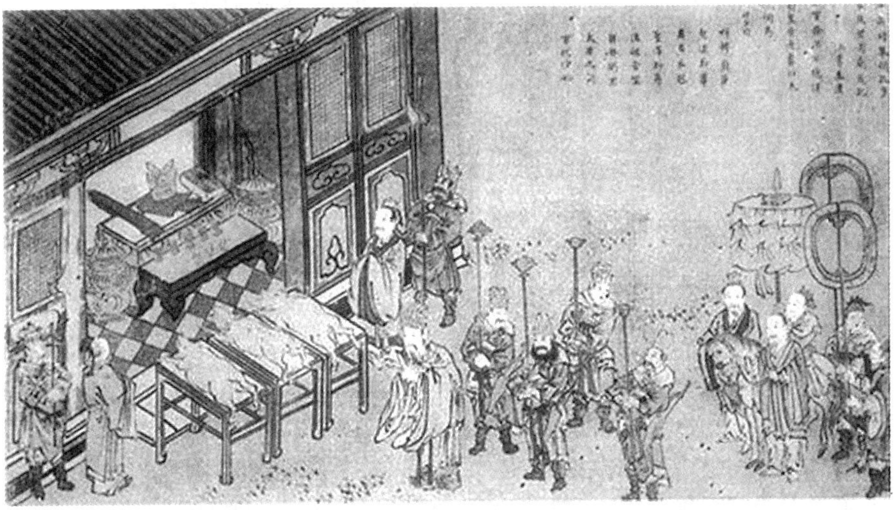

图1　明成化年间彩绘本《孔子圣迹图》之一《汉高祀鲁》，现存曲阜孔庙

① "诏曰：'昔仲尼大圣之才，怀帝王之器，……可谓命世之大圣，亿载之师表者也。'"（《三国志·魏志·文帝纪》）

② 《旧唐书·礼仪志》载："高祖武德二年（619年），国子立孔庙。"

图 2　明石刻本《孔子圣迹图》之一百零四《汉高祀鲁》，现存曲阜孔庙

二、汉魏六朝的孔子图与先秦孔子形象的关系

汉代是儒家思想发展的“黄金时期”。在这一时期儒家思想得到了广泛的传播，孔子的故事也被广为传颂。为了表达对孔子的敬仰，也为了方便后人祭祀，自汉代开始，就不断有人为孔子造像，《后汉书·蔡邕传》载，东汉灵帝光和元年(178 年)，京师“置鸿都门学，画孔子及七十二弟子像”。《汉书·艺文志》记载“孔子徒人图法”，这说明在西汉时期孔子的弟子就曾为孔子画过像；景帝时曾专门修学宫，刻孔子坐像于其中；东汉时期的老子庙，居然也在壁上画着孔子像。西晋以降，关于孔子造像记载很多。东晋王廙画过《孔子十弟子图》[①]，东晋顾恺之、南朝的陆探微、戴逵等都画过孔子像。《南史·梁元帝纪》记载，南朝梁元帝画《孔子七十二门徒像》，自撰赞辞并自书之，时人谓之三绝。据黄休复《益州名画录》卷下记载，齐永明十年(492)成都刺史刘悛再修玉堂礼殿，刘悛于其壁上画《仲尼四科十哲像》。据《魏书·刘道斌传》记载，北魏刘道斌任恒农太守时曾经“修立学馆，建孔子庙堂，图画形象”。可见文庙配孔子像很早就存在，他们画的孔子像在当时有着“成人伦，

① “余兄子羲之，幼而岐嶷，必将隆余堂构，今始年十六，学艺之外，书画过目便能，就余请书画法，余画《孔子十弟子图》以励之。”(《历代名画记》卷五)

助教化"的作用，对儒家思想传播有重要的意义，但由于时代相隔久远，上述鲜有实物传世。

传世的汉魏六朝的孔子像主要保存在汉画像石中。汉画像石中所出现的孔子人物形象主要在"孔子见老子"主题下出现，另有"孔子荷蒉"以及"孔子与项橐"各一幅。在汉代，有关"孔子见老子"的画像石达二十多处，主要分布在山东嘉祥，少数分布在陕西、河南、江苏、内蒙古等地。画面中多数情况下是孔子向老子行礼，老子拄杖相迎，老子与孔子之间有一小儿，一般认为是项橐，孔子旁有弟子相随。孔子与老子的位置则不固定，或孔子在左，或老子在左。整个画面讲述孔子向老子问学，画面中的孔子谦恭、温顺，不耻下问。这些画像主要创作于东汉时期，那一时期儒家思想在主流文化中占主导地位，而画面中的孔子却谦卑地向老子学习，这说明了汉画像石中的孔子形象继承了先秦道家文献中的孔子形象，把孔子地位放在老子之下，所以有孔子向老子求教这一场景（见图3）。总体而言，汉画像中的孔子形象图与先秦道家文献中的孔子向道家人物求教这一形象相符合，与先秦道家文献和其他文献所不同的是，在先秦道家文献和其他文献中，孔子遭到贬低，道家学派和墨家学派曾指责孔子骄傲、多欲、心术不正。但在汉代画像石中孔子这一形象并没出现，孔子总是以谦虚、好学、温顺的形象出现，孔子人物尺寸与老子相仿，甚至老子在面对孔子行礼时，也曲下身子以礼相待（见图4）。对于汉代画像石孔子这一形象，学者刑千里认为是汉代官方对孔子形象定格和处理的结果，认为在汉代"独尊儒术"的思想背景下，这些画像石中的孔子形像已经在儒士们的头脑和手中完成了初步的"改造"。官方把孔子形象定格在高大、谦逊、慈祥等特征上。汉代的工匠则根据这一形象在故事选择、情节安排和人物造型

图3　孔子见老子画像石　凹面线刻　纵95 cm　横73 cm　厚29 cm　东汉嘉祥县洪家庙

图 4　孔子见老子画像石,纵 56 cm　横 285 cm　山东嘉祥齐山

上来烘托孔子“温良恭俭让”等精神气质。[①] 学者姜生认为孔子见老子图之所以能进汉墓画像系统,根本原因在于当时宗教,老子已成为“大神”老君,因为见老子受道书乃是个人得道成仙关键的一步,老子是死者获得升仙资格必须要见的大神,因此孔子见老子图则暗示墓主人师法孔子往拜老子而得道受书。[②] 学者郑立君等认为在孔子见老子图中,孔子被塑造成谦恭、好学的人物形象,实质上传递和强调的是墓主人生前所秉持的谦虚好学的儒家思想美德,也就是通过孔子的人物形象来表达墓主人的儒家思想美德。[③] 笔者更倾向于学者郑立君的分析。汉代墓葬的主人在汉代社会地位属于中下层,雕刻汉画像石的民间艺人处在社会最底层,他们不可能有意识地要在墓葬雕刻中来反映官方的儒家思想。对于墓葬主人来说,他们更多地想呈现自己生前的品德面貌,所以他们借孔子人物形象来呈现自己的儒家思想美德。至于借孔子问道于老子来暗示自己成仙途径和方法,这在汉代民间文化中并不流行,在汉代民间文化中,流行的是墓葬主人死后借助西王母这一掌握生死和不老之药的大神来达至神仙世界这一途径。尽管上述学者对汉画像中孔子形象的意义及表征什么呈现分歧,但有一点需要指出,那就是

① 见刑千里《中国历代孔子图像演变研究》(山东大学出版社,2013 年版)中汉代孔子研究图像部分。
② 姜生:《汉画孔子见老子与汉代道教仪式》,载《文史哲》2011 年第 2 期,46 页。
③ 郑立君、赵莎莎:《山东汉画像石〈孔子见老子〉图像分析》,载《孔子研究》2013 年第 1 期。

汉画像中孔子的形象与先秦道家文献中孔子形象在形象表征上已出现一点偏离，在汉画像中孔子虽然还被塑造成向道家人物求教的形象，但汉画像中孔子人物形象更加突出的是孔子作为儒家代表人物的品格美德，以及墓葬主人的儒家思想美德，而不是突出道家学派凌驾在儒家学派之上。

三、唐宋的孔子图与孔子形象的关系

传世的唐宋时期的孔子图主要保存在曲阜孔庙的石刻和绘画作品中。孔子后裔孔传在其于宋绍兴四年(1134 年)所著的《东家杂记·先圣小影》中记载："今家庙所藏画像，衣燕居服、颜子从行者，世谓之小影，于圣像为最真。近世所传，乃以先圣执玉尘，据曲几而坐，或侍以十哲，而又有持樱盖、捧玉磬者，或列以七十二子，而有操弓矢、披卷轴者，又有乘车、十哲从行图，皆后人追写，殆非先圣之真像。"由于木刻或丝绢孔子像易于损坏，宋代以后，孔子后裔将其中不少作品的原本摹刻在石上，因而宋以前的孔子像仍得以较好地保存于曲阜孔庙圣迹殿内，如传为顾恺之所作的《孔子凭几坐像》——宋时称为《孔子小影图》，传为吴道子所作的《孔子司寇像》、《孔子行教像》等。吴道子所作的《孔子司寇像》镶嵌在圣迹殿正中壁上，画像中孔子戴司寇冠，着司寇服，面容威严刚正。其《孔子行教像》(见图 5)像上则有画赞。不过从其画像端题"德配天地，道冠古今，删述六经，垂宪万世"十六字来看，这段文字明显取材于明陈凤梧《孔子赞》[①]。由此可见，该图是临摹本，吴道子的原作已遗失。此图绘刻的孔子慈眉善目，素带佩剑，手背向外相握，栩栩如生，突出孔子作为道德和学问楷模的教

图 5 《先师孔子行教像》石刻 传唐吴道子绘 石高 160 cm 宽 55 cm 现存于曲阜孔庙

① "道冠古今，德配天地，删述六经，垂宪万世，统承义皇，源启洙泗，报功报德，百王崇祀。"(明陈凤梧《孔子赞》)

师和圣人形象。整幅画像以线刻形式上石,线条明快,绘刻精细,具有较高的艺术价值。这幅画后世流传甚广,摹本甚多。

图6 孔子像 南宋 马远 设色绢本 册页 纵27.7cm 横23.2cm 北京故宫博物院藏

宋代传世孔子画像中比较有名的是南宋杰出画家,曾为光宗、宁宗两朝(约1190—1224年)画院待诏的马远的孔子像(见图6)。此图淡设色画孔子。孔子身着长袍,拱手相向而立,沉静肃穆,若有所思,神情十分生动。全图用秃笔写衣纹,简练概括,线条劲拔,寥寥数笔,形神毕现。画面左下方款署"马远"二字。

司马迁在《史记·孔子世家》中描述孔子:"生而首上圩顶",故"名曰丘",意思是说,孔子出生时头顶四周高,中间低,呈"凹"字形,所以家人给他取名曰"丘"。《孔子家语·困誓》记载"孔子……其长九尺有六寸,河目隆顙",王肃注:"河目,上下匡平而长。"特别提及孔子眼眶平正而长、额头高高隆起。马远在塑造孔子人物肖像时突出孔子前额硕大、顶部中间微陷,显然与《史记》、《孔子家语》记载有关。马远的孔子像突出了孔子的踽踽独行以及若有所思的样子,突出了孔子个体的心境,与当时宋代主流文化把孔子当作万世师表膜拜并以集体的方式造像不一样。

传世的宋代孔子像作品还有曲阜所藏《孔子夫妇楷木雕刻像》,据传这是孔子弟子子贡在为其师结庐守墓期间所作,表达对其师的追思之情。然经专家考证,该作品当为宋代仿刻。宋代佚名的《孔子见荣启期图》[①],画面内容是孔子向荣启期求问何为"乐",故事见于《列子·天瑞》、《孔子家语》,呈现孔子谦虚好学形象。由金代孔元措根据前人资料编纂的孔子家谱《孔氏祖庭广记》书成后镌版于金都南京(今河南开封),内有孔子图,但初版失佚,蒙古乃马真后元年(1242年),孔元措赴阙里奉祀,增补校正,重雕此书,中有木刻版画十二幅,如《孔行颜随像》、《孔子乘辂图》、《孔子凭几像》等,由太学生马天章画。

---

①《孔子见荣启期图》,宋佚名,绢本,设色,纵24.8cm,横25.3cm,现藏波士顿艺术博物馆。

有文献记载未传世的宋元孔子像作品有南宋梁楷的《孔子梦周公图》[①]、李公麟的《孔见苌弘图》、元代赵孟頫的《孔圣讲学图》和《孔子行教图》。

汉代以后，为了突出孔子是异于常人的圣人，已有相关文献记载孔子相貌异于常人[②]，到了宋代，民间关于其相貌而衍生出来的“七陋”说[③]逐渐形成，并成为后世描绘孔子图像尤其肖像类图像的主要依据。

四、明清的孔子圣迹图与孔子形象的关系

明清两朝的数百年间，“孔孟之道”已形成一种绘画专题，甚至有了较为定型的图谱。

明代的孔子像面部表情安详。这一时期还出现了记录孔子生平的《圣迹图》。最早以连环画形式描绘孔子生平的圣迹图见于历史文献著录的，当推元代大德年间(1297—1307 年)，孔子五十三代孙孔津所编的《孔圣图》三卷，惜今已无存[④]。现在所能看到的最早的《孔子圣迹图》始于明代。明正统九年(1444 年)，监察御史张楷依据《史记·孔子世家》中记述的孔子史实，旁采《论语》等，以时间为经，事件为纬，摘录孔子生平 29 件事，因事绘图，据图配文，撰写每幅图的说明和赞诗，木刻传世，把包括孔子出生的传说，到闻韶乐三月不食肉味，退而修诗书，到最后西狩获麟一生的行迹，以图像记录的方式描绘下来，辑成《圣迹图》。木刻本《圣迹图》是中国现存最早的具有完整故事情节的连环画。后，弘治十年(1497 年)，何廷瑞等又新增 9 件事共计 38 幅后重新刻印，但新增 9 图有说明而无赞诗。明万历十七年(1589 年)武林吴嘉谟辑序刊《孔圣家语图》十一卷(现藏中国国家图书馆)，卷一为孔子图录，下十卷为文字，即“孔子家语”。由程起龙、伯阳绘写，歙人黄组镌刻。其图录绘孔子一生自诞生到逝世共 40 幅画，一面为图，另一面为传文及按语，《孔圣家语图》40 幅图以吴嘉谟的老师杨士经授予的曲阜《圣迹图》为蓝

---

① 明人陈继儒在《眉公论画》中说：“梁楷待诏画院，赐金带不受，挂于院内，自称‘梁风子’。余曾见其《孔子梦周公图》、《庄子梦蝴蝶图》，萧萧数笔，神仙中人也。”

② 如成书于两汉之际的《春秋纬·演孔图》载：“孔子长十尺，海口、尼首、方面、月角日准，河目龙颡，斗唇昌颜，均颐辅喉，骈齿龙形，龟脊虎掌，胼胁修肱，参膺圩顶，山脐林背”。

③ 关于孔子相貌的“七陋”最早记载在南宋罗泌编著的《路史》中，该书提到孔子体貌有“四十九表”，其中“谷窍”一目，指孔子头上七窍豁露，“眼露白，耳露轮，口露齿，鼻露孔”，所以又称为“七露”。由于这样的相貌被视为丑陋，所以“七露”又被称为“七陋”。

④ 见谢巍在《中国画学著作考录》(上海书画出版社，1998 年版)第 626 页中的考证。

本,但经过重新创作描绘而成。由于该本《孔圣家语图》传播不广,故在诸多孔子图录刻本中鲜有记载。

最早的《孔子圣迹图》石刻本始于明万历年间。万历十九年(1591 年),山东巡按御史何出光提议将木刻改为石刻,并于孔庙隙地创建“圣迹殿”加以保存。次年,山东按察副使张应登建议在曲阜“圣迹殿”增加“圣迹图”内容,将原稿增至 112 图。石刻宽 60 cm,高 38 cm,既有孔子事迹画面,又有标题及文字说明,由毛凤羽汇校,杨芝(维扬)作画,章草刻石,至万历二十年十二月告成。相传,其画图底稿为宋人画本。今孔庙圣迹殿内陈列有 120 块刻石,其中,总题目“圣迹之图”(篆书)1 石,文字 9 石,画幅 110 石。

传世的《圣迹图》的绘制手段样式除上述木刻本、石刻本外,还有明代的彩绘本、近现代的珂罗本、影印本。坊间广为流行的《圣迹图》是以石刻本的《圣迹图》为底本的,如民国时期广为流传的、由原北平民社李炳卫编辑的影印本《孔子圣迹图》就是根据石刻本《圣迹图》翻摹。

尽管明代各个版本的《孔子圣迹图》在题材、人物等表现内容上大同小异,但画面形象刻画则有着较为明显的区别。具体表现为石刻本《孔子圣迹图》人物刻画相对简单化,孔子和其弟子在各幅画中出现时形象雷同,甚至一些场景空间、树木造型也相似(见图 7,图 8);仇英的彩绘本《孔子圣迹图》[①]则画面干净,人物刻画细致入微,线条流畅圆润,设色淡雅得体;《孔圣家语图》画面简洁,构图匀称,线条流畅,刀法粗犷。

图 7 明石刻本《孔子圣迹图》之三十八《四子侍坐》,现藏于曲阜孔府

① 明仇英彩绘本《孔子圣迹图》,现藏于曲阜孔庙,共计图 39 幅,文字一幅,笔墨细致精湛,创作时间应在木刻本之后,石刻本之前。

图 8　明石刻本《孔子圣迹图》之七《入平仲学》，现藏于曲阜孔府

试以孔子“退而修诗书”图画主题为例比较这三个版本。《史记·孔子世家》载：“孔子年四十二，鲁昭公卒于干侯，定公立……阳虎由此益轻季氏。季氏亦僭于公室，陪臣执国政，是以鲁自大夫以下皆僭离于正道。故孔子不仕，退而修诗书礼乐，弟子弥众，至自远方，莫不受业焉。”孔子四十二岁时，鲁定公执政，季氏僭越公室大臣，掌握祭祀、征伐等国家政事，鲁大夫以下也僭离正道，孔子看不惯这种礼崩乐坏的局面，不求做官，只专心修诗书，定礼乐。而此时弟子门人越来越多。对这一史实，石刻本题为“退修诗书”（见图9），画面右上方题记：孔子年四十二岁，鲁昭公卒，定公立，季氏僭，公室陪臣执国命，故孔子不仕，退而修诗书礼乐，弟子弥众。石刻本在文字上较好地反映了《史记·孔子世家》内容。画面中孔子居中而坐，孔子人物形象明显比其弟子高大很多，孔子及其弟子形象与石刻本另一幅图《四子侍坐》（见图7）中的人物形象雷同。

图 9　明石刻本《孔子圣迹图》之十九《退休诗书》，现藏于曲阜孔府

仇英彩绘本(见图 10)标题“退修琴书图”,画面左方题记:鲁定公元年壬辰,孔子年四十三岁,季氏强僭阳货,不仕,退而修诗书礼乐,弟子弥众。文字上与《史记·孔子世家》有出入,阳货(虎)是季氏的家臣,因与季氏不和,囚禁过季氏,题记中“季氏强僭阳货”语意不明,题记叙述的是孔子退而修诗书礼乐,标题却是“退修琴书”。画面中孔子居中而坐,自由散淡,人物形象比例与弟子同,弟子形态各异,或站着对话,或捧书,或展卷,或据案阅读,人物神态传真。整幅画工整精致,淡雅妩媚又不失艳丽端庄。吴嘉谟辑的万历版《孔圣家语图》(图 11)标题“退修授业”,画面线条遒劲有力,刻工传神,画中人物神态表情可辨析得出,别具特色。

图 10 《孔子圣迹图》之一《退修琴书图》 [明]仇英 彩绘本 长 60 cm 宽 40 cm 现藏曲阜孔府

图 11 万历版《孔圣家语图·退修授业》 吴嘉谟辑 现藏国家图书馆

清代传世较有名的手绘《孔子圣迹图》有焦秉贞《孔子圣迹图》①和改琦《孔子圣迹图》②。焦秉贞是清代宫廷画家,是清代天主教传教士汤若望的学生,他受西画影响,不同于传统中国画按人物身份高低安排人物大小的习惯,而是以人物为中心营造空间、以人物近大远小原则来安排,在空间处理

① 清焦秉贞:生卒年不详,绘有《孔子圣迹图》,册页绢本设色,画幅纵 29.2 cm,横 35.7 cm,现藏于美国圣路易斯美术馆。

② 改琦绘有传世《孔子圣迹图》十幅,画幅宽 42 cm,高约 30 cm,福建美术出版社 2004 年出版了改琦绘《孔子圣迹图选》。

上，运用透视和明暗处理空间，试图把人物放在一个真实的空间中。《孔子圣迹图》之《孔子游说诸王图》就是这方面运用的典范（见彩页）。改琦（1773—1828 年），绘画宗华喦，善画人物、佛像、仕女，笔姿秀逸，兼工山水、花草、兰竹小品，运思迥别，师前人而又独具面貌。《孔子圣迹图》之《入平仲居》（见彩页）是其这方面风格的体现。画面中孔子老师侧座于屏风前，七岁孔子侧立案前鞠躬，画中各个儿童憨态可掬，人物造型须眉指掌，纤毫不乱，淡墨细线，整幅画简洁清丽，古雅自然。

《孔子圣迹图》是在宋元书籍插图的基础上逐渐发展形成，并可能受到佛教、道教《圣迹图》的影响。孔子圣迹部分，所反映的都是孔子一生的伟大——立定心志推广其理想并教化弟子，大部分画幅具有较强的写实性质，与《论语》、《史记》记载的孔子生平、故事相对应，画面中的孔子儒雅洒脱，神态高雅。《孔子圣迹图》少数画幅具有神话传说色彩，其中有些图绘甚至沿用东汉谶纬的一些内容来神化孔子，诸如关于孔子降生的“麒吐玉书”①、“二龙五老”、“钧天降圣”等画题，神化了孔子，表达了官方和民间对孔子的造“神”运动②。虽然官方和民间对孔子有“造神”运动，但《孔子圣迹图》图绘的最终目的还是服务于对孔子作为学问和道德楷模的敬仰，这从石刻本《孔子圣迹图》一百零五幅图像的编排可看出来。石刻本《孔子圣迹图》第一幅是“圣行颜随”，把这一幅图放在首位就是为了突出孔子作为世人行为的楷模和圣人先师形象，接下来几幅是神化孔子出生的画幅，如降生时“麒吐玉书”、仙界“二龙五老”来祝贺，突出孔子“钧天降圣”，再接下去是根据《论语》、《史记》记载孔子事迹而绘之。石刻本《孔子圣迹图》第一百零四幅《汉高祀鲁图》、第一百零五幅《高宗祀鲁图》，突出孔子作为圣人被历代帝王封号膜拜并以这两幅图作为最后结束。从图本的开始和结束的编排可看出石刻本《孔子圣迹图》编撰者的用意所在，那就是通过图绘孔子圣迹最终突出孔子作为至圣先师道贯古今、德配天地。

明清除了连环画的孔子圣迹图之外，还有各类的孔子形象图，比如，在

① 石刻本《孔子圣迹图》之《麒麟玉书》画面左上方刻有：“有麒麟降临孔府阙里人家，并吐玉书，上写有‘水精之子孙，衰周而素王，徵在贤明。’”用“素王”称呼孔子最早由东汉王充提出，故画幅左上方的文字内容据东汉文献，而不是《论语》或《史记》。仇英本的这一幅无题款，补名“麒麟玉书图”。

② 官方和民间神话孔子，如东汉郑玄《礼记・檀弓正义》所引《论语撰考谶》：“叔梁纥与征在祷尼丘山，感黑龙之精以生仲尼”，六朝志怪小说《拾遗记》卷三记载孔子降生时“二龙绕室，五星降庭”等。

图12 孔子燕居像绢本 明佚名
纵126.5cm 宽102.5cm
现藏于曲阜孔府

后世流传甚广的明代佚名“孔子燕居像”(见图12)、明代画家吴彬的“孔子杏坛讲学图”、孔子作揖行礼图、《孔门儒教列传》中的孔子像、明代画家丁云鹏的《三教图》中的孔子像①、《孔子素王图》②以及清代孔子像碑刻等。

《论语·述而》:“子之燕居,申申如也,夭夭如也”,燕居:安居、闲居;申申:衣冠整洁;夭夭:行动迟缓、斯文和舒和的样子。“孔子燕居”讲述的是孔子闲居在家时的心态和状态:着装整齐,仪态温和舒畅,悠闲自在。《孔子燕居像》中的孔子也确实如此,不过神态上多了一份严谨。画像中孔子的相貌则明显承接宋代民间关于孔子相貌“七露(陋)”而来——“眼陋”:眼露白,两颗眼球突出;“耳陋”:耳露轮,两只耳朵大而下垂;“鼻陋”:鼻露孔;“口陋”:口露齿。《孔子杏坛讲学图》为明代画家吴彬作品。画中孔子正面坐像,两侧为颜子、曾子、子思、孟子,他们面向孔子,聆听讲学。五人均着大领宽袖长服,发用兰布挽髻,坐蒲团。讲坛后有高镜形成屏风,屏风后绘有高大杏树,老干新枝,穿插交映,为严肃的讲学场面增加了生机。此图未必完全符合孔子讲学的实况。

在先秦时代有关孔子真实长相记载比较稀少,且各自文献记载差异甚远,如《论语》记载,孔子“温而厉,威而不猛,恭而安”。《庄子·外物》篇借老莱子弟子之口说出孔子“修上而趋下,末偻而后耳,视若营四海”。认为孔子身子长、下半身短,脊背向前弯曲,身体有些佝偻,耳贴于后,目光敏锐。《荀子·非相》提出:“仲尼长,子弓短。”“仲尼之状,面如蒙倛。”认为孔子个子高,皮肤黝黑,脸好像蒙上了一个丑恶难看的面具。到了司马迁的《史记·孔子世家》,则说孔子“生而首上圩顶”,即孔子头顶四周高中间低。司马迁

① 由于画家对佛教推崇,画面中丁云鹏把释迦牟尼置于中心,孔子与老子侧坐。画面中的孔子,束峨冠蓄长须,被描绘成一位谦逊的世俗老者。

② 至唐玄宗敕封孔子为“文宣王”起,后世的孔子形象就多了一个“冕服孔子”,表现在一些传世孔子图如明清的《孔子素王图》中孔子戴着王冠。头戴王冠的孔子传递出孔子虽未有帝王之位却有帝王之德的“素王”形象。

的这一描述已离孔子去世三百多年。汉代以后,孔子所提倡的儒家思想逐渐取得国家意识形态地位,官方和民间给予孔子较高地位,孔子本人也被帝王敕封为“万师世表”、“文宣王”、“至圣先师”。为了表达对儒家和孔子的尊重,也是为了推广和宣传儒家思想,汉代以后,历代的官方和民间开始塑造诉诸视觉的孔子形象,或刻之于石,或图之于壁,或画之于纸帛,或镌之于木。由于孔子在汉代以后在中国文化中所具有的特殊地位,这使汉代以来的孔子造像一开始就具有美化孔子的特点,比如,在形象上突出孔子是道德行为楷模和至圣先师,在相貌上突出孔子有异相,发展到明清时期甚至出现了《孔子神位图》,完全将孔子神化,清末康有为在发起的孔教运动中号召国民将孔子列为神加以祭拜。

就传世的各类孔子形象造型图式来看,有帝王式的,官吏式的,学者式的,布衣式的,等等。随着文化领域独尊儒术、政治社会生活领域帝王和民间对孔子的推崇,孔子的形象越来越固定为被官方和民间膜拜的模式,要么是曲背拱手行礼姿态,显示他的谦恭好礼德者形象;要么是至圣先师的“严正”扮相,以彰显其道德和学问的正统和至高无上;要么是肖像画中的“七陋”以显示其异于常人,只有在文人画家中,孔子形象偶而随画家的个性而作出自己的理解,比如马远的《孔子像》。“孔子造像的兴衰和图式的演变,从一个侧面反映了历代帝王尊孔崇儒的情况,体现了各个历史时期人们对孔子的不同认识和理解,在某种程度上,也是各个历史时期社会思潮的指向标。”①随着儒家文化因为与权力结合在中国文化中所取得的强势,随着历代官方和民间所塑造的孔子图像在后世的广传,视觉中的孔子图像在解释孔子形象方面日益占据着重要地位,于是,先秦文献中有关否定和贬化孔子的记载在后世孔子形象构成版图中渐渐走向边缘乃至被遗忘。

作者简介

包兆会,1972年生。男。浙江临海人。南京大学文学院副教授,文艺学硕士生导师。研究方向为古典美学、庄学和文图关系研究。有《庄子生存论美学研究》、《庄子》、《西汉初中期文艺思想研究》等专著,发表学术论文六十余篇。

---

① 孔德平:《图溯孔子圣迹》,载《中华文化画报》2007年8期。

庄子形象与庄子图关系研究

毛　笛

摘　要：本文主要论述先秦两汉文献资料和《庄子》文本对庄子形象的建构，分析历代庄子图和庄子形象之间的关系。认为大部分庄子图都准确传递了上述两方面构建的庄子形象，但亦有部分图像中庄子形象出现了其形象宗教化和世俗化的特征。

关键词：庄子形象　庄子图　宗教化　世俗化

庄子（公元前369年—公元前286年），名周，宋国（今河南省商丘市，又说安徽蒙城与山东东明）人，曾任漆园吏，因而又被称为蒙吏、蒙庄、蒙叟。战国中期道家学派代表人物，著名的思想家、哲学家、文学家，道家学说的主要创始人之一，其代表著作《庄子》亦为道家经典之一。在中国的文学史上对于庄子形象的研究评述不计其数，历朝历代各有各说，而对于庄子图的研究却甚少，对两者之间关系的研究就更少了。本文将根据先秦两汉的文献资料和《庄子》一书中有关庄子的记载来论述庄子形象的建构，列述历代庄子图的类型，简述两者之间的关系。[①]

一、庄子形象的建构

本文所要论述的主要指作为“作者”的庄子形象。文献资料主要来自两个方面：一是《庄子》中有关庄子的描述与介绍的篇章，包括《庄子》的内、外杂篇。二是先秦两汉时期与庄子有关的其他文献资料，包括各种史书、子集等，例如《史记》、《荀子》。

---

① 本文因篇幅所限，仅分析庄子图像中比较具有代表性的传世画作，对于文献资料中没有图像传世的作品存而不论；对历代庄子图的挑选及其与庄子形象关系的研究，截止于清代之前。现代的庄子图像，例如戴敦邦《道教人物画集》中的庄子图、冯远《诸子图》中的庄子像、范曾的《庄子说梦图》以及蔡志忠《庄子说》中的庄子漫画等，它们与庄子形象的关系亦不在本文的研究范围内。

（一）《庄子》文本中的庄子形象

后世学者对庄子形象的解读主要以《庄子》中有关庄子的记载与描述为主要依据，通过有关学者对中华书局2011年版《庄子注疏》的统计，在《庄子》中有关庄子的故事一共有29则，其中《内篇》4则，《外篇》和《杂篇》25则①。

有关《庄子》中的庄子形象，前人已做过大量的研究论述，大多数学者都是从《庄子》的整体性上来阐释其中的庄子形象。其中，《漫谈〈庄子〉中的庄子形象》一文较为著名，作者谭家健对庄子形象从三个方面进行了归纳，即“傲视王侯卿相、鄙视功名利禄的隐士”、“泯物我、齐生死的达人”、“雄辩恢诡、妙语惊人的智者”。后来的大多数学者对庄子形象的阐释也与此相差无几。但亦有学者注意到了《庄子》一书中庄子这一人物形象的矛盾性，认为其“既是一个潇洒飘逸、超凡拔俗的高人，又怀有愤世嫉俗、憎恶黑暗的激烈情怀；他既是一个性格率真、心胸坦荡的长者，又蔑视宗法礼教传统、诙谐嬉笑，显得放达，甚至于落拓不羁；他既是一个勇于探索，卓然独立的智者、哲人，又显示着避世者的消极”②。然而作者并未对此进行深究，最后依然从整体上把庄子定义为“高人、哲人、真人”。

实际上，《庄子》中的庄子形象的确是具有一定矛盾性的，这与《庄子》的成书过程和作者有关。《庄子》是先秦时代的作品，多数学者都认为它是先秦最著名的思想家之一——庄子及其弟子们的作品集而并非庄子一人所作，根据古往今来诸多学者的研究结果来看，学界一般把《内篇》视为庄子本人的作品，因为《内篇》七篇不仅思想内容统一，而且结构也较为缜密，诸篇之间有着一种内在的联系；而《外篇》、《杂篇》则可视为庄子弟子后学的作品，因为《外篇》和《杂篇》文字浅陋，思想深度不够，旨趣亦不高远，与《内篇》相去甚远，而且有些地方甚至是对《内篇》的简单重复。正如王夫之在其《庄子解·外篇》中所说：“外篇非庄子之书，盖为庄子之学者，欲引而伸之，而见之弗逮，求肖不能也。”因而《内篇》与《外篇》、《杂篇》中的庄子形象有所不同甚至相互矛盾，都是可以理解的。

《内篇》中的庄子形象比较温和通达。他善辩却也温和闲静，言辞并不

① 李由：《〈庄子〉中的庄子形象研究》，东北师范大学硕士学位论文，2013年5月。

② 梁克隆：《高人哲人真人——简论〈庄子〉散文中的庄子形象》，载《中华女子学院学报》2001年第2期。

咄咄逼人,他洞察物我、自适逍遥,趋近于一个得道者。

例如在《逍遥游》里庄子两次与惠子进行论辩:一是庄子以不龟手之膏药的故事,辩说惠子不善用于大;二是用狸狌与斄牛的故事反驳惠子的大而无用之说。在这两则故事里的庄子就是一个温和的辩者,他长于言辞,但言语并不犀利。

又如在《齐物论》里,出现在篇末的寓言故事"庄周梦蝶"之中的庄子形象,其文如下:

> 昔者庄周梦为蝴蝶,栩栩然蝴蝶也,自喻适志与,不知周也。俄然觉,则蘧蘧然周也。不知周之梦为蝴蝶与,蝴蝶之梦为周与?周与蝴蝶,则必有分矣。此之谓物化。

在此,庄子运用其浪漫的想象、美妙的文笔,通过对其梦境的描写以及梦醒之后对于天地物我的探讨,给我们留下了一个长于思索的哲人形象。

而在《德充符》里,庄子在与惠子进行的一场关于"人之有情与无情"的论辩中,以"所谓无情者,言人之不以好恶内伤其身,常因自然而不益生也"的回答证明了自己并不是无情之人,只是希望世人能够顺其自然,不因外界过分的喜怒哀乐等情感而内伤其身,这里刻画出的庄子则是一个自适而潇洒的达人形象。

与《内篇》中的庄子形象相比,《外》、《杂》篇中的庄子形象显则得荒诞犀利甚至有些愤世嫉俗。

例如《秋水》中有"惠子相梁,庄子往见之"的故事记载,在这则故事中惠子与庄子应是好友,不然庄子不会贸然去见他,但惠子以为庄子是来取代其梁国相位的,于国中搜捕庄子,之后庄子以"腐鼠"比喻梁国相位,显示了其鄙视权位、远离政治的孤傲性格,但庄子把自己与惠子以"鹓鹐"与"鸱"来作比,这便是对惠子进行赤裸裸的讽刺了。类似的还有《列御寇》中庄子讽刺曹商"舐痔秦王,得车百乘"的情节。这些虽是庄子对于贪慕名利权位者的批判,但言辞之犀利刻薄是《内篇》中的庄子所没有的。

另外,《知北游》所记载的"东郭子问道"的故事也给我们呈现了不一样的庄子。其文如下:

东郭子问于庄子曰:“所谓道,恶乎在?”庄子曰:“无所不在。”东郭子曰:“期而后可。”庄子曰:“在蝼蚁。”曰:“何其下邪?”曰:“在稊稗。”曰:“何其愈下邪?”曰:“在瓦甓。”曰:“何其愈甚邪?”曰:“在屎溺。”东郭子不应。

东郭子诚心向庄子问道,而庄子的回答越来越出人意料,最后得出“道在屎溺”的结论,直接让东郭子“无语凝噎”。这个故事让世人明白了“道”无所不在的道理,也让人看见了庄子性格中荒诞的一面。类似的庄子形象也出现在《至乐》篇中“庄子妻死而其鼓盆而歌”的故事里,在文中庄子妻去世,他不仅不悲伤反而鼓盆而歌为妻子的逝去高兴,故事的主旨在于表达庄子齐物我、同生死的观念,但其鼓盆而歌的行为却也展示了其荒诞的一面。

总的来说,《庄子》一书的《内篇》和《外篇》、《杂篇》中对庄子形象的刻画是有所不同的。《内篇》中的庄子形象是庄子自己塑造出的一个理想人格,而《外篇》与《杂篇》中的庄子形象则更像是庄子后学为了阐述发扬庄学而再度创作的一个人物形象,两者难免有所偏差。但是《外篇》和《杂篇》基本上还是对《内篇》思想的阐述与发挥,而其中对于庄子形象的记载与塑造也能从侧面反映出庄子的生活境遇、人物性格以及思想观点等等,让庄子的形象在世人的眼中更加的丰富立体,因而后世学者大多都选择从整体上来把握庄子的形象。

(二) 先秦两汉文献中的庄子形象

先秦两汉是最靠近庄子真实生活年代的历史时期,在此期间产生的各种有关庄子的文献记载对后世庄子形象的建构以及各类庄子图的塑造的影响也是巨大的,特别是荀子和司马迁对庄子的记载。

由于庄子思想及学术有别于主流,庄子在先秦时期的知音甚少,研究资料表明这一时期对于庄子学术的关注仅有“荀况、吕不韦及其门客、韩非等人”①。

庄子首次出现于他人文献,是在《荀子》中:

昔宾孟之蔽者,乱家是也。墨子蔽于用而不知文,宋子蔽于欲而不

① 张爱民:《宋代以前〈庄子〉的接受概述》,载《湖南科技学院学报》2005年第3期。

知得,慎子蔽于法而不知贤,申子蔽于势而不知知,惠子蔽于辞而不知实,庄子蔽于天而不知人。①

这段文字虽然简短但至为珍贵,因为荀子第一次将庄子与墨子、宋子、慎子、惠子等先秦诸贤相提并论,“证明了至少晚在荀子时期庄子及其著作已经受到一定的关注,在某种程度上承认了庄子的学术地位。”②荀子对于庄子的直接评价是“蔽于天而不知人”即认为庄子及其学说过于重视自然天道而忽略人性人事,这虽是荀子从儒家为政治服务的立场而对其作出的评判,可能有失公允,但亦是后世之人对庄子形象的一种主观构建。

而司马迁是历史上第一个为庄子作传的人,他在其《史记·老庄申韩列传》中对庄子其人其学予以了特别的关注:一是介绍了庄子的籍贯、思想、学术渊源以及《庄子》的概貌;二是特意叙述了庄子却楚王聘一事。前者使我们大概了解了庄子生活地域、年代以及他曾为漆园吏的一些生活经历,而后者则让后人知晓庄子鄙视权利富贵、逍遥自适的性格,刻画了一个清高孤傲的庄子形象。司马迁从史学的角度出发在《史记》中对庄子的描述,是对先秦两汉庄子形象的一个史实性总结。

历代庄子图像按图像题材可分为庄子肖像图、庄子故事场景图、庄子非本事图。下文将分而论之。

二、庄子肖像图

肖像图是最能直接反映人物形象的一类图像,而文献中最早有关庄子肖像图的记载应始于西晋。西晋玄学盛行,当时的文人士子普遍推崇老庄,以致有人画庄子像来显示自己的超凡脱俗。《晋书·嵇含传》里记载:“时弘农王粹,以贵公子尚主,馆宇甚盛,图庄周于室,广集朝士,使含为赞,含援笔为吊文,文不加点。其序曰:‘帝婿王弘远华池丰屋,广延贤彦,图庄生垂纶之像,记先达辞聘之事,画真人于刻桷之室,载退士于进趣之堂,可谓托非其所,可吊不可赞也。’”可见远在西晋时期,庄子的画像已经开始出现在文人

---

①《荀子·解蔽篇》。

② 马晓乐:《魏晋南北朝庄学研究》,山东大学博士学位论文,2006年4月。

贵族的生活之中。只是由于年代久远，这些于文献记载中的庄子肖像图早已毁失。

今存的庄子肖像图较为著名的有元赵孟頫《玄元十子图》、元华祖立《玄门十子图卷》、明《圣君贤臣全身相册》庄子像、明《三才图会》庄子像、清《古圣贤像传略》漆园吏像等等。

赵孟頫的《玄元十子图》，收录于《正统道藏》洞真部、灵图类“云”字号，又见于清人辑《道藏辑要》“紫”集中。此图（图 1）文图兼具，文字即为传说中的老子十弟子一一设传，即庄子、关令尹喜、文子、庚桑楚、南荣殊、尹文子、土成绮、崔翟、柏矩、列子。图中庄子身着长袍，站姿随意，双手向外摊开，神态散漫自适，该画线条简练，格调疏淡。此外，人像两旁附有小传，内容与司马迁《史记·老庄申韩列传》相似，除述其生平及著作外，还特意提及庄子“却楚王聘”一事以彰显庄子性格之高洁肆意。

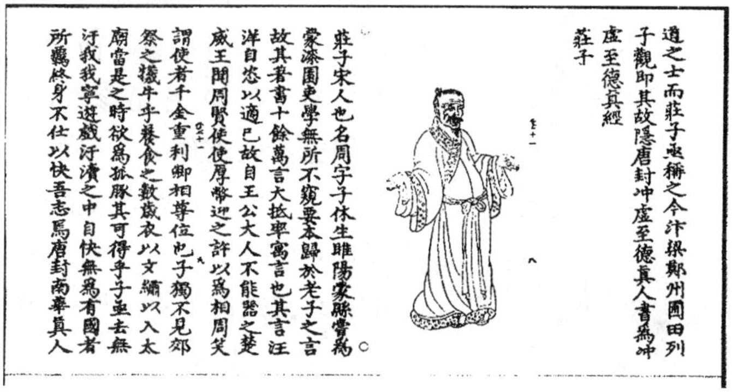

图 1　玄元十子图·庄子像　元赵孟頫　版画　尺寸失计

此图为赵孟頫众多的道释绘画作品之一。为了维护统治，元廷对各种宗教思想文化采取兼容并蓄的宽容政策，因而道教在元代有着与儒家、佛教相同的地位，三教并举的时代思想文化环境影响了诸多文人，赵孟頫便是其中之一。他不仅文词高古、书画绝伦，并且“旁通佛老之旨，造诣玄微”[①]，反映赵孟頫道家思想的道释绘画便成为其美术创作中不可忽略的一部分。有学者做过相关研究，认为《玄元十子图》为赵孟頫“遵师嘱而撰”[②]，而其师便是宋

① 赵孟頫：《松雪斋集》附录。
② 卢仁龙：《赵孟頫〈玄元十子图〉及其他》，载《文献》1992 年第 04 期。

末元初道门高士杜道坚，目的是“借用儒学宣传的套路，使‘晦而隐，否而塞’的玄门十子之学显明与当代，为道门日渐手劳心拙的宣传开一条新道路”①。

因而此图被众多后世之人奉为道教绘画精品录入各种道书之中。但其中有关庄子一图在笔者看来，其中的宗教气息并不浓厚，图中所绘庄子形象与《庄子》文本与先秦文献记载的十分相称，图中庄子并不像后世众多完全宗教化的庄子形象一样以身着道袍，手持拂尘，充满了仙风道骨味道的道教真人形象示人，反而着重刻画了庄子性格之中“散漫不羁”的一面，并在图中小传中刻意提及《庄子》文本与《史记》中都出现过的“却楚王聘”一事，以突显其孤傲高洁。可见赵孟頫在塑造庄子形象的时候还是从庄子其学以及先秦文献对庄子形象的记载出发的。

图2 玄门十子图卷·庄子像 元华祖立 纸本设色 纵 27.8 cm 横 403.8 cm 上海博物馆藏

元代另一幅有关庄子的肖像图出自华祖立的《玄门十子图卷》，今藏上海博物馆，此图根据赵孟頫《玄元十子图》石刻本与木刻本摹写而成。此图为华祖立遗世孤本，弥足珍贵，虽是摹写而成但亦不缺乏作者本身的创意。其中的庄子图(图 2)从笔法上看，线条圆润流利，略带装饰性，而对人物面部表情的描绘更加的细致入神；画作以墨线勾勒为主，略施淡彩晕染，受当时文人画影响有静穆萧散之感，满纸逸气。图中庄子身着宽大长袍，双手合抱藏于袖中，神态淡漠。此图中作者主要通过对庄子面部表情和衣带等细节的处理来体现庄子的不羁。与赵作相比，华祖立笔下的庄子图除了线条、墨色相异外，更多一层文士之气，应是受到当时唐宋以来三教合一(主要是儒家)的文化思潮影响。

从这两幅庄子肖像绘画作品看来，庄子的形象出现于道释绘画作品之中，有宗教化倾向。这并不是从元代开始的，而是古已有之，早在魏晋

① 卢仁龙:《赵孟頫〈玄元十子图〉及其他》，载《文献》1992 年第 04 期。

时期，庄子便以神仙真人的形象出现在绘画作品中，例如南朝梁道士陶弘景《真灵位业图》中的庄子形象（已毁失，仅存文字记载）。但这两幅作品中的庄子形象与《真灵位业图》这类图像中庄子形象还是有所区别的，前者虽是出现于道释绘画作品中，但并没有完全地宗教化，庄子在作者的笔下没有变为虚无缥缈、仙风道骨的道教真人，创作者还是以《庄子》文本与先秦文献资料中的形象为基调来创作，旨在特显重现庄子"不羁自适"的一面。

明代《圣君贤臣全身相册》中的庄子像旧藏于故宫南熏殿，现藏于台北故宫博物馆，作者为明代宫廷画师，名讳不详。此画（图 3）中的庄子长发稀疏，眼神静滞，略显肃穆，双手藏袖合抱放于胸前，姿态恭顺，以一副苍老静穆的圣人形象示人，画作中的庄子形象大致与《庄子》文本相符，不过缺少了以往画作对庄子逍遥恣肆性格方面的描绘，显得形态上恭谨肃穆有余，而神情并未到位。这可能是由于此画为宫廷画家遵循正统儒家对人物肖像画"成教化、助人伦"的审美标准绘制而成。

图 3 圣君贤臣全身像册·庄子像 明作者不详 纸本白描 册页 尺寸失计 现藏于台北故宫博物馆

有关庄子肖像绘画作品中除了上述的几幅道释绘画和宫廷画外，还有明清两代的版画作品。明代百科式图录类书《三才图会》中收录庄子像一幅（图 4），其中所绘庄子为半身像，图中庄子浓眉长须，双手合抱，面颊丰润，衣冠整齐，神态平和肃穆。

可能由于刊于严谨的类书之中，或受传统文人画影响，此图有意突显庄子平和肃穆的"智者"形象。而清代《古圣贤像传略》中辑录的《漆园吏像》（图 5）显然是基于《史记》对庄子的记载。图中庄子面颊饥瘦，身披蓑衣，手持木杖，神情淡漠孤傲，人像上方题名"漆园吏像"，旨在突显庄子的"傲吏"形象，这与《史记》对庄子曾为漆园吏的记载以及《庄子》文本中对于庄子清高孤傲的性格描绘是十分符合的。

图4 三才图会·庄子像 明王圻及王思义版画 纵20.8 cm 横14 cm

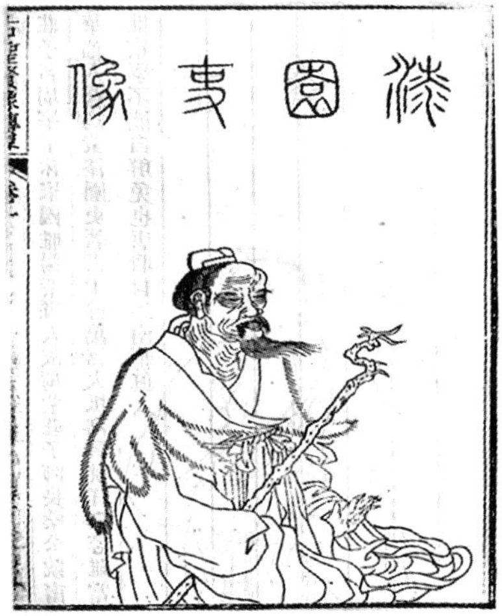

图5 古圣贤像传略·漆园吏像 清顾沅版画 纵25.5 cm 横17.5 cm

三、庄子故事场景图

在历代庄子图中,表现庄子形象故事场景的主要集中在“庄周梦蝶”、“濠梁之辩”以及“秋水”三个主题上。

“庄周梦蝶”故事见于《庄子·齐物论》篇末,在其中庄子阐述了他对生命转化、人生的真实与虚幻的独特理解,也渗透了庄子诗化哲学的精义,包含了浪漫的思想情感和丰富的人生哲学思考,历来为文人骚客所喜爱,因而也成为众多庄子图创作中最常见的一个主题。今存绘画作品中较为著名的以“庄周梦蝶”为主题创作的有元代刘贯道的《梦蝶图》、明代陆治的《梦蝶图》以及明代版画《庄生化蝶》等等。

刘贯道的《梦蝶图》今藏于美国王已千先生怀云楼。此画(见彩页)是刘贯道精心复制的一个梦境,作者借古树、老树、修竹、文样等物编设了一个静谧安然的环境,而文士模样的庄子枕书高卧,鼾声醉人,沉于梦中,旨在表现庄子清静无为的避世思想和人生如梦的入世观念。画者似乎刻意让庄子以一个懒散懈怠的文人模样示人,而没有突显“圣贤”、“孤傲”的一面。这与元代大多数文人的遭遇有关,元代统治者对多数知识分子采取打压和轻视的态度,因而元代“凡文人学士,无论仕与非仕,无不欲借笔墨以自鸣,故其从事图画者,非以遣兴,即以写愁而寄恨。元代画家的创作题材大致可分为三种，第一种隐逸类；第二种高士类；第三种神仙类”①。此图显然属于第一类，在图中作者借对庄周形象的塑造表达了元代文人士子深觉人生如梦而选择避世无为的道家隐逸思想。

明代陆治的《梦蝶图》（见彩页）现藏于北京故宫博物馆，此图为陆治所画的《幽居乐事图》图册之一。《梦蝶图》中庄子双手合抱侧卧酣睡于岩石之上，树荫之下，两只蝴蝶盘旋在其头上，悠然自得。整个画面简洁明了，寥寥几笔，庄周梦蝶的意境便跃然纸上，表现了庄子形象中“悠然超脱”的一面。

而明代的版画中亦不缺乏以“梦蝶”为主题的创作，其中值得提及的便是《程氏墨苑》中所刻录的《庄生化蝶图》。《程氏墨苑》为中国明代墨模雕刻图谱集，由明万历年间安徽歙县制墨大师程大约辑刻，著名画家丁云鹏、吴廷羽绘图，徽州黄氏木刻名工黄应泰、黄一彬等镌刻，为明代木刻版画的精品。《庄生化蝶图》（图 6）刊于《程氏墨苑》第十一卷淄黄上，画中庄子双手合抱，侧卧酣睡于溪流岩石之上，两只蝴蝶在头顶翩翩起舞，似是出现于庄周梦境之中，与画面中的现实相互交错。此图中的庄子面容祥和，神态安逸，与“庄周梦蝶”典故中的哲人形象十分相称，而此图收录于墨苑之中，亦体现了明代文人的一种雅趣。

图 6　程氏墨苑・庄生化蝶图　明程大约编　版画　纵 24.5 cm　横 14.9 cm

以“濠梁之辩”为主题的绘画，大多取材《庄子・秋水篇》记载的庄子与惠施游于濠梁之上，见鲦鱼出游从容自乐，因而论辩鱼之知乐与否的故事。“濠上”也就成了专指逍遥闲游之所，寄情玄言者则称“濠梁之风”，后世的众多文人士子亦多以此入画来突显庄子闲逸自适的隐士与智者形象。此类绘画作品最早出现于魏晋时期，根据唐张彦远《历代名画记》记载，魏晋时期以“濠梁之辩”为题材创作的作品主要有谢稚的《濠梁图》以及戴逵的《濠梁

① 黄兴：《从元代人物画题材看元代绘画的隐逸思想》，吉林大学硕士论文，2013 年。

图》,但这两幅画作早已遗失,仅存于画史目录之中,现存的绘画作品中以此创作题材,较为著名的主要是南宋李唐的《濠梁秋水图》。

李唐的《濠梁秋水图》现藏于天津博物馆,该图所绘的是濠水、濮水一带的风光,即"濠梁之辩"的发生地,因而也称《濠濮图》,而画面中描绘的两个人正是"濠梁之辩"的双方。如图7所示:该作以山水为全景,而人物作为点景置于山川江湖之中,巧妙地将诗文情景转化为画作意境,图中庄子于一派深秋景象之中与惠子坐于水岸大树之下,一人面对观者,一人侧面与之交谈,其中背倚古树,微侧其身,席地而坐者应为庄子,而临水侧身盘坐,作回顾交谈状者应是惠子,二人衣着古朴,纹饰简练,但都颇见精神。此画充满了深沉浑厚的古意,传神地刻画了庄子逍遥自适的性格特征。

图7 《濠梁秋水图》局部 南宋李唐 绢本设色 纵24 cm 横114.5 cm 天津博物馆藏

仇英的《南华秋水图》(图8)则多被认为是取材《庄子·秋水篇》中有关"秋水"的描述,"南华"即庄子(庄子曾在唐代被封为南华真人)。该画虽与《庄子》中记载的故事场景不合,但却是作者对于庄子日常生活的一种合理想象,因为《秋水篇》记载有秋水将至、河伯与北海的故事,而这个故事的创作需要作者即庄子具备对生活的详细观察,尤其是要了解秋天河水上涨的情形,而此图就是对庄子这种日常经验的具体图绘。此画设色明丽,层次井然,意境宁谧安详,为仇英得意之作,在画中作者亦给后世观者呈现了一个不一样的庄子形象。图中一青年男子(即庄子)依靠水岸岩头侧卧,凝望远处流水,姿态随意散漫，一侍女立于林下，而其身后置有石案，石案之上摆有古籍文玩，另有一幼童自小桥对岸捧物而来。历代绘画作品中庄子形象大都苍老肃穆，仇英笔下的庄子虽是依然恣肆不羁，但却显得更加年轻而富有活力。而这种不同应与作者对《秋水》文本的独特理解有关，亦算是对庄子形象的一种另类想象。

图8　南华秋水图　明仇英　绢本设色册页　纵41.1 cm　横33.8 cm　藏于北京故宫博物院

四、庄子非本事图

此类图像中所描绘的庄子形象既不符合先秦两汉文献资料中对庄子的记载，亦与《庄子》一书中所描绘的庄子形象相去甚远。例如《夷门广牍》里的庄子图与《列仙全传》里的庄子像以及《庄子休鼓盆修成大道图》与《扇坟图》等等。

《夷门广牍》里的《庄周蝴蝶梦图》(图9)为明代版画，收录于周履靖所辑的《夷门广牍》赤凤髓卷二，图中有题识“治梦泄遗精，仰目右手枕头，左手用功，左腿直舒，右腿拳缩，存想运气二十四口”，题识下方庄子衣襟大开，坦胸露乳，睡在竹席之上，动作与题识如出一辙，此图的目的主要

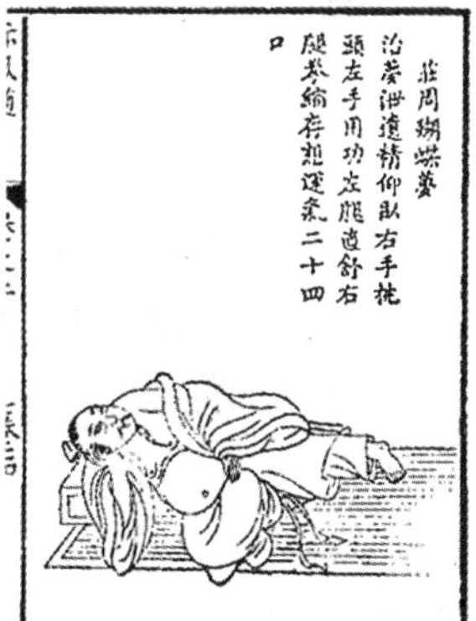

图9　夷门广牍·庄周蝴蝶梦图　明周履靖辑　版画　尺寸失计

在于叙述道教养生之道，而非特意地去刻画庄子的形象，画中对庄子形象的刻画简单粗陋，与《庄子》文本及先秦两汉文献记载中的庄子相去甚远。

图11　列仙全传·庄子像　明王世贞辑　版画　纵21 cm　横13 cm

《列仙全传》里的庄子像(图10)亦为明代版画，收录于王世贞所辑的《列仙全传》，其中所绘的庄子形象充满了道教气息，图中庄子身穿道袍，手持拂尘，面容带笑站立于树荫之下，以一副道教真人的形象示人，远非先秦两汉文献与《庄子》中所记载的庄子形象。

在这两幅庄子像中可以看到其中的庄子形象已经彻底地宗教化。庄子不再是文人眼中清高不仕、远离政治的隐者，或者特立独行、愤世嫉俗的傲吏，又或是生死齐一、觉生如梦的哲人，而变为了冲破生死红尘、皈依虚无的道教真人，浑身上下充满了超脱神秘的宗教气息。其实这类图像早已有之，例如南朝梁道士陶弘景《真灵位业图》(已毁失)以及元代著名道教壁画《朝元图》中的庄子都是以道教神仙的形象示人。

而对于造成历代庄子图中庄子形象宗教化的原因主要有两个：

一是庄子历史身份的改变。庄子一直是道家学派主要代表人物之一，先秦道家以老子和庄子为代表，而道教是在东汉明帝时代形成的一种宗教，但后来随着道教在中国的发展，庄子也成为了道教的领袖之一，这也是导致后世图像中的庄子形象宗教化的直接原因。庄子与道教的关系可以追溯到道教创立之初，道教在创立之初主要分为两派："一派是张道陵创建的'五斗米道'，即'天师教'；另一派则称太平道，是张角、张宝、张梁兄弟创立的，自称受庄子天书三卷，故太平教是以庄子(即南华老仙)的名义作为起义的旗号。"[①]而庄子道教领袖身份的正式确认应是在唐代。唐代的统治者从其政治需要出发，与老子李耳联宗系祖，从而提高了道家地位，作为道家代表人物之一的庄子，地位也随之水涨船高，唐玄宗天宝元年，庄周被诏封为南华

① 钟维克:《庄子与道家、道教及宗教文化》，载《重庆工商大学学报(社会科学版)》2005年第4期。

真人，为道教四大真人之一，著作《庄子》也被称为《南华真经》。其后庄子的宗教化形象逐渐较多地出现在各种绘画中。例如《旧唐书·礼志四》里记载唐玄宗命当朝著名雕塑家杨惠之在玄元宫塑玄元像，像前立文宣王孔子石像，另有庄子、文子、列子、庚桑子四真人列侍。石像与真人等高，姿态惟妙惟肖，观之令人肃然起敬。但由于年代久远，这些塑像也已毁失。二是庄子学说与道教文化的相通融合。众所周知，道家思想是道教的重要思想来源，道教从自身发展的需求出发吸收了不少道家人物的思想精华并将其消融于道教修仙养生的理论与实践中，其中以庄子与老子的哲学思想为主要代表，两人的代表著作分别为《庄子》与《老子》，而《庄子》中与宗教接轨的内容主要体现在三个方面。首先是《庄子》中对道的阐释，有学者根据《庄子·大宗师》对"道"的描述认为庄子所谓的"道"具有"时空上的广延性和无限性，概念上的抽象性和多义性；只可意会不可言传，不可为视觉所捕捉，不可为听觉所觉察；无形无影，难以定义。这些特征都是很神秘的，很难直接验证的，这种神秘性给宗教提供了条件"[①]。因此庄子的"道"成为了道教的终极目标，成为了道教成圣成仙的立脚点，而庄子也因此成为了道教中的重要人物。其次是《庄子》对于"圣人"、"神人"、"真人"、"仙人"形象的叙述对后世道教神仙系统的建构多有贡献。《庄子》中对于圣人、真人、神人、仙人的各种异于常人的描述虽与后世道教神仙系统中的各种无所不能的神仙形象有所区别，但亦为道教神仙系统的发展奠定了一定的理论基础。最后《庄子》中对"心斋"、"坐忘"、"养生"以及"逍遥境界"、"无何有之乡"的各种描绘对于道教修仙方式、修养理论亦是有所启发的。

明代版画《庄子休鼓盆修成大道图》(图 12)和《扇坟图》(图 13)两者都取材于冯梦龙根据庄子故事改编的小说《庄子休鼓盆修成大道》，小说叙述的是庄子试妻的故事，故事中的庄子不再是人们眼中的超凡脱俗之人，而是一个有情有欲、血肉丰盈的世俗男人的形象，"一个为强烈的男权思想控制的人物。他无视女性的个体价值和人性欲求，否定女人改嫁，无论生前还是死后，他都要自私地在灵与肉上完全支配、占有女性"[②]。这与《庄子》一书中的

---

① 罗杉杉、朱丽晓：《庄子的哲学思想及其成为道教源流的简要阐释》，载《宜宾学院学报》2005 年第 3 期。

② 白宪绢：《论明代戏曲、小说中的〈庄子〉接受》，载《沈阳大学学报(社会科学版)》2013 年第 6 期。

庄子形象是截然不同的。在两幅版画中,前者描绘的是庄子妻子死后,庄子在妻子灵堂前鼓盆而歌,看破生死红尘修成大道的故事,图中庄子跪坐于陋室之中棺椁之前,神情超脱,鼓盆而歌,图右上角注有题识“敲碎尾盆不再鼓,伊是谁人我是谁”。而后者描绘的是庄子诈死试妻,其妻扇坟急嫁的场景,图中庄子立于其妻身后,冷眼凝视妻子扇坟急嫁的行为,图右上角亦有题识“生前个个说恩深,死后人人欲扇坟”。

图 12 庄子休鼓盆修成大道图 明版画 尺寸失记 明天启四年金陵兼善堂刊本

图 13 扇坟图 明版画 尺寸失记 明天启四年金陵兼善堂刊本

在这两幅图像中可以看出庄子的形象已经世俗化,他不再是高高在上令人难以高攀的圣哲,而是性格中充满了俗世人情的气息,更加的平易近人接近中低层受众。而图像中庄子形象世俗化则与庄学在历代接受情况有关,特别是明代戏曲小说中对《庄子》的接受情况。

在明代随着商品经济的发达和资本主义的萌芽,市民阶层逐渐兴起,明代的戏曲小说为迎合“市场”纷纷向市民阶层口味靠拢,具有鲜明的通俗性与娱乐性。因而对庄子故事进行改编时,明代戏曲小说纷纷选择具有通俗性的典故情节以吸引大众,例如“庄周梦蝶”、“鼓盆而歌”、“叹骷髅”等等,以此为题材创作的戏曲小说则有上述冯梦龙的《庄子休鼓盆修成大道》以及谢国的《蝴蝶梦》、陈一球的《蝴蝶梦》,等等。而在这些小说中作者融进了对人性的理解和对世事人情的体贴,并在创作中刻意地追求通俗性、娱乐性,把《庄子》文本与先秦文献记载中的孤傲清高的庄子投放入世俗人情之中,赋予庄子世俗的欲望，因而在与《庄子》有关的各种戏曲小说中的庄子形象更接近凡夫俗子，而不是哲人，带着浓烈的世俗味，而这种情况亦反映到了戏曲小说版画之中。

综上所述，庄子形象与庄子图两者之间的关系在后世是不断在演化的，有的庄子图准确地传达了先秦两汉典籍以及《庄子》文本中的庄子形象；有的则是在文本文献中记载的庄子形象基础上添加了画者自身的独特理解；还有一些则是直接颠覆了前者在文本文献中的一贯塑造。而庄子形象在各种庄子图中的衍化与当时的社会思想、文化思潮、时代画风、画者自身对庄子形象的理解，以及道教方面对庄子的利用拉拢有着不可分割的联系。

作者简介

毛笛，1988年生。女。重庆秀山人，南京大学文学院2012级文艺学硕士研究生。

魏晋文学对后世图像的影响

邹广胜

摘　要：魏晋南北朝文学对后世书、画等图像艺术发展的深远影响，首先表现在为后世书画的发展提供了丰富的题材或主题，后世书画家往往直接取材自魏晋文学，如三曹、陶渊明、竹林七贤的故事及诗文，《三国志》、《洛神赋》、《世说新语》、《孔雀东南飞》、《兰亭集序》、《木兰辞》、苏蕙图像诗的故事等，都是后世书画家非常喜爱的题材。其二就是魏晋南北朝文学艺术复杂多样的审美趣味，如建安风骨、魏晋风度、晋人尚韵等对后世图像艺术的发展产生了极为深远的影响，魏晋文人追求自由个性的理想更成为后来艺术家的榜样，他们无不追求魏晋士人超越物质存在形式，追求精神自由，表达高洁心灵，在宇宙及哲学的层面上把空灵的意境与宇宙间万物密切融为一体的精神境界。

关键词：魏晋文学　图像　影响

魏晋南北朝文学对后世书、画等图像艺术的发展产生了深远的影响，其一是魏晋南北朝文学成为后世书画艺术的共同的题材或主题，后世书画家往往直接取材自魏晋文学，如三曹、陶渊明、竹林七贤的故事及诗文，《三国志》、《洛神赋》、《世说新语》、《孔雀东南飞》、《兰亭集序》、《木兰辞》、《千字文》中的人物故事，此外还有达摩与二祖的传说、虎溪三笑、苏蕙图像诗的故事等都是后世书画家非常喜爱的题材。曹植《洛神赋》就常常成为后世画家的题材，如北宋佚名《洛神赋图卷》、元卫九鼎《洛神图》（上有倪瓒的题诗："凌波微步袜生尘，谁见当时窈窕身。能赋已输曹子建，善图唯数卫山人。云林子题卫明铉洛神图，戊申"）、明剧作家汪道昆《洛水悲》插图、清萧晨《洛神图》扇画、现代画家任率英年画《洛神》、傅抱石《象牙微雕洛神赋方章》、梅兰芳主演京剧电影《洛神》等，根据陈葆真的统计，曾见载于历代画录的《洛神赋图》至少有30件以上，其中有些仍传于世。[①] 这些作品中的图像创作无

① 陈葆真：《〈洛神赋图〉与中国古代故事画》，杭州：浙江大学出版社，2012年版，第233页。

不与曹植《洛神赋》直接相关，说明了曹植《洛神赋》在“洛神”图像艺术创作中的重要性。其二就是魏晋南北朝文学艺术复杂多样的审美趣味，特别是其建安风骨、魏晋风度、晋人尚韵等对后世图像艺术的发展产生了极为深远的影响，无论从题材的选择，还是绘画的基本风格，甚至到最基本的技法所传达的审美趣味等各个方面，无不以追求魏晋士人超越物质存在形式，追求精神自由，表达高洁的心灵，在宇宙及哲学的层面上把空灵的意境与宇宙间世界万物密切融为一体的精神境界。特别是《世说新语》中所竭力刻画的魏晋各种潇洒自由的人物形象及其奇谈怪论更是后世艺术家所极力倾慕效法的对象，即使在当代艺术中也从未断绝，如台湾蔡志忠的漫画《世说新语：六朝的清谈》、《六朝怪谈：奇幻人世间》、傅抱石《兰亭修禊图》、陈书良《六朝那些人儿(图文本)》等，无不是这种深远影响的表现，无论是文学还是图像艺术无不是要以人为中心，以表达人的困惑、人的喜怒哀乐、人的解放与解脱、充分展现人的外在之美与精神之美为最终目标，这正是魏晋文学与图像艺术的根本价值所在。

魏晋南北朝文学对后世绘画的影响首先表现在它为后世绘画的发展提供了丰富的题材，魏晋文人追求自由、个性的理想成为后来艺术发展过程中有着同样追求的艺术家的榜样，他们都会直接在自己的艺术作品中表现出来，其中最典型的就是陶渊明对后世绘画的影响。袁行霈在《陶渊明影像——文学史与绘画史之交叉研究》一书中对中国绘画史中出现的与陶渊明密切相关的绘画进行了分类研究，他把它们分为三大类：第一类是取材于陶渊明的文学作品，如《归去来兮辞》、《桃花源记》、《归园田居》等，有些是单幅作品，有些是组画，用一系列图画表现一个连续性的故事情节。第二类是取材于陶渊明的生活轶事，如采菊、漉酒、虎溪三笑等。第三类则是陶渊明的肖像。同时他还对历代著名的与陶渊明有关的图像进行了文学与图像相互关系的分析说明。[①] 最早与陶渊明有关的图像是台北故宫博物院藏传南朝宋陆探微《归去来辞图》。较早且比较著名的陶渊明像是唐代郑虔所绘《陶潜像》，《宣和画谱》卷五有记载，但今已不存。至于唐李道昭、五代荆浩所绘《桃源图》虽史集有记载，但均已不传。历代以《桃花源记》为绘画题材的作品很多，唐韩愈在他的长诗《桃源图》中就讲述了根据《桃花源记》所作

① 袁行霈：《陶渊明影像——文学史与绘画史之交叉研究》，北京：中华书局，2009年版，第1、2页。

图画的情景:“神仙有无何渺茫,桃源之说诚荒唐。流水盘回山百转,生绡数幅垂中堂。武陵太守好事者,题封远寄南宫下。南宫先生忻得之,波涛入笔驱文辞。文工画妙各臻极,异境恍惚移于斯。架岩凿谷开宫室,接屋连墙千万日。种桃处处惟开花,川原近远蒸红霞。”清郑板桥曾书韩愈《桃源图》此诗,潇洒自然,给人纵横飘逸之感。据袁行霈《以〈桃花源记〉为题材的作品》一文统计,从南宋赵伯驹、赵伯骕兄弟画《桃源图》起,曾画过《桃花源记》的画家有:宋李唐,元钱选、王蒙,明文徵明、文嘉、张瑞图、仇英、陈洪绶、周臣、丁云鹏、宋旭,清吴伟业、查士标、萧晨、王炳、王翚、黄慎等。此外,宋王十朋、魏了翁,元王恽、钱选、赵孟頫、吴澄、揭傒斯、黄溍,明文嘉、朱彦昌、沈周等都有题桃源图的诗。[①] 其中,现藏台湾故宫博物院的南宋马和之款《桃源图》虽有争议,但也是一幅非常著名的以《桃花源记》为题材的绘画作品。李唐《四时山水》第一幅取材自《桃花源记》,王蒙《桃源春晓图》,周臣《桃源问津图》,文徵明《桃源别景图》后书有王维长诗《桃源行》,文徵明自己也有《桃源图诗》:“桑麻鸡犬自成村,天遣渔郎得问津。世上神仙知不远,桃花只待有缘人。”仇英《桃源仙境图》与《桃源图》、张瑞图《渊明涉园图》、查士标《桃源图》、萧晨《桃花源诗意图》、王翚《桃花鱼艇图》、黄慎《桃花源图》,后有其草书《桃花源诗并记》全文,可谓是诗书画并美,这些都是历代以《桃花源记》为题材的著名画作,由此可见《桃花源记》成为中国艺术史上一个非常重要的诗图结合的艺术母题。虽然对大多数中国文人来说陶渊明已经成为一个精神符号,特别是到宋代以后,经苏轼、朱熹的大力推动,陶渊明在中国文化史上地位就逐步崇高起来,其诗歌所反映的清高、气节、追求自然等基本价值理念在中国文化史上,特别是在文人,士大夫中愈来愈占有重要地位,陶渊明也成为象征文人超凡脱俗的崇拜对象与文化符号,即使那些在人生理念和现实生活与陶渊明截然对立的文人,也依然标榜着对陶渊明的向往,在自己的艺术创作中采用陶渊明的题材,最为典型的就是南宋以阿谀秦桧父子出名毫无气节可言的周紫芝也有《和陶彭泽归去来词》,明以阿谀魏忠贤出名“素无节概”的张瑞图也曾画有《渊明涉园图》,皇帝乾隆也曾在钱选《归去来图》上题诗,正如元好问在《论诗绝句》中所说的“心画心声总失真,文章宁复见为人。高情千古闲居赋,争信安仁拜路尘”。

---

① 《陶渊明影像——文学史与绘画史之交叉研究》,第 82 页。

虽然，诗品文品互相的矛盾也是文学史与艺术史共通的话题，陶渊明为中国历代文人所共仰，陶渊明对中国绘画的影响反映了中国古代文人内心深处的另一面。当然这其中也有不少文人对陶渊明的人生理念持有批评态度，其中最典型的就是王维在其《与魏居士书》中所说的："近有陶潜，不肯把板屈腰见督邮，解印绶弃官去。后贫，《乞食》诗云'叩门拙言辞'，是屡乞而多惭也。尝一见督邮，安食公田数顷。一惭之不忍而终身惭乎！此亦人我攻中，忘大守小，不恤其后之累也。"杜甫在《遣兴五首》中也批评陶渊明说："陶潜避俗翁，未必能达道。观其著诗集，颇亦恨枯槁。达生岂是足，默识盖不早。有子贤与愚，何其挂怀抱。"陶渊明出于愤世嫉俗，不愿与权贵合作，毅然弃官归隐自然有其积极的一面，当像王维迎合李林甫、唐玄宗、安禄山从而稳坐官位安食俸禄时，自然不会采取陶渊明的价值取向，正如阮籍的隐忍与嵇康的抗争不可同日而语一样，陶渊明与王维所谓乱世的超脱与悠然自得又怎能与杜甫的"再使风俗淳"的悲壮与希望相提并论呢？对文学史中反复选择陶渊明《归去来辞》与《桃花源记》，鲁迅在《〈题未定〉草》一文中说："被选家录取了《归去来辞》与《桃花源记》，被论客赞赏着'采菊东篱下，悠然见南山'的陶潜先生，在后人的心目中，实在飘逸得太久了。但在全集里，他却有时很摩登，'愿在丝而为履，附素足以周旋，悲行止之有节，空委弃于床前'，竟想摇身一变，化为'呵呀呀，我的爱人呀'的鞋子，虽然后来自说因为'止于礼义'，未能进攻到底，但那些胡思乱想的自白，究竟是大胆的。就是诗，除论客所佩服的'悠然见南山'之外，也还有'精卫衔微木，将以填沧海。刑天舞干戚，猛志固常在'之类的'金刚怒目'式，在证明着他并非整天整夜的飘飘然。这'猛志固常在'和'悠然见南山'的是一个人，倘有取舍，即非全人，再加抑扬，更离真实。譬如勇士，也战斗，也休息，也饮食，自然也性交，如果只取他末一点，画起像来，挂在妓院里，尊为性交大师，那当然也不能说是毫无根据的，然而，岂不冤哉！我每见近人的称引陶渊明，往往不禁为古人惋惜。"[①]艺术史与文学史中对陶渊明《归去来兮辞》和《桃花源记》共同的追捧，反映了中国古代文人在复杂的政治权力斗争中，所处的极为尴尬的生存困境与避世心态。文学和艺术中对陶渊明"菊"、"松"、"酒"、"琴"、"山水"、"田园"等的赞颂也是如此，这不仅是一个艺术的技术问题，更是一个在

① 鲁迅：《鲁迅全集》(第六卷)，北京：人民文学出版社，2005年版，第436页。

艰难困苦的时代中国古代知识分子的价值取向问题。其实，绘画史上的陶渊明也仅仅是想象性的人物，如北京故宫博物院藏唐陆曜《六逸图》中“陶潜葛巾漉酒”图中陶渊明身材魁伟，体胖圆肚，袒腹露背，双目圆睁，面目严肃，上面虽有陶潜《饮酒》诗之五，既无文学作品中所反映出的清高淡然，也无画史中隐逸高士的潇洒自由之姿，图像上也仅有葛巾、漉酒这一用以表现陶氏形象的基本手段而已。北宋李公麟所绘《陶渊明归隐图》也是如此，此图将《归去来兮辞》分为七部分，配有七图，完整地描绘出陶渊明归去来的具体情节。[①] 李公麟之所以取材于此就在于其与陶渊明极其相似的个性及生活特征，李公麟在陶渊明身上寄托了自己的人生理想及价值追求。但图画第五段中描述“或命巾车”到“感吾生之行休”，表现陶渊明乘巾车前往耕耘的情景，有人驾车，前后有童子随从担挑衣食随行，至于第七段描述“植杖而耘耔”，陶渊明在菊花田中头戴葛巾，左手持杖，蹲在地上，右手拔草，旁有童子侍立，正如鲁迅在《风波》中所嘲笑的文人雅士在傍晚欣赏无思无虑的田家乐一样，这一切都表现了李公麟自己对陶渊明劳动情景的浪漫想象，和陶渊明的生活及文学作品并不一致，和真正的劳动生活也相差甚远。至于整幅画作所呈现出的精美儒雅，如精美的篱墙，整洁的衣着，雅致的厅堂房舍，齐整的田苗，高大的松树等无不体现了艺术家自身生活的现实场景，及其对田园隐居生活的浪漫想象。当然，中国古代人物画由于与被画者之间的时代差距不可能采取写实的手法，这与欧洲文艺复兴时期人物画大都采用写实手法根本不同，其原因主要是中国古代人物画除了表达人物基本特点，这些特点往往借助于历史文献的记载及其文化身份等类型化与格式化的程式外，更多的是画家表现自身价值倾向及艺术理想的媒介，正如中国古代诗歌是抒情言志的产物一样，绘画也是如此，所以画家与陶渊明基本价值倾向的相似性乃是其选择陶渊明及其诗歌作为绘画题材的重要原因，他们取材陶渊明及其诗歌主要是为了推崇陶氏之为人及其人生价值理念，历代对陶渊明隐居生活的描述多是“闲适”、“高雅”、“生动”的一面，而忽略了隐居生活清寂、寒聊、无奈的一面，像《乞食》、《责子》，这样明显的字眼都被画家所忽略或省略，简直把陶渊明当成了一个对生活的困苦麻木不仁的人，正如鲁迅所指出嵇康《诫子书》中对孩子各种繁琐细致入微的训导反映了隐逸高士的

---

① 《陶渊明影像——文学史与绘画史之交叉研究》，第 8—15 页。

现实的另一面,他是教育孩子要游刃于时代与环境之中,而不是被生存环境所困缚,变得艰难困苦不堪。

在陶渊明的众多画像中,明末清初陈洪绶《博古叶子》最后一幅“空汤瓶”描述的陶渊明坐像较为著名,画像中的陶渊明头戴葛巾,长髯浓眉,宽衣博带,眼睛微闭,席地而坐,似正养神,后怪石上有一空酒瓶,杖藜置左前方,杖头已长花叶。画左边有题词“其卧徐徐,其觉于于。瓶之罄矣,其乐只且”,取自《庄子》、《诗经》的词句表达了陶渊明即使无酒仍能保持闲适从容的精神追求,这与陆曜《六逸图》中“陶潜葛巾漉酒”图呈现出截然不同的风格。陈洪绶另一幅著名的陶渊明画像为台北故宫博物院藏《孤往》,描写陶渊明手持团扇,宽衣博带,悠然行走的情景,应来自陶渊明《归去来兮辞》中“怀良辰以孤往”的诗句。至于台北故宫博物院藏另一幅陶渊明画像为《玩菊图》,则描写了陶渊明手持长杖,坐于根凳之上,注视着立于石上花瓶中的菊花的情景。此渊明相貌已无《孤往》中温和平静之情态,此容貌鼻梁高耸,大耳下垂,长脸细目,似有异象,给人以超凡脱俗的气概。现藏夏威夷美术馆的陈洪绶《归去来兮》卷之《采菊》(见图 1),表现了陶渊明典型的性格特征:宽衣博带的陶渊明正坐在一怪石上,旁有琴酒相伴,手持菊花放在鼻子上嗅,其好酒、好菊花、好音乐的品性完全表现出来了。上有题词“黄花初开,白衣酒来,吾何求人哉?”可谓是语图完全表达了同一个陶渊明。[①] 其实陶渊明的相貌大都是画家根据自己的理解而作出的具体化,文学上除了陶渊明的性格喜好外,对其形象并无细致具体的文字描述,据相关统计陈洪绶共画陶渊明图十几幅,陈洪绶对陶渊明题材情有独钟与他自己和陶渊明类似的人生经历密切相关。至于石涛最为著名的陶渊明画,则是《陶渊明诗意》册页十二帧,现藏北京故宫博物院。各开内容为:之一“狗吠深巷中,鸡鸣桑树巅”,取自《归园田居》。之二

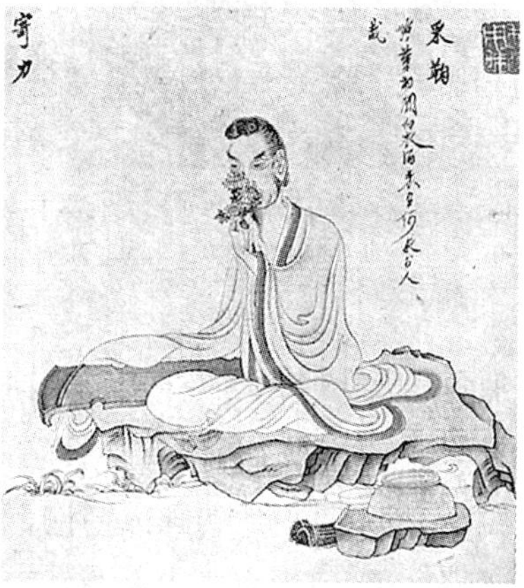

图 1 陈洪绶《归去来兮图册》之《采菊》现藏夏威夷美术馆

① [美]高居翰:《图说中国绘画史》,李渝译,北京:三联书店,2014 年版,第 181 页。

图2 清 石涛《陶渊明诗意图》之《带月荷锄归》 纵 27 cm 横 21.3 cm 北京故宫博物院藏

"悠然见南山",取自《饮酒》。之三"若复不快饮,空负头上巾。但恨多谬误,君当恕罪人",取自《饮酒》。之四"一士长独醉,一夫终年醒,醒醉还相笑,发言各不领",取自《饮酒》。之五"带月荷锄归"(见图 2),取自《归园田居》。之六"遥遥望白云,怀古一何深",取自《和郭主薄》。之七"平生不止酒,止酒情无喜",取自《止酒》。之八"饥来驱我去,不知竟何之",取自《乞食》。之九"虽有五男儿,总不好纸笔",取自《责子》。之十"连林人不觉,独树众乃奇",取自《饮酒》。之十一"东方有一士,被服常不完",取自《拟古》。之十二"清晨闻叩门,倒裳往自开。问子为谁欤,田父有好怀",取自《拟古》。[①] 各开对面有王文治题诗和题识,整幅长卷诗、书、画完美结合,特别是石涛的画风与陶渊明的诗风和谐一致,融为一体,给人以天衣无缝之感,似画家或诗人一人所作。

现藏华盛顿弗瑞尔美术馆的石涛《桃源图》,[②]描绘了深山之中几间茅屋,村人在和一位持船桨的远方客人交谈的情景,山外即停着来者的小船,画面多深墨,并无桃花绚烂之色。整体而言,石涛的画作往往仅取陶渊明诗之大意,达到以意表意,以神传神的效果,而不是简单地对诗内容作惟妙惟肖的刻画。如石涛《陶渊明诗意图册》之一自识"狗吠深巷中,鸡鸣桑树巅",既无鸡,也无狗,只有一人独自站在荒郊野外的草屋之中,望着远方,似乎在等待着什么,房屋四周与庭院之中荒草野树丛生,好似无人之地的隐居之处,门口有一小河静静流过,河上有一小桥,远山隐隐,更加深了整幅画寂静幽远的氛围。之二自识"悠然见南山",图中画一隐者手持盛开的菊花,遥望

① 袁杰编:《石涛陶渊明诗意图册》,北京:紫禁城出版社,2007 年版,第 1—13 页。
②《图说中国绘画史》,第 210 页。

着远山，倾斜的篱笆正是陶渊明"采菊东篱下"的写照，虽然画题中没有出现"采菊东篱下"，但画的内容已经充分表达出来了。即使没有读过原诗的人也能知道是画家或诗人在东篱下采着菊花，遥望着远山，和第一首相比，真是诗画完全融合在一起了。之五自识"带月荷锄归"，图中画一隐者，身处傍晚的雾霭之中，周围似花树盛开，远山隐隐之中既没有星光，也无月色，只有荷锄从外而归的隐者向自己的房屋走来表明了这已是一天劳作的结束，是回家休息的时候了。由此可见，石涛的陶渊明诗意画是要在整体诗意上来表达陶诗的精神境界，而不在具体的细枝末节上。画中反复出现的孤独隐者，隐隐远山，依依杨柳，累累岩石，空旷的小溪，无人的小桥，笔挺的松柏，沉默的对者，即如褚德彝在跋中所说的："画家于摩诘杜陵诗，多节取诗句写作画册。独陶诗图写者甚罕，泉明诗意渊深，非浅人所能窥测。此苦瓜僧取彭泽诗画成十二叶，如二叶之悠然见南山，四叶之一士长独醉，六叶之遥遥望白云，八叶之饥来驱我去，皆于画中将陶公心事传出。实即自己写出心曲，所谓借他人酒杯浇自家块垒。寻常画士岂能梦见？"由此可见，石涛用陶渊明诗意来作画，乃是与古之知音对话。这与他以墨竹顶天立地，以兰花清逸不俗来自比是一致的。这套画作是他从北京回扬州之后所作，也是他从归隐到仕途，再回到归隐的人生旅途的艺术展现，正如陶渊明从仕途回归田园一样。在图画中我们似乎很难再找到陶渊明与石涛对仕途的思考了。画册之九自识为"虽有五男儿，总不好纸笔"，王文治跋中说："蓬头王霸之子，椎髻梁鸿之妻。先生传，先生之子亦传矣，爱纸笔也奚事。"联想到嵇康《诫子书》中对儿子的告诫，也许陶渊明对不好纸笔的五男儿并非有什么过多的赞赏之意吧，当然石涛作为出家人，他的态度如何，我们只能从画中体会到一种田野儿童一起游玩的无忧之情吧。至于此画册所附清代著名书法家王文治书写的诗跋，王氏书法清晰自然，平整而时现摇曳之姿，与石涛画作可谓相得益彰。

《世说新语》所记述的大量魏晋文人雅士故事成为后世绘画的题材，并表现了明显的文学对绘画影响的顺势原则。[①] 其中作为中国书法史上的书圣王羲之的兰亭聚会，同样对后世书画的发展产生了深远的影响，中国历史上绵延不绝的"兰亭真伪之争"不仅是文学、文字之争，更是图像及其审美风

① 赵宪章：《语图互仿的顺势与逆势——文学与图像关系新论》，载《中国社会科学》2011 年第 3 期。

格之争。历代取材自王羲之的图像艺术也是数不胜数,历代对王羲之书法,特别是对《兰亭集序》的临摹自不必说,这是任何从事书法研究的人所必不可少的功课,王羲之个人的爱好与兰亭雅集更是历代画家乐于选择的题材。如现藏纽约大都会博物馆元钱选《羲之观鹅图》,描写了王羲之在茂林修竹的亭中观池中之鹅的情景,后有一侍童相伴,前池塘有两只白鹅在戏水游动。① 至于王羲之喜欢养鹅,与支道林喜欢养鹤、王徽之喜欢种竹、支遁喜爱养马一样,王羲之从鹅的神态中悟到了书法的道理,他们都是寄情山水,取法自然审美观念的具体表现,他们都对后来绘画题材产生了很大影响。唐代就有《羲之爱鹅》的艺术作品②,作品中的王羲之便服敞胸,盘腿抱鹅,神态潇洒。明成化《斗彩高士图杯》③,斗彩纹饰两种:一为陶渊明爱菊,陶渊明站立双手下垂,作观菊状,一童子腋下夹琴侧立。一为王羲之爱鹅,王羲之坐岸边观鹅,一童子捧书侍立。明陆治《幽居了事图册》④内容有《梦蝶》,柳树下一人在卧石酣睡,使人联想到陶渊明,《笼鹤》使人想到王羲之的《笼鹅》,《踏雪》自然使人想到王徽之冒雪访友的故事。清任颐《支遁爱马图》以东晋名僧支遁爱马为题材。⑤ 支遁站在高大芭蕉前,手持一长杖观马,马则回望支遁,似在答谢。清苏六朋《曲水流觞图轴》描写了王羲之修禊兰亭曲水流觞的故事。⑥ 画中山高林密,有飞流急湍,息亭,有人似乎已经大醉,还有侍人从桥上抬大酒坛而来。明永乐《兰亭修禊图》⑦上有各种人物,山水,大树,兰花,修竹,小桥流水,人物举觞,饮酒,赋诗,写字,故事,人物旁有说明,方格中有文字说明,图中已有人完成诗作。全长九米,宽六米,原图传为宋李公麟作,明永乐十五年摹刻,图卷开始于王羲之坐于亭榭之间,持笔抚纸,对

---

① 《图说中国绘画史》,第 117 页。

② 中国美术全集编辑委员会编:《中国美术全集工艺美术篇 12 民间玩具剪纸皮影》,北京:人民美术出版社,1988 年版,第 18 页。

③ 中国美术全集编辑委员会编:《中国美术全集工艺美术编 3 陶瓷(3)》,上海:上海人民美术出版社,1988 年版,第 82 页。

④ 中国美术全集编辑委员会编:《中国美术全集绘画编 7 明代绘画中》,上海:上海人民美术出版社,1989 年版,第 116—119 页。

⑤ 中国美术全集编辑委员会编:《中国美术全集绘画编 11 清代绘画下》,上海:上海人民美术出版社,1988 年,第 192 页。

⑥ 同⑤,第 139 页。

⑦ 中国美术全集编辑委员会编:《中国美术全集绘画编 19 石刻线画》,上海:上海人民美术出版社,1988 年版,第 88、89 页。

溪沉思，溪中白鹅戏水。结束于侍童于河边桥上收拾空杯盏，似一连环叙事画卷。清道光《彩粉人物图套杯》[①]，套杯胎轻釉白，粉彩装饰，绘画内容有王羲之爱鹅等。浙江省绍兴市兰亭有“曲径”，两旁为成片竹林，“鹅池”为纪念王羲之爱鹅，鹅池对岸为小山，山后为流觞曲水和流觞亭，还有康熙御笔“兰亭”，此亭后有八角重檐碑亭，亭中为康熙临《兰亭序》，碑阴刻乾隆撰写的《兰亭即事诗》，“右军祠墨华亭”为右军祠内池塘中一亭。[②] 明清北京故宫宁寿宫花园“禊赏亭”从字面看应来自《兰亭》中的“修禊”一词，“禊赏亭石栏杆”上用浅浮雕雕刻竹子作装饰，“禊赏亭流杯渠”为纪念古代风俗三月初三亲朋好友在环曲的流水旁罚酒宴乐故事，称为曲水流觞，为《兰亭》中一重要标志，“禊赏亭”从整体构思到细节韵味无不显示出深受《兰亭集序》的影响。[③] 至于王羲之的儿子王徽之，也是一位寄托山林的高人，《世说新语》中记述了他的一个故事：王子猷尝暂寄人空宅住，便令种竹。或问：“暂住何烦尔？”王啸咏良久，直指竹曰：“何可一日无此君？”另一个故事则更为著名：王子猷居山阴，夜大雪，眠觉，开室命酌酒，四望皎然。因起彷徨，咏左思《招隐诗》。忽忆戴安道。时戴在剡，即便夜乘小舟就之。经宿方至，造门不前而返。人问其故，王曰：“吾本乘兴而行，兴尽而返，何必见戴？”[④]第一个故事可视为苏东坡“宁可食无肉，不可居无竹”的先声。第二个则是东晋士人所神往的随性而至的自由风度。北宋郭熙就有《雪山访友图》，又题为《溪山访友图》。[⑤] 元黄公望《剡溪访戴图》[⑥]就描绘了王子猷雪夜到山阴剡溪访戴安道的故事，图中雪山皑皑，秃树荒寂，船上的人拢袖伏安，似乎在船上赏雪，四周荒凉寂静，萧瑟寒冷，离山中的房子还有一段距离，反而转向回家的方向。巨石耸立的山峦在大雪之中给人以宁静神秘的感觉。元张渥《雪夜访戴图》[⑦]也描

---

① 《中国美术全集工艺美术编 3 陶瓷(3)》，第 191 页。

② 中国美术全集编辑委员会编：《中国美术全集建筑艺术编 3 园林建筑》，北京：中国建筑工业出版社，1988 年版，第 170—172 页。

③ 中国美术全集编辑委员会编：《中国美术全集建筑艺术编 2 陵墓建筑》，北京：中国建筑工业出版社，1988 年版，第 97—100 页。

④ 余嘉锡：《世说新语笺疏》上，北京：中华书局，2011 年版，第 656—657 页。

⑤ 中国美术全集编辑委员会编：《中国美术全集绘画编 3 两宋绘画上》，北京：文物出版社，1988 年版，第 58 页。

⑥ 中国美术全集编辑委员会：《中国美术全集绘画编 5 元代绘画》，北京：文物出版社，1989 年版，第 47 页。

⑦ 《中国美术全集绘画编 5 元代绘画》，第 157 页。

写了同一个图式,图画近景描绘了陋船中的王徽之,王双臂紧抱,蜷坐在船中,望着流动的江水,一副淡然无思的样子,船尾的船夫则在尽力地划船,岸边的大树已枝叶尽落,显示了隆冬的萧杀寂冷。线条多用白描,简洁流畅,准确表达了王徽之心性超脱自然,无拘无束的境界。此外,北宋郭熙著名的《雪山访友图》①、明周臣《雪村访友图》②、明钟钦礼《雪溪放艇图》③、明蒋干《雪江归棹图》④、清王云《雪溪舟行图轴》⑤等都使人联想到王徽之雪夜访友的故事。清孙祜《雪景故事册》⑥还描述了魏晋时期其他关于雪的故事,其中有《赤脚嚼雪》描述了晋铁脚道人赤脚走在雪上饿了以梅花和雪为食的故事,《谢庭咏雪》取自《世说新语》谢太傅下雪招家人谈论诗文咏雪的故事,《王恭涉雪》则是描述孟旭评论晋人王恭披鹤氅涉雪而行为"神仙中人"的故事,至于"谢庄点雪"、"孙康映雪"也都是晋人故事,"袁安卧雪"则描写了东汉袁安竹林雪房读书的故事。

《三国志》所记述的大量三国人物及其故事也成为后世画家所喜爱的题材,特别是曹操、诸葛亮、刘备、关羽、张飞、吕布等,《三国演义》小说出版流行之后更是如此。其中著名的有明商喜《关羽擒将图》⑦,图画描述了关公水淹七军、生擒魏国名将庞德的故事。画中生动形象地描述了两位三国名将的超人风采,一个是常胜将军的高大威猛,一个是宁死不屈,战败不言败的豪杰,图像的戏剧化效果给人以深刻的印象。全图共六人,首先映入观者眼中的就是名将关公。关公的形象《三国志》与《三国演义》中都有精彩的描述,与此画精彩的刻画形成了鲜明的对比。关公头戴蓝巾,身穿金黄铠甲以示其高贵,身披色绿战袍,袍脚与美髯随风飘舞,黄、绿、蓝三色对比,鲜艳夺目,笔画刚劲有力,更加强了整幅画的紧张气氛。关公丹脸凤眼,长髯飘拂,高大雄拔,器宇轩昂,是经典式的关公形象,图中的他作为一个胜利者双手搂抱右膝,似在展示胜利者的悠闲自得,但他又被庞德宁死不屈的英雄气概

① 中国美术全集编辑委员会编:《中国美术全集绘画编 1 原始社会至南北朝绘画》,北京:人民美术出版社,1986 年版,第 58 页。
② 《中国美术全集绘画编 7 明代绘画中》,1989 年版,第 31 页。
③ 中国美术全集编辑委员会编:《中国美术全集绘画编 6 明代绘画上》,上海:上海人民美术出版社,1988 年版,第 160 页。
④ 同③第 163 页。
⑤ 中国美术全集编辑委员会编:《中国美术全集绘画编 10 清代绘画中》,第 102 页。
⑥ 同⑤第 194、195 页。
⑦ 同③第 99 页。

所折服，关羽的脸上似乎有些许的困惑，他好像在对庞德说：难道现在不已证明了你的失败吗？你还有什么道理不屈服呢？然而关公整体泰然镇静的神情也似乎暗示了庞德必死的命运。与神情镇定的胜利者关公的形象不同，被俘者庞德却是一个被压制的扭曲的畸形形象：头发被绑在身后的柱子上，由于奋力的挣扎导致了头发的紧绷与脸的拉长扭曲，以致眉毛倒竖，双眼直立，咬牙切齿，鼻孔怒张，双臂也被死死地绑在身后的柱子上，但露出的左手还拳头紧握，神情似在咒骂关公。令人印象深刻的是两位副将的手在极力地将庞德死死地困住，二者的手按在庞德身上似乎已深入肌肉，像两只老鹰的铁耙利爪紧紧地困住猎物，以防逃跑。一位副将在全力地钉住捆着庞德右脚的木桩，另一位似乎在向关公展示他的无奈：庞德这样宁死不屈，我们又能怎么办呢？两位副将一黑一白，显示了画家卓越的构图技巧，以企图尽力加强整幅画作的紧张氛围，下面的副将在今日人的眼睛看来皮肤已经近似黑人的程度了。至于另外两个配角，一个是拔剑威慑的关平，另一个则是一旁吆喝的周仓，二者也是一动一静，但都显出无可奈何的神情，关平离关公更近，神情也略有相似，都时刻关注着紧张挣扎的庞德，而周仓已显示了自己的不耐烦，脸上的神情已向观画者表明了那即将到来的结局。至于整幅画作的松树背景及河川简图，与其说是描述了故事发生的场景，倒不如说展示了作者文人画家的情趣，因为生死攸关的残酷战争怎能与这优雅的山川相表里呢？明清大量出现的关公木板年画也都表现了武圣关公高大威猛的形象，如朱仙镇在明嘉靖六年就盖有关帝庙戏楼，关公的形象经常出现在朱仙镇年画中也就在情理之中了。关公作为中国历史上最为著名流传最广的男性英雄形象，关公年画把关公战勋卓著、吉祥平安的寓意与中国传统儒家文化的忠信及民间文化的侠义精神完美结合在一起，从而成为中国民间文化的一个象征性的符号标志。著名的关公画像如明天启《关圣像》[①]，上有宋马远之作，可能是假马远之名。关羽魁梧威严，气宇轩昂，周仓持刀伺后，豹头圆眼，威猛异常。明《关羽》[②]，太原关帝庙泥彩塑，黑帽，金面，绿袍，如意文靴，右手握带端，左手扬起，两足叉立，威猛挺拔。清顺治《关圣真

---

① 《中国美术全集绘画编 19 石刻线画》，第 104 页。

② 中国美术全集编辑委员会编：《中国美术全集雕塑篇 6 元明清雕塑》，人民美术出版社，1988 年版，第 108 页。

君像》[①],关羽正襟危坐,雍容大度,有帝王之气象,即所谓关帝。关平满目慈祥,似文臣伺坐一旁,周仓则手持宝刀,豹头圆眼,似恶鬼站立于后,上有长篇画像赞。清康熙《关圣帝君像》[②],此图最上有篆书"关圣帝君像",下有红色"汉寿亭侯之印"印章一枚,带印钮之印在上,朱色印文在下。再下为关公手持偃月刀立于马上,关公身披绿战袍,脸为红色,赤兔马身为红色,鬃、尾、四蹄为黑。整个图画书法、绘画、印章完美结合,人物造型生动,色彩对比鲜明,构图别致。清末天津《单刀会》[③]描写了关羽坐船头,周仓持青龙偃月刀站立身后,岸上鲁肃携众将迎接。河南省洛阳市关林为三国蜀关羽首级埋葬地。历代封建帝王为弘扬忠君思想封关羽为"帝君"、"关圣",今关林基本为明清面貌,苍松翠柏,庭院石坊,庄严肃穆。此外,四川省成都市武侯祠、四川省奉节县白帝城明良殿、湖北省襄樊市古隆中、湖北襄樊市诸葛武侯祠、四川省云阳县张飞庙、山西省解县关帝庙、四川省资中武圣殿等均有大量与刘备、关羽、张飞、诸葛亮有关的诗文、绘画、塑像等。

《木兰诗》中花木兰的形象与"木兰从军"的系列图像同样是中国绘画的重要题材,花木兰参军的题材与《三国志》中记载的官方人物形象及《世说新语》中所展示的文人雅士的奇闻异事所表现的情趣根本不同,它更多是表现了民间文化坚强不息的生命力,正如《西厢记》中崔莺莺所说:"那木兰当户织停梭惆怅,也只为居乱世身是红妆。"这是中国古代性别与战争的主题,缇萦救父可谓是花木兰的前身,两个故事思考的都是女性代替男性担当家庭或国家责任的问题。美丽动人、武艺高强的女性依靠性别的暂时转换——女扮男装——在危难之时保家卫国,揭示了中国古代强烈的性别意识及女性以一种奇特方式救国与自我拯救的乐观想象,《再生缘》中孟丽君男扮女装成为朝廷重臣,徐渭《雌木兰替父从军》中的木兰、《女状元辞凰得凤》中的黄崇嘏、美华裔作家汤亭亭的《女勇士》、常香玉现代豫剧《花木兰》、严凤英现代黄梅戏《女驸马》中的冯素珍、现代京剧《红色娘子军》中"不爱红装爱武装"女性战士等都是以花木兰为原型,戈湘岚的《木兰从军图》也是刻画了木

---

① 《中国美术全集绘画编 19 石刻线画》,第 110 页。

② 同①第 113 页。

③ 中国美术全集编辑委员会编:《中国美术全集绘画编 21 民间年画》,人民美术出版社,1985 年版,第 59 页。

兰女扮男装的形象。花木兰传奇把性别、战争、民族、家庭等因素融合在一起，在具有政治价值的同时也同样具有现代商业价值，徐渭作《雌木兰替父从军》与抗倭、卜万苍执导的影片《木兰从军》轰动孤岛上海、常香玉演花木兰为抗美援朝捐飞机就是典型几例。花木兰女扮男装的传奇经历又有着特殊的文化意义及商业娱乐价值，徐渭《雌木兰替父从军》也重点刻画了木兰的更换戎装重回女儿身的过程，甚至有关于缠足的心理描写，因此花木兰在今日媒体时代仍能获得青睐也是因为花木兰从军故事的内在丰富性，所以一再被改编为电影，其中包括1927年天一公司出品的黑白故事片《木兰从军》，1928年民新公司出品的黎民伟执导的影片《木兰从军》，1939年新华公司出品的欧阳予倩编剧、卜万苍执导的影片《木兰从军》，1943年马少波创作的京剧《木兰从军》，抗美援朝时期上演的陈宪章改编、常香玉主演的河南豫剧《花木兰》，1998年迪斯尼卡通电影《花木兰》(Mulan)，2004年迪斯尼卡通电影《花木兰》(Mulan Ⅱ)，1999年发行的袁咏仪与赵文卓主演的港台式武侠言情电视连续剧《花木兰》，2009年北京星光国际传媒有限公司拍摄的赵薇主演的电影《花木兰》，2013年河南影视集团和东阳江山多娇公司联合出版的侯梦瑶主演的电视连续剧《花木兰传奇》等。

禅宗的初祖达摩与二祖慧可也常常成为后世画家取材的重要内容。如现藏日本东京正法寺的五代末宋初画家石恪的《二祖调心图》，描写了禅宗二祖高耸双肩，单臂俯卧在熟睡的老虎背上打盹的情景，笔墨潇洒飘逸，与禅宗所表达的精神价值完全一致。[①] 南宋梁楷《八高僧故事图》[②]第一为“达摩面壁”，现画后附有明人用赵体行书撰写的简要说明文字。金《达摩只履西归图》[③]，《只履西归》故事见《佛祖统记》，此图像有文字说明。明宋旭《达摩面壁图轴》据南朝梁释慧皎《高僧传》画，描写了达摩面壁独坐，坚韧淡然的情态。身披红色披风，打坐于竹垫之上，身边小溪静静流过，四周叶草丛生，空寂无人。另外明画家吴彬也画有《达摩像图轴》[④]。明石刻线画《达摩

---

① 《图说中国绘画史》，第49页。

② 中国美术全集编辑委员会编：《中国美术全集绘画编4两宋绘画下》，北京：文物出版社，1988年版，第98—101页。

③ 《中国美术全集绘画编19石刻线画》，1988年版，第78页。

④ 《中国美术全集绘画编8明代绘画下》，1988年版，第6、79页。

面壁图》[①]描写达摩托钵坐于棕垫之上,怒目斜视,虬髯博衣,造型生动。明《何朝宗达摩立像》[②],为福建德化窑白磁雕像,此达摩像光头长耳,双眉紧锁,口角含笑,双手合抱藏于袖中,眼睑低垂,向下俯视汹涌波涛,线条流畅,衣服有漂浮之感,彰显了达摩的仁慈与庄严,此瓷塑雕像通体"象牙白"釉,造像细腻逼真,精美异常。明永乐《释氏源流插图》中《达摩渡江》像[③],此像描述达摩手持竹竿放于左肩之上渡江的情景,他回望青山,脚踩一页芦苇于碧波之上,左上角有几株翠竹点缀。清康熙《达摩祖师像》[④],上有赞诗。达摩卷发虬髯,右手执笔,左手拿贝叶,盘坐于古树根座椅之上,似在沉思,欲写经卷,一童子双手举砚,伺立跟前。

除以上著名魏晋人物故事常常出现在后世绘画中,其他也有很多著名故事也常常为后世绘画者所钟爱,如明代万历熊冲宇《新锲京本校正按鉴演义三国志传》刻画的"允宴吕布许配貂蝉"图。明倪端《聘庞图轴》[⑤]取材三国荆州刺史刘表聘请隐士庞德公的历史故事。清上官周《庐山观莲图》[⑥]描写了东晋僧人慧远于庐山结莲社,谢灵运高帽长髯手执如意端坐在画面中央的情景。清华嵒《金谷园图轴》[⑦]描绘了西晋名富石崇在别墅中聆听绿珠吹箫奏乐的情景。清苏六朋《东山报捷图轴》[⑧]描绘淝水之战时东晋丞相谢安在东山树下与人下棋等待战争胜利的情景。

魏晋文学对后世书法的发展也同样产生了重要影响。其一就是魏晋文学常常成为后世书法书写的内容,如唐张旭《古诗四帖》所书内容为庾信作《道士步虚词》十首中的两首与谢灵运《王子晋赞》和《岩下一老公四五少年赞》。虽然关于此帖作者有不少争论,但其笔势纵逸,跌宕起伏,"悬岩坠石""疾风狂雨"式的狂草书法风格受到历代书法家的称赞,张旭以头濡墨,颠张醉素的传奇更是加深了此作品的文化意义。至于《步虚词》是对道家所追求

---

① 《中国美术全集绘画编 19 石刻线画》,第 109 页。
② 《中国美术全集工艺美术编 3 陶瓷(3)》,第 121 页。
③ 中国美术全集编辑委员会:《中国美术全集绘画编 20 版画》,上海:上海人民美术出版社,1988 年版,第 34 页。
④ 同②,第 112 页。
⑤ 《中国美术全集绘画编 6 明代绘画上》,第 80 页。
⑥ 《中国美术全集绘画编 11 清代绘画下》,第 2 页。
⑦ 同⑥第 13 页。
⑧ 同⑥第 138 页。

的虚无缥缈的神仙境界的描写，充满了对各种如梦如幻贤人高士的刻画与狂草的外在形式在精神追求上保持着高度的一致。正如赵孟頫所书《归去来兮辞》、《洛神赋》、《绝交书》完全符合谢朓所谓“好诗圆美，流转如弹丸”的审美理想。至于王羲之所书“快雪时晴”成为“三希堂”之一，由于其所含有的明丽吉祥的寓意同样为历代画家所喜爱，如明徐贲《快雪时晴图》[①]就绘有雪后晴空，图中长松挺立，红日高照，人或在屋内读书，或在屋外赏雪，远山在浮云之间时隐时现，气象清冷明丽，卷首有赵孟頫书“快雪时晴”四字。另一对后世书法影响深远的就是《千字文》。《梁史》记载，梁武帝曾命从王羲之书法中选取一千个不重复的汉字并命周兴嗣以每句四字韵文编纂成《千字文》，其简洁明了，对仗工整，既是影响巨大的古代儿童启蒙读物，也是历代书法家经常书写的重要内容。[②] 其中最著名的有王羲之七世孙隋智永书《真草千字文》、唐欧阳询《千字文》、唐孙过庭《千字文》、唐怀素草书《千字文》、宋代皇帝书法家赵佶瘦金体《千字文》与狂草《千字文》、宋王升草书《千字文》、五代徐铉篆书《千字文残卷》、元赵孟頫行书《千文》、明沈粲草书《千字文》、明徐霖篆书《千字文》等。

魏晋文图理论的巨大发展也对后来文图的创作及其理论的发展产生了深远的影响。魏晋是一个纷繁复杂艺术上多彩多姿的时代，既有错彩镂金之美，也有清水芙蓉之美，既有建安文学慷慨悲凉的崇高风格，也有谢朓、潘岳、陆机的绮丽之美，陶渊明的冲淡自然之美同样对后世产生了深远影响，虽然后世多取魏晋清水芙蓉之美，但错彩镂金之美在当时更应占据重要地位，从《文心雕龙》以骈体文写成，顾恺之《洛神赋图》的华美就可见一斑，他们与曹丕《典论·论文》中“诗赋欲丽”与陆机《文赋》中“赋体物而浏亮”的观点是一致的。左思主张赋应该写实，《三都赋》就是以写实为基础的，正如他在《三都赋序》中所说的“山川城邑，则稽之地图；其鸟兽草木，则验之方志”一样。至于《文赋》“遵四时以叹逝，瞻万物而思纷。悲落叶于劲秋，喜柔条于芳春”的物感说，及其注重感情、想象、灵感在文艺中的作用，还有对创作过程中想象情感活动的揭示可谓是千古绝唱，其精美的骈体文也是错彩镂金的表现，因为在陆机看来，语言的美好与图画的美好

---

① 《中国美术全集绘画编 6 明代绘画上》，第 9 页。

② 启功：《草书千字文》，北京：中国和平出版社，1991 年版，第 25 页。

是一致的,"其为物也多姿,其为体也屡迁。其会意也尚巧,其遣言也贵妍。暨音声之迭代,若五色之相宣"[①]。文章用不同音调韵律来构成语言之美,同锦绣用五色的相比来构成色泽之美都能给人愉悦。宗炳在《山水画序》中提出"山水以形媚道","应目会心",表达了山水画相似性与愉悦性、心与眼、意与形、画家的主观情感思想与山水外在形式完美融合的终极追求,而这种追求始终影响着后来中国古代绘画的发展。魏晋文图理论多受易、老、庄思想的影响,其言意之辩与言、意、象及形神兼备的问题一直是当时玄学家谈论的重要问题,也对后来绘画及画论的发展产生了深远的影响,《易·系辞上》"书不尽言,言不尽意",《老子》"道可道,非常道;名可名,非常名",《庄子·天道篇》"语之所贵者,意也。意有所随,意之所随者,不可以言传也",《庄子·秋水》"可以言论者,物之粗也;可以意致者,物之精也",《庄子·外物》"筌者所以在鱼,得鱼而忘筌;蹄者所以在兔,得兔而忘蹄;言者所以在意,得意而忘言"等都是当时他们经常谈论的话题,王弼《周易略例·明象》中关于言意问题的论述,基本与此相同,他说:"言者,所以明象,得象而忘言;象者,所以存意,得意而忘象。犹蹄者所以在兔,得兔而忘蹄;筌者所以在鱼,得鱼而忘筌也。得意在忘象,得象在忘言。故立象以尽意,而象可忘也;重画以尽情伪,而画可忘也。忘象以求其意,义斯见矣。"[②]王弼、荀粲、蒋济、钟会、傅嘏等的言、意、象之辩与魏晋诗歌和绘画中都注重神采的描述、注重形神兼备是一致的,其根源源于魏晋品鉴人时对人道德与精神层面的强调,同样对山水的描绘也要充分表达山水及山水画所具有的养生、自由、愉悦的特点,所谓"以形媚道",也就是谢赫《古画品录》所说的,"但取精灵,遗其骨法。若拘以体物,则未睹精奥",顾恺之画人注重人的眼神与内在精神,《文心雕龙·物色》所谓"写气图貌,随物以宛转","巧言切状,曲写毫芥"等都对后世图像创作及画论的发展产生了重要的影响。

作者简介

邹广胜,男。1967 年生于江苏丰县,2000 年获南京大学中文系文艺学

---

① 张少康:《文赋集释》,北京:人民文学出版社,2005 年版,第 137 页。

② 楼宇烈:《王弼集校释》,北京:中华书局,1980 年版,第 609 页。

博士学位,2000—2002 年在浙江大学中文系从事博士后研究,现浙江大学中文系教授,博士生导师。曾在美国哈佛大学东亚系、美国加州大学伯克利分校东亚研究中心、英国剑桥大学古典系、德国海德堡大学中文系访学,主要从事中西比较诗学、文学与绘画关系比较研究。

战争主题中曹操的自我文学塑造与曹操图像创作研究

刘　涛

摘　要:战争主题在曹操的文学创作中占有十分重要的地位,而且,曹操往往会将自己塑造成为一个乱世英雄的理想形象。但是,由于各种历史因素的影响,曹操历史形象几经变迁,褒贬不一。这就导致了在清代以战争中的曹操为题材的图像作品具有和文学创作不尽相同的价值倾向。

关键词:曹操　战争　文学与图像

叱咤风云的曹操一直被认为是东汉末年乱世中的枭雄,殊不知这位善于权谋的政治家与精通兵法的军事家,同时还是一位杰出的文学家。他的诗歌意境宏大,笔调朗畅,气魄雄伟,慷慨激昂,往往以抒发远大的政治抱负、感叹人生短暂壮志难酬和反映人民生活疾苦为主要内容。他的散文清俊整饬,雄健深沉,具有强烈的时代特征,成为"建安文学"重要的代表人物。鲁迅曾评价其为"改造文章的祖师"①,曹操与其子曹丕、曹植在文学史上合称"三曹"。正是曹操在中国历史上和中国文学史上的突出地位,使其成为后世图像艺术创作的一个重要对象。在曹操的文学创作中,以战争为题材的文学创作有着特殊的地位。因为,它是曹操一统天下的政治抱负和慷慨激昂的人生理想在文学中的展现。而无论是《三国志》中的记载,还是民间流传的通俗小说《三国演义》,对曹操个性与形象的塑造也往往都是通过凸显其在战争中的事迹来表现其人物形象特征。所以,对于图像创作者来说,不管是为了再现,抑或是为了重塑曹操的艺术形象,在战争背景下描绘曹操的个人形象就成为其创作的重要途径。不过,它们对曹操战争文学形象中的自我塑造并非完全的接受,其中也有图像创作者自我态度的呈现。

① 鲁迅:《鲁迅全集》(第三卷),北京:人民文学出版社,2005年版,第525页。

一

东汉末年军阀割据，战争频繁，生灵涂炭，民不聊生。曹操作为当时杰出的政治家和军事家对于战争及其所带来的危害有着直观的感受，在他的文学创作中，战争题材也是其表现的重要方面。不过，曹操对于战争及其后果的认识并非是片面的，而是辩证的和积极的。在他的文学创作中，反映战争题材的作品可以大致分为两类：

1. 反映战争的残酷

东汉末年军阀割据，群雄混战。地方土地兼并严重，地主豪强纷纷成立私人武装，盘剥百姓。中央政治黑暗，宦官专权，皇权架空，不修政事。加之天灾不断，人民纷纷揭竿而起，发生大规模的黄巾之乱。这一时期的战争给人民的生产生活带来了极大的灾难，各方势力彼此互相交战，百姓生活自然苦不堪言。

曹操作为当时杰出的政治家对于战争所带来的后果有很清楚的认识，并且在他的文学创作中也有所体现。例如，曹操的诗歌《薤露》和《蒿里》就是对董卓的暴行和当时各路豪强讨伐董卓的战争情况的反映。

诗歌《薤露》[①]是曹操目睹董卓专权后的惨状，哀痛感伤，挥笔所作：

惟汉廿二世，所任诚不良。
沐猴而冠带，知小而谋强。
犹豫不敢断，因狩执君王。
白虹为贯日，己亦先受殃。
贼臣持国柄，杀主灭宇京。
荡覆帝基业，宗庙以燔丧。
播越西迁移，号泣而且行。
瞻彼洛城郭，微子为哀伤。

公元189年（中平六年），汉灵帝死，之后太子刘辩即位，灵帝之后何太后临朝，宦官张让、段珪等把持朝政。何太后之兄、大将军何进谋诛宦官，但因

① 曹操著，张海雨主编：《曹操全书》，北京：金城出版社，1995年版，第212、213页。

何太后的阻止而犹豫不决,只好密召凉州军阀董卓进京,以期铲除宦官势力,收回政柄。然而事情泄露,张让等人杀了何进后,又劫持少帝和陈留王奔小平津。只是董卓率兵进京,再度劫还。然后董卓在这次进军京城中窃取国家大权,旋废少帝为弘农王,不久又将其杀死,立陈留王刘协为汉献帝。董卓为了方便进行统治,更是放火烧毁了洛阳,挟持献帝与官民西迁长安,使得当时哀嚎遍野,民不聊生。曹操在此诗中反映的就是董卓专权给国家和人民带来的灾难,在动乱中少帝被毒害,都城洛阳被焚为平地,百姓流离失所,被迫迁往长安。明代钟惺在《古诗归》中称此诗"贼臣持国柄"六句是"汉末实录,真诗史也"[①]。

在《薤露》的姊妹篇《蒿里》[②]中,曹操记述了汉献帝初平元年(190年),关东各郡地方官起兵讨伐董卓,推举袁绍为盟主,却各怀异心,最终相互火拼,导致长期军阀混战局面形成。诗曰:

关东有义士,兴兵讨群凶。
初期会盟津,乃心在咸阳。
军合力不齐,踌躇而雁行。
势利使人争,嗣还自相戕。
淮南弟称号,刻玺于北方。
铠甲生虮虱,万姓以死亡。
白骨露于野,千里无鸡鸣。
生民百遗一,念之断人肠。

在此诗中,曹操真实地再现了这一段战争史,揭露了军阀割据所造成的"白骨露于野,千里无鸡鸣"和"生民百遗一,念之断人肠"的惨状。

从曹操的诗作中我们不难看出他对战争的厌恶和对百姓的同情,长期的军阀战争导致人民生活已经十分疾苦,社会基本生产也遭到破坏。《魏志·武帝纪》中记载,曹操在官渡之战击败袁绍,又击败奉袁绍命令掠取汝

① 河北师范学院中文系古典文学教研组编:《三曹资料汇编》,北京:中华书局,1980年版,第18页。
② 《曹操全书》,第215页。

南的刘备之后，于建安七年春正月驻军谯县时，颁布《军谯令》[1]：

吾起义兵，为天下除暴乱。旧土人民，死丧略尽，国中终日行，不见所识，使吾凄怆伤怀。其举义兵已来，将士绝无后者，求其亲戚以后之。授土田，官给耕牛。置学师以教之。为存者立庙，使祀其先人。魂而有灵，吾百年之后何恨哉！

此令旨在为阵亡将士立庙，抚恤家属，曹操以质朴的语言表达了对民众遭受战争之苦的关切，文中有关战争后社会现实的描写又从侧面反映了军阀混战给社会生活带来的危害。在曹操的诗歌《谣俗词》[2]中，对于当时战争所造成的社会萧条景象有管中窥豹般的体现，诗云：

瓮中无斗储，发箧无尺缯。
友来从我贷，不知所以应。

这首诗讲述了一个贫困的无食无衣者因无力帮助自己的朋友而感到内疚，通过这首诗也能够反映出当时人民生活的疾苦和社会的凋敝。而《步出夏门行》的第三章《河朔寒》[3]：

乡土不同，河朔隆冬。
流澌浮漂，舟船行难。
锥不入地，蘴藾深奥。
水竭不流，冰坚可蹈。
士隐者贫，勇侠轻非。
心常叹怨，戚戚多悲。
幸甚至哉！歌以咏志。

① 《曹操全书》，第 77 页。
② 同①第 222 页。
③ 同①第 28 页。

虽然表面上是在描写河北的风土人情，其实体现了曹操对于常年战争所导致的秩序混乱和人民生活在“士隐者贫，勇侠轻非”的社会中的担忧。

战争的基础是人，各个地方豪强为取得战争的胜利以各种方式征召百姓入伍，随着军阀混战规模的扩大，兵源数量也随之增加，动辄就是数十万的军队战争，这对于被征召为士兵的普通百姓也是一种悲剧。曹操作为当时军阀混战中的一支重要力量对军队战争的残酷性有着切身的体会。在《魏志·武帝记》中有一段记载，建安十三年，曹操在赤壁之战中受挫，同时遇到军内发生疫情，将士伤亡惨重。第二年七月，曹操为抚恤死亡将士家属，鼓励军队士气，颁布《存恤吏士家室令》①：

> 自顷以来，军数征行，或遇疫气，吏士死亡不归，家室怨旷，百姓流离，而仁者岂乐之哉？不得已也。其令死者家无基业不能自存者，县官勿绝廪，长吏存恤抚循，以称吾意。

在曹操的这道命令中，我们可以看到当时军队士兵死伤惨重，家属又无所依托，流离失所的悲惨场景。虽然这是一道抚恤军属的命令，但是我们从中依旧能够感受到战争的残酷和军士的生活之苦。在曹操的诗作中，描写从军艰辛和战争之苦的诗作主要有《却东西门行》、《苦寒行》和《秋胡行》三篇。《却东西门行》②反映了将士常年在外征战怀念故乡的心情，也说明长期征战给人民生活带来的痛苦。诗曰：

> 鸿雁出塞北，乃在无人乡。举翅万馀里，行止自成行。
> 冬节食南稻，春日复北翔。田中有转蓬，随风远飘扬。
> 长与故根绝，万岁不相当。奈何此征夫，安得驱四方！
> 戎马不解鞍，铠甲不离傍。冉冉老将至，何时反故乡！
> 神龙藏深泉，猛兽步高冈。狐死归首丘，故乡安可忘！

诗中“长与故根绝，万岁不相当”、“冉冉老将至，何时反故乡”体现了征

---

① 《曹操全书》，第126页。
② 同①第220页。

战四方的将士久别家乡的思乡之苦，而“戎马不解鞍，铠甲不离傍”又说明了行军打仗的生活之艰难。此诗为曹操晚年之作，时值其战败于赤壁，统一中国的霸业受挫，加之年事渐高，面对连年战火而忧愁抑郁，产生了怀乡之情，但是诗中又体现了诗人招纳贤士、建功立业、统一天下的决心。

如果在《却东西门行》中曹操尚且能从军队远征跋涉中看到希望，激励自己一统天下，那么在《苦寒行》①一诗中作者则更多地表现寒冬行军的艰苦险恶和内心的感慨悲凉。诗曰：

北上太行山，艰哉何巍巍！
羊肠坂诘屈，车轮为之摧。
树木何萧瑟，北风声正悲。
熊罴对我蹲，虎豹夹路啼。
溪谷少人民，雪落何霏霏！
延颈长叹息，远行多所怀。
我心何怫郁，思欲一东归。
水深桥梁绝，中路正徘徊。
迷惑失故路，薄暮无宿栖。
行行日已远，人马同时饥。
担囊行取薪，斧冰持作糜。
悲彼《东山》诗，悠悠使我哀。

曹操此诗中的消沉抑郁与其当时所面临的复杂情况有很大的关系。据考证，这首诗是建安十一年(206年)春，曹操亲征高干途中于行军中作成的。建安十年，原本已经投降曹操的袁绍外甥高干在曹操北征乌桓之时趁机叛变，据守壶关。建安十一年正月，曹操不得已率领连年征战疲惫不堪的军士，冒着北方冬春凛冽的寒风，翻越巍峨险峻的太行山，平定高干叛乱。诗中以白描的手法体现了太行山行军过程中道路的艰险，气候的寒冷，自然环境的恶劣，以及常年用兵后对军旅生活的疲困和厌战之情。此时的曹操不再有往日诗歌中的激昂，更多的是对戎马生涯的反思和苍凉悲壮之情。

① 《曹操全书》，第218、219页。

而同样是外出征战，当曹操在三国鼎立之势确立以后，西征张鲁之时又体现出完全不同的心境。据《魏志·武帝纪》记载："（建安二十年）三月，公西征张鲁，至陈仓……夏四月，公自陈仓以出散关，至河池。"[①]《秋胡行》[②]一诗就是在这一历史背景下创作的，此时的曹操年已六十一，感到实现统一的艰难，但是又不愿轻易放弃征战天下的理想。所以，在诗中第一首云：

> 晨上散关山，此道当何难。晨上散关山，此道当何难。牛顿不起，车堕谷间。坐磐石之上，弹五弦之琴，作清角韵，心中迷烦。歌以言志，晨上散关山。（一解）

他既感觉到了征战的艰苦，自感迷烦，又可以气定神闲地以琴瑟自娱，说明此时他时常在欲求不得又欲罢不能的复杂心境中徘徊。但是，我们也应该看到，无论作者的心境如何变化，军士征战的艰苦却是始终不变的事实，也是曹操敢于直面的事实。

在曹操的文学中，他从不避讳战争的残酷悲壮，直接呈现战争给人民带来的灾难，同时述说自己从军征战的艰辛。但是，换个角度讲，他对于战争所带来的各种灾难和痛苦的直接描绘反而有利于曹操树立自己乱世"救星"的形象，他的文学创作中的战争越是惨烈，越可以体现曹操以匡扶汉室和涤荡诸恶为己任的义军首领的形象。

2. 反映作者以军事手段统一天下，平定战争的人生理想

时代的动荡不安在给人民带来巨大灾难的同时，也为乱世枭雄提供了登上历史的舞台。东汉末年皇室衰微，天下大乱，中央无力回天。由此，地方豪强为求自保组织起自己的武装部队，后来逐渐演变成为武力割据的军阀势力。曹操即是在这样的历史背景下崛起的，他出身于军阀，在诸强混战中崭露头角。但是，他又"奉天子以令不臣"[③]，希望通过战争的方式统一全国。他的许多文学作品都有在战争中成就霸业，一统天下的夙愿。

曹操的《短歌行》第一首和《步出夏门行》中的《观沧海》、《龟虽寿》两篇

---

① 陈寿撰，裴松之注：《三国志》，北京：中华书局，1999年版，第32页。

② 《曹操全书》，第12页。

③ 同①第282页。

最具代表性。在《三国演义》第四十八回有曹操在赤壁之战前横槊赋诗的描写，此诗即为《短歌行》。他在平定北方割据势力以后，亲率大军直达长江北岸，准备渡江消灭孙权和刘备，进而统一全中国。此诗的第一首就是在上述背景之下创作出来，通过宴会的歌唱，以沉稳顿挫的笔调抒写了诗人统一天下的雄心壮志和求贤若渴的心情。诗曰：

对酒当歌，人生几何！譬如朝露，去日苦多。
慨当以慷，忧思难忘。何以解忧？唯有杜康。
青青子衿，悠悠我心。但为君故，沉吟至今。
呦呦鹿鸣，食野之苹。我有嘉宾，鼓瑟吹笙。
明明如月，何时可掇？忧从中来，不可断绝。
越陌度阡，枉用相存。契阔谈宴，心念旧恩。
月明星稀，乌鹊南飞。绕树三匝，何枝可依？
山不厌高，海不厌深。周公吐哺，天下归心。[①]

诗文中虽然并未有一句是直接描写战争的，但是理解此诗却又离不开当时的战争背景。曹操一生戎马，最大的夙愿就是统一天下，此时他已经进入迟暮之年，可是大业依旧未成。所以，他才会有“对酒当歌，人生几何！譬如朝露，去日苦多”的感慨。他一直以统一天下为己任，加之此时年事已高，便引用“子衿”和“鹿鸣”两个典故来表达自己求贤若渴，征战天下的愿望。即使诗中未曾出现直接的战争描写，我们通过历史背景的分析也可以看到曹操在诗中表达出的慨叹与延揽人才的心愿都是出于他以图武力征服天下的目的。

《观沧海》和《龟虽寿》都是《步出夏门行》中的篇章，是曹操在北征乌桓胜利以后所作。《观沧海》[②]描写作者登山望海的场景，诗云：

东临碣石，以观沧海。
水何澹澹，山岛竦峙。
树木丛生，百草丰茂。

---

① 《曹操全书》，第 18 页。
② 同①，第 26 页。

秋风萧瑟,洪波涌起。
日月之行,若出其中;
星汉灿烂,若出其里。
幸甚至哉,歌以咏志。

此诗从文意上讲是在描写观海景象,实则流露了曹操在北征乌桓,军事统一北方后的心境。诗中所描写的情景是典型的秋季环境,但是诗人不但没有悲秋意绪,反而在“秋风萧瑟,洪波涌起”之中看到了“树木丛生,百草丰茂”的生意盎然。这充分体现了作者踌躇满志,意欲争夺天下的理想和叱咤风云的英雄豪情。

而在接下来的《龟虽寿》[①]中,曹操则在抒发豪情壮志的同时感慨人生难免一死,进入迟暮之年更应该努力完成未尽的事业。诗曰:

神龟虽寿,犹有竟时。
腾蛇乘雾,终为土灰。
老骥伏枥,志在千里;
烈士暮年,壮心不已。
盈缩之期,不但在天;
养怡之福,可得永年。
幸甚至哉!歌以咏志。

曹操此时已五十三岁,但是征伐天下的事业却渺然无期然而他并未悲观,而是以比喻的方式勉励自己老当益壮,体现了他积极进取和军事统一全国的愿望。

在曹操的文学创作中战争题材是其创作的重要内容,这与其一生征伐天下的人生理想密切相关。也正因曹操一生的戎马生涯,其对战争的认识也是独特的,他在承认战争所带来的灾难的同时,也看到了战争的积极方面,并且在其文学创作中以一种激昂慷慨的英雄豪情来表现自己通过战争方式统一全国的理想。曹操对战争的文学创作既有以现实主义的方法描写

① 《曹操全书》,第28页。

战争的残酷以及带给人民的灾难，又有以浪漫主义的方式来体现自己如何通过战争的手段达到统一天下的英雄豪情。

二

曹操一生的大部分精力都投入到了完成国家统一的事业之中，征战天下的军事活动也是他生命中的主要活动，所以，对于其战争中的形象描绘成为后人图像创作的主要方面。应该说，在曹操的文学创作中，他以一种艺术的手法将自己的军事生涯进行了艺术再现，为读者塑造了一个以军事一统天下，匡扶汉室，昂扬豪迈的乱世英雄的形象。但是，他以文学的方式对战争以及战争中自我形象的塑造并未完全在有关他的战争图像创作中得到体现，并且这些图像中的曹操形象往往与他自我塑造的文学形象还相去甚远。就目前的情况来看，与曹操有关的战争图像创作在曹操生存的时代并未大量出现，并且在其后的很长一段时间内也鲜有曹操的图像作品。然而，进入清代以后，与曹操有关的图像作品大量出现，并且多是以战争为背景进行的创作。并且，这些曹操图像的创作大都是以民间艺术的形式出现的。

就清代以战争题材为背景的曹操图像作品而言，由于艺术形式和作品内涵的不同，虽是同一主题也往往体现出了不同的艺术内涵。并且，这些图像作品与曹操在文学作品中塑造的自我形象之间的关系也各有不同。曹操在战争中的文学与图像之间的关系可以分为三类：

第一类主要是表现曹操所参与的战争场景的宏大与壮观。这一类图像主要是体现当时战争场面上的宏大，用以再现当时战争的激烈壮观。曹操所生活的时代群雄逐鹿，天下大乱，每一次的混战都是一场大规模的军事行为，人数上少则上万，多则以十万计。曹操在剿灭青州地区的黄巾匪徒之后，仅受降者就有三十万之多，可见当时战争规模之大①。在后世的图像创作中，有些艺术家热衷于将创作的视角投射在宏观的战争场面中，在这些图像中曹操的个人形象并未得到凸显，甚至隐匿在图像之中，但是它却为我们再现了战争的全景。

在清代木版年画《新绘三国志前本曹兵百万下江南》（图 1）中，艺术家将《三国演义》中蒋干盗书、草船借箭、打黄盖、连环计、火烧赤壁、华容道等十

---

① 参见《三国志·武帝纪》："冬，受降卒三十馀万，男女百余万口，收其精锐者，号为青州兵。"引自陈寿撰，裴松之注：《三国志》，第 7 页。

图1　新绘三国志前本曹兵百万下江南　三兴斋　三裁　清末　纵　54 cm　横 32 cm　彩色套印　上海图书馆藏

六个故事情节融合在一张图像中表现,这种高度浓缩的构图方式是我国古代叙事性木版画的特色。在这幅图像中,整个画面是由一个个独立的故事单元构成,每一个故事单元配有简略的文字解说,这些独立的意义单元又能够在构图技法上和谐地表现赤壁鏖战的内容。这幅图像不仅能够经济地表现出尽量多的故事内容,而且可以在整体上给人一种宏大叙事的图像效果,以一种全景视角展现这次战争的复杂激烈。虽然这幅图像在构图上人物数量有限,但是它却以丰富的图像信息暗示给人以宏观的心理感受。当然,这幅图像的作者明显是对曹操有贬损之意,在图的左下处,有文字称其为“奸雄”。但是,不能回避的事实是它所展示的战争的宏大场景却与曹操以战争为题材的文学作品所追求的宏大意境是一致的。

图2　“摆亮子”曹操发兵　清代　陕西渭南　纵 56 cm　横 120 cm　出自《中国美术全集工艺美术篇 12 民间玩具剪纸皮影》

《“摆亮子”曹操发兵》(图 2)。“摆亮子”在皮影戏中是“亮箱”的一场戏，“曹操发兵”是《三国演义》剧目《当阳桥》影戏中的一场。这些皮影主要用戏剧化的手法“以一当百”地展现出曹操发兵时的壮观景象。在皮影表演中，由于受到具体艺术形式的限制，往往舞台上每个场景出现的人数不会过多，像“摆亮子”这样的情况只有在为了表现大场景的情况下才会出现。皮影中人物表情惟妙惟肖，人物雕饰也十分细致，反映出了曹操出征时声势浩大的景象。

在宏大的战争场景中，曹操个人战争中的形象塑造虽然被置于比较次要的地位，但这一类的宏观战争图像创作却是对曹操文学中战争书写的一种图像上的宏观概括，也是曹操在文学中塑造自己征战形象的一个不可或缺的战争背景。

第二类主要是曹操文学作品对战争中自我形象塑造的直接再现。曹操文学作品中的战争和战争景象描写只是其言外之象，对于一个志在统一天下的政治家来讲，战争只是其达到目的的一种手段。他对战争和战争景象的描写不只是他长期征战所见景象的复现，更重要的是为了抒发自己胸怀天下的远大理想，所以他文学创作中的一些表现自己豪情壮志的作品，其实就是其戎马生涯中对统一大业的期盼。而在图像创作中，许多艺术家注意到了这一点，曹操在战争中所形成的豪迈激昂、一统山河的理想与气魄，并未在具体的战争环境中直接表现，而是借用了他抒发自己情感的文章为模仿的对象，展开对其战争中自我形象塑造的图像创作。

图 3　宴长江曹操赋诗　广百宋斋　清代　插图　出自张福林《图像三国志》

《宴长江曹操赋诗》(图 3)是对其诗作《短歌行》创作现场的重新展现。这幅图像是以插图的形式出现的，它以《三国演义》第四十八回中曹操在赤壁之战前横槊赋诗为内容进行创作。图像创作者在这里并没有选择以曹操《短歌行》中的内容为表现对象，主要是因为插图要表现的是文本故事中对赤壁之战中曹操形象的再现，而非对其诗作的重现。虽然创作者并未直接描绘诗作中的内容，但是他却将曹操通过诗歌所要表达的精进进取、一统山河的思想愿望从容地呈现出来。在图像中,曹操被其部将簇拥在船头,手持长槊,眺望远方,临江赋诗。图像为了更好地处理曹操在征战中的自我形象,同时又体现其赋诗畅怀的豪情,对其人物形象也进行了精心的安排,一方面在曹操的服饰上创作者采用的是文官的服饰,而另一方面创作者有意让其手上握长槊的行为又暗示其正处在征战之中。这幅图像虽然对《短歌行》中的内容没有明显的阐释与表现,但是却以曹操诗作中所表达的豪迈意境入画,从图像中我们依旧可以感受到诗作中深沉而激昂、慷慨而雄壮、忧郁而大气的诗人风骨。

第三类主要是与曹操在征战中塑造的自我形象的冲突。曹操在其战争题材的文学作品中有意将其塑造成为一个慷慨激昂、身肩重任、为主征战的乱世英雄形象。但是,在民间文学和绘画中,他塑造的自我形象和民间所接受的形象之间却存在着巨大的差异,民间文学和图像在对其历史形象和文学自我塑造的形象进行接受时有意进行了歪曲阐释和刻意误读。

《三江口周郎纵火》(图 4)此图像反映的是《三国志》中曹操赤壁之战的故事。“公至赤壁,与备战,不利”。[①]《三国志》中对赤壁之战的记载非常简略,而且没有任何的情感色彩在内,但是由于《三国演义》中对赤壁之战的艺术渲染,在其图像的创作中也流露出了对曹操在赤壁兵败的一种讽刺。画面中展现的是火烧曹操战船的景象,图像构图十分壮观,画面上方是曹操战船燃烧的景象,而中部和中上部的兵将们却并未表现出溃败的景象,相反从他们的表情中可以体现出视死如归、同仇敌忾、预备反击的坚毅。与兵士的态度不同的则是画面下方曹操在被众人搀扶之下惊慌逃跑的景象,在这一行为的对比中就体现了曹操临阵脱逃的畏战心理。整个画面的留白部分刚好是一个自上而下的 S 型构图模式,它将兵士严

图 4 三江口周郎纵火 广百宋斋 清代 插图 出自张福林《图像三国志》

① 陈寿撰,裴松之注:《三国志》,第 22 页。

阵以待的行为与曹操仓皇逃跑的景象进行了绘画叙事上的对比，从而在反差之中对曹操在战争中的形象有一种无言的嘲笑。

《华容道》(图 5)这幅图像取材于《三国演义》第五十回曹操赤壁兵败以后，败走华容道的故事。图像中表现的是曹操在从乌林向华容道败退的途中遇到关羽伏兵，曹军几经打击已无力再战，曹操只好哀求关羽念及旧情放其生路，关羽最终义释曹操。这幅图像中的人物采用的是京剧中的扮相，曹操被扮为京剧中的白脸，这一扮相一般用于表现奸诈之人，这也说明了图像作者对曹操的思想态度。从构图上看，关羽所处的画面位置明显高于曹操的位置，暗示曹操此时的尴尬处境和没落的地位。其实，根据《三国志·魏书·武帝纪》裴松之注引《山阳公载记》："公船舰为刘备所烧，引军从华容道步归，遇泥泞，道不通，天又大风，悉使羸兵负草填之，骑乃得过。羸兵为人马所蹈藉，陷泥中，死者甚众。军既得出，公大喜，诸将问之，公曰：'刘备，吾俦也。但得计少晚；向使早放火，吾徒无类矣。'备寻亦放火而无所及。"[①]也就是说，曹操败走华容道确有其事，但是并无关羽义释曹操的历史记载，这只是小说中虚构的情节。正是因为明清以后民间文学中对曹操形象的贬低，才会出现在图像再现中对曹操征战中形象的贬损。

图 5　华容道　墙画　版印色稿　纵 28 cm　横 44.5 cm　山东工艺美术学院孙长林艺术馆藏

① 陈寿撰，裴松之注：《三国志》，第 22 页。

三

应该讲,在唐朝以前,曹操的形象尚可算一个正面的英雄形象。在唐人的许多诗文中都体现了对曹操的敬重,例如刘庭琦《铜雀台》、李邕《铜雀妓》、刘禹锡《魏宫词二首》这些作品中都明显表现出对曹操的褒扬。尤其是李颀的《送刘方平》诗中写道:“请君骑马望西陵,为我殷勤吊魏武”[①],饱含对曹操的敬佩,说明唐人对于曹操的评价还是十分积极的。但是,到了南宋以后,由于南北对峙局面的产生,双方都需要争得正统的地位。这一情况很容易让人联想到东汉末年以魏代汉的历史。所以,偏安的南宋王朝就有意将曹操塑造为一个篡权的反面角色。到明代以后,随着以《三国演义》为代表的民间文学的广泛传播,“尊刘贬曹”思想深入人心,所以民间图像创作也受到了这一思想的影响。从南宋以后,民间文学对于三国中“尊刘贬曹”倾向的延续对图像创作领域有一定的影响,但是由于曹操的形象主要是由民间文学所塑造并广泛传播的,所以在正统文学家和宫廷画家的眼中,这一形象始终不是一个能够登上大雅之堂的艺术形象,所以直到民间文学十分繁荣的清代,曹操在战争中的图像作品才逐渐出现和繁荣,并且也主要是以民间艺术的形象展现在人们面前。而且,由于民间文学中对曹操的历史评价存在一定的贬抑,所以曹操在战争中的形象与其文学创作中自我战争形象的塑造也往往大相径庭。曹操自己塑造的那个乱世枭雄的形象在明清版画、年画等民间美术作品中已经荡然无存,取而代之的是曹操的奸臣贼子形象,这与图像创作者个人对曹操的误解不可分割。

曹操文学作品中战争题材描写的目的是为了塑造自己的英雄形象,而以其文学作品为创作蓝本的图像往往能够遵从文学作者对其自身形象的诉求,但是由于一些历史原因,曹操在民间的奸雄形象与其战争形象有很大曲解,与曹操本人的文学自我塑造有很大差距。近代以来,人们对于曹操的评价逐渐趋于客观,对于其历史形象的认识也更加全面,由此创作的有关曹操的战争图像也更加符合历史真实中的那个曹操形象。例如,近现代画家刘旦宅《观沧海》和范曾《东临碣石》都是对于曹操图像的当代阐释。

① 刘宝和评注:《李颀诗评注》,太原:山西教育出版社,1990年版,第210页。

作者简介

刘涛，男。1987年生。陕西西安人。浙江大学中文系2013级在读博士生，文艺学专业。

从《洛神赋》到《洛神赋图》
——试论图像对文学的转译方法

钟雪梅

摘　要:《洛神赋图》描绘的是《洛神赋》。从无形的文学到有形的图像,《洛神赋图》的画家如何表现赋中曲折的故事情节、抽象的文字意象和音乐性,特别是背叛、痛苦、追悔这类隐晦的情感?在转译文本时,画家至少使用了五种方法,分别是视角转换法、隐喻法、暗示法、象征法和直译法等。与方法的运用相应,画家对文本内容进行了取舍、裁度、变换或延展。图文转译的成功,恰恰在于图像没有对文本亦步亦趋,而以追求原文精神姿致为要。图像对文学的转译,是建立在诗画异质的逻辑基础之上,必须遵循每一种艺术自身的规律和原则。

关键词:《洛神赋图》　图像　文学　转译　方法

一、《洛神赋》和《洛神赋图》

1.《洛神赋》的内容和文学特色

曹植《洛神赋》(以下简称《赋》)以第一人称描述黄初四年从京师东返,途经洛水,遇洛水女神,两者互相倾慕后分离的哀伤恋情。它是一篇抒情短赋,176句,其中韵文156句,辞藻华美,诗句长短相间,押韵活泼,变化丰富,具有明显的音乐性。试举几例:

余从京域,言归东藩。背伊阙,越轘辕,经通谷,陵景山。日既西倾,车殆马烦。……[①]于是精移神骇,忽焉思散。俯则未察,仰以殊观。睹一丽人,于岩之畔。

① “……”表示省略了原文部分文字。

其形也，翩若惊鸿，婉若游龙，荣曜秋菊，华茂春松。

秾纤得衷，修短合度。肩若削成，腰如约素。延颈秀项，皓质呈露。芳泽无加，铅华弗御。[①]

《赋》丰富的音乐性源自文中长短句的穿插和韵脚的转换，二者的灵活转换均系曹植高超的文字技巧而成。短句一般是四言，节奏明快，承袭《诗经》的传统，在《赋》中多用来表现鲜明的形象、快捷的动作和惊讶之感。长句以六言为主，源自《离骚》的风格，旋律沉缓，多抒发哀伤、忧郁、犹疑不安的情绪。“风骚”是《诗经》和《离骚》的统称，也是中国古典诗歌的代表。需要特别指出的是，曹植竟能在《赋》156句韵文中，均衡各半地使用了长短两种句型[②]。

2.《洛神赋图》的画面构成方式

辽宁省博物馆藏的传东晋顾恺之作《洛神赋图》[③]（以下简称《图》）是一幅以山水为背景的人物故事画卷，画面以连续式构图法由右向左展开。画面主要由山水树石、人物和赋文构成。

山水由简单的群山和树林组成，一般布列在画幅的最下方，创造出许多开放式的空间，形成了画面的近景，表现出有限的景深。所有的山水造型和用笔都十分精简劲挺，石块、土坡、山峰、各类树木，包括银杏幼苗，都是躯体修长，姿态挺直。单个或成组的山丘和土坡多半与水面相连，沿着画卷下缘布列，它们那驼峰状柔和的外形，形成了重重叠叠、高低起伏的动线，它们不仅界定了每个场景的空间和背景，也在视觉上创造出了节奏感和韵律感。

人物大多以四分之三的侧面朝向观众，人物的分布在每一个场景中都有一条无形的弧线，表现了赋文中的韵律感。画面上，除了曹植稍显圆胖，其他人物都是圆柱状的体型，长圆状的头部，发饰高耸，身材修长。这些人物造型柔和，多以弧线勾画而成，线条富有弹性。

---

① 曹植：《洛神赋》，赵幼文校注：《曹植集校注》，北京：人民文学出版社，1984年，第283页。本文所引《洛神赋》均出自该版本，不再另注，个别标点会有更改。

②《洛神赋》中四言以下的句型有79句，五言以上的句型有77句。

③ 存世《洛神赋图》有九卷，分别为辽宁博物馆藏（辽宁本）、北京故宫博物院藏（北京甲、乙、丙本）、美国Freer艺术博物馆藏（Freer甲、乙本）、英国大英博物馆藏（大英本）、台北故宫博物院藏（台北甲、乙本）。除了特别注明的，本文所指《洛神赋图》均是辽宁本，不再另注。

赋文被分成长短不同的段落,根据相关的画面内容,被分布在高低不一的位置,观众欣赏图画时,视线便在画面上产生了上下起伏的律动感。

画家对赋文中的音乐性和韵律感深有体会和把握,在构图时,善于运用各种方式转译这种音乐性和韵律感。

二、图文转译方法分析

既然《图》描绘《赋》,那么,从文学到图像,画家是如何理解原文中那些诗意的语言,并且将它们转化成图像的?如何转译诗中故事情节、文字意象和音乐性,特别是背叛、痛苦、追悔这类隐晦的情感?如何用有形的画来表现诗中无形的、抽象的韵律和节奏?

在表现赋文的意义方面,画家至少使用了五种方法,分别是视角转换法、隐喻法、暗示法、象征法和直译法等,在转译赋文的涵义的同时,也隐晦地表达了画家对赋文的理解。其中,直译法是指将赋文中显见的、具体可感的人、事、物等,直接在图像中以直观的形象描绘出来,人物如洛神、冯夷、川后、女娲等,事物如车、马、船等。因直译法容易理解,本文不作分析,主要分析前四种方法。

台湾学者陈葆真的著作《〈洛神赋图〉与中国古代故事画》将这卷画比喻为"一出优雅的歌舞剧",并分之为5幕12场景[①]:

> 第一幕《邂逅》,含"离京"、"休憩"、"惊艳"三个场景[②]。
> 第二幕《定情》,含"嬉戏"、"赠物"两个场景。
> 第三幕《情变》,含"众灵"、"彷徨"两个场景。
> 第四幕《分离》,含"备驾"、"离去"两个场景。
> 第五幕《怅归》,含"泛舟"、"夜坐"、"东归"三个场景。

本文依据陈葆真对《图》的划分,并采用她对5幕12景命名的表述,对图文转译方法开展论述。在具体分析中,本文的重点是《图》对《文》的转译,但不仅限于此,将结合中国绘画史,适当选取某画家或画作进行印证、对比或

① 陈葆真:《〈洛神赋图〉与中国古代故事画》,杭州:浙江大学出版社,2012年版,第29、31页。
② 辽宁本佚失"离京"和"休憩"两个场景的画面,因此第一幕"邂逅"其实仅有"惊艳"一个场景。

反证，以期本研究可更趋严谨。

1. 视角转换法

《赋》以洛神为名，第一人称“余”（即“我”）在赋文中并不是处于中心地位，而是以观察者和叙述者的角色退居一旁，洛神是“余”描写、吟咏和赞叹的对象，也是赋文的主角。然而《图》的主角却不是洛神，而是“余”，正如“你在桥上看风景，看风景的人在楼上看你”①，这体现了图与文不同的叙述视角。《图》是以画家兼赋文读者的视角，基于“余”作为赋文作者和故事主角之一的双重主体地位，将“余”置于画面的中心位置。这体现了画家作为文学鉴赏主体对赋文文本的独特理解。

《图》中，“余”的形象高大、圆胖，十分突出，洛神和其他人物则更为矮小（图 1）。画面上，曹植头戴高冠，身穿红色宽袖长袍，曲领（洛神、侍从等均为 V 领），脚穿高鼻履（侍从等则是高齿屐）。他居中挺立，双手被两旁侍者扶着，身后侍者撑着华盖。在“惊艳”的场景，他后面还跟了几个持宫扇、捧书籍和坐席等的侍者，一派侍从环绕景象。他乘坐的车、船皆华丽。这些彰显了“余”显赫的藩王身份。赋文并没有提到作者的贵族身份，读者对此是藉由学习历史而得知的，图像则通过描绘人物的表情、服饰、仆从等，反复渲染主人公非同寻常的地位，从而以直观、具体的视觉形象，让观众一目了然，

图 1 “赠物”场景（传顾恺之《洛神赋图》（局部）） 绢本 设色 手卷 纵 26 cm 横 646 cm 辽宁博物馆藏

① 卞之琳：《卞之琳文集·断章》，合肥：安徽教育出版社，2002 年版，第 29 页。

无需思考即可领会其贵族身份和贵族气质。

“余”替换赋文中的洛神,占据《图》核心位置,这一点对于理解画卷接下来开展的故事情节十分重要。正是基于此,画面接下来的故事讲述方式与文本存在诸多不同。进一步对比文本和图像,我们发现二者之间还有多处视角转换。试举两例。其一,赋文中,曹植一直是以仰视的目光来观察和描写洛神,“俯则未察,仰以殊观。睹一丽人,于岩之畔”,“远而望之,皎若太阳升朝霞”,“遗情想象,顾望怀愁”。而画面处理曹植与洛神的眼神交流,基本是以平视的角度。其二,赋文最后的“怅归”情节仅14句,在全文176句中所占比重极小,画家却用了全卷四分之一的篇幅来描绘[①],包括“泛舟”、“夜坐”和“东归”三个宏大的场景。上述二例均基于前面所言的主角替换而自然派生出来的。

可见,画家运笔前,心中已有成算,他不打算拘泥于原文,而是结合自己对诗歌的领悟对文本进行取舍、裁度、转换之后,再下笔绘图。钱锺书《林纾的翻译》一文认为,文学翻译的最高标准是“化”,“把作品从一国文字转变成另一国文字,既能不因语文习惯的差异而露出生硬牵强的痕迹,又能完全保存原有的风味,那就算得入于‘化境’”[②]。这话虽然谈的是语言文字的翻译,却准确指出了《洛神赋图》对《洛神赋》转译的妙处。图文转译的成功,恰恰在于图像没有对文本亦步亦趋,而以追求原文精神为要。这种转译已经不是简单的艺术表现方式和艺术手法的变换,应该称得上是对文本的再度创作。

《图》采用的视角转换法在中国绘画史上即使不能说绝无仅有,至少也是不多见的。历代专门描绘诗文、佛经、小说、戏曲中的内容或人物的画作数不胜数,但绝大多数画作都是沿袭文本中的视角、立场、观点和态度,换言之,图画是在亦步亦趋地追随、复述文本,没有形成自己独特的叙述角度,故宋人有“见书不见图”之叹[③]。佛经故事画、明清小说的绣像插图承袭文本叙

① 实际画面上的比重其实更大,因辽宁本佚失“离京”、“休憩”两个场景,故“怅归”一幕占据辽宁本全卷将近三分之一的画面。

② 钱锺书:《七缀集》,北京:三联书店,2002年版,第77页。

③ 宋郑樵在《通志略·图谱略第一·索象》提到时人轻视图谱:“见书不见图,闻其声不见其形;见图不见书,见其人不闻其语。图,至约也;书,至博也。即图而求易,即书而求难。”见郑樵:《通志略》,上海:世界书局,中华民国二十五年版(1936年),第729页。

事角度自不必言,即使是历代著名画家笔下的故事画、诗意画也多如此。试举几例。

汉代墓室壁画《二桃杀三士》描绘三士正论功争桃、矛盾进入高潮时的情景,与《晏子春秋》描写的故事情节一般无二,也都采用置身事外的"局外人"的叙述角度。东晋顾恺之《列女仁智图》根据《古列女传・仁智传》绘制,意在颂扬和标榜妇女的明智美德,图与文均秉持儒家之道德标准。清罗聘《剑阁图》是依据李白《蜀道难》而作。画作采用全景构图法,由近及远、由平到奇、由稳到险,步步深入地描摹剑门之"险"和蜀道之"难",从而对旅者和观赏者产生"难于上青天"的敬畏心理。险与难是这幅画的主题,也是李白在诗中对蜀道的叙述角度。

值得一提的是历代关于陶渊明的画。作为一个文化符号,陶渊明以及他的诗文、事迹代表着清高脱俗、自然隐逸,最符合中国古代士大夫的生活习性,因此,历代很多画家创作过关于陶渊明的肖像画①。按常理而言,这类题材最能发挥画家个人创作才能,可现存作品大都没有跳出文本的叙述视角。明末清初画家陈洪绶的《陶渊明故事图》基于萧统《陶渊明传》,全卷分为十一段,分别为:采菊、寄力、种秫、归去、无酒、解印、贳酒、赞扇、却馈、行乞、灌酒。这幅画除了前人反复表现过的陶渊明不为五斗米折腰的情操之外,还侧重表现了陶潜"宽心应是酒"的情怀,而这些均未跳出文本的立场和视角。

总而言之,《洛图》转译《洛赋》时,微妙地替换了文本的叙述视角,由文本中的作者曹植的视角,转化成画家兼文学鉴赏家的视角,图文的主角也因此发生变化,洛神无疑是曹植笔下的主角,而画家却要让曹植做图画的核心人物。这一独到之处鲜见于中国历代故事画。为什么历代故事画以复述文本为主,鲜少形成自己独特的叙述角度?个中缘由,值得探究。

2. **隐喻法**

隐喻法在《图》第二幕"定情"的"赠物"场景(图 1)运用得极为成功。与图画中的"赠物"场景相对应的文字十分细腻,描述了曹植内心复杂的情感变化。

---

① 传南朝陆探微《归去来兮图》、唐郑虔《陶潜像》、元王恽《陶潜夏居图》、北宋李龙眠《渊明归隐图》、北宋李公麟《归去来兮图》、南宋梁楷《东篱高士图》和《渊明图小绢画》等。

余情悦其淑美兮,心振荡而不怡。无良媒以接欢兮,托微波而通辞。愿诚素之先达兮,解玉佩以要之。嗟佳人之信修兮,羌习礼而明诗。抗琼珶以和予兮,指潜渊而为期。执眷眷之款识兮,惧斯灵之我欺。感交甫之弃言兮,怅犹豫而狐疑。收和颜而静志兮,申礼防以自持。

画家面对这段描述内心情感变化的细腻文笔,似乎难以用图像一一表现。因此,他直接绘出了曹植解玉佩赠送洛神的情形,而对于两人在短时间内急速产生的心理变化,则巧妙地用隐喻的方式来表现。

这里的隐喻手法主要体现在画家对人物独具匠心的位置安排上。画面上,曹植居中,洛神居右,一名侍者居左,另两名侍者位于曹植身后。曹植手持长长的玉佩,递向面前的洛神。看似普通的位置安排其实隐藏了两处玄机:其一,曹植与洛神的错位;其二,背对观众的侍者。通观全卷,曹植与洛神共同出现的场景,均为洛神居左、曹植在右,而这里——也只有这里——却反过来了。这一反常的安排自然是一种隐喻,表示曹植和洛神内心情感的转变。左边侍者背对观众,这一设计极有意味。画卷所有的人物大都以四分之三的侧面形象面对观众,除了此处之外,再无背对观众的人物。可见,画家是有意通过具体人物"背向"的造形,来转译文字中抽象的"背信"概念,喻示曹植对洛神爱情的背叛。

中国不少画家对隐喻法有偏爱。心中积郁了难以言表并且不足为外人道的情感时,画家常常会在绘画中隐晦地表达出来。八大山人的画带有浓厚的隐喻色彩,其笔下的景物造型甚为夸张,比如,鱼鸟的眼睛大得令人感到可怕,荷花的茎似乎过分的长,倒锥形的巨石好像一触即崩塌,庞大的崖石竟似悬浮空中,或残山剩水、地寒天冻。其笔下的禽鸟形象大多一足独立,弓背缩颈,呈现了战战兢兢、如履薄冰之态;禽鸟的身子小,眼却很大,且眼白与眼珠的比例极不协调,眼白部分过多,一副"白眼向人"的形象。总之,他有意将事物扭曲、变形,藉此寄托失去家国、身世飘零的苦痛之情,也抒发了画家愤世嫉俗、孤标傲世的情感。在以隐喻手法讽刺世人方面,明代还有一位画家可以与八大山人并论,就是徐渭,其《黄甲图》、《墨蟹图》等,以肚里空黑的蟹比喻无真才实学之辈,辛辣地讽刺了当时的科考和官场。

3. 暗示法

此法见于《图》第五幕“怅归”当中的第一景“泛舟”和第二景“夜坐”(见彩页)。因为洛神的离去,曹植陷入深深的哀伤之中,正如赋文所言“背下陵高,足往心留。遗情相像,顾忘怀忧”。于是曹植乘舟溯水,追寻洛神的行迹。在图中,曹植坐在一艘华丽的楼船上层的凉棚中,身后站着两名侍女。船上飘动的垂带,浪花拍打船身的形状,暗示了船正在前进之中。船舱里安置两张坐榻,显示了铺设的精致和舒适,这与上层凉棚的空荡,形成明显的对比。在追溯洛神离去的江面上,曹植宁愿放弃设施舒适的船舱,甘心坐在上层凉棚中忍受冷风吹袭,画家借此暗示曹植内心是如何地渴望再次见到洛神行踪。这样的转译手法表现的正是赋文中“冀神灵之复形,御轻舟而上溯。浮长川而忘反,思绵绵而增慕”诗句的写照。但画家描绘的结构复杂、造型华丽的楼船,比赋文里的“轻舟”一词,内涵丰富多了。

“夜坐”一景表现曹植因心中充满对自己背叛的悔恨,无比怀念洛神,而无法入眠的情形。画面上,曹植坐于炕,他的左上角立着两根燃烧着的蜡烛,暗示彻夜秉烛坐等。曹植背后,站着一个弓背持伞的侍者,这一形象暗示了曹植因夜坐长久而不免于被繁露所沾。伞盖下的曹植,左手撑着上身,右手指示前方的仆夫,似乎在命令仆夫准备车驾东归。这时的曹植由于身心的憔悴与疲惫,已经不能像洛神离去之前那样坦然自若了,不得不借助左手的力量来支撑似乎要倒下的身体。画家借助蜡烛、伞和“左手支撑上身”的形象,让观众产生饶有意味的联想,并通过这些暗示来转译“夜耿耿而不寐,沾繁露而至曙”十二个字。在这里,图画显然比赋文更具有表现力。

暗示法是被历代画家普遍运用的一种方法。齐白石的一幅名画《蛙声十里出山泉》是暗示法运用得当的佳作。这幅画取意于清代诗人查慎行的一首诗《次实君溪边步月韵》①,全诗如下:

雨过园林暑气偏,繁星多上晚来天。
渐沉远翠峰峰淡,初长繁阴树树圆。
萤火一星沿岸草,蛙声十里出山泉。
新诗未必能谐俗,解事人稀莫浪传。

① 查慎行:《敬业堂诗集》(中册),卷十七《冗寄集》,上海:上海古籍出版社,1986年版,第464页。

“蛙声”既无形状又无色彩，虚幻至极，图像如何转译？齐白石的办法是以虚对虚。《蛙声十里出山泉》构图简洁，淡淡地抹了几座远山，一股急流从山间乱石中泻出，流水中浮动着几只蝌蚪。画上并没有蛙，但因为有蝌蚪的暗示，人们自然地联想到十里以外的蛙声。而这蛙声也并非是欣赏画的当下，即时便可“听”见的，而是让人想象在数周之后，当山泉流出了十里远后，泉水汇成的小溪涌向两岸有人家的河流，小蝌蚪也变成了青蛙，那时才能听见。这真是绝妙之至的构思。

不仅著名画家，古代绘画机构也青睐暗示法。宋代画院考试判断考生画作是上乘还是下乘，标准之一就是能否运用暗示法。宋邓椿《画继》中记载：“所试之题，如‘野水无人渡，孤舟尽日横’，自第二人以下，多系空舟岸侧，或拳鹭于舷间，或栖鸦于蓬背。独魁则不然：画一舟人卧于舟尾，横一孤笛，其意以为非无舟人，此无行人耳，且以见舟子之甚闲也。”[①]“‘乱山藏古寺’，魁则画荒山满幅，上出旛竿，以见‘藏’意，余人乃露塔尖或鸱吻，往往有见殿堂者，则无复藏意矣[②]”。又如“踏花归去马蹄香”的考题，有的人自作聪明画了一匹马踏着花丛飞奔而去，但是一片狼藉，美丽的花朵都被踏碎了，画面美感遭到破坏，即使栩栩如生亦算不得是好作品。另一幅也画了一匹奔马，并不见花，只见一只蝴蝶随着马蹄翩翩飞舞，画面很美，且合情合理，使人产生联想，把一个“香”字点了出来，当然这幅好。

4. **象征法**

在《图》第一幕《邂逅》的“惊艳”（见彩页）和第四幕《分离》的“离去”（见图2）两处，可以清楚地看到画家是如何运用象征的方法来转译赋文的。

场景“惊艳”中，曹植与八个侍者出现在画面的右方，他穿着象征贵族身份与地位的服饰，他的侍者手持不同的仪仗器物，包括一柄华盖、一件席褥和一把羽扇。这群人物及其佩饰、仪仗，象征的是凡人世界，这与画面左边的洛神和象征她美丽形象的八种自然景物所共同组成的神灵世界，形成鲜明的对比。人与神在形象和性质上的对比，正好传达了曹植在赋文中的感叹：“恨人神之道殊兮。”这种流露凡人世界与神灵世界之间的隔阂无法突破的哀伤表现，可见于后面多个场景。比如，洛神的立足之处不是空中就是水

---

①② 邓椿：《画继》，北京：人民美术出版社，1963年版，第5页。

上，而曹植则始终置身于地面；同样是华丽的车，洛神是六龙驭车，曹植则是四马之驾；洛神的车没有轮而是翼。画家反复使用各种具有象征意味的对比性形象，来转译赋文中人神之间的阻碍和因阻碍无法逾越而造成的四处弥漫的感伤氛围。

人与神之间的对比所隐含的意味，显然是画家精心构思的结果，观者细加审阅即可领会。观者比较难体悟到的，是“离去”那一景中横亘在洛神与曹植之间那一段长长的赋文的象征意味（见图 2）。在这个场景中，曹植与三个侍者站在画面右边，画面左边是一片水域，水上六龙驭车，各种水禽护卫车上的洛神，人与神之间是一堵由长长的赋文组成的“墙”。画家如此的安排，象征了人神间的距离不可逾越，还暗示了人与神可借由文字或文学实现灵魂互通的可能性。这段长赋文在画面上被书写成八列：

图 2 “离去”场景（传顾恺之《洛神赋图》（局部）） 辽宁博物馆藏

> 腾文鱼以警乘，鸣玉鸾以偕逝。六龙俨其齐首，载云车之容裔。鲸鲵踊而夹毂，水禽翔而为卫。于是越北沚，过南冈，纡素领，回清阳，动朱唇以徐言，陈交接之大纲。恨人神之道殊兮，怨盛年之莫当。抗罗袂以掩涕兮，泪流襟之浪浪。悼良会之永绝兮，哀一逝而异乡。无微情以效爱兮，献江南之明珰。虽潜处于太阴，长寄心于君王。忽不悟其所舍，怅神宵而蔽光。

这段赋文像是从天而降的一道屏障，阻挡了曹植意欲追寻洛神的道路。这八列文字组成的“墙”，不论高度还是厚度，都足以令人望而生畏。观者不禁也要为曹植感叹“恨人神之道殊兮”。画家在此将赋文中那些抽象的意念转译成具体的、可触摸的形象，成功地传达出原文隐晦的情意。

画家如此煞费苦心布列这段文字，至少有三重寓意：第一，象征了人神两个世界在本质上的不同且二者间鸿沟的不可跨越;第二,通观全卷,洛神与曹植一同出现时,两人都是密切地安排在一起,没有阻介,唯有此处不同,这暗示了二者的爱恋终无结果;第三,以文字而非别的物体来作阻,表示人神交流可以在文字代表的精神层面实现,这也是曹植作此文的原因之一。

与暗示法一样,象征法也是中国绘画常用的手法,不论是侧重写意的南宗画还是注重写实的北宗画,均广泛采用此法。梅兰竹菊等是典型的绘画形象,用来象征高洁、清雅、持节、恬淡等高尚情操和美好品德;福禄寿喜等吉祥寓意则常以龙凤、蝙蝠、梅花鹿、仙鹤、喜鹊等形象来代表。人们对此耳熟能详,兹不举例。

然而,以一段文字作为一种形象并表达象征意味,这在中国绘画史上是不多见的,至少在笔者有限的视野,仅在《图》中看到。图像对文字的这种转译方式,把语图互文的关系演绎得酣畅淋漓。

三、关于图文转译方法的几个疑问

张彦远《历代名画记》言:"记传所以叙其事,不能载其容;赋颂有以咏其美,不能备其像,图画之制所以兼备也。"[①]绘画之长"载容备像"恰是诗歌之短,而辽宁本《图》既实现图之"载容备像"的艺术功能,又有长短不一的赋文错落相间其中,可谓兼美。正因为它是如此完美的艺术瑰宝,吸引了历代艺术爱好者[②]和研究者的关注,赞誉中也未免有求全之毁。乾隆曾题诗问道:"别卷李家迹,何标陈年代?白描允非也,粉本亶诚焉?"[③]前句质疑画的作者和年代,后句针对画的手法和版本发问。

就图文转译方法而言,虽然《图》通过直译、视角转换、隐喻、暗示、象征

---

① 张彦远:《历代名画记全译》,承载译注,贵阳:贵州人民出版社,2009年版,第6页。

② 姑且不论辽宁本《洛神赋图》上所题之诗、书、记、跋等,仅以印而论,画上所钤历代鉴藏印记达八十方,最早为北宋"宣和"印和南宋"绍兴"朱文连珠印;明印居多,以项元汴氏为最,他一人钤三十多方;其次是清代印,有梁清标"苍严子"等印及乾隆、嘉庆、宣统内府鉴藏印。画上乾隆的印种类颇多,如"含英咀华"、"乾隆鉴宝"、"太上皇帝之宝"、"三希堂精鉴"、"古稀天子"等。此外,私人收藏家的印也不少,有"陇西记"、"长宜子孙"、"宗家重贵"、"云间刺史耿继训印"、"河北棠村"、"蕉林观其大略"、"蕉林"、"玉立氏图书"诸印。

③ 故宫博物院藏《洛神赋图》甲本(北京甲本)有乾隆皇帝赋诗并书:"恺之洛神赋,前后两成骈。非喻积薪后,重证数典前。蒨原讶飘缈,新更致疑然。别卷李家迹,何标陈年代?白描允非也,粉本亶诚焉?总出隋唐上,堪珍元宋传。虽非常侍体,可拟步兵肩。绨几几余鉴,《石渠》佳话诠。底须求刻剑,堪以玩浮川。一合涵三相,神传会道筌。"后面落款"乾隆丙午新正御笔"。

等手法，表现《赋》感人的故事、曲折的情节、抽象的韵律和节奏、动人的音乐美感以及隐晦的情感等丰富的内涵，但有诸多之处难以解释它是如何转译或使用何种方法。

1. 文本中起修辞作用的词汇以直观的形象出现在图像中，这是什么转译手法？《赋》为了形容洛神之美，连用“游龙”、“惊鸿”、“秋菊”、“春松”等八个词汇。这些词汇在文本中不是实际存在的，而是虚设的比喻。图像作为赋文的模仿，应忠实于文本，而在“惊艳”场景（见彩页）直接将这八个用来修辞的景物描绘出了，并分布在洛神的周围。赵宪章指出，这是语图互文中的有趣现象，“再现性图说中出现了非再现性图像”①。显然，上述五种转译方法均不适用于此。那么，如何界定这一种转译方法，需要作进一步的探究。

2. 文本中没有的内容，为什么图像中有？这属于对诗意的解读还是误读？曹植这首诗根本没有提到凤凰，更没有骑凤凰的女神，但在“离去”场景（见图 2）可以清楚地看到骑着凤凰的女神。陈葆真认为：“这个骑在凤凰上的女神在赋文中并没有提到，因此，可以看作是画家为画面的美感需要而添加上去的图像。”②这一解释很难让人信服。若画家纯粹是为了美感，大可画一些山石树木，恰如画面上反复出现过的那些景物一样，何必费精神画复杂的凤凰和女神？这其中必定有画家特殊的考虑。到底是什么，需要进一步探索。

3. 赋文中有的内容，为什么图像不予以体现？例如，曹植对洛神的情感由爱慕转变为狐疑不决后，洛神感觉遭到背叛后产生强烈的痛苦之情：

> 于是洛灵感焉，徙倚彷徨。神光离合，乍阴乍阳。竦轻躯以鹤立，若将飞而未翔。践椒涂之郁烈，步蘅薄而流芳。超长吟以永慕兮，声哀厉而弥长。

这段文字无论是长度还是意义，在赋文都有不容忽视的重要性，而《图》竟未给与丝毫描绘，而是以文字的方式直接书写在“赠物”场景的右上方（见图 1）。

---

① 赵宪章：《语图叙事的在场与不在场》，载《中国社会科学》2013 年第 8 期，第 163 页。
② 陈葆真：《〈洛神赋图〉与中国古代故事画》，杭州：浙江大学出版社，2012 年版，第 43 页。

在陈葆真看来，“这里显现了绘画在图译文字时的局限性”，画家无法用图画来表现洛神内心强烈的悲伤和哀痛[①]。也就是说，陈葆真认为画家没有能力转译文字中隐晦的情感，至少此处是无能为力。前面分析隐喻法和象征法，尤其是后者时，本文已经详细分析了《图》作者是如何转译文字中背叛、痛苦、追悔等复杂、隐晦的情感的，这就表明，画家不仅有能力而且擅长图译文字中的强烈情感。陈葆真给出的说法显然不能成立。

那么，到底为什么图像不表现这段文字呢？这里可以借鉴西方文艺美学的观点来回答。莱辛在《拉奥孔》第一章也提到类似的问题：“为什么拉奥孔在雕刻里不哀号，而在诗里却哀号？”他的回答是：造型艺术只限于模仿美的物体。如果把拉奥孔的苦痛哀号表现出来，必然是丑陋不堪的形象，这就违背了造型艺术“美”的原则[②]。同样的道理，《赋》这段文字描写洛神痛苦的内心和模样，“神光离合，乍阴乍阳”，“声哀厉而弥长”，如果图像如实绘就出来，既与洛神“美”的形象不合，也背离了绘画“美”的艺术原则，因此，画家干脆略去不画。可见，尽管有多种图文转译方法，任何一种都必须建立在诗画异质的逻辑基础之上，必须遵循每一种艺术自身的规律和原则。

作者简介

钟雪梅，1982 年出生。女。江西赣州人。南京大学文学院文艺学专业 2014 级博士研究生。研究方向为中国文艺思想史和文艺美学。

① 《〈洛神赋图〉与中国古代故事画》，第 39 页。

② [德]莱辛：《拉奥孔》，朱光潜译，见伍蠡甫、胡经之主编《西方文艺理论名著选编》(上卷)，北京：北京大学出版社，1985 年版，第 291、297 页。

六朝画论形神关系新论

刘云飞

摘　要：许多研究六朝画论与美学思想的论著，认为以顾恺之为代表的魏晋画家都是重神而轻形，进而至宗炳、王微时代山水画也是在此核心价值的基础上逐渐独立的。然而顾恺之、宗炳、谢赫等人均是成功的画家而非单纯的理论家，他们在提到诸如形神等词语的时候，目的之一是要对他们脑中特定的笔墨形象进行概括，以图将自己绘画的技艺通过语言的方式为后人所理解，最终帮助提升他们的艺术创作水平。“形”与“神”之间并非是此轻彼重、不可兼得的关系，而是艺术图象与基于语言才能表达的艺术理念之间的关系。本文认为，“神”的理念并未影响绘画中形象走向更加生动、精细与逼真，它的出现恰恰是建立在形象发展的基础之上的，“传神”也必须通过“写形”方能得以表现。

关键词：形神　传神写照　顾恺之　历代名画记

自先秦开始，在对客观世界的认识过程中，哲人们建构了许多二元对立的范畴体系，形与神就是这其中一种，这种对位产生、依托彼此方能得到完满解释的聚合关系深深植入了我们的认识习惯当中，如同阴阳、虚实、体用、奇正、意象等诸范畴一样，形神在魏晋南北朝时期开始渗透进艺术理论话语之中，并逐渐成为谈论造型艺术时所无法摆脱的概念之一，直至今日仍是如此。然而对于艺术理论中形神关系的理解，很多时候会陷入或模棱两可或各执一端的境地，这在解读魏晋南北朝画论时尤为明显。魏晋南北朝是中国画论起源的时期，由于该时期艺术作品存世量十分稀少，基本依赖墓葬中的出土文物与石窟壁画，并以后世临摹作品为参考，因此该时期的画论内容很容易被当作空中楼阁，加以纯粹概念化的理解，而将艺术实践搁置一旁。顾恺之、宗炳、谢赫等人均是成功的画家而非单纯的理论家，他们在提到诸如形神等词语的时候，目的之一是要对他们脑中特定的笔墨形象进行概括，以图清晰地将自己绘画的技艺通过语言的方式为他人所理解，进而帮助提升他们的艺术创作水平。因此本文试图结合具体的艺术作品解释什么是该时期画论中的“神”与“形”,它们之间的关系是什么,以及这组概念认识的发展反映了绘画风格向什么样的方向发展。

一、并非“重神轻形”

许多研究六朝画论与美学思想的论著认为以顾恺之为代表的魏晋画家都是重神而轻形,进而至宗炳、王微时代山水画也是在此核心价值的基础上逐渐独立的。① 证明顾恺之重神轻形的证据主要有三条。其一是在《魏晋胜流画赞》②里评《北风诗》的一段话:“美丽之形,尺寸之制,阴阳之数,纤妙之迹,世所并贵。神仪在心而手称其目者,玄赏则不待喻,不然真绝夫人心之达,不可惑以众论。执偏见以拟通者,亦必贵观于明识。夫学详此,思过半矣。”③关于这句话有两种完全相反的解释,一种是认为“美丽之形、尺寸之制”等四者是一般人所看重的,然而绘画的真正价值并不在此而在精神仪态的内心刻画,“神仪在心而手称其目者”是指刻画对象的神态和仪表存于画家的心中,画家的技法、手段能够适当表达画家眼中所观察到的形象。“众论”是对“形制数迹”等四者的看重,我们不能被“众论”所迷惑而人云亦云,

---

① 汤用彤《魏晋玄学论稿·言意之辨》提到“顾氏之画理,盖亦得意忘形学说之表现也”,认为传神论源于言意之辨。(见汤用彤:《魏晋玄学论稿》,上海:上海古籍出版社 1998 年版,第 28 页)王泷具体阐述了这一观点,用“得鱼忘筌”之“筌”来解释“荃生之用乖”之“荃”,认为如果“以形写神”而不能“实对”的话,无异于“荃”的作用丧失了,传神的趣味也就无从得到了。并以《庄子·德充符》中“德有所长,而形有所忘”与顾恺之的“四体妍媸本无关妙处”相联系,认为顾恺之画论主张“重形遗神”并通行于六朝。(见王泷:《顾恺之的〈传神论〉》,《美术研究》1980 年第 3 期)李泽厚、刘纲纪也认为顾恺之所表达的是:“忘‘形’而得‘神’才是艺术的最高境界。”(李泽厚、刘纲纪主编:《中国美学史》第二册,北京:中国社会科学出版社,1984 年版,第 836 页)王兆鹏认为顾恺之的人物画与画论是“重神轻形”的观念由人物品评进入诗歌意境的中介。(见王兆鹏:《“形神兼备”的文化“土壤分析”——意境论之一》,《社会科学辑刊》1988 年第 1 期)由以上论述可以看出,“重神轻形”是对顾恺之乃至六朝绘画美学思想解读的主流。但也有提出“形神并重”观点的,如温肇桐认为顾恺之是受“形具而神生”(《荀子·天论》)的启示而提出的“以形写神”。必须先得形似才能得神似。(见温肇桐:《顾恺之新论》,四川美术出版社,1985 年版,第 23 页)李祥林更是提出:作为人物画家,顾恺之在作画不否弃“形似”这一点上,又恰恰体现了他对绘画艺术特性的尊重。并引用荀子、桓谭、王充、范缜等人“形神”观点来支持对顾恺之画论形神一体的解读。(见李祥林:《试析顾恺之“以形写神”的绘画美学观》,《社会科学研究》1990 年第 6 期)

② 《历代名画记》中所保存的《魏晋胜流画赞》其题名与内容不符,而关于《魏晋胜流画赞》与《论画》两篇篇名归属的问题一直争议未断,唐兰、何楚雄等认为应该归属原文不动,谢稚柳、俞剑华等则认为应当调换篇名。此与本文论点无关,故不做详细讨论,本文出现的篇名全部依后者,将《魏晋胜流画赞》与《论画》对调,以求内容与题目相应。

③ 俞剑华注释:《历代名画记》,上海:上海人民美术出版社,1962 年版,第 106 页。

也不能偏执己见，而应该向有见识的明白人请教。[①] 另一种认为“形制数迹”四者是世人所看重的，自然也为顾恺之所赞同。[②] 但并未对后面的“不可惑以众论”加以解释。本文认为，如果说顾恺之因为要突出人物的内在精神而否定“形制数迹”四者，不仅与顾恺之所流传的画迹不符，与其画论中的其他部分也有矛盾。“美丽之形”指人物身体美丽的形态，《魏晋胜流画赞》评《小列女》有：“作女子尤丽衣髻，俯仰中，一点一画皆相与成其艳姿”[③]，可见其对于美丽身体形态的赞许，而在《列女仁智图》中到处可见这种用衣物线条来表现人物形体美妙的方法；“尺寸之制”指的是形体内各部分或与其他形体之间的比例协调。《画云台山记》中有：“凡画人，坐时可七分。”[④]认为坐着的人物形象只有站时的十分之七高，即体现了这种反映现实的比例关系。不管是对比《列女仁智图》中的灵公夫人与其右边另一主题中的伯宗，还是对比《女史箴图》中“人咸知饰其容，而莫知饰其性”一段里站着梳头与坐着照镜的二人，该种比例关系都一目了然(参考图 1 和图 2)；“阴阳之数”指“明暗的度数”[⑤]，《画云台山记》指出：“山有面，则背向有影”，将山的阴阳面列入表现范围之内，在《女史箴图》“道罔隆而不杀”一段中已通过墨色浓淡来表现山面的阴阳；“纤妙之迹”指绘画中一些精妙的细节，《论画》中“若长短、刚软、深浅、广狭与点睛之节，上下、大小、醲薄有一毫小失，则神气与之俱变矣”[⑥]。可见其对于笔法细节的重视，顾恺之并非主张一切细节都应纤毫毕现，但也不可能将“纤妙之迹”一概否定。理解评《北风诗》的该段话，“手称其目”是关键。如果顾恺之仅仅强调“神仪在心”，那么“形制数迹”四者自然不重要。但“神仪在心”是画家观察人物而得其神态的第一步，仍需要“形之于手”的第二步，而没有“形制数迹”四者的约束又何以能具体表现人物的神态呢？俞剑华先生解释“手称其目”十分准确：“手目相应，看得见就画得出，

---

① 见俞剑华、罗尗子编：《顾恺之研究资料》，北京：人民美术出版社，1961 年版，第 43 页。冈村繁的翻译与其意思相近，见冈村繁：《历代名画记译注》，上海：上海古籍出版社，2002 年版，第 282 页。

② 见前注中已提到的李祥林与刘星的文章。

③ 俞剑华注释：《历代名画记》，第 103 页。

④ 同③第 114 页。

⑤ 见《顾恺之研究资料》第 42 页。陈传席将画中男女之别、人物之向背列入画中阴阳，理解更为具体。见陈传席：《六朝画论研究》，天津：天津人民美术出版社，2006 年版，第 52 页。

⑥ 同③第 109 页。

左图 1　顾恺之《列女仁智图》　宋摹本　局部　纵 25.8 cm　横 417.8 cm　北京故宫博物院藏
右图 2　顾恺之《女史箴图》　唐摹本　局部　纵 24.8 cm　横 348.2 cm　大英博物馆藏

不是眼高手低。"[①]纵观顾氏画论，不论其评论他人画作、传达实践经验，还是列出绘画提纲都是从一个经验丰富、技法高超的画家身份出发，而不是作为一个发言立论的理论家，而一个务实的伟大画家又怎会舍弃操作层面而仅仅看重"瞻形得神"的观察层面呢？所以，后面所讲的"众论"并非指"世所并贵"，"偏见"也并非指"神仪在心而手称其目"者。"不然真绝夫人心之达"一句表述拗口，陈传席怀疑有漏字[②]，秦仲文、黄苗子点校的《历代名画记》中将"不然真绝"与"夫人心之达"断开[③]，这种断句更为合理，据此我们可以将这段话切为两部分，从"美丽之形"至"不然真绝"为上半部分内容，意思是如果不能做到观察神态进而用笔法表现出来，那么人物就显得不真实、不生动，该部分讲研习方法问题；"夫人心之达"至"思过半矣"为下半部分内容，主要讲绘画者应当多采纳他人建议，该部分提出的则是研习态度问题，俞剑华先生所举《历代名画记》中戴逵"潜坐帷中、密听众论"和周昉画章敬寺壁画的两个例子也证实了这种研习态度历来为画家所重视。所以，这段话的正确解释应当是：人物美丽的身体形状、不同部分之间的尺寸比例、明暗部分的对比关系、笔法细节的纤细巧妙，这些是世上画者都看重的东西，要做到将人物的精神仪态装在心里进而用手画出眼睛所看到的东西，玄妙的观察是不必多言的，不然一个真实的人物则无法表现出来。人心要想通达，不能被

① 《顾恺之研究资料》，第 42 页。
② 《六朝画论研究》，第 52 页。
③ 秦仲文、黄苗子点校：《历代名画记》，北京：人民美术出版社，1963 年版，第 116 页。

大家的议论所迷惑，执着于自己的偏见以揣测通达之心的人，需要多向明白有见识的人请教学习。

另两条经常被用来说明顾恺之重神轻形的材料是《历代名画记》与《世说新语·巧艺》中都记载的“传神写照”与“颊上加三毛”典故：“画人尝数年不点目睛。人问其故，答曰四体妍蚩，本亡关于妙处，传神写照，正在阿堵之中。”“又画裴楷真，颊上加三毛，云楷俊朗有识，具此正是其识。”[①]顾恺之指出描绘眼睛对于人物神态的重要性，这与他的画论中所体现的力图逼真再现人物神态的思想是一致的，然而对于四体妍媸的轻视并不意味着对于整个形体描绘的轻视，顾恺之只是认为绘画中的形象并非需要与现实中的完全一致，当忠实于现实中的裴楷形象不能完整表现人物品质时则需要在绘画形象中加以适当改进。同样，当人物四肢并不能表现人物的精神面貌时，则需要在眼睛这一形象细节上加以琢磨。顾恺之数年不点睛的原因在于“有一毫小失则神气与之俱变”，因而需要慎重，这恰恰说明了顾恺之对于画中形象的细节表现与整体效果的重视。康有为《万木草堂藏画目序》说得十分有道理：“传神阿堵象形之迫肖云尔，非取神即可弃形，更非写意即可忘形也。”[②]将以上分析联系起来，有助于我们正确理解顾恺之形神观，即顾恺之力图实现的“传神”需要通过形体的局部细节来表现，而实现这种表现的前提是对“形制数迹”等基本技巧的掌握。

根据以上分析，“形”与“神”之间并非是此轻彼重、不可兼得的关系，而是艺术图像与基于语言才能表达的艺术理念之间的关系。与“神”相关的概念进入画论并广泛得到应用是事实，但这并未阻止六朝绘画对于“形”的追求、并不妨碍艺术形象走向更加生动、精细与逼真，实际上，“传神”理念的出现恰恰是建立在形象发展的基础之上的，“传神”必须通过“写形”方能得以表现，以下详细论述。

二、“形”的发展

从造型艺术的发展规律来说，对事物形象描摹的细致化、逼真化是艺术

---

① 秦仲文、黄苗子点校：《历代名画记》，第 112 页。

② 郎绍君、水天中编：《二十世纪中国美术文选》上册，上海：上海书画出版社，1999 年版，第 21 页。

技法进化与语汇丰富的必然结果。魏晋名家的卷轴画原作已不存于世,[①]但魏晋时期工匠制作的美术作品却有不少通过考古发现呈现于我们眼前,对比前代同样工艺形式的美术作品,其线条变化更加精细、着色更加丰富与考究、布局的层次更加丰富,而这些都体现了在"形"上的发展。[②] 以"郭巨埋儿"这一母题为例,同样在画像砖形式上汉代的作品与南朝的有着显著的区别。图3为东汉时期的郭巨埋儿画像砖,虽然画像石有部分残缺但仍可以看出画面分为左右对称的两部分,即手持挖土工具的郭巨与对面坐于树下手抱孩儿的郭巨妻,这一图示为后来出现的几乎所有"郭巨埋儿"主题作品所应用。图4和图5分别为河南邓县和湖北襄阳出土的南朝同题作品,[③]细密、繁复的画风在邓县的这件作品中达到砖刻画所能做到的极致,汉画中紧靠郭巨妻的那一棵象征性的枝条在这里演化成了七种形态不同的树木植物,而人物衣服的线条更加复杂、流畅、人体比例与动作也更加逼真,且于重点部分着以色彩。虽然整体画面的组成,给人带来一种类似过分炫技而造成的不真实感,但高超的形体表现手法、更丰富的形体类别却是该作品中反映出的事实。襄城出土的作品虽不及前者精密,但画面中间部分对于景物纵深的表现手法却十分值得注意,画面底部草丛与石块代表了近景,位于二人中间处的土丘明显是稍远处的中景,而位于画面上段三块有断隔的坡面

① 目前可见的魏晋六朝的卷轴画多是唐宋摹本,如北京故宫博物院、辽宁博物馆、华盛顿弗瑞尔美术馆等藏顾恺之《洛神赋图》、北京故宫博物院藏顾恺之《列女仁智图》、中国国家博物馆藏萧绎《职贡图》、波士顿美术馆藏杨子华《北齐校书图》等皆为宋摹本。大阪市立美术馆藏张僧繇《五星二十八宿神形图》与大英博物馆藏顾恺之《女史箴图》均被认为是唐代摹本。题名张僧繇的《雪山红树图》据台北故宫鉴定疑为晚明拟古伪作。北京故宫博物院藏展子虔《游春图》据傅熹年考证成画时间不早于北宋。分别见:《中国美术全集·绘画编·第一卷》,北京:文物出版社,1988年版;《中国绘画全集·第一卷》,杭州:浙江人民美术出版社,1997年版;《海外藏中国历代名画·第一卷》,湖南美术出版社,1998年版;傅熹年:《关于展子虔〈游春图〉年代的探讨》,载《文物》1978年第11期。

② 魏晋时期的工匠画与文人画有着紧密的联系,许多人物造型、线描、用色都可以从出土的工匠画与后世临摹的文人画之间找出相似性,作为后者对前者传承的证据。这一点已有许多美术史研究者论述过,例如,对南京西善桥南朝墓出土的《竹林七贤与荣启期》砖刻画与《洛神赋图》进行比较;邓县出土《郭巨埋儿彩色画像砖》与《女史箴图》进行比较;司马金龙墓的屏风漆画与《列女仁智图》进行比较。分别详见:曹院生:《谈"树"的文化功能——顾恺之〈洛神赋图〉与砖画〈竹林七贤〉中"树"的比较》(载《东南文化》2006年第2期);柳涵:《邓县画像砖墓的时代和研究》,《考古》1959年第5期;志工:《略谈北魏的屏风漆画》,载《文物》1972年第8期。

③ 邓县画像砖的年代上限为东晋,下限止于齐梁。而襄城画像砖的年代不会早于前者,下限为隋初。关于这两件作品的年代考证详见:柳涵:《邓县画像砖墓的时代和研究》(载《考古》1959年第5期);襄樊市文物管理处:《襄阳贾家冲画像砖墓》,载《江汉考古》1986年第1期。

线条于连接其上的植物则代表了远处山峰。虽然将这种近大远小的稚拙手法与人物、植物、山峰三者不协调的比例称之为透视法还很勉强，但对于视觉真实与再现三维空间的追求也是这件作品所反映出来的事实。

图3 河南登封太室山启母阙东汉郭巨埋儿画像砖，有残缺，尺寸不详。河南省文物研究所：《中岳汉三阙》，北京：文物出版社，1990年版，第134页。

图4 河南邓县学庄村出土南朝郭巨埋儿彩色画像砖
长33.8 cm 宽19 cm 厚6 cm 河南博物馆藏

图5 襄城贾家冲墓出土南朝郭巨埋儿画像砖
长37.8 cm 宽19 cm 厚6.4 cm 襄阳市博物馆藏

郑午昌将画的特点总结为:“用笔古拙雄浑,状物图事,则不必繁复而务求实在。”[①]所谓“实在”就是画中形象能明确连接其所指,类似于辞能达意。汉代画论以成人伦、助教化为核心,美术作品的主要作用是使人明白画面所对应一个个具体的事件,绘画的全部意义包含在事件当中,而绘画本身的元素如颜色线条、布局比例等并未得到关注,这种功利主义的思想自然导致了简略而古拙的风格。虽然教化作用在魏晋时代未曾完全离开绘画,但顾恺之等人的画论明显更注重绘画这门艺术形式本身。而绘画始终是以形象为本体的,离开形象就没有绘画,“四体妍媸”是形,眼睛也是形;“一象之明昧”是形,“悟对之通神”也是形。从这一角度来讲魏晋南北朝画论是建立在对于如何使“形”更加完善的基础上的。谢赫《画品》中评西晋卫协时说:“古画皆略,至协始精,虽不该备形似,颇得壮气。”[②]这句话对于魏晋时期绘画发展趋势有很好的说明作用,卫协师法东吴曹不兴,其所处年代应离三国不远,他的画已对简略的汉代画风有了很大的改进,但以齐梁精密画风为评判标准的谢赫认为他虽“精”而“不备该形似”,这意味着卫协的画仅为转变风气的开始。到了东晋顾恺之的时代,对于如何逼真、生动地再现事物的形体与动态则有了更加完善的方法,这些方法或成为实际技法要领,或成为抽象理念集成于顾恺之的三篇画论中。如果我们继续寻找《历代名画记》中谢赫与姚最对于三国之后历代画家的评论,不难发现形似与精密是一种趋势,这种趋势在齐梁形成一种稳定的风格。尽管谢赫、姚最以及张彦远对于这种执着于表象的画匠之风以批判为主,然而对于超乎象外、画尽意存的追求在事实上并未妨碍精密、逼真、形似这一趋势的演进。《画品》中评南朝宋代画家顾景秀时说他“精微谨细,有过往哲”,评刘胤祖:“蝉雀特尽微妙”、评刘绍祖:“其于模写,特为精密”。到南朝中期的齐梁精细、形似之风更甚,《续画品》中评谢赫:“点刷精研,意存形似”、“目想毫发,皆望无失”。评毛惠远:“其于绘事,颇为详悉。遒劲不及惠远,精细有过于稜。”[③]再看谢赫所提出的六法之中,“气韵生动”为形而上层面的总纲,“骨法用笔”、“应物象形”、“随类赋彩”、“经营位置”、“传模移写”等五条都是以“形”为核心的技术层面的

---

① 郑午昌:《中国画学全史》,上海:上海书画出版社,1985年版,第31页。

② 秦仲文、黄苗子点校:《历代名画记》,第109页。

③ 王伯敏校注,谢赫、姚最著:《古画品录·续画品录》,北京:人民美术出版社,1959年版,第9、10、14、15页。

分目，关于六法的研究中绝大数文章、成果都围绕气韵生动展开，但我们也不能忽视，尽管六法核心在于气韵生动，其余五法的提出与在艺术评论实践中的应用都说明了对形象再现技法的理论自觉。

三、“形”是表达“神”的唯一途径

1. 人物画中的“形”与“神”

“穷理尽性，事绝言象”是谢赫对于陆探微的评价，张怀瓘也说他“参灵酌妙，动与神会”，但还说：“虽妙极象中，而思不融乎墨外”①，后人认为谢赫的评论有些言过其实，而“思不融乎墨外”方是符合艺术实践的评论。张怀瓘的评论说明即使像陆探微的画作一样神妙，我们仍可以于笔墨形象之中去寻求画家的神思，笔墨形象也是画家表达神妙的唯一途径。戴逵之子戴颙是一位隐士也是一位优秀的画家，《历代名画记》与《宋书·隐逸传》都记载瓦官寺的丈六金像“像成而恨面瘦”，于是遣人问戴颙，他说：“非面瘦，乃臂胛肥。”锉减臂胛之后果然面部不再显瘦。张彦远叹：“何天机神巧也”。依照今天观点来看，这并非天才使然，而是东晋时期的绘画对于人的形体比例关系的认识已经可以使得人物形象显得协调自然，这是“神”这一美学标准得以建成的基础之一。只有画家对线条流转、色彩浓淡、比例位置等技法的运用达到一定高度，才有可能去追求“传神”，而“传神”要求画家对描绘对象的形体动态进行仔细的观察，从形象的细节中提炼出最适合表现对象特性的部分，叶朗在分析“传神写照”时说：“本来，生活中，每一个人都是‘形’和‘神’的统一。但是绘画中的‘形’、‘神’统一的人物形象则完全是一个新的质。从‘形’的方面说，画家把人物形体中那些不能表现‘神’的、偶然的东西，经过提炼而淘汰掉了，只留下可以表现‘神’的东西。”②本文赞同这种说法，只是文中没有进一步具体分析哪些表现“神”的东西被留下了，如果认清了这一问题，我们便可以知道在形体上需要怎样的处理才能优于前人那种“君形者亡”的机械式再现，才能表现一个生动如真正存在的人、一个有“神”的人。

首先，眼睛的描绘肯定是必要的，因为顾恺之说“传神写照，正在阿堵之中”，那么眼睛的形态又该如何表现？与面部其他线条的组合、比例又该如

① 秦仲文、黄苗子点校：《历代名画记》，第127、128页。
② 叶朗：《中国美学史大纲》，上海：上海人民出版社，1985年版，第200页。

何控制？这一些“形”的细节的微小变化都会影响到“神”，正如顾恺之《论画》中说的：“若长短、刚软、深浅、广狭与点睛之节，上下、大小、醲薄有一毫小失，则神气与之俱变矣。”以《洛神赋图》北京与辽宁两个摹本中的同一摹写部分为例(图 6 与图 7)，该部分都是对原文中“鸣玉鸾以偕逝”一句的图像转译，两者都用简略而精细的线条惟妙惟肖地再现了女神面部的哀婉、惜别之情。但不同的是，北京故宫本左眼线条微微上扬、右眼与左眼并不在一条水平线上，其线条短而略低，双眉也弯曲成新月状，唇口位置在整个面部的右下方，令人看上去女神头颈虽仍正直但却又微微低首，双目低垂不露眸子，一切都是人怅惘时的自然表现。而辽宁本在这一细节上并没有前者出色，虽仍可以看出对于侧脸立体感的线条处理，但其眉目似紧蹙，唇口似微张，给人感觉是痛楚哀婉有余而惜别惆怅之情不足。

左图 6　顾恺之《洛神赋图》(局部)　宋摹本　绢本设色　纵 27.1 cm　横 572.8 cm　北京故宫博物院藏

右图 7　顾恺之《洛神赋图》(局部)　宋摹本　绢本设色　纵 26.3 cm　横 646.1 cm　辽宁省博物馆藏

其次，衣物的线条也是助“神”的手段，顾氏《论画》中《醉客》一条下有：“作人形，骨成而制衣服慢之，亦以助神醉耳。”[①]他认为根据人物形体变化而绘制的衣物线条是可以帮助表现人的生动神态的。另一条《临深履薄》中说“兢战之形，异佳有裁”，这幅被顾恺之在剪裁上如此称赞的画作，究竟剪裁后留下了什么生动表现了人物战战兢兢的神态呢？原画早已不存，但北魏

① 秦仲文、黄苗子点校：《历代名画记》，第 117 页。

司马金龙墓出土的屏风漆画中有一部分绘制了《诗·小雅·小旻》中“战战兢兢，如临深渊，如履薄冰”一句(图 8)，如图我们可以看到冰面上人物两脚所站立处有几笔黑色的细线，代表冰面上微微绽开的裂缝，而人物双手交叉于袖中，小腿站直、弓腰、低头观察脚下，因为恐惧和寒冷所导致的身体蜷缩、紧绷而不敢动弹的姿态获得了传神的表现。然而如果这一切没有衣物褶皱线条的帮助必然逊色不少，因为我们是通过观察衣物的褶皱才能判断出人物腰部与腿部的形态，以及人在突然面临危险时身体的收缩，另外我们也是通过衣物褶皱才感觉到这是一个连续动态过程中的一瞬。

图 8 北魏司马金龙墓彩绘人物故事漆屏风(局部) 大同市博物馆藏 《中国美术全集·绘画编第 1 卷》，第 157 页

再次，描写、处置人物与周围环境的关系也必不可少，《论画》中所讲的“凡生人亡有手揖眼视而前亡所对者”、“一像之明昧，不若悟对之通神也”，提出需要着重处理画中人物的对应关系。或是《世说新语》与《历代名画记》中所记载的画谢鲲肖像时将其置于岩壑之中，以自然环境烘托人物性格。又如其所说画“手挥五弦”容易而“目送归鸿”难，正是因为处理人物与归鸿的呼应直接关系到人物的气度与神态。再有《画云台山记》中记载：“当使嵯峨高骊，孤松植其上，对天师所壁以成涧，涧可甚相近。相近者，欲令双壁之内，凄怆澄清，神明之居，必有与立焉。”绝壁、孤松、幽涧这些都是呼应仙灵的非凡境景，因而“必有与立”[①]。许多专家学者都有论及于此，温肇桐认为顾恺之肖像创作上非常重视描写“典型环境”，这是用来突出“典型人物”的，代表了 20 世纪 80 年代许多人的解读方式。[②] 夏开丰则认为顾恺之是“通过描绘具体生存论境遇中的人物而表现其生命感”，最能传神的还是人的目光“看向某个生存论境遇中的对象”，“人物之间或人物与事物之间的视线对应

① 秦仲文、黄苗子点校:《历代名画记》，第 119 页。

② 温肇桐:《顾恺之新论》，成都:四川美术出版社，1985 年版，第 25 页。

产生了一个交流的空间，形成了具体的、活生生的事件场景。”[①]这种带有现代主义艺术批评色彩的论点拓展了顾恺之画论在当下的阐释空间。考虑到魏晋六朝在整个艺术发展史中的位置，尽管顾恺之意识到丘壑能够很好地暗示谢鲲纵情自然、不受世俗拘束的性格特征，但景物仍只是表现人物的次要配置，从人与人的对应关系到人与环境的对应关系的跨越是一个需要等待绘画语汇逐渐丰富才能完成的过程。毫无疑问，顾恺之已经身处这一过程中，除本段开始所摘举的一些画论词句外，《论画》中对于画山、画松竹的技巧论述，《画云台山记》中对于山中各种景物的布置都说明了这一点。但从《洛神赋图》、《女史箴图》等后世流传的摹本来看，其中景物描绘的形态与技法仍在发展过程中，如张彦远所说仍处于“群峰之势，若钿饰犀栉。或水不容泛，或人大于山，率皆附以树石，映带其地，列植之状，则若伸臂布指”[②]这样的稚拙阶段。

2. 山水画论中的“形”与“神”

“神”是一个具有多重意义的词汇，重视人物环境再现的理念使得人物之“神”与自然山水结合在了一起，但顾恺之画论中的“神”与南朝宋初山水画论中的“神”或“灵”仍是明显不一样的概念。魏晋南北朝时“形”与“神”对举一般有三种用法和意义：1. 抽象概念的形与神，指实在的物体与其统驭者或本体，如葛洪《抱朴子·至理》：“形须神而立。”[③]2. 人物品藻的形与神，指人物内在品格、德性与外在容貌，多出现在汉末魏晋的人物品藻中，如刘劭《人物志》中所说：“夫色见于貌，所谓征神。征神见貌，则情发于目。”[④]3. 指人的精神与肉体，出现在东晋至南朝发生的形神关系讨论中，如慧远《沙门不敬王者论》中“形离则神散而罔寄”[⑤]。顾恺之画论中的“神”源出于人物品藻，关于这一点已有众多学者证明。[⑥] 而宗炳画论中的“神”则是指抽象的本体。宗炳的佛学思想承接慧远，《画山水序》中所说的“神本亡端，栖形感类”源于慧远的《万佛影铭序》中的“神道无方，触象而寄”，慧远在序中还提出：

---

① 夏开丰：《顾恺之传神论中的生存论境域和“看”的首要性》，载《文艺研究》2014年第11期。

② 秦仲文、黄苗子点校：《历代名画记》，第16页。

③ 王明：《抱朴子内篇校释》，北京：中华书局，1996年版，第110页。

④ 郭模：《人物志集注校正》，台北：文史哲出版社，1987年版，第54页。

⑤ 梁僧祐编：《弘明集》，北京：中华书局，第343页。

⑥ 李泽厚、刘纲纪：《中国美学史》第二卷，第470页；邓乔彬：《论顾恺之的绘画思想》，载《华东师范大学学报(哲学社会科学版)》2001年第2期。

“夫法身之运物也，不物物而兆其端，不图终而会其成。”这与魏晋玄学并无冲突，然而慧远认为：“求之法身，原无二统，形影之分，孰际之哉。而今之闻道者，咸摹圣体于旷代之外，不悟灵应之在兹。徒知圆化之非形，而动止方其迹，岂不诬哉。”在破除“形影”之分后与玄学“贵无”的思想分道扬镳，“法身”、“圣体”固然是无目的、不可见的，但是同时也是在场、寄于现象的，以至于“动止方其迹”[①]。其宗旨用宗炳《明佛论》中引用佛经一句可以概括：“一切诸法，从意生形。”[②]“神”、“灵”寄寓于形体之中，于是追寻“神”、“灵”只能从形体之中寻求。王微《叙画》中说：“本乎形者融灵，而动者变心也。灵亡所见，故所托不动，目有所极，故所见不周。”[③]显然也具有这种佛学背景。

这种哲学思想进入画论决定了山水画论之中的形神观，即画者通过图画山水的形态来体现自然中的“神”，而观者通过图画山川与自然山川的对应，来体验自然中的“神”。虽然“神”的概念与顾恺之画论中的完全不同，但在这里“形”仍是能表达“神”的唯一途径。《画山水序》中说：“神本亡端，栖形感类，理入影迹，诚能妙写，亦诚尽矣。”本文倾向于将“端”理解成“征兆”，即“发端的迹象”，这句提出：“神”没有迹象可寻，但它寄存于群品万类的形象之中，如果能对这些形象加以精妙的描写，那么对于我们做到感悟通神也是足够了。《叙画》结尾所讲“岂独运诸指掌，亦以明神降之”也与此相呼应。

---

① 清严可均辑：《全上古三代秦汉三国六朝文》，北京：中华书局，1958年版，第2 403页。蔡彦峰将其称为“形象本体”之学，并将慧远的“形象本体”之学作为魏晋山水审美意识与山水艺术兴起的缘由。（详见蔡彦峰：《慧远“形象本体”之学与宗炳〈画山水序〉的理论建构》，载《南京师范大学文学院学报》2011年第2期）

② 《弘明集》，第123页。

③ 该句的断句与解释历来存在争议，冈村繁断句为：“本乎形者融，灵而动者变，心止灵亡所见，故所托不动，目有所极，故所见不周。”解释为：“根据形状来构成的东西看起来是很容易明白的，相反灵妙而跃动着的东西是心。而内心的灵妙不是眼睛能直接看出来的，因此反而是隐藏于某种不动的有形状的物体之中的。但是由于眼睛的视野是有限的，因此是不可能全部都能看到的。”（冈村繁：《历代名画记译注》，第330页）李泽厚、刘纲纪断句为：“本乎形者融灵，而动者变心也。灵亡所见，故所托不动，目有所极，故所见不周。”解释为：“山水画所画之山川是通于神灵而融于神灵的，而‘心’则能随着这种通于神灵的山川之形而发生感应变化。如果不能见到形中之灵就无法感动人心，由于人的眼睛对形的感知总是有限的，所以就不能看到一切形中所寄托的灵。”（李泽厚、刘纲纪编：《中国美学史》第二卷，第528页）夏开丰断为：“本乎形者融灵而动，动者变心也。”并提出：“绘画之形有灵才会显得生动，从而打动心灵。生动的绘画感动我们，这是绘画的情理，有情有致的画才是真正的画。‘动’的提出第一次从绘画本体的角度确立了绘画的独特性，并且成为绘画品评的基本原则。”（夏开丰：《王微〈叙画〉中的“动”》，载《文艺研究》2011年第3期）三种断句中，第二种最为通用，于原文本改动较少，并体现了与慧远的佛学思想的密切关联，所以本文引用这种断句。

宗炳还论说道:“旨微于言象之外者,可心取于书策之内。况乎身所盘桓、目所绸缪,以形写形,以色貌色也”,“神”是归于自然山水之中的,而山水画的目的就是要自然中的山水再现于目前,以成为人们感受自然山水之神的媒介。山水画的这种媒介性质就如同借以寻求玄理旨意的“书册”一样。况且玄理旨意是如此不易琢磨,而自然之“趣灵”或“神”只需通过我们的视觉经验、身体经历就可以把握,就可以进入观者的精神世界之中。这里也并不需要对经典文本的熟悉、对抽象语言的理解力,因为绘画是纯用形象与色彩的模拟来表现对象,与对象有一种直接的对应关系。所以根据绘画来求“神”,比根据书册来求“旨”要容易得多。

佛家于“形”中表现“神”的观点决定了为何要画山水,也同时决定了如何画山水,既然于山水之中畅神、观道是目的,那么山水画需要达到这一目的,就必须建立与现实山水的对应。《历代名画记》与《宋书》均记载宗炳所言:“老病具至,名山恐难遍游。唯当澄怀观道,卧以游之。”并将其所游历过的名山大川都画在壁上,坐与卧都面向它。① 画中山水与现实自己所游历的山水之间的对应性,是宗炳能够“卧游”的前提条件,倘若笔墨之间没有建立这种对应,就无法唤起曾经的经历,以对壁上山水进行再次的审美体验,也就更无法“畅神”与“观道”,②而要建立这种联系,视觉的真实感是首要条件。姚最《续画品录》中评价梁元帝萧绎为“学穷性表、心师造化,象人特尽神妙”。可见当时人认为对于自然界中事物性质与表现的了解、对于自然法则的领会是达到“神妙”这一品阶的前提条件。萧贲曾在扇面上画山水“咫尺之内,万里可知”。姚最评价曰:“雅性精密,后来难比,含豪命素,动必依真。”③这里“真”的来源必然在于自然“造化”之中,结合“精密”二字与“万里可知”的赞语,我们可以推断,“真”并非抽象的“此中有真意”之“真”,而就是自然界所带给人的视觉感受之“真”。萧绎、萧贲均为梁代人,而“心师造化”、“动必依真”的思想在宋代的山水画论中就已经形成,《画山水序》中说“且夫昆仑山

---

① 秦仲文、黄苗子点校:《历代名画记》,第130页。

②《新美术》1993年第4期刊登杨桦林撰写的《宗炳的山水画再现观臆解》一文,这篇文章对宗炳山水画论主张写形还是写神的问题做了详细的整理与探讨,认为宗炳用山水画来记录自然山水,以观赏山水形象来替代对自然山水的观赏,这意味着宗炳是将再现性视为山水画的本质属性。该文中对宗炳画论中自然山水与山水画关系的论述于本文有启发作用。

③ 同①,第145、146页。

之大、瞳子之小，迫目以寸，则其形莫睹”，即《叙画》中所说的：“目有所极，故所见不周。”为了突破视觉的限制而最大限度地表现自然，需要“张绡素以远映，则昆阆之形可围于方寸之内，竖划三寸，当千仞之高；横墨数尺，体百里之迥”。或如王微所说：“以一管之笔拟太虚之体”，通过仔细观察以形象再现的技巧表达人眼所无法达到的广度，可以称得上是“心师造化”，除了空间比例上的突破之外，王微的《叙画》中还论述了如何以笔墨技巧在形状上如真地体现自然山水，“曲以为嵩高，趣以为方丈。以叐之画，齐乎太华，枉之点，表夫隆准，眉额颊辅，若晏笑兮，孤岩郁秀，若吐云兮。横变纵化，故动生焉。前矩后方，□□（脱字）出焉，然后宫观舟车，器以类聚；犬马禽鱼，物以状分。”[①]这些在绘画的“形”上的努力，都是为了表现画中的山水之真，进以体现自然之灵。

四、结语

有学者认为传神与写形两种思想代表了中国画后来形成的写意与工笔两大派别[②]。但这仅仅是一种设想，从现存的艺术资料来看，魏晋六朝至唐末五代并没有发现如宋代米友仁那种“墨戏”式的作品，无论是顾恺之的“传神”还是宗炳的“畅神”均未直接导致写意画风的出现，《历代名画记》中也说：“顾、陆之神，不可见其盼际，所谓笔迹周密也。”[③]将顾恺之、陆探微的周密画风与吴道子“离披点画，时见缺落”的风格区别开来，可见魏晋的“传神”是允许细密线条存在的，这与后来宋代文人画中表示写意的潇洒和疏朗之风似乎也没有直接的联系。重神轻形是中国古典艺术理论中的惯性思维，后来郭若虚的“气韵非师”说证实这种思想确实产生了很大影响，但在魏晋六朝，绘画艺术尚未在技艺上完全成熟之时，“神”并未像郭若虚的“气韵”一样玄虚、脱离经验，而是与“形”紧密地联系在一起。

作者简介

刘云飞，男。1987 年生，江苏淮安人。浙江大学文艺学研究所 2015 级博士研究生。

① 秦仲文、黄苗子点校：《历代名画记》，第 132 页。

② 刘星：《论顾恺之的绘画思想为非“以形写神”论》，载《美术观察》2005 年第 7 期。

③ 同①，第 25 页。

“清空”范畴新释*

——基于词学与画学的比较视角

谷　卿

摘　要：张炎的“清空”观有意识地区分了词之“疏”、“密”二体，使得词学批评具有了一种形象化的思维，也以理论的形式确证了词的抒情性，进而在以“意趣”为旨尚的基础上细致分别了各种抒情之法和所抒之情，并予以美学价值上的判断。这些思想与当时画学风尚的抒情化变易有着直接的联系，在张炎所强调的“清空”的语境下，词与画在美感特质与创作主题的审美体验上达到了高度的融洽统一。《词源》在推崇姜夔之际拈出的“清空”范畴，将词学的审美与人格的审美进行了完美的圆融，提升了词学批评的思想高度，扩展了词学批评的精神空间，这也与以“逸”作为一种艺术品格与审美标准的画学批评传统相呼应，实现了画学与词学批评的艺术融通。

关键词：词学　清空　画学

南宋是词学和画学逐步进入自我审视和理论总结的重要时期，经过前代繁荣而绚烂的发展，词与画在技法层面所达到的高度足以自然地导致它们在美学层面上的理论化转向。就词学批评史而言，其主要内容构思、创作于季宋的《词源》堪称两宋词学理论之一大结穴，而作者张炎在书中标举的“清空”则成为宋元及后世词学批评的重要范畴。对于“清空”的理解和阐释，代不乏人，但往往局限于就词论词、就词学论词学的狭隘视域内。本文则试图从较为宏观的比较艺术史视角，来以“清空”为中心，详细分析词学与画学的关系，以期对旧有的问题作更进一步的诠释和解读。

就美学旨尚而言，《词源》中“清空”范畴的内涵突出地彰显出词的抒情化倾向，有意无意之间乃总括式地描画出两宋词学思想史的审美理路，而抒情化的倾向也正是包括绘画等在内的当时各种文艺形式的转变路径，特别

---

* 本文系教育部重点研究基地重大项目“宋金元文艺思想史”[项目批准号：11JJD750009]阶段性成果。

是山水画从北宋到南宋的风格变迁。这种深刻的变化甚至在某种程度上影响了元代"绘画的文学化"的完成,文艺创作和文艺批评的互动在以"清空"范畴为核心的《词源》及其作者张炎的词学思想和张炎所推誉的姜夔的词学实践中也表现得异常充分和激烈。以下分点论之。

一、疏密互济:词与画的"疏"、"密"二体

晚清冯煦在《宋六十一家词选》例言中有一段话语论涉吴文英、姜夔及沈义父、张炎对他们词作的看法,颇可注意:

> 梦窗之词丽而则,幽邃而绵密,脉络井井而卒焉不能得其端倪。尹惟晓比之清真,沈伯时亦谓深得清真之妙,而又病其晦。张叔夏则譬诸"七宝楼台",眩人眼目。盖《山中白云》专主"清空",与梦窗家数相反,故于诸作中独赏其《唐多令》之疏快,实则"何处合成愁"一阕,尚非君特本色。《提要》云:"天分不及周邦彦,而研炼之功则过之。词家之有文英,如诗家之有李商隐。"予则谓商隐学老杜,亦如文英之学清真也。①

这段批评实际上代表了清季以来一些重要词家的观点:吴文英词有着"丽"、"密"的特点,"疏快"非其本色,他的这种词风是对北宋周邦彦的继承。与冯煦几乎同时的陈廷焯及王、朱、况、郑四家,也多持此论,他们与张祥龄、蔡嵩云等词家均在著述中正式地拈出了"疏"、"密"二体以论周、吴、姜等人的词风,"他们认为疏密就是空实,或曰清空密实"。② 因此,张炎在《词源》中提出的"清空"、"质实"二分,从"体"的角度而言实可等视为"疏"、"密"之别。③ 虽然《词源》并未明确标示出"疏"、"密"这两个意义对立的字眼,但以姜夔词为代表的"疏"体和以吴文英词为代表的"密"体,实际上成为引导张炎对之进行比较分析而后总结并拈出"清空"这一重要词学范畴的研究标本。

从客观上看,姜、吴二人整体词风确实存在着明显的对立,所谓"姜白石

---

① 冯煦:《宋六十一家词选》,上海:扫叶山房石印本,1910 年版,第 5 页。

② 孙维城:《从比较中看吴文英词的密实》,载《南阳师范学院学报》2002 年第 5 期,第 52 页。

③ 关于以"疏"、"密"论词的历史传统和"疏—密"二元语境下对温庭筠、韦庄、姜夔、吴文英、张炎等词人词作的观照,可参杨海明《唐宋词风格论》,上海:上海社会科学院出版社,1986 年版,第 229—243 页。

词如野云孤飞,去留无迹。吴梦窗词如七宝楼台,眩人眼目,碎拆下来,不成片段”[①]。造成这种风格的对立,不仅仅是词作给人的情感体验和美学感受不同,更有着实际作法上的区别。姜夔词的所谓“疏”,大体指的是内容上景语较少,所写景色被蒙上一层心理与情感的面纱,因而显得余味丰足,章法上采取以意驭篇的方法来构设整篇词作,用词习惯倾向于平淡和幽冷色彩的字眼;吴文英词的“密”,突出地表现为没有虚字,以大量景语实词填充在虚字字位,章法上虽缺少叙事性、逻辑性和线索感,但通过一系列色彩浓丽的符码使得词作情意深婉,更借助时空的转换交错来营造出一个意象密集的世界。

针对姜、吴二人词作这两种不同的极具体派代表性的词风,张炎显然更倾向于姜词的美感特质,我们试举一例看《词源》是如何在要求词风疏密相宜的基础上暗含和体现崇疏抑密这一词学思想的:

> 词中句法,要平妥精粹。一曲之中,安能句句高妙?只要拍搭衬副得去,于好发挥笔力处,极要用功,不可轻易放过,读之使人击节可也。如东坡《杨花词》云:“似花还似非花,也无人惜从教坠。”又云:“春色三分,二分尘土,一分流水。”如美成《风流子》云:“凤阁绣帏深几许,听得理丝簧。”如史邦卿《春雨》云:“临断岸新绿生时,是落红带愁流处。”《灯夜》云:“自怜诗酒瘦,难应接许多春色。”如吴梦窗《登灵岩》云:“连呼酒,上琴台去,秋与云平。”《闰重九》云:“帘半卷,带黄花、人在小楼。”姜白石《扬州慢》云:“二十四桥仍在,波心荡、冷月无声。”此皆平易中有句法。(《句法》)[②]

在这里,张炎认为作词的句法是十分重要的。所谓句法,就是一篇词中每个句子扮演的角色如何,在行篇的过程中,某一句子该有什么样的功能、起到什么样的作用。因此他说“一曲之中,安能句句高妙”,“于好发挥笔力处,极要用功,不可轻易放过”。所谓“平易中有句法”则是指词中各句虽然看起来关系是平等、并列式的,但仍要依据词作的叙述线索形成起、承、转、

① 夏承焘校注,蔡嵩云笺释:《词源注 乐府指迷笺释》,北京:人民文学出版社,1963年版,第16页。
② 同①,第14页。

合等内在张力和叙事逻辑，这种句法（从整首词来看也是章法）特征显然是吴文英"质实"的"密"体所不具备的。他又在论"虚字"部分中言："词与诗不同，词之句语有二字三字四字至六字七八字者，若堆叠实字，读且不通，况付之雪儿乎？合用虚字呼唤，单字如'正'、'但'、'甚'、'任'之类，两字如'莫是'、'还又'、'那堪'之类，三字如'更能消'、'最无端'、'又却是'之类，此等虚字，却要用之得其所，若使尽用虚字，句语自活，必不质实，观者无掩卷之诮。"[①]张炎由于深刻地认识到了词与诗的区别，因而特别重视作词对于虚字的运用，并举出单字、双字、三字等习见的虚字来说明。如前所述，姜夔词之所以成其为"疏"体，很重要的一个因素就是他好用虚字、善用虚字，由于虚字的大量出现，既减少了景语意象的数量，又使得句法有了内在的关联性，这就是虚字"呼唤"句子的原因，也是句法逻辑决定于字面的关键所在。

其后又在"咏物"中云：

> 《齐天乐》赋促织云："庾郎先自吟愁赋，凄凄更闻私语。露湿铜铺，苔侵石井，都是曾听伊处。哀音似诉，正思妇无眠，起寻机杼。曲曲屏山，夜凉独自甚情绪！西窗又吹暗雨，为谁频断续，相和砧杵！候馆吟秋，离宫吊月，别有伤心无数。豳诗漫与，笑篱落呼灯，世间儿女。写入琴丝，一声声最苦。"此皆全章精粹，所咏瞭然在目，且不留滞于物。至如刘改之《沁园春》咏指甲云："销薄春冰，碾轻寒玉，渐长渐弯。见凤鞵泥污，偎人强剔；龙涎香断，拨火轻翻。学抚瑶琴，时时欲翦，更掬水鱼鳞波底寒。纤柔处，试摘花香满，镂枣成斑。时将粉泪偷弹，记切玉曾教柳傅看。算恩情相着，搔便玉体；归期倦数，划遍阑干。每到相思，沈吟静处，斜倚朱唇皓齿间。风流甚，把仙郎暗掐，不放春闲。"又咏小脚云："洛浦凌波，为谁微步，轻尘暗生！记踏花芳径，乱红不损，步苔幽砌，嫩绿无痕。衬玉罗悭，销金样窄，载不起盈盈一段春。嬉游倦，笑教人款捻，微褪些跟。有时自度歌匀。悄不觉微尖点拍频。忆金莲移换，文鸳得侣；绣裀催衮，舞凤轻分。懊恨深遮，牵情半露，出没风前烟缕裙。知何似？似一钩新月，浅碧笼云。"二词亦自工丽，但不可与前作同

① 《词源注　乐府指迷笺释》，第15页。按末句许氏娱园刊本又作："若使尽用虚字，句语入俗，虽不质实，恐不无掩卷之诮。"

日语耳。[1]

所谓“瞭然在目,且不留滞于物”表明了词作并不拘于事物的叙述描摹,而有情感存焉,所举姜夔此词中所用“凄凄”、“私语”、“露”、“苔”、“石井”、“哀音”、“夜凉”、“暗雨”、“月”、“伤心”、“灯”、“琴丝”等,也均显示出一种幽寂、疏寥、暗淡、清冷的色彩和意味,因此是“不留滞于物”的。而后举两首则几乎为丰富密丽的名物意象堆积而成,所谓“工丽”,正是为张炎所不取者。

张炎的“清空”观及其对“疏”、“密”两种词风的看法,在词学思想史上有着重要的价值:首先他有意识地区分了词之“疏”、“密”二体,将对于词的批评引入到一个全新的视域,在此人们既可感知这两种词风的美感特质,亦可切实有效地遵循二体不同的作法,尝试创作不同体性特征的词;其次,对“疏”、“密”二体下意识的认知和辨析,使得词学批评具有了一种形象化的思维,而在此基础上对二者的褒贬更使此形象化思维获得了超越和丰富,完成了词学批评从抽象到具象、在此具象之上又回归于更高级的抽象的过程。

由于对“疏”、“密”二体的分辨,词学批评的想象空间得以拓展,它也因此与中国传统的画学批评思维构成了一个思想场域(Idea Field),在这个场域中,两种不同艺术门类的思维互相影响,形成一种张力,既有共同的思想与文化传统的渊源,又有艺术风尚以外各自所侧重的技法规范的不同,特别是画学发展到宋代臻于全盛,词学的理论总结亦于此时取得丰硕成果,因此对于两者的比较研究显得十分自然而且必要。

中国画向来有工笔、写意之分,其理论源头应是唐代张彦远在《历代名画记》中所拈出的“疏”、“密”二体对立,他在《论顾陆张吴用笔》中指出:“顾、陆之神,不可见其盼际,所谓笔迹周密也。张、吴之妙,笔才一二,像已应焉,离披点画,时见缺落,此虽笔不周而意周也。若知画有疏密二体,方可议乎画。”[2]对于风格体派的划分,其背后往往暗含着批评者的风格祈向,在《论画六法》中,张彦远借助“史”的观念表达出对“疏”、“密”二体的看法:

---

① 《词源注　乐府指迷笺释》,第20页。

② 张彦远:《历代名画记》,秦仲文、黄苗子点校,北京:人民美术出版社,1963年版,第25页。

上古之画，迹简意澹而雅正，顾、陆之流是也。中古之画细密精致而臻丽，展、郑之流是也。近代之画，焕烂而求备。今人之画，错乱而无旨，众工之迹是也。[①]

这段描述性的点评十足地表现出张彦远的画学思想，不仅含有一个复古主义者对于"上古之画"简澹雅正的追念崇拜，也可见一个史家对于绘画语言渐趋繁密而导致"错乱无旨"的现实所产生的焦虑与苦闷。正如学界所公认的那样，隋唐时期画学思想体现了三教并举而互补的态势，张彦远标举的"迹简意澹而雅正"的风格显然既有庄学的精神归依，也有儒家的思想根源，内容上虽更倾向于道家，而背后的叙述逻辑则是儒家式的——确立"古已有之"的法度，并通过对变革式发展模式的批评来建立复古情感，最终描绘出一条并非单纯线性发展的"传统"。

张彦远对"疏"、"密"二体的态度有时似乎显得较为矛盾，甚至将某类画既归入"疏"体又归入"密"体，如对吴道子画的评价，既称其"离披点画，时见缺落，此虽笔不周而意周也"，又说其"六法俱全，万象必尽……其细画又甚稠密"[②]。实际上，张彦远并非未对"疏"、"密"二体的内涵详加规约，而是以灵活辩证的思维看待它们，认为这二体是一种相对的概念，其意义产生于比对之时，因而避免了画学批评语言中"疏"、"密"二体的片面性。[③] 在张彦远之后，"疏"、"密"二体（及关于繁、简的论述）作为画学领域笔法和结构的分野，仍然不断被提及和推衍，如欧阳修《六一画跋》称："萧条澹泊，此难画之意，画者得之，览者未必识也。"[④]郭若虚《图画见闻志·叙论》言："六法精论，万古不移，然而古法用笔以下五法可学，如其气韵，必在生知，固不可以巧密得，复不可以岁月到，默契神会，不知然而然也。"[⑤]至于11世纪以后，强调疏密兼美的互济之说也逐渐成为画学思想的主流，像葛守昌就鲜明地提出："大抵形似少精，则失之整齐，笔墨太简，则失之阔略。精而造疏，简而意足，

---

① 《历代名画记》，第13页。

② 同①，第14页。

③ 关于《历代名画记》中这一看似矛盾说法的合理性的论述，还可参看张晴：《中国绘画"疏密"二体的语言构造和风格意蕴》，南京艺术学院硕士学位论文，2011年。

④ 俞剑华编著：《中国古代画论类编（修订本）》，北京：人民美术出版社，2005年版，第42页。

⑤ 《中国古代画论类编（修订本）》，第59页。

惟得于笔墨之外者知之。”[①]乃为“疏”、“密”两个向度寻找张力之外的向心力。事实证明,“疏”、“密”二体的互渗也是存在的,正如饶宗颐所言:“笔迹周密和点画离披,好像是不同的两面,真实正是相反相成,从作画的功夫上言,必先能密而后求疏,密是疏的基础,在构图上论,疏、密随心,因境而异,疏密本无定则,有时可以极密亦可以极疏,密中有疏,同样地亦可以疏中见密,语云:‘宋人千岩万壑,无一笔不减,倪迂疏林瘦石,无一笔不繁。’于繁中见简,在简处现繁,便是这个道理。”[②]

与之类似,张炎也看到了姜夔“疏”与吴文英“密”的共通处,如二人的字面皆有对晚唐诗人的学习(《字面》),又如通过对词之语句“宽”、“工”的调整,可以调剂词的“窒塞”与“宽易”(《杂论》),关于咏物词的作法,更明确指出“体认稍真,则拘而不畅,模写差远,则晦而不明。要须收纵联密,用事合题”(《咏物》)的观点。清人张祥龄在《词论》中言:“词至白石,疏宕极矣。梦窗辈起,以密丽争之。至梦窗而密丽又尽矣,白云以疏宕争之。三王之道若循环,皆图自树之方,非有优劣。”[③]显然,这只是孤立地看到张炎“词要清空,不要质实”的词学主张,并未联系《词源》其他各处的隐性观点来分析其词学思想,因此将张炎对“疏”体的推赏视为“图自树之方”,这样的说法无疑有失公允。由于时间上相对于画论同一论题的晚出,张炎在意识到“疏”、“密”二体之别的同时就主张在作法上要尽量兼擅二者之长了——尽管在审美理想上他显然更倾向于“清空”的“疏”体,我们也据此可以看出张炎的批评体系与词学思想是较为完善的,更成为后世如《蕙风词话》倡导“疏密相间之法”等词学主张的重要思想资源。

二、“清空中有意趣”:词与画的抒情化倾向

“疏”、“密”是一种关于“体”的划分,而“清空”、“质实”之别则在审美层面有较多的意义内涵。我们对于“清空”进行理解,应该要注意到张炎在论及“清空”时所特别提到的另一重要范畴——“意趣”。《词源·意趣》云:

---

① 《中国古代画论类编(修订本)》,第 66 页。
② 饶宗颐:《画(宁页)——国画史论集》,台北:时报文化出版公司,1993 年版,第 210 页。
③ 唐圭璋编:《词话丛编》,北京:中华书局,2005 年版,第 4 211 页。

词以意为主，不要蹈袭前人语意。如东坡中秋《水调歌》云：（词略）夏夜《洞仙歌》云：（词略）王荆公金陵怀古《桂枝香》云：（词略）姜白石《暗香》赋梅云：（词略）《疏影》云：（词略）此数词皆清空中有意趣，无笔力者未易到。[①]

试析其意，所谓"不蹈袭前人语意"显然指的是词作吟咏的内容应不落前人窠臼，而述论中所引东坡二词，为中秋词和夏夜词的经典之作，它们没有依循前人相同主题的意涵，更因寄托独特的个人体验和情思而使之成为后人难以模仿的绝妙好词；荆公的怀古之作乃于情感之外，以暗潜流转的笔力使词作增添了丰富的历史意蕴；白石咏梅则借梅花的身影写人，言在此而意在彼，为词作打开了一个"意外"空间，借此抒发自己心中潜隐的性情。由此也可看出，"意趣"甚至担当起了矫济"清空"之弊的重任："清空"不能空无一物，而应当充满意义和趣味——这种意义是不蹈袭步踵前人；趣味则是借所咏对象抒发自己别样的性情。

张炎标举的"意趣"宜乎结合他对于词之功能的看法来系统考察，即我们需要理解在张炎的词学思想中，词主要是用来做什么的，以及作词应如何服务于这一目的。这一点往往被人们忽视，因此很难为张炎的观点找到思想传统上的意义与价值定位。

《词源·赋情》言："簸弄风月，陶写性情，词婉于诗；盖声出莺吭燕舌间，稍近乎情可也。若邻乎郑、卫，与缠令何异也！"[②]这段人们非常熟悉的文字常被拿来阐释张炎推崇雅正的词学观，又每与《杂论》中"词欲雅而正，志之所之，一为情所役，则失其雅正之音"[③]一段结合，因之着重论述到张炎主"雅"的词学思想，甚至认为他是排斥"情"的。其实，从"陶写性情，词婉于诗"一句可以看出，张炎早已深刻认识到词这一文体的专长正在于抒情，他从来没有否认抒情的合理性和合道德性，只是由于我们过于关注他推崇"雅志"的观念，而忽视了他对词之功能的基本认知也是关键认知。在张炎看来，情有高远切近之分，高远则雅正清丽，切近则不免平实浅俗，所以他对周

---

①《词源注　乐府指迷笺释》，第 18 页。
② 同①，第 23 页。
③ 同①，第 29 页。

邦彦的看法也是辩证的:“美成词只当看他浑成处,于软媚中有气魄,采唐诗融化如自己者,乃其所长;惜乎意趣却不高远。所以出奇之语,以白石骚雅句法润色之,真天机云锦也。”①清真“浑成”、“于软媚中有气魄”看来已经大致符合“清空中有意趣”的美学旨尚了,但他“采唐诗融化如自己者”的长处也是缺点则与张炎所主张的不因袭前人而自抒性情背道而驰,因此虽能“融化如自己者”,终究略逊“出奇”并以“骚雅句法润色之”的词作一筹——“出奇”即不蹈袭前人的“意”,“骚雅句法润色之”即抒发雅正情感的“趣”——这才是张炎“清空中有意趣”的真正内涵。

又如张炎在《词源》的最后写道:“康、柳词亦自批风抹月中来,风月二字,在我发挥,二公则为风月所使耳。”②按“风月”所指,自然是情,甚至是“邻乎郑卫”的,若据一般观点,这必然是为张炎所排斥者。但张炎在此却近乎调笑般地说出“风月二字,在我发挥”,这样通脱的态度比前引《赋情》中“声出莺吭燕舌间,稍近乎情可也”似乎更进一步,也可视作为“意趣”所下之注脚。

对“意趣”内涵和“陶写性情”、“发挥风月”等词之作用和作法的理解,可证张炎主情的态度是非常坚定的,由于此前我们将视域过度局限在这个“情”的性质和构成上,反而忽视了张炎关于词应抒情的说法,造成了理解上的隔膜。我们应该看到的是,《词源》在宋元之际以理论的形式确证了词的抒情性,在以“意趣”为旨尚的基础上细致分别了各种抒情之法和所抒之情并予以美学价值上的判断,因此将两宋词学思想史埋伏下的关于词之抒情化的路径突显出来。

两宋之际的文学生产与艺术生产,都经历着重大的转变,这首先是基于都市的发展与成熟。肇端于8世纪下半叶的一系列制度改革,推动着城市的综合化发展,帝国传统的建立在政治威权影响下的都市面临着商业和经济等新兴因素的文化塑型,到了北宋时期,“赋税和贸易日益钱币化;商人的人数、财富和力量增长了;社会和官府轻视商业和商人阶级的态度缓和了”③。从区域商业实体的成型上看,自由贸易街道、商业郊区、中小经济市镇的大

---

① 《词源注 乐府指迷笺释》,第30页。

② 同①,第33页。

③ [美]施坚雅主编:《中华帝国晚期的城市》,叶光庭等译,北京:中华书局,2000年版,第24页。

量出现和官市的衰微成为其时都市革命最重要且突出的形态变化，商人与商业的活跃新兴带来了社会结构和生活方式的变化：市镇农村贸易日益频繁、农业商品经济化程度渐高、城乡社会分工加剧、市民消费取代官员阶层消费逐渐占据社会消费结构的主体、夜市贸易日趋活跃……逮至南宋，经济制度的持续宽松直接导致临安成为“户口蕃盛，商贾买卖者十倍于昔，往来辐辏，非他郡可比”①的世界级都会。

正如谢和耐(Jacques Gernet)所认知到的那样：与早先时代的社会变迁与转易相比，宋代城市群的壮大和兴起更加完全地导致和实现了杂技和艺术的“世俗化”(secularization)，由此也带来了巫幻-宗教性的思想内容的衰微溃退；发生在艺术领域的这种“商业化”(commercialization)倾向引发了新的审美理念，而其又对宋人从悠久的传统中继承的审美理念造成了影响。②商业自由的实现与商品消费之风的盛行，既实现了市民精神对一切旧有的突破与独立，也改变了思想文化格局，由于市民阶层的消费力与购买力的增强，文化生产方式、传播途径与文化产品的审美趣味均因之经历了迅捷而剧烈的转变。同时，靖康之变及其余波对人们精神层面形成的冲击，与南渡以后商业繁盛的喧闹现实在以士大夫为代表的传统精英阶层思想中形成巨大的矛盾，他们几乎无法在“盛世”中舍弃家国破碎、感伤颠危的忧虑，但面对南宋朝廷的偏安妥协，力主收复失地、对抗异族的呼声竟无法播扬，因而他们往往在一些承载重大主题的功能稍弱的文艺体裁上表现出一种“抒情化”的趋向。③

《词源》作为宋代词学的重要总结，其作者张炎深刻地理解和感会到了词体抒情功能的本质和表现，因此他既主张“清空中有意趣”，又以“骚雅”的标准来匡正抒情的浅俗化，在言忠怨之志和缘绮靡之情以外，凭借“高远的

---

① 孟元老等：《东京梦华录(外四种)》，上海：古典文学出版社，1956年版，第238页。

② 原文详参[法]谢和耐：《蒙元入侵前夜的中国日常生活》，刘东译，北京：北京大学出版社，2008年版，第208页。

③ 对于词在南宋的抒情化转向，林顺夫概括为“日趋狭窄的视野、充盈声色的意象以及对精致与唯美的普遍追求”，并特别指出咏物词的发展趋势表现为“言志”传统在词中所占成分的减退、作家视野日益局限、从对抒情主体的关注到对抒情客体的关注等，见《中国抒情传统的转变——姜夔与南宋词》，张宏生译，上海：上海古籍出版社，2005年，第4页、第7页。与之相对应的是，绘画在两宋之际的抒情化转向也大致经历了构图上全景向局部的变移、色彩的淡化即雅逸境界的凸显、对细节刻画越发注重等明显的转易，参见徐习文：《理学影响下的宋代绘画观念》，南京：东南大学出版社，2010年版，第91、116页。

意趣”构设出了一个超然的抒情理想，客观上也描绘出两宋之际词学发展的抒情化倾向和以作词为主的文人的思想归依：虽然他们没有主动参与到构设新的文化趣味的活动里来，但却受到因投合了时人趣味而得以风行的文学形式与艺术类型的影响——或正面或反向之影响。在文人主体意识的作用之下，他们的作品既有形式上的时代质素，思想内容亦与之形成对抗或拒斥的张力，故在传统所谓的“情”、“志”之外找寻抒情化表现方式的诉求便不可避免了，由此亦可知“清空”、“骚雅”本是处在同一词学思想体系内且互相依存补充的两个范畴。

图1 宋李公年《冬景山水》绢本淡设色 纵 130 cm 横 48.4 cm 美国普林斯顿大学艺术博物馆藏

如果参照同一时期的画学领域，重新观照这一视点的话，我们将会有新的发现。就山水画而言，南北宋之间也存在着一种从雄伟到抒情的过渡。所谓“抒情化”，用高居翰的话来描述，就是“画家内在特质的流露”和“关注情感上的‘超然’”[①]。方闻以普林斯顿大学艺博馆所藏一幅李公年(约作于 1120 年)《冬景山水》(图 1)为例，指出它预示了南宋院体山水画风格的流行，“作为北南宋之间一幅过渡性作品，李公年的山水画带有奇异的雄伟样式与亲切抒情样式交替混合的表现，它以难于忘怀之美，意味深长地倾诉了一个动乱时代的忧患。而它连贯的空间退缩的新方法，使得那些山水画得比前人更近乎天然，从北宋语汇引申而来的矮小人物形象，沉浸在一种虚假、怪诞而又感觉凄清苦涩的冬景当中”[②]。以一位“非著名”画家的一幅作品来揭橥 12 世纪画风的潜在变易似乎缺乏说服力，因此方闻又借助日本京都高桐院所藏南宋宫廷画师李唐所绘

① 转引自[美]谢柏轲《现身于宋代的“文人画”》，见上海博物馆编：《翰墨荟萃——细读美国藏中国五代宋元绘画珍品》，北京：北京大学出版社，2012 年版，第 188 页。

② [美]方闻：《心印：中国书画风格与结构分析研究》，李维琨译，西安：陕西人民美术出版社，2004 年版，第 54 页。

两幅山水立轴来描述这一变化，其中一幅约作于1150年代的《秋景》，与李公年《冬景山水》的结构十分接近，"放大的细部里，它们同较早的《万壑松风》一样，表现出相同的实感力度，相同的心理控制和集中。高桐院山水画前景的树木扩大到了整幅画高的三分之二，已经取代了北宋前期作为构图中心点的主峰，山水画的尺度也相当抒情，画内各种物象的比例十分自然。在李公年《冬景山水》上曾见过的雄伟气派与师法造化种种冲突方法而引起的紧张感也消除了"[①]。若将视野再扩大到花鸟画领域，我们可以看到以北宋后期崔白为代表的"野逸"画风的出现，也显示了北宋中前期重彩精工的画风已经遭到了全面的抵制与颠覆，文人对于笔墨情趣的偏爱最终推动了主流绘画理念的抒情化进程。

北宋绘画的雄伟风格在南宋有所再现，但翰林图画院以外的简约疏淡的抒情趣味与审美风尚更加流行，以马远、夏珪为代表的画家引领和讲述了画风的变革传统。这种跨越两宋的画史之变，从很大程度上来说是与政治、文学变革同时存在的。与王安石新政和帝国威权的疏离，造成了北宋晚期一大批士人对堂皇密丽的皇家笔墨与精微画技的厌恶与摒弃，转而追求古淡疏朗、平淡简远的画风，执着地以抒情性为其核心。"他们追求的新艺术，因此带着鲜明的反画技倾向，而以平淡、古拙，蕴涵深刻隽永的意味为上。创作者的这个新风格取向，使山水画的意义由外向的再现造化之磅礴生命转至内敛的感应自然的'寓兴'。它之所以能被成功地提出，正是因为创作者所属的特定文士群，虽在政争中落败，却在全国性的文化界里占据了领导地位，新风格即在他们的推动中迫使郭熙式的风格退居次要地位。"[②]

我们现在已经很难确认张炎词学思想中的抒情化倾向是否与当时画学风尚的抒情化变易有着什么样的直接联系，但张炎和姜夔的不少词序则透露出他们关于词和画之间相通的审美体验。如张炎《湘月》序云："戊子冬晚，与徐平野、王中仙曳舟溪上，天空水寒，古意萧飒。中仙有词雅丽；平野作《晋雪图》，亦清逸可观；余述此调，盖白石《念奴娇》鬲指声也。"[③]张炎在此已将他对词和画的观感圆融一致，徐平野的画、王中仙的词，都给人一种"清

① 《心印：中国书画风格与结构分析研究》，第57页。

② 石守谦：《风格与世变——中国绘画十论》，北京：北京大学出版社，2008年版，第11页。

③ 吴则虞校辑：《山中白云词》，北京：中华书局，1983年版，第37页。

逸”之感,这种美学感受既来自词与画作品本身,也与“天空水寒,古意萧飒”的现实场景有关,纸面上与天地间的气象相互氤氲,营造出一种开放式的艺术境界,词与画、词画与自然间产生了深度的对话和语境转换,因此词境、画境都得到了大大的拓展。又其《台城路》序云:“夏壶隐壁间,李仲宾写竹石,赵子昂作枯木,娟净峭拔,远返古雅。余赋词以述二妙。”①所谓“峭拔”、“古雅”,本来都是张炎在《词源》中论词的话语:“词要清空,不要质实;清空则古雅峭拔,质实则凝涩晦昧。”②此处一字不讹地移来作为对李、赵等人画作的批评,足见张炎在论之词时,脑中已然构设出相应的画面,而当其论画之际,也习惯性地使用词学审美的思维和语言,词与画的美感特质此时已经合二为一了。

姜夔在《湘月》序中也表达了他面对真实之景产生了画意的联想,因而引发作词的灵感与冲动:“长溪杨声伯典长沙楫棹,居濒湘江,窗间所见如燕公、郭熙画图,卧起幽适。丙午七月既望,声伯约予与赵景鲁、景望、萧和父、裕父、时父、恭父,大舟浮湘,放乎中流,山水空寒,烟月交映,凄然其为秋也。坐客皆小冠綀服,或弹琴,或浩歌,或自酌,或援笔搜句。”序中“燕公”究竟为何人,已难确考③,但其后提到的郭熙却是大大有名,作为 11 世纪最引人注目的专题性绘画理论著作《林泉高致》的作者,郭熙在此著中对山水及山水画表现出的态度足以代表一个时代的文人的艺术想象:

> 君子之所以爱夫山水者,其旨安在?邱园养素,所常处也;泉石啸傲,所常乐也;渔樵隐逸,所常适也;猿鹤飞鸣,所常亲也。尘嚣缰锁,此人情所常厌也;烟霞仙圣,此人情所常愿而不得见也。直以太平盛日,君亲之心两隆,苟洁一身,出处节义斯系。岂仁人高蹈远引,为离世绝俗之行,而必与箕、颍、埒素、黄绮同芳哉?白驹之诗,紫芝之咏,皆不得已而长往者也。然则林泉之志、烟霞之侣,梦寐在焉,耳目断绝。今得妙手,郁然出之,不下堂筵,坐穷泉壑,猿声鸟啼,依约在耳,山光水色滉

① 《山中白云词》,第 134 页。

② 《词源注　乐府指迷笺释》,第 16 页。

③ 夏承焘据《宋朝名画录》、《图绘宝鉴》等指出当时燕姓的名画家有燕文贵和燕肃。然未能确定姜夔此处所指是这两人或其中某一人,见《姜白石词编年笺校》,北京:中华书局,1958 年版,第 8、9 页。

漾夺目，斯岂不快人意，实获我心哉！此世之所以贵夫画山水之本意也。不此之主，而轻心临之，岂不芜杂神观，溷浊清风也哉！画山水有体：铺舒为宏图而无馀；消缩为小景而不少。看山水亦有体：以林泉之心临之，则价高；以矫侈之目临之，则价低。（《山水训》）①

比如郭熙的《幽谷图》（图2），此作疑为通景之屏，已见简笔所生幽远之意，画中枯木为一焦点，山石则较少皴擦，不施重墨，故虽为层峦，却无繁复之感。在郭熙看来，山水与山水画是一种精神世界和意义空间，虽然"不下堂筵"也能"坐穷泉壑"，因此解决了士大夫既在朝阙又慕烟霞的矛盾。通过画外的修养，能够抒情于山水之间，也是姜夔的精神追求，略有不同的是他以词为高蹈超越的媒介，通过词境的构设来完成对"五湖旧约，问经年底事，长负清景"的回答。而画境与词境的互映与交融，本身就是抒情艺术的抒情化体现，"抒情艺术不在于实写一意一境，也不在于实写一人一事；而在于艺术地概括出同类意与境、人与事的普遍共性；而在表现形式上又不排斥具体的意、境、人、事。这是作为抒情个性化因素而起作用的"②。

图2　宋郭熙《幽谷图》　绢本墨笔　纵167.7 cm　横53.6 cm　上海博物馆藏

在上述张炎和姜夔的词序中，我们不难看出"一种时代旨趣，两种媒介表达"，这两种媒介就是词与画，特别是在张炎所强调的"清空"的语境下，词与画在美感特质与创作主题的审美体验上达到了高度的融洽统一，词人彷佛成为了画师，画师笔下营造的意境也充满了文学的魅力，极具"意趣"，因而可说："文人与画师同处一种文化氛围；文字与图像不约而同

① 郭思编：《林泉高致》，北京：中华书局，2010年版，第11页。
② 邱世友：《词论史论稿》，北京：人民文学出版社，2002年版，第37页。

地传达出对某一类似的画意的特定的时代想象和企求。”[①]这种想象和企求,无疑就是张炎对于“高远”的一种抒情化的理想,也是《词源》最核心的主张和两宋词学的终极趣尚——“清空中有意趣”。

三、“逸”:艺术批评关于主体人格的理想

从传世的艺术理论与批评文献来看,中国的文艺思想传统具有一种极为特别和突出的特点,那就是对创作者的修养和人格提出的诸多要求;同时,历代的批评家也几近一致地认同:文艺是表现、象征创作者人格修养的标志性载体。从批评史的角度来看,我们会发现“人”的影子无处不在,中国优秀的艺术理论向来都并非仅限于探讨技巧、结构、体势、章法,而是更深一层地品味其意味、风韵、格调、精神,也就是深入到其创作者——人的内部世界中,评价一个人的品格和修养。如果撇开艺术实践来讨论“书如其人”、“文如其人”、“画如其人”,我们会很明显地察觉到,这种强调创作主体与创作成品精神一致的观念其实仅是传统文艺批评的一种习惯、品评标准和创作旨归,而非一种关于必然现象的客观性描述,更无发生学层面的意义。即使如此,诗词书画等艺术仍被认为是一种较高层次的精神表现形式,正是因为它们都强调了创作主体的修养和人格,强调艺术形式与实践渗透和塑造“自我”的重要性。传统的艺术理论一直遵从着人格化品评这一圭臬,融入众多品藻人物的词句以评价艺术的高下,这就把艺术作品的品格完全等同于人的品格来看了。

在张炎的《词源》出现以前,尚无词学理论著作以一种艺术趣尚标引出批评者所推崇的人格类型,而《词源》在推崇姜夔之际拈出的“清空”范畴,则将词学的审美与人格的审美进行了完美的圆融,提升了词学批评的思想高度,扩展了词学批评的精神空间。吴调公在《说“清空”》一文中就明确指出了“清空”是一种“论艺术”与“论人格”相结合的范畴:“清空的思想基础,首先应该具有高超、洒脱的情趣”;“主要是指一种经过艺术陶冶,在题材概括上淘尽渣滓,从而表现为澄净精纯,在意境铸造上突出诗人的冲淡襟怀,从而表现为朴素自然的艺术特色”;“清空却无愧为具有民族特色,显示文人高

---

① [美]汪悦进:《“乱山藏古寺”:〈晴峦萧寺图〉及北宋诗画互涉新议》,见《翰墨荟萃——细读美国藏中国五代宋元绘画珍品》,第161页。

蹈精神的风格之一。"[①]也正如张惠民所总结的那样:"清空之境如野云孤飞,故是高蹈远举者的心态与情趣的象征。表现一种不受人间世拘系的自由精神,而具一种自甘寂寞的凄清韵味。能超越名利,能洁身自好,则见品性人格之挺异卓荦,加上骚雅深厚的文化修养,正气逸韵,自占地步,飘逸潇洒,使读者生高举远慕之想。"[②]我们只有理解了"清空"是作为一种对理想人格表示追慕推崇的艺术批评式表述,才能看出张炎在《词源》各处强调的"挺异"、"特立"、"清新"、"高出人表"和其贬斥的"尘俗"、"谀佞"、"软媚"、"迂阔虚诞"等词语的真正涵义和所指,这些语汇不仅表达了张炎在词学审美层面的取舍,也将其推尚的主体人格详实地描绘了出来,他所推崇的姜夔及其词的美感特质更得以清晰地展现在人们面前。

姜夔其人其词是张炎提出"清空"风格的重要参照与体察对象,他身上也当然地表现出一种"清空中有意趣"的抒情化理想,这主要表现在姜夔的创作与生活两个层面所具备的"距离感":与前人旧作的表达距离和与自然山水的审美距离。在张炎看来,正是姜夔"清空"的人格精神,才将词作提升到具有"高远"的、"意趣"的美妙境地。对于姜夔这种超然的品格,人们有着不同的判断与表述,周济认为是"放旷",王国维认为是"有格而无情",张惠民认为是"孤高"[③],孙维城认为是"狷洁"[④]。其中周、王二人坚持姜夔"浅于情"的观点,而张、孙则认为姜夔是"看似超然却有情"[⑤]、"把对山水的深诣与爱情的执着融为一体"[⑥]。我们认为,姜夔的词风与人格精神实际上是各种文艺体裁的审美理想在宋代的一个最为集中和完美的实现,他作为一个文化符号,代表了传统知识精英和主流思想所推尚的内心对外在的疏隔、我者对他者的独立、高雅对浅俗的超拔、清旷对尘世的逃离,对此,"超然"、"放旷"、"孤高"、"狷洁"等词语或许深刻揭示出其某一方面的特质,但若要整体性地综合概括这种文化理想与精神实践,唯有借助另一范畴来完成,它便是"逸"。

徐拥军在《唐宋隐逸词史论》中已用"萧条冷淡"、"清新高逸"概括了姜

---

① 吴调公:《古典文论与审美鉴赏》,济南:齐鲁书社,1985年版,第372、366、367页。

②③ 张惠民:《宋代词学审美理想》,北京:人民文学出版社,1995年版,第284页。

④ 孙维城:《宋韵——宋词人文精神与审美形态探论》,合肥:安徽大学出版社,2002年版,第210页。

⑤ 同②,第213页。

⑥ 同④,第215页。

夔“未归与归后的两种风格”[①]，并以画论中的“逸格”联系张炎对“清空”词境的推崇[②]，可见已经认识到以“逸”来揭示以姜夔其词其人所代表的“清空”理想的重要性和必要性，但由于所论是为梳理“隐逸词史”这一工作服务的，因此其对“逸”的理解也集中和局限于“隐逸”[③]，而“隐逸”也与“超然”、“放旷”、“孤高”、“狷洁”等词语一样，难以表达出“逸”的丰富内涵。此外，徐文也未阐述传统文艺批评中以“逸”论艺的人格化倾向，而这一点恰是我们以“逸”来作为张炎对一种词风和主体人格的理想想象和对姜夔词境与其文化人格的理解与概括的关键所在。

许慎《说文解字》对“逸”的解释是：“失也。从辵兔。兔謾訑善逃也。”[④]由此可知，“逸”是一种“逃离”性质和理想，所谓“逃离”，首先应是对客观存在的逃离，对准确无误地描写客观存在的避弃。“逸品”常被用在画学批评与理论中，它暗印了中国绘画从“再现”到“表现”的过渡与跳跃，这种逸出性的逃离不单单是拒绝单纯的模仿、寻求表达主体精神，更是以此重构了一个庞大的审美体系，而对一切“旧有”的逃离和规避，也是“逸”的内涵所指。有“逸”格的画作，不仅要与现实生活隔开一层，更要在造型、技法、构图等艺术内部的要素上远离“俗”或即所谓“圆熟”。传统画论中列为“逸品”的诸家画作，其特点、价值与意义正在于“不拘常法”，对“常法”的逃离，造成了什克洛夫斯基所谓的“陌生化”效果和布莱希特所谓的“间离效果”。晚清王国维《人间词话》也以与之近似的“隔”与“不隔”来论词境的优劣，显然这是基于对“逸”之内涵的理解的深化与推导。饶宗颐《〈人间词话〉平议》言：“王氏论词，标隔与不隔，以定词之优劣，屡讥白石之词有‘隔雾看花’之恨。又云：‘梅溪梦窗诸家写景之病，皆在一隔字’。予谓‘美人如花隔云端’，不特未损其美，反益彰其美，故‘隔’不足为词之病。”[⑤]其实，词别于诗文之处，即其形式上的长短错落、曲折承转决定了内容与情感表达上的婉曲，“逸”于现实之外、常理之外，由此产生了为一种文体所特有的间隔效应。词的妙处，正在

---

① 徐拥军：《唐宋隐逸词史论》，苏州大学博士学位论文，2010 年，第 162 页。

② 《唐宋隐逸词史论》，第 215 页。

③ 徐拥军的博士论文借用徐复观《中国艺术精神》论述魏晋士人精神的概念“隐逸性格”来概括姜夔的性格，见《唐宋隐逸词史论》，第 167 页。而在他此后的研究中，仍沿用了“隐逸性格”的说法，见《唐宋词体研究》，暨南大学博士后出站工作报告，2013 年，第 104 页。

④ 许慎：《说文解字》，北京：中华书局，1963 年版，第 203 页。

⑤ 饶宗颐：《〈人间词话〉平议》，香港：自印线装本，1955 年版，第 2b 页。

于语言所营造出的烟水迷离、非雾非花之境，这种言外有意、有意与无意相参的状态恰为词这一文体的美学特质。而具有“逸”的内涵与“隔”的形式的艺术作品，其认知、再现方式都是一种别具一格的特殊方式，其对旧有一切艺术内部元素的更新、变革、转换让它显得超逸于凡俗之外。王国维虽指出姜夔“隔”的特点而批评之，其内心还是接受了上述关于词体美感特质的共识，他“毕竟承认了‘水中之影，镜中之象’的兴趣说，毕竟写下了‘一切景语皆情语’这句话，这无异于间接地承认了‘隔’，表现出王国维的矛盾心态”①。

“从对客观事物、自然社会等的逃离，到对艺术内部一切熟旧的逃离，可以说完成了‘逸品’的超越性，这种超越性既存在一种出世的理想，又含有一种变革的精神，也对既存的经验构成疏离。”②从画论史的角度来看，人们对所谓“逸品”的理解、判断也有着一个变化的过程，宋元以后逐渐定论③，此后一直将之视作书画艺术的超越性价值和追求，这与宋元之际的社会文化转型、社会心理变化和审美、价值取向的转变有着巨大的关联。“逸”作为一种艺术品格与审美标准，它主要反映的其实是宋元之际士人阶层的文化诉求、美学主张和精神信念、生命追求，这种对于熟俗的避忌、对于客观的逃离、对于主流的疏离、对于政治的厌拒，是知识人的心态、观念与理想在各个层面的具体体现，因此，“逸”所具有的不仅是美学内涵，更有政治内涵、道德内涵与宗教内涵。我们只有基于这样的文化观照，才能更好地理解张炎何以借

---

① 孙维城：《千年词史待平章——晚清三大词话研究》，合肥：安徽大学出版社 2010 年版，第 175 页。

② 谷卿：《“逸品”的当代诠释》，载《中国书画报》，2011 年第 24 期。

③ 比如，“逸品”思想在元代画家倪瓒那里被总结性地阐释为由“逸笔”构成并透溢出的“逸气”。他在《题自画墨竹》中说：“以中每爱余画竹。余之竹聊以写胸中逸气耳，岂复较其似与非，叶之繁与疏，枝之斜与直哉？”又在《答张藻仲书》中写道：“今日出城外闲静处，始得读剡源事迹。图写景物，曲折能尽状其妙处，盖我则不能之。若草草点染，遗其骊黄牝牡之形色，则又非为图之意。仆之所谓画者，不过逸笔草草，不求形似，聊以自娱耳。近迂游偶来城邑，索画者必欲依彼所指授，又欲应时而得，鄙辱怒骂，无所不有。冤矣乎。讵可责夺人以髯也！是亦仆自有以取之耶。”可见，倪瓒作画是不以自我旧有经验和他者的期待为依凭的，“逸笔草草，不求形似”，是对既有的人生体验和艺术经验的反动，“逸”在这里完成了与文人画的交接，以人为本、以我为本，是一种自娱而非娱人，一切以我为本体和中心，“写胸中逸气”，而不计较“其似与非，叶之繁与疏，枝之斜与直。”这种极度主观的画学理念，是文人画的重要特征，其与绘画中的客观性存在也构成了巨大的张力，而主观、客观在构设画面中所占的比例，正是考量“逸品”的一个重要参照系。元人的相关总结性论述尚有饶自然的《绘宗十二忌》，从作法上以举反例的方式对以尊简疏贬繁密为核心的画学思想进行了下意识的规约，又如杨维祯关于与画品相关的人品之优劣是取决于“天质”而非身世的总结，实际也对郭熙关于人品高者皆是“轩冕”、“岩穴”上士之说进行了修正。

助“清空”、“质实”这种既具象又抽象的概念来论述词境，何以用“古雅峭拔”来论词与画，何以标榜“清空中有意趣”来表达一种求新脱俗的抒情化理想，何以他激赏姜夔词风的潜意识正是要表达对其文化精神与人格的推崇，何以唯有“逸”字才能最直接而真切地状述姜夔其人其词的文化品格等等。

传统画论不仅对创作主体抱有“逸”的理想，更从创作论上对画者提出了“虚静”、“澄怀”等要求，如宋人韩拙《山水纯全集·论古今学者》以“古之学者”闲散、清逸的特殊作画习惯来批评“今之学者”“以画为业，以利为图”：

> 昔顾恺之夏月登楼，家人罕见其面，遇风雨晦暝，饥饱喜怒，皆不操笔。唐有王右丞杜员外赠歌云：“十日画一水，五日画一石。能事不受相促迫，王宰始肯留真迹。”
>
> 古之冠冕上士，燕闲馀裕，以此为清幽自适之乐。唐张彦远云：“书画之术，非闾阎之子可为也。”奈何顷者往往以画为业，以利为图，全乏九流之风，不修士大夫之体，岂不为自轻其术哉！①

这段论说实际承接了张彦远的画学思想，张氏在《论画六法》中表达了对疏简空灵画风的推赏后，引发出对于绘画主体应当贵逸而不堕俗贱的议论：

> 若时景融朗，然后含毫；天地阴惨，则不操笔。今之画人，笔墨混于尘埃，丹青和其泥滓，徒污绢素，岂曰绘画！自古善画者，莫匪衣冠贵胄，逸士高人，振妙一时，传芳千祀，非闾阎鄙贱之所能为也。②

不论从批评的角度还是创作方法的角度而言，文艺都不再是仅仅关乎技法的“术”，人们对于创作主体人格的高度关注已将文艺彻底地哲学化。张炎在《词源》中也多次从词之创作的角度表达出对于熟俗的鄙薄和对清逸高远的追慕，因此不仅有批评观点层面的价值，更有创作方法上的意义，评词和论人已经彼此互见、合二为一了：

---

① 《中国古代画论类编(修订本)》，第 681 页。
② 《历代名画记》，第 15 页。

此数家格调不侔，句法挺异，俱能特立清新之意，删削靡曼之词，自成一家，各名于世。（《原序》）[①]

不惟清空，又且骚雅，读之使人神观飞越。（《清空》）[②]

词之赋梅，惟姜白石《暗香》、《疏影》二曲，前无古人，后无来者，自立新意，真为绝唱。（《杂论》）[③]

东坡词如《水龙吟》咏杨花、咏闻笛，又如《过秦楼》、《洞仙歌》、《卜算子》等作，皆清丽舒徐，高出人表。（《杂论》）[④]

……

在经过数个世纪的变革、承袭和积淀之后，文学艺术批评观念和思想逐渐出现类型化的趋向，这与艺术史中强大的摹古、拟古观念及道德伦理传统有直接的关联。徐习文在《理学启发下的宋代绘画创作思维论》中已经注意到画学领域的这一现象，但仅从“表达的思维方式”一个角度来对类型化进行阐释[⑤]，对画论史上人格化批评的类型化现象未有论及。至于词这一文体，其为体式所限，类型化现象本来十分严重，但经过 11 世纪以来一批具有变革精神的词人群体“以诗为词”、“以文为词”和“以传奇为词”[⑥]理念对词体词风的改造，才使词史呈现出较为丰富的面貌，词学批评与词学思想也较画论为多元，因而张炎关于姜夔及其词的人格化批评与想象诉求在词学思想史上还是显得较为突出的，或许由于张炎本人对绘画和画论的熟悉，使他不自觉地受到画学中人格化批评习惯的影响，因此《词源》“清空中有意趣”之说不仅大大拓展了词学话语实践与批评理念的思路，也与画学思想形成了对话性的互动，实现了画学与文学基于词学批评的另类融通。

深刻挖掘词学批评中的范畴的文化内涵是我们理解词学思想的重要手段，学界早已意识到了这一点，并不断取得一系列的研究成果。张炎的《词源》是“王灼《碧鸡漫志》后最有系统的词学理论著作”[⑦]，也是宋代词学思想

---

① 《词源注　乐府指迷笺释》，第 9 页。
② 同①，第 16 页。
③ 同①，第 29 页。
④ 同①，第 30 页。
⑤ 《理学影响下的宋代绘画观念》，第 91、85 页。
⑥ 详参赵维江、夏令伟：《论元好问以传奇为词现象》，载《文学遗产》2011 年第 2 期，第 92 页。
⑦ 顾易生、蒋凡、刘明今：《宋金元文学批评史》，上海：上海古籍出版社，1996 年版，第 676 页。

的重要总结,它以姜夔及其词为主要标的而提出“清空”范畴。作为一种文学风格与审美理想,“清空”树立了与传统的花间、晏欧、周柳相区别的一宗,因此具有较为特殊和重要的意义。以往人们对“清空”内涵的论述,大多以文学美学为本位,较少跳脱出词学语汇进行超越性的观照与阐释。本文所做的尝试,就是力图突破“清空”范畴的自论自证,将其带入到艺术传统与批评史的开放的对话系统中,为其找寻思想渊源和观念参照,或能为词学研究提供一种视角较新的观察路径。

作者简介

谷卿,1987 年生。男,安徽安庆人。中国社会科学院文学研究所博士后研究人员。主要从事古代韵文学与艺术学方面的研究。

《赵氏孤儿》杂剧和电影中图画言说的差异

王　东

摘　要: 按照言语对图画的描述之扩展意义,元杂剧《赵氏孤儿大报仇》和电影《赵氏孤儿》中运用图画来言说赵氏冤仇均属于图画言说,其概念内涵渊源于"图说"(ekphrasis)。杂剧中的图画言说与电影中的图画言说在形式、内容和功能上都不同。其原因与它们的主题设置、媒质本性、语图差异等均有关。

关键词: 图画言说　忠义　人性　语图差异　《赵氏孤儿》

一、图画言说的概念渊源

图画言说,指的是运用图画叙述事件,本文特指文学和电影作品利用图画叙述事件或表述情感的一种方式。相对于语言,图画虽然并不擅长于言说事件,但它的言说有其特殊性——比如开放性、在场性、感性直观性、视知觉想象等,所以图画也是不可忽略的一种言说方式。这正是图画书、动漫书等得以独立存在的缘由,其图画叙事可以穿透语言的障碍,为各国的孩子们带来叙事的乐趣,这也是被用来教育和启蒙孩子的重要文化形式。本文探讨的图画言说不是传统的图画书,而是加载在剧本文学叙事和电影影像叙事中的"微言说"。从概念上说,它源于西方的"ekphrasis"。

"ekphrasis"指的是对事物或图像的各种描述,可以译为"图说"。在西方,"图说"最初指以言辞栩栩如生地描述事物,是一种言语修辞技巧,强调的是对事物的口语再现能力,力图达到栩栩如生的形象,即将"听觉形象"转换为"视觉形象",从而使得听者达到身临其境的幻觉效果。① 此时,图说所描述的对象包括事物和图像,描述的方式和载体是口语言说。这与西方的演讲术文化有着密切的关系。后来图说就逐渐转变为诗歌体裁,专门

---

① Simon Goldhill, "What is Ekphrasis for?" *Classical Philology*. 2007, vols 102, No. 1.

描写绘画、雕塑或静物。最为典型的就是荷马史诗《伊利亚特》第18卷对于阿格硫斯盾牌的描绘，它具有惊人的“形象再现”的视觉性效果。即是说，诗歌成为描述绘画、雕塑或静物的一种主要载体。[①] 由此，台湾学者刘纪蕙将“ekphrasis”译为“读画诗”，[②]大陆学者谭琼琳将之译为言说绘画作品的“绘画诗”[③]。文艺复兴之后，“图说”又转变为对视觉对象的生动描述，并经常被运用到艺术理论和美术史论中，形成了一种具有文学色彩的理论思辨写作风格，比如瓦萨利(Giorgio Vasari)、狄德罗、波德莱尔等对画展的评论，以及他们对视觉艺术图像进行描绘的文学作品，都被确定为“图说”。此时，“ekphrasis”基本被定位于对造型艺术、视觉艺术作品形象的话语呈现，学者沈亚丹把它译为“造型描述”[④]。这属于“ekphrasis”比较经典的意义。

到了当代，一些学者在坚持“ekphrasis”的视觉性与话语呈现内涵的基础上，扩展了其运用范畴：有的从视觉性方面拓展，将电视、摄影、动漫画、连环画、电影摄影(cinematography)等非油画艺术(uncanonical art)也作为图说的对象。[⑤] 另外一种就是从话语呈现上突破了文学和语言文本的领地，而突入到电视、电影等有声有影像的综合文本，成为电影图说(filmic ekphrasis)。[⑥] 甚至音乐作品也可以作为“说”图像图画的艺术媒介，构成了西格林德·布伦(Siglind Bruhn)所讲的音乐图说(musical ekphrasis)。[⑦] 至此，图说的对象并不局限在绘画、雕塑等造型艺术上，其载体也不仅仅是语言文学，而是包括电视电影、音乐等非文本艺术形式。这也是克劳斯·克鲁维尔(Claus Clüver)早就说过的——“图说”不应被理解为“文本的语料库或

---

① Murray Kriieger, *Ekphrasis*: *The Illusion of the Natural Sign*, Baltimore and London: The Johns Hopkins University Press. 1992, xv.

② 刘纪蕙:《故宫博物院VS超现实拼贴:台湾现代读画诗中两种文化认同之建构模式》,载《中外文学》1996年12月第25卷第7期,第66页。

③ 谭琼琳:《西方绘画诗学:一门新兴的人文学科》,载《英美文学研究论丛》2010年第1期。

④ 沈亚丹:《“造型描述”(Ekphrasis)的复兴之路及其当代启示》,载《江海学刊》2013年第1期。

⑤ Margaret Persin, *Getting the Picture*: *The Ekphrastic Principle in Twentieth-Century Spanish Poetry*, Cranbury and London: Associated UP, 1997, p. 19.

⑥ Laura M. Sager Eidt, *Writing and Filming the Painting*: *Ekphrasis in Literature and Film*, Amsterdam and New York: Rodopi B. V., 2008, p. 19.

⑦ Siglind Bruhn, "A Concert of Paintings: 'Musical Ekphrasis' in the Twentieth Century", *Poetics Today*, 2001 Vols22, No. 3, pp. 554 - 565.

文体”，而应该是艺术修辞学的实践。① 这即是说，“图说”是基于形象上联系的艺术互动机制，需要拓展其外延，一方面“图说”的对象是任何具有形象性的非语词文本符号系统(a non-verbal sign system)；另一方面，“说”的呈现媒介也可以是除了单纯语言文字之外的任何有声有图像之综合文本，诸如电影、电视等。按照这样的概念理解，我们也就把元杂剧《赵氏孤儿大报仇》和电影《赵氏孤儿》中对于赵氏冤仇的绘画之叙说看作是一种“图说”拓展：文学或影像中的图画言说。

二、元杂剧《赵氏孤儿》中的图画言说

图画言说对于元杂剧《赵氏孤儿》来说，地位非常重要，一方面篇幅较重，约占四分之一；另一方面，没有它，故事就难以进行下去。

按照杂剧的叙事，赵氏满门抄斩之后，屠岸贾认为程婴有功，把他看作心腹之人，于是主动提出将程婴的儿子过继与他，将名字改为屠成，自己教屠成十八般武艺。20 年后，屠成的武艺达到了“无有不拈，无有不会”的程度，这可以看到屠岸贾对屠成的用情至深。接下来程婴上舞台说明，其儿子“官名唤做程勃”，说程勃在“我跟前习文，屠岸贾跟前习武”，已经 20 岁了。岁月不等人，此时，已经 65 岁的程婴必须抓紧时间完成复仇使命，而这首先要让赵孤知道并接受自己的真实身份，并且能够有足够的勇气和激情来杀“屠父”。现在，程婴面对的问题是——“着谁人说与孩儿知道，替他赵氏报仇”呢？为此程婴“踌躇展转，昼夜无眠”。

程婴想到了图画言说，即“将从前屈死的忠臣良将，画成一个手卷”，发挥图画形象、生动、直观的效果，将赵氏满门抄斩的仇怨血腥作为推动程勃认知自身身份和接受复仇使命的利器。为获得良好的效果，程婴还设计了让程勃“无意”中看到这一图画卷，在感受到画面故事和屠杀血腥的同时，激起好奇心来问询故事的缘由。“倘若孩儿问老夫呵，我一桩桩剖说前事，这孩儿必然与父母报仇也！”②可见，程婴对图画言说是信心满满。程婴先故意

---

① Claus Clüver, “Ekphrasis Reconsidered: On Verbal of Representations of Non-Verbal texts”, In *lnterart Poetics: Essays in The lnterrelations of The Arts And Media*, ed., Ulla Britta Lagerroth, Hans Lund, Erik Hedling, Amsterdam and Arlanta: Rodopi B. V, 1997, pp. 23 - 25.

② [元]纪君祥:《赵氏孤儿》,上海:上海古籍出版社,2010 年版,第四折。杂剧原文均引用于此书,下同。

遗下一个手卷让程勃一人看到。在这个没有任何文字向导的图画手卷中,程勃只能看到"穿红的"、"穿紫的"、"白须老儿"、将军、医人、妇人,"自家撞死槐树下"、"短刀自刎死"、"裙带自缢死"等讯息,虽然感知到这里暗藏了某家族的悲惨故事——"这血泊中躺的不知是哪个亲丁,这市曹中杀的也不知是谁家上祖?"但却不知道其中的人物身份和善恶因缘。由此,程勃的好奇心和家仇必复的理念就被自然而然地激起:"我可也不杀了贼臣不是丈夫,我可便敢与他做主"。所以不甚明白的程勃在急切等待着程婴的说明——"须待俺这壁厢爹爹出来,问明这桩事,可也免的疑惑"。这个时候,程婴出场告知图画手卷的善恶因果和利害关系,就会达到事半功倍的效果。事实上,程婴就出场了,并对照图画将赵氏冤仇的始末,以及由此涉及的亲友姓名一一作了说明:如自触槐而死的刺客鉏麑,舍命救穿紫的的灵辄,穿红的利用神獒咬穿紫的,举起金瓜打倒神獒的殿前太尉提弥明等等。此时,杂剧剧本还穿插一句程勃的问话——"这个穿红的那厮好狠也,他叫什么名氏?"这表明程勃对穿红的有一种嫉恶如仇情绪。程婴没有立刻言明,而是假说"忘了他姓名"。却对被问到的"穿紫的",先点出了"赵盾丞相",并先作一个铺垫——"他和你也关亲哩"。随后程婴又将赵盾家三百口满门良贱被"穿红的"诛尽杀绝的事情一一叙述而来,包括赵朔短刀自刎、公主自缢托孤于程婴、韩厥将军自杀、程婴献子、假的赵氏孤儿被剁成三段、公孙杵臼被打和撞阶而死等,从而将赵家的血仇扩大,以便更好地让程勃完成身份转换。然后,程婴点出"这桩事经今二十年光景了也。这赵氏孤儿见今长成二十岁,不能与父母报仇,说兀的做甚?"这话让程勃处于省与未省之间。接着,程婴顺势直接点出"那穿红的正是奸臣屠岸贾",并接着说出"赵盾是你公公,赵朔是你父亲,公主是你母亲。……我是存孤弃子老程婴,兀的赵氏孤儿便是你!"程勃听后大惊:"元来赵氏孤儿正是我! 兀的不气杀我也!"以致痛心到倒地昏厥,被程婴扶住。醒来后,程勃说:"兀的不痛杀我也!"程勃接下来醒悟到:"听的你说从初,才使我知缘故。空长了我这二十年的岁月,生了我这七尺的身躯。元来自刎的是父亲,自缢的咱老母。说到凄凉伤心处,便是那铁石人也放声啼哭。我拚着生擒那个老匹夫,只要他偿还俺一朝的臣宰,更和那合宅的家属!"此时,程勃从屠成变成了赵孤,完成了对立身份的转换。

可以说,杂剧《赵氏孤儿》正是通过图绘手卷及其话语叙说的合谋,才让程勃完成了身份转变的。这里的图绘手卷是关键。

首先,作为对20年前发生的赵氏灭门情景来说,手绘的图卷是一种对事物的言说,是图画对于事件的叙说,属于扩展的当代"图说"含义。

其次,程勃观看图绘手卷是一种"读图",但在程婴的言说指引之下,就变成了一个完整的"图说",即言说图画手卷的背景、故事始末、人物关系。这符合早期的图说概念——对图像的口语描述和言说。程勃的读图和程婴的"说图"是有着密切关系的,两者共同成就了杂剧的图画言说活动。程勃观看陌生图像,就像是一个普通观众看画一样,只能看到画面上的一些直接信息,比如"穿红的"、"穿紫的"、将军、医人、妇人,"自家撞死槐树下"、"短刀自刎死"等,但并不知道图像信息的背景和具体所指,更不知道图像信息与自己的关系。这大致相当于艾德特的"描述性图说"(depictive ekphrasis)①。它激起的只是程勃的感官兴奋,使他急于想知道图像背后所掩藏的真相。而这需要言语来指明。由此,程婴就必须出场,要对图画的背景和所指作出说明。在这里,程婴既是画家,同时也是权威的批评家,其对图像的话语评断大致属于艾德特所说的"解释性图说"(depictive ekphrasis),具有权威性。② 它能极大地引起程勃的认同,从而很顺利地完成角色转换,将屠岸贾的恩情一下就给斩断了。这是单纯的话语揭露和教导所无法达到的。两者的共同作用强化了图说揭露真相的效力。这是文学中的图画言说的特点,它将图像与语言的各自所长都给予了发挥,形成了良好的互补机制,从而迅速完成了对孩子程勃的启蒙教育过程。

三、电影《赵氏孤儿》中的图画言说

电影《赵氏孤儿》没有沿用杂剧的图画言说方式,而改用程婴和韩厥的"话语"联合来试图说服程勃。这种修改,对于电影来说,是一种有意的"延宕":让单纯的话语言说失效,从而使得程勃未能立刻转变身份认知,也为程勃追随屠岸贾上战场体验屠杀的暴力留下空间。

电影《赵氏孤儿》中,对赵氏满门抄斩事件的图像绘制改到了程婴救下

---

① Laura M. Sager Eidt, *Writing and Filming the Painting: Ekphrasis in Literature and Film*, Amsterdam and New York: Rodopi B. V., 2008, p. 47.

② 同①p. 50-51.

赵孤后。从故事的时序来说，这种改动提前了。电影的这种改编主要是展示程婴的人格和内心变化，并以此表决其复仇之心，既为自己的儿子，也为赵氏一族。由此，电影中的图画言说着重的是程婴的手绘过程及其相应的心理展示。这些手绘的场景虽是给观众看，但就电影艺术而言，则更多地是诉诸程婴内心的“痛”。因为这种痛，程婴用木条封死了他们曾经住过的小木屋，以免触碰伤口，徒增伤心，耽误其专心实施的复仇计划。也就是在这个夜晚，风雨闪电大作，程婴身着白衣，手持毛笔，将赵氏冤仇过程及其涉及的人和事给予了图像记录。这其实就是“电影图说”(filmic ekphrasis)的一种特殊方式。

与元杂剧相比，电影方式的“图说”有着明显的特点：

从形式上，电影是运用现代影像技术的便利，制成了动漫形式，貌似非常逼真地再现了刚刚不久发生的事件，杂剧则是用图画手卷形式；在色彩上，杂剧文本有红、紫、白色等色彩运用，但因为只是文字描述，读者无法准确判断出图画风格，而电影则为黑、白色彩，红色只是点缀，观众可感受到其中的水墨画风格和意韵；电影着重呈现这个图像及其创作时的场景，完成的是程婴的心理转换过程，而杂剧没有展开程婴手绘图画的过程，其着重的是程勃读图的心理反映；电影呈现图画是有选择性的，而杂剧的描述则比较完整。

从内容上，电影只是呈现了獒咬赵盾；程婴救赵孤，与韩厥对峙，公主短刀自杀；屠岸贾摔死婴儿；程婴携子投奔屠岸贾这四个场景。这只是象征性地表示，程婴完成了手绘或作画行为，从而定下复仇决心，性格从柔弱变为了刚毅。而杂剧则全面呈现了赵氏冤仇的全过程：刺杀赵盾的锄麑撞死槐树下；穿红的屠岸贾拽着恶犬獒，恶犬獒扑向穿紫的赵盾，獒被殿前太尉提弥明打死；灵辄救赵盾；赵朔短刀自刎；公主自缢；韩厥自刎；公孙杵臼被打以致撞阶基而死等等都被画下了。

从功能上，电影图说主要是一种心理暗示。这是与杂剧图说上的最大区分。如果说杂剧的图画言说是要向成年后的赵孤揭露真相，使之完成身份转变并承担起复仇的使命，那么，电影中的图画言说则是程婴心理转变的仪式见证，是从懦弱中庸转向无畏韬晦，从草莽医者变为智慧儒士的转折点。从此程婴决心要好好抚养赵氏孤儿长大，“把他带到屠岸贾面前，告诉他，这孩子是谁，我是谁”。可以说，电影的图画言说只是心理转变的见证，其对故事的推动作用仅局限于促成程勃投奔屠岸贾这一行动之中，这也是程婴心理转变的一个自然结果。[①] 此后，图画言说就不在电影中出现了，以致要在 16 年(电影的改动)后向程勃揭露真相时，只是借助程婴和韩厥的“话语”[②]，其效果是适得其反，程勃反而随屠岸贾上了战场。从整个故事而言，电影设计的图说之情节功能非常弱化，基本属于一种心理策略。相反，杂剧的图说则构成了情节发展和故事冲突的必不可少的环节。因为杂剧中，韩厥、公孙杵臼等都死去，只剩下程婴。如何说动干儿子认识到干爹的罪恶并能复仇，则是一个难题。这需要策划“有图有真相”的感人谋略。

《赵氏孤儿》杂剧和电影对于图画的言说是不一样的。

四、两种图画言说差异的缘由

为什么会有这种图画言说的差异？笔者以为，这与《赵氏孤儿》杂剧和电影的主题、媒质本性、语图差异有关。

首先，杂剧和电影在主题上有差异。如果说《赵氏孤儿大报仇》延续的是一无反顾的“忠义”——为了保全赵孤这一忠诚正义的独脉，公主、韩厥、公孙杵臼都先后自杀，程婴为此献出了自己的独子。那么，陈凯歌则是面对当下社会的一种人性考察和阐释。按照陈凯歌的理解，《赵氏孤儿大报仇》中轻视死亡，重视道义的存世，是元朝社会“恢复汉人衣冠”意识形态的表现，其“要抢救的不是一个小孩而是一个民族”[③]。而电影所面对的是当下社会情势，其要表现的则是包括屠岸贾、韩厥、程勃等在内的人性之复杂性，或者更明确地说，人性深处都有善与恶、同情与冷漠等模糊地带。这是电影改编的基点。比如，屠岸贾虽然在嫁祸赵盾毒死灵公、假传灵公“灭赵氏全族”遗言等当中，显示了“恶毒凶狠”的一面，但是在寻找赵孤、接纳程婴及其儿子程勃(实为赵孤)、知晓程勃的身份仍救其出重围等方面又显示了其人性中的柔弱方面。韩厥在执行抢夺赵孤使命时，或许就是人性深处的瞬间柔

① 杂剧是屠岸贾主动邀请程婴做门客，收其子为义子，因为屠岸贾认为杀赵孤是程婴的功劳。

② 电影对于这种图画的下落没有作任何交代，即在说服程勃时，程婴并没有拿出这一图画来。可见图画在电影中更具有一种心理暗示性。

③ 王霖：《陈凯歌畅谈〈赵氏孤儿〉：并非与现实完全无关》，《新民网》，2010－12－09，网址：http://ent.xinmin.cn/2010/12/09/8204075.html。

软(也是被公主以死救孤的决心所感),才让程婴用药箱带走赵孤。程婴更是如此。对于公主的托孤,程婴开始时是犹豫、担心,乃至是一个胆小怕事的人。程婴说:"有密道干嘛夫人不自己去?""万一有个闪失,我可担不起"。程婴带走孩子之后,与妻子一样难以自觉承担起牺牲自己孩子的英雄使命,结果是因为赵孤哭啼被官兵抱走,一下子让程婴夫妇被动地留下了自己孩子,但却因此让自己的孩子成为了赵孤的危险,客观情势推动着程婴向前走。在屠家的广场上,面对屠岸贾抱着的赵孤时,程婴虽不能回答屠岸贾质疑他迟到的问话,但却能竭力保全面前的孩子,坚持说这是自己的孩子,还说出胎记以证明。此时程婴只能跌跌撞撞地往前走。当屠岸贾说"我信,但寅时到了,一百个孩子都得死,除非找到了赵家的孩子"时,程婴才下定决心向屠岸贾"坦白"是他在公主家带走了赵孤。屠岸贾听后,都不相信公主会托孤于程婴"这么个胆小怕事的人"。程婴于是解释——"夫人说她只有大着肚子死在那儿,小人才有功夫带走孩子逃生",这才彻底让屠岸贾信了。但程婴拒绝说出孩子的下落,这主要是基于保护自己孩子。但当屠岸贾以杀死一百个孩子来威胁,并把责任推到程婴身上时,无法承担起这个名和实的程婴只得交代出公孙杵臼。电影的这些程序设计都是反崇高、反英雄化的,它实际质疑了历史上流传的斩钉截铁的"忠义"等大道理,也在考量一些英雄叙事背后可能被忽略掉了的人性纠结和阴差阳错。在现代,英雄或许就是"这个礼崩乐坏时代里仅存的道德人心"①。所以,电影中的图画言说是程婴从庸常之人转化为承担复仇使命的英雄的镜像呈现,即程婴的忠义英雄形象是夹杂了诸多个人恩怨情仇和胆小谨慎处事原则的。"我要把他养大,让他替我儿子报仇",程婴如是说。这是程婴人格和心理变化的言语标志物。

从媒质来说,文学和电影是两种不同的艺术载体。前者是言语,后者主要是声音、语言、文字和图像俱有的综合文本。杂剧之所以完整再现图画形象,一方面是因为叙事乃文学所长,其"图说"就是要使人重新温习20年前发生的事件。另一方面,从资本投入来说,杂剧几乎不需特别的"成本",它只需要文字再叙述一番。对于电影而言,它既不能放弃图画言说形式,但也不能照杂剧那样完整再现。因此,电影《赵氏孤儿》运用了动画形式和现代影

① 《陈凯歌畅谈〈赵氏孤儿〉:并非与现实完全无关》。

像传播技术对事件之典型“图景”作了言说①。当然，最主要的还是艺术媒质差异。对于杂剧来说，“图说”是一次性解决问题的方式，即通过图画言说，能使程勃从“屠成”变成了“赵孤”，从屠岸贾的干儿子变成了与屠岸贾不共戴天的仇敌。这里，忠奸善恶分明，没有任何模糊地带。这也是戏剧类型化、说教化特点的一种呈现。电影恰恰是要反这种思维的，认为善恶正邪忠奸都是人在具体情境中被激发出来的，并不是先于存在的。人都有其复杂与模糊的柔弱地带，人心也是在微妙变化着的。正因为这样，图画言说在电影中被用作了程婴由软弱变坚强的心理标志物。在揭示真相时，电影故意去除掉原著的图画言说，为的是能更好地呈现程勃心灵深处的柔软：程勃不相信程婴和韩厥所说的话语是事实，而是信任屠岸贾，并随他上战场。当亲历了屠戮和残暴真相之后，程勃才完成了对“杀戮”二字的感官体验，从而在感性上能更好理解“满门抄斩”话语所蓄积的残暴力量。

从语图关系来说，电影和杂剧对语图差异的认知和互补运用均是自觉的。杂剧知晓图像的感官冲击力量，是任何言词所无法替代的，才以先图像观看后言词补充的语图互动活动成就人物身份转换。而电影则因为知晓图画言说的巨大力量而故意让图画缺失，让言词单独出场来试图叙明真相，为的是让程勃内心还有挣扎的机会，也让屠岸贾有空间展现其情与理的微妙纠结。在这个人性挣扎的空间中，屠岸贾最后还是救了程勃，结果反中韩厥的冷箭。程勃为此向程婴要了救命药丸救治屠岸贾。为此，屠岸贾释怀了，他对程勃说：“我竟然怀疑你不是你爹的亲生儿子……我怀疑你爹用他的孩子替了你。”此时，程勃才真正动摇了自己的身份坚持，“那我是谁?”然后，再在程婴和韩厥的指引下，确认了自己的赵孤身份。这是电影对于赵氏孤儿事件的另种“图说”，图画、影像与话语的分合辩证运用让真相露出了真容。

可见，“图”与“说”的结合，感性与理性的贯通具有无穷的力量。它将图像与语言的各自所长都做了发挥。我们都知道，语言具有表意的直接性、逻辑性和延展性，有强大的指示性和精准的叙述功能，但其感官形象比较模糊，具有不确定性；而图像则具有视觉的自然性、直观性和冲击力，具有空间上的感知强度，但却缺乏表意上的精准度。所以将图像的感性力量与言说

① 电影只是作了部分展示，这里可能有资金和成本的问题，即多一些动画等创作肯定加大成本。如果以连续绘画形式完整呈现，则成本会更大，而且也可能使得叙事进程放缓。

的理性指示能力结合起来,是最佳的一种触动人神经的方式,这也说明了电影、电视等综合媒介艺术在当下社会对人的影响和塑造巨大的事实。由此,理论上对“语”高“图”低的讨论基本是没有什么意义的假问题。“语言和图像是人类符号的两翼,同源共存,对立统一,缺一不可……语高图低论则是一个伪命题”①。潘诺夫斯基也说,图像的意义离不开语言或话语的支撑,“若要理解此画的图像志意义,就必须熟悉福音书的内容”②。电影和杂剧对此都很了解,因此都自觉作了语图互动机制的灵活运用。

作者简介

王东,男。1973年11月生,江西省乐平市人。南京信息工程大学副教授,东南大学艺术学院博士后,硕士生导师。主要从事图像学研究、文艺与科技传播关系研究等。

---

① 赵宪章、王汶成:《艺术与语言的关系研究》,北京:人民出版社2013年版,第133页。

② 潘诺夫斯基:《图像学研究:文艺复兴时期艺术的人文主题》,戚印平、范景中译,上海:三联书店2011年版,第9页。

论题图诗的视觉取向与心理影像

——以惜抱轩题图诗为例

许　结

摘　要:本文以清人姚鼐《惜抱轩诗集》中的题图诗为个案,通过其"叙写图画"与"叙写行历"的两类书写方式,以展现诗人"图文互访"的视觉取向与心理影像。而以"题画"为中心的文人题图诗,正是社会知识层文人化的趋势与表现,无论诗人还是画家,他们对待物象已不同于早期视觉图像呈示人类知识与自然现象的简单认知结构,已然隐去自然,将生活世界、图像世界、心理世界等"具象"融织于精神的乐园,这决定了题图诗的视觉与心理由直观性传递转向意会式传递。由于文人化的特征,对学界"题画诗"与"诗意画"之"逆势"与"顺势"的理解误差,其考据学、评点性与书斋化的三大原则,是值得重视与思考的。

关键词:题图诗　惜抱轩　视觉取向　心理影像

我国自唐代兴起一种新的诗歌题材"题画诗",且在历代诗人延续的创作中扩展到题写"地舆图"、"校猎图"、"行军图"、"祭祀图"等,"题图诗"几乎变成"题画诗"的同义语,所以许多文士的题画之作亦谓之"题图"。本文采用犹如今之社会调查的"随机抽取"之法,以清人姚鼐《惜抱轩诗集》中的题图诗(主要为题画诗)为例,试图由个案研讨探究普遍意义,通过文人题图诗的叙事方法,以观觇诗人的视觉取向与心理影像,阐发其共同的审美特征。

一、惜抱轩题图诗:个案及典范

作为桐城古文家的姚鼐(1731—1815),虽以散文写作著称,却好为诗歌,其中"题图诗"尤情之所钟,今存《惜抱轩诗集》计诗作741首(《诗集》十卷计649首,《后集》76首,《补遗》16首),其中题图诗就有104题,122首(包括部分题像诗)之多[①]。惜抱轩题图诗中除了14首“题人物像”诗,例如《长椿寺观明刘孝纯太后画像》、《吴中三贤赞三首》、《题方葆岩尚书青溪放棹旧照》、《题蕉园方伯照四首》等,类似“像赞”,其余皆为“题画诗”。在姚诗创作题名中,署“题画”者较少,仅《题画菜册》、《题罗牧童画》、《题画二首》、《题宋院画林檎孔雀》等数首,而他以“题图”为名者与“题画”实无分别,如《诗集》卷一四首题图诗名分别是:《钱舜举萧翼赚兰亭图》、《元人散牧晚归图》、《唐伯虎匡庐瀑布图》、《题沈学子步屧寻幽图》,或古图,或今画,皆属题画之作。还有同题者,或名题画,如《题画梅》;或名题图,如《为香莄兄题秋梅图》,应无大异。

姚氏论文重八字箴言,即“格律声色”与“神理气味”,前为“文之粗”,后为“文之精”[②],由粗入精而“因声求气”[③],其诗道亦然。惜抱轩诗,比较擅长重“格律”之今体(律、绝),作者曾继王士祯《古诗笺》之选,为济补其阙而编辑《今体诗钞》以示范后学,这颇能表明其诗学偏嗜[④];但诗道神韵,又不拘于体,贵在由粗入精,去形达神,所以姚氏诗歌创作又是兼取古、今体,就题图诗而论,古体尤佳,这或与诗道之通画道有关[⑤]。就题图诗的内涵而言,姚氏的创作基本上涵盖了古代文人题图诗的主要特征,这主要体现在叙写图画与叙写行历两方面。

所谓叙写图画,或如一些图像学家说的“图像翻译成语言”[⑥],也就是将图像转换为语象。在惜抱轩题图诗中,这种叙写从描述对象的时间来看,分别有“古图”与“今图”之别。其论“古图”的诗作如《元人散牧晚归图》、《唐伯虎匡庐瀑布图》、《宋人水殿图》等,缘于诗人对画面的静态鉴赏,故偏重对图

---

① 此据姚鼐著、刘季高标校:《惜抱轩诗文集》本,上海古籍出版社,1992年版。按:“惜抱轩”系姚鼐书斋名,世称惜抱先生,因名以诗文集。

② 姚鼐:《古文辞类纂》,上海古籍出版社,1998年版,《序目》,第19页。

③ 刘大櫆《张秋浯诗序》:“天地之气,默运于空虚莽渺之中,蕴积之久,不能自抑遏,而发之为声。……人之为诗,其间不能无大小之殊,大之为雷霆之震,小之虫之吟。是其小大虽殊,要皆有得于天地自然之气。”引自刘大櫆著、吴孟复标点:《刘大櫆集》,上海古籍出版社,1990年版,第88页。按:此“因声求气”的具体描述。

④ 姚鼐《五七言今体诗钞序目》:“论诗如渔洋之《古诗钞》,可谓当人心之公者也。吾惜其论止古体而不及今。……补渔洋之阙编,因取唐以来诗人之作(今体)采录论之。”引自姚鼐编选、曹光甫标点《今体诗钞》,上海古籍出版社1986年版第1页。

⑤ 按:《惜抱轩诗集》中题图诗古、今体皆以五、七言为主,少量杂言体。

⑥ 参见高建平:《文学与图像的对立与共生》,载《文学评论》2005年第6期。

像的直观性摹写；论“今图”的诗作则如《题沈学子步屧寻幽图》、《为香莨兄题秋梅图》、《题子颍所作登日观图》等，因诗人或参与图画中的事件（如交游），故偏重对图像的创造性书写。试各举一首今体诗为例：

金波鵁鶄丽秋光，高下空明水一方。天净不知河汉转，玉阶风露觉新凉。①

诗作摹写宋代的“水殿图”（古图），虽然中间也插入诗人读图的感受，如“觉新凉”之类，但诗意完全围绕“水殿”图像展开，是明显的直观性鉴赏。而如题“今图”的叙写：

穷腊阴凌蔽暮曛，高岩孤迹此偕君。前生定结名山诺，到死羞为《封神文》。岂有神灵通默祷？偶逢晴霁漫怀欣。却从元旦官斋静，看扫沧洲万里云。②

诗中记述的是作者与好友泰安知府朱孝纯（字子颍）于乾隆三十九年（1774）岁暮同登泰山日观峰的行事，当时朱氏作画，姚氏撰有诗、文③，这正是诗人下山后为朱画的题写之作。读这首诗，则画面感不甚强，诗中的图像如“阴凌”、“暮曛”、“高岩”、“晴霁”无不参与了作者自身的感受，特别是“到死羞为《封神文》”的议论与“看扫沧洲万里云”的抱负，寄托的是诗人因“疾”辞“四库馆”职离开官场后心中的困惑与解脱④。

综观惜抱轩题图诗，其叙写图画的内涵突出表现于“人物”、“山水”、“述行”、“翎毛”、“花卉”与“诗意”诸端。如叙写人物图像：

君筑岩居积翠重，飘然偶出似云龙。孤舟乘兴行千里，襆被吟诗入

---

① 《惜抱轩诗集》卷十《宋人水殿图》，第 603 页。

② 《惜抱轩诗集》卷八《题子颍所作登日观图》，第 550 页。

③ 姚氏登泰山日观峰写诗有《岁除日与子颍登日观观日出作歌》（《惜抱轩诗集》卷三），文章则是著名的《登泰山记》（《惜抱轩文集》卷十四）。

④ 关于姚鼐离开“四库馆”的主因，参见王达敏《姚鼐与乾嘉学派》第二章《四库馆内：不称的颉颃》，学苑出版社，2007 年版，第 31、58 页。

万峰。屡痛昔贤披墓草,自希良友结霜松。归休梅竹萧疏里,风雪余将策杖从。①

诗中主人与梅、兰、松、竹为友的隐逸雅致,凸显出一高士的形象。其叙写山水图像:

万山欲驾云飞去,风雨江声挟东注。波翻雨横客登楼,天地浑茫不知处。藤厓高下悬太阴,霾雾冥蒙露江树。飒飒风漂劲柯动,急雨小停江浪涌。低昂岛溆数舟行,寂寞鱼龙暮天恐。楚江晴甸亦苍茫,况值萧条风雨凉。山鬼含睇帝子怨,海洲忽近吴天荒……②

此题北宋书画家米芾的"楚江风雨"画卷,山水景观尽显尺素。其叙"述行"之画:

乱山奔如涛,急水高如山。千山万水不可度,况有倚天绝地之雄关。终南东走洛与宛,剑阁岷嶓天最远。山头日落关前晚,青烟满地黄云返。栈中马足蹑重云,岩底车声行绝坂。后有舆从前建旄,孤骑席帽丝鞭操。负担汗赪贱且劳,耳边不断风骚骚。……③

此题唐人"关山行旅"图,诗人基本以化图像为语象的方式,着力于行旅艰辛的描绘,再现画家笔下的声色趣味。其叙写"翎毛"、"花卉":

风举高枝露叶干,明花暄日鸟情欢。世间好处怜俦侣,翠尾张屏尽意看。④

两枝芳蕊出深丛,休比徐熙落墨工。曾向金陵参法眼,了知花是去年红。⑤

---

① 《惜抱轩诗集》卷九《题李抱犊山人仙枝四友图》,第581页。

② 《惜抱轩诗集》卷五《米友仁楚江风雨图卷》,第504页。

③ 《惜抱轩诗集》卷三《题唐人关山行旅图》,第466页。

④ 《惜抱轩诗集》卷十《题宋院画林檎孔雀》,第609页。

⑤ 《惜抱轩诗集》卷八《唐伯虎墨笔牡丹》,第569页。

一写孔雀之形态，一述墨笔牡丹之意味，颇见诗人匠心。再如对“诗意画”的诗意重构：

谁辨韶光速与迟？无情有态问花枝。分明羲御长停处，正在凌云一笑时。[1]

所题之画摹写唐人严维“柳塘春水漫，花坞夕阳迟”诗意[2]，而诗人复以“著我”精神因“图”取“意”，再造诗境。

与叙写图画不同，一些题图诗更着意于绘者主题行为（包括心理）与图外叙事，可称为叙写行历。区别而论，如前引《题唐人关山行旅图》虽写“行旅”之事，而诗写其图，重点在行旅之画面，而非绘图者的行为、心理，显然属于叙写图画；同样，前引《题子颍所作登日观图》的图中叙事虽然是诗人与画家所亲历的真实行为，展示的仍然是画面。所以在惜抱轩题图诗中，那些属于叙写行历的作品虽以图像为描写对象，但却淡化图像意识而更重图像主题行为，如“读书图”、“授经图”、“课子图”、“问耕图”、“砚斋图”、“墓庐图”、“从军图”、“筹海图”以及注重人物经历的“游历图”等。试举数则诗例如次：

老儒辛苦保遗残，少女聱牙讲授难。所叹服膺终不得，智囊心自属申、韩。

嗟余萧瑟一衰翁，敢望传家及湛隆。劣见女长栽祸稳，展图空仰汉儒风。[3]

此《题戴淳授经图二首》，前言汉人传经历史，后论图中授经者的苦况，重在“授经”之行为与心理的描绘，基本属于图外说事的写法。姚氏题“经图”尚有“说经”、“校经”，如《题外甥马器之长夏校经图》、《为胡雒君题说经图二首》等，名异而理同。再如：

---

① 《惜抱轩诗集》卷十《题花坞夕阳迟图》，第 617 页。

② 引见李昉等编：《文苑英华》卷二百四十四严维《酬刘员外见寄》，中华书局，1956 年版，第 1 229 页上栏。

③ 《惜抱轩诗集》后集《题戴淳授经图二首》，第 639 页。

慈母如师严，雒诵殷四壁。图中最稚儿，玉立今八尺。挂席出彭蠡，就我同书策。万卷容可收，熊丸不复得。我闻画阙氏，泣涕甘泉侧。憬彼休屠子，忠孝汉庭则。何况传经家，不匮名当赫。又闻悲思者，不可为太息。①

这是诗人《题陈硕士母鲁恭人端居课子图》中有关图像的描述，引史证今，既明绘图彰明忠孝严慈的功用，更重"课子"传统的意义与价值。复如：

持橐尝从汉建章，拥旄全督禹徐扬。内忧鸿羽劳中泽，外镇鲸波瞰大荒。星月夜悬筹笔幕，风云昼护建戈樯。归来更就论经席，巾卷诸生似堵墙。②

诗为《题铁制军筹海图》，以歌颂图中主人捍卫海疆的功劳，以及致仕授经所表现的文武双全的德行，诗旨已演绎于图画之外。与此相同，姚氏的《赏番图为李西华侍郎题》以论时事为主，兼及"番图"情景，以赞颂朝廷的柔远政治，图像已退居次要地位。又如：

迹登海内名山遍，身向天涯绝塞穷。种菜便判迁客老，看花敢望故人同？玉关生入承优诏，讲幄遥思更竭忠。我昔翰林曾著论，对君悲喜叙愚蒙。③

题写洪稚存"游历图"，实属叙述"谪臣"(流放伊犁)之行迹，诗中描写的"天涯绝塞"、"种菜"、"看花"，当是图中所示，然其论图像而骋议论，其叙写行历的创作心理则与前揭之《题唐人关山行旅图》大相径庭，具有不同的写作需求，自然呈示出相异的题图类型。

上述惜抱轩题图诗的两种类型，也是古人笔下常见的创作形态，特别是第一种以叙写图画为主的题图诗，其视觉取向与心理影像更典型地展示了

---

① 《惜抱轩诗集》卷四《题陈硕士母鲁恭人端居课子图》，第489页。

② 《惜抱轩诗集》后集《题铁制军筹海图》，第628页。

③ 《惜抱轩诗集》后集《题洪稚存游历图十六幅末学圃种梅二事其在伊犁时事也》，第629页。

文人化题图诗的特征。

二、文人化题图诗的视角与心理

以“题画”为中心的文人题图诗，是社会知识层文人化的趋势与表现，无论诗人还是画家，他们对待物象已不同于早期视觉图像呈示人类知识与自然现象的简单认知结构，题画诗在画家与诗人中交互，往往隐去了自然，将生活世界、图像世界、心理世界等“具象”融织于精神的乐园。这也决定了题图诗的视觉与心理由直观性传递转向意会式传递，表现出的正是人们常言的诗意之栖居。

图像叙事是个很古老的传统，源自人类认识自然的初始阶段。《周易·系辞上》所谓“在天成象，在地成形”，故“圣人设卦观象，系辞焉而明吉凶”[1]，所谓探赜索隐，钩深致远，认知自然以服务于人伦。早期的学者为便于直观感受或表达知识，往往采取所谓“左图右书”的图谱学方式，诚如郑樵《通志》卷七十二《图谱略·索象》说的：“古之学者，为学有要，置图于左，置书于右，索象于图，索理于书，故人亦易为学，学亦易为功。”[2]其“索象”、“索理”所表现的“图”、“书”（文）互证，显然是实用的功能，而没有鉴赏的意味。魏晋以后，“言”（文）与“画”（图）的关系渐渐在艺术领域融会，即陆机所言“宣物莫大于言，存形莫善于画”[3]，结合当时文士的诗、画创作，这一理论明显增添了鉴赏的价值，并预示作为艺术品的“语图合体”的出现。近人郑昶将中国古代绘画分为四大阶段，其中自魏晋以迄明清，以“唐朝”为交叉线，区别为“宗教化时期”与“文学化时期”[4]。这里视唐以后绘画为“文学化”，主要指的是文人化对绘画艺术的参与，其实从更广泛的意义来看，文人化对整个社会形态的参与，尤能彰显诗与画关系在文学意义上的互为，“题画诗”的出现正是一种典范。

文人围绕绘画作品的诗歌，一般有两种形式，一是“题图式”[5]，一是“独

① 《周易正义》卷七《系辞上》，中华书局1979年影印阮刻本《十三经注疏》上册，第76页。

② 郑樵：《通志》，浙江古籍出版社影印《万有文库》本第1册，第836页。

③ 引自张彦远：《历代名画记》卷一《叙画之源流》，见［日］冈村繁译注，俞慰刚译：《历代名画记译注》，上海古籍出版社，2002年版，第11页。

④ 郑午昌编著，黄保钺校阅：《中国画学全史》，上海书画出版社，1985年版，对“宗教化时期”、“文学化时期”的划分依据和论述的具体内容，概见《自序》，第3—5页。

⑤ 按：所谓“题图式”指诗作题于画幅，属狭义的题图，不同于诸多文家如惜抱轩的“题图诗”之广义性，因为其中大量的古体“题图”长诗皆是“独立式”，并非题于画幅。

立式”。如果说在整个历史长河中“语图”关系到宋元以后进入“语图合体”与“语图互访”的时代[1],文之附图(如“题图式”绘画诗)与图之附文(如戏曲、小说之插图)为其叙写征象,那么它与远古的“左图右书”又有什么区别呢?我想关键在文人化亦即文学的参与。由于题图诗作为文学意义的存在,所以其创作也决定于文人化的生存方式,其中最突出的就是“山水”、“交游”与“斋居”。而这三方面也最能代表我国文学史自魏晋以降文人寄情山水或山水媚道的情趣、文人集团的形成而出现的大量文事交游以及田园生活与书斋雅兴所带来的文学个性化的特征。因此,唐以后文人题图诗的兴起与繁盛,与之契合,其创作亦更多地体现于这三类题材。唐代绘画进入文学化时代后,山水画就成为文人游心玩味的重要载体,读惜抱轩题图诗,题山水画图之诗作也极为丰富,例如《唐伯虎匡庐瀑布图》、《王舍人友亮坐看云起图》、《王麓台山水》、《题万壑松风图》等,皆以描摹图中山水景象为主,而渗入诗人自身对图像所表现之自然山水的鉴赏与评议。试举其七言古体《王叔明山水卷》诗例:

> 大山如云高蔽日,小山如眉青入室。千林过雨长青葱,大山小山瀑争出。低首见峰仰见水,轩窗宛此空岩里。此中有士无四邻,草木犹涵太古春。岩花落尽春涧长,遂有渔舟来问津。……昔闻赵承旨,作画居吴兴,笔法晚授王氏甥。授受有绪谅可贵,意匠不到天机生。……曷不避世深山居?竟友麋鹿从樵渔。衣冠名姓世莫识,结屋无能与画图。[2]

诗中先叙图中之山水景观,再转写画者的身世遭际,终而表达诗人因山水而兴的心情与感喟。

山水题材往往与文人交游相契,如前述姚氏《题子颖所作登日观图》即为其交游而观览山水的题图诗。当然,交游诗的情境往往借山水而相得益彰,但交游作为一种文人活动,本身就是图像与诗文叙述的对象。姚氏题图诗中如《钱詹事座上观沈石田画像歌》、《题叶君云海移情图》、《题齐梅麓梅麓图即送其归里》、《王孔翔香雪梅宴集图》等,既为题图之作,又属叙写或他

① 参见赵宪章:《文学和图像关系研究中的若干问题》,载《江海学刊》2010年第1期。
② 《惜抱轩诗集》卷三《王叔明山水卷》,第477页。

人或自身的交游本事，形成图像与语象的互访。试观《王孔翔香雪梅宴集图》诗：

> 渡江春尽冬初去，风雪寒山独闭门。羡杀乌衣众年少，梅花时节又开樽。[1]

叙图兼议图，语意虽不乏寒凉之气，然文士情谊却蕴涵着雅趣与温馨。

绘画艺术至宋代好为"墨绘"，如墨梅、墨竹等，这与宋人画艺由重法转向"写意"有关，也同样与宋人由唐代文士之"漫游"转向书斋生活有关，而书斋雅趣包括对"文房四宝"的珍重[2]，这种生活情趣既为画者钟爱，也成为题图诗的重要内容。传承唐、宋，山水漫游与书斋雅兴，已是明清诗画家笔下的常见题材。试观惜抱轩题图诗中的《题汪君试砚斋图》云：

> 涵空高荫气清泠，黝玉开匳发古馨。蕉叶满窗苔满径，倚楹研绿写《黄庭》。[3]

诗中"清泠"、"古馨"、"蕉叶满窗"、"倚楹研绿"的意象，已将试砚图像导入一种诗的意境，这与作者大量的题"读书"、"授经"、"课子"、"拓铭"、"赏墨"诸图诗组成文人生活的静态画卷，实与其"山水"、"交游"的动态生活形成对应的文化视点。

题图诗与所题图画的关系，与戏剧、小说的插图表现的文图关系不同，它不是单纯的复制与摹写，而更多地体现出诗人的视觉取向与心理影像，是一种文图互访的再创造。这正是文图关系在文人化过程中的一种艺术表征，其又明显地呈示出鉴赏性、互为性与多元性。

文人题画诗对待图画而言，并不注重于图画的实用性，而更重要的在于将其视为一件艺术品加以鉴赏与玩味。这其中包括两重原因：一是绘画艺术本身就不是单体指示图像，而是运用了经营位置与剪缀叠加等嫁接方法

---

① 《惜抱轩诗集》卷九《王孔翔香雪梅宴集图》，第 573 页。

② 按：宋人重视文房四宝，称为"四友"，且尝拟之贤君子，例见释觉范《石门文字禅》卷二十三《李德茂书城四友序》，见《禅门逸书》初编第 4 册，明文书局，1981 年版，第 318 页下栏。

③ 《惜抱轩诗集》卷九《题汪君试砚斋图》，第 586 页。

重构自然图像，这一方法显然得到题诗者的心灵呼应，产生鉴赏的契合点；二是题画者的视觉取向与心理影像并不完全依附于画图的指示，而是同样表现出一种眼光的选择与心理想象的延伸，从某种意义上讲是根据主体鉴赏意志而化图像为语象的再创造。例如姚氏题《蔡万资水乡菱藕图》诗三首：

平湖秋棹木兰船，醉入汀花弄碧烟。日暮都忘天近远，坐间明月到尊前。(其一)

绿萍白芷春陂生，菱叶藕花秋气清。语儿泾畔各含思，为待先生吹笛行。(其二)

隔岸越山青倒开，花光湖影照徘徊。图成张向西风里，野鹤天边飞欲来。(其三)①

诗中的“水乡”与“菱藕”景象，显然缘于图画文本，但诗人出于鉴赏眼光与隐含其间的向慕野趣、隐逸的心理，则通过诸如“日暮都忘天近远”、“为待先生吹笛行”、“野鹤天边飞欲来”的意象营构，出现了超越图像的语象延伸意义。这也就形成了我们所说的诗人通过题图与画家的创造出现的互动，即诗人对图像内涵在隐去自然后的主观参与。试举姚氏五古《题沈学子步屧寻幽图》诗为例：

君昔依山居，孤怀晒高寄。步屧逐泉声，因风造幽地。一径独流烟，千山共成翠。空岩太古花，不与松柏异。闭绝未成蹊，焉知有开坠？自与深山辞，余岚在衣被。梦渡泖湖陂，图成广陵市。万壑动春云，为君渡江至。余亦泉石人，因之怅遥思。②

很显然，诗人以“著我”的方式介入图画，营构出一幅与原图不同的新图画，这也决定了题画诗作为诗学意义的存在。美国学者米歇尔曾讨论“图像转向”问题，认为这“不是向幼稚的摹仿论、表征的复制或对应理论的回归”，而

① 《惜抱轩诗集》卷七《蔡万资(履元)水乡菱藕图三首》，第534页。
② 《惜抱轩诗集》卷一《题沈学子步屧寻幽图》，第426页。

是“把图像当作视觉性、机器、体制、话语、身体和喻形性(figurality)之间的一种复杂的相互作用”①。图像的转向如此,而题图诗对艺术图像的摹写同样是一种转向,这一转向也具有“复杂的相互作用”,表现出“多元性”的特征。每一首题图诗,基本具有绘图、写景、叙事、抒情、品鉴、寓理与议论等“多元”的性质,绝非单一的模仿。再举姚氏七古《仇英明妃图》诗为例:

> 明妃一出萧关道,玉颜不似当时好。却留青冢地长春,复有画图容不老。汉官佩剑卒举旗,分布四马连尻脽,毛端飒有风沙吹。侍女颇具宫中仪,中有襜褕拥独骑。落日黄沙万马迹,临风翠袖双蛾眉。欲到穹庐前几许,贤王迎跪庐儿语,琵琶曲终泪如雨。佳人那必逢佳侣,表饵生分汉帝忧,容华死作单于土。遗事竟宁传到今,《王昭》有曲声中琴。仇生岂亦能知音,写出别怨关山深。王使夔州衰杜老,春风省识忽伤心。②

该诗题咏仇英“明妃图”,以图像叙事与历史叙事双线展开,其中形象的画面感,叙事的历史感,论乐的声律感,以及抒情感怀,兴喻理趣,皆融织于一体;尤其是诗的收束处忽借杜甫“画图省识春风面”③诗意,以寄发议论,兼寓对仇画的品鉴,其中包括画图不可尽情的迷惘,展示的正是诗人的心理影像。

三、从诗、画之异看题图诗的叙写

有关诗与画的关系,自苏东坡评说王维“味摩诘之诗,诗中有画;观摩诘之画,画中有诗”④,诗画交融,已成为作家尤其是山水纪游、风物景观诗创作的审美追求,而题画诗与诗意画又是从不同的视觉将两种艺术凝合一体的特殊形式。从文学批评的意义来看,中西学者对诗、画态度则大同小异,如

---

① 米歇尔《图像转向》,引见《文化研究》第三辑,天津社会科学出版社,2002年版。

② 《惜抱轩诗集》卷三《仇英明妃图》,第477、478页。

③ 诗见杜甫《咏怀古迹五首》之三:“群山万壑赴荆门,生长明妃尚有村。一去紫台连朔漠,独留青冢向黄昏。画图省识春风面,环珮空归月夜魂。千载琵琶作胡语,分明怨恨曲中论。”按:姚诗虽题咏仇画,其中影写杜诗,也十分明显,这也形成了诗与画的时空融织。

④ 胡仔:《渔隐丛话·前集》卷十五“王摩诘”条,人民文学出版社,1984年版,第97页。

清人叶燮《赤霞楼诗集序》云:

> 吾尝谓:凡艺之类多端,而能尽天地万事万物之情状者,莫如画。彼其山水、云霞、林木、鸟兽、城郭、宫室,以及人士、男女、老少、妍媸、器具、服玩,甚至状貌之忧离欢乐,凡遇于目,感于心,传之于手而为象,惟画则然;大可笼万有,小可析毫末,而为有形者所不能遁。
>
> 吾又以谓,尽天地万事万物之情状者,又莫如诗。故彼山水、云霞、士人、男女、忧离欢乐等类而外,更有雷鸣、风动、鸟啼、虫吟、歌哭、言笑,凡触于目,入于耳,会于心,宣之于口而为言,惟诗则然;其笼万有,析毫末,而为有情者所不能遁。①

其论诗与画之同,为其大要,然则以"有形者"状画,而以"有情者"状诗,且将"声响"之描写归于诗而阙于画,已内涵两种不同艺术形态的差异。对此,德国学者莱辛《拉奥孔》探讨诗、画差异更为明确,即把"诗"为代表的文学称为"时间艺术",把"画"为代表的造型艺术称为"空间艺术",并作出诸如"生活高出图画有多么远,诗人在这里也就高出画家多么远"的价值判断②。我们姑不取诗、画优劣论,仅以"时间"与"空间"看待诗与画艺术之差异,似可有助于对题图诗叙事方式的评述与理解。

题图诗与一般诗歌不同,因为其依附于作为空间艺术的图像,但它毕竟是诗的一种体裁,所以又决定其在创作中摹写"空间"图像而转换为"时间"艺术,这也就构成诗人叙写方法的程式化。在题图诗中,诗人根据自己的鉴赏心理或顺序叙写,或穿插叙写,或散杂叙写,不一而足,但由于受诗歌"时间"性的影响,最基本的方式还是有序的,构成"叙图·摹景·抒情·议论"的叙事模式。惜抱轩题图诗即以这种叙事模式为主要的"绘图"、"论图"方法。如他的《题张篁村万木奇峰图》是首七古(兼杂言)长篇,也具有结构分析的优势。诗开篇叙事,以展示"万木奇峰"的景象:

> 一峰崛起天当中,撑拄元气开鸿蒙。左右阖辟两巨壑,迳路各绝风

---

① 叶燮《已畦集》卷八,1917年长沙叶氏梦篆楼刊本。

② 莱辛:《拉奥孔》,朱光潜译,人民文学出版社,1979年版。按:此书的副题即为"论画与诗的界限"。

云浦。松风远自云中起，摇荡云光山色里。

这里向读者展示的景象，显然是图中之象，而由图中之象又联想到诗人自己家乡的奇丽风光，所以继“水交山断置人家，松响溪声动窗儿”的景致摹写之后，作者即转笔意于抒写情怀：

我家龙眠东，西望两谷口。每至夕阳时，岚光纷照牖。日月逝矣今身衰，芒屩竟隔青崔嵬。却寻图中幽谷到穷处，忽有数峰天际来。

作者的抒写及其中的景象，已属记忆之实景与现实图景的叠映，是借景抒情，寄发感慨。而诗的收束处则再折笔锋，例举画史佳构，以阐发议论结篇：

韩干、戴嵩堪障壁，徐熙、周昉遗儿女。落落平生山水情，移将看画亦眼明。於今安得张君死复生，与余结茅共对青山青。①

古体长诗如此，今体短篇也多按此叙事模式展开其“画图”与“诗境”。如五律《张吕环选胜图》诗云：

何处龙眠胜？无如太傅坟。岚光千嶂合，泉响四边分。前月吾行至，春风鸟独闻。只怜烟月暝，幽绝不逢君。②

图中所示为诗人家乡桐城龙眠山脉之景观，故诗首以问句提起，次句及颔联叙图、摹景，颈联则“著我”抒怀，感慨人生，末联以“议论”造“诗境”，打破图像的空间框架，而给读者以时间的感受，显出情境的有序与完整。又如七律《题万壑松风图》诗：

昔住黄山麓数旬，仰瞻天际碧嶙峋。遥思万壑吟松处，容有千年饵

① 《惜抱轩诗集》卷三《题张篁村万木奇峰图》，第481、482页。
② 《惜抱轩诗集》卷十《张吕环选胜图》，第609页。

术人。我老而今空见画，君闲他日必寻真。会知广乐钧天响，长托云峰动甲鳞。[①]

该诗首开“著我”，将自身融入图画，然前两联以叙图、摹景为主，后两联以抒情、议论为主，仍与题图诗常见叙事模式契合。

由于诗歌与绘画叙写方式的时、空之别，题图诗作为二者的凝合或中介，自然难免其龃龉与尴尬，所以往往将同一诗人的题图诗与自然诗比较，前者的画面感反不及后者精彩、活泼。以“山水”为例，山水诗与山水画关系密切，其中的“互文”现象也为人们津津乐道，但因艺术形态的差异，毕竟难以互代。尽管山水画家往往采取“透视法”以及所谓“三远”的视觉效果[②]，可是改变不了平面构图的基础，那种时间的流动感与音响声效，则无法企及山水诗采用“语象”所予读者产生的联想效应。所以一些给人以阅读快感的题图诗，则在于将其自然化，如前引姚鼐《张吕环选胜图》诗中的“岚光千嶂合，泉响四边分”，前句可入画，后句一“响”字点化，后续之“春风鸟独闻”之“闻”，皆诗语入画图，以逼近自然。正因如此，诗人笔下的题山水画诗囿于“题图”的方式与特征，又尝不及其自然“山水诗”摹写山水景观的生动形象。再观前述姚鼐的题图诗《题子颍所作登日观图》与山水诗《岁除日与子颍登日观观日出作歌》的比较，后诗中所描绘的“万峰海上”的旷势，“象伏龙蹲”的山形，均非前诗之图解所能展示。特别是在观日出诗中，诗人以纪游的叙事之笔描述了与朱子颍由夜半到清晨登山的经历见闻：

海隅云光一线动，山如舞袖招长风。使君长髯真虬龙，我亦鹤骨撑青穹。天风飘飘拂东向，拄杖探出扶桑红。地底金轮几及丈，海右天鸡才一唱。不知万顷冯夷宫，并作红光上天上。[③]

其中以“海隅云光一线动”为转折，逗引出登绝顶观日出之壮丽景象，其中两重形象的交互：一是自然的形象，诗人以“山如舞袖”展示其山形蜿蜒；一是

① 《惜抱轩诗集》后集《题万壑松风图》，第639页。

② 按：郭熙《山水训》：“山有三远：自山下而仰山巅，谓之高远；自山前而窥山后，谓之深远；自近山而至远山，谓之平远。”引自郭思编《林泉高致集》，文渊阁《四库全书》本，第812册，第578页下栏。

③ 《惜抱轩诗集》卷三《岁除日与子颍登日观观日出作歌》，第464页。

人物的形象，诗人分别以“长髯”如“虬龙”摹写“使君”（子颍）、以“鹤骨”撑立于“青穹”之间自状，于中喻示的一种超越人寰、遗弃俗累的精神，尤非前诗题图所能比拟。

于是我们产生一个疑问，山水诗与题山水图诗究竟有什么差别？我想最主要的不同就在叙事方式，特别是题山水图诗的重复阅读的趣味，则是一般山水诗所没有的。因为山水图是对自然山水的摹写（第一层阅读趣味），题山水图诗是对山水图的摹写（第二层阅读趣味），而诗人对山水图的解读又必然内含自身对于自然山水的游观经验，尝由“图像”返归“自然”的摹写（第三层阅读趣味），正是这种多层次间的距离，构成了题图诗之“语象”与“图像”的复杂关系。这一点在诗人题写“诗意画”图像中尤为突出。试观姚鼐题写《唐伯虎匡庐瀑布图》之诗，就是对明代画家唐寅绘制李白《望庐山瀑布》诗意画的再阐。姚诗开篇写道：

> 江南万重山，匡庐乃出万重上。人言秋晴万里峨嵋巅，青天一点东南望。连峰苍苍不见顶，日出彩烟生半岭。……群岩环峙不可名，岩端霞气升空行。石梁忽贯青霞落，倒海流云走空壑。①

这显然是对唐画描摹李诗“日照香炉生紫烟，遥看瀑布挂长川。飞流直下三千尺，疑是银河落九天”②的形容，这也就形成了自然的图像（匡庐瀑布）、（历史）诗意的图像（李诗语象）、诗意画的图像（唐画景观）与（现实）诗意的图像（姚诗题图）的复现，形成一种重叠的艺术“合体”。姚氏另有一首《唐伯虎赤壁图》诗云：“东坡居士赋有画，风月无穷泻清快。画中有赋情亦奇，唐寅使笔能尔为。”所谓“赋”（诗）中有“画”，“画”中有“赋”，而诗人又欲“请与图中二客偕”③，苏赋、唐画、姚诗又融织为一，以多元的视点展现自然图像、艺术图像与心理图像，这或许正是题图诗不同于一般诗作的阅读趣味。

---

① 《惜抱轩诗集》卷一《唐伯虎匡庐瀑布图》，第 420、421 页。

② 据瞿蜕园、朱金城校注：《李白集校注》卷二十一，诗中“长川”一作“前川”，“九天”一作“半天”。上海古籍出版社，1980 年版，第 1 241 页。

③ 《惜抱轩诗集》卷三《唐伯虎赤壁图》，第 479 页。

四、题图诗的文学背景探寻

题图诗虽有着特殊的阅读或鉴赏趣味,然对其艺术批评尝缘于图像与文字的符号特性似乎评价不高。一种代表性的意见就是"语词"(诗歌)与"图像"(绘画)互访时的"顺势"与"逆势"现象。质言之,绘画访问诗歌所呈示出的"诗意画"往往成为画中的精品(顺势),反之,诗歌访问绘画而呈示出的"题画诗"则在诗歌创作中鲜有佳构(逆势)[①],这一提法或许是基于莱辛《拉奥孔》诗歌高出绘画的原理。如果说在远古时代由图像到文字是人类文明的一大进步,那么自文图关系出现"文人化"以来,其文艺史的发展又出现由文字到图像的趋势,直观的图像更广泛地适应大众的审美需求,"读图时代"的出现正符合这一趋向。而从唐、宋以后(特别是明、清时期)大量诗意画的出现,其前提是隋、唐绘画"文学"化,是占有历史的"顺势"之利;反之,随着绘画之文学时代的来临,同样出现的题图诗也是应运而生,其将图像再转换为文字,确实有历史的"逆势"之弊,前述题图诗的叙事模式,并造成其不及自然诗的形象生动,也正是语象囿于图像的原因。倘若我们撇开价值判断而返回到历史演进本身,所谓的"顺势"、"逆势"以及所产生的诗意画与题画诗,都是"文人化"的大趋势的产物,所以由此来看题图诗创作,其"逆势"中同样有着"顺势"的意义。换言之,题图诗为何在近古时代大量出现且长盛不衰,其价值或许不在于与其他诗歌题材的比较,而应该探寻其产生的文学背景,以观测其中内涵的文人化情愫。对此,仍以惜抱轩题图诗为例,试述三点想法如次:

一是考据学原则。诗人采用题图诗的方式对待一幅(卷)画,既是一种文学观看,也是一种文学阅读,其中带有明显的考辨真伪优先,评述技法滞后的思想。这里内涵了诗人解图的一大原则,就是考据学的参与。有关文学与考据的关系,论述甚多,而姚鼐曾平亭众说,提倡"天下学问之事,有义理、文章、考证三者之分"[②],并认为"三者苟善用之,则皆足以相济;苟不善用之,则或至于相害"[③]。清末民初桐城后学姚永朴也认为"今日欲致力文事,

① 参见龙迪勇:《图像与文字的符号特性及其在叙事活动中的相互模仿》,《江西社会科学》2010年第11期。

② 姚鼐《复秦小岘书》,《惜抱轩文集》卷六,第104页。

③ 姚鼐《述庵文钞序》,《惜抱轩文集》卷四,第61页。

非精通于义理、训诂不可”[①]。所言“训诂”，即姚鼐说的“考证”(考据)，这其实并不仅是学问的一类，已是为文事者必须精通的学术原则，或视为文士的基本修养。读惜抱轩题图诗，或描写画像，如《长椿寺观明刘孝纯太后画像》诗中所述“坏牖长椿寺里来，画图崇祯年间作”、“梦魂不识刘孝纯，外家顾见徐夫人”、“不知寝殿托谁人，惟有此图长傍佛”[②]等，均以求真而见其义理；或阐发学理，如《为胡雒君题说经图》诗中所谓“遗经残缺在人间，已坠斯文不复还”、“闻名吾未识钱、陈，应是东南两俊民”[③]等，亦内涵学术史的意味；或形容山水闲趣，如《题李竹君青溪垂钓图》诗云“青溪几曲入秦淮，丝竹声繁合两街”[④]，考述金陵舆地堪称逼真。当然，所谓考据并不限具体事相的真伪指陈，而重要的是无论人物抑或山水，取容求真，宜为题图诗的品鉴原则，这是值得重视的。

二是评点性原则。题图诗的创作根本的动因来自于诗人的选择，一在选择的眼光，一在被选的作品，是在选择的基础上进行“诗化”的评点。用什么眼光选择什么作品作为题写对象，当然包括诗人的偏好与眼前的境遇，但除此之外有两方面是题图诗所共有的，即一是被历史确认的古代名画，如惜抱轩题图诗中的《宋人水殿图》、《米友仁楚江风雨图卷》、《唐伯虎匡庐瀑布图》、《仇英明妃图》等；二是文人交游之作，包括为朋友画品评甚至是应酬的篇章，如姚氏的《为香茝兄题秋梅图》、《题陈硕士母鲁恭人端居课子图》、《题子颍所作登日观图》、《为周期才题春江归棹图》等。当然，题图诗选择的眼光还体现在评点，即诗人于诗作中摹图之上的“论图”，而这一点正与文学之选本评点风气相适应。问题是文学选本评点的价值必须依附被评之文才能彰显，离开文本的“评点”之语只能给人以零散与无序的错觉。同样的道理，惜抱轩题图诗中如以“长卷大树为者难，屈伸神鬼开云关。忽移拔地风霆间”[⑤]评点沈石田《画桧图》，以“梅萼香薰静女旁，熏笼烦倚意寒凉”[⑥]评点仇英《熏笼宫女手持团扇图》，如果不对照沈、仇二图品读姚诗，自难得其阃

---

① 姚永朴《答方叔伦书》,《蜕私轩集》卷三,民国六年(1917)石印本。

② 《惜抱轩诗集》卷二《长椿寺观明刘孝纯太后画像》,第 444 页。

③ 《惜抱轩诗集》卷十《为胡雒君题说经图二首图三人一雒君一钱晦之一陈仲鱼》,第 611 页。

④ 《惜抱轩诗集》后集《题李竹君青溪垂钓图》,第 639 页。

⑤ 《惜抱轩诗集》卷二《钱詹事座上观沈石田画桧歌》,第 455 页。

⑥ 《惜抱轩诗集》卷十《仇英熏笼宫女手持团扇》,第 606 页。

奥。也许正是缺少独立的欣赏价值,题图诗才被人们视为“逆势”而遭受冷遇。

三是书斋化原则。自古文士有“动”、“静”两势,所谓“或取诸怀抱,悟言一室之内;或因寄所托,放浪形骸之外”[①],山水、书斋,显其两端。而就题图诗而言,更多地体现出书斋文化的特征。诗人描绘的对象,或见之友朋处,如惜抱轩题图诗所述之《钱詹事座上观沈石田画桧歌》、《为香莛兄题秋梅图》者皆是;或来之交游所得,如其友人赠图所咏《题子颖所作登日观图》;或一些家藏古画,第论其功用,无非“挂壁”与“收藏”。也正因为图画的功能与题图的行为皆成于书斋,在一定程度上决定了题图诗特殊的心理影像:一曰“玩赏”:题图诗的对象是一帧艺术品,无论图画中是人物,还是山水,诗人的视点只能停留于尺素间,留给想像的只是图像的转移,所以不会完全地返归自然,这也是书斋化鉴赏的一大特征。读惜抱轩题图诗,如其“寒厅慰归眼,香影横空疏”[②]、“我初访子在扬州,天寒携手王梦楼”[③]、“梦游所到不可追,惟有明月窥余帷”[④],或赞梅品,或述旧交,或写景观,皆出于一种玩赏心理。二曰“自得”:诗人所题之图,如前所述或挂壁,或收藏,或游观(交游所见),或酬友(应酬题写),无不以观奇、居奇、评奇为能事,以致题图诗多以美语赞丽景,鲜有贬斥与批评,这其中隐含了两重自得,即居(占有)图与评(欣赏)图。读惜抱轩题图诗,如其云“流落当年惜异才,江山尺绢今残剩”[⑤]、“此图稽典宜宝居,乃知柔远术不疏”[⑥]、“情往一乐复一哀,后六百岁余兹来”[⑦],就突出表现了题图诗人这两种自得的心理。三曰“对镜”,即指诗人面对图像,犹如一面镜子,在静态的玩赏中常常激发出动态的情感,这一点体现于题图诗中,就是常见的“著我”精神,以原图的镜影反射出记忆中的自然图景与心境中的人生感喟。惜抱轩题图诗中的“不见臧縠羊皆亡,嗟哉此画真吾乡”[⑧]的

---

① 王羲之《兰亭集序》,严可均《全晋文》卷二十六,中华书局 1958 年版《全上古三代秦汉三国六朝文》,第 1 603 页。

②《惜抱轩诗集》卷二《为香莛兄题秋梅图》,第 443 页。

③《惜抱轩诗集》卷二《王少林嵩高读书图》,第 446 页。按:诗中王梦楼即清代诗画家王文治,姚鼐与之交游甚密。

④《惜抱轩诗集》卷三《题四更山吐月图》,第 472 页。

⑤《惜抱轩诗集》卷一《唐伯虎匡庐瀑布图》,第 421 页。

⑥《惜抱轩诗集》卷二《赏番图为李西华侍郎题》,第 459 页。

⑦《惜抱轩诗集》卷三《唐伯虎赤壁图》,第 479 页。

⑧《惜抱轩诗集》卷一《元人散牧晚归图》,第 408 页。

自我认同与“嗟余送子隔云外，独忆秋山猿夜啼”[①]的自我参与，皆属此类心理影像。

综此三端，仅据惜抱轩题图诗略陈举隅之见，谨期予真实评价题图诗创作形态与存在意义有所助益。

作者简介

许结，1957 年生。男。安徽桐城人。南京大学文学院教授、博士生导师。

① 《惜抱轩诗集》卷二《王舍人友亮坐看云起图》，第 456 页。

诗教传统与清代宫廷诗经图*

李杰荣

摘　要：清代宫廷的诗经图创作，主要集中在康熙、乾隆、嘉庆三朝。《诗经》的儒家诗教传统一直主导着历代诗经图的创作，明代因时风流变和诗学转变，诗经图由官方寄寓教化转变为无关诗教的诗意图，清代宫廷诗经图的创作，主要遵循诗教传统，使诗经图再度回归政治教化的系统。另一方面，南宋马和之《毛诗图》卷和清代宫廷的《御笔诗经全图》是诗经图史上的两座高峰，但图解诗意的依据有所不同，前者以毛诗序为依据，后者以朱熹《诗集传》为依据，这也反映了诗经学术史的发展变化。

关键词：清代　宫廷　诗经图　诗教　诗学史

《诗经》作为儒家经典，自汉代以来颇为历代帝王所重，从中汲取治国安邦的理念。为宣扬《诗经》之儒家诗教，统治者授命宫廷画家绘制诗经图，如南宋马和之《毛诗图》，元代赵孟頫等人创作的《豳风图》等。及至明代，时风流变，《诗经》由经学回归文学，诗经图由官方寄寓教化转变为纯艺术的诗意图。到了清代，在宫廷画院内，因最高统治者的偏好，创作了大量的诗经图，尤其是在乾隆的授命之下，费七年之力，画院画家图绘《诗经全图》311 幅，再次使诗经图回归到诗教传统。

清朝在经过数代的励精图治后，终于迎来了康乾盛世。事务之暇，帝王好尚艺事，不时下旨令宫廷画家作画。由是，宫内供奉的画家逐渐增多，事务日繁，为方便集中管理，乾隆元年设立专门机构，分设画院处、如意馆两处，此即为清代宫廷画院。除院画家之外，清廷还有翰林画家，亦称词臣画

* 本文系教育部人文社会科学研究青年基金项目“诗经图：文本与图像的交叉综合研究”(13YJCZH079)、中国博士后科学基金第 52 批面上资助项目“跨学科视野中的诗经图”(2012M521618)和广东第二师范学院博士科研专项“《诗经》图文关系研究”(2014ARF14)的阶段性成果。

家，指身有官秩但又擅长绘画，经常恭进书画以邀宠或受命创作的大小文臣官员。这些宫廷画家，从帝王处接受旨意作画，并力图将统治者的意志、要求与偏好贯彻其中。清代宫廷诗经图，就是由这些宫廷画家来创作的。

整体而言，清代宫廷的诗经图创作，主要集中在康熙、乾隆、嘉庆三朝。康熙、乾隆、嘉庆三帝，汉文化的修养和造诣都极高，对《诗经》这一儒家经典自然十分熟悉。。在他们的御命之下，宫廷画院奉旨创作了大量的诗经图。其中乾隆朝的画院，最为兴盛，成就也最大，可以说是清代院画的顶峰。乾隆帝弘历也雅好丹青艺事，经常授旨宫廷画家作画，当时的诗经图，主要是由弘历授旨而创作的。

一、康熙朝的诗经图

康熙朝时，翰林画家焦秉贞曾据《诗经·周南·麟之趾》绘《麟趾贻休图》，收入《历朝贤后故事图》册。此图册乃焦秉贞绘写历代贤后淑妃的历史故事画，共十二开：葛覃亲采、含饴弄孙、教训储王、戒饬宗族、禁苑种谷、麟趾贻休、女中尧舜、亲掖銮舆、身衣练服、孝事周姜、约束外家、濯龙蚕织。这些历代的贤后淑妃，有的勤俭仁厚、贤淑孝顺，有的不涉政权、不佞外戚，给后世妃嫔树立了良好的楷模和榜样。每开对页有梁诗正所书弘历在皇子时期所作的诗句，记录了图中人物的事迹及评价。

第六开《麟趾贻休》乃取材于《诗经·周南·麟之趾》："麟之趾，振振公子，于嗟麟兮。麟之定，振振公姓，于嗟麟兮。麟之角，振振公族，于嗟麟兮。"关于这首诗的解释，历来有不同的说法，毛诗序和朱熹《诗集传》是对文王后妃及其宗族子孙秉性仁厚的赞叹；闻一多认为这是一首婚礼纳征之诗；高亨认为这首诗可能是孔子所撰《获麟歌》，本事见于《左传》鲁哀公十四年传；今人一般认为此诗是对奴隶主贵族的阿谀逢迎之词。细绎全诗，这是一首颂赞性质的诗歌，是对诸侯家族昌盛的祝贺和祝愿。

不过焦秉贞这幅《麟趾贻休图》，其旨意显然是承自毛诗序和《诗集传》。《国风·周南》中的十一首诗篇，毛诗序认为《关雎》言后妃之德、《葛覃》言后妃之本、《卷耳》言后妃之志、《樛木》言后妃逮下（即无嫉妒之心）、《螽斯》言后妃子孙众多、《桃夭》言后妃之所致（即"不妒忌，则男女以正，婚姻以时，国无鳏民也"）、《兔罝》言后妃之化、《芣苢》言后妃之美、《汉广》言文王德广所及、《汝坟》言文王道化行，最后一篇《麟之趾》，毛诗序言："《麟之趾》，《关雎》之应也。《关雎》之化行，则天下无犯非礼。虽衰世之公子皆信厚如麟趾之时也。"[①]认为《麟之趾》乃《关雎》德政之效应。朱熹《诗集传》基本上袭沿毛诗序，论《周南》十一首诗道："此篇首五诗皆言后妃之德。《关雎》举其全体而言也，《葛覃》、《卷耳》言其志行之在己，《樛木》、《螽斯》美其德惠之及人，皆指其一事而言也。其词虽主于后妃，然其实则皆所以著明文王身修家齐之效也。至于《桃夭》、《兔罝》、《芣苢》，则家齐而国治之效。《汉广》、《汝坟》，则以南国之诗附焉，而见天下已有可平之渐矣。若《麟之趾》，则又王者之瑞，有非人力所致而自至者，故复以是终焉，而《序》者以为'《关雎》之应'也。"[②]

毛诗序认为《关雎》等篇乃言后妃之德，朱熹则指出诗中"君子"、"淑女"乃指周文王及其正妃太姒。太姒，有莘氏之女，周文王之妻。当初，周文王造舟为梁，亲迎于渭河。及入室，太姒仰慕长辈之德，效法太姜、太任之德行，勤劳节俭，进于妇道，文王治外，太姒治内。与文王产下十子，其中包括周朝建立者周武王姬发。因其贤良淑德，与太姜、太任合称"周室三母"，《列女传·母仪传》特为之纪传。因太姒具有《关雎》诸篇里所称颂的德行，作为这种德政的化行，即为《麟之趾》的颂美之辞：子孙繁衍，而且仁厚贤能。焦秉贞题画名为"麟趾贻休"，即言太姒因《关雎》、《麟之趾》等诗篇所颂传的仁德，给后世留下了显赫的声名。

康熙朝独尊程朱理学，熊赐履担任康熙帝的经筵日讲官时，提倡程朱理学，著《学统》一书，尊程朱为正统。翰林画家焦秉贞绘《麟趾贻休》(见彩页)，显然受到了朱熹《诗集传》的影响。《麟趾贻休》将《麟之趾》中的麒麟与毛诗序、《诗集传》里的本事，绘之于同一画面：宫苑之内，巨松之下，一麒麟回首望向太姒，而太姒亦欣悦专注地看着阶下的麒麟，身后的女官侍女，也指着麒麟轻声议论。麒麟是传说中"麕身，牛尾，马蹄"、"不践生草，不履生虫"的仁兽，南宋严粲《诗缉》道："有足者宜踶，唯麟之足可以踶而不踶"、"有额者宜抵，唯麟之额可以抵而不抵"、"有角者宜触，唯麟之角可以触而不

---

① 陈子展：《诗经直解》卷一，上海：复旦大学出版社，1983年版，第25页。

② 宋朱熹：《诗集传》卷一，北京：中华书局，2011年版，第10页。

触。"[①]对麒麟仁厚之性大为赞美。朱熹《诗集传》将《麟之趾》一诗诠释为颂文王、后妃之仁厚,将"振振"解释为"仁厚貌",道:"文王后妃德修于身,而子孙宗族皆化于善,故诗人以麟之趾兴公之子。言麟性仁厚,故其趾亦仁厚;文王后妃仁厚,故其子亦仁厚。"[②]焦秉贞画上的题跋,就录入了朱熹的注释:"诗人颂太姒仁厚之德,曰:'麟之趾,振振公子。'注曰:'麟,性仁厚,故其趾亦仁厚。文王后妃仁厚,故其子亦仁厚。'"因此《麟趾贻休》,通过描绘《麟之趾》的诗意及毛诗序、《诗集传》所解释的本事,达到其政治教化的目的。

二、乾隆朝的诗经图

乾隆帝弘历的汉文化水平很高。雍正元年(1723),胤禛秘密建储,以弘历为内定储君,并增派朱轼、徐元梦、张廷玉、蔡世远、嵇曾筠等儒臣教授满汉文字和儒家经典。弘历在研读经典之外,还酷爱书画,书法主要学赵孟頫,绘画独爱写花鸟。弘历早年接受儒家教育,无疑对五经之一的《诗经》非常熟悉,也熟知《诗经》的政教意义,而他在书画上的造诣及其对书画的酷爱,很容易将儒家经典与书画结合在一起。这样的诗经图创作,既宣示了政教,也满足了丹青嗜好。乾隆朝的诗经图,基本上都是由弘历授意而创作的。

(一)《御笔诗经全图书画合璧》三十册

南宋马和之《毛诗图卷》是诗经图史上的巅峰之作,弘历曾着力搜集,并挑选其中十四卷藏于学诗堂中[③]。乾隆四年(1739)暮春至十年(1745)季夏,弘历陆续书写《诗经》三百零五篇,并补写《笙诗》六篇,同时敕命宫廷画家摹仿马和之《毛诗图卷》补绘图画311幅,费七年之功,终于完成《御笔诗经全图书画合璧》三十册。这三十册《诗经全图》,后又有张廷玉、梁诗正、汪由敦、厉宗万、张若霭、裘日修、陈邦彦、董邦达等词臣题跋,现藏于台北故宫博物院图书文献处善本书库。

《御制诗经全图》主要是摹仿马和之《毛诗图卷》,"旧有者临之,已缺者补之",但与《毛诗图卷》不同的是,弘历依据朱熹《诗集传》意,自补六篇有声

---

① 宋严粲:《诗缉》卷一,《文津阁四库全书》第25册,北京:商务印书馆,2005年版,第215页。

② 《诗集传》卷一,第9页。

③ 可参阅拙作《马和之〈毛诗图卷〉在清宫的搜集与散佚》,载《吉林艺术学院学报》2014年第5期。

无词的笙诗，补全《诗经》三百一十一篇，《小雅》的分什亦依《诗集传》，分为“鹿鸣之什”、“白华之什”、“彤弓之什”、“祈父之什”、“小旻之什”、“北山之什”、“桑扈之什”、“都士人之什”，而《毛诗》分什为：“鹿鸣之什”、“南有嘉鱼之什”、“鸿雁之什”、“节南山之什”、“谷风之什”、“甫田之什”、“鱼藻之什”。因为分什不同，各篇什之首也与《毛诗》不同，因此弘历书《诗经》诗文，也就不书毛序了。

弘历依《诗集传》而不依毛诗序，主要与康熙朝以来独尊程朱理学有关。康熙九年(1670)，玄烨复设起居注日讲官，命熊赐履充之，后又举经筵，以熊赐履为讲官，日进讲于弘德殿，直至十四年，熊赐履迁内阁学士。熊赐履宗师程朱理学，尊程朱为正统，提倡“非六经、语、孟之书不得读，非濂、洛、关、闽之学不得讲，敦崇实行，扶持正教”[①]。弘历深受乃祖影响，乾隆六年(1741)七月曾言：“朕自幼读书，研究义理，至今《朱子全书》未尝释手。”[②]同年九月二十五日，还曾谕命销毁湖南粮储道谢济世所著的《大学注》、《中庸疏》，因其不遵程朱，率以已意笺释，显与朱注抵触[③]。

《御笔诗经全图》后余幅又款识云：

> 宋马和之善画人物山水，供奉高、孝两朝，尝取毛诗三百篇，篇为一图以进，至今脍炙艺林，特流传零落，未睹完璧为憾。向在书舍，稍解六法，辄欲追拟全图，有志未逮。御极后偶值几余，检内府书画旧迹，得所图毛诗若干篇，笔法飘逸，务去华藻，洵如画史所称。爰敕画院诸臣，规抚笔意，旧有者临之，已缺者补之。各图梗概，清燕情闲，亦随笔点染人物及山林水石致趣。又仿束广微作笙诗补亡六章，并写大意。盖始事于己未春，积以岁月，迄今秋七月之望，获竟斯业。虽画法未克与和之先后，而翰墨风流继踪曩轨，亦足标文苑雅事，且不啻此诗之教以垂猷

① 清熊赐履：《经义斋集》卷一，《四库全书存目丛书》集部第230册，济南：齐鲁书社，1997年版，第220页。“濂、洛、关、闽”指宋朝理学的四个重要学派，其中“濂”指周敦颐，因其原居道州营道濂溪，世称濂溪先生，为程氏兄弟之师；“洛”指程颐、程颢兄弟，因其家居洛阳，世称其学为洛学；“关”指张载，因其居关中，世称横渠先生，其学亦称为关学；“闽”指朱熹，因其曾讲学于福建考亭，故称闽学，又称“考亭派”。

② 《高宗纯皇帝实录(二)》卷一百四十六“乾隆六年七月上”，见《清实录》第十册，北京：中华书局，1986年版，第1095页。

③ 参阅《清通鉴》卷九八“乾隆六年九月二十五日”条，太原：山西人民出版社，2000年版，第3367页。

劝。一披览间，里巷贞淫之故，朝廷郊庙之遗，犁然在目，因是有以考于其得失。朱子云：本之二南以求其端，参之列国以尽其变，正之于雅以大其规，和之于颂以要其止，则修身齐家、平均天下之道，不待他求而得之。然则是图成而可兴可观，其裨益不更深切著明耶！乾隆十年岁在乙丑处暑日御识。[①]

据此跋可知，《御笔诗经全图书画合璧》主要是摹仿马和之《毛诗图卷》，由帝皇书写诗文，院画家补绘图像，而且诗经图也是以《毛诗图卷》为蓝本，"旧有者临之，已缺者补之"，弘历还补写有篇名而无文辞的笙诗六章，从而完成《御笔诗经全图》，可谓完璧。《御笔诗经全图》的创作，一方面是"文苑雅事"，因受马和之飘逸、务去华藻的笔法感动，遂兴发"追拟全图"的想法，另一方面是因为诗教以垂惩劝，藉绘图而彰显《诗经》的教化功能。因此，《御笔诗经全图》，可以说是艺术情绪与政教作用相结合的产物。

宋高宗南渡之后，自书《毛诗》，令马和之补图，主要也出于政治教化的考虑，这也是学界对《毛诗图卷》主题的共识，如邓乔彬指出，宋高宗自书《诗经》而命马和之配图，是崇儒的表现，乃欲以图文并茂的形式实现《诗经》的教化功能[②]；徐建融认为《诗经》作为一部政治教化功的典籍，得到宋高宗的推介宣传，命马和之为《诗经》谱图，即缘于笼络人心和粉饰太平[③]；方闻也认为宋高宗敕令作《诗经》图卷，是朝廷中兴规划的重要组成部分，是在一个受到蛮族威胁的时代对"文明"世界的确认，马和之画《诗经》图卷遵循毛序，表达的是正统儒家的历史观和政治观[④]。从乾隆朝的《诗经全图》和《豳风图》的创作来看，弘历主要出于政教的目的，在《学诗堂记》里曾言："不读《关雎》、《麟趾》，不能行周官法度。是则有天下国家者，尤不可不学诗也。"但又同时认为宋高宗敕命马和之绘制《毛诗图卷》乃出于"翰墨娱情"，并批评"其有愧雅颂大旨"："夫高、孝两朝，偏安江介，无恢复之志，其有愧雅颂大旨多

---

① 清张照等：《石渠宝笈》贮重华宫卷一，《故宫珍本丛刊》第438册，海口：海南出版社，2000年版，第286—287页。

② 邓乔彬：《宋代绘画研究》，开封：河南大学出版社，2006年版，第327页。

③ 徐建融：《宋代名画藻鉴》，上海：上海书店出版社，1999年版，第124页。

④ [美]方闻：《超越再现：8世纪至14世纪中国书画》，杭州：浙江大学出版社，2011年版，第170页。

矣。则所为绘图、书经，亦不过以翰墨娱情而已，岂真能学诗者乎?”[①]乾隆辛亥(1791 年)，马和之《唐风图》入藏内府，此时距藏图于学诗堂并作记已二十二年，乾隆帝犹感慨道:“高宗在临安，三秋桂子，十里荷花，徒以西湖为销金窠，罔知《蟋蟀》、《山枢》之义矣！不务返晋为唐，而乃错杭作汴，所谓诵诗三百，虽多亦奚以为者矣。”[②]宋高宗南渡之后，安于现状，历来受到不少诟病，但通过画院绘制《兴武渡河图》、《中兴瑞应图》、《中兴四将图》、《便桥见虏图》、《文姬归汉图》、《晋文公复国图》等，以此辅助政教，宣扬自己是法统继承者，却也是世人的共识。同为最高统治者，敕命制作大规模的诗经，弘历一再强调宋高宗仅仅出于“翰墨娱情”，而忽略了其政教目的，大概是为了与宋高宗区分开来，以此揄扬自己。

《御笔诗经全图》是宫廷画家摹仿马和之《毛诗图卷》而创作的，“旧有者临之，已缺者补之”，那么《诗经全图》的摹仿与创作具体情况是如何的呢?可惜的是，《诗经全图》现藏于台北故宫博物院图书文献处善本书库，仅能获睹一二影印图像，未能窥其全貌。不过，据吴璧雍《从诗经图发展史看清代乾隆〈御笔诗经图〉》[③]一文的介绍，仍可得知其大概。吴璧雍以现存可见的马和之《毛诗图》与《御笔诗经全图》相对照，从构图上判断为临写的是《陈风》、《豳风》、《小雅鹿鸣之什》、《小雅南有嘉鱼之什》、《周颂清庙之什》、《周颂闵予小子之什》。但乾隆十年前，亦即《御笔诗经全图》在完成创作之前，有些《毛诗图》明明存于宫中却未被利用，如《小雅鸿雁之什》、《鲁颂》及《商颂》等，而有些《毛诗图》当时尚未入藏内府，《御笔诗经全图》的部分绘图却与之相同，如《周颂闵予小子之什》在乾隆四十九年(1784)方入内府，临本竟与之相同。总的来说，《御笔诗经全图》的临写部分，大约只能说是构图上接近马画，在技法上，虽以马和之“蚂蝗描”为依归，却学得并不很像。

从上面可知，《御笔诗经全图》临写马和之《毛诗图》的部分并不多，十之八九需要自创。虽然如此，马和之《毛诗图》作为典范，给院画家提供了极大

---

① 清清高宗:《御制文二集》卷十一，《文津阁四库全书》第 434 册，北京:商务印书馆，2005 年版，第 456 页。

② 清王杰等:《石渠宝笈续编》卷三十九，《故宫珍本丛刊》第 444 册，海口:海南出版社，2000 年版，第 393 页。

③ 吴璧雍:《从诗经图发展看清代乾隆〈御笔诗经图〉》，载《故宫学术季刊》第十九卷第三期，2002 年。关于《御笔诗经全图》与马和之《毛诗图》的比较，主要参考自吴璧雍此文，特此说明，并致谢意。

的参考，所以《御笔诗经全图》承袭马画的构图方式颇多。但对诗义的掌握，则多依朱熹《诗集传》，不过也并不完全受其所限，如同马和之未受《毛传》所困一样。如《唐风图》第一篇《蟋蟀》（见彩页），马和之主要表现“蟋蟀在堂，岁聿其莫”及“好乐无荒，良士瞿瞿”之意，故以地面落叶表时序已入秋，虽不见蟋蟀，但石阶上伫立一人，似正在侧耳倾听蟋蟀的叫声。屋外三人，一人作贵族打扮，似正在告诉对面而立的两个臣下：“无已大康？职思其居。”构图颇符合《毛序》政治教化的诗义：“《蟋蟀》，刺晋僖公也。俭不中礼，故作是诗以闵之。欲其及时以礼自虞乐也。此晋也，而谓之唐。本其风俗，忧深思远，俭而用礼，乃有尧之遗风焉。”[①]而《御笔诗经全图》里同篇的《蟋蟀》（见图1），与马画的构图完全不同，画面呈现的是岁暮农闲时的太平景象，有亲友相与燕饮，有妇人小孩在厨下对话，庭院中还有嬉闹的孩童，稻草墩上有鸡群，宛然一幅祥和安闲的农家生活图。构图的不同，缘于院画家乃径取《诗集传》对此诗的诠释：“唐俗勤俭，故其民间终岁劳苦，不敢少休。及其岁晚务闲之时，乃敢相与燕饮乐。而言今蟋蟀在堂，而岁忽已晚矣。当此之时而不为乐，则日月将舍我而去矣。”[②]不过，通过《国风》部分的比较，《御笔诗经全图》多半创意不高，几乎是从当时所见马和之《毛诗图》脱胎而来，因此相似者颇多。

图1 《唐风·蟋蟀》诗意图 清弘历敕画 册页 其他情况不详 台北故宫博物院藏

① 《诗经直解》，第340页。
② 《诗集传》卷一，第87、88页。

《御笔诗经全图书画合璧》三十册，虽然创意不高，但这是史上首次完成《诗经》全图。如果说马和之《毛诗图》以其艺术性和创造性，成为诗经图史上难以逾越的高峰，那么《御笔诗经全图》就以一个完整的姿态，在诗经图史上立下一座丰碑。1949 年，国民党将故宫博物院的国宝运往台湾，其中特别珍贵的历代古书画作品就有 94 箱，共 5760 件之多，其中就包括了这三十册《御笔诗经全图书画合璧》，最后藏于台北故宫博物院图书文献处善本书库。

(二)《豳风图》

作为一个农业文明古国，历朝皇帝对农业都非常重视。清兵入关，建立满清皇朝，逐渐认识到农业经济的重要性，努尔哈赤曾下令实行“计丁授田”，皇太极认为“田畴庐舍，民生攸赖，劝农讲武，国之大经”[1]，又一再告示汉民“各安心农业”，顺治采取了“轻徭薄赋”和招集流民开垦荒田的政策以恢复农业生产，及至康熙亲政，十分重视农业生产的恢复和发展，精辟地论述了国以民为本，民以食为天，衣食来自农桑的道理，提出了宽民为本的治国思想，采取了一系列恢复和发展农业生产的有效政策。康熙帝之后，其继任者雍正帝、乾隆帝、嘉庆帝、道光帝对农业生产也都很重视。

弘历在位六十年里，减免租税，提倡开垦荒地，注重提高农业耕种技术，兴修水利设施，关心民生疾苦，推行“摊丁入亩”的土地政策。乾隆二年(1737)，弘历又命鄂尔泰、张廷玉率群臣收集、辑录前人有关农事的文献记载，历五年编成《授时通考》这么一部大型农书，以此推广农业技术。弘历积极鼓励农耕，每年春耕之始，在先农坛亲耕示范，行藉田之礼，曾作《御园耕种》诗纪事:“弄田播种近臣从，不比亲耕典秩宗。布谷有声春已暮，看花无兴草全茸。劳躬漫谓勤民亟，愁意多缘望雨浓。丰泽藉田将御苑，年年端是重三农。”诗序:“皇考时岁举行之。盖自丰泽演耕与夫措田亲耕，并此而三，重农之意于周有昭云。”藉田之礼，虽然只是一种仪式，但通过这种亲耕的体验和感受，还是可以看弘历重农劝耕、关注农事的圣意。

弘历重农恤农，又爱好文学艺术，取材《豳风·七月》的绘画，既可以满足自己对文艺的喜爱和需要，也可以表达自己重农劝耕的意图，而非玩物丧志。因此，乾隆朝，宫廷画家数次受命绘制《豳风图》，包括郎世宁、唐岱、沈

① 《太宗文皇帝实录》卷一三“天聪七年正月至四月”条，《清实录》第二册，第 179 页。

源合笔《豳风图》轴，唐岱、沈源合笔《豳风图》轴，周鲲《豳风图》，而且弘历还亲自绘制了一幅《豳风图》。

据《养心殿造办处各作成做活计清档》记载，乾隆二年正月十九日："太监胡世杰传旨，着唐岱等画《豳风图》一幅。钦此。""同年四月十二日画画人沈源将画得《豳风图》一幅交太监胡世杰呈进讫"①。根据《石渠宝笈三编》的著录，唐岱曾与沈源合作过一幅《豳风图》，也曾与沈源、郎世宁合作过另一幅《豳风图》，两幅《豳风图》都有张照所书《豳风·七月》全诗诗文。

唐岱、沈源合笔《豳风图》轴，绢本设色，纵三尺九寸五分，横五寸四分。"画《七月》全篇诗意。款：臣唐岱、臣沈源合笔恭画。钤印二：'臣唐岱'、'朝朝染翰'。上方张照书《七月》诗全篇。款：臣张照敬书。钤印二：'臣张照'、'心正笔正'。"②

郎世宁、唐岱、沈源合笔《豳风图》轴，绢本设色，纵一丈三寸，横七尺六寸。此幅《豳风·七月》诗意图，其中郎世宁画庐舍，唐岱画山水，沈源画人物，分别款"臣世宁恭画"、"臣唐岱恭画"、"臣沈源恭画"，并钤印。画面上方，有张照书《豳风·七月》全篇，钤印二："臣照"、"瀛海仙班"③。

两幅《豳风图》中，只有唐岱、沈源合笔的《豳风图》存世，绢本设色，纵126 cm，横173 cm，现藏于台北故宫博物院。中国以农立国，《诗经》里有很多诗篇与农事有关，其中《七月》一篇，描写了一年的农事劳作，历来为统治者所重视。国以民为本，民以食为天，衣食又来自于农桑，《七月》诗篇，首言"无衣无褐，何以卒岁"，再言"采荼薪樗，以食农夫"，先言衣后言食，并叙写农桑耕织劳作之事。统治者往往借《七月》以宣示重农恤农之意，一以承毛诗序诗旨，重视稼穑，二以知农事艰苦，体恤农人。弘历于《诗经》中偏重《七月》，即缘于此故。唐岱、沈源合笔《豳风图》(见图 2)，在画面上，高岭峻伟，远山绵邈，近处冈陵起伏，河流蜿蜒，村舍人家错落，农人村妇耕织劳作，各司其事。在画面上，可以看到犁田、打稻、割苇、修理房子、田官巡田，授衣、

① 转引自杨伯达《清代院画》，北京：紫禁城出版社，1993 年版，第 48 页。

② 清英和等：《石渠宝笈三编》延春阁藏四十二，《故宫珍本丛刊》第 456 册，海口：海南出版社，2001 年版，第 175 页。

③ 清英和等：《石渠宝笈三编》圆明园正大光明藏，《故宫珍本丛刊》第 458 册，第 74 页。郎世宁等三人合笔《豳风图》，也著录于胡敬《国朝院画录》："郎世宁、唐岱、沈源合画《豳风图》一轴，款臣郎世宁画庐舍，唐岱画山水，沈源画人物，上方张照书《豳风七月》全篇。"见卢辅圣主编《中国书画全书》第十一册，上海书画出版社 2000 年版，第 759 页。

采桑、纺织、打猎、缴纳粮食等农事活动。虽然“为此春酒，以介眉寿”、“朋酒斯飨，曰杀羔羊。跻彼公堂，称彼兕觥，万寿无疆”等欢乐喜庆的场面在《豳风图》中并没有描绘出来，但整幅画面给人一种安乐祥和的氛围和感染力。

图2　豳风图　清唐岱、沈源　图轴绢本设色　纵126 cm　横173.4 cm　台北故宫博物院藏

《石渠宝笈》还记“张照书《豳风》周鲲绘图一卷”：“凡二幅，前幅宣德笺本，行楷书豳诗全篇，款云：‘臣张照敬书’，下有‘臣张照’、‘心正笔正’二印；后幅素绢本，著色画，诗图，款云：‘臣周鲲恭画’，下有周鲲联印。卷高六寸二分，广二尺八寸八分。二幅同。”[①]可惜此画已佚。

这三幅《豳风图》都由张照来书写《豳风·七月》全诗，唐岱、沈源、郎世宁等人合作的两幅《豳风图》为图轴，张照书《七月》于画面上方；周鲲《豳风图》为图卷，书画各一幅，合装成卷，左画右书。张照《跋自书幽风七月诗》记：“乾隆丁巳三月，奉敕书《七月》诗于《豳风图》上，张诸听政处之殿壁，因先为大小二稿进呈取进止。上择用其大者，大字稿遂留禁中。此本为小字稿，幼圧先生检取装潢成册，属题记其缘起，因书如右。”[②]乾隆二年丁巳(1737)三月，弘历命张照书《七月》诗于《豳风图》上，以张挂于听政处的殿壁。张照受命，先以大小二稿进呈，弘历择用其大者，便留在了禁中，而小字

① 清张照等：《石渠宝笈》贮乾清宫卷五，《故宫珍本丛刊》第438册，第225页。胡敬《国朝院画录》也有记录：“《豳风图》一卷，款臣周鲲恭画。前幅楷书豳诗全篇，款臣张照敬书。”见《中国书画全书》第十一册，第745页。

② 清张照《天瓶斋书画题跋》，见卢辅圣：《中国书画全书》第八册，上海：上海书画出版社，2000年版，第860页。

稿则由幼厓先生装潢成册。在北京故宫博物院，藏有张照《行楷书豳风七月篇》，洒金纸本，纵 177 cm，横 92 cm，款：臣张照敬书。此幅行楷《豳风七月篇》，风格与唐岱、沈源合笔《豳风图》上的《七月》诗篇，风格一致。

乾隆十年(1745)，弘历御笔亲绘《豳风图》，并书《七月》诗文。《御制豳风图并书一册》："左方宣德笺金丝阑本，行楷书本诗，右方太子仿笺本。墨画诗图。御笔绘人物，董邦达补树石舍宇。书画各八幅。"[①]《御制豳风图并书一册》，分为书幅和画幅两部分，各八幅，每幅各有印玺，玺文有的表达了弘历耽书娱画，有的切合了《七月》意旨，如"豳风无逸念民依"、"万国农桑寤寐中"，其中画幅，弘历绘人物，翰林画家董邦达补绘树石舍宇。可惜的是，此书画册也已佚失。

弘历授命宫廷画家绘三幅《七月》诗意图，又命张照各为之书《七月》诗文全篇。对此，《御制豳风图并书一册》上梁诗正等人的题跋，颇能解释弘历这么重视《豳风·七月》的原因："我皇上敕几熙载，庶绩用康，清燕多闲，游情翰墨，既以积岁之功，为《诗经全图》，复念《豳风·七月》陈王业之艰难，所言农夫红女，趋事赴时，勤力务本，尤为亲切有味，爰御楮翰，分章为图，系诗左方，装成巨册。……揆之往古，惟周以穑事开基，《豳风》所述，后稷公刘太王文武之遗，先圣后圣有司揆焉。圣天子绍闻衣德，惓惓民依，耕耤亲蚕，典礼修举，风化所覃，海澨山陬，无不辟之土。田野妇孺，以至宾僰蛮羌，无不知耕耘织作之当务，休养百年，驯至今日，王道化成之效，称极盛矣。"[②]弘历在题跋《宋马远豳风图》时亦言："内府所藏北宋马远《豳风图》一卷，披览之下，姬公陈诗之意，令人睪然高望而远思，爰书本诗弁诸卷首。"[③]重农劝耕向来是统治者的重要功课，康熙时曾命俞秉贞、陈枚绘《耕织图》，御笔题诗后命镂刻版行，弘历也效仿之，命绘《豳风图》，具备男耕女织之景状，陈王业之艰难，这篇长跋的中心意旨亦在于此。

(三) 卢湛《周颂清庙之什诗意图册》

乾隆朝的诗经图，还有卢湛创作的《周颂清庙之什诗意图册》："本幅绢本，十对幅，皆纵九寸，横一尺七分。左设色画，《周颂》诗意，一《清庙》，二

① 清张照等：《石渠宝笈》贮重华宫卷一，《故宫珍本丛刊》第 438 册，第 294 页。

② 同①，第 295 页。

③ 清张照等：《石渠宝笈》贮御书房卷五，《故宫珍本丛刊》第 437 册，第 201 页。

《维天之命》,三《维清》,四《烈文》,五《天作》,六《昊天有成命》,七《我将》,八《时迈》,九《执竞》,十《思文》。'臣卢湛奉敕恭画',钤印二'臣'、'湛'。右楷书分录《周颂》诗辞,款'敕敬书',分钤印'臣吴寿昌'、'敬书'。"[1]卢湛生平资料极少,胡敬《国朝院画录》仅记其"工花木"[2]。据《石渠宝笈二编》,马和之《周颂清庙之什》卷被乾隆视为真迹,藏于学诗堂,卢湛这幅《周颂清庙之什诗意图册》不知是自创还是临摹自马和之,可惜此画似亦已佚失,无以对证。

三、嘉庆朝的诗经图

乾隆之后,嘉庆帝颙琰承其父之遗风,据《石渠宝笈三编》著录,颙琰御笔书写《诗经》诗文有《豳风七月》、小雅七篇、雅颂四篇、大雅《文王》、《大明》、《绵》、《旱麓》四篇,并撰写了《豳风时序歌》。不过,颙琰喜好听戏打猎,对书画艺术的兴趣远不如其父辈,宫廷画院也渐不及往朝之盛。颙琰在位廿五年,以《诗经》为题材的绘画,有黄钺《祥徵协庆图册》里的《豳风介寿图》,以及《豳风十二月图》册。

(一) 黄钺《豳风介寿图》

黄钺,乾隆五十五年(1790)进士,授户部主事,后与和珅意左,告假回芜,"掌教皖南北书院十载"。嘉庆四年(1799),受召出山,加封为"懋勤殿行走",后为嘉庆帝和道光帝所重用,直至道光六年(1826),获准荣归故乡,十五年后,逝于芜湖,谥号勤敏。黄钺工诗文书画,著有《壹斋集》、《奏御集》等,还仿司空图《二十四诗品》,撰有画论《二十四画品》传世。所绘山水,有萧云从余韵,为嘉庆帝和道光帝所赏识,在当时与院画家董浩并称,也时常奉帝命作画。

《祥徵协庆图》册,共有十二开,每开一幅,蝴蝶装,均纵 28 cm,横 34.2 cm,纸本设色,现藏于台北故宫博物院。这图册是为了庆寿而作的,十二幅绘图分别为:《华封祝寿》、《豳风介寿》、《南山称寿》、《五云书寿》、《鹤筹添寿》、《蓬瀛集寿》、《乔松齐寿》、《灵椿徵寿》、《绥桃献寿》、《菊泉延寿》、《长春纪寿》、《芝英益寿》,其中第十二幅款:"臣黄钺恭绘",钤印二:"臣"、"钺"。这十二幅画,皇子绵宁题诗前六幅,第六幅上绵宁款:"子臣绵宁奉敕敬题",

---

① 清英和等:《石渠宝笈三编》静宜园藏,《故宫珍本丛刊》第 459 册,第 280 页。

② 清胡敬:《国朝院画录》,《中国书画全书》第十一册,第 745 页。

钤印二："子臣"、"绵宁"；皇子绵恺题诗后六幅，第十二幅上绵恺款："子臣绵恺奉敕敬题"，钤印二："子臣"、"绵恺"。"绵宁"，是道光帝的旧名，即位后才改为"旻宁"。可知，黄钺《祥徵协庆图》册是奉嘉庆帝颙琰旨命而作，绵宁、绵恺也是奉旨题诗。

《豳风·七月》有"为此春酒，以介眉寿"、"称彼兕觥，万寿无疆"句，后人常以此为贺寿之辞，元代郭畀曾据"为此春酒，以介眉寿"而绘《豳风介寿图》，清朝时流入内府，藏于长春园狮子林园。黄钺《豳风介寿图》（见图 3），画中茅舍数间，村篱落落，坐落于河岸两边，远处良田数顷，高山巍峨，一道城墙宛似铜城铁壁横跨于山脉之间，而河之两岸，右岸数人正欲过桥赴寿宴，队尾的两人抬着一坛春酒，犬马尾随其后，左岸两人立于河边，远远地隔岸相迎，一派宁静安详的乡村风景和淳朴和睦的风俗人情。画上绵宁题诗道："欲卜丰年象，图成七月诗。春和于耜日，秋肃筑场时。蔀屋盈宁庆，公堂宴飨宜。称觥同华祝，万寿仰无期。"

图 3　豳风介寿图　清黄钺　册页纸本设色　纵 28 cm　横 34.2 cm　台北故宫博物院藏

（二）《豳风十二月图》

《豳风十二月图》册，共三十六开，每开一幅，摺装，绢本设色，均纵 36.4 cm，横 33.3 cm，右幅纸本，尺寸同本幅。后副叶三开，每开二幅，摺装，纸本，尺寸同本幅。均无款印。画者不详。每幅册页均有一"图说"，为张师诚所书，后副叶还有张师诚的楷书长跋。现藏于台北故宫博物院。

《七月》,记叙了一年四时的农事劳作,其中涉及夏周时期的历法[①],如“一之日”、“二之日”、“七月流火”等。《豳风十二月图说》,共三十六幅画,按月分图,每图配以张师诚图说:一之日觱发说、一之日于貉说、二之日栗烈说、三之日其同说、二之日凿冰冲冲说、三之日于耜说、三之日纳于凌阴说、四之日举趾说、四之日其蚤献羔祭韭说、蚕月条桑说、四月秀葽说、王月鸣蜩说、五月斯螽动股说、六月莎鸡振羽说、六月食郁及薁说、七月流火说、七月食瓜说、七月鸣鵙说、七月在野说、七月亨葵及菽说、八月萑苇说、八月载绩说、八月其获说、八月在宇说、八月剥枣说、八月断壶说、九月授衣说、九月在户说、九月叔苴说、九月筑场圃说、九月肃霜说、十月陨萚说、十月蟋蟀入我床下说、十月获稻说、十月纳禾稼说、十月涤场说。《豳风十二月图》,描绘的是《七月》里一年十二月份里的农人劳作的场景,如打猎、凿冰、修理农具、耕种、祭祀、采桑、食郁及薁、纺织、获稻、打枣、授衣、修理室宇、筑场圃、纳粮等等。张师诚所跋的图说,实际是配合绘图对《七月》诗文的解说,当中涉及农事劳作、历法、名物学等,如“十月获稻说”:

> 郑笺曰:获稻而酿酒,以助其养老之具。孔疏曰:获稻为酒。按蔡邕《月令章句》云:十月获稻,人君尝其先熟,故在季秋九月熟者,谓之半夏稻。稻有糯、秔两种,其黏者为糯,一名秫,可以酿酒;其不黏者为秔,可以作饭。二月种秫稻,有芮者为秔,无芮者为糯。《尔雅》“稌稻”,郭注:今沛国呼“稌”,释文引《字林》云:糯,黏稻也,秔稻,不黏者。是黏与不黏,虽殊,其为稻一也。《周颂》曰:丰年多黍多稌,为酒为醴。《月令》曰:乃命大酋秫稻必齐。大酋,酒官之长也。故郑注云:古者获稻而渍米麹,至春而为酒,是稻之用于酒为多。观下章“纳禾稼”之文,则作饭之秔,已有专咏,故笺、疏皆以此句专为春酒而设。上言八月其获,此又言十月获者,得气先后之故,要终言之至于十月也。苏辙曰:养老者,必有酒以助养其气。朱善曰:果酒嘉蔬,非不可以及少者,而介眉寿之意多,此豳人之老,所以长寿考欤。

---

① 关于《豳风·七月》的历法,可参阅:华钟彦:《“七月”诗中的历法问题》,载《历史研究》1957年第2期;翟相君:《〈七月〉历法探微》,载《河北学刊》1990年第3期。

《七月》:"六月食郁及薁,七月亨葵及菽。八月剥枣,十月获稻。为此春酒,以介眉寿。"张师诚在"十月获稻说"里,不但引据经典,解释糯、秔两种水稻的区别及用途,糯谷黏者,用于酿酒,秔谷不黏者,用于做饭,而且引苏辙、朱善之言,析说春酒养气而介眉寿。张师诚的跋说,代表了清人对《七月》诗篇的析解,对探讨清代诗经学,不无意义。

作为《七月》诗意图,张师诚在《豳风十二月图》后副叶题以长跋①。在这则长跋中,张师诚言前清《豳风图》大多是摹写大意,未有按月分图,故按月份绘《豳风十二月图》册,于图后又各系图说。总的来说,张师诚在跋中,再谈历代统治者重视《七月》并为之作图的原因,即陈王业之艰难,知农桑之艰辛,并对嘉庆帝《味馀书室集》中的《耕织图诗》、《棉花图诗》、《豳雅颂说》等大为揄扬。因绘图跋说时,正值嘉庆帝五十大寿,所以最后谈及《豳风十二月图说》中的"十月涤场说",对《七月》末章"九月肃霜,十月涤场。朋酒斯飨,曰杀羔羊。跻彼公堂,称彼兕觥,万寿无疆"的阐释,认为"万寿无疆"并非郑玄笺注所言"为臣祝其君之辞",而是《毛传》所言"为民祝其君之辞",由此阐发君民相亲之道,于阐释中又有进谏之意,可谓用心良苦。

结语

《诗经》一直是备受统治者重视的儒家经典之一,执政者往往敕命宫廷画家或文臣画家据《诗经》作画,以直观形象的画面,宣扬政治教化,以维护巩固政权,所以历代诗经图创作,多在朝廷宫廷内进行。南宋《毛诗图》卷、元代《豳风图》等,莫不是如此。到了明代,因时风流变,《诗》学转变,诗经图创作在宫廷画院之外进行,摆脱了诗教束缚,迎合时风趣味,借《诗经》诗意,绘写心中图景。及至清代,因为统治者的偏好,敕命宫廷画家创作了大量的诗经图,再度使诗经图回到政教系统。

从汉代刘褒绘写《云汉图》、《北风图》始,历代以来,都有大量的诗经图创作。其中南宋马和之《毛诗图》是不可逾越的高峰,此前已无诗经图传世,仅有文献记载,此后诗经图也多临仿于它。不过马和之卒时,《毛诗图》尚未竣工,没有完成《诗经》全图。直至乾隆朝,弘历补写有目无辞《笙诗》六首,

① 《豳风十二月图》及张师诚书写的图说、题跋,见《故宫书画图录》(第二十七册),台北:国立故宫博物院,2008年版,第204—211页。

敕命宫廷画家绘图311幅,历史上诗经图首次完璧。可以说,在诗经图史上,清代诗经图发展到了另一高峰。

自汉代始,《诗经》一再被阐释,形成了"诗经学"。在诗学史上,主要划分为汉学、宋学和清学三个时期[①]。其中汉至唐代被视为"汉学"时期,以汉代毛传、郑笺及唐代孔疏等为代表;南宋朱熹撰写《诗集传》,以理学为思想基础,集中宋人考据的研究成果,对《诗经》重新进行阐解,成为诗学史的一大转折,直接影响了元、明两代诗学,在诗学史上被视为"宋学"时期。清代诗学,兼采"汉学"、"宋学",又因朝廷的思想钳制,形成侧重考据的"乾嘉学风",此时又被称为"清学"时期。诗经图,图绘《诗经》诗意,往往会接受历代对《诗经》的解读,如马和之《毛诗图》卷,以"汉学"为据,清代《御笔诗经全图》则以"宋学"为据。所以,若对这两个系统的诗经图进行比较,会发现同一首诗的诗意图,图解截然不同。作为诗经图史上的两座高峰,《毛诗图》卷和《御笔诗经全图》,无疑为我们观照诗经学术史的发展,提供了直观的影像资料。

作者简介:

李杰荣,1981年生。男,广东化州人。文学博士。广东第二师范学院中文系讲师。主要从事古代文学与绘画研究。

① 关于《诗经》学术史,可参阅:胡朴安:《诗经学》,长沙:岳麓书社,2010年版;夏传才:《诗经研究史概要》,北京:清华大学出版社,2007年版;洪湛侯:《诗经学史》,北京:中华书局,2002年版;戴维:《诗经研究史》,长沙:湖南教育出版社,2001年版。

民间美术与鲁迅文学创作的关系

孙　伟

摘　要：鲁迅从小时候起就广泛接触绣像、插画、画谱、年画和戏曲中的民间美术形式，不仅丰富了他童年时期的生活，而且对其文学创作产生了巨大影响。首先，这使得鲁迅的文学创作植根于深厚坚实的生活基础上，言无虚发，直击标的；其次，民间美术在塑造形象时所采取的"意象造型"，具有高度的概括性，综合运用夸张、变形等手法，突出对象的主要特征，在鲁迅的文学创作中普遍存在；最后，民间美术以线描作为最基本的造型手段，主要使用黑白两色，所形成的造型简洁、对比强烈的风格，在鲁迅的作品里也有具体表现。

关键词：鲁迅　文学　民间美术

所谓民间美术，"特指在历史发展过程中，主要由身处社会下层的普通劳动群众根据自身生活需要而创造、应用、欣赏，并和生活完全融合的美术形式。它不是由材料划分、功能划分或形式划分的美术品类的集合，而是指包括了民间绘画、民间雕塑、民间建筑、民间工艺美术在内的，一个相当宽泛的艺术范畴"①。民间美术与当地的民俗文化紧密相关，贴近普通人的现实生活，有着强烈的生活气息。

一、鲁迅接触的民间美术及对其评价

鲁迅自幼喜欢绘画，所得多是木板或石印的版画。据周作人回忆，由于祖父科场案的影响，鲁迅避难住在大舅父那里，"正在那时候他才与祖国的伟大文化遗产的一大部分——板画和小说，真正发生了接触。明显的表现便是影写《荡寇志》的全部绣像"，并认为"大舅父那里的这部《荡寇志》因为是道光年代的木刻原版，书本较大，画像比较生动，像赞也用篆隶真草各体

---

① 张道一主编：《中国民间美术辞典》，南京：江苏美术出版社，2001年版，第3页。

分书,显得相当精工。鲁迅小时候也随意自画人物,在院子里矮墙上画有尖嘴鸡爪的雷公,荆川纸小册子上也画过'射死八斤'的漫画,这时却真正感到了绘画的兴味,开始来细心影写这些绣像"[1]。鲁迅在皇甫庄避难的五六个月里,由于感到人情的冷酷,他把时间精力都用在影写这些绣像上,有一百页之多。这些绣像开启了鲁迅对于美术的兴趣,想必也给了许多心灵上的温暖与慰藉。鲁迅后来在抱病给《苏联版画集》写的序言里说:"参加选择绘画,尤其是版画,我是践了夙诺的"。[2] "夙诺"是不是那时就许下的不得而知,但他后来从事版画运动想必是和这最初的相遇有关的。

鲁迅在文字里对童年接触到带有绣像的或整本的画谱多有提及。在《阿长与〈山海经〉》里,他提到"上面有很多图"的清代杭州人陈淏子著的讲述园圃花木的《花镜》,绘图的《山海经》,宋人注明字音并加插图的《尔雅音图》,日本冈元凤作的将《毛诗》中的动植物等画出来的《毛诗品物图考》,还有《点石斋丛画》和《诗画舫》等画谱。在《二十四孝图》里,提到有"画着冥冥之中赏善罚恶的故事,雷公电母站在云中,牛头马面布满地下"的《文昌帝君阴骘文图说》和《玉历钞传》,有"下图上说,鬼少人多"的《二十四孝图》。在《从百草园到三味书屋》里,提到带有绣像的《荡寇志》和《西游记》。在《看图识字》里,提到幼时看过教妇女婢仆识字的《日用杂字》,认为"虽然名物的各类并不多,图画也很粗劣,然而很活泼,也很象"。在《〈木刻创作法〉序》里,提到英国人傅兰雅氏编印的《格致汇编》,"那时我还是一个儿童,见了这些图,便震惊于它的精工活泼,当作宝贝看"[3]。

周作人还提到了一些不见于鲁迅文字的绘画作品,如家里原有的四本《百美新咏》和一部弹词《白蛇传》,任籍长画的《於越先贤像传》、《剑侠传图》,王磐的《野菜谱》等。购买的有日本人姓小田著的《海仙画谱》、《名物图考》、《芥子园画传》四集、《天下名山图咏》、《古今名人画谱》、《海上名人画稿》、《晚笑堂画传》。[4] 鲁迅还提到了年画和春宫画等民间美术。在《狗·

① 周启明:《鲁迅的青年时代》,鲁迅博物馆、鲁迅研究室、《鲁迅研究月刊》选编《鲁迅回忆录:专著》(中册),北京:北京出版社,1999 年版,第 793、794 页。

② 鲁迅:《且介亭杂文末编·〈苏联版画集〉序》,《鲁迅全集》第 6 卷,北京:人民文学出版社,2005 年版,第 615 页。

③ 鲁迅:《南腔北调集·〈木刻创作法〉序》,《鲁迅全集》第 4 卷,第 625 页。

④ 同①,第 796、798 页。

猫·鼠》里，提到了床前贴着的两张年画，“一是‘八戒招赘’，满纸长嘴大耳，我以为不甚雅观；别的一张‘老鼠成亲’（见图1）却可爱，自新郎新妇以至傧相，宾客，执事，没有一个不是尖腮细腿，像煞读书人的，但穿的都是红衫绿裤”。他在写给青年木刻家刘岘的信中还提到了门神，“河南门神一类的东西，先前我的家乡——绍兴——也有，也帖在厨门上墙壁上，现在都变了样了，大抵是石印的”①。据刘岘回忆，“在那年寒假里，我托松桥兄买了近百种河南朱仙镇的门神和年画赠送给先生，他对我国的木版年画以及汉画都很有兴趣”②。鲁迅还对他说：“年画、门画在绍兴称之谓花纸。朱仙镇的木版年画很好，雕刻的线条粗健有力，和其他地方印制的不同，不是细巧雕琢。这些木刻很朴实、不涂脂粉，人物也没有媚态，颜色很浓重，有乡土味，具有北方木版年画的独有特色”③。这些年画还有二十六幅现存于上海鲁迅纪念馆。据王树村所列的《鲁迅收藏年画目录》，这二十六幅分别是木版套色年画《天河配》、《四平山》、《木阳城》、《越虎城》、《罗章跪楼》、《祭塔》、《飞虎山》、《铁弓缘》和《天台山》，套色门神《秦琼尉迟恭》（见图2）、《马上鞭锏》、

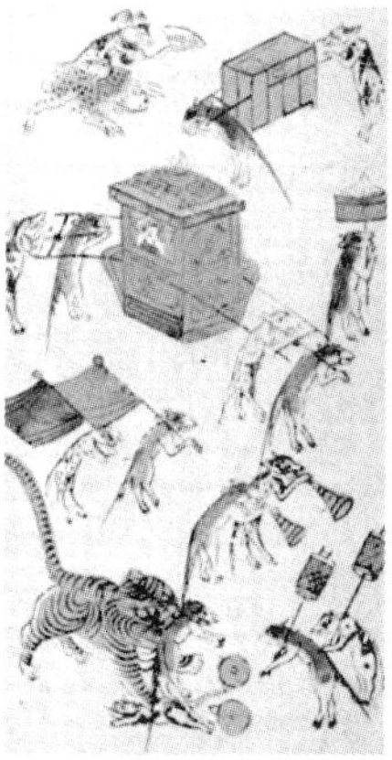

图1　湖南邵阳滩头木版年画《老鼠娶亲》④

图2　河南朱仙镇年画《门神》⑤

① 鲁迅：《书信·附录一致刘岘》，《鲁迅全集》第14卷，第405、406页。

② 刘岘：《永存的记忆》，鲁迅博物馆、鲁迅研究室编《鲁迅诞辰百年纪念集》，长沙：湖南人民出版社，1981年版，第133页。

③ 余望杰、任鹤林：《鲁迅、刘岘与朱仙镇年画》，载《鲁迅研究月刊》1990年第12期，第59页。

④ 见王锡荣：《鲁迅的艺术世界》，南京：江苏文艺出版社，2009年版，第388页。

⑤ 同④，第391页。

《天官赐福》、《三星在户》、《五子登科》、《麒麟送子》和《车马大吉》。此外,还有湖南邵阳木版印年画《老鼠嫁女》,四川绵竹木版着色年画《老鼠嫁女》、《拜昆仑》、《高老庄》、《流沙河》和《盗芭蕉扇》,上海石印年画《连年及第》、《马上和利》、《九子祝寿》、《今年必发财》和《秋千乐》。①

在《琐记》里,鲁迅提到了春宫画,“我看那书上画着房屋,有两个人光着身子仿佛在打架,但又不很像”。除图书插画、画谱和年画外,对鲁迅产生影响的另一重要的民间美术形式是戏剧里的人物扮相。许寿裳说:“鲁迅的爱好艺术,自幼已然,爱看戏,爱描画。”②这里的戏指的是绍兴的地方戏——“大戏”和“目连”。鲁迅曾指出二者之间的分别,“一在演员,前者是专门的戏子,后者则是两者临时集合的 Amateur——农民和工人;一在剧本,前者有许多种,后者却好歹总只演一本《目连救母记》”③。鲁迅曾在目连戏中扮演过义勇鬼的角色。给他留下最深印象的是两种鬼,“一个带复仇性的,比别的一切鬼魂更美,更强的鬼魂。这就是‘女吊’”,“一种是表现对于死的无可奈何,而且随随便便的‘无常’”④。鲁迅专门写了《女吊》和《无常》两篇文章来讨论他们。在《女吊》里,“女吊”被描述成“大红衫子,黑色长背心,长发蓬松,颈挂两条纸锭,垂手”,“石灰一样白的圆脸,漆黑的浓眉,乌黑的眼眶,猩红的嘴唇”。至于“活无常”,鲁迅所记得的在《玉历钞传》上的画像是,“身上穿的是斩衰凶服,腰间束的是草绳,脚穿草鞋,项挂纸锭;手上是破芭蕉扇,铁索,算盘;肩膀是耸起的,头发却披下来;眉眼的外梢都向下,像一个‘八’字。头上一顶长方帽,下大顶小,按比例一算,该有二尺来高罢;在正面,就是遗老遗少们所戴瓜皮小帽的缀一粒珠子或一块宝石的地方,直写着四个字道:‘一见有喜’”⑤。戏台上出现的“活无常”的样子是,“服饰比画上还简单,不拿铁索,也不带算盘,就是雪白的一条莽汉,粉面朱唇,眉黑如漆,蹙着,不知道是在笑还是在哭”⑥。有意思的是,鲁迅在《朝花夕拾》后记里,花费很多力气讨论“活无常”的样子。原因是,他在所搜集到的十个不同版本的《玉历钞传》中遍寻不到自己记忆中的“活无常”,最后只好自己动

① 参见王树村:《鲁迅与年画的收集和研究》,载《美术研究》1982 年第 1 期,第 55—58 页。
② 许寿裳:《亡友鲁迅印象记·许寿裳回忆鲁迅全编》,上海:上海文化出版社,2006 年版,第 40 页。
③④ 鲁迅:《且介亭杂文末编·女吊》,《鲁迅全集》第 6 卷,第 638 页。
⑤ 鲁迅:《朝花夕拾·无常》,《鲁迅全集》第 2 卷,第 277 页。
⑥ 同⑤,第 280 页。

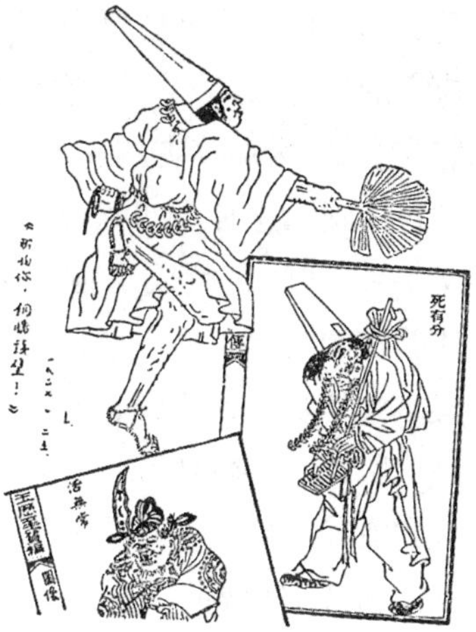
图 3　鲁迅手绘活无常①

手画了一个。他所找到的“活无常”一律是如图右下方广州本《玉历钞传》上的模样，“花袍，纱帽，背后插刀”。鲁迅并不认为自己的记忆出了问题，也不愿将就采取手头上的面貌凶恶的“活无常”作插图，而是自己动手，“添画一个我所记得的目连戏或迎神赛会中的‘活无常’（见图 3）”②。有可能是鲁迅错将在戏台上的“活无常”记成了出现在书上的，因为他也说过，“在庙里泥塑的，在书上墨印的模样上，是看不出他那可爱来的。最好是去看戏。但看普通的戏也不行，必须看‘大戏’或者‘目连戏’”③。如果记忆没有出错，确实存在着一本如鲁迅所描述的《玉历钞传》，那么很可能是由绍兴当地的画工根据戏台“活无常”的扮相刻印的。由于与流行的形象不同，没有传播开来，所以再也找不到了。不管怎样，就鲁迅所描述和绘制的“活无常”来看，比流行的画像显得有活气，特征鲜明，神采张扬。

鲁迅在北京时开始收集的汉画像，是与汉朝人的墓葬习俗联系在一起的民间美术形式。一方面，由于汉画像产生于人类文明的早期，与上述鲁迅所接触到的民间美术形式处于的时代不同，有学者就认为，“唐宋以前民间美术多未分化出去，文人画家与市井画工‘鸿沟’不显”④。

鲁迅对上述民间美术的喜爱，缘于其在繁难枯燥的文字之外，提供了观察社会人生的形象系统，并且由于这是生产者的艺术，浓郁的生活气息和新鲜活泼的艺术形式，比起刻板僵硬的古文经义，显得更有吸引力。他后来在自己的文字中对此多有论述。在提到自己童年的私塾生活时，鲁迅回忆说：“我的小同学因为专读‘人之初性本善’读得要枯燥而死了，只好偷偷地翻开第一叶，看那题着‘文星高照’四个字的恶鬼一般的魁星像，来满足他幼稚的

---

① 见鲁迅：《朝花夕拾·后记》，《鲁迅全集》第 2 卷，第 343 页。
② 同①，第 342 页。
③ 鲁迅：《朝花夕拾·无常》，《鲁迅全集》第 2 卷，第 279 页。
④ 王树村：《中国民间美术史》，广州：岭南美术出版社，2004 年版，第 28 页。

爱美的天性。昨天看这个，今天也看这个，然而他们的眼睛里还闪出苏醒和欢喜的光辉来。”[①]在为“连环图画”辩护时，他提到：“书籍的插画，原意是在装饰书籍，增加读者的兴趣的，但那力量，能补助文字之所不及，所以也是一种宣传画。这种画的幅数极多的时候，即能只靠图像，悟到文字的内容，和文字一分开，也就成了独立的连环图画。”[②]这些议论里，一定是有他切身的体验在的。除了助人增长知识和满足爱美的需求，民间美术作为“中国民族美术中群众性最广泛、与社会生活关系最密切、历史文化内涵最丰富、地域最广阔、民族地域特征最鲜明的源远流长的具有代表性的文化形态”[③]，是孕育和滋养其他艺术形式的源头活水。鲁迅在讨论文学的历史发展规律时提到：“旧文学衰颓时，因为摄取民间文学或外国文学而起一个新的转变，这例子是常见于文学史上的。不识字的作家虽然不及文人的细腻，但他却刚健，清新。”[④]在美术领域，这种现象也很普遍。由于权贵和文人们脱离具体生活，一味求雅，结果弄得文艺越来越缺乏活力。他以梅兰芳为例，认为：“他未经士大夫帮忙时候所做的戏，自然是俗的，甚至于猥下，肮脏，但是泼剌，有生气。待到化为‘天女’，高贵了，然而从此死板板，矜持得可怜。看一位不死不活的天女或林妹妹，我想，大多数人是倒不如看一个漂亮活动的村女的，她和我们接近。”[⑤]鲁迅喜爱的“无常”和“女吊”，就是底层民众依据自己的生活创造出来的“可怖而可爱”[⑥]的形象。至于“木刻的图画，原是中国早先就有的东西。唐末的佛像，纸牌，以至后来的小说绣像，启蒙小图，我们至今还能够看见实物。而且由此明白：它本来就是大众的，也就是‘俗’的。明人曾用之于诗笺，近乎雅了，然而归结是有文人学士在它全体上用大笔一挥，证明了这其实不过是践踏”[⑦]。对于创作力，鲁迅认为：“乡民的本领并不亚于大文豪。”[⑧]

在后来的版画活动中，鲁迅一再提到民间美术的价值：“中国旧书上

---

① 鲁迅：《朝花夕拾·二十四孝图》，《鲁迅全集》第2卷，第259页。
② 鲁迅：《南腔北调集·“连环图画”辩护》，《鲁迅全集》第4卷，第458页。
③ 靳之林：《中国民间美术》，北京：五洲传播出版社，2010年版，第9页。
④ 鲁迅：《且介亭杂文·门外文谈》，《鲁迅全集》第6卷，第97页。
⑤ 鲁迅：《花边文学·略论梅兰芳及其他(上)》，《鲁迅全集》第5卷，第610页。
⑥ 鲁迅：《朝花夕拾·无常》，《鲁迅全集》第2卷，第281页。
⑦ 鲁迅：《且介亭杂文二集·〈全国木刻联合展览会专辑〉序》，《鲁迅全集》第6卷，第350页。
⑧ 鲁迅：《准风月谈·偶成》，《鲁迅全集》第5卷，第209页。

的插画，我以为可以采用之处甚多”①。“画法，用中国旧法。花纸，旧小说之绣像，吴友如之画报，皆可参考，取其优点而改去其劣点。”②“我并不劝青年的艺术学徒蔑弃大幅的油画或水彩画，但是希望一样看重并且努力于连环图画和书报的插图；自然应该研究欧洲名家的作品，但也更注意于中国旧书上的绣像和画本，以及新的单张的花纸。”③在谈到中国未来新的版画艺术时，鲁迅认为：“倘参酌汉代的石刻画像，明清的书籍插画，并且留心民间所赏玩的所谓‘年画’，和欧州的新法融合起来，许能够创出一种更好的版画。”④“我以为中国新的木刻，可以采用外国的构图和刻法，但也应该参考中国旧木刻的构图模样，一面并竭力使人物显出中国人的特点来，使观者一看便知道这是中国人和中国事，在现在，艺术上是要地方色彩的。”⑤

由此可见，鲁迅不仅在内容上充分肯定中国民间美术，是紧贴民众生活的具有勃勃生气的艺术，而且在技巧上也值得认真学习，是创造新文化的珍贵宝藏。

二、民间美术对鲁迅文学创作的影响

绣像、插画、画谱、年画和戏剧中的人物扮相等民间美术形式，鲁迅从中学习到了丰富的自然和历史知识，使爱美的天性得以发育生长，激发了对未知世界的好奇心和想象力。这对鲁迅以后的文学创作产生着影响。

首先，由于民俗社会生活是民间美术的源泉，民间美术就成为鲁迅深入了解底层民众真实生活的重要渠道，并借以对中国的国民性进行研究分析。这使得鲁迅的文学创作植根于深厚坚实的生活基础中，言无虚发，直击标的。他后来在文字中一再强调风俗的价值和功用。1934 年 1 月 12、13 日，奥地利青年木刻家哈尔本在上海美术俱乐部举办展览，鲁迅得知后并没有

---

① 鲁迅：《书信・340403 致魏猛克》，《鲁迅全集》第 13 卷，第 61 页。
② 鲁迅：《书信・340403 致何家骏、陈企霞》，《鲁迅全集》第 12 卷，第 426 页。
③ 鲁迅：《南腔北调集・“连环图画”辩护》，《鲁迅全集》第 4 卷，第 460 页。
④ 鲁迅：《书信・350204 致李桦》，《鲁迅全集》第 13 卷，第 373 页。
⑤ 鲁迅：《书信・331219 致何白涛》，《鲁迅全集》第 12 卷，第 518—519 页。

前去观看，因为“报上说是外国风景，倘是风俗，我便去看了”①。在与台静农商量编印自汉至唐的画像时，鲁迅主张“唯取其可见当时风俗者，如游猎、卤簿、宴饮之类”②。他在指导青年进行木刻时，主张将当地的风俗作为表现对象，如在给罗清桢的信中写道：“广东的山水，风俗，动植，知道的人并不多，如取作题材，多表现些地方色彩，一定更有意思。”③鲁迅之所以如此关注民俗，是因为从中可以深入了解国民，并认为：“倘不深入民众的大层中，于他们的民俗习惯，加以研究，解剖，分别好坏，立存废的标准，而于存于废，都慎选施行的方法，则无论怎样的改革，都将为习惯的岩石所压碎，或者只在表面上浮游一些时。”④鲁迅在《二十四孝图》里回忆了当初观看时的感受：“才知道‘孝’有如此之难，对于先前痴心妄想，想做孝子的计划，完全绝望了。”他在《朝花夕拾》的后记里，花了很多篇幅，通过讨论《百孝图》、《二百卌孝图》、《女二十四孝图》和《后二十四孝图》等书中的曹娥投江与老莱娱亲(见图 4)的故事的画法，显示出了封建礼教的虚伪与不近人情。对于《文昌帝君阴骘文图说》和《玉历钞传》这两部宣传因果报应的迷信思想画集，“都画着冥冥之中赏善罚恶的故事，雷公电母站在云中，牛头马面布满地下，不但‘跳到半天空’是触犯天条的，即使半语不合，一念之差，也都得受相当的报应。”鲁迅感到，“在中国的天地间，不但做人，便是做鬼，也艰难极了”⑥。

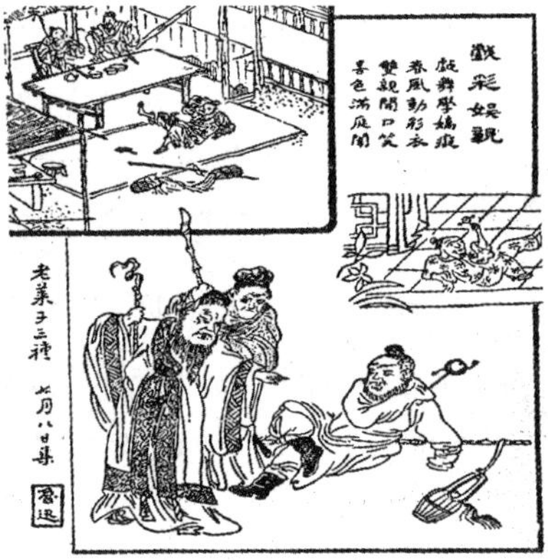

图 4　老莱娱亲图⑤

其次，鲁迅在文学创作中的形象塑造方面可能会受到民间美术的影响。民间美术是民间艺人将生活中的切身感受，以形象生动的造型表现出来，是

① 鲁迅：《书信・340119 致吴渤》，《鲁迅全集》第 13 卷，第 14 页。
② 鲁迅：《书信・340609 致台静农》，《鲁迅全集》第 13 卷，第 145 页。
③ 鲁迅：《书信・331026 致罗清桢》，《鲁迅全集》第 12 卷，第 467 页。
④ 鲁迅：《二心集・习惯与改革》，《鲁迅全集》第 4 卷，第 229 页。
⑤ 图见王锡荣：《鲁迅的艺术世界》，第 16 页。
⑥ 鲁迅：《朝花夕拾・二十四孝图》，《鲁迅全集》第 2 卷，第 259 页。

现实与想象的统一。创作者往往不根据某一具体事物进行逼真再现，而是根据以往生活的记忆进行创作，反映的是个人对自然和社会的总体印象和感受。在塑造形象时，不求形似，追求神似。这种造型方式被美术界称为“意象造型”[①]。如果借用这个词汇来概括鲁迅在文学创作中的形象塑造，也是恰当的。不同的是，民间美术的“意象造型”中，主要传达的是民间艺人源于民风民俗的感性认识和主观感受；鲁迅的文学形象，则更多地凝聚了依靠理性认识对历史人生的烛照所获得的真知洞见。

“意象造型”的首要特征是具有高度的概括性。“民间美术造型的概括性表现在它从某一类相似的事物中抽象出它们的共同形式。”[②]《山海经》、《西游记》和《荡寇志》的绣像和插画，反映的是人们对自然和人物的总体认识，并不是根据某一具体物象进行创作。如《山海经》里“画着人面的兽，九头的蛇，三脚的鸟，生着翅膀的人，没有头而以两乳当作眼睛的怪物”[③]。《西游记》和《荡寇志》里面的妖怪、英雄和坏人也都是类型化的，人物造型集中某一类人物身上的众多特点。至于戏剧里人物的扮相，生旦净末丑，更是集中概括了社会中某一类型人的特征。鲁迅在谈及自己的小说创作时表示：“人物的模特儿也一样，没有专用过一个人，往往嘴在浙江，脸在北京，衣服在山西，是一个拼凑起来的脚色。”[④]这种所谓拼凑的写法，是为了更加典型地表现某一类人物。这与他在杂文中的批评是一致的。鲁迅认为自己文章的特点是“砭锢弊常取类型”，并进一步解释：“盖写类型者，于坏处，恰如病理学上的图，假如是疮疽，则这图便是一切某疮某疽的标本，或和某甲的疮有些相像，或和某乙的疽有点相同。”[⑤]如鲁迅在创作阿Q这个形象时，便“依了自己的觉察”，“要画出这样的沉默的国民的魂灵来”[⑥]。阿Q的塑造是成功的，以至于“当《阿Q正传》一段一段陆续发表的时候，有许多人都栗栗危惧，恐怕以后要骂到他的头上。并且有一位朋友，当我面说，昨日《阿Q正传》上某一段仿佛就是骂他自己”[⑦]。这是由于鲁迅成功把握到了中国人民

① 参见左汉中：《中国民间美术造型》，长沙：湖南美术出版社，2006年版，第237页。
② 同①，第227页。
③ 鲁迅：《朝花夕拾·阿长与〈山海经〉》，《鲁迅全集》第2卷，第254页。
④ 鲁迅：《南腔北调集·我怎么做起小说来》，《鲁迅全集》第4卷，第527页。
⑤ 鲁迅：《伪自由书·前记》，《鲁迅全集》第5卷，第4页。
⑥ 鲁迅：《集外集·俄文译本〈阿Q正传〉序及著者自叙传略》，《鲁迅全集》第7卷，第84页。
⑦ 鲁迅：《华盖集续编·〈阿Q正传〉的成因》，《鲁迅全集》第3卷，第396页。

族性格的缺陷,并将其加以综合,塑造出了典型形象。他作品中的孔乙己、闰土、陈士成和祥林嫂等人,更是对中国底层民众的典型概括。他们身上寓含着历史,也预示着中国的将来。鲁迅不仅从切身的观察中采取材料,更从对中国的历史研究中思考中国人现状的由来。“华夏大概并非地狱,然而‘境由心造’,我眼前总充塞着重迭的黑云,其中有故鬼,新鬼,游魂,牛首阿旁,畜生,化生,大叫唤,无叫唤,使我不堪闻见。”①因为所塑造的形象凝聚了历史和现在,所以鲁迅认为自己所塑造的阿Q,“恐怕我所见的并非现代的前身,而是其后,或者竟是二三十年之后”②。民间美术的造型多承继历史发展而来,“具有高度程式化、集体趋同性、承传稳定性的民间美术独特的视觉语言,成为具有象征含义的观念性造型符号”③,反映的是民间的集体意识和文化观念。鲁迅文学作品中的“意象造型”,虽采用了和民间美术同样的创作手法,但却赋予其全新的内涵,体现的是现代知识分子对古老文化灵魂的审视和反思。

“意象造型”的另一重要特点,是综合运用夸张、变形等手法,突出对象的主要特征,舍去与表现主题无关的其他方面。这与创作者强烈地表现内心的思想观念是一致的。小说戏曲中的插图版画多为人物画,意在传神,往往抓住最能表现人物性格之处进行夸张,或肥,或瘦,或文弱,或英武。年画由于其装饰性用途,多表达驱灾避邪、吉祥欢乐的主题,因此,画面中会突出能表现主题的人物特征,如寿星凸出的额头,娃娃滚圆的胳膊和武将威严的眼神等。鲁迅在讨论中国戏剧的脸谱时,认为原先由于戏台的搭法和看客的散漫等原因,所以不得不将脸谱夸大化和漫画化,但现在由于舞台的构造和看客的程度已发生变化,因此也没有了存在的必要了。但他接着说:“然而用在别一种有意义的玩艺上,在现在,我却以为还是有兴趣的。”④这应当是针对当时所从事的版画所说。脸谱用在连环画或书内的插画中,再加以夸张的手法,对于表现人物的特征是很有效果的。鲁迅在论及漫画时表示:“漫画要使人一目了然,所以那最普通的方法是‘夸张’”,并进一步解释道:“‘夸张’这两个字也许有些语病,那么,说是‘廓大’也可以的。廓大一个事

---

① 鲁迅:《华盖集·“碰壁”之后》,《鲁迅全集》第3卷,第72页。
② 鲁迅:《华盖集续编·〈阿Q正传〉的成因》,《鲁迅全集》第3卷,第397页。
③ 张卉编著:《中国民间美术教程》,重庆:重庆大学出版社,2010年版,第236页。
④ 鲁迅:《且介亭杂文·脸谱臆测》,《鲁迅全集》第6卷,第138页。

件或人物的特点固然使漫画容易显出效果来，但廓大了并非特点之处却更容易显出效果。矮而胖的，瘦而长的，他本身就有漫画相了，再给他秃头，近视眼，画得再矮而胖些，瘦而长些，总可以使读者发笑。”[①]这种廓大是建立在“明确的判断力和表现的才能”[②]基础上的，就像给人起的“诨名”，一旦抓住了其特征，那就会跟随其一生，怎么也摆脱不掉。

鲁迅在作品中塑造人物形象时，并不平均用力，善于抓住最能表现其精神面貌的特征进行刻画。《狂人日记》为了描写众人对清醒者的迫害，并不对他们每个人都进行详细的描述，而是集中刻画他们共同的眼神和奇怪的笑容。如“赵贵翁的眼神便怪：似乎怕我，似乎想害我”；“前面一伙小孩子，也在那里议论我；眼色也同赵贵翁一样，脸色也都铁青”；“一伙青面獠牙人的笑”；“他话中全是毒，笑中全是刀”；“这鱼的眼睛，白而且硬，张着嘴，同那一伙想吃人的人一样”；“张开他鬼眼睛”；“年纪不过二十左右，相貌不很看得清楚，满面笑容，对我点了头，他的笑也不像真笑”；“都用了疑心极深的眼光”；“当初，他还只是冷笑，随后眼光便凶狠起来，一到说破他们的隐情，那就满脸都变成青色了”；“抿着嘴冷笑”。这些眼神和笑容共同编织成一张密不透风的天罗地网，将一切试图逃离者湮没。它虽然没有展现出哪一个具体人物的面容，但却清楚地透视出整个社会陈腐酷虐的魂灵。《明天》里的何小仙，“指甲足有四寸多长”，济世老店里的“店伙也翘了长指甲慢慢的看方，慢慢的包药”，仅此一个细节，就将他们装模作样、故弄玄虚的本质揭露出来。《风波》里的赵七爷，“革命以后，他便将辫子盘在顶上，像道士一般”；但当皇帝坐了龙庭的消息传来，“赵七爷已经不是道士，却变成光滑头皮，乌黑发顶”，“而且穿着宝蓝色竹布的长衫”，“这件竹布长衫，轻易是不穿的，三年以来，只穿过两次：一次是和他呕气的麻子阿四病了的时候，一次是曾经砸烂他酒店的鲁大爷死了的时候；现在是第三次了，这一定又是于他有庆，于他的仇家有殃了”。辫子与长衫，将一个趋时善变而又外强中干的乡村士绅的形象成功表现出来。《故乡》在描写前后三十年闰土的变化时，同样写到了毡帽和手，三十年前的闰土“头戴一顶小毡帽”，现在“他头上是一顶破毡帽”，“我所记得的红活圆实的手，却又粗又笨而且开裂，像是松树皮了”。

---

① 鲁迅：《且介亭杂文二集·漫谈“漫画”》，《鲁迅全集》第 6 卷，第 241、242 页。

② 鲁迅：《且介亭杂文二集·五论“文人相轻”——明术》，《鲁迅全集》第 6 卷，第 395 页。

时光的流逝和生活的磨损，将“我”和闰土隔在两个完全不同的世界里，美好的回忆瞬间破灭。阿Q头顶上的癞疮疤，将他敏感脆弱、自卑而又自大的心理暴露无遗。一块肥皂，将四铭满嘴忠孝节义而实际上荒淫无耻的假道学面目无情揭下。屁塞和鼻烟壶，将七大人的朽腐堕落和巨大威压呈现出来。鲁迅有时候还直接以人物的外形特征指代其本人，如《长明灯》里的三角脸、方头和老黑；《离婚》里的蟹壳脸；《示众》里的胖孩子、秃头、长子、胖大汉和胖脸等。上述这些例子中的人物描写，鲁迅都是抓住最能表现其人物性格的特征进行表现，目的就在于将其所代表的国民性中的一部分揭露出来。他无心将现实中的人物进行完整的展现，而是以其作为社会病症的样板进行解剖。鲁迅曾说：“所写的常是一鼻，一嘴，一毛，但合起来，已几乎是或一形象的全体。”[①]这种廓大“一鼻，一嘴，一毛”的特征描写人物的方法，与民间美术里的“意象造型”非常相似。

最后，民间美术以线描作为最基本的造型手段，主要使用黑白两色，所形成的造型简洁、对比强烈的风格，在鲁迅的作品里有着较多的体现。绣像、小说插画和画谱，都只用黑白两色。即使是作为装饰画的年画，“黑白二色在民间木版年画中扮演着重要的角色”[②]。黑白对比所产生的强烈反差，易于将人物凸现出来。鲁迅曾说：“只要觉得够将意思传给别人了，就宁可什么陪衬拖带也没有。中国旧戏上，没有背景，新年卖给孩子看的花纸上，只有主要的几个人(但现在的花纸却多有背景了)，我深信对于我的目的，这方法是适宜的，所以我不去描写风月，对话也决不说到一大篇。”[③]这里提到旧戏和花纸上的没有背景，其实戏剧对于民间美术的基本造型是有很大影响的。戏剧基本上是农村最主要的娱乐活动，是民众认识历史与外界的重要媒介，对民间艺人的构图和造型产生着潜移默化的作用。由戏剧影响直接催生的戏曲画，根据戏曲舞台上的人物形象、衣饰装扮和场景布置等直接以绘画的形式再现。省略背景在鲁迅的创作中也有较多的体现。在《过客》里，对于地点的说明仅“或一处”三个字；阿Q连姓什么也不知道；《复仇》里在旷野中捏着利刃对立的“他们”不知是什么来历，也不知缘何在此；《示众》

---

① 鲁迅：《准风月谈·后记》，《鲁迅全集》第5卷，第402页。

② 向思楼：《民间木版年画的造型美与色彩美》，载《重庆大学学报(社会科学版)》2002年第4期，第47页。

③ 鲁迅：《南腔北调集·我怎么做起小说来》，《鲁迅全集》第4卷，第526页。

里众人狂奔前去围观的刑场也不知杀的是什么人。

背景的省略，是为了将视线的焦点全部集中到人物身上来。线描和黑白对比的用色，都是以化繁为简的抽象手法，将千姿百态、色彩纷呈的世界，以极简的形式表现出来。在舍弃了众多与表现主题无关的细节后，简洁的线条钻进浮华世界的内里，开掘出了一个平常不为人所见的深邃壮阔的意义空间。在黑白两色所形成的强烈对比下，愈发显得充满力量。用线来造型被认为是中国美术的主要特征，“从线与形的关系来说，西方的线塑造形体轮廓、表象特征，东方美术中的线是装饰性的线，是事物内在结构的本质节奏”，“中国美术中的线，不仅具有装饰性，而且包含了作者的情感、气质、学养、功力，以及对象的质感、力度、神韵，有独立的审美价值”。[①] 民间美术中的线描和黑白用色，体现的是底层民众认识世界、想象世界的方式。鲁迅的文学创作意在“揭出病苦，引起疗救的注意”[②]，从民间美术这一凝聚了千百年来国人集体无意识的艺术形式中吸取表现技巧，就成了实现这一目的的最佳选择。这与以后鲁迅的从事版画运动也是相通的。试看鲁迅对祥林嫂的描写：

> 五年前的花白的头发，即今已经全白，全不像四十上下的人；脸上瘦削不堪，黄中带黑，而且消尽了先前悲哀的神色，仿佛是木刻似的；只有那眼珠间或一轮，还可以表示她是一个活物。她一手提着竹篮，内中一个破碗，空的；一手拄着一支比她更长的竹竿，下端开了裂：她分明已经纯乎是一个乞丐了。（《祝福》）

这无疑是一幅木刻画，人物形象直入人心，极具表现性。其他在如孔乙己、陈士成、吕纬甫、魏连殳、后羿、禹和《铸剑》中的“黑衣人”等人物，以及“乌鸦”和“铁线蛇”等动物意象中，都可以看到类似的描写。

民间美术不仅为鲁迅的文学世界提供了具体可视的民间风俗图景，而且在具体的创作技巧上也发挥着影响。民间美术中的“意象造型”对表现对象的高度概括和抓住主要特征进行夸张变形的技巧，以及以线描作为最基

---

① 林蓝：《线·代释——中国美术中线的特征及其发展》，载《美术学报》2005 年第 4 期，第 77 页。
② 鲁迅：《南腔北调集·我怎么做起小说来》，《鲁迅全集》第 4 卷，第 526 页。

本的造型手段,主要使用黑白两色所形成的造型简洁、对比强烈的风格,在鲁迅的作品里有着较多的体现。

作者简介

孙伟,1983年出生。男。山东曹县人。南京大学文学博士,现任职中国社会科学杂志社。曾在《鲁迅研究月刊》、《齐鲁学刊》发表论文多篇。

从旁白看电影改编中的语图关系*
——以《阿 Q 正传》为例

陈江月

摘　要:“图像时代”的电影改编是一个值得关注的学术焦点。电影剧本和小说是语图关系研究的重要载体,而从小说中提取出的旁白,作为电影中的重要叙事手段,充任了语言文本与电影剧本的桥梁。80 年代的改编作品《阿 Q 正传》出于忠实原著的目的,利用旁白保持了原作的文学性,如实地反映了作者原旨,串联起全剧的叙事框架,保存了文本中原汁原味的“鲁迅风格”,这为电影和小说的比较研究提供了便利。本文通过分析该电影大获成功的原因,揭示了作为语言的旁白在图像叙事中的重要作用,以及语言和图像不同的符号特质在电影叙事中带来的不同接受效果。

关键词:语图关系　电影改编　旁白　叙事　《阿 Q 正传》

电影电视的大规模普及大大拓展了图像的表现空间,让原本只能表现“最富于孕育性的那一顷刻”①的图像进入时间领域,甚至“语图合一”,抢占文学生存空间。在这一忧虑下,中国学界展开了讨论。既有学者对图文关系发展的历史脉络进行梳理,对现状进行阐释,也有学者以文学为本位,探讨图像时代下的文学出路问题。其中,日益呈现出跨媒介趋势的叙事学便成为了交叉研究的热点②。从这一角度进行考察,可以发现兼具文学性与电影性的旁白,正是值得研究的重点对象。笔者多方查阅,发现虽已有研究者涉及文学改编中的语图关系,但数量不多,且没有就这一问题的专门研究。故本文试从文学改编的典范之作——《阿 Q 正传》入手,通过其旁白的运用,探究文学作品的影像改编中语图关系之变化。

---

* 本文在写作过程中得到赵宪章老师的许多帮助,特此致谢!

① [德]莱辛:《拉奥孔》,朱光潜译,北京:人民文学出版社,1979 年版,第 83 页。

② 尹德辉:《新世纪以来国内“图像”研究述评》,载《文艺争鸣》2010 年第 5 期。

1981年,由陈白尘先生编剧的《阿Q正传》被搬上荧幕,主演严顺开荣获第六届大众电影百花奖最佳男演员奖。对于这部电影而言,此奖项极为不易,因为鲁迅曾在信中有言:“我的意见,以为《阿Q正传》实无改编剧本和电影的要素,因为一上演台,将只剩了滑稽,而我之作此篇,实不以滑稽或哀怜为目的……”[①]小说为了突出讽刺效果,阿Q本人及其所遭遇的事件,均滑稽可鄙;但其作者叙事情境和中立的全知视角,使得文章呈现出一种夹叙夹议的风格,让读者得以在阿Q的丑态之外,多一份警醒和感喟。而在舞台或银幕上,观众能看到的是阿Q的滑稽形象及其所作所为,只见其可笑,难明其可悲,也就难以达到作者预期的效果。编剧为了保留原作的严肃性,大量采用来自原文的旁白,对读者理解进行干预。从电影的效果来看,阿Q这个原本极易在舞台上流于滑稽的人物形象获得了专家的肯定,可以说,该改编获得了成功。而这样的成功与旁白的使用有何关系?旁白在电影中如何达到干预效果?本文试对此进行分析。

本文选取《陈白尘文集》中收录的电影剧本进行分析,电影拍摄时受拍摄条件等原因影响,有些许改动,并未计入在内。[②]

一、从舞台到荧幕:去芜存菁的改编历程

《阿Q正传》是鲁迅先生的一部代表作,自问世以来屡经改编。在本文所讨论的电影改编之前,这篇文章曾被多次改编成戏剧作品搬上舞台,这些改编的不同方式和演出效果,为电影改编积累了丰富的经验。下面便对此进行梳理分析。

根据邵伯周先生的整理,最早将《阿Q正传》改编为话剧剧本的是陈梦昭。他于1928年改编,此时《阿Q正传》正被文坛攻讦,故此本影响极大。但他因考虑舞台限制,删去了两章情节,省略了许多细节描写,使得原作的艺术性大打折扣,又可谓遗憾。

第二个改编为话剧的是黄牧之,他于1934年在报刊上连载自己的改编之作,并首次加入鲁迅其他小说人物,鲁迅对这一做法表示了肯定。

1937年,朱振声将其改编成三幕社会剧,具有时代特点。但因没有忠实

---

① 鲁迅:《鲁迅全集》,第十二卷,北京:人民文学出版社,2005年版,第245页。

② 陈白尘:《陈白尘文集》,第五卷,南京:江苏文艺出版社,1997年版。

于原著，失去了故事中心，演出效果并不理想，评论认为：阿 Q“只不过是一个好玩的滑稽角色而已”。同年，上海出现了田汉改编的五幕剧和许幸之改编的六幕剧，都加入了鲁迅其他小说的人物情节，并编造了原著没有的情节，加强了戏剧性。但评论界仍然认为，阿 Q 的形象并未得到正确而充分的表现，他的微妙心理，即使演员已经尽力，也难以在舞台上展现出来。

1981 年，陈白尘将原作改编为电影文学剧本，其最大特点就是运用大量旁白再现了原文中的叙事人口吻，保留了鲁迅小说的讽刺风味，并且综合了之前改编作品中的可取之处，加入鲁迅小说其他情节人物，并在结尾处进行了升华，使作品在生动形象的同时仍不失思想性[①]。

纵观改编历程，可以看出剧本对之前经验的吸取。尤其值得关注的是仿照黄牧之本加入鲁迅其他小说人物。如下表：

表 1：剧本中非原著人物出处

名　字	红鼻子老拱	蓝皮阿五	红眼睛阿义	航船七斤	咸亨酒店的掌柜
出　处	《明天》	《明天》	《药》	《风波》	《孔乙己》

（注：航船七斤和咸亨酒店的掌柜在小说中有提到，但均一笔带过，不能算作原作中存在的人物。）

剧本也仿照田本、许本加入、编造情节。如阿 Q 叙述革命党杀人一幕，原文中的描写通过阿 Q 的讲述和动作来表现，而在电影剧本中，改编者将鲁迅小说《药》的情节移植了过来。将夏四奶奶设定成了白举人的堂妹，夏瑜的牺牲源于白举人的告密，并增加了闪回镜头，表现临刑前的场景和阿 Q 与举人的对话，进一步将阿 Q 爱看热闹，畏缩侥幸又自负正义的心态刻画出来，并且和结尾的行刑场景形成对比。

此处便出现了两个疑问。其一是，这些做法不过是对之前本子成功经验的借鉴，为何之前的田本、许本仍然受到评论界的尖锐批评，被认为“误解了原著的主题与旨趣，失去了原文的整个灵魂”，而陈本则受到高度赞扬，认为“如实地传达出作品的实质”。基本上一脉相承的改动之举，为何得到了截然不同的效果？

其二是，虽然剧本中有这么多非原著的细节，却并没有让熟知鲁迅小说的观众跳戏，相反，被认为是适应电影需要，“做了一些合理的增删”。这又

① 邵伯周：《从小说到剧本，再到舞台和银幕——〈阿 Q 正传〉改编述评》，载《上海师范大学学报》1987 年第 3 期。

是为何?

以上两点,需要在接下来的分析中解答。

二、从叙述到旁白:语图转换中的改编策略

尽管文学作品的电影改编理论的论证在宏观上可大致分为:“忠实观”、“创造观”、“戏说观”三类,但因启蒙的需求及苏联的影响,强调用电影的手段服务于文学意蕴的“忠实观”便在夏衍等人的倡导下成为早期中国电影改编理论的主流。[①] 本文所讨论的《阿Q正传》剧本,便是在这一思路下进行的改编尝试。

上文已经提到,同样是增加人物情节,陈本得到高度赞扬,而之前的几个本子却均被认为游离了主旨,这其中,一定有些其他的因素起作用。而陈本的特殊之处,就在于其保留了原著中的叙述者。陈白尘先生从原著中提取了大量叙述,并结合电影特点改编,对电影内涵进行了深化。而这个“原著者的解说词”,在后来的评论中,被认为是如实反映主旨,成功塑造人物的关键。

为了进一步明确这些旁白如何达到效果,笔者将提取的旁白和原著进行了比较。发现这些旁白可大略分成三种:其一是“基本一致”,即旁白从原著中某句或某段话中提取,为了适应口语化表达和推动情节的需要进行了细微调整;其二是“拼凑拆分”,此种旁白分为两类,一类是从原著中两句及以上的句子拼凑而来,另一类则是几句旁白由一段话拆分而来;其三是模拟原创,即原著中并无类似句子,是改编者根据原作语气及情节进行的仿作。

笔者整理表格如下:

表2:旁白和被提取句比较分类

幕 次	旁白总数	基本一致	拼凑拆分	模拟原创
一	10	5	5	0
二	7	4	1	2
三	6	5	1	0
四	7	6	0	1

① 毛攀云:《中国电影理论研究》,吉首大学硕士学位论文,2010年。

续 表

幕 次	旁白总数	基本一致	拼凑拆分	模拟原创
五	7	4	3	0
六	3	1	1	1
七	6	3	1	2
八	4	1	2	1
九	9	4	3	2
小 计	59	33	17	9

通过表格可以看出，数量最多的是“基本一致”类，这充分表现了改编者尊重原作的意愿，也反应深受夏衍影响的第三代电影人的审美追求，“第三代电影人基本上抱有这种观点，即认为电影价值需要依靠文学价值获得提高，并将此作为评判电影创作的标准”①。这也是改编者力求再现原著深邃内涵的需要。

“拼凑拆分”则体现了改编者的能动性。就“拼凑拆分”而言，编剧对原作语言的裁剪和拼接，体现了图像叙事的空间化需要。就小说而言，叙事能够在时间中自由展开，并且语言有确定的所指，在确定视点、讲述方式等方面更加自由多元，既可以泛览而过，也可以集中书写。读者在阅读小说时可以自由控制阅读进度，反复咀嚼吸收，即使叙事方式复杂，也能够达到读者对理解作品的期待。但电影的叙述则不一样，由于媒介是开放的、有多种可能性的图像，所以，电影中的时间必须被置入空间之内；又因为接受者往往是一次性接受完影片，“电影和小说相比，势必偏重简单明了的结构”②。所以旁白的存在，能够帮助图像进行清晰简略的叙事，成为图像的补充和说明。同时，又因为改编者希望能最大限度地遵从原著，所以不能用图像尽如人意地表现的内容，旁白是加以说明的最好手段，使观众不至于偏离原文本的深邃内涵。

如第二幕第二句旁白对阿Q的介绍，便是对原文中涉及阿Q介绍的综

---

① 王一卉：《文学作品的电影改编中的语图关系研究——以张艺谋为个案的研究》，南京大学硕士学位论文，2013年，第5页。

② [美]温斯顿：《作为文学的电影剧本》，周传基、梅文译，北京：中国电影出版社，1983年版，第28页。

合，让观影者在图像之外，能够接收更多信息，形成一个整体印象：

表2-1:旁白和被提取句比较分类(1)

小说原文	剧本旁白
● 只是有一回，有一个老头子颂扬说："阿Q真能做！"(第二章) ● 赵太爷钱太爷大受居民的尊敬，除有钱之外，就因为都是文童的爹爹，而阿Q在精神上独不表格外的崇奉，他想：我的儿子会阔得多啦！加以进了几回城，阿Q自然更自负…… ● 阿Q"先前阔"，见识高，而且"真能做"，本来几乎是一个"完人"了。(第二章) ● 然而阿Q虽然常优胜，却直待蒙赵太爷打他嘴巴之后，这才出了名。(第三章)	"阿Q真能做"，而且进过几回城，见识高，再加上他在精神上不把赵太爷父子放在眼里，他几乎是一个"完人"了。因此，自从蒙赵太爷打他嘴巴之后，阿Q倒很得意了几年。(第二幕)

这段话共综合了四处对阿Q的介绍，甚至极为少见地借用了第三章的叙述，将大段的评述性文字浓缩成了一小段话，对观影者把握阿Q性格，甚至了解事件走向，都有很大帮助。

拆分则是为了画面和旁白配合的需要，化语言为图像，使观者印象更深。我们在听演讲时常常有种体会，若只是一个人在上面喋喋不休，时间一长，往往容易走神；但如果演讲者辅以精美的PPT，则可以长时间抓住我们的注意力。因为图像和世界具有相似性与观者的亲缘性极强，能自然地引起观者的注意，而"语言愉悦的前提是所指意的被理解，不被理解或被曲解的所指对于语言引逗无动于衷"①。换言之，虽然语言和图像都是对"象"的模拟符号，但是构成语言的音响符号和意义之间的联结经过社会历史的积淀，其间的关联是任意性的，一个表达不仅有含义，也有其所指，对语言的理解需要经过一个复杂的心理过程；而遵循"相似性"原则的图像则对所有人一视同仁，观众在看到图像的时候并不需要理解，只需要调动视觉就能够直观到其本身。电影作为视听性艺术，如果只是大量用旁白来传达作者的所思所感，而并不调动图像来逗引观众，很容易使人疲倦，沦为小说的影视化翻译，甚至达不到小说本身给观众带来的思考深度。这种拆分性的旁白，便

① 赵宪章:《语图传播的可名与可悦》，载《文艺研究》2012年第11期，第29页。

是为了解决这个问题。

如第一幕的最后三处旁白，化自原文中的两处叙述：

表 2-2：旁白和被提取句比较分类(2)

小说原文	剧本旁白
● 第一是文章的名目。孔子曰，“名不正则言不顺”(3)。这原是应该极注意的。传的名目很繁多：列传，自传，内传(4)，外传，别传，家传，小传……而可惜都不合。(第一章) ● 便从不入三教九流的小说家所谓“闲话休题言归正传”这一句套话里，取出“正传”两个字来，作为名目。(第一章)	最后一个难处，是这文章的名目。孔子曰：“名不正则言不顺。”这原是应该这样注意的。我要给阿 Q 立传，可是传的名目繁多……(第一幕)
	这些列传、自传、内传、外传、别传、家传、小传等等可惜都不合。只得从旧小说的一句所谓“闲话休提，言归正传”里……(第一幕)
	只取出“正传”两个字来，作为名目，便叫做《阿 Q 正传》。(第一幕)

之所以要这样拆分，是因为在旁白者说话时，画面配合着进行了展示。编剧在第一章让鲁迅作为叙事者出现，在他说完“传的名目繁多”时，编剧让画面上出现了稿纸，写着“列传、自传”等字，一支毛笔又将其抹去，然后旁白再次响起：“只得从旧小说的一句所谓‘闲话休提，言归正传’里……”画面上又出现一张稿纸，写着“闲话休提，言归正传”几个字，又用毛笔抹去，最后旁白再说：“只取出‘正传’两个字来，作为名目，便叫做《阿 Q 正传》。”此时运用电影技术，令“阿 Q”和“正传”两个字飞跳起来，组成了标题。这段一气呵成，新奇有趣，既完美地将原著意蕴丰富的开头转换成鲁迅的内心活动展现出来，又巧妙地引出了题名，同时发挥电影特点，配合着图像不显枯燥，牢牢抓住了观众视线。

更值得注意的是“模拟原创”部分，虽然不多，但正是这一部分旁白，使得事件的联结更加紧密，也体现了编者对深刻性的追求。如第二章，在阿 Q 和闲人打架输了之后，编剧先增加了一句旁白：“你以为阿 Q 被打败了么？没有！”用画面表现他大骂“儿子打老子”之语，随后又用一句“阿 Q 便用这样的精神胜利法，使自己转败为胜了”定论，使得情节过渡自然，并引导观者注意到了其中的讽刺性。最后一章的结尾，在阿 Q 死后，让小 D 以阿 Q 的形象向大家走来，旁白点评道：“阿 Q 是死了。阿 Q 虽没有女人，但并不如小尼姑所骂的断子绝孙了。据考据家们考证说,阿Q还是有后代的,而且子孙繁多,至今不绝……"对比原作中闲人们对阿Q没有唱戏的嫌弃,这一处理更具有电影的特性。借助图像呈现出又一个阿Q,并用旁白点出这种人的现实性,给人以极大震撼。

由此可见,从原著中提取的旁白,不论是来自原文还是模拟改编,都包含着编剧对电影叙事的把握,并体现了其忠于原著、追求深刻的创作意图。由此而加入的旁白,也就成了勾连电影与文本不可或缺的部分。所以同样是改编,陈本能获得高度评价,和编者适应电影需要,恰当加入旁白的做法密不可分。

三、从构架到评点:语图转换中的旁白功能

以上是对改编者适应语图转换所作尝试的过程分析。下面就旁白在该电影中的作用进一步分析。

根据康尔在其论文《电影表述研究》中的分类,旁白应该有四种功能:(1)简要说明的功能;(2)介绍人物的功能;(3)过渡连接的功能;(4)夹叙夹议的功能。[①] 笔者借鉴了这些功能类型,也就自己的整理提出了一些不同的看法,具体分类如下。

就《阿Q正传》剧本而言,因为全知叙事人的存在,以及鲁迅对"讲述"[②]手法的偏爱,旁白的"简要说明"和"介绍人物"其实可以放到一起,即"介绍说明"。如第七幕:"宣统三年九月十四日三更四点,有一只大乌篷船靠上赵太爷的河埠头,这给未庄带来了恐惧和不安。"是对故事背景的介绍;同样是第七幕:"原来,阿Q以为革命党就是造反;造反就是和他阿Q为难,所以一向是深恶而痛绝之的。不料革命党却使白举人和赵府上都害怕起来,这可使得阿Q大为快意了!"则是叙述人眼中的阿Q心理。这都体现了说明的特性。

而"过渡连接"意为通过旁白完成事件转换,即起到了推动情节的作用,既包括对上一件事的总结,又暗示着下一件事的开始,还有提醒事件发生过程中的转折。如第二章:"可惜,他在体质上还有些缺点:头上颇有几处癞疮

---

① 康尔:《电影表述研究》,上海:上海戏剧学院,2004年,第43页。
② 罗刚:《叙事学导论》,昆明:云南人民出版社,1994年版,第164页。

疤。因而他忌讳说'癞'字以及近乎于'赖'的音。后来，推而广之，'光'也忌讳，'亮'也忌讳，甚至连'灯'、'烛'都忌讳了！"这是承接上面的旁白"他几乎是一个'完人'了"的叙述而来，同时又是一个引子，即接下来阿Q会因为被嘲笑而打架的原因；而紧接着的"你以为阿Q被打败了么？没有！"则是点出事件将有波澜。

至于"夹叙夹议"，出于比较需要，笔者采用了区分度更强的"点评调侃"一词进行替换。实际上，确实很多旁白都是先叙述完事件再加以点评的，很难完全区分。不过，也有相当部分的旁白就是一句辛辣的讽刺。如上文提到的第二章阿Q因癞子跟人打架输了之后自我安慰，便有一句旁白道："阿Q便用这样的精神胜利法，使自己转败为胜了！"

以上三种功能中，"过渡连接"明显具有结构性作用；"介绍说明"既交代背景，又揭示心理，兼有结构性作用和塑造形象、突出主题的功能；"点评调侃"则起到启发观众，揭示主旨的作用。

笔者尝试总结如下：

表3：旁白功能分类

幕　　数	总　　数	介绍说明	过渡连接	点评调侃
一	10	1、4、6、7、9、10	2、3、5、8	
二	7	1、2、3	3、4、5	5、6、7
三	6	1、2、3	1、2、4	4、5、6
四	7	3、4、6、7	2、4、5、6	1、7
五	7	4、6、7	1、2、3	4、5
六	3	1、2、3		1、2
七	6	1、2	4、5	2、4、3、6
八	4	1	2、3、4	4
九	9	1、2、6、7、9	3、5、8	1、4、10
小计	59(74)	29	25	20

（注：每幕旁白按1—10的顺序依次编号，　X　表示同一行中重复出现。）

从上表中可以看出,许多旁白兼有多项功能。有的在点出背景的同时也兼有引出下文的功能,过渡连接的旁白也能附带一句叙述人的调侃。如第四章阿Q惹事之后的一句旁白:“阿Q平生最爱看热闹,他不知道内院里又发生什么好看的热闹了。”既是一句从阿Q角度出发的心理活动说明,又是引出下文“内院热闹”的过渡性旁白。而阿Q赔礼之后,又有一句说明性旁白:“一大半做了少奶奶未来孩子的衬尿布,那小半便都做了吴妈的鞋底。阿Q的恋爱悲剧就此收场了!”这句话同时又带有明显调侃的意味。这是一种保留原作文学性的尝试。鲁迅可以说是语言的大师,他的遣词用句极有特色,辛辣的讽刺往往蕴于不动声色的叙述之中。改编者在提取的过程中注意到了这样一种特征,最大限度地予以保留。

从表中发现,真正具有结构功能的“过渡连接”式旁白仅有23句,有5句还同时兼有“介绍说明”的功能,大部分旁白都是起到说明议论功能的。上表中“点评调侃”一列,除序幕外,每一幕都有1—2句兼具多项功能的旁白,也就是说,每一幕都有融叙事和讽刺为一体的旁白存在,这正是鲁迅文字风格的体现。这也使得观众在观影的过程中,仍然能够时刻感受到原文本的存在。第九章第一句:“赵家遭抢之后,未庄人都很高兴而且恐慌,阿Q也很高兴而又恐慌。”并列的句式带来了讽刺极强的喜剧效果,大家对赵家遭抢之后的幸灾乐祸及心有戚戚的感觉便被强调了出来,又因为简单句式的直接重复,一种愚钝的感觉油然而生,也正好切合了乡人和阿Q带有极强小农色彩的心态①。

由于电影的图像性,原本能够由叙事者轻描淡写或同情讽刺的故事具体情节,就必须交由画面来表现。原文中一些夹杂在叙述中精妙的议论,也就只能掐头去尾交由旁白,以使读者能够时时感受到讽刺的力度。如《恋爱悲剧》一节,原作中虽然只有两件事,即阿Q思春和调戏吴妈不成,但前一件事鲁迅采取了意识流的写法,并掺杂了大量议论,既表现出了阿Q对女人又向往又鄙夷的矛盾心理,也讽刺调侃了他这种心态的可笑。电影因其图像性,无法像小说一样明确揭示人物内心,便只能运用旁白嬉笑怒骂,令阿Q的所作所为,不至流于逗乐搞笑。旁白数量仅次于第一章的最后一章《大团圆》也是如此,在这一章中,鲁迅从阿Q的视角展示了他的无辜和整件事的

① 《陈白尘文集》,第五卷,第518—593页。

荒谬。结尾又恢复全知视角，以闲人的不满和抱怨，增添了阿 Q 的悲剧色彩。但电影如果单单把阿 Q 入狱被杀整件事拍摄出来，很难达到原文震撼人心的效果。而借助叙事人的在场，通过加入情节使得故事更加丰满，在阿 Q 露出丑态的同时，又利用旁白来点出整件事的可笑可叹，能充分让观众抓住此幕精髓。

展示原作的语言风格，保持讽刺性，干预观众理解，构架电影体系，正是此影片中的旁白功能。综合以上两节内容也可看出，旁白作为叙事人的在场，在保留文学性和讽刺性，弥补图像叙事的不足，作为人物心理的补充，将观众的理解导向原作的宗旨上，确实起到了重要作用。

四、从共存到主导:语图转换的启发

对于在第一节中提出的第二点疑问，即为何来自非原著的情节和人物在陈本的改编中被认为"这些改动与原作的基本精神是一致的"，"有利于舞台演出"，而在田本和许本中则被认为游离了主旨，"未能把原著的神髓伴随阿 Q 在戏剧上(或舞台上)站了起来"[①]？笔者认为有一点或许可以解释，那就是贯穿全剧的旁白一直在把握着叙事的主线，并牢牢把控着观众的注意力。虽然在上文的分析中已经得出，该剧中的旁白主要为了突显鲁迅语言艺术并突出主旨，起结构功能的只占少数，但是这些来自原著的话语仍然构建了一个遵从原著，并易于被感知的叙事框架。改编者采用了和原作一模一样的九幕叙事框架，而每一幕开头和结尾的旁白，正是构建框架的重要工具。如此一来，观众便能接收到由旁白显现出的隐含叙事框架，虽然不多，但已足以令人感知。而这些来自原文或模拟原文语气的旁白，又能营造出一种来自原作的氛围，引导着观众进入《阿 Q 正传》的叙事语境。

那么，问题便出现了:旁白尽管重要，但电影毕竟是以图像叙事为主的艺术，为何少数的几句话能够战胜丰富的图像和多变的蒙太奇，让观众无视图像透露出的叙事倾向，而选择接受旁白带来的暗示呢？同时，这些数量上只占少数的旁白，是如何令观众不受图像的干扰，忽视来自其他语境的细节，联想到其他文本语境的？

这个要从语图的符号特性加以分析。作为两种不同的模仿符号，文字

---

① 《从小说到剧本，再到舞台和银幕——〈阿 Q 正传〉改编述评》。

遵循的是任意性原则,对事物的指称更加精准,是一种实指,而图像遵循的是相似性的原则,有无限延伸的意义空间,是一种虚指。[1] 当图像单独在场的时候,由于其潜在的多义性,也拥有着无限的开放性;而语言的在场能够给予图像确定的所指,限定理解的框架,甚至"导致语言对于图像的驱逐"。根据赵宪章老师分析,当语图处于悖反关系时,语言能够颠覆图像的相似性原则,抢夺观众的理解视域;而"语图唱和"时,语言并不会满足于图像所指,常常会对图像产生"遗忘性驱逐"[2]。

他的论文分析的是静止的画面和文字的关系,但是移植到影视改编中的语图关系似乎也同样适合。当旁白和图像同时在场时,因为实指的语言的强势性,又因为理解作品的需求,观众会倾向于优先接受作为语言的旁白传递的信息,从而忽视作为图像的蒙太奇本身的歧义性。图像不可避免地具有"展示"特征,即使是活动起来的蒙太奇也是如此,观众在接受时会有一种焦点的游移,他们无法确定自己是否能够抓住导演真正想要表现的细节,即使有理解的决心和自信,也会因为影片放映过程中的不可逆性而难以得到确认,理解的障碍由此出现。纯粹的图像式叙事很难让观众把握导演的叙事逻辑,理解导演的叙事意图和电影展现出来的多重意义。艺术总是意义的载体,电影作为艺术的一种,自然也是如此。所以在场的语言,成为了观众获取明确信息的一种强有力的途径,也因此成为了一种难以拒绝的诱惑。当旁白和图像同时出现时,观众会更愿意从具有确定性的旁白中获取信息,以帮助其把握全文线索,获取理解。

就如上文所举之例,当《药》的情节忽然插入到《阿Q正传》中时,事件前后的旁白能帮助观众获取事件信息,以维持在场感。事件前的旁白:"阿Q再回到未庄,是刚过了这年的中秋。他这次从城里回来,确乎值得惊异,也很得到敬畏。"是对原文三句话的拼凑;事件后:"阿Q这时在未庄人眼里的地位,虽不敢说超过赵太爷,但谓之差不多,大约也就没有什么语病的了。"便基本和原文一字不差。这样一来,虽然中间的事件并不是来自原文,但由于前后旁白提供的强烈在场感,和之前通过旁白获取的信息,能够让观众顺理成章地进入《阿Q正传》的叙事语境。所以即使在语图共存的电影中,语

① 赵宪章:《语图传播的可名与可悦》,载《文艺研究》2012年第11期,第25—33页。
② 赵宪章:《语图互仿的顺势与逆势》,载《中国社会科学》2011年第3期。

言仍然能够凭借其实指性迎合观众理解需求，抢夺观众的注意力。

总而言之，在文学作品电影改编的语图转换中，旁白能够起到增加文学性，连接文本与电影的重要作用。虽然媒介转换后，叙述方式和作用必然需要改变，但这正为导演留下了发挥的空间。从讲述到说明，从旁观到参与，调和“忠实”与“创造”，不让原著面目全非又能体现不同的艺术特征，正是旁白存在的最大意义。并且，上述的研究也表明，即使在已经具有“表演”功能的电影图像中，语言仍然能够占据强势地位，为进一步研究图像时代的文学生存问题提供借鉴:这也是本篇论文的现实性所在。

可以进一步探讨的是，本篇所讨论的电影剧本是在“忠实观”指导下创作的，编剧的主要目的在于如实传达作者原意。而在“创造观”、“戏说观”指导下改编的电影，则更多地强调编者的主观能动性和观众接受的开放性。本文所得出的结论是否适用于这些电影？不以忠实原著为前提的改编，其旁白是继续主导观众还是与图像产生悖反张力，以获得观众的解放？这些都是值得继续思考的问题。

作者简介

陈江月，1993 年 5 月生。湖南省株洲市人。清华大学人文学院 2015 级研究生。

越界筑路：侣伦的《蓬门碧玉》及早期香港电影文学的改编

[香港]黄淑娴

摘　要：1942 年公映的香港粤语电影《蓬门碧玉》，改编自香港著名小说家侣伦的短篇小说。侣伦不光是电影的原著作者，也是电影的编剧。值得注意的是，侣伦的原著小说本身亦是从外国名著改编过来的。对于《蓬门碧玉》的这种多重性改编，本文主要讨论侣伦作为编剧如何把自己的小说改编成为电影，旁论侣伦作为原作者如何改编外国名著，呈现香港文化的多元性。

关键词：香港文学与电影　改编　侣伦

引　言

香港文化脉络中的文学与图像的关系，其中不少精彩的例子是来自电影改编的。香港电影改编文学作品，最丰盛的时期是 20 世纪五六十年代，这时期的改编作品数量多，而且质量高，一些香港学者已对这时期的改编情况有深入的分析。① 然而，随着近期一批非常珍贵的三四十年代的香港电影在美国三藩市"出土"，让我们看到 1950 年代以前香港电影的尝试。本文讨论 1942 公映的香港粤语电影《蓬门碧玉》，这是其中一部刚从美国运送回来的电影。《蓬门碧玉》洪叔云导演，香港著名作家侣伦编剧。电影改编自侣伦自己的短篇小说，他是编剧，又是原作者。值得注意的是，侣伦的原著故事本身是从外国名著改编过来的，所以《蓬门碧玉》可以看成是多重的改编。对于《蓬门碧玉》的多重性改编，本文主要讨论侣伦作为编剧如何把自己的小说改编成为电影，旁论侣伦作为原作者如何改编外国的名著，以及在改编

---

① 请见梁秉钧、黄淑娴、沈海燕、郑政恒编：《香港文学与电影》，香港：香港公开大学出版社，2012 年版。黄淑娴：《香港影像书写：作家、电影与改编》，香港：香港公开大学出版社、香港大学出版社，2013 年版。

中如何呈现香港文化的多元影响。

早期香港电影的改编轨迹

跟别的城市一样,香港早期电影的发展是借助文学的遗产,尤其是在电影故事构思方面。当然,改编出名的文学作品有助票房收益,这肯定是香港影人处于商业的制作环境下会考虑到的元素。1950年代之前,香港电影大多改编自古典小说。最早改编的是《聊斋志异》[黎北海的《胭脂》(1925)],随后是《三国演义》[黎北海:《左慈戏曹》(1931)]、《红楼梦》[金鹏举:《黛玉葬花》(1936)]、《金瓶梅》[关文清:《摩登武大郎》(1937)]、《西游记》(《大闹水晶宫》)及《水浒传》[王引:《潘巧云》(1940)]等。另外,冯梦龙纂辑的"三言"亦是早期香港电影喜欢改编的文学作品,例如"杜十娘怒沉百宝箱"的故事,早在1939年就已由关文清导演改编为同名电影。比较富动作性的侠义、公案小说如《七侠五义》和《彭公案》等,亦可以在早期的香港电影史上随处找到。然而,1950年代开始,改编古典小说的数量逐步减少。随着香港城市的都市化,及南来上海影人的都市背景,其他的文学作品开始被改编成香港电影。①

早期的香港电影亦喜欢改编西方文学的作品,这方面的改编在五六十年代是非常多的,在三四十年代亦可以找到发展的痕迹,例如改编神话《天方夜谭》[《神灯》(1939)]、普契尼的歌剧《蝴蝶夫人》[黄岱:《蝴蝶夫人》(1948)]、莎士比亚的剧作《错中错》[赵树芹:《从心从欲》(1940)]及勃朗宁的小说《呖山庄》[许啸谷:《魂归离恨天》(1940)]等。

1950年代随着报纸连载小说、单行本流行小说、天空小说的兴起,这些广受大众市民欢迎的作品被改编为电影,而且不少作家参与电影的制作。在1950年之前,我们亦可以看到一些当时的香港作家与电影合作的例子,例如侯曜[如《沙漠之花》(1937)]、杰克[如《红巾误》(1940)]和望云[《人海泪痕》(1940)]等小说家在报章发表连载小说,他们的不少流行作品都被改编成电影。从这个香港作家与电影界合作的脉络中,侣伦是早期香港电影一个非常重要的人物。

侣伦(1911—1988)是香港土生土长的作家,在九龙出生,原名李观林。

---

① 有关香港电影改编文学的片目,参看梁秉钧、黄淑娴编:《香港文学电影片目1913—2000》,香港:岭南大学人文学科研究中心,2005年版。

现在学术界比较关注他在50年代的长篇小说《穷巷》(1952),事实上,他1926年已经开始写诗,[①]30年代创作的小说非常好看,而且流行。有一封1948年的"读者来信",写到战前侣伦的小说在香港有"庞大的读者",更是"中上家庭不可缺少的读物,获得一般住在香港相当时候的青年男女的爱好"[②]。藉此推测,当时喜欢侣伦的读者都是较有知识水平的年轻香港人。不少评论者曾指出,侣伦的小说充满异国情调,我们可以在《黑丽拉》小说集中清晰看到。[③]《黑丽拉》[④]有七篇短中篇小说,包括《黑丽拉》(1937)、《迷雾》(1936)、《绒线衫》(1935)、《鬼火》(1937)、《西班牙小姐》(1936)、《永久之歌》(1937)和《母亲说的故事》,当中有着浓浓的外国情调,例如《西班牙小姐》写香港男子与居港西班牙姑娘的爱情故事;《永久之歌》写德国男女的三角恋,但又连接起中国的背景。侣伦又擅于写都市生活,写中产家庭故事尤其出色,《绒线衫》是最精彩的作品,探讨中产家庭夫妇的心理,他们互相猜疑,不敢外露。作品结构简约,叙事一层一层地把人物复杂的心理揭露出来。

侣伦作为出色的文学家,这点已写在文学史上了,但他作为电影编剧的角色,却缺乏深入的讨论。侣伦是第一代香港文学与电影互通的作家,他谦称自己不是什么电影界的人,成功与否,不太上心。他写道:"电影界里工作,袭用一句当时的口头语是'越界筑路'。"据香港电影资料馆的数据,侣伦参与了10部电影的编剧工作,包括《如意吉祥》(1938)、《风流债》(合编,1938)、《强盗孝子》(1940)、《蓬门碧玉》(1942)、《弦断曲终》(1943)、《大地儿女》(1945)、《情深恨更深》(1947)、《谍网恩仇》(1948)、《怪侠飞天龙》(1949)及《好事成双》(1955)。侣伦亦曾在南洋影片公司担任宣传部的工作。[⑤]侣伦与电影的关系,主要是在三四十年代,但因为这个时期的香港电影现在很难看到,所以一直没有研究,这次《蓬门碧玉》能够在美国找到,是研究早期

① 侣伦的文学创作年表,可参考许定铭:《侣伦著述史料编年》,《侣伦卷》,香港:天地图书,2014年版,第390—400页。此年表根据温灿昌的《侣伦创作年表简编》修订编成,见《八方文艺丛刊》,第9辑,1988年6月号,第66—81页。

② 华嘉:《侣伦的小说——冬夜书简》,见黄仲鸣编:《侣伦作品评伦集》,香港:香港文学评论出版社,2010年,第57页。原刊于《文汇报·文艺周刊》第15期,1948年12月26日。

③ 例如见卢玮銮:《侣伦早期小说初探》,见黄仲鸣编:《侣伦作品评伦集》,香港:香港文学评论出版社,2010版,第66—80页。原刊于《八方文艺丛刊》,第9辑,1988年6月号。

④ 侣伦:《黑丽拉》,上海及香港:中国图书出版公司,1941版。

⑤ 侣伦写到他一共写了十多个电影剧本,有三两个剧本没有拍出来,见《我的剧本和影片——〈我与电影界〉续完》,《向水屋笔语》,香港:三联书店,1985版,第171页。

香港电影及侣伦的重要机会。

侣伦的《黑丽拉》与《迷雾》

《蓬门碧玉》(1942)由南洋影片公司出品,侣伦曾写道,电影在太平洋战争爆发前已拍摄完成,[①]即1941年12月之前,现在香港电影资料馆列出的放映日期为1942年12月24日,电影是在香港沦陷后才正式公映。[②] 电影讲述年轻美丽的黑丽拉(片中称阿丽,路明饰),家境穷困,在咖啡厅和舞厅工作独力支持家计,不时依靠男性客人嘉琏奴的帮助,两人关系暧昧。其后,作家于凡(张活游饰)与黑丽拉相爱,但于凡妒嫉心重,经常怀疑黑丽拉与嘉琏奴的关系。于凡后来回内地发展,希望为二人的生活打好基础,怎知在于凡离开之际,黑丽拉为了养家重回舞厅工作,于凡误会她贪慕虚荣,两人在误解中分开,不久黑丽拉死于肺病。于凡终于明白黑丽拉的苦心,感到无限的内疚。

这是关于风尘女子的悲惨故事,我们可以在30年代的上海电影找到类似题材的电影。如果单看故事的爱情主线,我们或会以为电影是爱情悲剧,事实上《蓬门碧玉》不光是悲剧,它同时是非常有趣的喜剧。它是一男一女的爱情电影,但亦是艺术家生活的写照,这方面其实篇幅不少,在原著小说中是没有的。《蓬门碧玉》是一部关于香港的电影,但处处渗透着外国文化的痕迹。编导在处理这些不同的元素时,分寸拿捏得宜。相对于同时期的电影如《女性之光》(1937)和《南国姊妹花》(1939)等,《蓬门碧玉》更可以表现出香港文化的混杂性。

侣伦认为《蓬门碧玉》是他较满意的电影作品,[③]他在一文中写到《蓬门碧玉》是从他的短篇小说《黑丽拉》改编而成的。无疑,电影主要的情节是由《黑丽拉》而来,但小说集中的另一短篇小说《迷雾》亦为电影提供了重要的情节。我们不妨视《蓬门碧玉》是从侣伦这两篇小说一同改编而成,从而可以看到侣伦在编剧时花费心思作的调整,亦可看到他充分了解到文学与电影两个媒体的分别。

---

① 《我的剧本和影片——〈我与电影界〉续完》,《向水屋笔语》,第172页。

② 侣伦在上注中所述的文中提到,《蓬门碧玉》闻说在沦陷期间曾放映,这项数据需要进一步考证。

③ 其余两部较满意的是《弦断曲终》和《大地儿女》,见《我的剧本和影片——〈我与电影界〉续完》,《向水屋笔语》,第172、173页。

小说《黑丽拉》是以男主角的第一人称叙事,因此小说多写他对黑丽拉的感受。男主角细致地说出他对黑丽拉的观察,例如在雨中相遇一场,他脱下大衣给打颤的黑丽拉,小说是这样写道:"她娇小的身子便裹在我的大衣里面;触着她只有半截衣袖的手臂,我好像摸到冰块一样。"[①]电影也有这一场,场面设计很有诗意,两人在雨中漫步,但男主角敏感的性格改变了,换成了较年少冲动的个性。(见图 1)我们从另一个例子可以更清晰地看到这个改变。电影到了最后,于凡从内地回来找不到黑丽拉,但他们竟然在舞厅重逢,这样把他们的误会推到顶点,然后是两人的永别。小说中的男主角是较有分析能力的,他从外地回港后,听到别人中伤黑丽拉,说她是小娼妇等,他完全没有相信,认为这只是嘉琏奴的阴谋而已。反之,电影的男主角的性格是热血且冲动的,这样的改动,无论是人物还是情节都更富戏剧性。(见图 2)

图 1　剧照由香港电影资料馆提供

图 2　剧照由香港电影资料馆提供

因为是第一人称叙事,小说《黑丽拉》只站在男主角的位置看事情,如果按照这样改编,转化为电影,会显得局限,电影的叙事跟小说不一样。电影加入了黑丽拉的角度,让观众知道她的踌躇,而于凡不知道。侣伦把他另一个短篇小说《迷雾》的情节拉进来,[②]为电影的女性角度提供了材料。《蓬门碧玉》有一场戏讲到黑丽拉的内心挣扎,她回家看到嘉琏奴悄悄地放在她口袋内的字条,约她到酒店,当然是引诱她做不道德的交易,本来黑丽拉是不屑一顾的,但想到家人急需金钱,她还是把撕碎的字条再拼合,呈现了她内

① 《黑丽拉》,第 5 页。

② 《迷雾》收入新出版的《侣伦卷》,许定铭编,香港:天地图书,2014 年版,第 127—144 页。

心的矛盾。这一场戏在原著小说《黑丽拉》里是没有的，但这正是《迷雾》的核心情节。《迷雾》以第三人称叙述女主角正枝的内心，故事很简单，交际花正枝晚上回家后，回忆自己在舞场上拒绝了有钱老板而惹出来的风波。其后，她在身上找到老板约她到酒店的字条，她撕掉后又拼回，因为想到艺术家男朋友正急需金钱治病。整个小说是一个生活片段，最后完结在黎明时分，仿佛让读者感到她将会为男朋友而牺牲。侣伦巧妙地把两个小说结合在一起，让男女主角各有充足的篇幅，让电影的人物描写更丰富。有趣的是，《迷雾》比《黑丽拉》早出版约一年，论小说的艺术成就，《迷雾》比《黑丽拉》高。

在整本小说集中，老实说，《黑丽拉》的艺术水平不及其他作品高，但有趣的是，《黑丽拉》绝对是最适合改编为商业电影的。其他的作品都较偏重心理描写，改编起来会较困难，却不好看。小说《黑丽拉》的叙事手法，让我猜测侣伦是有意把小说改编为电影的。我们可以看到小说分为 13 节，而基本上每一节就是一个电影场景，细节如下：

第 1 节：男主角在孔雀咖啡室遇见黑丽拉
第 2 节：二人在尖沙咀雨中相遇
第 3 节：男主角在 ABC 咖啡店重遇调职的黑丽拉
第 4 节：黑丽拉在咖啡店向男主角倾诉身世
第 5 节：在 ABC 咖啡店，男主角表示希望可以帮忙黑丽拉的生活
第 6 节：两人看《茶花女》，感情大进
第 7 节：黑丽拉到男主角家，两人互表爱意
第 8 节：二人在家中生活的情景
第 9 节：黑丽拉失踪数天，男主角听到谣言，心情大坏
第 10 节：二人在家争吵，女的受伤。其后，二人和解，发生关系
第 11 节：二人美好的生活，但黑丽拉的病情恶化
第 12 节：男主角离开香港，二人在尖沙咀波士顿餐厅吃最后的晚餐
第 13 节：男主角回香港，黑丽拉已经在医院奄奄一息

在改编的过程中，电影紧贴小说情节，可见原著小说在改编时的重要性。然而，正如前言所指，《蓬门碧玉》不光是爱情悲剧，它同时是一个喜剧。

侣伦的剧本除忠于自己的小说外,还在主要的叙事中,穿插了艺术家生活的故事,令全片更具吸引力,在沉重中有轻松的调子。此片中有画家、文学家和音乐家,让观众看到当时艺术家们穷风流的生活。男主角与他的艺术家朋友们虽然基本生活没有保障,但他们还是热爱艺术、热爱生活。我特别喜欢他们一起进食的场景,喝咖啡、吃饼干及买整条面包回来一起高高兴兴地吃,这些生活细节强调了穷风流的艺术家不一样的生活形态,写实与否可能不是最重要的。从以上的讨论,我们可以看到侣伦对于电影媒体和电影工业的特性和要求都很了解,他所加入的元素都能丰富电影的内涵,且让电影更富观看性。

香港茶花女

《黑丽拉》的故事有《茶花女》(*La Dame Aux Camélias*, 1848)影子,这一点不难看到,不少看过的读者亦曾提出这点。法国小仲马(1824—1895)的作品非常流行,而且侣伦在《黑丽拉》内亦正面提到这个原型。《茶花女》在1930年代之前曾经多次改编为默片,到了1937年,嘉宝(Greta Garbo, 1905—1990)主演的《茶花女》(*Camille*, 1936)应该是最为人津津乐道的。相信电影对侣伦的小说和《蓬门碧玉》都有影响。

侣伦的《黑丽拉》那种男性忏悔式的叙事声音,明显是受到《茶花女》男主角阿尔芒的影响。然而,因为在不同的语境下创作,法国的文本与香港的文本有很多不同之处,其中一个重要的区别是,法国版男女二人分开的原因,主要是来自男主角的父亲。因为阶层问题,父亲私下劝阻茶花女离开,放弃这段感情。香港的文本,无论是小说和电影,男女主角分开的原因都是因为黑丽拉家贫而无可奈何地当上舞女,加上于凡性格多疑而引来重重的误会,再加上她身体虚弱之故,而强势父亲的形象并没有出现,就算连有钱人嘉琏奴都不是那种父权式的人物。香港黑丽拉的命运,始终与法国茶花女不一样。

侣伦的焦点是男女爱情,在他的笔下,男女主角的社会地位较平等,阶层问题不是他们分开的原因。看《黑丽拉》短篇小说集中的其他小说,例如《西班牙小姐》、《永久之歌》和《母亲说的故事》,我们都可以感受到侣伦浪漫感性的风格,男女之间的爱情是一生一世的,哪怕最后是因战乱或死亡而分开。他的《黑丽拉》小说集中的几篇小说都发表于1935—1937年之间,而集子出版是在1941年,正如他所说的"在烽火连天的时候,这本小书的出现是很不和谐的"①,侣伦的小说选择把爱情放在动乱时代的前景,好像张爱玲的《倾城之恋》一样。在大时代中,在个人与社会之间,侣伦还是选择了个人。当我们把《黑丽拉》和《茶花女》对读的时候,这一点是非常明显的。

若以《茶花女》为线索,我们可以看到中外小说、文学与电影之间的层层关联。小仲马的《茶花女》是受到法国小说《玛侬·莱斯科》(*Manon Lescaut*,1731)的影响而写成,《茶花女》的男女主角的爱情故事就是由这本书揭开。而法国的《茶花女》影响了香港的侣伦创作他的小说《黑丽拉》,而《茶花女》小说的畅销及美国电影对之的改编,引来了香港电影界对其的关注,《蓬门碧玉》就在这层层叠叠的故事下衍生出来。

香港电影与文学的关系,在这十多年的研究中,主要是集中在五六十年代,我认为已经得到一定的成绩,配合香港电影资料馆举办影展和出版,让更多人了解这个一直被忽略的重要课题。然而,要充分理解1949年后香港电影与文学的发展,我们不能与三四十年代香港电影切割。这次能够在美国寻回不少珍贵的早期香港影片,让我们可以进一步理解香港电影和文学的发展轨迹。

本文讨论《蓬门碧玉》的改编,指出电影在改编文学作品的过程中,不一定只是一部电影与一部小说的单向关系,当中可以涉及多个不同的文本,甚至是中外的文本。这种多重的改编是建基于一个跨文化的背景,作家处于其中,受到不同文化的影响。本文以讨论《蓬门碧玉》的改编,带出香港本土作家侣伦在三十四年代香港电影史上的重要性,以此丰富香港文学与电影的讨论。

作者简介

黄淑娴,籍贯广东中山。香港大学比较文学系博士。现任香港岭南大学中文系副教授,兼任人文学科研究中心主任。研究范畴包括文学与电影、华文文学与世界文学。著作包括《香港影像书写:作家、文学与电影》(2013)、《女性书写:电影、文学与生活》(2014);编有《香港文学电影片目

① 《黑丽拉·序》,第2页。

(1913—2000)》(2005)、《电影中的香港故事》(2010)、《刘以鬯及香港现代主义》(合编,2010),及“一九五〇年代香港文学与文化丛书”六册(2013)等。短篇小说集《中环人》(2013)获第25届最受中学生欢迎十本好书奖。

《传奇》、《流言》的语图关系研究

刘德胜

摘　要：20 世纪 40 年代，张爱玲刊发了一系列影响广泛、为人称许的文学、绘画作品，嗣后部分集结出版，即小说集《传奇》、散文集《流言》。张氏之文与张氏之画，具有密切复杂的语图关系。整体说来，大致包括五种类型，分别为绘画作品对文学作品的模仿、补白、解释、装饰，以及二者的互文。而图像对文字的模仿、“语图”的互文，成为《传奇》放弃收入自绘插画和《流言》增加自绘插画的重要原因。

关键词：张爱玲　《传奇》　《流言》　语图关系

张爱玲以作家名世，同时，绘画也有很高的素养。九岁时，她所考虑的未来职业并非作家，而是从事“音乐”或者“美术”。她高中答复校刊《凤藻》调查，在“拿手好戏”一栏填写的就是“绘画”。在香港读书时，她创作大量绘画，甚至欣赏自己的作品也是“欢喜赞叹”。她还为《天地》杂志设计封面，为苏青的作品配图。1940 年代，周瘦鹃、柯灵、胡兰成、许季木等即已称许其能文善画。张爱玲研究专家陈子善甚至用“文、画双绝”①概括。2003 年，止庵等专门编著了《张爱玲画话》，将其传世的 76 幅绘画悉数收入。② 可以说，张爱玲是现代作家中语图关系研究的极好范例。以往的张爱玲研究主要是两个路向：一是单独的文学研究或者绘画研究，二是致力于探讨张氏小说中的意象、绘画因素，或者说文学中的绘画性，属于文学研究中的语象研究③。前者完全将语图割裂成两个不同的研究领域，后者虽然注意到了语图的重要中间环节“语象”，但很少越出“语象”范畴，直接对张爱玲的文学与她的具体

---

① 参见陈子善：《说不尽的张爱玲》，上海：上海三联书店 2004 年版，第 202—209 页。

② 此外，还收了张爱玲好友炎樱的 4 幅作品。故该书共收绘图 80 幅。参见止庵、万燕：《张爱玲画话》，天津：天津社会科学院出版社，2003 年版。

③ 较有参考价值的是王喜绒《张爱玲的〈传奇〉与视觉艺术》，载《中国现代文学研究丛刊》1996 年第 4 期。

绘画作专题式的关系考察。①

本文即在文学与绘画作品的"语图"关系视角下,围绕张爱玲40年代出版的代表作小说集《传奇》、散文集《流言》作初步讨论,但不限于她的自绘画,也包括《传奇》、《流言》与其所用封面。

一、《传奇》、《流言》与自绘插画

(一)《传奇》与自绘插画

张爱玲1940年代出版的《传奇》,1944年8月上海杂志社初版,收小说10篇。由于销路很好,9月即加印,到1945年2月,已印至第六版。1946年11月山河图书公司出版"增订本",增收作品6篇,故以"增订本"为最全。其中8篇在杂志上刊发时总计配有自绘图22幅②,但收入集子时,并没有收入这些绘画。这不能不说是十分遗憾的。之后大陆所出张爱玲"全集"③,皆没收入张氏自绘插图,所出小说集也多未收入,目前似乎只有湖南文艺出版社于2003年出过《传奇》"自绘插图纪念版"。此外,包括传记在内的研究张爱玲的著作,也没有一本将插画全部网罗。④ 收得最多的是商务印书馆2013年出版的孔庆茂《流言与传奇——张爱玲评传》,共计19幅。这至少说明,多数出版社尚未重视《传奇》的自绘插图,当然也更没有重视二者的关系。

那么,《传奇》与张爱玲的自绘插画的关系是怎样的呢?最直接、最主要的是对应关系。她的自绘插画往往是直接对应于小说的某些文字片断,是对这些片断的模仿、直译。我们知道,文字符号具有具象性和抽象性:"当我们看到文字符号所代表的具象性的一面时,符号本身就显示出它的'再现'功能;同时,由于文字符号具有情绪内容、情绪色彩,它就成为艺术的符号,

---

① 《张爱玲画话》虽然结合张爱玲的文字对张爱玲的绘画作了一定解释,却没有对张爱玲绘画与文学的关系进行理论的总结。

② 分别是《茉莉香片》,2幅;《心经》,3幅;《倾城之恋》,3幅;《琉璃瓦》,2幅;《金锁记》,4幅;《年青的时候》,1幅;《花凋》,2幅;《红玫瑰与白玫瑰》,5幅。

③ 台港地区也出版不少张爱玲的作品,由于资料不足,暂未纳入收集范围。但南京大学馆藏张爱玲书籍,也都没有将22幅插图收入。唐文标等人所编《张爱玲资料大全集》(台北:时报文化事业出版有限公司1984年版)收入较全,为21幅,而所遗漏的一幅,即是本文重点分析的"父女背向图"。

④ 出版社最喜欢收入的,似乎还是张爱玲本人或者涉及本人的人像照片。

就成为表现人的思想感情的工具，因此它具有‘表现’功能。”[①]被语言具体地“再现”出来的形象，其实就是“语象”。它和绘画的图像具有天然的对应性，是图像能够直接再现文学的基础。“语象”不过是浮现在脑海中的形象、“心象”，而“图像”则把它实现在纸上，实现为眼前的物质的线条、颜色和造型。具体说来，张爱玲自绘插图所针对、所直译的“语象”，主要是描述人的五官、衣饰和动作的词句。它们是人体素描训练最基础的要素，较容易实现为绘画。此外，还有少量人物活动的场景。这些插画即是陈子善概括的：“或为作者心目中的主人公形象，或为小说中某个重要的场景。”[②]比如张爱玲的代表作之一《金锁记》中的经典女性形象曹七巧，她在小说中的出场是这样的：“那曹七巧且不坐下，一只手撑着门，一只手撑着腰，窄窄的袖口里垂下一条雪青洋绉手帕，身上穿着银红衫子，葱白线镶滚，雪青闪蓝如意小脚裤子，瘦骨脸儿，朱口细牙，三角眼，小山眉……”[③]（见图1[④]）她给人的第一印象不是圆滑曲线式的和谐。如果再加上她出场所说的那些有板有眼的话：“人都齐了。今儿想必我又晚了！怎怪我不迟到——摸着黑梳的头！……”[⑤]那就非但不和谐了，明显有股

图1　张爱玲《曹七巧》

① 转引自王喜绒《张爱玲的〈传奇〉与视觉艺术》，载《中国现代文学研究丛刊》1996年第4期。文称此句出自苏珊·朗格，但未注明具体出自何书何页，仅说明转引自张俊《诗歌与绘画》。此外引用这句的文献还有钟海波：《〈子夜〉与〈家〉的艺术比较论》，载《陕西师范大学学报》（社会科学版）1998年第2期；燕昱：《“文心画眼”自“横站”——吴冠中散文研究》，《甘肃社会科学》2013年第2期。前文注明转引自王喜绒《张爱玲的〈传奇〉与视觉艺术》一文，后文则注明转引自吴小美等编著的《中国现当代作家作品研究》，兰州大学出版社，2002年版，第81页。而该书的作者之一也有王喜绒。该书也同样注明出自张俊《诗歌与绘画》。也就是说，这条被标明为苏珊·朗格之语的引文，所引出处都指向张俊《诗歌与绘画》。但所用的《诗歌与绘画》，却没有注明任何出版信息。笔者初步搜索期刊论文和专门著作，尚未查到《诗歌与绘画》相应信息；同时，也初步翻阅了苏珊·朗格所出中文译本《情感与形式》、《艺术问题》，没有找到引文页码。因此，这是一条尚存疑问的引文，反映了当前的学术规范存在问题。本来考虑不引此文，但为了行文逻辑层次顺畅，需要有这样一个内容的表达。因此，在说明这条引文大致情况的基础上，暂行给予保留。

②《说不尽的张爱玲》，第211页。

③⑤ 张爱玲：《传奇》，上海：上海书店，1985年版，第114页。此版《传奇》为1946年增订版的影印，封面、内容、页码等与原版相同。

④ 参见《杂志》1943年第12卷第2期，第409页。

棱角分明的凌厉。她是比照着王熙凤写的,但出场时的语势比王熙凤更冲、更强势。张爱玲直接将之搬到画面,特别突出这一形象的是三点:像锥刀一般的三角形眼睛,棱角鲜明的脸形,完全包裹了颈部的高高竖立的衣领。一个内心阴暗、气势凌厉、控制欲强烈的人物形象跃然纸面。如同曹七巧一样,张爱玲的多数插画能够与小说匹配,不但能将人物的外貌简洁勾勒出来,还能够精准地刻画人物的性格、心理。正如艺术史评论家鹿桥所说:“怎么有如此传神,又是简单到没有一笔是多余的?……人体、面型、神气,甚至她们心上都想的是什么主意,都游走于三度空间之内。”[①]

图 2 张爱玲自绘插画 无题

《传奇》的自绘插画是对文学片断的模仿,每一幅都大致可以从小说原文中找到对应内容。这种关系只是主要的、基础性的,却并不是唯一的。比如《心经》中的父女对话场景,小说只是写“他们背对着背说话”[②],并没有很好地交待他们是如何地背对背。而这样一个“如何”,却在画面(见图2[③])中得到直观的展现,得到了有力的补充。画中,父亲峰仪左手握拳,眉头紧锁,嘴唇紧闭,给人的感觉是凝重的、痛苦的。而女儿小寒,双手直直地反支在一件家具上,身体也直直的,给人的感觉也是无法释怀的痛楚。而且,峰仪的神情、身体的紧绷状态向内缩,有一种过于压抑的内敛,而小寒身体的紧绷状态向外扩,呈现出一种撕心裂肺的情态。两者明显处在强烈的相反趋向当中,使其背向不再是简单的背对背,而产生了一种更加有力的痛苦感和隔膜感。小说中,父女的对话篇幅不少,也谈到了“痛苦”等话题,但张力、隔膜和痛苦的感觉传递得并不像画中的那般真切、那般强烈。小说所探讨的父女乱伦之爱,不是张爱玲熟稔的题

① 转引自陈子善:《说不尽的张爱玲》,第 208 页。陈子善先生注明,引文出自《市廛居》一书中的《委屈·冤枉:追慰一代才女张爱玲》一文。鹿桥在大陆出版的专著目前只有《未央歌》一书。笔者尚未找到台版《市廛居》核对页码出处。

②《传奇》,上海书店,第 328 页。

③ 参见《万象》1943 年第 3 卷第 3 期,第 137 页。

材。她更多是泛泛而谈，笔力明显有所不逮，没能深入地、真实地触及这种情绪。在这里，张爱玲的绘画表现力盖过了小说表现力：一方面可以看到《心经》的不足——张爱玲没能做到通过小说表达出她想要表达的情绪；另一方面也说明她在绘画艺术上的才情——文学没有传达出的情绪，她却能够通过插画传达。《传奇》大部分插画很能在形与神两方面忠实于小说原文，而此处有所差异，一定程度说明张爱玲对《心经》文字的不足是有所意识的。

可以说，《传奇》的插画整体上是对小说的模仿，既没有故意美化小说的人物，也没有故意进行丑化，而是保持着与小说文本的平衡感和一致性。这样，插画重复了、加强了我们对于小说人物的印象和理解。与此同时，在个别插画上，张爱玲对小说的文本有所溢出和超越，语图关系呈现出不平衡现象。这种插画有力补充了小说没有充分表达的内容，可以帮助读者了解小说想达到却未能达到的情绪层次。

（二）《流言》与自绘插画

《流言》1944 年由五洲书报社发行初版本，收入随笔 30 篇，插画 22 幅。如果说，小说集《传奇》本来没有配有插图，后世出版社不收插图，也可以理解。可是，散文集《流言》本来配有插图，后世出版社也最好随之收入插画，但多数版本并没有这么做。[①] 这是一件很奇怪的事情。

图 3　张爱玲《风兜》

那么，《流言》的插画与其散文又是什么关系呢？如果说《传奇》的插画更多是对小说的对应，是对小说的直译式模仿，那么，《流言》的插画更多是对散文的呼应，与散文更多是互文性关系。以《流言》的第一幅插画《风兜》（见图 3[②]）为例。《风兜》被放置于《童言无忌》一文讲“穿”的部分当中。张爱玲的这

① 其中，以《流言》为题的单行本中，收入插画的有浙江文艺出版社 2002 年的“名著图典版”、湖南文艺出版社 2003 年的“自绘插图纪念版”。其余如中国文联出版社、花城出版社、北京十月出版社等诸版本，没有收入插图。另外，还有以收入《流言》部分散文或者标以“散文全编”的各种张爱玲散文集（如南妮编：《童言无忌——张爱玲小品精萃》，上海：上海书店出版社 1994 年版；刘川鄂编：《流言私语》，江苏文艺出版社，2005 年；来凤仪编：《张爱玲散文全编》，杭州：浙江文艺出版社，1992 年版等），也没有收入插图。

② 参见张爱玲：《流言》，上海：上海书店，1987 年版，第 6 页。

部分文字，讲述了自己童年与穿着、服饰相关的点点滴滴，发表了对穿着的若干看法，但是，并没有一句说到风兜。[①] 这幅插画与散文，都是在“穿”这一题目下的两种艺术表现方式，相互之间是独立的，呈现的关系首先是并列的。插图与散文放在一处，补充了散文没有讲述的内容，仿佛在说童年穿着的时候，自己还这样地佩戴过风兜，或者看见过别人这样佩戴过风兜。而散文与插图放在一块，也补充了插图以外的内容，仿佛在说自己童年这样穿过风兜之外，还有许多其他令人难忘的事情。它们共同地讲述了共名的“穿”。再如散文《烬余录》附近配了两幅插画《大学即景(一)》、《大学即景(二)》。《烬余录》虽然讲述了自己在香港念书时的战时生活，某种程度也可称“大学即景”。但是，两篇插画并不是对散文文字的模仿，而是表达着散文中没有表达的内容。[②] 两幅题为“大学即景”的插画与同样写“大学即景”的散文《烬余录》处在相互关连、相互区别和相互补充的关系当中。而这恰恰也是《流言》的插画与散文的整体关系。

《流言》在语图上的这种并行不悖、相互独立的关系，不仅体现在以上所说的分别讲述着相互关连却又不同的主旨层面、内容层面，而且还直观地体现在《流言》的形式布局上。从目录的编排形式看，《流言》插图拥有与散文文本一样独立的目录，各自占据着一个完整的页面。我们可以通过目录清晰地知道插画的题旨和页码。从插图的空间地位看，《流言》的插图多数也以整页的面目出现，甚至是连续的几个整页，如同文字以连续的整页出现一样。它与散文文本分割和占据着不同的独立空间。很明显，它的意图不是要说明散文文本，而是表现自身。而《传奇》发表在刊物中的插图，依赖于小说文本让渡出的一小块空间，更多是“寄人篱下”的附属，而非“分庭抗礼”的存在。可以说，插图与散文在《流言》中的地位是“并驾齐驱”的。

(三)《传奇》未收插画与《流言》收入插画的原因试析

《传奇》中的小说，单篇发表在期刊上时，配有不少自绘插图，可是，在收

---

① 参见张爱玲:《流言》，上海书店，第5—9页。此版《流言》为1944年五洲书报社版的影印，封面、内容、页码等与原版相同。

② 同①，第43—59页。

入小说集时，却去掉了插图。《流言》的单篇发表在期刊上时，并没有自绘插图，可是出版散文集时，却配入了插图。张爱玲如此善于绘事，且喜欢自己的绘画，为什么在《流言》中收入自绘插图，而在《传奇》中放弃了呢？这里尝试给出三个可能的原因。

第一是篇幅的原因。初版本有二十多万字，增订本约五十万字。无论是哪一版，《传奇》的篇幅已经足够。如果再收插画，还会增加若干页码。而《流言》十八万字，篇幅相对偏小，加入插图可以使之不显得那么单薄。

第二是版本变迁的原因。在初刊单篇中，张爱玲结合小说配有插画，但在初版本和增订本中，张爱玲对小说进行了不少修改，插图与文字便有了一定的出入。[①] 比如《红玫瑰与白玫瑰》中有一幅四人并行的插画，他们分别是佟振保、王娇蕊、艾许太太和邓巴太太，但在增订本中，邓巴太太这个人物角色被删去了，增加了艾许小姐。[②] 如果收入插图，也相应要根据修改的文字内容对插图进行修改。

第三即是语图关系的原因。《传奇》插图主要是对小说的模仿，是小说的附属性存在。因此，摹本多数可以被原文涵盖，没有太多专门存在的必要，相应便没有收入小说集。而《流言》的插图与散文更多是互文关系，具有较为独立的姿态，无法被散文文字覆盖。以所举过的插画为例：《曹七巧》这幅插画固然精彩，呈现了一个异常凌厉者的形象和气质。但是，即使删除这幅画，我们也能从小说中得到这幅画所要表达的情绪感觉和精神气质。然而，如果去掉《风兜》这幅画，我们无法通过文字得出《风兜》所描绘的形象，也得不出《风兜》所给予的那种无比单纯、无比美好的感觉。正是如此，《传奇》可以当作完全的小说集看待，而《流言》在很大程度上，不能完全作为一个散文集看待，还

① 因此，所引与图片相对应的文字时，应以 40 年代所出刊物《万象》、《杂志》上的文字为准，而非后来的各种版本的小说集《传奇》。如果引用后者，应当在核对初刊本与小说集本的基础上进行。本文采用后者，统一使用 1946 年版《传奇》(即上海书店的影印本)，引用前，与在刊物发表时的文字进行过对比，确定所用引文与刊物上的内容相同。

② 周云龙：《〈传奇〉(增订本)篇目修改校评：原刊本与定本》，厦门大学硕士学位论文，2007 年，第 4 页。此文指出了《张爱玲画话》的误读，在出版《传奇》的“自绘插图纪念版”时，其实出版社也应当作出说明，以免给读者造成不必要的误会。然而，湖南文艺出版社再版时却没有作出解释。

应当作为张爱玲展示绘画才情的绘画集看待。[①] 这也是张爱玲唯一一次如此集中地展示她在绘画上的兴趣和才能。之后,她很少再公开发表绘画作品。我们虽然不能得出与之前的篇幅原因相颠倒的原因,即《流言》可能本是一册画集,因为篇幅不够,故加入散文以保证份量,但应当正视《流言》插画的独立性。一句话,《流言》是一个"语图互文"的综合文本。

二、《传奇》、《流言》与其封面图

(一)《传奇》与它的封面

封面有两类,一是装饰性的,一是图解性的。"如鲁迅以陶庆元所画的'大红袍'作许钦文小说集《故乡》的封面,无关作品的内容。"[②]而《传奇》的封面,却是解释性的。如果说张爱玲的插画可以帮助我们直观地了解小说的人物性格,了解某个情节局部,那么,封面则是整体把握《传奇》精神的第一窗口。《传奇》的主要精神,张爱玲直接呈现在封面之中了。1940年代,《传奇》的封面有三个。第一个封面是张爱玲自己设计的;第二个是由她的好友炎樱设计初稿,由她再描了一次,某种程度是两人共同完成的结果;第三个是完全由炎樱设计,由于得到张爱玲的充分肯定,也是张爱玲思想的直接体现。三个封面以序列的方式,代表着《传奇》精神的整体观。

---

① 在赵宪章先生的专题报告课上,有同学提出这样一个问题:如果抽掉了《流言》中的散文,与散文搭配的二十多幅插图将面临着"不可解读"的尴尬境地,从而否定笔者看法。这里作两点回应:一,本文并不致力于否定张爱玲的散文,并不将她的散文与插图割裂看待,而是正视两者之间存在的互文关系;二,退一步讲,即使抽去散文文本,笔者也不同意这些插图将不可读。读图时代,图的解读面临着开放性,但不能因为自己一时不能读,就轻易地认定为不可读。图像不可读现象,一方面在于图像本身,一方面在于解读者本身及解读的方法。实际上,有学者已经用文章给出了有力回答,比如《从吴友如到张爱玲:19世纪90年代到20世纪40年代海派媒体"仕女"插图的文化演绎》。该文侧重于将图像放置在艺术史的脉络中,通过吴友如、叶灵凤、郭建英、张爱玲的插图,考察"仕女"图的历史演进。在这里,文字的功能退居到辅助的地位,而我们很容易从四人的图像中,直观到其间的差异和时代风尚,而相应的解读空间,也已展露出来。在这里,即使没有散文文本,图像也可以放置在图像史中得到解读。(参见姚玳玫:《从吴友如到张爱玲:19世纪90年代到20世纪40年代海派媒体"仕女"插图的文化演绎》,《文艺研究》2007年第1期)

② 《新文学版本之"九页"》,见金宏宇:《文学与版本的叠合》,北京:中国社会科学出版社,2013年版,第218页。

《传奇》的第一个封面（见图 4①），是清一色的绿蓝色。很显然，张爱玲是很受传统线装书封面的影响的。这也是她母亲喜欢的颜色，她母亲所喜欢的颜色同样对她有潜移默化的影响，她甚至将这种影响称作“遗传”。② 从这个角度看，这个封面更多是装饰性的，与内容无关。但张爱玲却有自己的理解，从而使该封面获得了诠释性意义。她写道：“我第一本书出版，自己设计的封面就是整个一色的孔雀蓝，没有图章，只印上黑字，不留半点空白，浓稠得使人窒息。”这种审美效果，似乎也是对她小说的说明。《金锁记》中姜公馆对曹七巧的鄙视、曹七巧对子女婚姻的压制，《倾城之恋》中白公馆对白流苏的排斥，《茉莉香片》中父母对聂传庆的无情讥讽，《琉璃瓦》中诸多女儿对父亲姚先生的琐碎劳烦等等，无不有一种让人喘不过气的逼迫感、无奈感、绝望感。人在这样的场景下生存，是多么不容易。

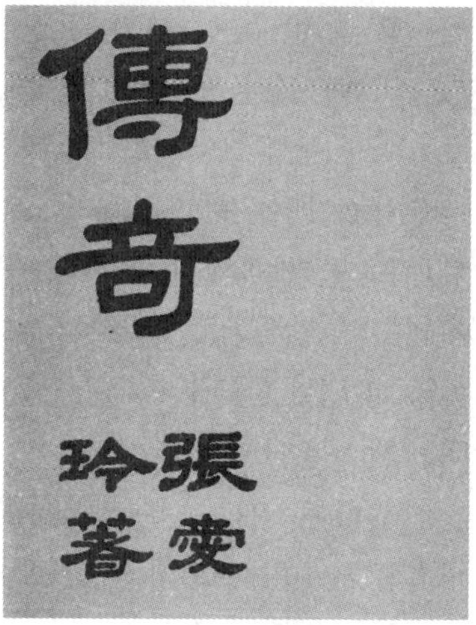

图 4　张爱玲《传奇》初版封面

但无论如何，张爱玲对第一个封面的理解，是在晚年给出的，带着某种事过境迁的反思，很大程度上，并不能完全代表她早年也如此理解。也许，她早年的封面仅仅是因为喜好这个颜色、仅仅是在传统线装书风格的影响下产生的。所以，同年次月出版的第二版中，她换了一个封面（见彩页），而且，这个封面一经问世，她就“迫不及待”地进行了明确的诠释，不同于第一个封面说明的“姗姗来迟”：“书再版的時候换了炎樱画的封面，像古绸缎上盘了深色云头，又像黑压压涌起了一个潮头，轻轻落下许多嘈切嗾嚓的浪花。细看却是小的玉连环，有的三三两两勾搭住了，解不开；有的单独像月亮，自归自圆了；有的两个在一起，只淡淡地挨着一点，却已经事过境迁——用来代表书中人相互间的关系，也没有什么不可以。炎樱只打了草稿。为那强有力的美丽的图案所震慑，我心甘情愿地像描红一样地一笔一笔临摹

①④ 参见止庵、万燕：《张爱玲画话》，天津：天津社会科学院出版社，2003 年版。
②③ 参见张爱玲：《对照集》，北京：北京十月文艺出版社，2007 年版，第 4 页。

了一遍。[1] 生命也是这样的吧——它有它的图案,我们惟有临摹。所以西洋有这句话:'让生命来到你这里。'这样的屈服,不像我的小说里的人物的那种不明不白,猥琐,难堪,失面子的屈服,然而到底还是凄哀的。"[2]如果说第一个封面,即使在晚年,她也没有明确将她的理解直接与文学的内容联系起来,而这里,她明显用这个封面设计来理解她的小说作品了。她把那些勾搭一起的、单独存在的或者两个一组存在的半圆和圆形,理解成她笔下的人物关系,说明她们剪不断、理还乱的人事纠缠、情感纠葛,说明她们的孤独,说明她们心境的变迁。

不得不承认,这些勾连的月亮形存在,的确很有创意,也与张爱玲小说很有相通性。要知道,她是很善于用月亮这样的意象的[3],也是喜欢用红色这样的颜色的。但是,她不免有过度诠释的倾向,有与画面本身不那么多关系的臆想。也许基于此吧,张爱玲在增订版时,又作了更换。这个更换与之前的两幅,构成了一个有联系的序列。第一幅是稠密的绿蓝色,没有具体的图象,仅仅是给人以说不清的感觉。这种说不清的情绪,终于在许多年后被张爱玲说清了,那就是"窒息"。第二幅作了变化,把绿蓝改为艳丽的红色,并且有了具体的图像。但是,图像仅仅是自然景物。正是如此,张爱玲千方百计往人事上作解释的时候,就有溢出的危险。而第三幅(见彩页[4]),明显又有所综合和递进。说是综合,它综合了之前的颜色元素,红与蓝。说是递进,它终于由说不清道不明的浓稠的混沌、经由清晰的自然景物而进入了具体的人事。有了人事的画面,相应的理解也更多具有有的放矢的性质,相对更可以避免过度诠释的陷阱。张爱玲是这样说明的:"封面是请炎樱设计的。借用了晚清的一张时装仕女图,画着个女人幽幽地在那里弄骨牌,旁边坐着奶妈,抱着孩子,仿佛是晚饭后家常的一幕。可是栏杆外,很突兀地,有

---

① 这句话其实有两解。一是指炎樱作了绘画的初稿,张爱玲又描了一遍,这样就有两张画作。二是张爱玲将自己的小说视为对炎樱绘画的"临摹",也就是只有一张画作。本文作的是综合性理解,即张爱玲确实临摹了一幅画,也就是第二版封面,同时,也认为自己的作品是对画作的临摹。

② 《再版的话》,见张爱玲:《传奇》,北京:人民文学出版社,1986 年版,第 351—352 页。第二版《传奇》和初版《传奇》一样,十分罕见,也无影印本印行,故选用了人文社版作为引用来源。人文社版为"原本选印",除了改掉别字等外,较忠实于原文。

③ 皇冠出版社所出《张爱玲短篇小说集》(张爱玲:《张爱玲短篇小说集》,台北:皇冠出版社 1968 年版。),封面就是用了一轮硕大的月亮。这正是源于张爱玲的月亮意象,以之表现其小说的苍凉意味。

④ 参见张爱玲:《传奇》,上海书店。

个比例不对的人形，像鬼魂出现似的，那是现代人，非常好奇地孜孜往里窥视。如果这画面有使人感到不安的地方，那也正是我希望造成的气氛。”[①]这幅封面更有具体的概括性。它显示了张爱玲小说所用素材内容——传统旧家庭的琐事；主要着眼的人物——旧家庭中的女性，而那些笔下的男性倒往往表现得像图像中的婴儿[②]；采用的视角——现代人的视角，而且，这是一种窥视视角[③]，这个五官不全的窥视者，似乎也是一个女性，因此，更细化一点，应该说是现代的女性视角[④]；运用的方法——对照法，红与蓝、比例对称与不对称、传统与现代等，无不具有对照的特征；要给人的感觉——压抑、不安。正是具备更加具体的指称性、更加有力的概括性，这幅封面也更多被用来解释张爱玲的小说。较有代表性的是杨义的分析：“这是张爱玲小说世界及其情调、色彩、韵味的极好的象征。仕女图是红色的，于古雅之中浸透了孤单、寂寞和百无聊赖，鬼魂般的现代人形却是绿色的，逾墙窥探，满不在乎地冲犯着诗书之家的礼防，给人一种压迫感和神秘感。在工笔与速写的笔调反差，以及古与今、人与鬼、沉滞的盛装与时髦的裸露的意象反差中，画面展示了一个时空错综、华洋混杂的，不应共存而又畸形地共存，前景不堪预测、也无以预测的世界。”[⑤]

这里，我们可以通过张爱玲《传奇》的三个封面，初步感受和把握小说的精神气质和传达的意绪，那就是“窒息”、“凄哀”和“不安”。张爱玲分别用的这三个关键词，一方面是从绘画中得出来的绘画精神，我们也能够从绘画中得到；另一方面，又是用来评价小说的，我们阅读小说也有同感。通过图像，我们对小说精神的把握更加直观、鲜明、有力。同时在这里，我们可以看到张爱玲用词的准确：全是颜料的密不透风，是“窒息”；没有人事的云与月，是“凄哀”；被不谐调的鬼魅窥视，是“不安”。

---

① 《有几句话同读者说》，见张爱玲：《传奇》，上海书店。

② 比如《花凋》中的郑先生、《茉莉香片》中的郑传庆等，而且，他们在张爱玲的自绘插画中也同样有一张婴儿似的脸蛋。这种现象，《描摹女性——张爱玲的文学插图》一文有所论述。（参见姚玳玫：《描摹女性——张爱玲的文学插图》，《文艺评论》2005年第6期）

③ 作为窥视的看与一般的看不一样。比如很有代表性的鲁迅的“看客”，被看者大致是知道自己是被看的。但是，被窥视者则往往并不知道自己是在被看。

④ 由于张爱玲大量写女性，且常把女性放置入男权的旧家庭中呈现，而且具有如图所示的女性视角，因此，她成了女性主义研究的代表性作家，其小说成了女性主义研究的代表性文本。

⑤ 杨义、[日]中井政喜、张中良：《中国现代文学图志》，北京：三联书店，2009年版，第517页。

(二)《流言》与它的封面

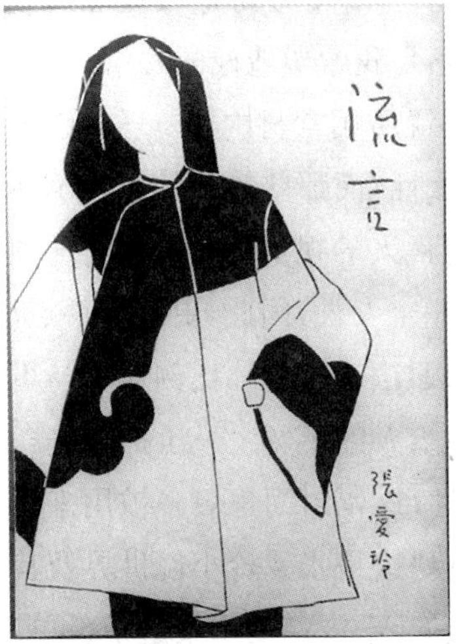

图5 《传奇》初版封面

如果说《传奇》封面与小说内容的关系是图解性的,即试图用图像来解释和概括文学,那么,炎樱设计的《流言》封面(见图5[①])更多则是装饰性的,它并不试图解释什么。如果它要解释什么,也更多不是对散文文本的解释,而是表达张爱玲对服饰具有兴趣,是文本以外的解释。而且,封面的人像、"流言"、"张爱玲"三者呈现出了一种奇异的关系。"流言"固然是书名,"张爱玲"固然是这本书的作者。但是,作者一般会在人名后加上"著"字,或者如《传奇》增订本在作者后面加上一个冒号。这里的"张爱玲",仿佛不单单是书名的作者,也是在指称书面的人像即是张爱玲本人。《流言》收了三幅张爱玲本人玉照。而封面的人像,与第二幅[②]非常相近。此外,张爱玲曾作了一幅自画像,也是面目没有五官。[③] 可以说,炎樱以张爱玲为模特,将张爱玲的照片与她的绘画喜好、个人风格进行了综合,从而产生了这幅封面画。在此,张爱玲不过是展示了一幅艺术化了的个人玉照,[④]并不是想解释书的内容。[⑤]

综上所述,我们可以看到《传奇》、《流言》的文学文本与其相关图像,主要呈现出四种关系:一种是图像对文学的模仿,代表是《传奇》的插图和其小说文本;一种是图像与文学相互关连、相互区分、相分补充的互文,代表是

---

① 参见张爱玲:《流言》,上海书店。

② 同①,第207页。

③ 止庵、万燕:《张爱玲画话》,天津:天津社会科学院出版社,2003年版,第109页。

④ 炎樱设计的《传奇》增订本封面,那个无五官的被张爱玲解释为如鬼魅般的现代人的偷窥者,某种程度也可以解释为是张爱玲自我的写照。她站在窗外,探着脑袋,窥视着传统家庭。《传奇》不过是张爱玲把这样的所见写下来罢了。

⑤ 当然,如同研讨课上赵宪章先生指出的,之于"流言"一词,封面画不是装饰性的:人面对流言,就会像封面所示那样,变得面目全非。而张爱玲用"流言",更侧重于自己的作品能像"流言"一样迅速传播,很符合她"成名要趁早"的理念。无论是传播快的坏处,还是传播快的优点,"流言"本身也不是对这本散文集内容的概括。相应地,封面画也不构成对散文集内容的概括。总之,之于标题,这幅封面画是说明性的、解释性的。但之于散文的文本内容,它依旧还是装饰性的。

《流言》的插图和其散文文本；一种是图像对文学的表征和概括，代表是《传奇》的封面与其小说；一种是图像仅仅作为装饰，与文学文本并无直接的关系，代表是《流言》的封面与其散文。此外，还存在着张爱玲因笔力不足，通过绘画加以弥补和表现的个别现象，代表是《传奇》中的一篇小说即《心经》与插入的"父女背对图"。在这里，图像溢出了文字，似乎也可以窥见文字符号的局限处，正是图像符号最广阔的天地。其中，值得再次说明的是第三种关系，即图像对文学的解释和概括。图像与语言相比，是虚指符号。一般而言，人们往往用语言概括世界，而不用图像。概括需要确定性，而图像作为虚指符号，本身具有不确定性，尽管描绘的是同样一个对象，但不同的画作往往呈现出巨大的差异，每一幅画对这个对象都有一定的解释权，但每一幅画又不能完全囊括。但是，这并不导致图像就完全丧失概括的功能。"'实指'和'虚指'的不同，决定了当它们共享同一个文本时，语言符号具有主导性质，图像符号只是它的'辅号'。"[①]但是，解释性的封面这一图像为何相对于书本的文字内容具有某种主导性质？在此，其关系似乎不再表现为语言符号对图像符号的"铆钉"，而是有一种相反的趋向——虽然图像无法最终达到"铆钉"的强势，但它似乎却包含着这样的企图。为什么会有这种现象？也许在于，无论是西方马格利特的名画《这不是一只烟斗》，还是中国的诗画一体绘画，都有一个共同点，即文字和图像都共享着一个平面文本。而封面与书本内容，却不满足这样一个共享同一文本的前提。封面总是跳出来，从形式上"覆盖"文本内容。即使文本内容再丰富、再精彩，人们往往首先直观到的，还是封面。封面给了观看者第一道理解，给了他们"前理解"。它在形式布局上，先在地占据着优越的地位。因此，尽管图像是虚指符号，具有弱势，但它也可以通过某种形式，企图完成"以弱胜强"的"致命一击"。至于是否成功，那是另外一回事。

作者简介

刘德胜 1986 年生，男。四川简阳人。南京大学中国新文学研究中心 2014 级博士研究生。

---

① 赵宪章：《图像符号的实指与虚指——文学与图像关系新论》，《文学评论》2012 年第 2 期。

连环画的语图关系研究

倪雪坤

摘　要：本文在对中国连环画的发展历史进行梳理的过程中分析连环画与文学的互文关系，结合具体的连环画文本研究连环画如何在语言和图像相互影响、阐释中达到艺术价值的提升。连环画的文学资源以及图文结合的形式特点凸显了语言与图像的互文关系。语言作为强势符号，其自身的艺术性大大提升了图像的艺术价值，赋予图像更丰富的内涵。图像以其自身的优势，常常突破语言的限制，扩大语言的影响力，充当了重要的文学传播者角色。分析中国连环画的出版历史、现状，并在语图关系的基础上展开学理性研究，旨在探求连环画出版在当下图书出版市场的现实意义和发展前景，为当下图书出版市场的繁荣提供有益的探索。

关键词：连环画　语图关系　现实意义　发展前景

一、连环画的历史

连环画是一种画面与文字相互配合进行叙事的通俗艺术，图文并茂是其基本特征。图文结合的艺术形式在中国有着悠久的历史，早在春秋、战国时期的铜器上，就已经出现了记载攻战事迹的连环图画。汉代的墓室壁画《二桃杀三士》是比较完整的连环壁画，东晋顾恺之的《洛神赋图》（图1）显示了现代连环画的雏形。《洛神赋图》根据曹植的《洛神赋》创作，画家将文中

图1　洛神赋图（第二卷局部　北宋摹本）　绢本设色　纵 26 cm　横 646 cm　辽宁博物馆藏

的景物情感等以生动连续的画面表现出来，并将赋文分段题录在画面上，文字穿插在画面山水人物之外的空白处。

这种图文结合的艺术形式在之后的各朝各代都不断涌现，明朝时期尤为丰富。明朝万历年间的山东曲阜孔庙圣迹殿中的《圣迹图》是石刻连环画的代表作，一图一文，在每幅图的空白处，都附有说明文字，描述了孔子一生的主要活动。弘治年间，京师书坊岳家刊本《新刊大字魁本全相参增奇妙注释西厢记》是木刻版画连环画的代表作，根据戏曲故事编著，五卷161页，每页大部分都采取上图下文的形式。万历年间，程大约刻绘的《中山狼图》也是木刻版画连环画的代表作，相传是根据宋朝谢枋得撰写的《中山狼传》刻绘，共八图，每图上皆有文字，以题录的方式标识内容。

清末，石印技术的传入降低了出版的成本，大大提高了连环画的出版效率。上个世纪20年代，一图一文、图文并茂的单本独立画册成为连环画的主流形式，现代连环画在形式上基本定型。连环画最初多对报纸上产生轰动效应的通讯报道进行编绘，但是这类内容因为涉及政局，往往会遭禁。真正能吸引观众、具有生命力的连环画是根据戏曲、章回小说、民间故事、电影改编而成的。1918年，上海“丹桂第一舞台”上演京剧连台本戏《狸猫换太子》，在市民中引起了轰动，随后改编成连环画，采用上文下图的形式，文字约占页面的三分之一。由此，书商们开始热衷于表现京戏题材。1920年，上海世界书局出版了刘伯良绘的《跨海东征》，又称《薛仁贵征东》，根据章回小说编绘，全书20集，每集30幅，64开本，上文下图。20年代中期，上海世界书局在三四年内出版了《连环图画三国志》(图2)、《连环图画水浒》、《连环图画封

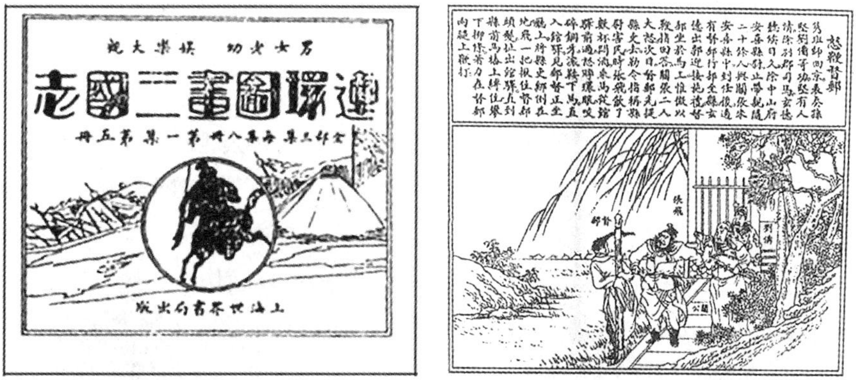

图2　连环图画三国志　陈丹旭　上海世界书局出版(1927)

神榜》、《连环图画岳传》、《连环图画西游记》5 部作品,皆为 64 开本,上文下图,文字约占页面的三分之一,有独立的封面,封面上标出书名及出版社,从此小人书有了正式的命名,之后人们略去了“图”字,简称为“连环画”。

此系列连环画引起了很大的反响,带动了连环画创作及出版的繁荣。1929 年,上海开映第一部有声电影《歌女红牡丹》后,连环画作者又开始模仿电影进行改编创作。朱润斋是连环画创作的代表人物,他的创作从内容到画法上都是当时连环画创作的模板,代表作有《薛仁贵征东》、《英烈传》、《天宝图》、《十美图》,皆是根据同名章回体小说改编,《白蛇传》根据同名戏曲故事改编,《三国志演义》根据同名古典名著改编。当时知名的连环画家,如周云舫、沈曼云、赵宏本的作品也走的大多是同样的路子。由此可见,对古典小说、戏曲、电影、民间故事等民间文学的改编是连环画重要的内容资源和创作方式,连环画是中国传统民间文学的新型载体。传统民间文学在情节上追求故事性、传奇性的特点,赋予了连环画旺盛的生命力。

图3 一个人的受难 比利时麦绥莱勒绘 上海良友图书公司出版(1933)

然而,连环画要真正成为一种独立的艺术,不能仅仅作为通俗文学的附属物,而要有好的内容和选题。30 年代连环画的发展非常兴旺,但是此时的出版商只是一味迎合大众的口味,热衷于表现武侠题材,甚至有迷信、诲淫诲盗的倾向,带有很浓的民间传统道德观的烙印。一批进步文化人士如冯雪峰、瞿秋白、茅盾、鲁迅都曾为连环画艺术价值的提升做出过重要的理论倡导和贡献,推动连环画由俗而雅,真正走向艺术宫殿。鲁迅认为:“连环图画不但可以成为艺术,并且已经坐在‘艺术之宫’的里面了。至于这也和其他的文艺一样,要有好的内容和技术,那是不消说得的。”①1933 年,鲁迅应良友图书公司的编辑家赵家璧之邀,身体力行地为比利时版画家麦绥莱勒的《一个人的受难》(图3)撰文,郁达夫、叶灵凤、赵家璧也分别为此系列连环画作序。

进步文化人士的推动,促使连环画作为一种独立的艺术形态走向成熟,

---

① 鲁迅:《“连环图画”辩护》,《鲁迅全集》(第四卷),北京:人民文学出版社,2005 年版,第 460 页。

也将观照当下、启迪民智的“五四”现实主义文学精神投射到连环画的发展中。上个世纪二三十年代是连环画发展的重要时期，在出版商、读者、进步文化人的共同努力、相互制约下，连环画成为一种独立的艺术形式，具有了独立的审美品格。在形式上，用连续的画面和文字叙述一个故事，一图一文，构图简洁，文字浅显，价格低廉，便于携带。在内容上，图文并茂，具有较强的思想性、文学性和艺术性，连环画“实现了图书由文字符号向视觉形象的转变，是造型艺术和文学艺术的完美结合”①。

新中国成立后，出于文艺大众化目的的考虑，连环画事业受到党和政府的重视，发展迅猛，尤其是其观照现实的特点得到充分发展。连环画创作紧随时代的脚步，愈发注重对当下新生活的反映，表现新政策、新思想、新人物，具有时代感的作品大量涌现。在 1963 年举办的全国第一届连环画获奖作品中，绘画类获奖作品共 53 本，现代题材约占 67.39%，比重最大，由此可见一斑。并且大部分的优秀之作、畅销之作、再版之作，都是依据中外文学名著、民间故事改编而成。仅以 1963 年第一届连环画绘画类获奖作品为考察对象，根据原著、同名影视及戏曲改编的有 43 本，约占 81%，其中根据文学作品改编的有 34 本，约占 63%。从销量上说，上海人美出版社的大型连环画《三国演义》、丁斌曾与韩和平绘制的《铁道游击队》、王叔晖的《孔雀东南飞》、《梁山伯与祝英台》都是受欢迎度颇高的作品，一度再版，总印量皆达百万册以上。“文革”结束之后，70 年代末 80 年代初，连环画创作与出版又出现了一次高潮，也是它最后的辉煌。从出版整体上看，古今中外文学名著、民间故事仍是其选材的来源，大批五六十年代的优秀之作得以重版，鲁迅的系列作品也通过连环画的形式再现，如贺友直创作了《白光》(图 4)、姚有信创作了《伤逝》(图 5)。

从第二届、第三届全国连环画绘画类 161 部作品来看，现代题材约占 54%，古代题材约占 29.33%，外国及其他题材约占 16.67%，这时期的连环画仍然保持着现实主义文学传统，表达对现实的思考和参与热情。陈宜明、刘宇廉、李斌三位画家绘制了“伤痕文学”郑义的《枫》以及卢新华的《伤痕》，引起了巨大的社会反响。尤劲东绘制了谌容的《人到中年》，还有《人生》、

① 一可、未名、王军编著：《小人书的历史——漫谈中国连环画百年兴衰》，重庆：重庆出版社，2008 年版，第 185 页。

图4　白光　贺友直绘画　上海人民美术出版社(1980)

图5　伤逝　姚有信绘画　人民美术出版社(1979)

《芙蓉镇》、《哦！香雪》等当代文学作品也都改编成了连环画。然而，新时期连环画的繁荣并没有持续下去。80年代中期之后，连环画走向了衰落，影视的发展、外国卡通漫画的进入以及连环画自身创作的缺陷诸多原因促使连环画退出了市场。90年代中期直至今，连环画收藏逐渐火热起来。

通过对20世纪连环画出版历史的考察，可以发现连环画与文学的互文关系。文学名著是连环画主要的内容资源，连环画继承了传统民间文学在情节上追求故事性、传奇性的特点以及“五四”文学观照现实、启迪民智的精神传统。在文学影响下的连环画蓬勃发展，显示了旺盛的生命力以及思想艺术价值。赵宪章教授认为，在语图互仿中，“图像模仿语言是二者互仿的‘顺势’，语言模仿图像则表现为‘逆势’”[①]。语言是强势符号，图像是弱势符号。语言作为强势符号会将自身所带有的特点倾泻或蔓延到弱势符号上，从而使弱势符号具有了强势符号的特点。因此，根据语言改编的图像会因为语言的强势倾向，具有了文学性特点，语言的艺术性会大大提升图像的艺术价值。图像会将自身独特的优势与语言的艺术性相结合，最终的结果是大大增强图文结合的艺术形式的文学性、艺术性，使文学性得以延伸。反之，弱势符号不会改变强势符号的命运，反而会使强势符号涅槃再生。连环画担当了重要的文学传播者角色，连环画将趣味性、传奇性与思想性、文学

① 赵宪章:《语图互仿的顺势与逆势——文学与图像关系新论》，载《中国社会科学》2011年第3期，第170页。

性相结合，既吸引了读者又提升了文学价值。连环画的阅读群体以普通大众与儿童为主体，连环画的繁荣是一个文学大众化、文学趣味化、文学普及化的过程。文学通过连环画这种图文并茂的形式得到了很好的传播，由文学殿堂走入普通大众。在这个过程中，“语言失去的只是自己的非直观性，它所得到的却是‘图像直观’这一忠诚的侍臣”①。文学并没有消亡自己，反而扩大了自己的影响力，使原作为大众所熟知。不仅如此，改编的过程也是一个再解读的过程，脚本作者、绘图作者要根据原著再现作品，读者的观看过程也并非只是简单的接受，也会给予评价，这都带来了更丰富的文学接受史，扩大了文学研究的范围，是文学传播研究的重要方面。

二、连环画中语言（文学原著、脚本）与图像的关系

连环画的文学资源以及图文结合的形式特点凸显了连环画中语言与图像的关系。我们惯常的思维是将语言和图像作为两种不同的艺术符号，区分它们各自的特点。语言是抽象的，图像是具象的。语言符号诉诸理性思维，我们无法从语言符号本身发现它所塑造的形象或是思想，必须通过复杂的思维活动；而图像是形象的，直观的。莱辛在《拉奥孔》中也论述过语言与图像的不同，他认为诗是时间艺术，擅长表现动作和情节，绘画是空间艺术，善于表现最有意味的一个瞬间。但是，当下由语言到图像的转变，以及语言和图像共享一个文本的现象越来越多，语言与图像两种符号之间互文关系的探讨就显得尤为重要。连环画中的语言主要有原著语言和脚本语言，语言表现人物的语言、内心活动、说明事件的前因后果等画面无法传达的内容，会给读者带来丰富的想象力和哲理上的思考。画面往往表现的是人景等实物，以实体再现的方式给读者带来视觉冲击力。语言与画面各自承担着不同的功用，相互配合才能使读者获得清晰的理解。

语言的图像化倾向是文学原著走向连环画图文结合的艺术形式的基础。赵宪章教授认为，语言符号同时具有实指和虚指性，“‘隐喻’作为语言修辞意味着语言的图像化、虚指化，即语言脱离实指功能，变身为图像（语象）隐喻，从而滑向虚拟的文学空间”②。这就决定了语言具有图像化的趋

① 赵宪章、黄春黎：《文学与图像——赵宪章教授访谈录》，载《语文教育与研究》2012 年第 4 期，第 9 页。

② 赵宪章：《语图符号的实指与虚指——文学与图像关系新论》，载《文学评论》2012 年第 2 期，第 88 页。

向。文学语言本身具有丰富的画面感,尤其是对人物外貌、景物、场景进行描绘的文学语言,读者的脑海中会自然而然地呈现出相应的画面。语言的图像化倾向在连环画的创作运思过程中体现得尤为明显,连环画在形式上是由语言和图像共同构成的,这就要求连环画的创作者在创作的时候,脑海中必须有明确的画面感,使语言和图像能够相互配合,实现优势互补。我国连环画创作从20世纪50年代开始就形成了文字创作与绘画创作分离的模式,文字创作者我们称之为脚本作者。虽然连环画的创作以绘画为主,但是脚本却是不可缺少的一部分,"决定着一部作品的内容情节和主题思想,为绘画创作提供基础。文学脚本具有较强的文学性,它不仅是画面的说明,还补充了画面的不足,并加强艺术感染力,使文字和图画成为互相补充、互相依存的一个不可分割的整体"①。脚本作者不仅要有文字的写作,同时还要描绘出绘图参考。文字作者在创作脚本的时候,还要尽可能关心画面的构图情况。绘图参考不是正文的重复,也不是具体的画面构图,而是表达了脚本作者对画面的设想。脚本作者需要在绘图参考中大体描绘出什么人物在场,在干什么,画面上什么背景,什么道具。比如,姜维朴改编自鲁迅的短篇小说《明天》的同名连环画,第十五幅画面的脚本这样写道:"但总免不了着急,忍不住要问,便局局促促地说:'先生,——我家的宝儿什么病呀?''他中焦塞着。'"②绘图参考写道:"单四嫂子身子微微探向何小仙,怯生生地问询。何小仙依然板着面孔,并不看单四嫂子一眼,只冷冷地回答。"③绘图参考给出人物的动态表情,脚本语言表现出人物的对话,脚本文字与绘图参考相互配合,为绘画作者提供了具体明确的信息。虽然脚本语言和绘图参考规定了画面所表达的内容,但是连环画的画面却常常不受语言描述的限制,表现出更丰富的内涵。本文旨在通过具体的连环画文本探讨语言与图像的互文关系,研究连环画如何在语言和图像相互影响、阐释中达到艺术价值的提升。

赵宪章教授认为:"在语图唱和的情势下,语言可以不受图像的限制,或引申而去,或补其不足,或延拓而比德。"④在连环画图文结合的艺术形式中,

① 《小人书的历史——漫谈中国连环画百年兴衰》,第185页。

②③ 姜维朴:《连环画艺术论》,沈阳:辽宁美术出版社,1986年版,第193页。

④ 《文学与图像——赵宪章教授访谈录》,第9页。

原著语言和脚本语言的文学性会延伸图像的内涵，大大提升连环画画面的文学性和艺术感染力。以贺友直的《山乡巨变》为例。贺友直创作的连环画《山乡巨变》是 20 世纪 60 年代初连环画的精品，根据周立波的同名小说改编而成。周立波的《山乡巨变》写于 50 年代末，描写了农村合作化运动在人物关系以及人物心理上搅起的风暴。故事的发生地是湖南益阳，原著塑造了清新简朴又充满了诗意的乡村风光。文中是这样描写这个清溪乡的："这个离城二十来里的丘陵乡，四周净是连绵不断的、黑洞洞的树山和竹山，中间是一片大塅，一坦平阳，田里的泥土发黑，十分肥沃。一条沿岸长满刺蓬和杂树的小涧，弯弯曲曲地从塅里流过。"①贺友直采用了中国传统画中的线描以及留白的方式非常贴切地再现了原著的乡村风光，线描即是通过千姿百态的线条例如粗细、疏密、曲直等来勾勒物体，色泽简朴，再加上大量留白的运用，营造了简单质朴的意境美，符合原著中乡土景色的气质。例如，《山乡巨变》第一册第三幅画面(图 6)上，远处的山丘，黑洞洞的树山，大片的田垄，画面即是写实又具有很强的意境美。

图 6 山乡巨变(第一册) 董子畏改编 贺友直绘画

原著对落后人物的矛盾心理刻画也常常为人称道。以陈先晋为例，作

① 周立波:《周立波文集》(第三卷)，上海:上海文艺出版社，1982 年版，第 23 页。

者刻画了他在四天三夜之内心理的反复变化:拒绝入社——同意入社——半路反悔——同意入社。作者揭示了农民根深蒂固的“恋土”情节和集体主义道路之间的冲突,真实再现了这种选择带来的深刻的痛苦与无奈。原著中对陈先晋的“恋土”情节有大段的心理刻画,但是连环画的脚本写作要求简洁明朗,情节性强,过多的心理刻画会造成情节的拖沓。如何将原著语言精炼生动地转换成脚本语言,并通过画面具象地再现,《山乡巨变》做出了很好的示范。以《山乡巨变》第二册第十七幅画面(图7)为例,脚本这样写道:“想起爹临死的时候,含泪对他说:‘这几块地,是自家开的。地方虽小,倒是个发财的根本。你把我葬在地边,让我保佑你越做越发。’他想着,眼眶也有些湿了。”脚本语言直接引用陈先晋爹的话,营造了真切感人的气氛,短短几行字就将祖辈的辛劳和土地传承的传统观念揭示出来。陈先晋想起爹的话,眼眶湿了,这个简单的动作也刻画出主人公痛苦纠结的内心情绪。脚本语言简练生动地揭示了原著中关于农民在根深蒂固的“恋土”情节和集体主义道路之间选择的痛苦,具有很强的情绪感染力。第十七幅画面中人物形象几乎占据了画面的大半,陈先晋躺在床上,双臂挡住了湿润的眼眶,图像也通过人物的肢体语言和画面构图很好地揭示了人物痛苦纠结的内心情绪。

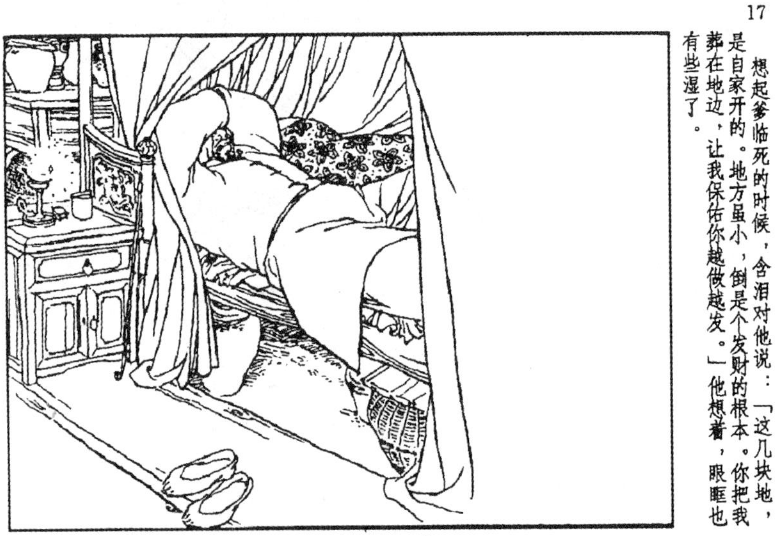

图7 山乡巨变(第二册) 董子畏改编 贺友直绘画

在图文唱和的艺术形式中，语言作为实指性符号、强势符号，不仅精确生动地揭示了图像的意蕴，而且往往比图像具有更丰富的意蕴。语言所能提供的人物的内心剖析和一些哲理性的启示对画面能起到深化主题、画龙点睛的作用。并且，语言不是停留在对画面的一般解说上，语言的艺术性增加了图像的情绪和意境的感染力，提升图像的文学性。姜维朴在谈连环画的创作时一再强调深入研究原著、理解原著的主题思想与艺术特色的重要性。他谈邵甄、吴廷琯改编的连环画《孔雀东南飞》的缺点时认为，原诗将焦仲卿在母亲逼迫下休掉妻子刘兰芝时的痛苦和愤恨描写的沉痛有力："府吏默无声，再拜还入户。举言谓新妇，哽咽不能语：我自不驱卿，逼迫有阿母。"但是在连环画改编时却未得到很好的表现，改编作者在"改编过程中不是很好地研究原作的主题思想和人物特点，不深入地掌握原作优美的故事和动人的情节"①，就不能使改编作品产生深刻感人的艺术力量。贺友直说："要使一幅画立得起来，关键在于形象，要使形象深刻而打动人，则关键在于对主题及人物理解的准确和深刻。"②准确理解原著、脚本语言所表达的主题思想是提高连环画创作艺术性的前提。

虽然在连环画的语图关系中语言对图像产生了强大的能动性影响，但是图像并非总是被动。连环画的创作一般是脚本作者和绘画作者共同完成的，虽然每届连环画评奖活动中也会设有脚本创作奖，但是绘画作者往往比脚本作者具有更大的知名度和影响力，这与图像本身比语言具有更生动具体的视觉冲击不无关系。"'图像'也有其自身的野性，它不能完全由话语解释或控制。"③笔者在对大量优秀连环画文本的研究中发现，脚本语言和画面的内涵并不是对等的，图像并不受制于语言的限制，优秀的连环画画面所传达的内涵要大于语言的内涵，不仅在内容上比语言具有更丰富的叙事性，在情绪和意境上也具有了更丰富的艺术感染力。贺友直认为："连环画人物的动作表情，从造型角度来讲，与单幅画的要求有相同之处。但是它的人物的活动是受情节制约的，反过来说它是为表达情节而活动的。因之，人物的活动，不仅仅是描绘一个人物某一心理活动的瞬间状态的造像，并且要刻画某

---

① 《连环画艺术论》，第 34 页。

② 转引自刘千汇编：《贺友直谈连环画创作》，北京：人民美术出版社，1985 年版，第 19 页。

③ 包兆会：《当代视觉文化背景下的语图关系》，《江西社会科学》2007 年第 9 期，第 13 页。

一特定的环境中他(它)们之间的相互关系，即由此而产生的各自的各种行动。因之，从这一点来讲，连环画中的人物的动作表情，既是表达心理的，也是表达情节的。”①图像不仅可以将语言所描述的内容具体可视化，还可以突破时空的限制，将语言线性化、历时性所表达的内容集中融化在画面的空间建构中，达到时间的空间化表达。《山乡巨变》第三册第 21 页(图 8)描写了贫农亭面糊到龚子元家里去劝说他入社。

图 8　山乡巨变(第三册)　董子畏改编　贺友直绘画

第二十一页脚本写道：“他吩咐堂客烧茶，一面泛泛地说：‘天有点凉了。’一面暗暗地留神，查看对方的脸色。亭面糊说：‘还好，还没进九，一到数九天，就有几个扎实的冷天。热在三伏，冷在三九。’”画面上的亭面糊看上去面露窘相，口齿笨拙，不善于应酬。龚子元侧着身子翘着二郎腿，吸口烟，用拇指擦擦嘴，看上去傲慢无礼，眼睛里露出轻视又窥探的神情。龚子元的堂客在烧开水，冷冷地蹲在后面偷听他们的谈话，眼睛扫向亭面糊，既警惕又有敌意，猜测对方的来意。对比脚本与画面，显然画面的内容要比脚本语言丰富。从画面上看，三个人都非常有戏，画面不仅生动地表现了三个人物的外貌和动态，而且把人物之间的矛盾关系表现得入木三分。画面刻

① 转引自《贺友直谈连环画创作》，第 25 页。

画出了憨厚老实的亭面糊，勾勒出表面伪善内藏奸诈的龚子元，还充分利用了第三个人物龚子元的堂客。龚子元的堂客在原著语言中并没有这么丰富的表现，但是贺友直却在画面中凸显了这个女人的价值，让这个配角做足了戏。贺友直用这个人物来衬托这场矛盾的尖锐性和复杂性，“让她的一举一动，起到衬托主题、人物之间的关系，表明情节发展和渲染气氛的重要作用”①。在对主题精确理解的基础上，画面可以用大量具体的细节创造性地表现超出文字描写范围的东西，图像具有了比语言更丰富的更具体的叙事性内容。

优秀的连环画作者能够通过画面表现丰富的内涵，通过对人物肢体动作和外貌神态细致精到的描绘人物性格和内心情绪，或是通过环境描写衬托人物的思想感情、表达作品的意境。比如，《山乡巨变》第二册的第三十八幅画面（图 9），原著和脚本的讲述都很简单。原著通过陈先晋的女儿雪桃的口讲述：“妈妈，耶耶在土里哭呢。”②脚本说道：“他跑到他爹的坟前，眼泪就涌了出来，索性放下锄头，坐下来哭了一场。”在整个画面构图中，陈先晋和他的土地只占了很小的一部分，小小的陈先晋蜷曲着身体，双手掩住脸庞蹲

图 9　山乡巨变（第二册）　董子畏改编　贺友直绘画　上海人民美术出版社（1961）

① 《贺友直谈连环画创作》，第 28 页。

② 《周立波文集》（第三卷），第 190 页。

在他小小的土地上,大部分画面是田野和土地。画面线条以直线为主,表现了繁密而直硬的树以及龟纹一样的田垄。画面深深地渲染了主人公的痛苦,陈先晋的痛苦在这广阔的土地上显得那么渺小孤独,使这块简单质朴的土地又增添了一层无助与悲苦的内涵,画面所传达出来的"画外之音"显然比原著语言、脚本语言具有更大的情绪感染力。在连环画的语言和图像的关系中,画面常常能突破语言的限制表达出更丰富的叙事内容,更感人的情绪感受,更高深的意境和优美的情调。连环画画幅之间不是平庸僵直的连接和延续,而是"如河流中的泉眼,每幅画是艺术情感的源,接连又成为流,使感情的波浪经过一节节的泉眼涌出的力量,或激烈,或平缓,或导向一个宽阔的境界,或掀起高潮。这些画幅流露出的艺术情感,前后呼应,上一幅激发着下一幅的波澜,下一幅又承受着上一幅的浪涛"①。

由于语言作为强势符号的属性,文学作品赋予了连环画旺盛的生命力,使图像本身具有了丰富的文学性,提升了自身的艺术价值。语言的图像化过程,使得语言自身的表现力大大增强了,突破自身的局限性,获得了新的魅力。图像也常常会突破语言的限制,以自身的优势显示出超出语言范围的魅力。语言与图像利用各自的特点,在优势互补、相互配合与阐释中提升了连环画的艺术价值。

三、连环画的现实意义与发展前景

传统连环画在当下的图书出版市场面临着巨大的困境,难以再现昔日的辉煌。一方面读者的阅读环境发生了变化,数码科技的发展使图像的精美度越来越高,高清晰的画面、绚丽的色彩、美化的效果极大地满足了读者的视觉享受,这是传统连环画远远不及的。而且,随着网络、影视等媒介的快速发展而产生的互动型的交流方式有利于激发读者的参与兴趣,而传统连环画静态的、单向度的阅读方式逐渐落后于时代潮流。另一方面,目前图书出版市场价值混乱,出版人重视利润,热衷于追逐时尚风潮,逐渐抛弃了传统优秀的艺术形式。在此语境之下,对中国连环画的出版历史以及语图关系展开学理性研究,会给当今的图书出版市场带来有益的启示。

目前市面上图文结合的艺术形式多为童话绘本和外国的"舶来品"漫

---

①《连环画艺术论》,第59页。

画。绘本大多适合低龄儿童阅读,精美的画面、绚丽的色彩吸引了儿童和家长的眼球,给读者带来了强烈的视觉享受。漫画作品适合青少年阅读,这类作品大多过于强调故事性,情节曲折,人物造型夸张。绘本和漫画虽然也有些性格、情绪方面的培养,但文学性和文化内涵令人堪忧,属于一种快餐文化,是速朽的"泡沫书",并不能给读者提供有益的精神营养。市场上的青少年课外读物多为减缩版文学名著,缺乏图文结合的趣味性,难以吸引读者的兴趣。连环画不仅具有很强的趣味性、故事性,还具有文学性、文化内涵。连环画传递着中国传统文化的价值观和真善美的人生理想,承载着优秀的艺术价值和文化内涵,有利于青少年的精神文化和健康心理的成长。它既能吸引读者的兴趣,适合当下人们快节奏生活方式,又具有较高的艺术价值,能让读者在轻松愉快的阅读中达到文学修养、文化内涵的提升。

要繁荣连环画出版市场,在选题上应具有自觉的文化传承意识和现实观照热情,这是中国连环画的创作传统。在文学名著的改编上应加大对中外当代文学作品(尤其是儿童文学)的引介。此外,与当下社会文化生活保持紧密联系是连环画的活力所在。一方面发掘具有时代感和现实意义的社会热点,表现出挖掘现实的深度;另一方面反映时代潮流,加入时尚元素,引入热点影视及网络文学,扩展选题范围。连环画出版还需要研究当下受众的阅读心理,推出精品连环画,以精美的画面和优美的语言打造精品连环画;淡化传统连环画政治性和说教性的内容,将连环画的思想性或教育意义通过艺术形象潜隐地表达出来,做到引人入胜又生动感人。连环画出版的繁荣也离不开受众群体和销售领域的扩展。连环画出版不仅以儿童、青少年为市场消费的主体,还可以打造成成年人的休闲文化读物,并且将城市以及广大农村、甚至偏远山区都纳入销售范围。

连环画以其图文结合的趣味性、艺术性应该成为当今通俗文化出版市场的"宠儿"。目前连环画在图书出版市场仍具有现实意义和发展前景,寂寞是暂时的,其内在精神魅力终会被一代代读者发掘并传承。

作者简介

倪雪坤,1982 年生。女,汉族。江苏连云港人。南京大学中国新文学研究中心 2012 级博士生,中国传媒大学南广学院讲师。主要从事中国现当代文学、文学传媒相关研究。

域外传真

· 文 · 学 · 与 · 图 · 像 ·

模仿心灵:莎士比亚《露克丽丝遭强暴记》中艺术的作用*

[美]朱迪思·邓达斯 著
穆宝清 译

露克丽丝的眼睛就像星星:她的玉颜,是她丈夫欢乐的"天空","在那儿人世的明眸闪亮着如天国的星辰"(12—14)①这一比喻不免有些俗套,却是理解莎士比亚这首叙述她悲剧的诗歌的关键所在。在诗歌的每一个页面眼睛总是看着我们,映现出故事中以及那幅特洛亚(Troy)壁画中人物的灵魂和情感。强暴这一事件本身首先是通过塔坤(Tarquin)的眼睛而展现出

* 原文来自 Judith Dundas, "Mocking the Mind: The Role of Art in Shakespeare's Rape of Lucrece", *The Sixteenth Century Journal*, Vol. 14, No. 1 (Spring, 1983), pp. 13-22.

① 文中的引文均来自 *The Riverside Shakespeare*, ed. G. Blackmore Evancs, et al., Boston: Houghton Mifflin, 1974。译者注:译文中的引文来自《莎士比亚全集》,译林出版社,1998 年版。此诗叙述的故事主要取自于利维的罗马史和奥维德的《节日》,以及乔叟的《好女人传说》等。
情节概要:路修斯·塔坤纽斯(即诗歌中的塔坤)以极其残忍的手段杀害了他的岳父之后,又公然蔑视罗马法律,窃取了王位。后来,他率领罗马贵族和他的几个儿子去围攻阿底亚城。在围城期间的一个夜晚,罗马将领们在营帐里聚会,晚饭后闲谈时,他们都夸耀自己妻子的美德,其中柯拉丁得意地炫耀自己的妻子露克丽丝美貌举世无双,贞洁贤淑更是无人可比。随后他们乘着谈兴,决定骑马赶回罗马,趁机验证各自的夫人是否安于妇道。结果却发现:他们的妻子都在寻欢作乐,唯有柯拉丁的妻子深夜还在家与侍女一起做女红。事实面前,这些贵族们一致承认了柯拉丁的胜利,称赞露克丽丝贞洁的美德。然而,露克丽丝的美貌却使塔坤心生邪念,但是他暂时遏制自己心中的欲火,与众人回到营帐。随后他却一个人悄然来到柯拉丁的城堡。露克丽丝按照王子的身份,热情地款待了他,并让他在家中留宿。当晚,他欲火难忍,溜进露克丽丝的闺房,用武力野蛮地强暴了她,凌晨之后便匆匆逃离而去。受到侮辱的露克丽丝悲恸欲绝,她随即派遣两名仆人,一个去罗马请她父亲,另一个到营地寻找柯拉丁。两人返回家时,一个由布鲁特斯裘涅陪同,另一个由伐勒律斯陪同。当他们在家中发现露克丽丝身着丧服时,便惊问她为什么如此悲痛。她首先让他们发誓为她复仇,然后揭露了强暴者的名字和事件的经过,随之便自杀而死。在场的人们目睹这一惨状,共同宣誓:消灭罪大恶极的塔坤家族。于是,他们抬着露克丽丝的尸体来到罗马,布鲁特斯在罗马人民面前揭露了残忍的强暴者的名字,痛斥了国王的暴政。得知真相之后,罗马人民义愤填膺,一致决定驱逐塔坤家族,并在欢呼声中执行了决定。罗马政体遂由国王转入执政官之手,从此由君主制改为执政官制。

来,让我们看到了他对露克丽丝施暴的发展过程:从“呆呆地凝望,默默地惊奇”,到“焦渴的眼睛”和“色眯眯的眼珠”,直到最后,正是“露出鸡蛇怪般致命的眼神”表现出他从一个赞美的观看者转变为一个掠夺成性的占有者。对于露克丽丝的悲伤,则是通过她眼睛的两道青痕,“如天际的虹影”象征性地表现出来。然而,当她转向壁画,排遣痛苦,等他丈夫回来时,她的眼睛成为了我们理解她遭受到暴行的途径。贯穿在整篇诗歌中,灵魂不但在讲话(speak)而且也通过眼睛倾听(listen);但是,作为诗人的莎士比亚,远远没有认识到他自己的诗歌艺术意在表现“心灵的眼睛”(the eye of mind)。

莎士比亚把诗中的壁画描述为“精彩的画幅”(well-painted piece),可以看作是一个鉴赏家直白的赞词。[①] 但是,“被描绘的”(painted)一词却包含着反讽(irony)的意味,因为露克丽丝为自己的遭遇悲叹道:“不愿在我罪过的黑色背景上乱涂,使之黹夜的暴行难以真相大白。”(1074)同时,“被描绘的”一词暗示出欺骗的含义,为露克丽丝的悲剧与她在悲痛中观看的壁画之间提供了一个关联。正如莎士比亚在《雅典的泰门》要说明的,艺术的欺骗是无害的,因为它们并非要假装是事物的本身,而是“就像它们模仿的东西一样”。(I. i. 160)在莎士比亚的全部戏剧中唯一跨越了艺术错觉界限,并且看似是真实物体的艺术作品是《冬天的故事》中的雕像,当然它原本不是一个真正的雕像,而是一个活生生的女人。对于其他的作品而言,艺术家们所做出的欺骗往往被看作是对心灵的无害的模仿,这与像塔坤之流的恶棍所实施的欺骗形成了对比。

然而,在“精彩的画幅”这个表述中,还有另外一个不太明显的反讽。当悲痛欲绝的露克丽丝凝视着那幅描述特洛亚的壁画时,我们会认识到,画中描绘的所有痛苦并非要诉求于我们的情感,而是要我们关注女主人公的痛苦。莎士比亚的叙事如此令人信服,以至于我们忘记了露克丽丝和她的悲

① 尽管有些批评家把“精彩的画幅”(well-painted piece)看作是壁毯(tapestry),但是我相信它指的是壁画(wall-painting)。露克丽丝的指甲很难去抠壁毯上人物的面部(1564),而诗中还提到露克丽丝“要用小刀剥掉他愤怒的眼睛”(1470);此外,诗歌中对人物外貌的细节(physiognomic detail)更能令人联想到绘画作品,而不是壁毯。尽管一个完美的壁毯也可以达到一幅画作的效果,但是诗中“画笔下的痛苦和色彩的悲伤”(1497)暗示出了一个更加动人的经验,而这并不是一件编织物通常所能提供的。译者注:诗歌中提到的壁画(wall-painting)描述的是特洛亚王普里阿摩斯的儿子帕里斯劫走了希腊斯巴达王后海伦,由此引起长达十年的特洛亚战争。

剧与壁画一样都是虚构的。在莎士比亚的作品中存在着不同程度的真实性,而绘画或雕塑按其定义来说,并不比戏剧中的人物更真实。莎士比亚通过把艺术与生活分离开来,在一部剧作中做到戏中有戏。当哈姆雷特看过一场悲剧演出时,他问道:“赫卡柏对他有什么相干,他对赫卡柏又有什么相干,他却要为她流泪?”(Ⅱ, ii, 543 - 544)这正是强调了艺术与生活之间的不同。但是,通过视觉艺术模仿人却是一种隐含的嘲弄,因为艺术本身是冷漠和无感情的,却能唤起活生生的观众们那么多的情感反应。《冬天的故事》中列昂特斯(Leontes)在抱怨他妻子的雕像时就说它是冷漠的(cold);正是雕像的生动性(lifelikeness)使得艺术与生活之间的鸿沟深刻而显著,几乎难以逾越。同样,在《露克丽丝遭强暴记》中,女主人公自己的生和死的情境与“精彩的画幅”之间也存在着相似的反讽,因为画作可以作为艺术作品来欣赏,尽管其中有对痛苦的描述。

从另一个方面来说,露克丽丝的故事不是作为艺术,而是作为历史来呈现的。尽管莎士比亚诗中也描述了一件艺术作品,但是我们并不是要像看待创作了特洛亚这幅画作的艺术家的技巧那样,也去评论他的技巧。在反思这幅画作时,露克丽丝本人返回到了历史,进入了情感叙事,因而对她而言作品实际上具有了真实性。同样,当我们迷失于错觉时,就会“与哭泣者同哭”[①](weep with the weeping)。只有我们自身与错觉疏离开来,才能把这首诗作为艺术品来评价。

虽然露克丽丝认识到自己可以为一个潜在的范例,但是她不会,也不可能把自己看作是一件艺术品。她刺向心脏的匕首后来成为了她的一种属性(attribute),她贞洁勇敢的最终符号。但是,在莎士比亚的诗歌中她并不是一个象征符号(symbol),而是一个内心深处遭受了严重创伤,只能通过自杀来表明清白的人。一旦她做出决定,我们就不能怀疑其正当性,正如我们不能怀疑一个殉难者为信仰而死的意愿一样。因为露克丽丝的自杀是这个故事的“已知的事件”(given),莎士比亚使得它看似既是悲剧性的,也是她自身存在范围中忍受痛苦做出的恰当行为。布鲁特斯(Brutus)在诗歌的最后对

---

① 参见:阿尔伯蒂:《论绘画》。(Alberti, *On Painting*, ed. John R. Spenser, New Haven: Yale University Press, 1966, p. 77.)比较:贺拉斯:《诗艺》。(Horace, *De arte poetica*, 101 - 103.)要详细了解有关艺术情感论,可参见:David Rosand, "'Troyes Painted Woes': Shakespeare and the Pictorial Imagination", *Hebrew University Studies in Literature*, 8(1980), 77 - 97.

露克丽丝的丈夫柯拉丁(Collatine)所说的话从个人的领域进入到了政治行动的领域,但不应被看作是莎士比亚对露克丽丝的最终判断:

> 你不幸的妻子的做法已经不当,
> 她原该杀死仇敌,却让自己身亡。(1826—1827)

这一评判是通过理性的声音从外部做出的,它表明了正常生活的白昼世界的回归;然而莎士比亚并不是为传达这个信息,才引领我们如此缓慢地走在探索露克丽丝心灵的行程之中。①

如果要了解如何读解露克丽丝的故事,她本人对这幅被详细描述的壁画的反应方式为我们提供了一个范例。在此,在莎士比亚最为成熟的艺格敷词中,他很明确地解释了艺术所发挥的作用。作为艺术品,这幅画作被以极度的赞美之词所称颂,因而莎士比亚必须尝试以某种方式传达艺术家所赋予这幅画的表现力,为露克丽丝充满强烈情感的话语做出辩护。但是,他不必仅仅特意限定在她可能已观察到的范围内,所需要做的是把画作呈现在读者眼前。因此,他对画作如何转变成一种看似拥有生命和运动的事物做出了评论:

> 几滴干枯的颜色便仿佛哭泣的泪珠,
> 那是妻子因丈夫被杀而涕泗纵横。
> 画家巧夺天工,鲜血还热气氤氲。
> 濒死的目光也泛出迟钝的灰色,
> 如余烬燃过了长夜,即将熄灭。(1375—1379)

的确,这样看来,莎士比亚只不过是在遵从艺格敷词的传统,以全部的

---

① 在此,我并不同意 Clark Hulse 的观点。在《莎士比亚〈露克丽丝遭强暴记〉中"一幅精美的画作"》("'A Piece of Skilful Painting' in Shakespeare's Lucrece", *ShakespeareSurvey*, 31, 1978, 21-22), Hulse 提出,只有布鲁特斯(Brutus)"似乎完全理解她的意图"与 Coppela Kahn ("The Rape in Shakespeare's Lucrece", *Shakespeare Study*, 9[1976], 45-72)的观点相同, Hulse 认为,露克丽丝的"错误在于其女性身份,阻碍了她在公共领域中的所有英勇行为,而这反而迫使自己不断去证明其性别荣誉"。(Hulse, p. 22)但是,实际上露克丽丝代表了美德的被动类型,而其主动类型则通过犹滴(Judith)体现出来:男性并不一定比女性更优越。

叙事细节描绘一幅画作，就像是让"无声的诗歌"(dumb poesy)发出声音。诸如此类的描述方式，与菲洛斯特拉托斯(Philostratus)、阿基里斯·塔提尔斯(Achilles Tatius)，或者后来的瓦萨里的描述一样，是莎士比亚遵从传统模式的例证。[①]

然而，自身作为目的(end)的艺格敷词与从戏剧角度上作为故事的一部分，在象征意义上作为故事要素的艺格敷词有所不同。当露克丽丝陷入悲痛之中，寻求"新的方法排遣痛苦"时，她回想起了描述特洛亚陷落的"那幅精美的图画"。凝视着画作，她开始认识到她本人就是特洛亚，这座被欺骗的城市。[②] 但是，当这首诗歌对壁画的描述始于叙事本身时，它强调并夸大了这个故事的重要性。我们可以看到，一个原则被打破了：不仅仅是露克丽丝作为个体，而且整个真实原则都是如此；同时通过骗术和诡计美德已被践踏。

实际上，错觉可用来充当一面镜子，在其中真相被读解，在另一个情境下可能是纯粹传统的因而可以被赋予新的意义。比如，通常赞扬艺术家的技艺克服了媒介的局限[③]——油彩转变成了泪水和血液的这类赞词，表明艺

---

① 关于艺格敷词的传统，可参见：迈克尔·巴克森德尔：《乔托与演说家》(Michael Baxandall, *Giotto and the Orators: Humanist Observers of Painting in Italy and the Discovery of Pictorial Composition*, 1350 - 1450. Oxford: Clarendon Press, 1971)，斯维特拉娜·阿尔珀斯：《瓦萨里名人传记中的艺格敷词与审美态度》(Svetlana Alpers, "Ekphrasis and Aesthetic Attitudes in Vassari's Lives", *JWCI*, XXXⅢ, 1960, 190 - 215)，乔治·科曼：《史诗中的艺格敷词》(George Kurman, "Ekphrasis in Epic Poetry", *Comparative Literature*, XXVI, 1874, 1 - 13)。译者注："Ekphrasis"很难在汉语中找到对应词，本文译者采用了范景中先生的译名"艺格敷词"。另有国内学者将其译为："仿型"、"图说"、"视觉再现之语言再现"、"符象化"、"造型描述"等。关于该词的翻译及有关论述可参见：胡易容：《符号修辞视域下的"图像化"再现——符象化(ekphrasis)的传统意涵与现代演绎》，《福建师范大学学报》2013年第1期。沈亚丹：《"造型描述"(Ekphrasis)的复兴之路及其当代启示》，《江海学刊》2013年第1期。

② 女性与城市之间的类比可参见：威廉·赫克舍：《莎士比亚与视觉艺术的关系：悖论研究》。(William S. Hechscher, "Shakespeare in his Relationship to the Visual Arts: A Study in Paradox", *Research Opportunities in Renaissance Drama*, XIII - XIV [1970 - 1971], 25 - 35f.)另可参见：艾伦：《关于〈露克丽丝遭强暴记〉的评论》。(D. C. Allen, "Some Observations on the Rape of Lucrece", *Shakespeare Survey*, 15[1962], 89 - 98.)该文探讨了塔坤对传统的暗喻爱情如同战争(love as War)的滥用。

③ 比较《冬天的故事》(第五幕第三场，63—68行)对被信以为真的赫美温妮(Hermione)雕像的赞美。
列昂提斯：别动！别动！我死也不会相信她已不在了——谁能造出这么一件神工雕像来呢？瞧，王兄，你不认为她在呼吸吗？那些血管里面不真地流着血吗？
波力克希尼斯：妙极了！她的嘴唇上似乎有着温暖的生命。
列昂提斯：艺术的狡狯使不动的眼睛在我们看来似乎在动。
(为使读者更好地理解原文，以上引文是译者添加的)

术起到了与露克丽丝所流出的真实眼泪和血液产生共鸣(echo)的作用,而她又转而与画中的人物共鸣:“她借给它们言辞,从它们借来凄凉。”①(1498)甚至可以说,这首诗歌作为一个整体表明模仿是一个宇宙法则(a law of the universe):在画作中,西莫伊斯河的波浪试图以“层层兴起的波浪”模仿这场战斗。而在现实生活中,露克丽丝的女佣和男仆反射出了她悲痛忧伤的表情。由此看来,一种同感的共鸣控制着一切,包括人与艺术和生活的关系。要不然,列奥纳多·达·芬奇就不会把画家对自然的模仿比作是镜中的映像。

画家对观相术(physiognomy)②的了解是其艺术的核心,莎士比亚几乎是不经意地引入这一技巧作为艺格敷词传统的一部分,尽管其更深层的意义将很快成为显而易见的:

> 啊,在埃阿斯和尤利西斯身上
> 能看到多么精彩的肖像描绘。
> 两张脸表现出两种不同的心肠,
> 突出了两个人不同的性格脾气。(1394—1397)

但是,画中所有的面孔,正如露克丽丝有待去了解的,并没有讲述出他们的性格脾气的详情。在其中的描述中,叙述者仍然还在给予画作一种客观的解释。只有当露克丽丝对其作出回应时,一种主观的观察才占上风。她与画中的人物对话,首先寻找“集中起人们的烦恼”的面孔,然后再寻找海伦,其不贞洁(unchastity)是通过一种特殊的抢劫行为来表现的,她相信海伦代表一种淫荡之恶,完全不同于她自己的美德。最后,当露克丽丝看到特洛亚人的苦难时,她偶然发现画中的西农(Sinon),貌似真诚的面孔显现出虚假性。露克丽丝把西农与面孔隐含着邪恶的塔坤等同起来,她“用她的指甲”抠画中的面容。头等大罪是欺骗而不是淫荡不贞,这是艺术运用其自身的

---

① 比较:列奥纳多·达·芬奇的《绘画论》。(*Treatise on Painting*, tr. and ed. A Philip MacMahon, Princeton: Princeton University Press, 1956, I, 110.)

② 例如,列奥纳多在《绘画论》中提出了很多建议:一个画家借以观相术知识要做到:“使描画的人物的动作适合于那些人物的精神状态。”(I, 151)(在观相术的研究之中可以发现人物的本有性格和其表现出的情感状态的征兆。)

欺骗方式所显示给露克丽丝的。最初，她“责骂画师巧夺天工的本领，她说是西农部分地受到了歪曲，这样正派的形象哪会有邪恶的居心！”但是，在最后她想起塔坤来到她这里就是“装扮出坦荡诚恳，心里却肮脏”。透过艺术的欺骗，她开始理解恶行的真正本质。由此，我们也得以看到想象(imagination)如何获得艺术的错觉，并从中受益。这种艺格敷词的辩证作用使得它实质上不同于那些可分离的，意在修饰或仅仅提供一个对应叙事主题的艺格敷词。

通常，这种类型的艺格敷词更加关注作品叙述的效果而不是所使用的方法。但是，在莎士比亚所提及的错觉方式中隐含着他对人的想象给他带来的感性知觉的迷恋。同时，他还提到了在二维墙面上展示深度的方法，其目的不仅仅是为了赞美艺术家的技巧，也是为了显示这些方法能够使人们看到画面上没有再现的事物的能力：“好几个人的头几乎被遮住，却似为引人注目要从后面蹦出。”在这里，他首先简要地提到了重叠的手段(the device of overlap)，几句诗行之后又更为全面地进行解释。同时，他也提及了所谓的联排形式(terraced form)，通过这种方式，头部被排成行，去表示一群人。更为重要的是，他相信他是在描述古典艺术中最优秀的东西，因为这是他从古代的艺格敷词中学到的。可以说，他同样也认识到了这个观念，即透视法是“最优秀画家的艺术”，而无论在描述哪一种透视，他完全相信其错觉艺术手法的价值。[①]

在莎士比亚反思艺术家运用重叠手段的诗句中，他还涉及了在墙面上创作出三维效果最为有趣的方式：

> 画幅所表现的想象力极其丰富，
> 描绘足以乱真，而又精炼生动。
> 一支长矛便代替了阿喀琉斯的全部，
> 那长矛紧攥在一只带甲的手中，
> 要看见他的整体得靠心灵的作用。

---

① “人群有参差高低，表现细腻灵活。好几个人的头几乎已被遮住，却似为引人注目要从后面蹦出。”(1412—1414)这几句诗行通常被认为是透视法的古典模式(Hechscher, p. 62)。但是，莎士比亚在这一整段中描述的透视法与瓦卢瓦系列壁挂画(Valois tapestries, 1582)有些相似。在瓦卢瓦王朝时代，也是莎士比亚生活的时期，这些壁挂画被认为是奢华风格逼真艺术的杰作。

只画出手、脚、头、脸便已是人,
剩下的你得靠想象力去完成。(1422—1428)

正如贡布里希观察到的,这一段与菲拉斯托拉斯描述底比斯被围困的内容极为相似:

画家的聪明技巧令人愉快。全副武装的士兵围绕着城墙,他这样描绘他们:有些可以看到全身,有些腿部被遮住,有些可以看到腰部以上,有些可以看到胸部以上,还有些只露出头部或头盔,最后则只看到矛头。老弟,这就是透视画法;因为当眼睛沿着退隐面向回观看时,就会受到欺骗。[①]

但是,假如这是莎士比亚的创作来源,问题仍然会出现:为什么这段话让他产生了如此深刻的印象,以至于他在这首诗中为其留出了空间?我认为,"要看见他的整体得靠心灵的作用,"这句话提供了线索,因为吸引他的恰恰是画面上所没有再现的,需要想象出来的部分。在这里他发现了诗歌和绘画的交汇点,正如小菲拉斯托拉斯所说,"绘画艺术与诗歌有某种亲缘关系,而……想象的成分对两者来说是共有的"[②]。

值得注意的是,在莎士比亚之前,有关壁画的描述并没有评论想象在创造错觉时的作用。如果我们看看为莎士比亚提供了模本的一些描述,就会发现它们只是对人物和他们的行动做了极为简洁的说明。维吉尔在诗中提到,当埃涅阿斯到达迦太基时,他看到了朱诺神殿那幅描述特洛亚陷落(The Fall of Troy)的壁画,但维吉尔所关注的是埃涅阿斯对描绘他城市的陷落的哀伤反应:

此时埃涅阿斯发出了低沉的呻吟
他看到希腊人虏获的战利品、战车、眼前战友的遗体

① 贡布里希:《艺术与错觉》。(*Art and Illusion*, London: Phaidon, 1962, pp. 176 - 177.)菲拉斯托拉斯的相关论述来自他的《图像集》。(*Imagines*, tr. Arthur Fairbanks, Cambridge, Mass. Harvard University Press, 1960, p. 17.)

② Ibid., p. 24.

和普里阿莫斯毫无自卫能力的双手伸向
阿基里斯。[①]

如果把维吉尔所提到的,埃涅阿斯"依靠这些虚幻的人物形象充实他的灵魂"这句话排除在外,他就没有涉及艺术家的描绘方法,也没有把壁画视为艺术品来评论,它以纯情感的形式解释自身。或许心中带着同样的观念,普鲁塔克(Plutarch)让鲍西亚(Portia)认识到自己就像是在画中,要表现出安德洛玛刻向赫克托耳的那种告别。她哭泣道:"她自己就像身处同样的情况……而一天多次去那里看它,她悄然地哭泣着。"[②]

同样,一种相似的认同也影响着露克丽丝对画作中赫卡柏的反应,但是莎士比亚使她既有几分像是一个艺术批评家,又像是一个回应者(responder)。画家能够如此恰当地描绘赫卡柏,没有给予她哭泣和"沉痛的词句"(bitter words),着实令露克丽丝惊奇。对于这种传统的艺格敷词的形式,莎士比亚添加了一个格言式的表达:"画家不是神,不能够给她这种本领。"[③]但是,诗人的确就像神一样,既能够描述人物,也能让他们讲话;所以露克丽丝要为赫卡柏,也为自己讲话:"我要用我悲恸的舌头把你的忧伤表达。"即使是老生常谈,这里指的就是比较论(paragone),即诗歌与绘画之间的竞争。[④] 对莎士比亚来说,诗画之争有着特殊的趣味:它必定把错觉的整个本质置于突出的位置。由此,感官在想象的帮助下被诱惑去发觉没有再

① 维吉尔:《埃涅阿斯纪》。(*The Aeneid*, tr. C. Day Lewis, London: Phaidon, 1962, pp. 176 - 177.)

② 详见:"Marcus Brutus",载于《莎士比亚的普鲁塔克》。(*Shakespeare's Plutarch*, ed. C. F. Tucker Brooke, London: Chatto & Windus, 1909, I: 142.)译者注:安德洛玛刻(Andromache):赫克托耳之妻,典型的忠贞善良、温柔聪慧的女性。类似的例子可参见《威尼斯商人》中鲍西亚(Portia)在巴萨尼奥选择盒子之前的独白:现在他去了,他的沉毅的姿态,就像少年赫拉克勒斯奋身前去,在特罗亚人的呼叫声中,把他们祭献给海怪的处女拯救出来一样,可是他心里却藏着更多的爱情。我站在这儿作牺牲,她们站在旁边,就像泪眼模糊的特罗亚妇女们,出来看这场争斗的结果,去吧,赫拉克勒斯!我的生命就悬在你手里,但愿你安然生还,我这观战的人心中,比你上场作战的人还要惊恐万倍。(第五幕第二场)

③ 比较:《爱的徒劳》,第五幕第二场:"他不是一个天神,就是一个画师,因为他会制造千变万化的脸相。"(He's a god or a painter; for he makes faces.)

④ 文艺复兴时期在这方面的争论,可参见:Leonardo da Vinci, *Paragone*, tr. and ed, Irma A. Richter, London & New York: Oxford University Press, 1949. 这是达·芬奇《绘画论》(*Treatise on Painting*)的第一章。

现出来的东西。

但是,如果艺术的欺骗是无利害的,那么现实生活中的欺骗却并非如此。当莎士比亚描述画家如何再现西农的技巧时,他几乎就是在这两种欺骗之间做出明确的比较:"在他身上画家可真是煞费了苦心,掩盖了他的奸诈,给了他一脸坦诚。"(1506—1507)这是对画家成功取得再现效果的评判,而露克丽丝最初斥之为对背叛者的描述;她必须要重新认识这个夜晚让她得到的教训,但是这次要通过艺术的考验。莎士比亚提出艺术的欺骗实际上能够为观察者提供启示时,可能想到了普鲁塔克在《年轻人如何倾听诗歌》一文中的这句话:"高尔吉亚往往把悲剧诗歌称之为欺骗,在其中,做出过欺骗的人要比没有行过欺骗之事的人更公正,而被欺骗的人要比没有受骗的人更聪明。"[①]无论是在维吉尔的壁画还是乔叟的《声誉之堂》(House of Fame)对西农的描述中,这种说法都没有隐含地表现出来。在莎士比亚含有悖论(paradox)的戏剧中,根本没有提及维吉尔或乔叟的诗句;而他们却都提到过西农是背叛者的类型,但没有准确地说明画家会如何再现他。在维吉尔《埃涅阿斯记·第二部》的叙述中出现过一些真实的细节,它们只具有纯粹叙事的功能,因而莎士比亚只得把它们放在一幅画作中,以便对艺术如何发挥作用略作说明。

虽然壁画的错觉效果如此完美,暂时分散了露克丽丝对自己悲惨处境的注意力,她宣布要用刀子"刮掉"赫卡柏的敌人,那些希腊人的"愤怒的眼睛"。她要"用指甲去抠那全无知觉的西农",当艺术被现实取代时,她把刀子留给自己。之后,她"不禁破涕为笑",嘲笑自己如此愚蠢,被艺术的真实性所欺骗。但是艺术的模仿并不总是徒劳的:露克丽丝认识到,她并不是第一个被罪恶之手所迫害的人。就像在镜子里看到的镜像那样,她的眼睛看到了画家描绘的所有其他的眼睛,从"濒死的目光",到"从雉堞的背后向着城外偷窥的眼睛",到埃阿斯和尤利西斯的眼睛,最后还有"望着普里阿摩斯的伤口"的赫卡柏"衰老的眼睛",以及"露克丽丝凝视着这张哀伤的面孔"的眼睛。当露克丽丝的眼睛"扫视"整个画幅时,她最终发现,西农"目光平静,

① 《年轻人如何倾听诗歌》("How a Youngman Ought to Hear Poems"),载于 *Plutarch's Morals*, tr. Simon Ford, ed. William W. Goodwin, Boston: Little Brown, 1871, II. 44. 译者注:高尔吉亚(Gorgias,约公元前 483—前 375),公元前 5 世纪古希腊哲学家和修辞学家,著名的智者,被誉为"谬论之父"。

面带泪痕”,而普里阿摩斯“抹着眼泪”去看西农流出的假惺惺的泪水;她得到启示的时刻正是通过描述西农欺骗的眼睛这一关键的形象表达出来的。当露克丽丝向着普里阿摩斯讲话时:“他流出的都是烈火,哪里会是水!/那滚圆闪亮的珍珠虽使你矜悯心忧,/却是要焚毁特罗亚的扑不灭的火球。”(1552—1554)而她的眼睛泪水充盈,变得又红又肿(red and raw),即使当她的脸变得更加苍白(paler)时。所有这些平淡无奇的喻词——红与白、水与火,被转译为这个悲剧的一种戏剧真实性时,都呈现出了新的意义。

但是,眼睛不仅仅表现出情感,它们也是经验的感受器。如果露克丽丝被她的眼睛从塔坤那里接收到的信息所欺骗,那么塔坤被他在看到露克丽丝时眼睛中的贪欲反应所迷惑,成了他恶行的理由。露克丽丝试图说服他履行王子的职责:

> 而是求你把被放逐的尊严回复,
> 找回尊严,把放纵的念头罢黜。
> 让真正的尊严囚禁邪恶的情欲,
> 从你痴迷的眼睛拭去朦胧的迷雾,
> 便看到你的处境,同情我的痛苦。(640—644)

塔坤的堕落是通过眼睛表现出来的,当然是无法救赎的。但是,通过再现特洛亚壁画,露克丽丝自身的盲目性将得以消除。这幅画使她认识到,在一个相信纯真的世界里几乎没有安全可言,她自己的命运在多大程度上是世间事物普遍规划的一部分。她提到历史将审判塔坤,试图让他遵循美德之路;而她所说的历史的审判也使她本人产生了自杀的动机。任何不贞洁的妻子将不会从她那里汲取慰藉。

露克丽丝如此清醒地认识到自己将作为一个镜像或典型,好像莎士比亚正在试图重构一个露克丽丝:她预见到了自己在后世的文学艺术作品中的声誉。因为露克丽丝在历史的法庭前审视自己,以传统的方式对黑夜、时间、时机予以谴责,她充当了一定的社会角色。她不是一个普通的女性,她依据礼仪惯例,以自然的方式诉说自己的哀伤。

从一个重要的意义上来说,她的父亲是错误的。他面对她的尸体这样说道:

可怜的破镜呀,从你那可爱的形象,
我常在衰迈之年看到了我的新生,
可现在美丽清新的镜子已衰迈无光,
只留给我一具骷髅,由时间消磨殆净。
啊,在你的双颊上再没有我的面影。
我镜里的美色已经被粉碎,
我往日的形象已全部销毁。(1758—1764)

之所以说他是错误的,是因为露克丽丝将作为一个镜子或者典型,以她美德的完美性活在后世。同样,特洛亚由于西农的谎言遭受到毁灭时也看似是一面破碎的镜子,

壮丽的伊利昂也被他言词的火硝烧光。
摧毁了灿烂的伊利昂,上天也为之凄怆。
天上的星星也从各自的星座逃逸,
因她们临妆照影的宝镜已经坠地。(1523—1526)

正如象征了美德的星星一样,露克丽丝发现自己就是映入特洛亚的镜像,而尽管邪恶的暴力摧毁了城市和女性,他们却依然活在男性的想象之中。

莎士比亚诗歌中的特洛亚,以壁画的形式,几乎直接是以镜像出现的,其错觉的特性支持了文艺复兴时期的观点:好的绘画应与反射在镜子中的映像一样。① 虽然伊丽莎白时代英格兰的艺术还不能足以达到逼真和完美叙事的要求,但是艺格敷词的文学传统需要的不是特定的视觉模型,它只需要用诗人的想象与"心灵的眼睛"讲话,即使莎士比亚相信真正的画家也要发言。诗如画(ut pictura poesis),绘画与诗歌之间的类比,不只是一个理论教条,其中隐含着的不仅是诗歌的模仿功能,而且还有感动读者的力量,正

---

① 列奥纳多:《绘画论》(*Treatise on Painting*, I: 161:"重要的是,镜子应该被看作是你的主人……"比较:阿尔伯特(Alberti):《论绘画》(*On Painting*),第83页:"你应该知道准确的判断是镜子。"

如绘画直接触动观者的心弦一样。露克丽丝凝视这幅生动的画作，发现自己专注地思考着她所经历的一切，而在内心深处她却准备着去面对她的死亡。以这种方式，壁画履行了作为艺术的角色；即是说，它教化心灵（the spirit）。露克丽丝在画作前首先想到自己所遭受的暴力，进而塔坤的行为迫使她实施针对自己的蓄意暴力："他，他，公正的大人，就是他，/引导我这只手，逼我自杀。"（1721—1722）以此来看，诗中插入了她与画作在一起度过的时间是重要的和必需的。

整篇诗歌读起来就像是菲利普·锡德尼爵士（Sir Philip Sidney）所描述的那种绘画的艺格敷词，他希望把"公正的诗人"（right poets）比作画家中那些"更优秀的"（more excellent）："他们无须循规蹈矩，而是依靠才智（wit），提供一幅多彩悦目的画面：尽管带有悲伤的表情，但始终是忠贞的卢克丽霞（Lucretia），为他人的错误惩罚自己；因此他们应该描绘的不是从未见过的卢克丽霞，而是这种美德的外在之美。"[①]莎士比亚正是如此，"无须循规蹈矩，而是依靠才智"描绘了"美德的外在之美"，而站在自身为诗人的立场上，他也描述了内在之美。然而，无论是诗人还是画家，只有擅长借鉴彼此最具表现力的方面，才能达到艺术的完美性，这是比较论（Paragone）真正的意义所在。在描绘露克丽丝上，可以与莎士比亚媲美的只有提香、丁托列托和伦勃朗，而他们也是最为优秀的诗人。

作者简介

朱迪思·邓达斯（Judith Dundas），执教于美国伊利诺伊大学厄本那香槟分校（University of Illinois at Urbana-Champaign），其代表作有：《蜘蛛与蜜蜂：斯宾塞〈仙后〉的艺术性》（*Spider and the Bee: Artistry of Spenser's "Faerie Queene"*, 1985），《画笔修辞：文艺复兴诗人与绘画艺术》（*Pencils Rhetoric: Renaissance Poets and the Art of Painting*, 1993），《锡德尼和朱尼厄斯论诗歌与绘画：从边缘到中心》（*Sidney and Junius on Poetry and Painting: From the Margins to the Center*, 2007）等。

---

① 菲利普·锡德尼爵士：《为诗辩护》。（*An Apology for Poetry*, ed. Geoffrey Shepherd, London: T. Nelson, 1965, p. 102.）

译者简介

穆宝清,1963 年生。男。山东省济南市人。文学博士,英国伦敦国王学院(King's College, London)访问学者。现为山东大学外国语学院副教授。研究方向:西方文艺理论。

题跋、接受与中国绘画*

[美]德-尼恩·李　著
杨儒　译/杨彦　校

元以前多不用款，或隐之石隙，恐书不精，有伤画局耳，至倪云林字法遒逸，或诗尾用跋，或跋后系诗，文衡山行款清整，沈石田笔法洒落，徐文长诗歌奇横，陈白阳题志精卓，每侵画位，翻多奇趣。[王概(1677—1705)，《芥子园画谱》]①

引起我们兴趣的不是事物本身，而是在某种意义上其并未改变。[J. G. 德罗伊森[J. G. Droyson)]②

虽然我们曾一直认为画上题字在中国是普遍存在的，然而它却是随着历史产生的。回顾历史，晚清宫廷画师和作家王概清楚地指出题款和题跋在宋朝(960—1279)之后才发展和成熟。王概认为，元代(1279—1368)及其后的艺术家在画上题字的水平更高，他们不再担心其书法功力不足或其书写会破坏作品。相反，王概描述他们的题字是"遒劲"、"清整"、"洒落"、"奇横"。然而，他也流露出些许矛盾。他用"侵"一语，暗示虽然文字形象为画面增加了"奇趣"效果，但一些边界已被打破。王概的矛盾当下依然存在，浮出表面的问

---

* 原文来自 De-nin D. Lee, "Colophons, reception, and Chinese painting", *World & Image: A Journal of Verbal/Visual Enquiry*, Vol. 28, No. 1(May, 2012), pp. 84 - 99.

① 王概提到的倪瓒(1301—1374)，"元四家"之一；文徵明(1470—1559)，明代著名文人画家；沈周(1427—1509)，在文人绘画传统上超过文徵明；徐渭(1521—1593)，一位有着更怪异癖好的画家和剧作家；以及陈道复(约 1480—1544)，他的艺术名望不像王概提到的其他艺术家那样显著。王概编辑并插图《芥子园画谱初集》(1679 年出版)，1:21b。

② Hans Robert, Jauss, *Toward an Aesthetic of Reception*, trans. T. Bahti (Minneapolis: University of Minnesota Press, 1982), 59, and *Question and Answer: Forms of Dialogic Understanding*, trans. M. Hays (Minneapolis: University of Minnesota Press, 1989), 28 - 29; Michael Ann Holly, "Reciprocity and Reception Theory", in *A Companion to Art Theory*, ed. Paul Smith and Carolyn Wilde (Oxford: Blackwell, 2007), p. 449.

题包括:(1)文字和图像之间的和谐以及对彼此相互渗透的担忧;(2)对文字和图像表达的准确性和一致性的要求。① 我们研究或忽视题跋的方式似乎反映了这些担忧和要求:因此,一个更加系统的题跋研究将为我们提供更具批判性的视角,通过它去重新构建中国绘画中文字和图像的关系。

在本文中,我考察了后代的观画者题写在中国画上的长篇题跋,考察其历史、实践和意义。② 尽管关于中国传统书法、诗歌和绘画之间相互关系的研究有很长历史,但直到最近几年,人们才将更多关注转向题跋。③ 这些画上题字在揭示艺术品的原始意义及流传情况研究方面起到的作用虽不是首要的,但却是实用的。然而,转变视角我们便会发现,题跋在促使中国画成为一门综合性艺术的持续变革中起到了关键作用。在其漫长的社会历程中,个人和群体通过落款、题款、钤印、题跋、标题、标注等形式留下了他们与艺术作品互动的痕迹,也使艺术品的面貌发生了极大改变。④ 因此,艺术作

---

① 这一主题欧美传统中已有很多研究。例如,参见 W. J. T. 米歇尔(W. J. T. Mitchell)的著作《图像学:形象、文本、意识形态》[*Iconology: Image, Text, Ideology* (Chicago: University of Chicago Press, 1986)]。

② 在这个目标下,我将这一计划与那些关注某个艺术家的文字和图像的问题区别开来。例如,参见 John Hay, "Poetic Space: Ch'ien Hsüan and the Association of Painting and Poetry", in *Words and Images: Chinese Poetry, Calligraphy, and Painting*, ed. Alfreda Murck and Wen C. Fong (New York: Metropolitan Museum of Art, 1991), pp. 173-98; Craig Clunas, "Reading Wen Zhengming: Metaphor and Chinese Painting", *Word & Image vol* 25, no. 1:96-102; and David Cateforis, "Calligraphy, Poetry and Paradoxical Power in Wenda Gu's Neon Calligraphy Series", *Word & Image vol.* 26, no. 1:1-20. 关于中国书法和绘画中的文字和图像关系更全面的历史,参见徐建融:《书画题款·题跋·钤印》(上海:上海书店,2000)。

③ 更多关于题画诗发展的研究,参见 Ronald C. Egan, "Poems on Paintings: Su Shih and Huang T'ing-chien", *Harvard Journal of Asiatic Studies* vol. 43, no. 2 (December 1983):413-51; Hay, "Poetic Space", Robert Harrist, "Ch'ien Hsüan's 'Pear Blossoms': The Tradition of Flower Painting and Poetry from Sung to Yüan", *Metropolitan Museum Journal* 22(1987): 53-70; Hui-shu Lee, *Empresses, Art, and Agency in Song Dynasty China* (Seattle: University of Washington Press, 2010), especially chapter 3 and 4; and Martin J. Powers, "Discourses of Representation in Tenth-and Eleventh-Century China", in *The Art of Interpreting*, ed. Susan C. Scott (University Park: Pennsylvania State University Press, 1995), 88-115.

④ 关于一个对象的社会生命,参见 Igor Kopytoff, "*The Cultural Biography of Thing: Commoditization as Process* ", in *The Social Life of Things: Commodities in Cultural Perspective*, ed. Arjun Appadurai (Cambridge: Cambridge University Press), 64-91. Kopytoff 的观点在中国艺术史领域的影响可见一斑,例如,Craig Clunas, *Sperfluous Things: Material Culture and Social Status in Early Modern China* (Urbana: University of Illinois Press, 1991), De-nin D. Lee, *The Night Banquet: A Chinese Scroll Through Time* (Seattle: University of Washington Press, 2010), and Shane McCausland, ed., *Gu Kaizhi and the Admonitious Scroll* (London: British Museum, 2003).

品的创作背景及表达内容就不是某种单一的思想、时刻或文化，而是在时代变迁中展示了艺术作品的意义。当我们把图像和文本相结合的中国画看作一种偶然的、可变的艺术品时，我们便会发现围绕绘画的群体，阐释绘画的历史，以及在个体生活和文化传统中看待绘画的各种可能性。①

为了理解题跋对于中国画接受的影响，我们从题跋的定义开始，将其与其他术语如"落款"和"题款"区分开来，然后思考画上题写这一实践发展的几个源头。尽管我们不能将题跋的发明归于某个人，但我们可以从苏轼(1037—1101)题跋中发现这一实践的重要发展。② 为了阐明苏轼的贡献，我们考察了一个在审判苏轼中作为谋反证据的题跋。当我们仔细审阅这一案件就会发现，当把朋友间私下交换的图像和文字再现放之于公共审判时，便提出了接受的问题。③ 沿着这一研究线索，我们重新考察了赵孟頫创作于1296年的《鹊华秋色图》，试图研究这一卷轴上的一些题跋是否影响了对它的接受。接受美学(Reception aesthetics)及其隐形观者(implicit beholder)概念提供了一种方法，用以理解在中国画中绘画、题跋及观者之间产生共鸣的构图策略(patterning strategies)。④ 这种构图策略鼓励超越时空去维系社会身份、构建社会关系。用这种方式，书写题跋成为一个传统，就像对中国古典文献进行注释一样，使得后代可以参与其中。保守的观者通过志趣相

---

① 文以诚(Richard Vinograd，斯坦福大学教授、亚洲艺术史专家——译者注)的观点是把中国文人画看作一个回忆、纪念和私人交流的场所。参见他的"Private Art and Public Knowledge in Later Chinese Painting", in *Images of Memory on Remembering and Representation*, ed. Susanne Küchler and Walter Melion (Washington D. C.: Smithsonian Institution Press, 1991), 176 - 202.

② Egan, "Poems on Paintings", 413, 421 - 52.

③ 蔡涵墨(Charles Hartman，美国知名汉学家、美国纽约州立大学阿尔巴尼分校东亚系教授，主要从事宋史研究——译者注)讨论过这个案例，参见他的"Poetry and Politics in 1079: The Crow Terrace Poetry Case of Su Shih," *Chinese Literature: Essays, Articles, Reviews* 12 (December 1990): 15 - 44. 关于这一案例的绘画、诗歌和题跋的其他讨论可参见 Peter C. Sturman, "In the Realm of Naturalness: Problems of Self-Imaging by the Northern Sung Literati", in *Arts of the Sung and Yuan*, ed. Maxwell K. Hearn and Judith G. Smith (New York: Department of Asian Art, Metropolitan Museum of Art, 1996), 165 - 85; and De-nin D. Lee, "Colophons and Cultural Biography: Episodes from the Life of The Ear-Picker", *Journal of the American Oriental Society* 126, no. 1(2006): 51 - 75.

④ 这篇文章的灵感来自于米切尔·安·霍丽(Michael Ann Holly): "Reciprocity and Reception Theory", in *A Companion to Art Theory*, ed. Paul Smith and Carolyn Wilde (Oxford: Blackwell, 2007), 448 - 57.

投者的题跋去维系权威性,而那些独立见解者留下的观点则挑战和延续了这一讨论。尽管中国男性题写的题跋获得了最多关注,但中国女性也参与到这一创造性的文化实践中。最晚从十四世纪开始至清朝末期或大约十八到十九世纪,越来越多的中国女性在自己和他人的画作上题写。她们的参与反映了中国绘画及题跋所处的环境相对宽松,无需接受审查。① 从接受美学的角度,把中国绘画作为持续积累的文本和图像来研究,便会在中国人的主体和文化的形成和延续中更清楚地揭示这一综合性艺术。

首和尾

汉语合成词题跋指在书卷、墓碑、书信及书法和绘画上题写的特定文字。通常使用时,题即书写,与题笔中的题同义,意指"用毛笔写",但在合成词题跋中,题也指开头,即写于文本和艺术品主体之前的文字;而跋,原义为徒步旅行,有紧随其后之义,即结尾。题跋这一术语通常用于卷轴作品,这类作品可以从右向左展开和观看,因此看上去有开头,或称"首"和结尾,或称"尾"。据我所知,在欧美艺术传统中,没有与题写题跋相对应的艺术实践,因此艺术史家用古体词"colophon"去翻译题跋,其在希腊语中意指"顶点"或"最后一笔"(summit or finishing touch),根据《牛津英语词典》的解释,colophon 意为"题词或题铭,可用于图画或象征性作品中,原本置于书籍或手稿末尾,包括标题、抄写者或印刷厂名字、印刷日期和地点等信息"②。《牛津英语词典》还指出,"早期,colophon 的信息通常位于标题页。"带有大量信息的标题页显示了它的作用。"colophon"对中国艺术史初探者来说是一个近乎空白的能指,允许对其进行全新定义。作为对题跋的翻译,

---

① 高居翰(James Cahill)简要讨论过一个例子,参见《致用与娱情的图像:大清盛世的世俗绘画》[*Pictures for Use and Pleasure*: *Vernacular Painting in High Qing China* (Berkeley: University of California Press, 2010), 20-21, 23-24]。女性题画诗英译选集可参见 Wilt Idema and Beata Grant, *The Red Brush*: *Writing Women of Imperial China* (Cambridge: Harvard University Asia Center, 2004), 284, 271-272; and Kang-i Sun Chang and Haun Saussy, ed., *Women Writers of Traditional China*: *An Anthology of Poetry and Criticism* (Stanford: Stanford University Press, 1999), 460, 468, 486-487, 493, 499-500, 516, 515, 518, 534, 560, 561, 564, 580, 581, 592, 597-598, 618-619, 621-622, 626-627, 628, 654-655, and 659. 中国女性绘画(一些带有题诗和题跋)的例子,可参见 Marsha Weidner et al., *Views from Jade Terrace*: *Chinese Women Artists*, 1300-1912 (Indianapolis: Indianapolis Museum of Art, 1988), 66,72-73, 75-76, 85-86, 99-101, 106-107, 125-129, and 133.

② "Colophon",牛津英语词典网站 http://www.oed.com/viewdictionaryentry/Entry/36552. 2012 年 1 月 6 日访问。

colophon是一个较好的选择，多指置于作品之后的跋，因为置于画作之前的colophons（题跋中的题）往往需要更深入的鉴定。

Colophons，既指题也指跋，不同于款或题款，后者主要指艺术家的署名，通常放在绘画或书法的边缘。许多情况下，除了署名外还有附加信息，例如画作标题、创作时间、画家的籍贯或官职，或是题赠某人。这样，艺术史家一般会将这些含义丰富但篇幅有限的文字看作艺术家本人的"题款"（inscription）。其他情况下，款可能指除了艺术家本人、其他人写的相似内容。这样，"款"（signature）可能会引起误解，因此将此类题写依然称为"题款"（inscription）。

尽管题跋（"colophon"）和款（"signature"或"inscription"）的区别是明显的，但题跋与题画的区别却是模糊的。合成词题画读起来更像动宾短语，通常指"在画上题写"。我们可能会认为题和跋从属于题画，但我们也可能会认为题画是那些在画上题写者的行为。[①] 与题跋不同，题画不会固定于画面的某个位置，因此这些题写看上去像是"侵"占（如王概语）画面空间，因为它并非位于画前或画后等对画面整体干扰较小的位置。由于在画作中的位置广泛，更为灵活的题画也被用于手卷及其他形式的绘画，包括悬挂卷轴、画册、屏风和折扇。在汉语中题画和款的区别是明显的，翻译成"inscription"则用来兼指这两种题写。

最后一个应讨论的模糊问题，即英文术语"inscribe"和"inscription"的用法。在讨论中国艺术时，"inscribe"和"inscription"实际上指的是伴于绘画的不同题写方式。以下几个例子将说明其复杂用法。

中国著名画家赵孟頫于1296年创作的卷轴画《鹊华秋色图》展现了一个和谐统一的景象。赵孟頫在创作时故意将画面的大片天空留白，略过它我们便看到五段文本，或"题款"（图1）。从作品的右边开始，第一、二、三和五段文本是乾隆皇帝（1736—1795在位）的题款，约题于作品完成的五百年后。只有第四段文本为赵孟頫亲自书写，源于作品本身。当"inscribe"和"inscription"被同时用于描述赵孟頫和乾隆皇帝的题写时，我们应该如何区分呢？这些题款是这件持续变化的综合性艺术作品的组成部分，因此我们

---

① 题壁与题画类似，指题写在墙上的一类诗，可能也包括壁画，同样指在墙或壁上写诗这个行为。题画诗指题写在绘画上的诗。后者和它的创始人唐代诗人杜甫，参见Egan，"*Poems on Paintings*"，420.

需要更多阐释去鉴别它们不同的关系和意义。我们也可以从徐师曾(1517—1580)那里得到启发,他以书籍为例区分了序(prefaces 和 postfaces)和题跋(colophons),指出题跋乃为后代读者所为。以徐的例子为依据,我们便可以更清楚地看到,忽略题写在规范位置的做法,乾隆皇帝在画面上题写了四段题跋(colophons)。与之相对应,赵孟頫的题写尽管篇幅较长,但只是带有艺术家署名(signature)的题款(inscription)。

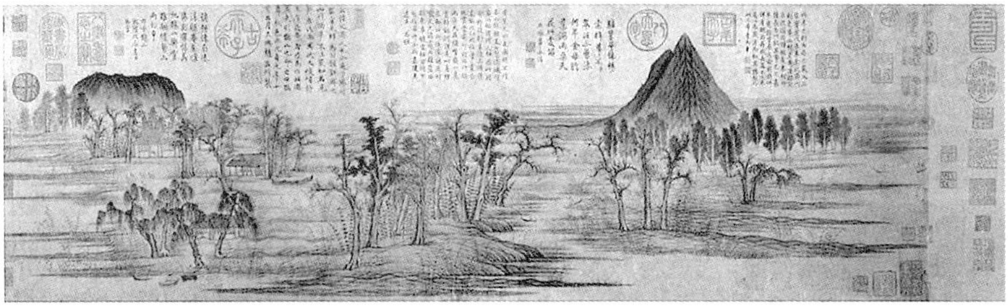

图 1 鹊华秋色图 元赵孟頫 图卷纸本设色 纵 28.4 cm 横 93.2 cm 台北故宫博物院藏

图2 倚云仙杏图 南宋马远 册页绢本设色 纵 25.8 cm 横 27.3 cm 台北故宫博物院藏

第二个例子是一本合作的画页,其中包括皇后杨妹子用精道的书法书写的对联和宫廷画师马远画的工笔杏花(图 2)。典型的艺术史导论将此件艺术品称为带有皇后题款的马远画作。这个描述没有错,但我们也可将其视为附有马远题画的杨皇后诗作。[1] 这两种描述方式表明在文字与图像关系中谁具有潜在的优先性,但另一种遵循中国传统的方法却在努力寻求二者的平衡和相互依存。三绝是一个艺术表现的范畴,其将诗歌、书法和绘画融汇于同一件艺术作品中。[2] 它使各自独立的的艺术形式整合为一个综合的统一体。

---

① Hui-shu Lee, *Empresses, Art, and Agency in Song Dynasty China*, especially chapter 3.

② 我这里列举的诗歌、书法和绘画顺序反映了中国美学体系中最重视文人艺术的等级次序。更多关于三绝,参见 Jonathan Chaves, *The Chinese Painter as Poet* (New York: China Institute Gallery, China Institute, 2000); and Michael Sullivan, *The Three Perfections: Chinese Painting, Poetry, and Calligraphy*, rev. 2nd ed. (New York: George Brzailler, 1999).

这两案例中，对创作背景、创作过程及创作类型的关注减弱了对中国绘画中图像和文字关系的误解。当然，在中国绘画中可能会有更多类型的题写，包括标注、卷首插图、钤印。[①] 所有文本，连同装裱画作的物质材料，形成了观者的鉴赏经验并创造出多感官、综合性的文化艺术品。在所有这些艺术形式中，我们现在的研究关注的是题跋。

“元代之前”

题写何时最早出现在中国画？题写题跋这一艺术实践是如何开始的？寻找首位题跋书写者或首例题跋创作的想法，很快便化为泡影。例如，对人物卷轴画的命名是否可视为首例题跋？或者，在画作后附加书信是否更接近于题跋的形式？我们很快便发现一些与简单的归类方法相背的文本。与其去追求那不切实际的“首例”，不如去考察一些更为实在的因素——材料、观念、传统和实践——这些共同形成了画上题写的文化环境，形成了文字融入图像的社会思潮。[②]

在中国文化中，书画同源是个众所周知的现象。之所以出现这一现象，一方面根植于创作材料。至公元 3 世纪，笔和墨、纸和丝成为这两种艺术表达形式共有的创作材料。[③] 另一方面，这一现象源自于观念和神话起源。在古代，古圣先贤们观察大自然中的图像，如龟甲上的图案，从而获得语言和图像符号的规则。《历代名画记》是第一部具有高度影响的中国绘画通史，其作者张彦远（约 815—约 877）提到了书画的起源及关系：

---

① 钤印是一种表明所有权的艺术形式，当按在纸或丝的表面，通常会留下一个带有固定文字和（或）符号形象的红色印记——官职头衔、斋号姓名，这些标志着一个特定的组织或个人。更多关于钤印，参见 Jason C. Kuo, *Word as Image: The Art of Chinese Seal Engraving* (New York: China Institute in America, 1992).

② 在探索画上题写的社会思潮或环境（用 John Hay 的表述，“Poetic Space”, pp. 173 - 98）时，我认识到像杜甫、黄庭坚、苏轼等人所起的重要作用，因此我采取了类似于 Jessica Rawson 的方法。她用一些考古学资料来阐明风景画（或者她更狭义地定义为中国传统的山水画）的起源。Jessica Rawson, “The Origins of Chinese Mountain Painting: Evidence from Archeology”, *Proceedings of the British Academy* 117(2001 Lectures): 1 - 48. 同样参见 Egan, “Poems on Paintings”,

③ Tsien, Tsuen-Hsuin, *Paper and Painting*, vol. 5 pt. 1, in Joseph Needham, *Science and Civilization in China: Chemistry and Chemical Technology*, part 1: Tsien Tsuen-hsuin: Paper and Painting (Cambridge: Cambridge University Press, 1985), pp. 1, 10, 23 - 4, 42 - 4.

是时也,书画同体而未分,象制肇创而犹略,无以传其意,故有书;无以见其形,故有画。天地圣人之意也。[①]

在关于中国早期绘画文献研究的导论中,威廉·埃克(William Acker)对这一联系进行了总结:"因此,从汉代开始……便有书画结合的思想趋势,不仅是因为在丝上绘画所使用的工具和材料与书写使用的完全相同,而且由于中国的书写系统具有明显的图画渊源。"[②]他们对书画同源的解释揭示了书写与绘画在创作材料及创作观念上所共有的背景。在这样的背景下,文字与图像可以毫无阻碍地融为一体,共生共存。

此外,共同的物质材料和艺术语言将文字与图像结合起来,早期书画结合的艺术作品建立起一套艺术创作的规范,形成了观者的期待。[③] 当圣贤画占据画坛主流之时,王廙(276—322)曾经为其侄——中国最著名的书法家王羲之(309—约365)——画过一幅《孔子十弟子图》,王廙的画已佚,但画上的文字却保留了下来:

余兄子羲之,幼而岐嶷,必将隆余堂构,今始年十六,学艺之外,书画过目便能,就余请书画法,余画《孔子十弟子图》以励之。嗟尔羲之,可不勖哉!画乃吾自画,书乃吾自书,吾馀事虽不足法,而书画固可法。欲汝学书则知积学可以致远,学画可以知师弟子行己之道,又各为汝赞之。[④]

声明作者是一项重要内容,但王廙却在长篇题款中不经意地表露出来。相反,他用了书信语气,旨在以这件艺术作品为例去强调个人与教育

---

① 威廉·埃克(William Acker,英国汉学家)英译,*Some T'ang and Pre-T'ang Texts on Chinese Painting*, rpt. (Wesort, Conn.: Hyperion Press, 1979),p. 64.

② 同上,p. xiii。

③ 在这篇文章中,我限定于可携带的绘画案例,但是一些其他媒材上的先例也应该了解。例如,武梁祠将文字和图像融合在石头上的浅线条浮雕。参见 Cary Liu, et al., *Rethinking Recarving: Ideals, Practices, Problems of the "Wu Family Shrines" and Han China* (New Haven, Conn.: Yale University Press, 2008), and Wu hung, *The Wu Liang Shrine: The Ideology of Early Chinese Pictorial Art*, (Stanford: Stanford University Press, 1989).

④ 译文参见 Susan Bush and Hsio-yen Shil, *Early Chinese Texts on Painting* (Cambridge, Mass.: Harvard-Yenching Institute, 1985),32.(原文出自张彦远《历代名画记》卷五——译者注)

的关系。画作为王廙提供了一个场合和媒介，使其能用散体语言去鼓励其侄子。

在接下来的世纪，绘画便同文字，尤其是诗歌，紧密地结合在一起。受先存在的文学作品激发，绘画采用了一系列与文本交替的零散图像的形式，没有侵犯或越界。① 杜甫（712—770）的题画诗或论画诗，包括题壁诗，创造了完全不同的文字和图像关系。杜甫在画作完成之后才题诗，其诗赞颂画家，描述画作，重述并反映历史事件，以及称赞收藏家。② 由于画作未能保存下来，杜诗是否在视觉上"侵占"了画面空间，我们不得而知，但其诗歌内容却流露出对描绘图像内外的兴趣。

我们在后来的历史中找到了画上题诗的视觉证据。如果传统认为的归属是正确的，则南唐后主李煜（937—978）曾在两幅尚存的画作上题诗，即韩干的《照夜白》和赵干的《江行初雪》。这两幅画作均为卷轴形式，只在起始处或右侧有一列题款（图3和图4）。这些题款用粗略而传统的方式记录了作者、标题，等等。但据史料记载，李煜像杜甫那样在画上题词。在一幅今佚的卫贤（活动时间约961—1075）渔父图上，李煜题写了下面这首词：

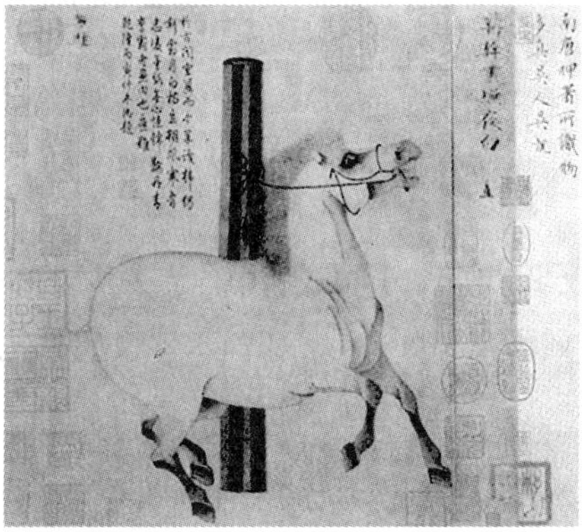

图3　照夜白　传为唐韩干　卷纸本水墨　纵30.8 cm　横33.5 cm　美大都会艺术博物馆藏　图左上有南唐后主李煜题"韩干画照夜白"六字

浪花有意千重雪，桃李无言一队春。一壶酒，一竿身，世上如侬有几人。

一棹春风一叶舟，一纶茧缕一轻钩。花满渚，酒满瓯，万顷波中得

---

① 例如，传为顾恺之（约344—406）的绘画《女史箴图》和《洛神赋图》。前者参见McCausland的研究。两幅画孟久丽（Julia K. Murray，中国艺术史专家，美国威斯康星大学麦迪逊校区艺术史系荣休教授——译者注）都讨论过，"What Is 'Chinese Narrative Illustration'?", *The Art Bulletin* 80, no. 4 (December 1998): 602-15.

② Egan, "Poems", pp. 413-18.

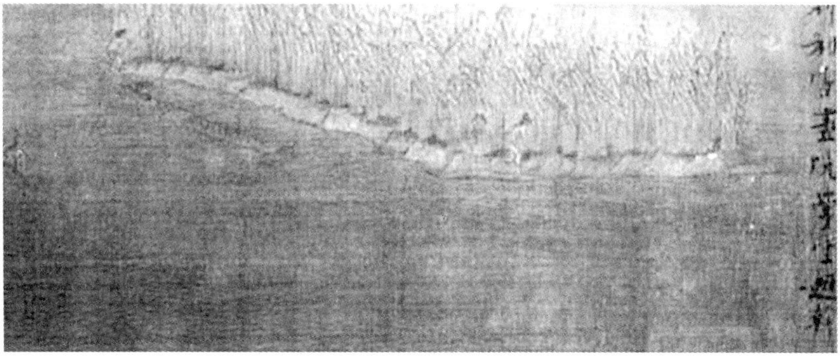

图4 江行初雪(局部) 南唐赵干 卷绢本设色画 纵25.9 cm 横376.5 cm 台北故宫博物院藏

自由。[①]

用W. J. T. 米歇尔的术语[②],这些诗节像一种腹语行为(an act of ventriloquism)。观者李煜设想自己是画中描绘的渔父形象,并通过其词句"赋予图画以雄辩力"(endows the picture with eloquence)。[③]

在这个例子中,我们设定李煜为观者,他的语言创造力是由卫贤的画作激发的。但是,同样可以认为,作为统治者李煜命令卫贤为其已经创作的诗词配图。在有限的证据面前,我们只能评价王廙写给侄子的信,杜甫的题画诗,以及李煜的题款各自如何接近(approximates)我们的题跋概念。苏轼(1037—1101)虽不是题跋的发明者,但我们却将巩固题跋传统的功劳归于北宋时期这位才华横溢的学者。

作为官员、诗人及画家,苏轼写过成百上千首题跋。尽管许多早期附有其题跋的画作没有流传下来,但画上的文本却被抄写、保存,并作为一部分

① 这些译文[基于 Alexander C. Soper, *Kuo Jo-Hsü's Experiences in Painting* (*Tu-hua chien wen chih*): *An Eleventh-Century History of Chinese Painting Together with the Chinese Text in Facsimile* (Washington Societies, 1951), 37]曾发表在 De-nin D. Lee, "Fragments for Constructing a History of Southern Tang Painting", (*Journal of Song-Yuan Studies* 34 (2004): pp. 1-39, p. 29.)中这两首词收录于《图画见闻志》,2.23a-b和《五代名画补遗》,11a-b。(据宋刘首醇《五代名画补遗》,李煜词为题画词,原画名《春江钓叟图》,今佚。——译者注)

②③ Mitchell, *Iconology*, 41.

编入苏轼庞大的文集中。[①] 在苏轼题跋中，我们会发现其中一些与书信类似，就像王廙写给侄子的信；另一些则是诗歌形式，与杜甫的诗作相似；还有一些从画面某一位置谈起，正如李煜的词作。这些题跋中最能引起学者关注的一方面是讨论绘画理论的，另一方面是关于政治的。[②] 与其试图全面考察苏轼题跋文集或者详述前人研究的大量成果，不如让我们考察一个苏轼的艺术实践案例。1079 年，苏轼被指控诽谤君主。[③] 指控他的证据源于其创作中的一首题跋。证词包括被告的如下言论：

> 次日（1079 年 4 月 7 日）王诜送韩干画马十二足求跋尾，作诗云（其中最后两句）：
>
> "王良挟策飞上天，何必俯首服短辕?"意以骐骥自比，讥讽执政大臣无能尽我之才，如王良之能驭者，何必折节干求进用也?[④]

为了理解苏轼题跋作为综合性、阐释性的艺术作品的组成部分，我们假设这件内涵丰富的艺术作品拥有一系列观者。尽管不是韩干头脑里可能存在的观者，苏轼却是我们这一系列的首位观者。当他参与到图画中，苏轼从他的期待视野中看到了加剧的政治危机的表征，并与其好友王诜（1037—约1093）进行了私密交流。他用题跋将这幅过去的骏马图与其当下的处境联系起来。马是中国历史和文学中含义稳定的一个象征意象，喻指治世。王诜之所以挑选这幅画作，是由于其画中形象与苏轼题字所表达的感情正好契合。[⑤]

---

① 东坡题跋，苏轼对文和画的题跋集，包括六卷。苏轼：《东坡题跋》（北京：人民美术出版社，2008）。

② 参见 Susan Bush, *From Su Shih to Tung Ch'i - Ch'ang: The Chinese Literati on Painting* (Cambridge, Mass.: Harvard University Press, 1971); and Alfreda Murck, *Poetry and Painting in Song China: The Subtle Art of Dissent* (Cambridge, Mass.: Harvard University Asia Center for the Harvard-Yenching Institute, 2000).

③ 以下讨论受蔡涵墨（Charles Hartman）的研究启发，"Poetry and Politics in 1079: The Crow Terrace Poetry Case of Su Shih", *Chinese Literature: Essays, Articles, Reviews* (CLEAR) 12 (December 1990): 15 - 44.

④ 同③，15—34。全诗英译参见 William A. Roulston, "On Han Kan's Scroll Painting of the Horses of the Imperial Pasture", *Oriental Art* 10 (Autumn 1964): 181.（原文出自《苕溪渔隐丛话》卷第四十三——译者注）

⑤ 更多关于中国画中马作为主题，参见 Robert E. Harrist, *Power and Virtue: The Horse in Chinese Art* (New York: China Institute, 1997).

王诜是这一系列观者的第二位。除了因政治观点而共处于险境外，王诜同样激赏苏轼题跋中通过引经据典所表现的学识渊博，在诗词创作中所展现的文学技能，以及在书法创作中所表现的精道笔法。苏轼将韩干的画作转化为一件具有通感的艺术作品，包括视觉、听觉、动觉特征。① 在更宽泛层面上，我们可以说苏轼通过其题跋展现了一种文化。在某种程度上，他将王诜记在心里，为这位志同道合的朋友进行创作，归还刚刚修复的卷轴，对社交礼仪进行酬答。作为苏轼的挚友及乌台诗案的同犯，王诜是苏轼可寻的最为接近理想的观者。

我们这一系列观者中最后是那些判案的人。当画作中的信息(如果不是画作本身)脱离了苏、王二人，另一观者会给出完全不同的解读：谋反。我们不知道新的观者是否认为苏轼题跋违背了韩干的本意；但我们知道，在倾向于反对苏轼及其同僚的派系政治气候下，当权者认定苏轼有罪。② 苏轼在其评论中哀叹他怀才不遇是因为触犯了天子。题跋的其他方面——学识、诗书技巧——在历史记载中没有评论。

这一画作及题跋已不复存在，留存下来的只有题跋文本。但是，苏轼题跋包含了这一艺术形式各层面的内容和美学价值，在苏轼大量创作题跋的引领下，题跋日渐成为中国绘画及文化的一部分。一些依赖理想的、静止的艺术作品去寻求原始本质含义的解读策略，往往忽略了中国绘画的重要方面。鉴于此，我们采取另一种倾向于动态的方法，扩大解读范围以将题跋纳入其中。在接下来的案例研究中，我们将从题跋的历史发展转向尝试用接受美学方法进行分析。

接受美学和赵孟頫的《鹊华秋色图》

审判苏轼者仅仅将他们的兴趣指向包括韩干马画及苏轼题跋在内的艺术作品。倘若调查范围并未事先限定，其结果又会如何呢？从艺术史或美学的角度来看，当观者与附有苏轼题诗的韩干马画不期而遇时，会如何反应呢？我们能否将题跋解释为中国画鉴赏过程中的固有部分？

在一篇接受美学的论文中，沃尔夫冈·坎普(Wolfgang Kemp)描述了隐

① Powers, "Discourses of Representation".

② 关于苏轼及其好友的艺术和政治研究，参见 Murck, *Poetry and Painting in Song China*.

形观者与一件艺术品相遇时的对话。[1] 两者彼此不断接近，完全融入欧洲绘画的具体案例中。但是，如果在观者和艺术品之间，插入题跋或者其他文本形式时又会如何呢？那将会如何改变接受美学中的平衡呢？在开始分析之前，我们是否必须先忽略题跋创作者群体呢（他们自己也曾是观看者）？或者，我们能否采取一种方式将题写题跋的传统纳入接受美学呢？米切尔·安·霍丽（Michael Ann Holly）在对接受美学的考察中发现：

> ……接受美学对于作品的潜在构图策略的观点，在理解过去的作品与当下书写他们的史学家之间的关系时，似乎尤为具有启发性。[2]

依据霍丽提出的过去作品与当下史学家的关联，我们考察了艺术史家李铸晋对赵孟頫《鹊华秋色图》的基本分析，以此作为运用接受美学框架去思考中国画中题跋创作的案例。

带着阐明赵孟頫《鹊华秋色图》在中国绘画史上意义的既定目标，李铸晋这样开始：

> 有时这件作品上的题款跋尾，牵涉到太多各种的文学思想和历史文献，以致人们反而遗忘了它本身的优点。以《鹊华秋色图》为例，我们必须首先把画迹和画上的印记题款等暂时分开，才能欣赏到这幅画的特质。[3]

由于李铸晋没有进一步解释把画迹和画上的印记题款等暂时分开的原因，而当时的读者也一定接受了。在鉴赏具有美学价值的作品时文学思想

---

① Wolfgang Kemp, "The Word of Art and Its Beholder: The Methodology of the Aesthetic of Reception", in *The Subjects of Art History: Historical Objects in Contemporary Perspectives*, ed. Mark A. Cheetham, Michael Ann Holly, and Keith Moxey (Cambridge: Cambridge University Press, 1998), pp. 180 – 96.

② Holly, "Reciprocity and Reception Theory", p. 455.

③ Chu-tsing Li, "*The Autumn Color on the Ch'iao and Hua Mountains*": *A Landscape by Chao Meng-fu* (Ascona, Switzerland: Artibus Asiae, 1965), p. 13.（译文参见李铸晋：《鹊华秋色：赵孟頫的生平与画艺》，生活·读书·新知三联书店，2008 年版，第 118 页。——译者注）

和历史文献在其中没有一席之地要删除这些东西的倾向。[①] 但是,随着艺术史越来越关注创作背景,那种文学思想和历史文献与审美价值需要分开的假设现在需要进一步解释。

一种解释有意删除的行为是把题跋看作坎普的"欣赏的外在条件"(extrinsic conditions of access)[②]之类。如果我们赞同接受美学中观者和艺术品相遇的观点,则那些并非艺术家创作并流传下来的题跋当然要被排除。排除了它们,我们现在对艺术作品处理完毕,以便搜寻接受美学理论中隐形观者。现在,中国传统绘画被置于非中国的或者西方的理论中。但是像这样与语音结构相遇带来的任何满足,应当建立在对更加传统的中国画不自在的、具体的经验基础上,《鹊华秋色图》也不例外。正如李铸晋所说,至少需要面对文学思想和历史文献。

在另一个古代绘画研究中,艺术史家巫鸿称题跋为"文本之圈"[③](textual enclosures)。文本围绕着图像,这些"文本之圈"也限定了阐释。他认为,为了从这一限定中解放出来,获得对艺术作品的直观经验,我们必须认识到"文本之圈"的历史性。巫鸿尝试通过进入图像本身,以抵消这些"文本之圈"对画面的主导力量。这幅展开的手卷就像是滑稽歌舞表演,酒宴上尽享的美食、音乐、舞蹈以及美女的形象被一点点地展示出来。[④] 内容和形式决定了"文本之圈"的表达背景。巫鸿总结说,他先前提出不可靠的记载:"充分捕捉到这幅画窥探本质。"[⑤]此外,记载活动采取的视点就像符号焦点,与观画者所处的位置重合。

我要指出,巫鸿迂回地回归题跋的观点不仅仅是个巧合。李铸晋早期对赵孟頫《鹊华秋色图》的研究中也曾采用这一模式。李最初的分析侧重于形式,到最后,他详细地讨论了画作的观点、主旨和风格。但是随着其分析

---

① 我仍然要感谢李铸晋和何惠鉴(Wai-kam Ho)在现代西方艺术史领域内对中国绘画的题款、题跋和钤印的专业研究,我的研究受惠于他们的著作。

② Kemp, "The work of Art and Its Beholder", p. 183.

③ Wu Hung, *The Double Screen: Medium and Representation in Chinese Painting* (Chicago: University of Chicago Press, 1996).

④ 不是所有手卷都长到需要逐渐的、视觉展现。正如 Craig Clunas 指出,文徵明的《古柏》旨在作为一个整体被观看。参见他的"Reading Wen Zhengming: Metaphor and Chinese Painting", p. 99.

⑤ Wu, *The Double Screen*, 71. (译文参见巫鸿:《重屏:中国绘画中的媒介与再现》,文丹译,上海人民出版社,2009 年,第 60 页。——译者注)

的继续，李必然要转向印记提款的“文学思想和历史文献”，以此作为揭示《鹊华秋色图》重要性的指导。

李铸晋首先理性地从赵孟頫的题款中挖掘价值：

公瑾父，齐人也。余通守齐州，罢官来归，为公瑾说齐之山川，独华不注最知名。见于左氏。而其状又峻峭特立，有足奇者，乃为作此图。其东则鹊山也。命之曰鹊华秋色云。元贞元年十有二月吴兴赵孟頫制。①

对李铸晋研究最为重要的是，题款为《鹊华秋色图》断代提供了确凿依据，因此将其定位于某个历史背景（元朝）和历史风格中。但李铸晋同样注意到这幅画作特殊的社会语境，它是作为朋友间的赠礼的，而赵孟頫卓越的书法则充分展示于题款中。

对于那些写于1297年至17世纪间的题跋，李铸晋主要关注对赵孟頫及包括画家和书法家在内的早期艺术家的比较，包括王羲之、王维（699—759）、董源（约934—约962）和李公麟（1049—1106）。这些参照也为李铸晋的研究提供指导。赵孟頫因为屈尊仕元，他的艺术天才被贬低了，这是中国人著书立说的偏见。尽管李铸晋的初衷是排除题跋，但最终又回归它们。并且，尽管他对题跋的鉴赏限定于作为证据来源（可以联想到苏轼案），但题跋的作用不容轻视。尽管巫鸿和李铸晋的研究计划在时间和目标上都有差距，二者都围绕题跋并最终回归题跋。如果没有研究题跋，其论证将失去雄辩力。或许我们应该更加认真地将题跋的美学价值看作艺术作品构图的一部分。虽然题跋并非源自艺术家本人之手，但任何忽视其影响的尝试似乎只能回到它们。

既然任何将题跋作为鉴赏的外部条件或消除其美学价值的尝试，最终都会回归题跋，因此，我们应尽可能探究题跋在中国画内在结构中的作用。那些固有的观者是如何进入艺术作品的呢？在赵孟頫《鹊华秋色图》中，没有偷窥者的形象干扰我们的观看；也没有戏剧性再现：拉开幕帘以揭示我们作为未被察觉的目击者所看到的场景。与集中焦点和视觉构图最接近的部

① Li, “*The Autumn Colors on the Ch'iao and Hua Mountains*”, 第17, 92页

分不是在图像中,而是在赵孟頫的题款中。在此,我们发现了与这幅画作预定的历史观者——赵孟頫的好友周密进行直接对话的途径。题款提供了两个聚焦点。首先是艺术家,其官员身份使他成为齐地名山的亲历者,而其朋友却不能;其次则是让我们站在接受者的位置上。在两案例中,艺术作品都带我们走进一段友情,而自然风景也充满了人的性格和经历。以这样的方式观看画作需要在头脑中形成记忆和联系的网络,这对于扩大和加深我们对赵孟頫创作风格的理解具有重要意义。①

为了唤起对关系的维系,对身份的认同和对回忆的重拾,赵孟頫《鹊华秋色图》中隐形的构图策略更加强调创造延宕,延长观者参与时间。这一主张并非赵所独创或十分引人注意。但考虑到当时观者在欣赏作品和艺术实践方面的喜好,我们便会更好地去鉴赏附有文本的中国画的隐形构图策略。在《鹊华秋色图》中,观者亲历了两种再现形式——文字和图像,并在二者之间来回徘徊,反复权衡,以确定二者关系及彼此相互确认、延伸或冲突的程度。观者需要时间去观览《鹊华秋色图》本身的风景,正如接受美学所指出的,需要去填补空白(to fill in the gaps)。中国画一贯拥有广阔的留白区域,需要观者对消失于迷雾之后的水、天和远景进行完型。观者同样需要时间去认识赵孟頫经过深思熟虑之后对唐代及其前代绘画风格的评判,去阅读和分析他题写的题跋。在阅读和分析时,我们必须在头脑中记住语句,为未标明停顿的语句进行断句。此外,欣赏赵孟頫书法中的韵律也需要时间。观者随书写的笔顺和停顿以及毛笔再次蘸入墨中的片刻而动——这些都是另一种填补空白的形式。一些类似的创造性书法表演可能也与图像有关。

视觉和语言的构图策略期待并吸引着我们的关注。但是,其对我们的吸引并非让我们脱离现实,去追寻艺术品中所描绘的替代现实的幻象。这些策略也没有让我们消除怀疑,或将我们置于某一描绘的空间,就像穿过一扇窗进入另一世界。此外,构图策略也不会消除艺术家的创作个性;恰恰相反,我们可以从艺术家创作的遗迹中发现其影子。

① 文以诚(Richard Vinograd)曾叙述中国文人画作为私人记忆载体的功能,将它与欧洲绘画强调观看的公共性区分开来。参见他的"*Private Art and Public Knowledge in Later Chinese Painting*".

通过幻觉进入另一个世界并不是我们的目标。相反，介于时间和空间、图像和文本、地域和地位中的三角及多重关系才是最重要的。这样的定位活动需要不同的观者参与其中。艺术作品已经是一种关系的示例，其笨拙地试图让艺术作品和观者之间进行对话。审美经验更具有共通性，因此我们需要寻求一个适合广大群体的结构。后代观者在与艺术品不期而遇时会将其视为一种视野，其中已包括艺术家与接受者相遇时留下的有关遗迹，而他们也带入了各自的视野。赵孟頫在题款中表达出其与周密的关系不同一般，后来的固有的观者必须首先确立其立场。当固有的观者通过参与审美过程完成艺术作品时，一小部分历史的观者会将其立场写入群体当中。他们的题跋使得从过去到现在的鉴赏过程清晰可见。

在此选取一些后代观者对《鹊华秋色图》题写的题跋。1297 年，杨载如此赞赏了赵孟頫的画作：

> 兹观鹊华秋色一图，自识其上，种种臻妙，清思可人，一洗工气，谓非得意之笔可乎。诚羲之之兰亭，摩诘之辋川也。君锡宝之哉。他必有识者，谓语语也。①

1329 年，范梈就杨载关于赵孟頫与著名晋代书法家王羲之、唐代诗文人画家王维之间的比较做了如下回应：

> 赵公子昂，书法晋，画师唐，为一代之冠。荣际于五朝，人得其片楮，亦夸以为荣者，非贵其名，而以其实也。今观此卷，殊胜于别作，仲弘所谓公之得意者信矣。②

---

① Li, "*The Autumn Colors on the Ch'iao and Hua Mountains*"，第 96 页。更多关于王羲之《兰亭集序》，参见 Lothar Ledderose, *Mi Fu and the Classical Tradition of Chinese Calligraphy* (Princeton, N. J.: Princeton University Press, 1979)；更多关于王维《辋川图》，参见 Robert E. Harrist, Jr., *Painting and Private Life in Eleventh-Century China* (Princeton, N. J.: Princeton University Press, 1998).（译文参见李铸晋：《鹊华秋色：赵孟頫的生平与画艺》，生活·读书·新知三联书店，2008 年版，第 131 页。——译者注）

② 同①，第 97 页。（译文参见《鹊华秋色：赵孟頫的生平与画艺》，第 132 页。——译者注）

按年代顺序，后代的题跋往往会借用词句以示回应[①]。1446年，钱溥应其友徐尚宾之邀，将虞集[②]题写于赵孟頫另一画作上的题跋誊写在《鹊华秋色图》上。虞集表达了赞扬，他模糊地认为赵孟頫的艺术才能与其皇族血统有关，这一评论同样适用于此画作。钱溥解释了为何将题跋挪用于此卷上：

> 昔虞文靖公题松雪翁画图简约精妙可谓两绝。友人徐尚宾见而爱之，求余录入鹊华秋色图……[③]

当一位题写题跋者应某人之请，重述他人题跋的词句时，观者群体及彼此间的关系便会迅速扩大。

随着时间推移，这一群体不断扩大，题款的视野也随之扩大。同一人题写的多首题跋会将评论引向新的方向。1582年，身为官员、艺术家及鉴赏家的董其昌将《鹊华秋色图》比作一件未被评论提及的画家所创作的作品，即李公麟《莲社图》。[④] 根据董其昌题跋，两件作品被放在一起品鉴，项晦伯[⑤]曰："不可使延津之剑[⑥]久判雌雄。"这一比较似乎给乾隆皇帝留下了深刻的印象，他于1749年所作的题诗便以引董其昌语开始。[⑦] 但是，除了此类重述之外，赵孟頫与李公麟的联系让位于与其他人。1605年，董其昌题写了另一首题跋，唤起了王维和董源的风格；1630年，他应邀[⑧]将张雨为《鹊华秋色图》所作的题诗誊写在该画卷上。这首诗的主要内容是周密、赵孟頫，以及这卷

① 有时，后世题跋会在顺序上先于前代。题跋的位置取决于书写者，当绘画重裱时可能还会移动。在《鹊华秋色图》中，董其昌和乾隆皇帝的题跋破坏了空间顺序，看起来"失去秩序"。

② 虞集，元代著名学者、诗人，字伯生，号道园，人称邵庵先生，领修《经世大典》，著有《道园学古录》、《道园遗稿》。——译者注

③ Li, "*The Autumn Colors on the Ch'iao and Hua Mountains*"，第99页。

④ 同③，第94页。

⑤ 这一人物未被证实，但李铸晋认为他是项元卞的后代，第29页，注60。

⑥ 延津剑最早见于房玄龄《晋书·张华传》卷36，第1 068—1 079页。("延津之剑"指龙泉、太阿两剑。传说龙泉、太阿原为一对宝剑，一雄一雌，在丰城出土后被分开，由张华佩其一。一次张华来到延平津时，水中现一龙，张华所佩剑瞬间也化为龙，与水中龙会合，双双冲天而去。"久判雌雄"指雄雌双剑被长时间分开。在此，项晦伯是借"延津之剑"典故比喻李公麟的《莲社图》和赵孟頫的《鹊华秋色图》，认为两幅画是一对至宝，当合作一处收藏。——译者注)

⑦ 同③，第99页。(乾隆题诗引董其昌语为"文敏一生得意笔，不减伯时《莲社图》"。——译者注)

⑧ 应惠生之邀。——译者注

画在他们生命中的意义：

弁阳老人公谨父，周之孙子犹怀土。
南采寄食弁山阳，梦作齐东野人语。
济南别驾平原君，为貌家山入囊楮。
鹊华秋色翠可食，耕稼陶渔在其下。
吴侬白头不归去，不如掩卷听春雨。[①]

这首题跋从周密和赵孟頫开始，而后扩展到诗人张雨、题跋者董其昌，及提出请求的惠生[②]，展现了各个层次的关系。在最后一首题跋中，董其昌将这些关系与他最早的绘画理论联系在一起：

弁阳老人，在晚宋时，以博雅名。其《烟云过眼录》，皆在贾秋壑[③]收藏诸珍图名画中鉴定。入胜国初，子昂从之，得见闻唐宋风流，与钱舜举同称耆旧。盖书画必有师友渊源。湖州一派，真画学所宗也。

董其昌关于书画作品的观点对艺术家和观者皆适用。他们各自学习，但是董其昌认为，学习书画必有“师友”、通古贯今。这一观点对于《鹊华秋色图》来说并不新奇，但董其昌这一言论依然铿锵有力。他的观点在后世吴景运、曹溶和前面提到的乾隆皇帝的题跋那里均有回应。

作为定位点，像赵孟頫本人题款这类的题跋提供了进入艺术品的切入点。他们清楚这类题跋在艺术家与作品最初的接受者之后的历史地位，与其后的观者进行对话，从固有的审美模式（嵌入图像和文字当中）和他们本人期待视野的角度对艺术品进行解读。因此，对艺术品最有意义的观看方式，即从已有的审美模式出发，这一模式也是社会关系的具体例证。在欣赏

① ④ Li，“*The Autumn Colors on the Ch'iao and Hua Mountains*”，第101、102页。（译文参见《鹊华秋色：赵孟頫的生平与画艺》，第133页。——译者注）

② 这一人物未被证实，但是李铸晋认为他是项氏家族的另一成员。同上，第30页。

③ 更多关于周密和他的《烟云过眼录》，参见 Ankeney Weitz，*Zhou Mi's Records of Clouds and Mist Passing before One's Eyes：An Annotated Translation*（Boston，Mass.：Brill，2002）.

艺术作品时,我们便进入了一个关系网,将我们与之前在艺术品中再现的其他人作比。

我们也可认为题跋与中国的点评传统一脉相承。杨载与范梈的题跋如注解一般,为恰当理解与原始文本类似的艺术作品给予了指导。尽管缺乏正统观念的认可,但当杨、范二人的观点为他人所接受和强化时,他们的题跋便占据支配地位。另类的挑战也是可能的,在《鹊华秋色图》中乾隆皇帝题写的大量题跋便是一个讽刺性的例证。这些题写分散于画作的前、后及画面上。乾隆皇帝没有确认赵孟頫与周密的关系,从而将自己纳入这一承袭于早期题跋并不断扩大的关系网中;而是将这幅画作当成特殊地貌的再现[①]。

乾隆皇帝疏离其他观者,忽视早期题跋,以一种近似对话的方式接近《鹊华秋色图》。在他的众多题跋中,乾隆在其中一则中写道:

> 戊辰春,东巡齐州,则东华西鹊苍秀泼眼,宛若披图,因驿致是卷相印,题长句以纪其事。乙巳嘉平岁余重展,追念前游,怦怦有触,因再成长篇书之卷尾,以志岁月而叙其缘起……[②]

在前一年的题诗中,乾隆皇帝便做出了独裁判定,声称"留待今题侣有神"[③]。乾隆皇帝有意而明显地忽略了前人的赞辞,这位帝王欲成为独揽大权的统治者,以至在另一题跋中他对赵孟頫题款"其东则鹊山"提出异议。乾隆的文本植入充斥着画面本身,这些题跋比杨载、范梈、董其昌的题写还要多,但在后世的题跋及艺术史论述中很少被提及。

对隐形的观者来说,乾隆题跋与其说提供了进入作品的切入点,不如说将观者排斥其外。尽管乾隆的评论源于艺术作品,但视野所限导致其题跋更关注于皇室成员。这些题跋体现了乾隆独一的地位和对君权的运作,包

---

① 赵孟頫所画《鹊华秋色图》鹊、华二山方位有误,本应鹊山在黄河北,华山在黄河南,可画中两座山却在同一岸边。据传说,出于对江山社稷的考虑,乾隆震怒,随即下旨:朕发现古人之画有失实之处,本该将此画焚毁,以免误我大清之战事,但念此画流传几百年,更得来不易,权且将此画收入大内,任何人不得观赏。乾隆题诗有"西鹊东华镜空里"一句,不露声色地纠正了画家的方位之误。——译者注

② 同①,第91页。

③ 同①,第92页。

括泰山献祭和旅行途中对鹊华山一带的造访。① 在其他题跋的语境中，乾隆题跋像是另类，挑战了主流秩序。他自视为评判者，与此同时他拒绝扩大观者群体，否认他们把艺术品作为关系网的观看方式。乾隆的特立独行而语气强硬的题跋不接受任何反驳，这种情况只有在其题跋单个的、孤立的摹本状态下才是可能的。因此，在中国绘画研究中，我们遇到了对乾隆题跋的指责与漠视，这一情况十分普遍，并不奇怪。

总结题跋

在试图用接受美学的观念去分析《鹊华秋色图》的过程中，我们可能会更清楚地认识到艺术作品中构图策略的社会本质。这些策略不时地表现在题跋中，在观者的分享中实现其影响并得到完善，为直接进入精英群体提供了突破点。典型的受儒家思想影响的男性文人参与到题写题跋的传统中，将异己者排除出去。贵族女性，例如管道升（1262—1319，赵孟頫之妻）也会创作绘画并进行题写，但直到晚清时期我们才发现大量女性在画上题写，并呈增长趋势。② 中国绘画的观看群体，随着时间广泛扩大，没有界限。这一现象表明，当接受美学的模式被用于欧美绘画传统之外的案例研究时，这一模式需要进一步优化③。

同样，本文乃是用接受美学的理论去思考中国绘画题跋的最初尝试，我们还需要额外工作去充分理解中国绘画的时间性。观看活动将过去的艺术品唤回到现在，而当观者题写题跋时便是在与未来对话。同时，为后代题写的题跋承载着记忆。文以诚（Richard Vinograd）在记述收集一幅画作上的题诗时的编排工作时，曾这样写道："画作集合了一系列事件的踪迹，在观看过程中可对其进行重组。"④这一过程同样适用于未经编排的题跋书写。题

---

① 关于泰山献祭，参见司马迁《史记》。

② 参见 Marsha Weidner et al., *Views from Jade Terrace: Chinese Women Artists*, 1300 - 1912 (Indianapolis: Indianapolis Museum of Art, 1988).《清画家诗史》选集 10 卷有 1 卷是女性画家的诗歌。这些诗歌一部分是诗跋。参见李浚之编《清画家诗史》(北京：中国书店，1983)卷 10。

③ 我赞同历史学家伊懋可(Mark Elvin，澳大利亚国立大学历史系荣休教授，以研究中国社会经济史为主——译者注)的观点，"当检验一些在其他语境里系统阐述的普遍理论时，(在中国)往往会提出一些批判分析的挑战。"参见他的 *Retreat of the Elephants: An Environmental History of China* (New Haven, Conn.: Yale University Press, 2004), xxi.

④ Vinograd, "Private Art and Public Knowledge in Later Chinese Painting", p. 183.

跋书写者回望过去,在当下创作,并将遗迹留于未来,因此中国绘画——尤其是那些"负载"着更多题写的绘画——必定会反复而更坚固地与一个拥有特权的观看群体相联系。我们忽略或反对"题款跋尾牵涉到……文学思想和历史文献"①,这是可能的,但并不是我们所期望的。通过这一接受美学的案例分析,我们可能会惊奇地发现艺术品和艺术史书写之间的关系模式。在这一案例中,我们可以发现艺术作品容纳、巩固和传递了(通过题跋)嵌入其中的社会关系,正如王概所言:"每侵画位,翻多奇趣"。当我们认识到这点,便离真理不远了。

作者简介

德-尼恩·李(De-nin D. Lee),美国鲍登学院艺术系副教授,著有《夜宴图:穿越时空的中国手卷》(*The Night Banquet: A Chinese Scroll through Time*),西雅图:华盛顿大学出版社,2010 年。

译者和校对者简介

杨儒,1989 年 8 月生。女。山东邹平人。中国艺术研究院博士研究生。研究方向:文艺理论。

杨彦,1986 年 5 月生。女。重庆人。西南大学美术学院 2014 级硕士研究生。研究方向:美术理论。

① Chu-tsing Li, "*The Autumn Colors on the Ch'iao and Hua Mountains*": *A Landscape by Chao Meng-fu* (Ascona, Switzerland: Artibus Asiae, 1965), p. 13.

学术纵横

南京大学文学院“文学与图像”第六至八期学术沙龙简况

自2013年6月以来，“文学与图像”学术沙龙业已连续举办八期。这一活动旨在为“文学与图像”的研究提供平台，方便大家汇报与交流相关书籍，并促进“文学与图像”方面具体问题的探究。

2014年9月15日，第六期“文学与图像”学术沙龙在南京大学文学院举行。段德宁(南京大学博士研究生)评介了李若晴的《玉堂遗音：明初翰苑绘画的修辞策略》，他认为该书在明初宫廷文化圈以书画作品交流作为公关手段的背景下，用“驺虞入献”、“麒麟远来”、“江岸送别”、“燕云入画”、“杏园雅集”等个案，探讨了翰苑绘画的修辞策略。翰苑绘画的修辞策略有仪式化与非仪式化两种，前者特指描绘庆典盛况并在贺礼结束后进呈皇帝的图画，属于公共修辞；后者虽然与庆典相关，但作品只在官员中流传收藏，并未进呈朝廷，属于个体修辞。陈晓旭(南京大学硕士研究生)评介了 *The Translation of Art: Essays on Chinese Painting and Poetry*(《艺术的转译：中国诗画论集》)。她着重报告了阐释五种诗画关系的 *Some Relationships Between Poetry and Painting in China*(《中国诗歌与绘画的一些关系》)，以及饶宗颐谈论文人兼善书画现象的《明季文人与绘画》等。其中，利用数字标记法来分析郑燮竹子图的方法值得借鉴。贺雨微(南京大学硕士研究生)评介了劳伦斯·赛普和西尔维娅·潘塔利亚的 *Postmodern Picturebooks: Play, Parody, and Self-Referentiality*(《后现代的图文书：游戏、仿拟与自我指涉》)，此书认为图文书这一文体具有游戏性，阅读的乐趣是在多重含义与歧义中被发现的。同时，图文书之所以被当做文物来进行考古，是其自我指涉性使然。最后，作者指出图文书是一种艺术形式和文化产品的结合，其可见性与可读性共存。赵敬鹏(南京大学博士研究生)评介了颜彦的《中国古代四大名著插图研究》和常芳的《中国古典小说的视觉化再生产——从语言本文到影像本位》。前书作者通过梳理各部名著插图的源流及演变,归纳“插图史”中的异同。从插图的角度切入,鉴别四大名著各版本之间的不同特征及其版本之间的嬗变,探究插图如何承载文学内涵及其美学意蕴。他认为颜彦有意识地从书籍物质性展开考述值得借鉴,但是较为简略,又并非关注某一部具体名著,深度上有可提升空间。第二本书《中国古典小说的视觉化再生产》对中国古典小说视觉化历程进行梳理,认为中国古典小说视觉化再生产实践由语言本位向影像本位转移,并伴随着研究出发点的转移。该书还认为以影像为本位的再生产策略,包括时间的变形、空间的膨胀,以及对感官愉悦的追求,同时也对古典小说再生产的文化逻辑进行了简单概说。

2014 年 11 月 5 日举办了第七期“文学与图像”学术沙龙。段德宁评介了罗曼・英伽登的 *Ontology of the Work of Art*(《艺术作品的本体论》),他认为具有“文学性主题”的图像有两种统握方式,分别是纯粹的感知性和通过“图像”被显现的客体化。肖像画在模型未知时,描述功能并不能展开,相似性的潜在现象对于作为艺术作品的图像来说不是本质性的;纯粹的图像在描述功能和文学性功能方面有所缺失。此外,图像重构的面向以及它的重构方式,一种是形成表象的对象,另一种是被呈现对象的重构面向。段德宁评介的第二本书是罗兰・巴特的 *Image・Music・Text*(《图像・音乐・文本》),作者指出,照片作为非现实的完美相似物决定了照片图像是一个没有编码的讯息。就相似的众多性而言,照片的描述从字面上讲是不可能的。但实际上,至少新闻摄影这样的照片讯息是有内涵的,因而照片的悖论可被视为没有编码和有编码这两种讯息的共存。传统的图像是对文字的图示,现如今,文字却是对图像的寄生。由于文本呈现方式的不同而导致内涵的不同,文本扩展内涵,与图像相抵制产生特定效果。图像的意义通过语言讯息、无编码的图像讯息和有编码的图像讯息共同构成。杨亿力(南京大学博士研究生)评介了毕嘉珍的《墨梅》,作者通过对墨梅传统建立过程的梳理,认为野趣和雅趣的发展经过了从仲仁到扬无咎再到王冕的过程。从“墨梅”的文化色彩上看,仲仁的墨梅体现隐士风流,扬无咎的墨梅体现在野立场,王冕的墨梅透露民族意识。可以说,此书是在“文学与图像关系”视野下,论述元代的“墨梅”绘画史,认为在元代墨梅主题绘画发展进程中,最重要的艺术事件是图像与诗歌题词在形式与表达方面的结合。到 14 世纪中叶,墨梅已经成为图像与题词的结合体，这给我们研究语图关系提供了学术资源。张坤副教授（云南民族大学）评介了刘勰的《文心雕龙》，他认为此书是文学图像论的重要学术资源。因为，《文心雕龙》既有以文章为中心，将其与绘画、音乐进行类比阐说，也有以画论文的研究范式。而且，书中有大量用绘画术语来言说作文章，其中，《练字》篇堪称文图结合的专论。尽管它是中国古代文论经典，但对于“语图研究”依然有深刻的学术价值，启示我们要不断思考和发现，不断从经典中汲取养分。赵敬鹏评介了布尔迪厄的《关于电视》，作者认为电视荧屏成为某种恋己癖展示的场所，但是“上电视”要付出受审查的代价，而审查背后隐藏着观众自我约束和自我规训的机制，电视成为了“维护象征秩序的工具”。这一机制使“电视行使了一种形式特别的象征暴力”，对艺术、文学、科学、哲学、法律等文化生产的诸领域造成了巨大危险。电视求助于“双重意义上的戏剧化”，制作出真实效果，让人们走向由电视描绘而规定的社会生活天地。赵敬鹏还评介了理查德·沃尔海姆的《艺术及其对象》，作者从维特根斯坦的后期语言观出发，认为艺术与语言都是“生活形式”。沃尔海姆的核心观点是，“再现的观念依据于‘看似’的观念才能得到阐明”，意图所寻求的是再现性观看。赵敬鹏进一步指出所谓图像再现，实际上就是对原型的隐喻修辞。

第八期“文学与图像”学术沙龙于2014年12月30日举行。段德宁评介了乔治·兰多的 *Images of Crisis*:*Literary Iconology*, 1750 *to the Present*（《危难图像：文学图像学，1750年至今》）和西奥多·齐奥科斯基的 *Disenchanted Images*:*A Literary Iconology*（《祛魅的图像：一种文学的图像学》）。前书作者认为关于危难的形象在很多流行的19、20世纪的图像中处于核心地位，这证明了一种统治性文化范式的转换。此书文献翔实，通过图像学解读形象，注重历史的变化，有意将图像史、文学史、文化史和思想史结合起来，这启示我们研究形象要秉持跨学科的视野。《祛魅的图像》一书，将图像限定在原始的意义上，即通过三维雕像、二维绘画或是直接的光学镜面反射，再现人物外表的造型形象。作者进而把具有超自然力量的图像逐渐世俗化的过程，称之为“祛魅”。本书梳理了维纳斯、戒指的主题图像，幽灵般的肖像母题图像以及魔力之镜的象征图像祛魅的过程。匡景鹏（南京师范大学博士研究生）评介了于贝尔·达米施的《云的理论——为了建立一种新的绘画史》，作者认为“云”主题是理解科雷乔的一个楔子，它通过自身感性的表面以及它所起的功能作用,把画家特殊"艺术"的几个主要线条连成一束。"云"并非只是一种风格手段,而是一种具备建构性的物质材料。作者进一步提出了"绘画的句法"这一说法,对绘画进行书写式的解读。本书以福柯的思想资源和符号学为理论依据,综合艺术、科学、哲学思想史,就"云"的主题进行深入解析。李森博士(南京艺术学院)评介了歇尔斯·米勒的*Illustration*(《图示》),作者认为图画的力量是从时间序列中分离出一个时刻,并将之悬置在一种永久的非现在的再现性呈现,既没有过去也没有未来。图画处在一种永恒的现在,文字处于过去之中。文字对读者拥有唤起的力量,插图起到呈现的作用,插图会篡夺文字的启示力量。赵敬鹏评介了邢义田的《画为心声:画像石、画像砖与壁画》,作者主要考察汉代壁画发展和壁画墓,汉碑、汉画和石工的关系,汉代画像内容与榜题的关系等,调查多个汉画像主题,并探究如何阐述汉画像的意义。邢义田阐发图像意义的方法是从榜题出发,通过材料归纳,确立图像格套及其嬗变,再以榜题为辅,最终确立意义,这种分析图像的方法值得我们关注与学习。

据悉,该沙龙由南京大学文艺学博士生主办,研读"文学与图像"方面的论著已近百部,除了本校的师生参与之外,还不断有校外学者加入。目前,由学术顾问赵宪章教授牵头,赵敬鹏、段德宁两位同学具体负责的《"文学与图像"名著精义》一书,正在紧张编写中,此书的初衷就是为从事这一研究的学者提供亟需的资料。

(陈晓旭)

《唐诗画谱》：墨染江山，刀刻闲情

李悦池

摘　要：明代万历中叶以后，徽州刻书业兴起，并发展迅速。这一时期，大量的徽州版画刊行，其中《唐诗画谱》与《诗馀画谱》堪称徽州版画中的并蒂奇葩。《唐诗画谱》中辑录了大量的版画，并与诗、字三者相映成趣，具有较高的艺术价值。《唐诗画谱》中的图文关系具有了深刻的研究意义。从《唐诗画谱》中图与文出发，窥探古代诗文与图画之间的转化方法，其涉及两方面：一是图像对文学进行有意识的过滤，另一方面是图像将虚化的世界以图绘的方式定型。文学到图像的转化使文学双重虚化，达到减轻“图以载文”事理负重的效果。同时，在图文转换的过程中，诗文与图画又形成了一个双向互动的动态关系：一方面图像对文学的影响：图对诗歌的再创造、图像促进文学传播。另一方面是文学对图像的影响：诗是对画的意蕴的深层解读。因此对《唐诗画谱》中图文转换及关系问题的探讨，成为当下图文研究的一个重要组成部分，具有一定的现实意义。

关键词：《唐诗画谱》　双重虚化　图以载文　图文互动

晚明，是中国历史上一段特殊的历史时期，也是中国历史上思想文化观念最为活跃的一段时期。在这一段历史时期，纯画本开始大量地发行，其中绘图已不仅仅是文字的附属而成为主体。也正是在这一时期中国版画画谱达到了出版的顶峰，《画薮》、《历代名公画谱》、《诗馀画谱》、《唐诗画谱》、《集雅斋黄氏画谱》等画谱书相继出版。这些画谱书采用精湛的印刷技术，辑录诗文画作，表达了晚明时期文人骚客的生活情趣和他们所向往的理想生活。同时，这些画谱的流行也迎合了当时市民的文化需要。晚明时期，市民意识不断提高，对于文化的需求不再局限于文人士大夫阶层，较低层次或中间层次读者的产生使明末的书籍市场不得不兼顾大众化和精英化两个层面的需求。在这种市场需求背景下，《诗馀画谱》、《唐诗画谱》这类以绘图来鉴赏诗词的画本应运而生。在这类画本中，绘图和诗词之间有着微妙的关系，对于这样的关系我们既可以认为是以图说诗，又可以说是以诗释图。正是鉴于这样的关系，在图文关系成为学术焦点的当下，对于晚明画谱中图文关系及转换的研究便具有了现实意义。因此，本文以《唐诗画谱》为切入点，来探讨画谱中绘图和诗作之间的转换问题及两者的关系。

一、《唐诗画谱》：四绝一体

明代万历中叶以后，徽州的刻书业兴起并迅速发展，使久享盛名的金陵派、建安派的前辈们黯然失色。当时著名学者胡应麟在其《少室山房笔丛·经籍汇通》中说："余所见当今刻书，苏、常为上，金陵次之，杭又次之。今湖刻、歙刻骤精，常与苏、常争价。"①可见其对徽州版刻的评价之高。在这个时期发行的《唐诗画谱》与《诗馀画谱》集合了传统文化中诗（词）、书、画、刻四绝，堪称徽州版画中的并蒂奇葩。

《唐诗画谱》为万历四十八年（1620）集雅斋所刻，编者是集雅斋主人黄凤池。时至天启年间，黄凤池将《唐诗画谱》（其中含《五言唐诗画谱》、《七言唐诗画谱》、《六言唐诗画谱》三种）与《梅兰竹菊四谱》、《草本花诗谱》、《木本花鸟谱》和清绘斋的《古今画谱》、《明公扇谱》合刊为"黄氏画谱八种"行世。《唐诗画谱》的绘画者是蔡元勋，字汝佐，又字冲寰，曾绘有《丹桂记》、《玉簪记》的插图和《图绘宗彝》。书中的图画既包含了士大夫的雅，又照顾到普通民众的俗，很好地兼顾雅俗共赏。此外，六言诗中有部分的作品是由唐世贞所画，其奇巧布局，雅媚风格，不逊于蔡元勋。《唐诗画谱》的书写者多为苏州、杭州、松江等地区的书法家，其中名家云集，如董其昌、陈继儒、俞文龙、朱杰等。书体兼篆、隶、楷、行、草，风格则既有二王之馀韵，也有颜、柳、苏、黄、赵之遗风。《唐诗画谱》作为徽派木刻版画的代表之作，最出彩的地方当属其刻工。其主要的刻工刘次泉是新安名工，曾刻过《汤海若先生批评西厢记》。王伯敏说："《唐诗画谱》刻线稳健，刃锋不露。尤其对配景山水的皴法，大胆地变阳刻为阴刻，颇饶趣味，在明版中不多见。"②总体上来说，《唐诗画谱》在画、书、刻三大艺术上可谓是集各家之所长。因此，《唐诗画谱》可称之为一件综合的艺术品。但这样一部全方位的艺术珍品也并非横空出世，他的出现与晚明时期的社会文化背景有着密切的联系，正是这种联系才能

① 胡应麟：《少室山房笔丛·经籍汇通》北京：中华书局，1985年版，第25页。
② 王伯敏：《影印〈唐诗画谱〉序》，上海：上海古籍出版社，1982年版，第1页。

够使《唐诗画谱》多次被翻刻并获得民众的广泛关注。张一选在《六言唐诗画谱跋》中云:“《唐诗画谱》五言、七言大行宇内,脍炙人口,无庸称述。”①同时,现在青岛博物馆、天津图书馆、人民大学图书馆和河北大学图书馆中收藏的《唐诗画谱》版本也皆有所不同,由此可见对《唐诗画谱》的翻刻不下五种,可见其翻刻之盛,流传之广。

在《唐诗画谱》出现之前,早已有形式基本相同的《诗馀画谱》存世,但流传并不广泛。而《唐诗画谱》却被广大民众所接受并进行翻刻,这其中的原因值得我们进行深思。《唐诗画谱》和《诗馀画谱》都是集诗、书、画、刻于一身的上乘之作。因此除了在刻工、书法等层面寻找原因外,我们更需要将目光放在画谱内容的选取上。《唐诗画谱》辑录的是唐诗的诗意图,而《诗馀画谱》选取的是宋词的诗意图,这是两者最大的区别。在内容选取层面上,对于《唐诗画谱》受到广泛接受进行分析,可以得出以下两方面结论。

第一,唐诗的精神与性灵说相契合。《唐诗画谱》刊行的时间是万历年间。这一时期前后七子的复古论调已经势微,而袁氏兄弟的“性灵说”则成为当时的主流思想。在这样的学术思想背景中,以唐诗为主的《唐诗画谱》能够获得广泛的接受是由于其所选取的唐诗与性灵说的精神内核相契合,唐诗在民众的心中仍占据重要地位。王迪吉在《五言唐诗画谱序言》中说:“诗以盛唐为工,而诗中有画,又唐诗之尤工者也。盖志在于心,发而为诗,不缘假借,不籍藻缋,矢口而成,自极百趣……”②这里王迪吉所言的唐诗具有“清水出芙蓉,天然去雕饰”之美,这与性灵说的不拘一格的精神契合,他们都将自然之真情放在极为重要的位置。这是《唐诗画谱》在晚明时期仍能受到广泛关注的原因之一。

第二,所选唐诗与市民精神相吻合。《唐诗画谱》由画师黄凤池所辑,因此从文学方面来说这是一部区别于文人选集的市民唐诗选集,它不是从既定的文学观念出发,而是以画家之眼来选取诗作,再配以画作,以期达到诗境画境的圆融。从唐诗的选取中可以看出黄凤池在选取唐诗时并非仅局限于盛唐大家的代表作,而涉及初、盛、中、晚唐朝的各个时期。这部书所选的作者,大多是唐代著名的诗人,如王昌龄、骆宾王、王维、孟浩然、岑参、高适、李白、杜甫、白居易、刘长卿、韩愈、柳宗元、刘禹锡、李商隐、李贺、杜牧等。

---

①② 黄凤池编,孙雪霄校注:《唐诗画谱》,上海:上海古籍出版社,2013年版。

除了《竹里馆》、《逢雪宿芙蓉山主人》(书中名为《逢雪宿芙蓉山》)、《江畔独步寻花》等数十首经典作品外,其他选录的作品并不是这些作家脍炙人口的代表作。同时对于作家作品数量的辑录也很平均,基本做到一个作家在五言和七言诗中有一首作品。这些诗作的选择与编者注重选取易于用图画表现的选择原则相关,这一点更能体现黄凤池在选择作品时是以市民的价值取向为前提。因此,《唐诗画谱》是书籍市场走向大众化的产物,其中对于诗作的选择更加注重符合市民的取向,这是其在晚明市民意识兴起之际受到广泛关注的另外一个原因。

总而言之,《唐诗画谱》作为一部集诗、画、书、刻四美于一身的艺术品,在晚明之际受到广泛的关注。其图文并茂的表现形式能够迎合当时市民的文化需求,是当时文化由"精英"走向"大众"的产物。《唐诗画谱》中的图与文两者是这部作品的精髓所在,因此对于其中图文关系和图文转换问题的分析具有研究价值。

二、《唐诗画谱》的图-文转换:"图以载文"的双重虚化

人们在阅读文学作品时,随着线性的阅读的进行,读者会在大脑中随着眼前的文字不断形成图像。这种由诗句而浮现的景象绘成的图,就是所谓的"诗意图"。"诗意图"又称"诗话"或"诗图",是以单一特定的诗为题材,表达诗文内涵和意趣的绘图。[①] 这种类型的图画早已存在,但在晚明时期,人们开始将这些诗意图集结成书出版,其中《唐诗画谱》就是这类画本中的代表作。《唐诗画谱》中选录的是唐代诗歌并在诗歌的基础上配以图画,以求得图以载文的效果。既然《唐诗画谱》是对唐诗诗意图的辑录,其必然涉及图文之间转换的问题。在对《唐诗画谱》中图画和诗文欣赏与阅读的基础上,我们不难发现诗意图并非是对诗歌的简单对译。而是有其转换的规律,主要体现在两方面:一方面是图像对文学进行有意识的过滤;另一方面是图像将虚化的世界以图绘的方式定型。

一方面,图像对文学进行有意识的过滤。图文转换的过程实质就是图像对于语言的模仿,即前者对于后者的筛选,并以"可悦"的原则改变前者的

---

① 衣若芬:《宋代题"诗意图"诗析论——以"归去来图"、"憩寂图"、"阳关图"为例》,载《中国文哲研究集刊(台湾)》2003 年第 16 期,第 2 页。

所指[1]。在图文转换的过程中图像并不能将语言文本全部展现在图画中，只能将某些部分在有限的空间中绘画出来，并且只能依据“可悦”的原则选择图像可以显现的部分。在图像对文学进行有意识的过滤中，图像将语言可以言说之物用细腻的笔触呈现在画面之中，而在语言不可言说之处止步。

《唐诗画谱》中张谓《早梅》(图 1)：“一树寒梅白玉条，迥临村路傍西桥。不知近水花先发，疑是经冬雪未消。”这首诗的诗意图着重呈现的就是诗歌的前两句。在图像中一树白梅临水傍山而生，树枝上白梅点点开得正欢，在溪流之上有一木桥，木桥之上一人携一书童正在凝视着寒梅的绽放。图像将“一树寒梅”、“西桥”等语言能够细致表现出来的东西真切地反映出来，然而诗中“不知近水花先发，疑是经冬雪未消”的惊喜之情却没有表现出来。这首诗的言外之意被图像有意识地过滤掉。又如李白《峨眉山月歌》：“峨眉山月半轮秋，影如平羌江水流。夜发清溪向三峡，思君不见下渝州。”在图的右侧是耸峙的峨眉山，山间半轮秋月映在朗朗夜空之中，一人坐在江畔举头望月，江流在山下静静地流淌向远方。这幅诗意图很好地将“峨眉山”、“秋月”、“江水”刻画出来，但却没有将作者“夜发清溪向三峡，思君不见下渝州”思念友人的情绪和心境表现出来。王昌龄《西宫秋怨》(图 2)：“芙蓉不

图 1　早梅

图 2　西宫秋怨

① 赵宪章：《语图传播的可名与可悦——文学与图像关系新论》，载《文艺研究》2012 年第 11 期，第 32 页。

及美人妆，水殿风来珠翠香。却恨含情掩秋扇，空悬明月待君王。”伊人独立水边，秋扇半掩美人面，水畔芙蓉花开得正艳，却不及佳人颜色，远方的宫殿珠帘翠幕香气氤氲，这正是《西宫秋怨》的诗意图所呈现出的景物。画中体现出“美人”、“宫殿”、“芙蓉花”等景物，却表现不出美人妆成，翘首以盼君王驾临的心情以及一种秋来悲伤孤独的情感。以上这些例子都说明了图像对文字的模仿依据着“可悦”的原则有意识过滤掉语言无法言说的部分，而注重笔墨来呈现语言可名之物的转换规律。

另一方面，图像将虚化的世界以图绘的方式定型。南京大学赵宪章教授在分析由《十咏画》对《十咏诗》摹仿的研究中指出：“诗之‘不言之妙’就是语言难名之处，所以只能用符号‘象征’之，这个符号就是虚化的图像。虚化图像以其若隐若现、若有若无的视觉效果代替了语言不可名状之情感，即将‘不可言说之说’转化为悦目的写意山水，从而在语言不可名处为世界重新命名。”[①]《唐诗画谱》中骆宾王《军中登城楼》(图 3)诗：“城上风威冷，江中水汽寒。戎衣何日定，歌舞入长安。”诗中前两句的“冷”、“寒”在将文向图转化时就很难真切地表达，作画者为真实地再现诗中场景，便在画中借助描绘城楼上高高飞扬的旗子，来表现风势之大和高处之寒。江边疏落的苇草与树木，表现出当时环境的寒冷和肃杀的气氛。通过对这些实物的刻画，能够充分地表现出当时的环境，烘托出诗人期望战争早日结束、和平时代到来的心情，从而进一步使图画表现出诗歌想要传达的意境，达到“景中藏情”、“寓情于景”的艺术效果。王建《十五夜望月》(图 4)，绘画者就通过层次错落的空间布局将一幅月明星稀、乌鹊飞动的图画呈现出来，临水岸边树木萧瑟，寒鸦几只，在十五月圆之夜皎洁清冷的月光的映衬下，更显秋意浓重。在这样的环境下作者不禁发出“不知秋思到谁家”的感叹。柳宗元《登柳州峨山》的诗意图构图简单，左边的人物站在山上举目远望，所望之处绘画者并未画出任何事物，而是将这一部分留白，仿佛在那重重山峦之后就是作者心中所想象的景象，这样的结构设计能够留给鉴赏者极大的想象空间，并将诗人登高望远时那“独上意悠悠”的心绪情感完美地表现出来。图像将诗歌中“言有尽而意无穷”的地方通过图绘的方式定型，对文学作品进行进一步的虚化。

---

① 《语图传播的可名与可悦——文学与图像关系新论》，第 32 页。

图3 军中登城楼

图4 十五夜望月

综上所述,图像对文字进行摹写并非是简单的对译。在摹仿的过程中有着符合自然规律的文学图像化规律:一方面是图像对文学进行有意识的过滤,另一方面是图像将虚化的世界以图绘的方式定型。在这一过程中图像对文学进行了双重的虚化。首先,图像有意识地过滤掉不易表现的世界,只将语言可以言说的事物呈现出来,导致文学原作的虚化。其次,图像作为语言的替身,又在“语言止步处为世界重新命名”,从而进一步完成文学世界的虚化。赵宪章教授认为“图像对于文学的这种‘双重虚化’使文学所承载的事理变轻薄了,同时也减轻了‘图以载文’的负重”①。这种“减负”必然加速文学的传播速度,使图像化了的文学以一种轻松的姿态呈现在读者的面前,它无需反复咀嚼理解,这也是图像传播力较文学更强的原因之一。

三、图文双向互动关系:诗情与画意的递进更新

“诗意图”在进行图文转换的创作时,除了图像对文学的双重虚化外,我们还需注意到在图文转换的过程中,图与文还保持着一种双向互动的关系。这种关系可以从两个方面进行理解:一方面诗意图对诗歌的影响。这种影

① 《语图传播的可名与可悦——文学与图像关系新论》,第32页。

响主要体现在图像是对诗歌的再创造以及图像促进诗歌的传播。另一方面是诗歌对于诗意图的影响。这种影响表现为诗是对画的意蕴的深层解读。图与文在互动中衍生出超越单一的图和诗的新层次审美意义。

(一) 诗意图对诗歌的影响

诗意图的创作是“图像艺术对语言艺术的模仿的顺势”①。在诗意图这种摹仿过程中,图像对诗歌的影响可以从两个方面进行理解:一是诗意图是对诗歌的再创造,二是诗意图促进诗歌的传播。

一方面,诗意图是对诗歌的再创造。诗意图是以绘画者对诗歌作品的理解为基础进行的艺术创作,是艺术家以其自身的审美体验对诗人主体体验的融摄。这时的绘画作品很大程度上脱离了其物质性,更多的是向诗歌中表达出的人文情怀和意蕴旨趣靠拢,是对诗歌作品原有意义的进一步阐释。南洋理工大学衣若芬指出:“诗意图的表现方式依据画家选择和诠解诗文的情况有所不同,或图绘诗文的全部内容,具象其要旨;或摘取诗文短句,以诗眼统摄全文;或缘情而发,依据诗文而又别开新意,虽是以表达诗文内涵为目的,但画家的巧心营造,往往可能更添意趣,为原作所不及,而另收画龙点睛之妙。”②由此看来,在文学图像化过程中诗意画的表现方式都离不开绘画者对于诗文的主观审美体验,这就注定要涉及图画对诗歌进行再创造。

《唐诗画谱》中主要辑录唐代诗歌,但其中对诗歌的选取和相应版刻作品却体现着晚明时期人们的审美取向。晚明时期的文人注重物质生活的享受,同时又具有追求高雅艺术的情怀,在他们心中蕴藏着对闲逸精致的理想生活方式的向往。因此他们的诗意图多以山水人物为主,也有少量梅竹和花卉。晚明的诗意图中人物姿态动作韵味深长、对于山水草石花木的刻画精细入微,画中兼有景、情、声、色,充分地显示出这一时期人们享受人生的文化气质和处世态度。在《唐诗画谱》中皮日休的《闲夜酒醒》、卢照邻的《葭州独泛》、白居易的《晚秋闲居》、朱可久的《西亭晚宴》、王维的《竹里馆》、熊孺登的《春郊醉中》、李华的《春行寄兴》等,一诗一画,都表现出文人雅致闲逸的生活状态。诗意图的创作顺序是先诗后图,即根据单一指定的诗歌对其内在旨趣进行绘图,在绘图的过程中,绘图者依据自身人生体验并与诗歌

① 《语图互仿的顺势与逆势——文学与图像关系新论》,第 171 页。
② 《宋代题“诗意图”诗析论——以“归去来图”、“憩寂图”、“阳关图”为例》。

原有旨趣相融合，是对诗歌主体意蕴的一种再创造。因此，我们可以说在图文转换的过程中，图和文之间存在着图像对于诗歌的再创造。

另一方面，诗意图促进诗歌的传播。在日常的传播过程中图像比文字在传播速度和受众范围上更为有效。图像在传播中的优势有两方面，除了上文已经涉及的在文学图像化过程中“双重虚化”导致的图像比文学承担事理的负重减轻外，另一个原因就是与文字的精确性相比，图像以其直观可感性使受众“一见倾心”。图像对于文学传播的影响在中国古代早就有所显现。上古时期的甲骨文所记载的事件就是借助图像符号才得以保存流传，中国的神话传说能够对后世产生影响，很大程度取决于刻在洞穴和鼎器之上的图画，唐诗宋词中的名篇的流传也与画家对它们的反复摹写不无关系，明朝版画的流行与兴盛客观上促进了小说的发展，时至现代小说被改编成影视剧的例子数见不鲜，更是掀起一阵阵改编热潮，由此可见，图像对于文学的传播范围和速度起到了极大的推动作用。

《唐诗画谱》正是文学借助图像艺术进行传播的典型。一方面，“以图载文”是迎合当时文化需求的艺术形式。《唐诗画谱》是晚明资本主义经济因素萌芽和市民意识开始觉醒的产物。它不是少数精英阶层进行学术研究的材料，而是当时大部分渴望文学的中低层知识分子置于案头的消遣读物。这种图书消费的受众设定，必然要求其在内容和形式的选择上更加贴近群众，以喜闻乐见、通俗易懂的方式呈现在读者面前。在这样的需求之下“以图载文”的艺术形式当仁不让地成为其首要选择。另一方面，“以图载文”促进了其中诗歌的传播。《唐诗画谱》中选取的唐诗并非仅局限于盛唐大家的代表作，它选录的作品除了十多首脍炙人口的名作之外，其他并不是这些作家代表作。这部画谱采取“以图载文”的形式，以生动的人物形象、写意的山水、细腻的笔触呈现出一幅幅精品诗意图，人们在欣赏诗意图的同时也关注到这些诗歌。因此，我们可以说诗意图的出现很大程度上促进了这些诗歌的传播。

（二）诗歌对诗意图的影响

“诗意图”在进行图文转换的创作时，除了注意到诗意图对于诗歌的影响外，我们也需关注诗歌对于诗意图的影响，它是双向互动关系中不可或缺的一部分。诗歌对于诗意图的影响主要表现在诗对画的意蕴的深层解读上。当创作者根据诗歌的意蕴创作出诗意图后，这幅图画就具有其自身的独立意义。这时的诗不再是诗意画的创作蓝本,而是成为其深层意蕴的注释。在诗歌向图像转变的过程中,会存在着一些不可转化的方面,例如对于气味、声音、人物内在心理活动的展现等通过图像都无法全面地展示出来。缺少了这些因素诗歌的意蕴将大打折扣。因此,诗文以其精准性对这类诗意图的意蕴展示起到了重要的补充作用。例如,项斯《江村夜归》"月落江路黑,前村人语稀"这句诗中的"人语稀"无法通过图像表现出来,杜甫《绝句》"风起春城暮,高楼角鼓悲"中的鼓角声在画面上也无法表现。再如,丘为《左掖梨花》"冷艳全欺雪,馀香乍入衣"中"馀香"在画中无法展现。在这种情况之下,诗歌就对观赏者在欣赏诗意图时起到了补充的作用,使欣赏者对图画的理解不仅留于表面,而且能够更加全面深入地了解诗意图的意蕴。因此,在图文转换的双向互动中存在着诗是对画的意蕴深层解读这一层次。

综上所述,在图文转换的过程中,诗歌和诗意图之间存在一种双向互动的关系。首先,诗意图对于诗歌的影响体现在两方面:一方面在原有诗歌的基础上融入绘画者的情思,从而对诗歌进行了绘画层面的再创造,另一方面"图以载文"的艺术形式又促进了诗歌的传播。其次,诗歌对于诗意图的影响体现在诗歌是对诗意图意蕴的补充,在诗歌作为补充的基础之上诗意图的内涵旨趣更加充分地展现在欣赏者的面前。诗歌和诗意图的双向互动已经构成了审美创造力的一种衍生方式。诗意图和它所对应的诗歌在绘画和诗歌立意构想相互沟通的基础上,以彼此绝不因循的创作精神使诗情与画意不断递进更新。

《唐诗画谱》作为晚明时期一部重要的画谱代表作,其中书、画、诗、刻四绝具有很高的文化艺术价值。书中一画一文,一书一刻都相得益彰,在相互的映衬与对话中体现着晚明时期人们的雅致、自然、闲逸、灵动、高远的审美取向。同时,《唐诗画谱》也涉及图文转化的问题,在图文转换的过程中显示出两者的双向互动关系。这些问题在今天这个图像与文字交锋的时代具有独特的研究意义。

作者简介

李悦池,1990 年生。辽宁营口人,汉族。辽宁大学文学院文艺学专业研究生。研究方向:文学基础理论。

“文学与图像”名著精义(十二种)

The Translation of Art: *Essays on Chinese Painting and Poetry*(《艺术的转译:中国绘画与诗歌论集》)

乔志高(George Kao, 1912 —2008),原名高克毅。美籍华人、翻译家,香港中文大学翻译中心资深访问研究员,香港翻译学会荣誉会士。主要翻译作品有老舍的剧本《桃李春风》;英译著作有费滋杰罗的《大亨小传》、伍尔夫的《天使,望故乡》、奥尼尔的《长夜漫漫路迢迢》等。

The Translation of Art: *Essays on Chinese Painting and Poetry*(《艺术的转译:中国绘画与诗歌论集》)是艺术翻译丛书中的一册,丛书由乔志高提议,1976 年由香港中文大学出版社(The Chinese University of Hong Kong, Inc.)出版,总共 216 页。本书是一本论文集,共 17 篇,虽然各篇论文关注的焦点并不一样,但是总体都是围绕中国诗歌与绘画展开。论集中既涉及绘画也包含诗歌的论文有时学颜(Hsio－Yen Shih)的《顾恺之诗歌阐释及作品分析》(*Poetry Illustration and the Works of Ku K'ai-chih*)、谭志成(Laurence C. S. Tam)的《扬州八怪中郑燮和汪士慎的植物绘画》(*Plant Paintings of Two Yang-chou Masters*)、吴纳孙(Nelson I. Wu)的《中国绘画艺术,其形式和程序:一些普遍性、特殊性及现代性实验》(*The Chinese Pictorial Art, Its Format and Program: Some Universalities, Particularities and Experimentations*)以及齐皎翰(Jonathan Chaves)的《中国诗歌与绘画的一些关系》(*Some Relationships Between Poetry and Painting in China*)。主要探讨绘画等艺术作品的有理查德·爱德华兹

(Richard Edwards)的《艺术家和风景:中国自然风景画中的视觉变化》(*The Artist and the Landscape——Changing Views of Nature in Chinese Painting*)、志工的《略谈北魏的屏风漆画》(*A Brief Note on the Lacquer Screen Painting of Northern Wei*)、戴安娜·于(Diana Yu)的《打印机模仿画家——独特的中国的木板水印》(*The Printer Emulates the Painter——the Unique Chinese Water-and-ink Woodblock Print*)、《户县农民画》(*Peasant Paintings from Hu-hsien*)以及于非闇的《中国民俗画中的色彩运用》(*The Use of Colour in Chinese Folk Art*)。

论集中直接论及诗画关系的论文是齐皎翰的《中国诗歌与绘画的一些关系》。"苏东坡曾经赞赏王维的作品'诗中有画,画中有诗',进而这成为谈及中国诗画关系时被引用最多的观点。但其实在中国,关于这两种艺术的关系,还有很多其他的论述。"(p. 85)这篇文章就是基于此,展开论述。首先,作者写到的关系是"诗歌经常被艺术史家当作源头"(p. 85)。此处,作者就认为从梅尧臣一些谈及绘画和书法的诗歌中可以看出他对当时绘画艺术的态度。以《观居宁书草虫》为例,"很显然可以看出梅尧臣认为真实性是评价绘画的主要标准"。(p. 85)同时,作者还认为梅尧臣在诗中表达了他认为当时一些画家已经超越取材仅限于花鸟题材的前人绘画。论文中论述的第二种中国诗画关系是认为"诗歌是由绘画所激发的"(p. 87)。作者认为,这样的诗歌已经不再局限于描绘画面本身,而是成为诗人个人抒情的载体。这里,作者就以苏东坡的《书王定国所藏烟江叠嶂图》为例。第三种诗画关系与第二种相反,认为绘画是由诗歌所激发而创作的。此处,作者举例,苏东坡的《后赤壁赋》激发了乔仲常的灵感而创作了《赤壁图》。在《赤壁图》中,"乔仲常忠实于原文本,在卷首处画出了苏轼以及友人的影子这一细节,这可能是目前为止知道的中国绘画中的唯一一例,但是画面中增加了马厩中的骏马以及睡熟的马夫这些诗歌中没有出现的细节。"(p. 88)

除了这三种诗画关系外,论文中论述的第四种诗画关系是题画诗。所题诗歌可能是前代诗人的作品,也可能是画家自己的诗。而亲笔题写的人可能是画家自己或者他的朋友,也可能是后来的收藏者。"当画家、诗人和书法家是同一个人时,其结果是中国文人文化独特的产品,艺术作品中三种形式的表达完美互补,创造了一个大于各部分之和的整体。"(p. 90)作者举的一个例子便是元四家之一的吴镇所创作的《渔夫图》以及上面的题诗。作者还分析了诗歌中意象的增加以及水墨色意象的颜色变化,从中也可以看出渔夫的思乡之情。"这些图片的意象以及心理的增强通过语言来表达,它以一种微妙的方式而非纯粹的视觉影响了观看者,同时这也加深了艺术家艺术创作的经验。"(p. 90)同时,作者还举了唐寅《钓题渔翁书》的例子来阐述这一独特的现象。除此之外,论文中论述的第五种书画关系是这两种艺术分享相同的图像,这往往是传统的,也是常规的观点。"很好的例子就是渔夫常常被作为道家自由的典范形象,在刚刚讨论过的吴镇以及唐寅的诗歌和绘画中就是。"(p. 90)文中,作者还对这一渔夫形象进行了溯源,大致梳理了其发展脉络。作者也提到,诗歌和绘画中一些标准的图像已经被编入18世纪早期出版的两本重要百科全书中,一本是《芥子园书传》,另一本是《佩文韵府》。作者认为"诗歌和绘画有着相同的传统,图像显示出这两种艺术在创作过程中的相似性"(p. 91)。

关于文人兼擅书画的现象,论集中饶宗颐的《明季文人与绘画》这篇论文进行了集中的论述。吴梅村是诗人也是画家,竟陵派的钟惺擅长诗歌也是绘画的能手。"邓实说:'晚明的士大夫擅长文学创作大多也擅长绘画,这也是一时风气的原因,和董其昌的大力提倡息息相关,"(p. 138)而事实上,在元季明初,就已经有这种现象了。论文中,作者首先论述了画人眼中"画士"、"士画"流品的分野情况。在顾凝远的《画引》中,单独将董其昌列为"中兴间气"(p. 209),其余的画家被分为"(一)士大夫名家宗匠(如沈、文、唐);(二)文士名家(如陈道复、陆治、徐渭);(三)画名家(周臣四人);(四)今文士名家(李流芳、钟惺五人)"(p. 210)。而在《石渠》三编著录的清初周亮工的《名家山水册》中,龚贤将同时代的画家分为二流和三品,三品分别是"能品、神品和逸品"(p. 138),"能品、神品为正派,逸品为别派。能品称画师,神品为画祖,逸品则为散圣。于逸品推许二溪(石溪、青溪);能品、神品为画士,逸品则为士画。"(p. 211)

在论文的第二部分中,作者将兼有文人与画家身份的人进行了分类。散文家兼画家的有侯方域、王思任等;诗人兼画家的有钟惺、程嘉燧等;曲家兼画家的有祁豸佳等;画家兼诗人的有程邃、胡宗仁、恽格、吴历、姜实节等;书法家兼画家的有邢侗、倪元璐和黄道周等。

在论文的第三部分,作者探讨了诗格和画风的对应关系。明季的画家,几乎没有不能写诗的,而诗人中擅长作画的人数众多。诗歌是书写性情的,而个人性情又千差万别,所以诗歌就各具特色。诗格这样,画风亦然。"故画格之表现,与其诗格之风范,每每有相应之处;无他,由于性分,嗜好,倾向之相同故耳。"(p. 213)就至乐楼藏品中的画家而言,大致可以分成三大类,分别是"为才人之画、为能手之画、为缁流之画"(p. 214),而就画格而言,作者仿效刘勰《文心雕龙》,大致将其分为八体:"繁缛、疏简、干渴、湿润、秾丽、闲澹、圆劲、险侧"(p. 214)。作者在论文的第四部分就此时期的诗意图进行了举例,如戴本孝的《杜诗山水册》、邵弥的《唐人诗意册》、高简的《陶潜诗意册》等。论文的第五部分作者则罗列了一些文集和总集中所见,作者与画家交往投赠题咏的重要画史资料。在论文的"结语"部分,饶宗颐认为明季文人不作匠笔,大多寄情山水、以翰墨自娱,通过文章抒发内心情感,用绘画酬酢。对他们而言,诗画是媒介,注重朋友之情,不求名利,但求知音。

(据 *The Translation of Art: Essays on Chinese Painting and Poetry*, The Chinese University of Hong Kong, 1976)

(陈晓旭撰写)

《图成行乐:明清文人画像题咏析论》

毛文芳(1963—),祖籍江苏常州,生于台湾桃园。"国立"台湾师范大学国文博士,曾任教于彰化师大,现为"国立"中正大学中文系教授,兼任中文系主任、《中正大学学报》主编。研究领域主要为明清文学、文学与图像、女性文学。主要著作有《新读百喻经》、《晚明闲赏美学》、《物·性别·观看——明末清初文化书写新探》、《卷中小立亦百年:明清女性画像题咏探论》等。

《图成行乐:明清文人画像题咏析论》,是作者1993至1996四年来主持国科会研究计划的成果结集,由台湾学生书局2008年出版,总共575页。"画像可视为人类理解自我的传统轨迹,能直接表现出文化本身对人的理解……也显现出创造该画像的文化形态及其基础性的概念。"(p. 90)论著采用微型个案研究的形式,分两编从"自题"和"他题"两种类型,探讨明清时期"文人画像题咏"呈现出来的复杂现象及其内涵。

作者在导论中对"行乐图"进行概说,"行乐图"是明清画像的一种,"据王伯敏所指……画一人或与朋友诗酒琴书,或子孙辈绕膝的称'行乐图'。"(p.5)不同于祖宗大像或者多代共像的家堂图,"小像"和"行乐图"都为表现画主愉悦情景时的悠闲神态,因此都称为"行乐图"。作者认为,"至于像主委请师友、名流在画幅周围题咏作赞,则形成了图画之外的另种景观。"(p.6)

第一编"自题"第1论:《观看自我:明人的画像自题》。本章中作者对陆树声一生的画像自赞进行梳理,像主的不同穿着,既有在朝、在野的形象,也有神圣性的画像,不同相貌呈现则为不同人生切面的展现。"画像、题赞与自传具互文性,彼此形成一种文际关系,相互映照以进行潜在的对话,为陆树声描绘出一幅丰富多姿的人生图景。"(p.117)进而作者探讨"画像自赞"的文体意义,认为自赞原本是很私密的文本,但是由于进行书写而可以被阅读,有了读者,所以"画像成为自我检视、追忆、回顾、瞻眺、期望的战场","成为表达自我、宣说自我的有力媒介","关联到自我省思、认同与表述,既有关于历史美誉存留的愿望,亦有画像时间与观看时间不一致而兴起岁月流逝的幻灭感。"(p.122)

作者进一步从视觉的遐想、观看的距离、微型自传的人生图景、多样化观照、自我对话、自我颂扬、自我贬抑等7个不同的面向探究名人画像自赞的各种内涵。作者认为"画像题赞比普通碑传更关注自我的形貌,明人喜欢自嘲一己的形貌"(p.125)。很多时候,题者将写作时的自己隐藏起来,带着一定的疏离感与画中自己对话;也有时,将画中"你"拉近进行观望,自赞者总是"在远近不等的书写距离、亲疏不一的书写口吻中游移摆荡"(p.128)。画像自赞的书写"使能近能远的'反身性'(reflexivity)发生,后设出各个不同面向的我,传主借此决定接受、反驳、修正或更改既有的理解以重构自我"(p.158),这一书写就是由"观看自我"的深层意涵向"自我净化"的过程。

第2论:《乐此不疲:金农的画像自题》。书画家金农一生未任官职又命运坎坷,酷爱绘自画像,一生有9幅自画像及自题。他的第一幅自画像是他43岁南归后,在生日当天所作的《四十三岁小像》,50岁以前的金农,以诗名见重于长辈,读书行路,拜访名流,仍然遵循传统的进身之阶努力,此画"恰好是这个追寻旅程的中途站,选在北游南归之时而画,可视为前半生生涯的注解"(p.171)。金农不仅热衷于自作画像自题,还喜欢将画像寄赠如郑板桥、项均、朱二亭、龙兴寺蒲长老、吴处士等不同身份的友人,试图打破文士与市井、世俗与宗教、鬼怪与凡常等界限，建立自己的人脉。

金农的自画像随着像主的作古进入历史之中，就完成了一次功能转换。“画像作为画中人当前生活处境的实录，转而成为异时供人瞻仰缅怀的纪念物，进而产生对画中人社会成就与地位的省思，以及抒情性地追忆陈年往事等。”(p. 192)同时，金农透过画像与自题是在进行“‘自我的神话’创造”(p. 221)，“更远远影响了 19 世纪海上画派的画像与自题风潮。”(p. 222)其徒弟罗聘绘制的《蕉阴午睡图》和《冬心先生像》追随老师的实验性画风，后者更是融入老师晚年向佛的遗愿。

第二编“他题”第 3 论：《色隐与游戏：陈洪绶〈何天章行乐图〉题咏》。像主何天章生平无从考证，只知道他曾经担任军职，为了纪念退休而绘制这幅画像。作者认为，画面通过沿用“行乐图”这一物象符号，来反映像主政治疏离后的人生。同时，“《何天章行乐图》画面中一主一从之二姬构图非常显眼，大部分题咏者其实并未对‘东山再起’的课题多加着墨，倒是对画面流露的艳情颇有谈兴。”(p. 243)这点与晚明“酒色为隐”的“癖寄”观很吻合，在政治疏离的话语中，又让画家、像主以及题者感受到游戏的意味。“《何天章行乐图》不仅是画家陈洪绶(1599—1652)展现个人风格的一副杰出画作而已，画幅题咏的众多声音，亦同时表征了明末文人画像更新的视野，这样一种以诗乐酒色居游于水边林下的文人行乐图像，一直影响到清代。”(p. 254)

第 4 论：《一则文化扮装之谜：徐釚〈枫江渔父图〉题咏》。这幅渔父图的像主是活跃于清初词坛的徐釚(1636—1708)，康熙十四年(1675)，40 岁的徐釚嘱托当时已经 74 岁的钱塘画家谢彬(1602—1681)帮其绘作此图。作者考证，《枫江渔夫图》物象世界的布置，源自于元画家吴镇的渔父图，“构图包含两部分，一是宋元画家建构的渔夫图式，一是曾鲸风格的人物写真法，将个人写照置于渔隐图式中，谢彬依循着明末以来肖像置于佳山妙水间的抒情写意画风。”(p. 269)后共有 97 位题咏者在不同时间段看到此幅画并发出了不同的声音，众多观者题咏“开辟一个公共的集体文本空间，共创一份风雅社交的对话记录，画像题跋显然已凌驾图本，跃身为读者注目的焦点”(p. 282)。

“渔隐”在文学史或绘画史上，早已是历久弥新的课题，徐釚的《枫江渔父图》夹缠于仕隐进退之间，游走于文学社群中。徐釚与题咏者有多元化的关系，师生、同学、同事、同乡、同好等，这是一个由江南布衣、诗词名家、翰林文官、长者贤达等编织起来的文学精英社群，自成天地，形成小众传播的风潮。徐釚60岁的时候在自传中自问“枫江渔父，不知何许人也？”提出风光获召与晦暗辞官的交互辩证。“渔父”以政治性隐喻被塑造成了一个隐逸的经典画形象，对于《枫江渔父图》而言，其“与画像、自传与题咏的表象阅读并行的是一种更强的引喻传统，寄渔为迹，以渔隐为掩饰面具的人，可能意在政治，这是一种理想的手段，使得人生充满引喻解读的深意，它最终有助于巩固传主的地位”（p. 332）。作者认为，这场关于自荐的群体书写活动，是像主徐釚努力进行自我亮相和自我隐藏，以期待获得完美的表演。

第5论：《长鬣飘萧、雲鬟窈窕：陈维崧〈迦陵填词图〉题咏》。《迦陵填词图》画着陈维崧（1625—1682）拈髯执笔填词，旁边有徐紫雲拈箫侍砚，文士与侍妾席地而坐，一主一从的构图塑造出这位多情词人的本色。友人题咏的内容主要从当代的眼光、题和以及隔代的眼光三个方面来论述。当代的眼光有从图面的观看、男女主角的形貌、怜香惜玉与羡妒之情、人格形象与词学评价等角度切入；题和中吴农祥与徐林鸿传达了丰富的观看视域，洪昇、蒋士铨等人谈论到影响的焦虑；隔代眼光进行题咏者多有人情之感，感叹时间沧桑，喜欢进行自我经验的投射等。

《迦陵填词图》绘成于康熙十七年（1678），众多题咏在其之后，《填词图》以及“《填词图》题词”均围绕“词”的写作而进行，此时恰为清代词学复兴之际，《迦陵填词图》是词家陈维崧在康熙年间形象化的展现，“既表征了词家执着于填词创作的严肃写照，同时亦说明了填词始终是文人多样性活动中极受重视的一种。”（p. 94）

第6论：《揄扬声誉：王士禛的画像题咏》。王士禛的画像贯穿其一生，据文献可考的共有18幅，其中15幅是个像，3幅是合像。以35岁时的《秋林读书图》为分水岭，之前的王渔洋雅集图和相关题咏，将他塑造成有群众魅力的文坛领袖形象，处于为词学付出心力的阶段，中年之后的渔洋则转变成为京城重量级的学者。

作者认为，王士禛熟悉文学传播手法，总是能率先抛出引人注意的题材，如明湖秋柳、初夏泛舟、秦淮艳事等，同时结集诗社、彼此唱和，进而绘成图画、进行评论，并进行传播、邀请友人题咏，以此形成了清初文人操作文学的典型模式。他刻意经营个人画像的题咏群体，不断扩展门生集团范围，同时又与早期布衣之交保持距离。清初无数文人中，“王渔洋代表了一个十分成功的案例，贯串王士禛一生的画像与题咏，恰好与其文学声誉的揄扬史互

为表里。”(p. 548)

(据毛文芳《图成行乐:明清文人画像题咏析论》,台湾学生书局 2008 年版)

(陈晓旭撰写)

《帕诺夫斯基与美术史的基础》

迈克尔·安·霍丽(Michael Ann Holly)是美国一名艺术史家,著作涉及艺术史、艺术史理论。她 1981 年在康奈尔大学获得博士学位,在罗切斯特大学参与创办了视觉和文化研究研究生课程,并在该校任教 13 年。现在她任职于美国克拉克艺术馆。代表作有《帕诺夫斯基与美术史的基础》(1984,中译本 1992),《视觉文化:形象与阐释》(1994),《艺术史,美学,视觉研究》(2002)。

《帕诺夫斯基与美术史的基础》初版于 1984 年,并于 1992 年出版中文本。除了序言之外,全书共分为六章,除了最后一章是对帕诺夫斯基后期图像学的概观外,前几章都是从不同的侧面探讨帕诺夫斯基图像学“方法论的起源和形成”(p. 14)。

霍丽在序言中指出,对于一门学科史的理解不可避免地要涉及对“主要事件的确认和理解”(p. 10)。帕诺夫斯基的著作就是现代艺术史的学科史确切无疑的“主要事件”,但是帕诺夫斯基的巨大影响却因对其思想本质相当广泛的不理解而抵消。这些误解追根溯源是因为“不熟悉帕诺夫斯基的早期著作(尽管他名声很大)以及这些著作为艺术史实践探索一个认识论基础所作出的努力”(pp. 10 - 11)。正是基于这样一个问题意识,霍丽将帕诺夫斯基的理论观点放在“十九世纪末二十世纪初的人文学科探索的广阔历史语境”(p. 11)中,力图深入理解其早期思想并重审美术史的基础。

在第一章中,霍丽十分详细地介绍了帕诺夫斯基思想起源的历史背景。十九世纪二十年代“对形式的关注统治着艺术史学科”(p. 24),正是在这样一个时期帕诺夫斯基开始建立其艺术史思想。黑格尔关于艺术、宗教以及哲学的论述都离不开所谓的“绝对精神”,正是绝对精神的外化运动使得黑格尔的历史哲学显示出一种形式主义。但霍丽指出帕诺夫斯基从黑格尔那里所得到的并不是"对于艺术作品本质上是形式主义的观点,而是他力求从一个有意义的历史语境的研究中得出历史性的理解"(p. 30)。布克哈特在对文艺复兴的研究中,"自信他只依据文艺复兴的客观事实来进行研究,在这些客观事实之后他最后发现的却是时代精神",这不过是黑格尔世界精神的一个翻版(p. 31)。而狄尔泰认为精神科学是通过"理解"的方式去研究精神生活,正是出于这样的观念帕诺夫斯基指出对艺术作品的理解就是一种"再创造"。另一方面由狄尔泰提出的"阐释的循环"方法,在一定程度上造成了帕诺夫斯基的图像学方法的分层结构。此外,霍丽还简要指出当时索绪尔、皮尔士、维特根斯坦等人的思想都与帕诺夫斯基的观念有着相关的影响。

在第二章中,霍丽比较了沃尔夫林的艺术史观念以及帕诺夫斯基对其进行的批评论述。沃尔夫林在《艺术史原理》初版中就已经提出了"无名的艺术史",力求通过形式要素来探讨视觉艺术的历史发展。在对文艺复兴和巴洛克的比较研究中,沃尔夫林建立了形式分析的五对范畴,根据这些范畴沃尔夫林带着实证主义的倾向建立了"一种有生命的形式的形态学"(p. 50),虽然他在关注艺术的视觉形式时采用了像现象学"悬置"一样的方法,"拒绝在限定作品的物质范围的界限之外寻求解释"(p. 53),但是对于同种风格形式的集中关注又使其"被一个总的历史构架所吸引"(p. 54)。

帕诺夫斯基在1915年《造型艺术的风格问题》中就对风格的周期性概念提出了疑问,并且更为关键地指出沃尔夫林的形式风格分析内含着两种概念的差异。一方面形式是"认识论意义中没有意义的知觉形式",另一方面形式又是"对于内容或情感的表达性或阐释性来源"(p. 58)。沃尔夫林在审视艺术史时,采取的历史循环论以及突出的被动性立场,使其很难弥合帕诺夫斯基所指出的形式概念差异。因而帕诺夫斯基指出"'视觉的焦点'应解释为在视觉中的心灵或精神的焦点",也即是说应该变被动的眼睛为精神的关照之眼,进而,"抛弃沃尔夫林提出的形式与内容的区别",而"返回到较平凡的形式与表现对象的区别"(p. 63)。

随后的第三章中,霍丽梳理了李格尔与帕诺夫斯基的思想关联。李格尔在1901年的《后期罗马的工艺美术》中全面地论述了自己的"艺术意志"概念。罗马晚期的工艺美术,经历了一种从"触觉"到"视觉"方向的转变,构成了艺术空间感的变化模式。"这个系统对于美术史的一个积极意义在于李格尔拒绝将任何艺术风格看做低级的或没有艺术价值的”(p. 74)。但是如果以艺术意志作为历史发展的内在动力,那么就突出了艺术发展自身的规律性,而无法解释“风格发展中的艺术天才这一角色”(p. 74)。

在1920年的《艺术意志的概念》一文中,帕诺夫斯基开始反思李格尔的理论观点,他描述了运用艺术意志概念的三种情况:“(1)通过艺术家的意志和他(她)的心理及历史情况来对艺术意志进行直接的确证;(2)通过共同历史条件对艺术意志做更复杂的确证,这一共同历史条件将判断艺术品中的‘意志’在同一时期的人中是被有意识的理解还是无意识;以及(3)在一件艺术品中确证了艺术意志,当艺术品影响到了当时的观看者,这些观看者相信他们作为欣赏艺术的欣赏者,能从‘审美经验’中得到‘陈述性倾向’,通过在自己的精神中展开一个审美的过程。”(pp. 83 - 84)但是这三种情况都无法回避“心理学”的解释。帕诺夫斯基认为将艺术意志等同于个别主体的心理行为是十分盲目的,而第二种将艺术意志看做时代性的心理,只不过是对个体心理的扩大。最终帕诺夫斯基所希望得到的是“新的先天‘超验的艺术科学’范畴”(p. 94)。

霍丽在第四章概要地展示了帕诺夫斯基所处时代面临的一些课题。19世纪晚期的图像志学者针对艺术作品采用了纯粹审美的方法。德沃夏克接受了李格尔、狄尔泰等人的影响,其研究依然局限在形式风格的方面,但已经注重“视觉艺术和其他的艺术表达之间的平行关系”(p. 107)。在当时进行图像志研究的瓦尔堡同样关注着相同的问题。只不过不同于德沃夏克的形式主义,瓦尔堡采取的更多的是一种语境主义的立场。但无论如何这些理论都不能使帕诺夫斯基感到满意,因为他们或者“缺少一个认识论的视野”,或者“在描述中过于‘心理化’或‘风格化’”,或者“忽略了理智和文化要素”(p. 113)。

第五章则关注于帕诺夫斯基和卡西尔思想之间的影响关系。卡西尔指出人和动物之间的区别在于人在认识事物的时候具有一种“符号化”的能力。“人类不同形态的文化表现都是作为一种符号化的形式语言在起作用”(p. 120),符号形式决定着人们对于事物的看法。从这样一点出发,潘诺夫斯基探讨了作为符号形式(symbolic form)的透视。不同时期的视觉艺术对于透视都有着不同的理解,从而影响了视觉艺术对于绘画的表现。因而,并不存在一个标准有效的透视形式,去再现事物本身。“被透视所建构的绘画没有绝对的有效性,无法断言能像我们实际所见的那样来再现空间。"(p. 131)更进一步,潘诺夫斯基用象征形式来替代李格尔的艺术意志概念来建构视觉艺术的先验范畴。

最后一章则对潘诺夫斯基提出的图像学理论进行了概观性的审视。霍丽指出,许多学者还只是将图像学视为图像志的一种"复杂版本",而事实上,图像学更是潘诺夫斯基早期思想的一次再创造。通过前图像志描述、图像志分析、图像学阐释的过程对于视觉艺术的意义的探讨,实质上仍是对于人类认知的探讨。正因如此,意大利学者阿尔甘"事实上已经将潘诺夫斯基称为艺术史中的索绪尔"(p. 181)。在其之后,无论是尝试建立视觉符号学的夏皮罗,还是福柯的考古学,都在一定程度探讨和潘诺夫斯基相似的问题。最后,图像学本身作为一种认知事物的理论和方法,霍丽认为它"可以很好地考虑应用到任何文化成果的分析,包括潘诺夫斯基本人的"(p. 193)。

(据 Micheal Ann Holly: *Panofsky and the Foundations of Art History*, Cornell University Press, 1984)

(段德宁撰写)

《图像学:视觉艺术的意义与解释》

陈怀恩,1961 年生,东海大学哲学硕士、博士,德国曼兹大学(Johannes Gutenberg Universität, Mainz)哲学研究所进修。目前任教于"国立"台中教育大学美术学系。出版著作有《陈怀恩 1992 画展专辑》(1993)、《尼采的艺术形而上学》(1998)、《第七种孤独——以尼采之名阅读诗》,译有《尼采与后现代主义》(2001)。

《图像学:视觉艺术的意义与解释》为陈怀恩先生的代表作,2008 年初版于台湾如果出版社,并于 2011 年在河北美术出版社出版简体中文版。全书正文共分九章和附录,作者对图像学的研究对象和历史任务进行了详细的介绍,并将图像学的理论发展划分为若干个阶段,系统地梳理了其历时脉络。

图像在当下的语境中越来越成为学术研究的合法对象,在艺术史学论述中,存在着"图像学的复兴"一词,专指"18世纪末消逝的图像学传统,在20世纪又获得重视的的情形"(p. 2),作者意图借用该词来审视更大文化氛围中图像研究所扮演的角色。无论是从"思想本质"的角度,还是"现实层面"或"美学角度",图像学的复兴都成为时代的内在要求。在其看来图像本身就是"记忆"和"文化"的一部分,"所有符号的形成,不论其目的是为了沟通、指示,都是为了记忆作准备的。记忆,有时是历史的等义词,有时是一切感官和理性指示的根基,一切文化的终极问题。"(p. 6)面对这样一个问题,作者对两个核心词汇 iconography 和 iconology 做了字源学考察,通过一种实用的原则将其对译为"早期图像学"、"传统图像学"、"现代图像学"和"后现代图像学",从而依据时间分期确定了译名。

本书中第二章概览性地回顾了图像学的历史与课题。实际上,在造型艺术产生的开端就存在对于视觉图像进行阐释的要求。对此作者认为应该坚持一个简单的基础:"石器时代的洞穴绘画确实传达意义,然而在它们所可能传达的意义选单当中,并不存在'艺术表现意义'这个选项"(p. 32)。埃及文明艺术以及希腊艺术成为相关可以获得解读确定性的对象,尤其在希腊神话和文献影响下建立的"以概念作为对象→以自然事物作为解释手段→建构故事和图像"的图像象征规则构成了"一种清晰的记号书写行为"(pp. 35 - 36)。之后早期基督教开始建立自身的图像记号,先是耶稣的象征记号,再是耶稣图像,进而建立了系统的圣像图(icons)体系。中世纪基督教确立了图像和象征在传播基督教教义的合法性地位,众多的自然事物作为上帝的创造之物,获得了象征意义,这都保证了"早期文艺复兴时期象征绘画和寓意画的蓬勃发展"(p. 49)。另一方面纹章(heraldry)是西方传统的艺术形式,作为与社会、政治、宗教和家族变迁有关的图像象征体系,它在中世纪获得广泛的运用直至现今。这一系列的图像资源在早期文艺复兴时期促成了图像学的成立与发展。在19世纪时,"中世纪图像学研究以法国为中心蓬勃发展"(p. 63),而20世纪初瓦尔堡则将其拓展为"一个跨学科的文化研究方向"(p. 64)。这一切都促成了帕诺夫斯基建立起系统的现代图像学理论,为解释图像的意义提供了清晰的理论框架。

作者按照这四个阶段的划分,对不同时期的图像学给予了更细致的考察。

早期图像学确立于中世纪晚期,或者说文艺复兴初期,因为恰是这一时期开了"自觉地对图像意义与象征"的"系统构建"(p. 78)。这表现为三种图像类型:象形图和象形文字(hieroglyph),徽铭(imperesa)和铭图(emblem)。霍尔阿波罗《象形文字集》、《波力菲罗梦追爱》等文献形成了解读象形图的努力。所谓徽铭就是由一定图像和铭文构成的,具有一定个人标识性的徽章,《徽铭规范》、《军事与爱情徽铭谈片》等著作就试图确立徽铭一些基本规则。铭图是具有一定道德意义的图像,通常配用一定格言。阿尔恰蒂的《铭图集》就系统地整理不同的铭图。不同类型共同存在的就是图像和语言的对应关系,在作者看来,从总的发展趋向上来说,"图像的多义性增加,文图关系不再是一一对应的符应关系","图像与文字的关系,由侧重辨识的符应关系向偏向领会的诠释关系过转,从美学性格来说,亦即由记号学走向诠释学。"(p. 101)

传统图像学的核心课题在于象征图像的意义建构,这种建构通常采取一定的手段。首先是"象征"手法,不同的理论家对于这一概念都有过不同的解说,作者援引黑美亨的观点指出:"再现式的绘画,其意义指向绘画主题本身,象征式绘画的意义则指向绘画主题之外。"(p. 120)另一手法则是"拟人像",它特指"艺术家将那些无法直接描绘的抽象事物赋予'人形化'的表现"(p. 133)。1593年里帕出版的《图像谱》是拟人像集大成之作,成为文艺复兴时期许多艺术家参考的重要文献。拟人像通过组合性的联合进一步发展出表达某些寓意的寓意图。

潘诺夫斯基在现代图像学之前,首要面临的一个问题是澄清艺术学的基本概念。针对沃尔夫林的形式主义研究,批评其过于割裂形式与内容的关系,反对以单纯的视觉元素来作为艺术史研究的路径。同时,沃尔夫林的方法"带有过度强烈的实证主义和实用主义色彩"(p. 168)。沃尔夫林的这种实证性的基本概念并不能满足帕诺夫斯基所要求的先验性。通过反思里格尔的"艺术意志"概念,帕诺夫斯基建立了一套系统的艺术学基本概念,在本体论领域的概念是内容与形式,在方法论领域则是时间与空间,两者都指向现象领域的三个层次:视觉原理和触觉原理,融合原理和并列原理,以及深度原理和平面原理。这样的一套概念体系构成了帕诺夫斯基进一步发展图像学思想的理论基础。

众所周知,帕诺夫斯基将图像学的方法划分为三个层次。首先是前图像学描述,确立图像的自然主题,也就是A事实的主题或B表现性的主题,这里所使用的解释工具主要是实际经验。第二步则是进入图像学分析,通过文献资料知识等确立图像的形象、故事和寓意的世界,这传习性主题依据类型史进行解释和校正。最后进入图像解释学的解释,力求阐发图像的内在意义,即构成"象征"价值的世界,这种解释通过帕诺夫斯基所说的"综合直觉"来实现,所依据的原则则是文化征候史,或一般意义的象征历史。(p. 204)

当现代图像学建立之后,图像研究又转入一个后现代图像学的阶段。随着帕诺夫斯基对于图像研究层次的划分,也牵涉到对于图像分类的思考,一个系统性的图像分类系统正尝试建立。另一方面,新艺术史研究和图像转向的提出带来新的视觉诠释语境。新艺术史一方面批判反思图像学,一方面将符号学、微观社会史等方法纳入艺术研究。米歇尔则更加直接地提议一种"后现代图像学"的研究,并提出"超图像(Hypericons)"的概念"来说明图像和影像的优先性"(p. 281)。最后值得指出的是,图像学在艺术学领域的发展也引向了图像科学研究和视觉文化研究,这两种和图像学有着相似的研究对象,但也有着理论品格和学术传统等诸多方面差异,它们共同构成了图像研究者的方向。

(据陈怀恩《图像学:视觉艺术的意义与解释》,河北美术出版社2011年版)

(段德宁撰写)

《秩序感:装饰艺术的心理学研究》

贡布里希(E. H. Gombrich,1909—2001),英国艺术史学家和古典文化研究家,主要任职于英国伦敦大学瓦尔堡学院,同时兼任牛津大学和剑桥大学的斯莱德讲座教授、哈佛等多所大学的客座教授。作为20世纪最杰出的艺术史家之一,贡布里希在艺术史、艺术心理学、艺术哲学和图像学等领域不懈耕耘,硕果累累。主要著作有:《艺术的故事》(*The*

Story of Art, 1950)、《艺术与错觉：图画再现的心理学研究》(*Art & Illusion: a study in the psychology of pictorial representation*, 1960)、《木马沉思录》(*Meditations on the Hobby Horse*, 1963)、《图像与眼睛：图画再现心理学的再研究》(*The Image & the Eye: further studies in the psychology of pictorial representation*, 1982)等。

在1970年纽约大都会艺术博物馆的莱茨曼讲座上，贡布里希以《装饰的分析》为题做了六次演讲，1979年，该讲座内容补充与修订后的成果以《秩序感：装饰艺术的心理学研究》(*The Senses of Order: a study in the psychology of decorative art*)为名出版。全书除导论和结束语外，主要由三部分(共十章)组成。

导论是对自然中的秩序及其用途的介绍。贡布里希认为自然中的秩序感乃是一种“内在的预测功能”，有机体“对照它最初对规律运动和变化所作的预测来确定它所接收到的信息的含义”(p. 4)。秩序感在人类知觉中也是非常重要的：“正是混乱与秩序之间的对照唤醒了我们的知觉。”(p. 6)作者用拉斐尔的《椅上圣母》及其画框的例证，把本书的“装饰分析”与《艺术与错觉》的“图画再现心理学”联系了起来，从而为装饰艺术提供了一个新的研究视点。

第一部分是对装饰理论及实践的爬梳，包括三章。

贡布里希在第一章和第二章中，将人们对装饰的艺术批评追溯到古希腊，从苏格拉底到西塞罗，再到维特鲁维，构成了古典美学传统轻视装饰态度的基本脉络。围绕洛可可风格的论战，18世纪的新古典主义显示了对待装饰矛盾的态度：反对却并未完全抛弃。19世纪关于装饰艺术的争论，特别是在英国理论界的反响中，工业革命、机器时代和流行文化等因素被反复提及，普金、罗斯金、哥特弗里德·桑佩尔、欧文·琼斯等人的阐述，就是这一文化背景下的产物。阿道夫·卢斯“装饰就是犯罪”的观点，则表明实用主义时代到来初期对装饰的批评达到了一个顶点。到了20世纪，装饰和抽象艺术的互相影响已成为不争的事实，虽然二者功能的区别明显。

概述了审美趣味和装饰理论发展史后，第三章转向对图案制作过程中一些具体实践问题的探讨。贡布里希首先陈述了手工艺人在设计复杂而有秩序的图案时，受到来自材料、几何法则、设计等方面的限制及其带来的心理障碍，接着用世界各地的装饰例证对装饰艺术的基本法则做了说明：构框、填补和连接等制作图案的程序,喜爱无限的原则,统一变化的原理等等,从而为装饰设计者总结了打破限制的方法和策略。

第二部分也包括三章,主要考察秩序的知觉及其效果。

第四章集中于对装饰艺术所涉及各种复杂程序的视觉感知:知觉分解和知觉合并;视觉的中心区域即聚焦问题;知觉概括现象(即透视消失的存在);视觉中心区域以外清晰度的减弱和消失,等等。对于这些视知觉问题的思考,贡布里希一方面受到波普尔科学哲学的影响,另一方面还借鉴了信息理论的研究成果,所以他的研究非常独到。他运用多余度理论将装饰中的视知觉与信息加工进行了类比:知觉预期——需注意的信息量减少——视觉的节省;他认为在知觉图案成分的过程中,“延续的法则”即预期和外推起着重要的作用,称得上是“图案知觉问题的中心”(p. 120);他强调中断带来了视觉显著点,“中断的效果即我们从秩序过渡到非秩序或非秩序过渡到秩序时所受到的震动”(p. 124),不同的个体由于丰富的“心理定向”而产生视觉偏差,这是装饰给人们带来快感多样性的原因之一。

接下来的第五章,作者对装饰的视觉效果展开分析。考虑到视觉效果受到种种主客观条件的制约,作者谨慎地将自己的探讨局限在“装饰图案使人产生特定反应的潜力”方面(p. 134),尝试着从视觉方式内部去探索这些有秩序的结构。贡布里希由此概括了装饰图案的几种视觉效果:恬静感与不安感、平衡感与不稳定感、动感等。

第六章讨论图案、画框、纹样等成分是怎样进入装饰领域的。比如“万花筒向我们展示了图案结构的效果并使我们得出结论:在我们对事物和对图案的知觉中,有一种反吸引力起作用。……重复会降低单个纹样的价值,孤立则提高它的价值。图案设计者会相应地倾向于使重复的成分风格化,使被加强了的再现成分生命化”(p. 231);画框与画作的关系则要从边缘与中心的角度来看待,画框作为边缘“固定了力场的范围”(p. 172),使得图像作为中心的意义梯度递增和“内聚”,画框因而起到了合适的装饰作用;服装设计中的线条装饰则成为掩饰身体缺陷的手段。

第三部分的主题是研究心理学与装饰历史的关系。

第七章主要考察习惯势力对装饰的支配作用。贡布里希以装饰中的仿样现象、建筑的视觉传统和其他的装饰形式为例,说明了守旧即知觉习惯的顽固性,并从心理学的角度肯定了这一传统存在的合理性与价值,因为“习惯势力的延续性需要仿样来作为它的要素。仿样使我们容易适应新的材料、新的环境和新的工具”(p. 194),这是新事物适应旧事物的机能、人类同化新旧意义能力的体现。但装饰风格的变化多样以及时代的不同风尚,也导致了这一传统的不断演化。贡布里希还通过对莨菪叶饰漩涡纹样的分析,回顾了装饰纹样的发展历史。

第八章是对装饰风格问题的探讨。在对艺术史家李格尔、沃尔夫林、弗西雍等的著作评述的基础上,贡布里希追踪了装饰风格变化的原动力。对于那种认为装饰风格体现时代精神,二者具有内在统一性的观点,贡布里希表示怀疑,但同时认为这种认识倾向不可避免。贡布里希强调艺术的不同发展阶段,即从所谓的“纯洁”到“堕落”的背后,其实暗含着某种风格自身由盛而衰的规律。装饰风格还与情境逻辑关联密切,贡布里希认为这是由于装饰艺术的“目的与手段都更无定性”(p. 232),所以装饰艺术与具象艺术的情境逻辑不同,但装饰传统的顽固性、“名利场逻辑”、“求新传统”等,依然为装饰艺术的情境逻辑提供了事实检验。

第九章讨论的是装饰与象征的关系。贡布里希肯定了装饰与象征符号之间的相互作用,特别是那些“被遗忘了意义的、神秘的象征符号具有更强烈的吸引力”(p. 242),成为装饰纹样起源研究的主要对象。贡布里希还强调了装饰的“图案和符号的双重功能”(p. 255),“符号的功能是吸引注意力,给人以明晰、清楚的感觉,而图案设计者的任务则是要通过创造出合适的背景来加强这种明晰的效果”(p. 258)。这决定了装饰的象征意义与自主性的嬉戏特征的并存,他从对纹章和花饰的分析角度说明了这一点。而通过“生命树”纹样,贡布里希指出,某些具有“象征潜力”的象征符号,常常被赋予意义而遮蔽了它的自主性。

第十章是对各种混乱图案的研究。以装饰中经常出现的“龙的缠结图案”、使用“分裂再现”手法创造的侧面双像和双体怪物等为例证,贡布里希阐释了这些怪诞图案的护符功能,它们受到外来文化传统、自发创造和文化习惯势力等的多重影响。他借鉴弗洛伊德的观点力图说明这种兼具魔术和幽默色彩的图案的心理根源:冲破清规戒律、打破禁忌、回归本能的快乐,它们玩弄的是介乎真伪之间的“生命化”把戏,“生命化原则在怪诞图案领域里占有绝对的支配地位”(p. 288),“在‘生命化’的后面则隐藏着想要躲避邪恶势力的愿望”(p. 301),但驱邪作用的生命化传统又往往包含着嬉戏的色彩。

在将图案设计与时间艺术的联系中,结束语回应了20世纪活动艺术的新挑战。贡布里希梳理了色彩艺术、装饰图案等与音乐的类比研究史,继而通过不同艺术形式的类比把装饰艺术的空间秩序和诗歌、舞蹈特别是音乐的时间图案相沟通:“旋律……就像装饰艺术中的任何一种纹样。”(p. 331)“装饰中的象征手段的一些论断与音乐之间比较易于建立联系”(p. 332)。同时,贡布里希也指出了它们之间效果的不同:“音乐结构常常缺少一种我们认为与图案密切相关的效果,即我们熟悉的棋盘上图形与基底的交变所产生的知觉变化。”(p. 327)“音乐中也没有可以与图案设计中的对称及由此产生的平衡效果绝对相类似的对比”(p. 328),“音乐的效果不能像在设计中一样被引向相反的方向”(p. 328)。在全书的最后,贡布里希提到20世纪产生的一些新兴的视觉和音乐艺术形式——“活动艺术”,作者呼吁用历史透视法来耐心地观察它们的变化,以便成功地获得新的形式语言和秩序感的支持。

(据E. H. 贡布里希:《秩序感:装饰艺术的心理学研究》,范景中、杨思梁、徐一维译,湖南科学技术出版社1999年版)

(贺莉撰写)

《视觉机器》

保罗·维利里奥(Paul Virilio, 1932—),1970年代以来最富原创力的法国哲学家之一,同时也是著名的城市建筑家、随笔作者。1963年,与建筑师克洛德·帕朗(Claude Parent)一起成立“建筑原则”(Architecture Principe)团体,宣扬建筑的“倾斜功能”,1973年起执教于巴黎建筑专业学校(ESA),直到1999年退休。维利里奥的哲学著作围绕着一系列以科技、速度、城市、虚拟、事件、意外及失序为核心的概念群,代表作有《无边的艺术》、《领土的不安》、《速度与政治》、《消失的美学》、《战争与电影》、《解放的速度》、《事件的风景》等。

《视觉机器》努力定义一种图像的新逻辑,并且试图对未来社会人类权力的转变做出一种预言。这本关于新技术与图像新型逻辑的重要文集共收入五篇文献:《地形失忆症》、《不及一幅图像》、《公共图像》、《天真的摄像机》、《视觉机器》。虽然每篇文献阐述重点各有不同,但总的来说,作者试图回答图像与权力、新图像生产机制的诞生,以及反常图像对未来人类社会的改变等问题。

在《地形失忆症》中,作者从视觉产生机制上描述了人类眼睛接受图像的原理。首先,作者强调光线对于图像形成具有的重要作用,眼睛可以通过接收光线形成真实视觉,而镜头、摄影机、电脑等收纳光线和改变光线的真实机器却可以改变光线传播的路径、抵达的颜色;图像在机器中被分解成像素,可以被轻易地复制、生产,这便使图像带有了机械生产性,从而可以人为地建构出对外部世界的认知。因此,视觉器材抛弃了艺术家的身体,正是光线成就了图像,维利里奥在此引入了"视觉假肢——显微镜、透镜、天文望远镜等"(pp. 9 - 10)这一概念来指代视觉器材。古罗马时期,演讲者利用"地形记忆法"记住讲稿内容,这种方法实际上利用了房间的摆设、平原的地形对文章段落进行编码和解码,说明"观众并不从他们立刻看到的物体中制造他们的精神图像,而是从记忆中制造图像"(p. 10)。然而,显微镜等早期的光学仪器作为一种视觉假肢,已大大改变了获得与重构图像的地形学环境,人们的想象被变成图像。我们视力所不及的世界图像被越来越多地投射过来,不仅混淆了远与近的差异,还导致了人类的时间和空间体验的改变,导致了文化的"认知图绘"的全面改观。在这里,作者转引了诺尔曼·E.斯皮尔的话:"记忆的内容取决于遗忘的速度。"诚然,摄影、雕塑、绘画都可以看作是一种瞬间的永恒,时间的凝固,当观者用双眼观赏艺术作品时,目光会扫视过整个作品,这种观察方式既包含整体性地观照,也包括细节性地探求。现实中的时间从来不会停息,人们扫视作品后对光线的记忆却会形成新的印象。因此,作品的真实性部分依赖于人眼球的运动方式,部分来源于记忆。

在《不及一幅图像》中,维利里奥把目光聚焦于摄影术,他认为,摄影器材相比人眼的巨大优势在于其速度。书中提到了安德鲁·鲁耶的一段话,"由于工具那严密的忠诚,它远离了艺术家之手的主观行动和失实行为,这让它能够以精密方式固定并显示运动,表现丰富的细节,而这些细节自然是人的视觉所不能抓取的。"(p. 46)人类通过越来越先进的视觉假肢重新发现了世界,也重新定义了时空,摄影术成功切割了空间,凝固了时间。作者提出,宇宙中的光线,是吸引视觉的唯一因素,而人类发明的譬如摄影术、高倍透镜等视觉假肢通过记录真实的瞬间和肉眼所不及的细节,则会形成一幅幅令人震惊的图像,这些图像映射在人脑中的记忆才使观众形成了对世界的观照,无论是何种形态,记忆中的图像对于个体都是最真实的存在,并且塑造了他们的精神。“一战后,不少西方电影导演就发现摄影和电影是历史事件的回忆,同时还会构成使观众形成自我认同的无名角色,因此可以在观众心中激起特别的激情。”(pp. 53 - 54)这些影像描绘了时间与无法弥补之物的情感,因此会催生出想要参与未来的巨大意志。而艺术家针对宇宙自然而然的相对论视觉,使得他们能够先于物理学家去理解形式、光线和时间。

《公共图像》和《天真的摄像机》谈到了光线无所不在的特性。光线可以照亮万事万物的细节,使不可见物被压抑,阴暗角落被照亮。数字虚拟图像使图像生产与权力紧紧相连,在今天这个由视频通信、全息摄影和计算机制图而开启的时代中,城市中的“公共空间”突然让位于“公共图像”,即实时在场的反常图像,而这个真实时间将替补主体与客体之间的真实空间。作者引用了福柯书中提到的边沁监狱说明了无所不在的图像带来的极权式欲望。边沁提出了全景敞视建筑(panopticon),在这样的监狱中,中心是一个瞭望塔,外层是一座被分割成许许多多小囚室的环形建筑。监督者通过瞭望塔上的大窗户可以看到各个小囚室,每个囚室都有两个窗户,一个对着里面,一个对着外面,能使光亮从囚室的一端照到另一端。也透过逆光效果,监督者可以从瞭望塔中观察囚室里面被囚者所有的行动,而被囚者既不能与其他人接触,也不能看到瞭望塔,他是被探查的对象,彻底进入被隔绝和被观察的孤独状态。对于被观察者而言,他既知晓自己处于被观察的地位又不清楚观察的强度是如此之大,鉴于此,边沁提出了一个原则:权力应该是可见的但又是无法确知的。这样的不对称、不平衡的机制会产生真实的征服,无论行使权力的人是谁,囚室中的人们都会顺服地接受这一设定。机器本身隐含着政治的维度,虚拟图像将成为未来的权力之源。

在未来社会的人类目力所及的先进的技术效果中,人的视觉主观性将完全消失,生活中时刻存在的泛电影方式,会让人们的平常行为成为电影行为,成为视觉的新型设备。视觉机器作为欲望机器乃是多重欲望、多重力量的交织和并置,在现代社会,视觉机器不仅是投射个体的想象和欲望的装置,也是投射社会的文化想象或集体无意识的场所。

在《视觉机器》中,维利里奥引用了画家保罗·克利在其《手册》中的一句预言,“如今是物体在看我”(p. 117),并认为这种并不惊人的说法将来会成为客观和真实世界的断言。现如今,视频监控系统和智能扫描系统在城市中已经无所不在,高分辨率的镜头和灵敏的传感器不仅能识别形体的轮廓,还能够“全面解释视觉场域,解释场面调度”(p. 117),仿佛一门新的技术学科“视觉学”即将诞生,研究人类不用目光就能获得视觉的可能。“视频摄像机将服从于计算机,这台计算机为机器而不是为某位电影观众承担对周边环境的分析能力,自动解释时间的意义。”(p. 117)这样的工业化的视觉生产已经被广泛应用于工业生产、大众娱乐、军事等领域,视觉这样一种依靠人体的知觉已经被移植到机器上,并且实现了自动化,未来也许会出现虚拟图像这样一种产业。合成图像与合成视觉会不会成为未来世界的主流呢?维利里奥回溯了图像的历史并为我们建构了这样一种图像的反常逻辑:视觉机器带来的是人类意识的瘫痪和肢体的退化,机器的加速度即是人的减速度,是人的死亡。我们的视觉从来不是自然的、中立的和客观的,视觉是建构性的,而它本身又是被建构的,视觉是在先行的被建构中开始它的建构的。“形式逻辑的时代,就是绘画的时代、雕刻和建筑的时代,它与18世纪同时结束。辩证逻辑的时代,就是摄影的时代、电影的时代,或可称之为照片的时代。反常逻辑的时代,就是随着视频通信、全息摄影和计算机制图的发明而一道开启的时代。似乎到了20世纪末,现代性的终结本身就由公共再现的逻辑终结来标示。然而,如果说我们足够了解传统绘画再现的形式逻辑的现实,并且在低等程度上了解主宰光学电影再现的辩证逻辑的现状,那我们只能很困难地理解这种反常逻辑的潜在能力,即视频通信、全息摄影或合成图像的潜能。”(p. 124)

因此,全书通过相互联系和印证的五篇文献,提出了西方社会在现代性终结的时刻,公共空间向公共图像让步,人类处于包含了电视、手机等全媒体的视觉机器营造的视觉场中,没有任何干预能力,这种由数据库支撑的“电子光学”或者“统计光学”所营造的全息虚拟图像,将使人聚集在意见和行为的标准周围,服从于视觉奇观营造的权力之下。

(据保罗·维利里奥著,张新木、魏舒译:《视觉机器》,南京大学出版社2014年版)

(贺雨微撰写)

《宋代诗画中的政治隐情》

姜斐德(Alfreda Murck),美籍汉学家,普林斯顿大学中国艺术与考古学博士,主攻中国绘画史。曾任美国大都会博物馆东方部副主任。先后任教于北京大学和中央美院,现任故宫博物院资料信息中心顾问、古代书画研究中心研究员。主要著作有"The Meaning of the' Eight Views of Hsiao-Hsiang: Poetry and Painting in Sung China"(《潇湘八景》在宋代诗书画的意义),PhD. dissertation, Princeton University(普林斯顿大学博士论文),1995;"Poetry and Painting in Song China:The Subtle Art of Dissent",哈佛大学亚洲中心2000年出版(中译本《宋代诗画中的政治隐情》,中华书局,2009)。

姜斐德的《宋代诗画中的政治隐情》原著于2000年于马萨诸塞州剑桥市哈佛大学亚洲中心出版,中译本于2009年在中华书局出版,共261页。

本书作者认为绘画(尤其是文人画)可以表达画者的思想,画作中包含着丰富的"视觉隐喻"。通过检视文学原型、绘画标题、同时代题跋以及历史背景,"绘画成为士大夫一种表达不满的优雅而微妙的方式"(中文版自序)。作者对宋代绘画中诗歌与绘画隐喻共通的《潇湘八景图》与《烟江叠嶂图》进行细致的阐释,揭示其间隐含的微妙的涵义。本书综合运用多学科的研究方法,治唐宋诗歌、绘画、历史为一炉。以生动的实例,企图阐明:"诗中有画","画中有诗","有声画"、"无声诗"以及"画可以怨否?"等文人画的主题。

本书分为十个章节,这十个章节大致可以概括为三个方面:

一、论述"潇湘八景"产生的历史文化背景、社会背景以及"潇湘八景"所蕴含的丰富的隐喻,包括第一、二、三、四、五章;第一章论述关于潇湘地区古来的诗歌,探究潇湘地区所蕴含的历史文化寓意,探讨士大夫对潇湘地区所形成的"共通的认知"。"所有这些英雄和诗人都对潇湘的声誉及其哀怨文学做出了贡献。屈原和贾谊的辞赋奠定了南国政治流放的语汇,开创了一种被后世文人模仿和发扬的文学修辞"。(p. 17)第二章论述含不满情绪的

“潇湘”绘画产生的历史背景，北宋的文官政治、神宗变法以及乌台诗案一系列政治活动，造成大批优秀士大夫的流放、贬谪，他们在逆境中借诗画抒发己志，文人画微讽的隐喻兴盛起来。第三章探讨诗歌和隐喻技巧对士大夫的绘画实践所造成的影响。“在宋代，诗歌与士大夫的生活息息相关。当士大夫以山水画这种静默的媒介来表达自我时，他要借助于大家共有的对文学的知识和经验。诗歌的功用、寓意和格套注入并影响了绘画艺术。本章将要考察11世纪的诗歌史中几个值得注意的方面：对唐代诗人杜甫的特殊尊崇；用先前诗人的韵来写诗(次韵)作为朋友之间隐秘的交流方式；最后，士大夫宋迪如何用诗歌的方式给他创作的系列山水画命名。”(p. 41)第四章论述由于士大夫用山水画这个媒介来表达自我，贬谪是其中非常重要的隐喻，也是引起失意文人、画家共鸣的连接点。本章及第五章细致入微地分析“潇湘八景”每个标题所蕴含的的诗意，标题可能产生的诗歌渊源，论述其与王维、杜甫、韩愈、柳宗元等诗人所表达诗意的关系。“受到毁谤和冤屈的诗人，很自然地会被齐梁的境象所吸引。而亲眼目睹个人世界的倾颓，也使那些失掉尊崇的士大夫们开始探究关于绝望和衰亡的主题。通过前五章的论述，“潇湘八景”凝结成一个主题，在北宋诗人、画家的笔下得到进一步的阐释。诗画家也借助“潇湘”意象所具备的隐喻，来表达自己对政治、对诗意人生的态度。由于这些士大夫所具备的广博的古典诗学知识，如上所言，他们做到了诗与画相融，将诗歌的范例用来塑造绘画艺术，绘画成为士大夫的一种评注。这一部分重点论述了诗与画如何相融，传统的历史文化意象如何进入绘画，文人画之“文”所包蕴的内涵，为“画可以怨否?”提供肯定的回复，为读者解析文人画提供了一个经典的研究案例。其细致入微、不厌其烦的论述将曾经模糊朦胧的诗画关联，一层层地展现在读者面前。

二、论述“潇湘八景”这一主题确定对后世诗画产生的影响及这一主题的创造性变化，包括第六、七、九、十章；前面一大部分以“潇湘”为例，论述了文人画产生中非常重要的诗画相融，及一些主题意象形成的过程。这一部分接续上一部分的论述，论述前一主题意象所产生的创造性变化。北宋时期，苏轼与宋迪、王诜关系都非常好。与《潇湘八景》十分类似的绘画作品就是王诜的《烟江叠嶂图》，本书的第六章首先分析苏轼与王诜的和诗，以及次韵在诗歌运用中所起的作用。正因为苏轼采用了杜诗的韵脚，其诗也包蕴了对拟杜诗的一种回应，绘画容纳诗歌的能力才变的清晰起来。此种情况下,绘画的“诗意”并非指迷雾所带来的诗情画意,而是指对某首具体的诗歌的隐括。“诗可以怨”转化为通过次韵题诗,诗意转化为画意“画可以怨”。第七章作者认为,“黄庭坚并非画家,但他以画上的题跋、画论,以及对绘画和画法在象征性方面的热情,提升了绘画在士大夫中的地位。”(p. 134)通过黄庭坚的遭际以及黄庭坚的《松风阁》诗与书法,以及松风所蕴含的历史内涵,将“松树”这一典型诗画意象呈现出来。后论述到黄庭坚与仲仁的交往,牵引出苏轼、秦观与仲仁的交往,论述仲仁为文人画所增添的“墨梅”意象。仲仁的墨梅,采用反其道而行之的审美选择。仲仁似乎以诗人的思考方式:墨梅暗示着世界的黑白颠倒。仲仁的绘画用视觉文学隐喻传达绘画内涵的潜力。“山水、松树和梅花的诗中采用了博学而隐晦的话语,正是这些文人使得同题材的文人画与宫廷画有着天壤之别。画院画师赋予作品视觉上的精美,而对文人画而言,心领神会的鉴赏家可能对它的文学内涵更感兴趣。士大夫把绘画与诗歌互相参照,认为象征性的表达比画面细节上的真实再现更有价值。”(p. 157)第九章讨论画家王洪是否逾越了对主题的描绘,而使用了律诗的结构来构思绘画。第十章着眼于考察在北宋确定的“八景”主题是如何在南宋被创造性重新使用的。“职业画师和士大夫通过改写和据为己有,加之与宗教团体的交往频繁,发展出了很多对《潇湘八景》的不同用法。佛教僧人、宫廷画家、画匠和士大夫借用已有的诗歌和视觉主题来创作出恰当表达个人意愿的意象。《潇湘八景》证明,绘画通过引用诗歌典故,获得了这样一种潜能,它几乎可以对人类经验的任何方面做出隐讳的评论。”(p. 213)

三、第八章论述了与宋代文人画相对照的宫廷画。本章分析了朝廷画院想要建立一种正统的主题和风格,并试图通过其中的涵义,强调朝廷功能的合法性和有效性。简言之,它为文人画的创作提供一种参照。

本书涵盖诗画融合、士大夫画的表达、文人画主题意象的确定、文人画之“文”的内涵等非常厚重的内容,而且对文人画研究中存在的很多问题都试图加以阐释。作者不厌其烦的对诗歌的分析、对历史背景的论述以及对绘画的解读,为读者提供了一个文人画阐释的范例。

(据[美]姜斐德《宋代诗画中的政治隐情》,中华书局2009年版)

(王松景撰写)

《玉堂遗音:明初翰苑绘画的修辞策略》

李若晴,1975 年生于广东海丰。1994 至 1998 年就读于华南师范大学美术系中国画专业。1999 至 2002 年就读于广州美术学院美术学系,获硕士学位,并留校任教。2003 至 2007 年就读于中国美术学院,获博士学位。现为广州美术学院美术史系副教授、硕士生导师、《美术学报》常务副主编。专著有《品鉴岭南:李若晴书画作品集》(2011)、《见微知著:中国书画中的物质文化常识》(2011)、《玉堂遗音:明初翰苑绘画的修辞策略》(2012)。

《玉堂遗音:明初翰苑绘画的修辞策略》专注于探讨和明初翰苑官员有关的“纪事性绘画”,并力图在历史语境中展现这些书画的修辞策略。作者将时间集中在明代永乐、洪熙、宣德、正统四朝(1402—1449),这正构成了明代第一代内阁成员的活动时期。这些翰苑词臣因为身在政治权力的氛围之中,和他们相关的诗画创作自然展现出文化与政治的干涉状态。《玉堂遗音》分两部分揭示了这一文化现象:第一部分勾勒了明初宫廷文化圈的一般概貌;第二部分则以驺虞入献、麒麟远来、江岸送别、燕云入画和杏园雅集五个个案来具体分析其中的修辞策略。

围绕皇帝而形成的宫廷文化圈,由大批文学侍臣组成,这其中翰林院是非常核心的部门。明初翰林院拥有比前朝更广泛的职能,包括“知制诰、考议制度、经筵讲学、参与科举、编修史志、侍从顾问”(p. 9)等方面的内容。明代第一批翰林院官员大多来自荐召,而后科举制步入正轨,遂逐渐确立了“非进士不入翰林,非翰林不入内阁”的规则。明初皇帝与翰林词臣之间具有非常密切的关系。除了皇帝亲幸馆阁,翰苑诸人也时时自发组织文酒之会、书画题咏的雅事。专就绘画而言,明代宫廷未曾设立专门的画院机构。许多宫廷画家从属不同的职能部门,由此形成的院体绘画与台阁文章、馆阁书法为同一环境的产物,这些绘画创作者为了生存“只能不断主动修正自己的观念、技法,去迎合宫廷的时尚”(p. 21)。

在这一时期,“书画作品的交流、欣赏,主要是一种政治公关手段,书画在文人士大夫社交生活中发挥着重要的作用。”(p. 22)一方面文人士大夫通过题咏互赠来加强社交生活，这些共同的题赠行为常常显示出共同的政治立场和思想观念。另一方面书画也同诗文一样成为文臣增进个人生前身后名的工具。在这种环境中，描绘台阁雅集的图画盛行一时。同时，这些画家也应文人士大夫之邀，绘制瑞应图像以歌颂皇帝统治，确证其权力的合法性。这一系列的纪事性绘画都说明了“翰林官员与宫廷画家关系密切”(p. 27)。事实上，“宫廷画家服务于皇室，而翰苑官员也属皇帝近侍，两者是平行关系而非上下级关系”(p. 33)。

驺虞进献的事件发生在永乐二年，为了建构统治的合法性，象征帝王法统的瑞应现象进入了明成祖的视野。“一旦瑞应在某地出现，地方官员应立即上报礼部，再由礼部尚书呈请皇上举行贺礼。在京亲王、六部五府官员在朝廷正式认可瑞应后，须上表称贺。整个贺礼有一套仪式，单是进贺表一项便颇为繁琐，《明史》详载了不同官阶的礼仪。”(p. 47)永乐二年成祖同母胞弟周定王朱橚进献驺虞，从而形成了一系列的进贺活动，这其中就包括绘制图画并题写颂诗的行为。当前传世的图画有《明内府驺虞图》和《明人画驺虞图》。以《明内府驺虞图》为例，太子少师姚广孝是颂诗的领衔之人。紧随姚广孝诗后，严格按照官衔品级分为四组，这不同的分组排列自然构成了某种政治修辞策略。

同时，图画拖尾的诗文分成了若干主题：一，强调成祖继承大统的合法性；二，赞颂成祖的谦抑并且再次吹捧；三，描写驺虞的神奇；四，则是回顾《诗经》典故，歌颂成祖治下的太平盛世。“正如美国学者孔飞力指出，在强调礼仪的宫廷生活中，正是这种不断重复表述赏赐和感恩的礼仪，维系并强化了君臣关系，这种礼仪性的羞辱，不是一种贬抑的标记，而是特殊身份的象征。”(p. 58)因而，整个驺虞进献形成的诗画都是一种具有政治目的性的修辞策略。

在驺虞瑞应之后，永乐十二年榜葛剌进贡麒麟。所谓麒麟其实就是现在所说的长颈鹿。相应的传世图画也有两件，一是传为沈度绘制的《瑞应麒麟图》，是为正式进呈皇帝所绘制的图画；另一是曾棨委托绘制的描绘八个瑞应事件的《瑞应图》，其中就包含了麒麟瑞应，这组绘画主要出于私人展示的目的而绘制。与此对应，翰苑绘画的修辞策略可分为仪式化与非仪式化两方面。“前者特指描绘庆典盛况并在贺礼结束后进呈皇帝的图画，它属于公共修辞的范畴;后者虽与庆典相关,但作品只在官员中流传收藏,并未直接进呈朝廷,严格说来不属于宫廷绘画,它只属于个体修辞。"(p. 96)可以说前者更遵循一定严格的程式。

之所以出现这不同的修辞策略,是因为"如何构建国家形象与文化"是当时皇帝和臣下都"必须考虑的一个重大国家修辞问题"(p. 96)。一方面,明成祖本人最为迫切地需求通过瑞应现象证明其帝王法统的合理性,这使得翰苑诸臣便自觉地将"个体修辞"附和为"公共修辞",甚至是"国家修辞"的高度,"以成祖作为修辞主体,通过各类庆典礼仪和颂诗赞文来重建成祖光明正大的形象"(p. 96)。另一方面,翰苑官员又通过国家修辞反证了个体修辞的合法性,成为文人士大夫塑造个人历史形象的重要途径,他们因为在维护国家政权合法性的行动中获得现实和身后的功名。

在明代,翰苑官员相互频繁的社交活动,使一种表现士人江岸送别情景的山水画悄然兴盛起来,作者将其称为"江岸送别"图式。在传统的认知中,山水画中的叙事情节,本是文人画家力图摒除的,但在明代,这种萌兴于南宋表现离别之情的叙事性图式却得到复兴。"江岸送别"图式的山水画都非常明确为某个远去的朋友或同僚而创作,同时也被同一个关系圈的人物所观赏、题咏,这构成了翰苑官员在相互交往上所使用的诗画修辞策略。

采取某些修辞策略有时会影响到重大的朝廷决议。明成祖希望迁都北京,但却遭到一些官员的异议。因此,随同成祖巡狩北京的一帮翰林官员,便通过诗歌唱和的形式,吟咏北京八景,并绘制《北京八景图》。这一系列的诗歌吟咏和绘画背后,其实是将迁都变为一个公共讨论的事件。通过对于北京胜景的描绘来激发南方臣民对于新都的兴趣,同时也通过美景颂诗来歌颂成祖的丰功伟绩。这一切都是借用诗画的修辞策略来促进迁都的行为。

杏园雅集是明代非常有名的一次雅集活动,发生在明代"三杨主政"的时期。这时的杨士奇、杨荣、杨溥都是内阁重臣,整个国家都保持着政治清明的局面。三位年事已高的老臣成为杏园雅集的核心人物。在《杏园雅集图》这幅展现九位官员的绘画中,实际上表现了翰林官员对于身后令名的渴望,"杏园雅集"实际上是"三杨"政治生涯的尾声,他们"虽然是有退隐之念,但却不肯放弃传统士大夫'立德、立功、立言'三不朽的追求"(p. 201),这两者之间便形成了一种有趣的张力,《杏园雅集图》就形成于这种张力之中。

(据李若晴《玉堂遗音:明初翰苑绘画的修辞策略》,中国美术学院出版社2012年版)

(王松景撰写)

《空间叙事研究》

龙迪勇,文学博士,文艺学、艺术学博士后,先后就学于四川大学、上海师范大学、南京大学、东南大学。现为江西省社会科学院研究员、《鄱阳湖学刊》主编、江西省社会科学院中国叙事学研究中心常务副主任、中国叙事学会副秘书长。主要从事叙事学和文艺学基础理论研究。近年主要从事空间叙事研究,拓展了叙事学研究的领域,是国内最早提出建构"空间叙事学"的学者。

《空间叙事研究》是国内叙事学研究的开拓性著作,该书由生活·读书·新知三联书店2014年出版,共约55万字。全书分为11章,1—8章集中讨论叙事作品的空间叙事问题,9—11章集中讨论图像叙事问题。

第一章,《时间性叙事媒介的空间表现》。本章主要探讨语言文字的空间表现:首先探讨这种现象出现的内在心理机制,即人类的感觉世界的整体性以及意识的共存性与相继性。接着分析了时间性媒介如何表现空间这一出位之思,概括了"诗中有画"(所指与叙事作品的空间表现)和"流动的建筑"(能指与叙事作品的空间形式)两种叙事空间表现的基本类型,并结合叙事作品进行了具体的分析。

第二章,《现代小说的空间叙事》。本章主要探讨叙事作品中的故事空间在整个叙事过程中的作用,探讨了现代小说家如何利用空间来表现时间,利用空间来安排小说的结构,甚至利用空间来推动整个叙事进程。作者通过对文本的解读,探讨了现代小说中的一些特殊空间如何发挥叙事作用,如:一个人的出生地、初恋的地方、一幢老房子、一条繁华的街道、一座哥特式的城堡等等,这些空间成为叙事的支点,推动整个叙事进程。

第三章,《空间形式:现代小说的叙事结构》。本章主要对叙事作品的结构性安排进行了系统的梳理,归纳出中国套盒、圆圈式、链条式等一系列空间形式,这些结构模式是一种非线性的空间结构模式,它和传统因果—线性模式结构的区别在于它的空间性叙事特征。

第四章,《作为空间叙事的主题—并置叙事》。本章主要讨论的主题—并置叙事的内涵、特征及其在叙事作品中的表现。作者认为:“主题—并置叙事,其构成文本的所有故事或情节线索都是围绕着一个确定的主题或观念展开的,这些故事或情节线索之间既没有特定的因果关联,也没有明确的时间顺序,它们之所以被罗列或并置在一起,仅仅是因为它们共同说明着同一个主题或观念。”(p. 176)这种叙事模式具有四个主要特征:“(1)主题是此类叙事作品的灵魂或联系纽带;(2)在文本的形式或结构上,往往是多个故事或多条情节线索的并置;(3)构成文本的故事或情节线索之间既没有特定的因果关联,也没有明确的时间顺序;(4)构成文本的各条情节线索或各个子叙事之间的顺序可以互换,互换后的文本与原文本并没有本质性的差异。”(pp. 176 - 177)接着,作者指出“主题(topic)这个概念正是由场所(topos)这个概念发展而来,而场所正是一种空间,因此,主题—并置叙事其实是一种空间叙事”(p. 203)。“把一系列的子叙事统一在一个主题中,等于统一在同一个场所也即同一个空间中。”(p. 205)

第五章,《复杂性与分形叙事》。本章主要对传统因果—线性叙事模式作理论上的反思,在分析具体叙事文本的基础上,总结和概括出了“多对一”与“一对多”的分形叙事模式。“多对一”强调的是多因一果,是一种面向过去的分形;“一对多”强调的则是一因多果,是一种面向未来的分形。

第六章,《叙事作品中的空间书写与人物塑造》。本章主要探讨了塑造人物形象的空间表征法,在叙事作品中书写一个特殊的空间(例如老宅、监狱、花园)可以很好地表征出人物的性格,在人物塑造中发挥很大的作用。作者具体分析了扁平人物和圆形人物的空间表征,并指出:“空间表征法不仅可以出色地表征一个群体的共性或集体性格,而且可以很好地表征单个人物的个性或独特性。”(p. 314)

第七章,《记忆的空间性及其对虚构叙事的影响》。本章主要讨论了记忆的空间性对于虚构叙事在内容和结构层面的影响。记忆不仅和时间有关，它的空间特性也非常明显，而这种空间特性给虚构叙事带来了深刻的影响，这种影响既表现在内容或主题层面，也表现在结构或形式层面：我们生活中重要的记忆总是和一些具体的空间(地方)联系在一起，这在叙事虚构作品中多有表现；而记忆的空间性与叙事作品的空间形式之间也存在紧密的关联。

第八章，《历史叙事的空间基础》。本章主要考察和历史有关的空间叙事问题。“古物、废墟和图像很容易引发史学家的历史意识，进而成为他们进行历史叙事的空间性触发物。”(p. 370)“那些承载了各类历史事件、集体记忆、民族认同的空间或地点成为特殊的景观，成为了历史的场所”(p. 384)。

第九章，《图像叙事的本质与基本模式》。本章首先论述了图像的空间性与时间性，接着对图像叙事的本质进行了探讨。认为图像叙事的本质是空间的时间化，即把空间化、去语境化的图像重新纳入到时间的进程之中，以恢复或重建其语境。最后，作者概括出图像叙事的三种模式：单一场景叙述、纲要式叙述与循环式叙述，并对每种模式的特点及其运作机制进行了分析和阐述。

第十章，《图像叙事与文字叙事：故事画中的图像与文本》。本章主要讨论图像叙事与文字叙事的关系。通过具体考察故事画，探讨了叙事图像与叙事文本之间错综复杂关系的一个方面：图像对文本的模仿或再现问题。作者认为，语词与图像都是叙事的工具或手段，但在和语词的长期共存与竞争中，图像总是处于被贬抑的地位，所以，在中西文化史上，文本都占了叙事作品的绝大多数，是叙事传统中的绝对主流。按照法国学者塔尔德的“模仿律”，“优势媒介”容易成为“范本”而被模仿，所以，艺术史上就出现了叙事性图像模仿叙事文本的倾向。文章还运用皮尔斯的符号理论，对故事画中图像与文本间的复杂关系进行了具体分析。

第十一章，《图像与文字的符号特性及其在叙事活动中的相互模仿》。本章首先讨论图像与文字的符号特性，认为它们是两种不同类型的叙事媒介，它们具有不同的符号特性：图像是处于纯粹符号与表意符号之间的一种特殊符号，它具有再现和造型的双重性质；而文字则是一种抽象度更高的表意符号，它在叙述或再现外在事件时可以不受造型因素的干扰。图像叙事与文字叙事间相互模仿的情况，既发生在内容层面，也发生在形式层面：图像叙事模仿文字叙事的情况,多发生在内容层面;而文字叙事模仿图像叙事的情况,多发生在形式层面。

在后记中,作者还对叙事空间进行了分类,主要分为:故事空间、形式空间、心理空间和存在空间。所谓故事空间,指的是叙事作品中写到的那种物理空间(如一幢老房子、一条繁华的街道、一座哥特式的城堡,等等),也就是事件发生的场所或地点。所谓形式空间,指的是叙事作品整体的结构性安排(相当于绘画的“构图”),呈现为某种空间形式(“中国套盒”、“圆圈“、“链条”等)。所谓心理空间,指的是作家在创作一部叙事作品时,其心理活动(如记忆、想象等)所呈现出来的某种空间特性。所谓存在空间,则是叙事作品存在的场所。

本书全面深入地研究了叙事文本和图像的空间叙事问题,同时作者在广泛研读大量叙事文本的基础上进行理论的总结、概括与提炼,是目前国内空间叙事研究的开拓性著作。

(据龙迪勇《空间叙事研究》,生活·读书·新知三联书店2014年版)

(张乃午撰写)

《十二象》

流沙河,原名余勋坦,四川金堂人,当代诗人,生于1931年,幼习古文,后考入省立成都中学,转习新文学。建国后,历任《川西农民报》编辑记者、四川文联创作员、《星星》诗刊编辑。1957年,因“草木篇”诗案被打成右派,1979年平反。80年代写有诗作《理想》、《就是那只蟋蟀》。近年陆续出版《台湾诗人十二家》(1983)、《十二象》(1987)、《庄子现代版》(1992)、《Y先生语录》(1994)、《文字侦探》(2011)、《诗经现场》(2013)、《白鱼解字》(2013)等著作。

《十二象》是流沙河探讨诗歌意象理论的系列文章。该书由生活·读书·新知三联书店1987年出版,共约12万字。全书分为两个部分:《诗中有画》(28篇)和《十二象》(12篇)。

第一部分,《诗中有画》。作者阐述了“画＋说＝诗”这一基本观点。文章指出:“一首诗,就其结构而言,可以分成描写和叙述两部分。所谓描写,就是画。所谓叙述,就是说。画一画,说一说,一首诗就出来了。”(p. 3)“画＋说＝诗”模式主要包括以下几种类型:

一、先画后说。如《小雅·采薇》:“昔我往矣,杨柳依依。(画)今我来思,雨雪霏霏。(画)行道迟迟,载渴载饥。(画)我心伤悲,莫知我哀。(说)”又如王之涣的《登鹳雀楼》:“白日依山尽,黄河入海流。(画)欲穷千里目,更上一层楼。(说)”“这两首都是画在前头,说在后头,见景生情,睹物生感。”(p. 4)

二、先说后画。如汉乐府诗《采莲歌》:“江南可采莲,莲叶何田田。(说)鱼戏莲叶间(画):鱼戏莲叶东(画),鱼戏莲叶西(画),鱼戏莲叶南(画),鱼戏莲叶北(画)。”又如杜甫的《归雁》:“春来万里客,乱定几年归。(说)肠断江城雁,高高向北飞。(画)”“这两首都是先说后画,画中又隐藏着不说出来的说,这样就扩大了诗的容量。先画后说只有两个层面:画——说。先说后画却有三个层面:说——画——说。三个层面比两个层面更深沉些,更有趣些,也更难写些。所以三个层面的先说后画的诗比两个层面的先画后说的诗在数量上要少得多。”(p. 64)

三、全部是画。如北朝民歌《敕勒歌》:“敕勒川,阴山下,(画)天似穹庐,笼盖四野。(画)天苍苍,野茫茫,(画)风吹草低见牛羊。(画)”又如王维的《鹿柴》:“空山不见人,但闻人语响。(画)反景入深林,复照青苔上。(画)”再如柳宗元的《江雪》:“千山鸟飞绝,万径人踪灭。(画)孤舟蓑笠翁,独钓寒江雪。(画)”“这类全是画的诗之出现,使诗与画之间进一步互相影响,互相靠拢。”(p. 59)

在第一部分中,作者还分析了诗歌中的电影意味。如西汉枚乘所写的《青青河畔草》一诗:

青青河畔草,郁郁园中柳。
盈盈楼上女,姣姣当窗牖。
娥娥红粉妆,纤纤出素手。
昔为倡家女,今为荡子妇。
荡子行不归,空房难独守。

这首诗前面六句为画，后面四句为说，着重于描写，多画少说。仔细分析，我们会发现枚乘好像在拍电影，"他举着开麦拉，由远逼近，一边走一边拍，拍摄成这一卷彩色的纪录片，还写了一段解说词。"(p. 10)

远景：一湾小河，岸草青青。

渐近：河边绿柳丛中一座庄园。

近景：庄园中一座楼，有窗临河。

更近：窗内一位少妇，体态丰盈，容貌姣好，沉思，远眺。

特写：脸部，浓妆艳抹。

特写：手部，搭在窗台上，白嫩，十指纤纤。

解说：她，从前的歌妓，如今的少奶奶。她在家中盼望着丈夫早日归来。唉，那个浪荡公子，一去不回！楼外的春天多美丽啊！剩她一个人，冷冷清清，烦死人了！

再如白居易在《长恨歌》中关于杨贵妃的描写：

闻道汉家天子使，九华帐里梦魂惊。
揽衣推枕起徘徊，珠箔银屏迤逦开。
云髻半偏新睡觉，花冠不整下堂来。
风吹仙袂飘飖举，犹似霓裳羽衣舞。
玉容寂寞泪阑干，梨花一枝春带雨。

这段描写，"先是特写镜头，她从梦中醒来，听说唐明皇派人来看望，感到吃惊。潜台词：'他还在想我吗？'接着是徘徊迟疑。潜台词：'见不见呢？'决定去见。于是仙府中的珠帘银屏一一拉开，走了出去。镜头角度到此改变，道士的眼睛成了摄影机：见她走下堂来，发髻歪偏着，花帽斜戴着，水袖飘荡着，道士心里在想：'霓裳羽衣舞啊！'她走近了，道士看清楚她的面容了，一脸哀愁，泪水纵横，令人联想起春雨中一枝湿润的梨花。这就好比一个结构紧凑的分镜头剧本。前半截是她从镜头面前向远方深景处走去，后半截是她从远方深景处向镜头面前走来。"(pp. 43 - 44)

在第一部分中，作者还结合具体诗歌作品分析了如何画月夜，画白雪，画超现实的幻声，画女性的意态美，诗歌如何利用色彩词等问题。作者意在通过具体作品的细读分析来阐述这样一种观点：画＋说＝诗。"景物是画出

来的,情感是说出来的。景物与情感,两两相结合,便是诗了。”(p. 4)

第二部分,《十二象》。作者重点讨论象的分类。文章探讨了以下几种象的类型:《易》之象,象征,兴象,喻象,拟象,隐象,典象,赋象,意象,客观对应物象,象外之象。前 8 种象都可以归入意象的范畴。

作者梳理了中西两派关于意象的论述,西派的包括:意象是形象通过想象的显现(康德),意象是印象通过陶冶的再现(覃子豪),意象是对象通过经验的再现(向明),意象是事物通过知觉的心影(朱光潜);中派的包括:意象是寄内意于外象(余光中),意象是融情思为景象(李元洛),意象是意和象的结合而隐意于象(周发祥),意象是意和象的统一的意中之象(王长俊)。通过综合前人论述,作者最后把意象定义为:表意的象。关于“客观对应物象”,指的是“用客观的具体的物象表现主观的抽象的情绪”(p. 215)。“象外之象”指的是“艺术形象的遮蔽部分,相当于画之不该画出来而有意留给观众想象的那部分。”(p. 228)

在本部分中,作者结合具体诗歌作品分析了象的各个面貌,可以看出,象在诗歌中的重要作用,正如本书序言所说:“象是诗的面貌,没脸如何见人,所以象很重要。”(p. 1)

(据流沙河《十二象》,生活·读书·新知三联书店 1987 年版)

(张乃午撰写)

《影像化的现代:语言与影像的符号学》

宇波彰(うなみあきら, 1933—),日本哲学家,现任明治学院大学名誉教授,代表性论著有《引用的想象力》《符号生态学》《诱惑的媒介》《符号理性批判》等,国内学界较为熟悉其符号学方面的研究。

《影像化的现代:语言与影像的符号学》一书是宇波彰教授的论文集,早在 1995 年便已出版,汉译本由四川大学出版社 2014 年出版,全书共四章,约 13 万字。

第一章标题为“问题的所在”,作者旨在从当前思想界的现状出发,以引出此书的写作初衷。“曾几何时,无论发生何种政治性、社会性事件,那些被称作哲学家的人都会积极地对这些事件发表见解。”(p. 1)但时至今日,哲学家们却面临着“失语”的尴尬境地,而导致这一窘况的主要原因是“语言力的衰退”。(p. 2)因此,作者将问题意识集中于"在这个被称作'现代'的社会,语言是如何从某种意义上失去意义,以及取而代之的屏幕影像又持有怎样的力量"。(p. 2)

具体来说,社会对于图像文化呈现出一种崇拜的态势,"电视影像与新闻媒体、杂志上所刊登的照片正持续被作为现实的替代物,"但是,"关于这种现象及其中所包含意义的考察,尚十分不足"。(p. 3)更何况,面对"影像化"这一现代社会的表征,本雅明等人关于照片、图像的理论,已经无法完全解释这个"影像泛滥的时代"。(p. 3)不过,罗兰·巴特认为"现代是图像时代"、"语言的力量具有优先地位",其"语言帝国主义"式的思考方法,至今仍然是非常有效的。(p. 7)原因很简单,"人类往往会对对象产生曲折、歪曲的认识,而这也正是人类认知的宿命。虽然这一现象至今以来一直被哲学家和语言学家们反复思考,但说到底还是以基于语言的认识作为前提的"(p. 7)。所以,《影像化的现代》一书的命意在于"重新对影像与语言所发挥的作用进行思考"。(p. 11)

第二章《影像的解读》,是从皮尔斯的符号学开始论述的。宇波彰认为,"符号学是为了考察诸如包含影像表现等一切符号表现的理论。特别是在影像发挥巨大作用的今天,作为对其进行分析的工具,影像符号学的工作还存在无限的空间。然而,在现实中,符号学的工作尚未充分展开。"(p. 18)而所谓"影像符号学",就是"将影像表现作为符号来捕捉,从而讨论其意义的一门理论",(p. 26)它属于符号学的一个分支。然而,"至于像电影、电视、照片这样的现代性影像表现,仅仅依靠忠实再现了事先被给予之物的古典图像学来解决问题确实是无济于事的。"(p. 27)因为,现代影像的表现"常常会存在画面之外的事物",所以宇波彰指出,"影像符号学今后所要处理的主题之一,我认为就是画面之外的问题。"(p. 33)接下来,作者着重研究了"影像表现的叙述作用",他提醒我们应该意识到,"一幅照片,亦或是一种影像表现,都可以制造出无限的叙述。正如我所反复论证的一样,对于并未伴随着语言表现的影像,其意义往往是不确定的,并且由漂浮的能指所承载。"(p. 36)而能够将意义固定下来的重要因素,便是"影像表现的连续性",可见,"影像也能固定住语言以及其他影像表现的意义,并且具有投锚的功能。"(p. 36)宇波彰认为,基于文学研究的叙事学理论,可以用于影像研究,但需要发现后者所具有的特殊性。

此后,作者着重阐释了如何解读照片的意义。"照片在作为一种可视物的同时,也是一种可读物。”(p. 55)而当读者在认为照片是一种可读物之时,实际上,“照片就已经开始溢出其固定性的框架之外,并且还得以获取了时间性。”(p. 55)作者还对影像与日常性的关系,做出了简要的评析。基于电视这一现代传媒,“公有物与私有物之间的区别已变得暧昧不清”,(p. 62)原因在于,近代化进程导致了个人的孤立,而电视在推进这种“孤立化”的同时,将“公有物化为非公有物”。(p. 63)除了这一关系的研究之外,电视传媒还存在许多尖锐的问题,比如,“支配着电视影像的人,也可以说就是掌控着现实权力的人。并且,支配电视的人,是将电视作为一种信息操作的手段来使用的。”(p. 64)

在第三章《同时代的思想》中,宇波彰围绕“语言与世界”的关系、“世界及其意义”等问题,分别探讨了丸山圭三郎与广松涉的哲学思想。第四章《符号满载的世界》则是对若干文学作品的论析。总之,诚如作者所言,这部著作是关于“语言与影像”问题的思考,属于“现代影像的基础性考察”。(p. 131)由于影像是“人类所持有的多种表现方法之一”,所以,“将现今的哲学、语言学、图像学等成果充分引入其中,并且建立一门影像学是当务之急”,而此书正是对此的初步尝试。

(据宇波彰:《影像化的现代:语言与影像的符号学》,李璐茜译,四川大学出版社 2014 年版)

(赵敬鹏撰写)

《中国古代四大名著插图研究》

颜彦(1981—),北京师范大学文学博士,师从于郭英德教授,现任教于西安工业大学人文学院,并在中国国家图书馆从事博士后科研工作。学术兴趣集中于古代插图研究与文献整理,代表性论著有《中国古代四大名著插图研究》(社会科学文献出版社,2014 年)等。

《中国古代四大名著插图研究》是作者在博士论文基础上修改而成,2014 年由社会科学文献出版社出版。本书的研究对象是《三国志演义》、《水浒传》、《西游记》、《红楼梦》等“四大名著”的插图,整体上分为“正文”与“附录”两部分,“正文”共有四章,分别考述了每部小说插图的“源流”,并选取了两个问题进行深度探索;而“附录”则是对小说的插图本书籍进行了“版本叙录"。可以说,这是一部资料完备、问题意识较为鲜明的著作。

第一章"《三国志演义》插图考论",作者首先考察了这部小说"插图的流变",(p. 23)各刊本插图的版式类型总的来说分为两种:上图下文式、单页大图式。上图下文式出现时间在先,单页大图式在后,不过,自清代以降,后者取代前者,"成为小说插图本的主要版式形态"。(p. 24)而且,"从插图内容来看,单页大图式包括回目画和绣像两种;从插图版式来看,单页大图式又有多种不同变体形式,"具体有独幅式、双面连式、合成式和多格式。(pp. 28 - 31)接下来,作者主要针对回目画和绣像,考察图像与文本的对应关系。"从图像与回目对应方式来看",回目画系统刊本可以分为"不规则性插图"、"规则性插图"两大类,(p. 32)这就导致了相同与相异的两种"图文关系"。(p. 33)而绣像又可以划分为单人式、多格式、人配物式以及多人联合式四种亚类型。(pp. 34 - 40)这些细致的图像分类,对于勾勒小说插图演变史起到了重要作用,对于《水浒传》、《西游记》和《红楼梦》其他三部文学名著的插图源流考察,也是依照这一思路进行的。

上图下文式插图本《三国志演义》的图文相异现象,率先引起了作者的注意。这里所谓的"图文关系",实际是指图像、图目、文字之间的复杂关联,(p. 42)此关联"不仅是小说插图生成的基础,也是制约小说插图构图的重要因素"。(p. 40)所以,围绕"图文关系",分析图文相异现象的方式、功能及特征,可以深入认识"上图下文式插图本的版式特征、构图规律及其动态发展历程"。(p. 41)作者归纳了四种图文相异现象,认为这些插图具备"扩充对应文字内容,拓展读者阅读视野"、"压缩对应文字内容,聚焦读者注意点"、"替换对应文字内容,转移读者注意点"以及"变化顺序,延长读者注意时间"等四种"阅读功能",(pp. 47 - 51)而且还呈现出"重视故事情节的连续性和完整性"、"避免相邻插图画面的重复和雷同"与"各刊本插图之间具有承袭性"等三方面的共性特征。(pp. 51 - 55)

接下来,作者继续关注了单页大图式插图本《三国志演义》,并专门讨论了插图中的"形象构成和演变"。在作者看来,"形象"是构图的基本要素,而各种形象的"调配组合和运用"带来了"插图形式基调的改变",(p. 57)主要体现在"园林文化的彰显"和"人居环境的讲求"两方面。在此基础上,作者继续考察这类插图的"阅读效果",认为它们提供了"全景式阅读视角",展现了"画面基调的时代性",却抵消了"文本叙事风格",(pp. 68 - 71)因为"《三国志演义》以政治军事斗争为叙事主要内容,沙场征战的残忍血腥、智谋权略的奸诈狡黠、争权夺位的勾心斗角都和园林美景、居室精装所呈现出的细腻温情格格不入"。(p. 72)

第二章"《水浒传》插图考论"仍然是首先考察《水浒传》插图的源流,然后重点研究了插图的"酒肆空间",以及图像叙事的多维视角。作者先归纳了《水浒传》插图所呈现的酒肆类型——都市酒楼与村野酒肆,认为这些酒肆空间的独特功能在于展示"奇人奇情",(p. 94)以及"水浒精神"(p. 101)。然后,作者持经典叙事学的若干理论,分析了《水浒传》插图的图像叙事。在对比新安本与容与堂本《水浒传》插图的过程中,作者发现图像的叙事节奏有快进与停顿之别,而且图像还改变了小说原来的叙事视角,例如容与堂本"陆虞侯火烧草料场"的回目图,陆虞侯、差拨和富安背对林冲,"透露了图像中所暗示的'窥听'主题",但是新安本相应的插图却直接展现林冲正在杀第三人,一定程度上遮蔽了原文中的"窥听"。(pp. 116 - 117)最后,作者依旧探讨了这类插图给予了读者怎样的阅读功能。

第三章"《西游记》插图考论"在考察插图源流的同时,重点关注了这部小说"人物绣像的演变及其意义"。作者发现,尽管唐僧师徒四人造型不断变化,但是他们的兵器和随身配物"基本保持不变的出场率",这不仅显示了"人物身份和本领",还能彰显出人物的"特殊个性"。(p. 141)而所有刊本中的绣像包括三类——神仙、人类与精怪,其中,"师徒四人最早成为绣像的固定人物,神仙和精怪则后出",(p. 142)而这三类人物绣像是按照"神仙-人类-精怪"的总体次序先后排列,使读者一方面"认知人物形象",另一方面,"通过对各种人物出场的先后顺序来掌握文本的叙事进程"。(p. 143)

接下来,作者主要研究了"李评本《西游记》插图的艺术表现形式"、"新说本图像叙事的时空表现图式",这两个问题,实际上与本书第二章"《水浒传》插图考论"是一样的。例如对所谓"插图的艺术表现形式"的分析,仍旧是通过归纳"人物形象的再现"(包括条幅型模式与单元模式)、"景物的再现"(包括"围"格式构图与"满"格式构图)、"场面的再现"(包括设置统领形象、变奏与中斜线构图)。最后,还是将插图与"阅读心理"联系起来,认为插图对各种宝物兵器的反复描摹,满足了读者的"猎奇心理",因为宝物属于人物难有之物,所以对于后者而言,又是一种"心理补偿"。(p. 162)

第四章"《红楼梦》插图考论"只列举了两大类型的插图——绣像系统刊

本、回目画系统刊本，这是由于上图下文式刊本在清代已经消失的缘故。作者研究了"'程本系统'插图与《红楼梦》的'家族'主题"，以及"《红楼梦》'女性'主题的图像叙述和表达"，这其实属于同一个问题，即图像对于文学的阐释。以前者为例，程本系统各刊本插图均与贾宝玉"作为起始人物"，"表明小说的叙述以贾氏家族为核心，继而辐射其他相关内容，宝玉是核心中的核心"。(p. 201)而且，这些插图对人物次序有着严格的排列，主要遵循"父姓血统优先原则"、"长幼尊卑原则"和"家族利益优先原则"。(pp. 205 - 207)由此可见，插图对于"家族"主题的诠释涉及"家族的构成因素"、"家族制度"与"家族的价值理想"。(p. 212)最后，作者给出了理论概括："就视觉形式而言，插图以流畅的线条、丰富的形象带给我们阅读上的审美愉悦；从功能上来看，插图以显性或隐性的叙事策略，传达自身对小说主题的解读。"(p. 213)

在"结语"部分，作者对"古典文学插图研究"做了展望，认为可以从"发生接受角度"，进行与图像相关的文学文化活动考察。(p. 234)

（据颜彦：《中国古代四大名著插图研究》，社会科学文献出版社 2014 年版）

（赵敬鹏撰写）

《文学与图像》约稿函

敬启者,《文学与图像》是由南京大学文学院主办的专题性学术刊物,每年出版一期。敬请惠赐未刊的最新文学与图像研究成果。

本刊以发表文学与图像关系方面研究论文、译文、述评、书评为主,篇幅以万字以内为宜,特殊情况可适当增长。欢迎使用电子邮件投稿,并请注明"《文学与图像》投稿"字样。编辑部邮箱为 wenxuetuxiang@sina. com。来稿格式请参所附《来稿格式》。

"文学与图像的关系"是包括文学理论在内的整个文学、文化和知识界普遍关注的话题,具有很强的现实性。本刊愿与学界同仁一起推进这方面的学术建设,通过实证研究、问题探讨和文献积累,使该论题在现有水平基础上有所拓展、深入、创新。现常设六个栏目:理论研究、专题研究、历史研究、域外传真、学术纵横、主要文学图像文献存目。

来稿一经刊用,即奉付薄酬及样书一本。

《文学与图像》编辑部

附　来稿格式:

1. 中文注释:本刊注释一律采用页下注,以阿拉伯数字顺序编码。注释序号使用①、②、③……每页重新编号。页下注用小五号宋体。段落·行距是最小值 12。译著须标明原著者国别,并在国别外加方括号。要求按顺序准确标明:作者,书(篇)名,卷次,译者,出版社、出版地、出版时间及页码。中文注释格式示例:

① 蒋孔阳:《德国古典美学》,北京:商务印书馆,2005 年版,第 269 页。

② [德]沃尔夫冈·顾彬:《审美意识在中国的兴起》,见汝信、王德胜主编:《中国美学》2004 年第 2 辑,北京:商务印书馆,第 71 页。

③ 刘再复:《论文学的主体性》,载《文学评论》1986 年第 1 期,第 15 页。

④ 杨义:《诗魂的祭奠》,载《中华读书报》,2001 年 11 月 28 日,第 3 版。

⑤ [德]黑格尔:《美学》,第一卷,朱光潜译,商务印书馆,1979 年版,第 323 页。

⑥ 许慎:《说文解字》,四部丛刊本,卷六上,第九页。

2. 外文文献的注释一律用外文原文，原则上使用该语种通行的引证标注方式。著作名与期刊名一律用斜体标出，析出文献题名用英文引号标出。外文注释示例：

Judy Pearsall & Patrick Hanks, eds., *The New Oxford Dictionary of English*, Oxford: Clarendon Press, 1998, p. 447.

Jean-Claude Girade, "Toward a Politics of Signs", *Telos*, No. 20, 1974, p. 137.

R. S. Schfield, "The Impact of Scarcity and Plenty on Population Change in England", in R. I. Rotberg and T. K. Rabb, eds., *Hunger and History: The Impact of Changing Food Production and Consumption Pattern on Society*, Cambridge, Mass: Cambridge University Press, 1983, p. 79.

3. 引文。书稿中引用别人著作中的言论，必须认真核对原文(包括标点符号)，并注明原文具体出处。为省篇幅，一篇论文中引用同一书名，第二次及以后出现时可省略出版社与出版年代。

4. 字体。正文用五号宋体。若另起一段直接引用别人言论，引用的原文须用楷体标示，上、下各空一行，引用的每段首行空四格。

5. 标点符号。标点符号一律按照国家技术监督局 1995 年 12 月 13 日发布(1996 年 6 月 1 日起实施)的《标点符号用法》，准确地使用(请使用中文状态下的标点符号)。

6. 题目翻译成英文；300 字的中文提要，作者学术简历(包括出生年月，籍贯)。

7. 请注明作者真实姓名、工作单位、通讯地址、邮政编码、电话联系方式、电子邮件地址，方便联系。

8. 提供图像要求：图像名称(没有名称的图像自行命名)；[朝代]作者；简要说明图像种类或画种、黑白或彩色、尺寸、质地以及出处(馆藏或私藏以及文献出处)。如，豳风图 [清]吴求 册页 绢本设色 纵 26.5 cm 横 23.6cm 南京博物院藏。

Literature and Image (Volume Four)
Contents

Research Trends in Overseas Academia

Academic Forum

书　　名　文学与图像(第四卷)
主　　编　赵宪章　顾华明
责任编辑　王建军
出版发行　凤凰出版传媒股份有限公司
　　　　　江苏凤凰教育出版社(南京市湖南路1号A楼　邮编210009)
苏教网址　http://www.1088.com.cn
照　　排　南京前锦排版服务有限公司
印　　刷　常熟市兴达印刷有限公司(电话0512-52381162)
厂　　址　常熟市梅李镇通港工业园旋力路56号(邮编215518)
开　　本　787毫米×1092毫米　1/16
印　　张　24.5
版　　次　2015年11月第1版　2015年11月第1次印刷
书　　号　ISBN 978-7-5499-0607-9
定　　价　68.00元
网店地址　http://jsfhjycbs.tmall.com
新浪微博　http://e.weibo.com/jsfhjy
邮购电话　025-85406265,85400774 短信02585420909
盗版举报　025-83658579